CHRISTINA DODD

Gefährliche Maskerade

Buch

Raymond, Graf von Avraché, Vertrauter von König Henry und Cousin der Königin, soll auf Anweisung des Königs Lady Juliana von Lofts heiraten. Doch die taucht gar nicht erst zur Hochzeit auf … Das ist nicht nur beschämend für den Grafen, es macht ihn sogar ziemlich wütend. Was bildet diese Frau sich eigentlich ein, einer Anweisung des Königs höchstpersönlich zu trotzen?

Die eigensinnige Juliana von Lofts hätte wahrscheinlich damit rechnen müssen, dass ihr Bräutigam früher oder später bei ihr auftauchen würde. Doch als er tatsächlich vor ihrer Tür steht, hält sie ihn für den königlichen Baumeister, der für sie eine neue Wand bauen soll. Und Raymond, der sich um jeden Preis Zugang zu seiner widerspenstigen Braut verschaffen will, geht das Spielchen ein und gibt sich als Baumeister aus – ohne auch nur die geringste Ahnung vom Bauen zu haben! Er hält das für einen guten Weg, herauszufinden, was wirklich mit Juliana los ist und wo ihr tiefes Misstrauen Männern gegenüber herkommt. Doch diese Maskerade hat ungeahnt leidenschaftliche Folgen …

Autorin

Christina Dodd wurde für ihre Romane bereits vielfach ausgezeichnet – unter anderem mit dem America's Golden Heart Award und dem RITA Award. Ihre Bücher stehen regelmäßig auf diversen amerikanischen Bestsellerlisten. Die Autorin lebt mit ihrem Mann und den beiden Kindern in Texas.

Weiter Informationen finden Sie unter: www.christinadodd.com

Von Christina Dodd bei Blanvalet lieferbar:

Die Herzensdiebin (36990) · Ein Kuss von dir (36289) · In den Armen des Fremden (36859) · Mein Herz in deiner Hand (36355) · Ketten der Liebe (37043) · Nachtschwarze Küsse (37259) · In den Armen der Nacht (37260) · Samtschwarze Nacht (37261)

Christina Dodd

Gefährliche Maskerade

Roman

Aus dem Amerikanischen
von Nicole Otte

blanvalet

Die Originalausgabe erschien 1993 unter dem Titel
»Castles in the Air« bei Avon Books,
an *Imprint* of HarperCollins*Publishers*, New York.

MIX
Papier aus verantwortungsvollen Quellen
FSC® C014496
FSC
www.fsc.org

Verlagsgruppe Random House FSC-DEU-0100
Das FSC®-zertifizierte Papier *Holmen Book Cream*
für dieses Buch liefert Holmen Paper, Hallstavik, Schweden.

1. Auflage
Deutsche Erstausgabe Mai 2011 bei
Blanvalet, einem Unternehmen der
Verlagsgruppe Random House GmbH, München

Umschlaggestaltung: © Artwork HildenDesign, München,
unter Verwendung eines Motivs von © Chris Cocozza
Redaktion: Ulrike Nikel
LH · Herstellung: sam
Satz: DTP Service Apel, Hannover
Druck und Bindung: GGP Media GmbH, Pößneck
Printed in Germany
ISBN: 978-3-442-37728-2

www.blanvalet.de

Für Arwen,
meine pragmatische Tochter

Die den Wert eines Dollars kennt.
Die mich häufig und mit Nachdruck daran erinnert,
dass man unsere Hausarbeit nur dann bemerkt,
wenn wir sie nicht erledigen.
Die weiß, dass ihre Mama viel Liebe braucht,
und diese auch sehr freigiebig verschenkt.

Das eine wenigstens lernte ich bei meinem Experimente: Wenn jemand vertrauensvoll in der Richtung seiner Träume vorwärtsschreitet und danach strebt, das Leben, das er sich einbildete, zu leben, so wird er Erfolge haben, von denen er sich in gewöhnlichen Stunden nichts träumen ließ … Hast du Luftschlösser gebaut, so braucht deine Arbeit nicht verloren zu sein. Eben dort sollten sie sein. Jetzt lege das Fundament darunter!

Henry David Thoreau

1

England 1166

Sie hatte noch sämtliche Zähne. Raymond seufzte vor Erleichterung. Sie war zwar in so viele Schichten von Kleidern gehüllt, dass er ansonsten kaum etwas von ihr sehen konnte, doch immerhin schimmerten einwandfreie Zähne zwischen den blau gefrorenen Lippen hervor und gaben, wenn sie aufeinanderschlugen, ein klapperndes Geräusch von sich. Ihr makelloses Gebiss deutete darauf hin, dass sie noch jung war – zumindest jung genug, um Kinder in die Welt zu setzen –, dass sie bei guter Gesundheit und durchaus in der Lage sein müsste, ihm sein Bett zu wärmen. Vorerst aber wehrte sie sich mit der ganzen Kraft ihres Körpers gegen seine Umklammerung.

Er versuchte sie auf sein Pferd zu heben, doch sie wand sich in seinen Armen, ließ sich auf den Waldweg fallen und krabbelte mit verzweifeltem Mut von ihm weg. Ihre Entschlossenheit nötigte ihm zwar Respekt ab, aber trotzdem ignorierte er sie. Zu viel stand für ihn auf dem Spiel, als dass er sich um den Widerstand einer Frau scheren konnte.

Sie zappelte im Schnee herum, der den Boden bedeckte. Er packte sie erneut, schlang seinen Umhang um sie, wickelte sie darin so fest ein, dass sie sich nicht mehr bewegen konnte – nur ihre Hände und Füße drehte sie noch hin und her. Mit einem Seufzer warf er sie mit dem Gesicht nach unten vor sich auf den Sattel und stieg auf, bevor sie wieder Kräfte sammeln konnte. »Ruhig, Lady Juliana, ruhig«, versuchte er die junge Frau zu besänftigen, während er ihren Rücken tätschelte und das Pferd vorantrieb.

Sie aber kämpfte, so gut es ging, weiter gegen ihn an, trat mit ihren Hacken aus und unternahm allerdings vergebliche Anstrengungen, seitlich vom Pferd herunterzurutschen. Raymond schüttelte den Kopf über so viel Hartnäckigkeit, obwohl sie keinerlei Chance hatte, ihm zu entkommen. Ebenso wenig verstand er seinen eigenen Impuls, sie in irgendeiner Weise trösten oder beruhigen zu wollen, als wäre sie ein wilder Vogel, den er auf seine Hand zu locken suchte. Vielleicht imponierte ihm auch die Tatsache, dass sie keinen Ton, keinen Schrei von sich gab. Seit er aus dem Schutz der Bäume getreten war, hatte sie nur mit schweigender Verbissenheit gegen ihn angekämpft.

Er empfand ein wenig Mitleid mit ihr, als er sie so zusammengeschnürt vor sich sah, ihr Kopf bei jeder Bewegung des Pferdes auf und ab hüpfend. Ob sie in dieser unbequemen Lage überhaupt richtig atmen konnte? Er beugte sich hinunter, tastete nach ihrem Gesicht – und bekam auf der Stelle die Quittung, denn die starken Zähne, die er zuvor bewundert hatte, bissen jetzt schmerzhaft in seine Fingerspitzen. Eilig riss er seine Hand mit einem unwirschen Grunzen und einem deftigen Fluch zurück. Überrascht war er nicht. Schließlich hatte sie ihm schon vorher einige Kostproben ihrer Wehrhaftigkeit gegeben, weshalb er sie auch mit einem wilden Tier verglich, das er zähmen musste.

Verärgert über seine mangelnde Vorsicht leckte er das Blut von seinen Fingern und steckte die Hand unter die Achsel, um sie zu wärmen.

Er beobachtete, wie ihr Atem gefror, als sie heftig nach Luft schnappte. Das Geräusch zerriss die eisige Stille, während der Schnee lautlos und unaufhörlich vom Himmel fiel und auch von den kahlen, eisbedeckten Ästen der Bäume herabrieselte, sodass schon bald eine gleichmäßige weiße Schicht den Boden bedeckte. Verdammt, es war bitterkalt und wurde mit jedem Augenblick kälter. »Wir werden bald da sein«, sagte der Mann, sein Opfer weiterhin fest im Griff.

Er ritt jetzt einen Hügel hinauf. Seit sie den Wald hinter sich gelassen hatten, blies der Wind ihm so unerbittlich die eiskalte Luft ins Gesicht, dass es ihm schier den Atem raubte. Hier, auf der freien Fläche, konnte der Schneesturm all seine Kräfte entfalten und tauchte die Welt um ihn herum in undurchdringliches, wirbelndes Weiß. Er schien auf eine Wand zuzureiten, in der sich ein schmaler Durchgang erst öffnete und sich hinter ihnen gleich wieder schloss. Die Holzfällerhütte, das wusste er, war nicht mehr weit, doch begann er sich Sorgen zu machen um die Frau, die inzwischen reglos vor ihm auf dem Pferd lag. Er beugte sich über sie, um ihr möglichst viel von seiner Körperwärme abzugeben, und schaute dabei angestrengt nach vorn.

Endlich entdeckte er die tief in die Hügel eingebettete armselige Hütte, die ihm jetzt wie ein Geschenk des Himmels erschien. Immerhin bot sie ihnen ein Lager, dazu ausreichend Brennmaterial, um sie zu wärmen, und Lebensmittel. Vorräte, die von Lady Juliana, zu deren Ländereien diese Gegend gehörte, vorsorglich für durchziehende Reisende bereitgestellt worden waren und die er jetzt für ihre Entführung missbrauchte.

»Nur noch ein paar Schritte, Mylady.« Sein Atem gefror und hinterließ Eiskristalle auf dem Schal, den er sich schützend vors Gesicht gebunden hatte. Er glitt aus dem Sattel und zog sie herunter, stellte sie auf die Beine, doch sie sackte zusammen. Ob aufgrund der Kälte oder aus Angst – Raymond vermochte es nicht zu sagen. Er schleifte sie hinter sich her wie ein erbeutetes Wild und öffnete die Tür zu der Hütte. »Wir sind da«, sagte er unnötigerweise. »Das Feuer brennt bereits. Ich werde mein Pferd schnell bei der Tür anbinden – falls Ihr so lange hier auf dem Stroh sitzen möchtet …«

Ihre weit aufgerissenen Augen funkelten im dämmrigen Licht, und ehe er sich's versah, rannte sie mit schnellen Schritten in den kleinen Raum und begann dort verzweifelt auf und ab zu gehen. Schließlich blieb sie vor der Feuerstelle in der Mitte der Hütte stehen und streckte ihre Hände den lodernden Flammen entgegen. Benommen sah sie sich um, obwohl sie die Behausung ja kannte. Als Abzug diente ein kleines Loch im Strohdach, zu dem der Rauch aufstieg und die hereinwehenden Schneeflocken schmelzen ließ. Ansonsten waren alle Ritzen in den Wänden mit Stofffetzen verstopft worden, während vor dem Fenster eine Decke als Kälteschutz hing. In einer Ecke des Raumes stand ein grob gezimmertes Bett, das vollgepackt war mit Fellen.

Um Juliana die Möglichkeit zu geben, sich an die Situation zu gewöhnen, ließ er sich Zeit, den robusten Wallach zu füttern und abzureiben, aber schließlich konnte er es nicht länger hinauszögern. »Es wird uns nichts anderes übrig bleiben, Mylady, als hier das Unwetter abzuwarten.«

Sie blinzelte die Schneeflocken weg, die auf ihren Wimpern schmolzen, und starrte ihn an. Unwillkürlich fragte er sich, wie sie ihn wohl sah, weshalb sie ihre Lippen so voller Abscheu verzog. Schließlich war er ein stattlicher, hochgewachsener Mann. »Ihr müsst Eure feuchten Kleider ausziehen«, sagte er.

Eigentlich hatte er erwartet, dass sie erneut wegzulaufen versuchte, aber sie schien wie hypnotisiert von ihm zu sein und behandelte ihn mit einer Art von Aufmerksamkeit, die man normalerweise einem ausgehungerten Raubtier schenken würde. Sie zuckte zusammen, als er erst seinen Umhang von ihren Schultern löste, dann ihren eigenen, der vom Schnee ganz schwer war, und schließlich ihre Handschuhe abstreifte. Während er das tat, blieb sein Blick fest auf ihr Gesicht gerichtet, und er fragte sich, was sich wohl unter der großen Kapuze und dem dicken Schal verbarg. Schließlich würde er mit dieser Frau den Rest seines Lebens verbringen. Seit dem Tag, an dem Heinrich II., König von England und Herzog der Normandie, sie ihm versprochen hatte, fragte sich Raymond unablässig, wie sie wohl aussehen mochte. Jetzt würde er es bald wissen. Was machten da schon ein paar Augenblicke mehr aus? Er zögerte.

Ihr Zittern rührte ihn. Sanft begann er, die Kapuze aufzubinden und ihr den Schal abzunehmen. Und entdeckte zu seiner Freude, dass sie mehr war als bloß jung und gesund. Und schon gar keine vertrocknete Witwe, keine gebrechliche Jungfer und keine abschreckende Hexe. Diese Lady

Juliana besaß eine weiche Haut, war groß, schlank und schön, wenngleich nicht hübsch im herkömmlichen Sinne. Er musterte sie eingehend: Kupferfarbene Haarsträhnen hatten sich aus ihrer Frisur gelöst und ringelten sich unter der Haube hervor. Ihre Lippen waren voll, vielleicht eine Spur zu voll für ihr schmales Gesicht, das mit seinen hohen Wangenknochen und dem eckigen Kinn wie gemeißelt aussah. Auf einer ihrer Wangen entdeckte er eine Narbe, die in der Kälte violett hervortrat. Ihre wachen blauen Augen, die ein wenig schräg standen, hielten seinem prüfenden Blick ohne Blinzeln stand. Doch sie sandten eindeutige Signale aus: Sie wollte nicht, dass er sie in irgendeiner Weise berührte – auch nicht, dass er ihr die nassen Kleider auszog oder ihre Hände rieb, um sie aufzuwärmen. Vor allem gab sie ihm ohne Worte zu verstehen, dass sie diese Hütte als Gefängnis betrachtete und ihn als den niedrigsten aller Kerkermeister. Gegen seinen Willen empfand er Mitleid mit ihr, denn Raymond von Avraché kannte das Gefühl, sich in Gefangenschaft zu befinden, nur zu gut.

»Euer Gesicht sieht sehr weiß aus«, sagte er. »Ihr seid wohl halb erfroren?«

Sie starrte ihn bloß voller Misstrauen an.

»Eure Sommersprossen schwimmen wie kleine Zimtstückchen auf hellem Wein«, fuhr er fort und hob seine Hand, um die faszinierenden Flecken zu berühren, aber sie warf ihren Kopf zur Seite. Von ihrem Schweigen und ihrer offenkundigen Abscheu angestachelt, fragte er: »Ihr wollt nicht, dass ich Euch berühre?« Er streckte wieder die Hand aus. »Dann sagt es mir.«

Sie taumelte rückwärts. »*Nay.*«

»Aha.« Er entspannte sich. »Ihr könnt also sprechen. Ich habe schon überlegt, ob wir diesen Schneesturm wohl schweigend durchstehen müssen. Wollt Ihr, dass ich das Feuer schüre?« Er schleppte Holz herbei, stapelte es zu einem Haufen auf und kniete sich hin. »Es wird ein schlimmer Sturm werden, seid Ihr Euch dessen bewusst? *Nay*, natürlich nicht, das dürftet Ihr kaum geahnt haben, denn sonst wärt Ihr bei einem solchen Wetter nicht nach draußen gegangen.« Er warf ihr einen aufmunternden Blick zu und registrierte zufrieden, dass sie langsam näher zum Feuer kroch. Doch als seine Augen zu lange auf ihr ruhten, wich sie beinahe schuldbewusst zurück, woraufhin er sich wieder dem Feuer zuwandte und mit ihr redete, ohne sie anzuschauen. »Gewiss hätte eine feine Lady wie Ihr jemand anderen ins Dorf schicken können, um Eure Angelegenheiten zu erledigen. Ihr seid doch Juliana von Lofts, nicht wahr?« Sie antwortete nicht, und er drehte sich zu ihr um. »Nicht wahr?«

Sie stand seitlich von ihm, aber nicht nahe genug, dass sein ausgestreckter Arm sie hätte berühren können. »*Aye*«, gab sie schließlich einsilbig zur Antwort.

Er kniff die Augen angesichts des dichten Qualms zusammen, betrachtete eindringlich ihre angespannte Gestalt und fragte sich, was sie wohl plante. Ihre Hände öffneten und schlossen sich ohne ersichtlichen Grund. Sie stand sprungbereit vor ihm und sah aus wie ein Knappe vor seiner ersten Schlacht, ängstlich und erwartungsvoll zugleich. Langsam drehte er sich wieder zu den Flammen um, redete weiter scheinbar vor sich hin, während er aufmerksam auf jede ihrer Bewegungen lauschte: »Eigentlich ist alles bestens, außer dass Ihr bloß ›*Aye*‹ und ›*Nay*‹ sagen könnt.«

Er registrierte, ohne es zu sehen, dass sie hinter ihm ein Holzscheit aufhob.

»Falls ein Mann schon mit einer Frau auf engem Raum festsitzt, was könnte er sich da mehr wünschen, als dass sie stumm ist?« Raymond wartete, seine Nackenhaare stellten sich auf. Er hörte, wie sie leise einatmete. Dann schnellte er aus der Hocke hoch, wirbelte gerade rechtzeitig herum, bevor das Holzstück auf seinem Kopf landete, und hechtete auf Juliana zu. Gemeinsam taumelten sie zurück, stürzten auf den gestampften Boden, rangen nach Atem. Um ein Haar hätte sie ihm den Schädel eingeschlagen, und auch wenn er das Schlimmste verhindern konnte, so traf das Holzscheit seine Schulter immerhin so heftig, dass sein Arm sich taub anfühlte.

Obwohl er ihre Verzweiflungstat verstand, vermochte er nicht an sich zu halten und schrie sie unbeherrscht an: »Was im Namen des heiligen Sebastian glaubt Ihr eigentlich, was Ihr da tut?«

Seine laute Stimme hallte in ihren Ohren wider. Sie schloss die Augen und zuckte zusammen, als erwarte sie einen Schlag. Doch nichts geschah. Noch immer lagen sie am Boden, er auf ihr wie ein lebloses Gewicht. Er seufzte und fragte: »Seid Ihr verletzt?«

Sie schüttelte den Kopf und öffnete die Augen ein wenig. Trotz des Schals, den er teilweise ums Gesicht gewickelt hatte, konnte sie seine Augen und den Mund sehen. Eine Wollmütze bedeckte seinen Kopf, schwarzes Haar lugte zerzaust darunter hervor, aber sie wusste, sie hatte ihn nie zuvor gesehen. Er war ein Fremder, ein Mann von der Art, die sie am meisten fürchtete. Ein Schauer überlief sie. Der Ausdruck von Mitleid in seinem Blick wurde intensiver, was neuen Mut in ihre verschreckte Seele brachte. Energisch wies sie ihn zurück, selbst als ein neuerliches Zittern sie überkam. »Geht von mir runter.«

Seine Augen wurden schmal – sie erkannte, dass er sie angrinste. »Ihr könnt also nicht nur sprechen, sondern sogar Befehle geben«, sagte er anzüglich.

»Aber könnt Ihr auch gehorchen?«, gab sie barsch zurück.

Vorsichtig wog er seine Worte ab. »In der Tat. Ich bin ein gut dressierter Affe, habt Ihr das nicht gewusst?«

Aus seinen Worten klang Bitterkeit. Er erhob sich, schüttelte und drehte den lädierten Arm. »Ihr habt einen ordentlichen Schlag, Mylady«, sagte er schließlich.

Sie starrte zu ihm hoch und versuchte seine Gesichtszüge und seine Stimmung zu ergründen. Ihr Blick wanderte von seinen abgewetzten Lederstiefeln hinauf zum feinen Material des allerdings bereits recht schäbigen Umhangs, wobei sie ihn fragend betrachtete. Mit dem Rücken zur Wand schob sie sich hoch, bis sie wieder sicher auf beiden Füßen stand. »Was ist ein Affe?«

Belustigt schaute er sie an, streckte ihr einladend die Hand entgegen. »Kommt näher zum Feuer, wo ich Euch beobachten kann, dann werde ich es erklären.«

»*Nay*.«

Ihre Lippen hatten das Wort kaum gebildet, als er auch schon mit einem mächtigen Schritt neben ihr war. Einmal mehr wurde sie sich seiner Größe bewusst und der Tatsache, dass es schwer war, sich ihm zu widersetzen. Außerdem konnte sie ein bisschen Wärme gut gebrauchen, denn sie spürte noch das Prickeln der Kälte in ihren Füßen, sie zitterte, und die Zähne hörten nicht auf, laut klappernd aufeinanderzuschlagen.

»Seid nicht töricht und kommt her zum Feuer.«

Sie machte einen großen Bogen um ihn, ignorierte die ausgestreckte Hand, doch sie kam. Gleichzeitig überwältigte sie der Ärger, weil sie tat, was er wollte. Ganz offensichtlich war er in der Lage, sie zu manipulieren, ihren Spielraum einzuschränken. Sie kam sich vor wie die Figur eines hinterhältigen Puppenspielers. Besonders verdross es sie, dass sein Ratschlag nur zu ihrem Besten war und sie nichts Vernünftiges dagegen einwenden konnte.

»Ich bin mit einem Mann verlobt, der Euch hierfür umbringen wird.« Die Worte sprudelten ohne Nachdenken über ihre Lippen, aber sie verfehlten ihren Zweck nicht, denn sie meinte jetzt eine gewisse Beunruhigung in den Zügen des Mannes zu erkennen.

»Verlobt? Mit wem?«

»Mit Geoffroi Jean Louis Raymond, dem Grafen von Avraché.«

»Aha.« Er entspannte sich und kniete nieder, um die gefrorene Wolle von ihren Knöcheln zu wickeln. »Seid Ihr schon lange verlobt?«

»*Aye*, über ein Jahr.«

»Ein widerwilliger Verehrer also?«

»*Nay!* Das heißt, wir wurden durch einen Stellvertreter am königlichen Hof miteinander verlobt.«

»Trotzdem seid Ihr noch nicht verheiratet?«

Sie rutschte unbehaglich hin und her. »Ich war krank.«

Er schaute sie prüfend an. »Ihr scheint mir aber nicht bei schlechter Gesundheit zu sein.«

»Erst wurde ich krank, danach meine Kinder.« Er blickte immer noch provozierend höflich drein. »Dann kam der Winter, und in dieser Zeit mit heftigen Stürmen ist es gefährlich, den Kanal zu überqueren. Und als der Sommer kam, konnte ich nicht reisen, weil die Ernte eingefahren werden musste …«

Sie merkte selbst, wie halbherzig ihre Erklärungen klangen, dass sie nichts anderes als Ausflüchte waren. Der Mann neben ihr lachte leise: »Aha, eine Braut wider Willen. Ich glaube, der Hof fand Eure Unschlüssigkeit höchst amüsant.«

»*Nay*«, protestierte sie erschrocken.

»Und der König selbst? Er muss Euer Verhalten doch als einen Affront betrachtet haben – vor allem dem Grafen gegenüber.«

»Das wäre höchst bedauerlich und lag nicht in meiner Absicht.« Er merkte, wie sie nicht nur ihn, sondern auch sich selbst zu überzeugen versuchte. »Immerhin ist Avraché ein Held, ein tapferer Kreuzritter.«

»Die Teilnehmer eines Kreuzzugs sind nicht unbedingt herausragende Kämpfer, Mylady. Manche sind sogar jämmerliche Feiglinge«, gab er zur Antwort und beschäftigte sich angelegentlich damit, ihr die Schuhe von den kalten Füßen zu ziehen.

Sie taumelte, als er einen Fuß hochhob, und wäre beinahe hingefallen, weil sie sich nicht an ihm festhalten wollte. Erst im letzten Moment siegte ihr gesunder Menschenverstand, und sie griff Halt suchend nach seiner Schulter. Sie spürte nichts als dicke Lagen von Stoff, die von Kälte und Feuchtigkeit durchdrungen waren. Und doch war es das erste Mal seit mehr als drei Jahren, dass sie freiwillig einen Mann berührte.

Zwar konnte dieser Fremde das nicht wissen, aber gewissermaßen war er schuld an ihrem Straucheln gewesen, weil er es geschafft hatte, sie aus der Fassung zu bringen. Er selbst indes schien völlig unbeteiligt, wandte seinen Blick nicht von ihren Zehen ab, die er gerade auswickelte. Scheinbar untertänig wie ein Diener, dachte sie. Als ob dieser Mann sich jemals unterwerfen könnte. Jede Geste, jede seiner Maßnahmen war mit taktischer Voraussicht und überlegenem Verstand geplant und ausgeführt worden. Ja, er hatte gewusst, wie sehr sie seine Berührung fürchtete, und sie sogar gezwungen, ihn als Erste anzufassen. O ja, sie verstand die Männer, kannte die Gefahr, die von ihnen ausging. Gedankenvoll strich sie über die kreisförmige Narbe auf ihrem Wangenknochen. »Mein Verlobter ist kein Jammerlappen. Er wurde von den Sarazenen gefangen genommen, doch er entkam, indem er eines ihrer Handelsschiffe stahl und zurück in die Normandie segelte.«

Sie spürte seine Hände warm auf ihren kalten Füßen, fühlte seine starken Finger, die jeden einzelnen ihrer Muskeln geschickt wie ein Heilkundiger massierten, damit das Blut wieder richtig zirkulierte.

»Ihr solltet nicht alles glauben, was Ihr so hört, Mylady.«

»Es stimmt aber!« Sie hätte alarmiert sein sollen, weil er ihre Worte so leichtfertig abtat, doch sein Spott entzog den

Worten ihre Schärfe. Trotzdem fühlte sie sich persönlich gekränkt.

»Wirklich?«

»*Aye*, wirklich.« Sie reckte sich ein wenig in die Höhe, um überzeugender zu wirken. »König Heinrich hat mir einen Brief geschickt, in dem er mich von meiner Verlobung in Kenntnis setzte, und darin von meinem Verlobten und seiner Geschichte berichtet.«

Unbeeindruckt fragte er lediglich: »Wie hat er ihn denn beschrieben?«

Herablassend wiederholte sie die pathetisch klingenden Floskeln: »So schön wie die Nacht, so stark wie der Nordwind.«

»Ihr glaubt das doch hoffentlich nicht?«

Aufgetauter Schnee tropfte ihr von der Nasenspitze herunter. Sie wischte die Feuchtigkeit mit dem Ärmel weg. »Bin ich etwa eine Närrin? Selbst wenn er lahm und halb wahnsinnig wäre, würde der König ihn mir in den leuchtendsten Farben ausmalen, bis wir rechtmäßig verheiratet sind. Ihm ist schließlich daran gelegen, meine Einwände zu zerstreuen.«

»Dann ist sein Heldenmut wahrscheinlich auch bloß eine Übertreibung.«

Sie biss sich auf die Unterlippe, spürte, wie diese aufplatzte und schmeckte das Blut auf ihrer Zunge. Sie hatte sich selbst verraten, doch trotzig blieb sie, sich an die Worte des Königs klammernd, bei den einmal geäußerten Behauptungen. »Das glaube ich nicht. Immerhin hat er diesem Mann die Verteidigung seines Landes gegen drohende Einfälle der Waliser anvertraut. Das würde er keinem Schwächling überlassen. Lord Avraché ist ein Mann, den man fürchten muss.«

Er massierte ihre Zehen. »Fürchtet ihn nicht. Er ist auch bloß ein Mann.«

Die Erkenntnis traf sie wie ein Blitz. Der Mann, der zu ihren Füßen kniete, sprach Französisch, genau wie sie und wie all die anderen Adligen in England, aber sein Akzent klang anders als alles, was sie je zuvor gehört hatte. Er kam vom Königshof, doch was hatte ihn hierhergeführt? »Ihr kennt ihn?«

Er legte eine behandschuhte Hand flach auf seine Brust. »Ich? Der Graf bewegt sich in allerhöchsten Kreisen. Allerdings ist mir über seine Abstammung, seinen Charakter und seinen Ruf aus diversen Quellen so einiges zu Ohren gekommen.«

»*Nay*«, antwortete sie nachdenklich. »Nicht jeder, der bei Hof verkehrt, hat auch mit dem König gesprochen, nehme ich an.«

»Gewiss nicht. Ich bin nicht in der Position, den wahren Charakter Eures Grafen zu beurteilen.« Er lachte und schüttelte den Kopf. »*Nay*, gewiss nicht.«

»Aber Ihr wisst …?«

»Was?«, wollte er wissen.

»Ist er mit dem König verwandt?«

»So heißt es jedenfalls.« Seine breiten Schultern hoben sich zu einem Achselzucken. »Aber wer ist das nicht? Heinrich ist mit den meisten Adligen in Europa verwandt – und selbst wenn nicht er ist Eleanor es auf jeden Fall. Die Königin, meine ich. Eleanor von Aquitanien.«

»Ihr solltet ihm mehr Respekt zollen«, wies sie ihn zurecht. »Vielleicht ist Avraché ja tatsächlich ein Cousin des Königs. Ist er sehr reich?«

»Der König?«

Die Augen des dreisten Kerls strahlten sie scheinbar unschuldig über den Schal hinweg an. »Avraché, meine ich. Wird er meine Ländereien einfach vereinnahmen, wenn wir erst verheiratet sind?«

Er sah auf ihre nackten Füße hinunter. »Ich habe Strümpfe dabei, die Ihr anziehen könntet, um Euch warm zu halten.« Er griff nach seinen Taschen und wühlte darin herum. Sie glaubte schon nicht mehr, dass er noch auf ihre Frage eingehen würde, doch schließlich sagte er: »Avraché ist der einzige Sohn einer reichen Familie.«

Groll stieg in ihr auf. »Dann werden Lofts und Bartonhale ihn nicht beeindrucken.«

»Sagt das nicht, Mylady.« Er hielt den Kopf weiterhin gesenkt und streifte trockene, wenngleich zerschlissene Strümpfe über ihre Füße. »Seine Eltern sind nicht besonders großzügig. Um ihn an der kurzen Leine zu halten, stellen sie ihm so gut wie keine Mittel zur Verfügung.«

»Aber er ist der Graf von Avraché.«

»Bei seiner Geburt haben sie ihm zwar einen der Titel seines Vaters übertragen, aber über die Einkünfte aus den dazugehörigen Ländereien kann er bis heute nicht verfügen.«

»Wie alt ist er denn jetzt?«

»Fünfunddreißig.«

Sie stöhnte auf. »Er wird langsam alt.«

Er lachte amüsiert. »Ich habe gehört, er soll sich, na ja, gut gehalten haben. Wenigstens müsst Ihr Euch um Eure

Ländereien keine Sorgen machen. Er wird sich bestimmt um sie kümmern, als ob es seine eigenen wären.«

Besitzerstolz brach aus ihr heraus. Und das Beharren auf Eigenständigkeit. »Die Ländereien gehören nicht ihm. Es sind meine. Ich bin die einzige Erbin meines Vaters, möge er in Frieden ruhen. Schon als ich noch ein Kind war, hat er darauf bestanden, dass ich jeden Winkel von Lofts kenne, alle wichtigen Leute treffe, denn wenn ich das nicht täte, sagte er, würde man mich später vielleicht um mein rechtmäßiges Erbe bringen. Außerdem gehört mir inzwischen auch der Besitz meines verstorbenen Ehemanns, möge er ebenfalls in Frieden ruhen, und ich habe gelernt, dass die Warnungen meines Vaters bittere Wahrheit waren. Männer würden mir alles wegnehmen, sofern sie es könnten – sei es durch List oder durch Verrat.«

»Ihr seid also die einzige Erbin eines riesigen Besitzes an Ländereien, wenn ich Euch recht verstehe?«

Seine Worte trafen sie mit der Wucht einer Springflut, die einen Fluss hinabschießt. Wie hatte sie sich so einlullen lassen können, dass sie ihm gegenüber ihren beträchtlichen Reichtum zugab? Zwar wusste er zweifellos ohnehin Bescheid – das taten solche Abenteurer und Glücksritter immer –, aber es war dumm gewesen, es auch noch zu bestätigen. Wer war dieser Kerl überhaupt?

Sie streckte die Hand nach seinem Gesicht aus, doch er zuckte zurück, als fürchte er einen Schlag. Mürrisch sagte sie: »Euer Schal.« Dieses Mal hielt er still, als sie den Stoff wegzog – und ihn auf der Stelle fallen ließ, als hätte sie sich ihre Hand daran verbrannt. Juliana starrte den Mann vor ihr an – seine auffallend grünen Augen, seine absurd langen schwarzen Wimpern. Er sah ausnehmend gut aus. Doch er war mehr als das: Sie fand ihn charmant, faszinierend mit seinem beherrschten, selbstsicheren Auftreten, das Abgründe seiner Seele erahnen ließ, aber gleichzeitig eine reiche Belohnung versprach, wenn es gelang, diese Tiefen zu ergründen.

Ihr Blick wanderte zu seinem markanten, glatt rasierten Kinn mit dem Grübchen, zu den Wangen, die leicht eingefallen wirkten und sie bestürzten. Sie schob ihm die Mütze vom Kopf, und sein Haar fiel zerzaust auf die Schultern. Pechschwarz wie die Flügel eines Raben und mit widerspenstigen Locken trug er es länger, als es ihr eigentlich gefiel, und dennoch konnte sie ihre Augen nicht von der glänzenden Fülle und dem barbarisch anmutenden goldenen Ring, der in einem Ohr funkelte, abwenden.

Er kniete nach wie vor zu ihren Füßen und schien geduldig zu warten, bis sie ihre Musterung beendete. Offensichtlich war er daran gewöhnt, dass Frauen – Scharen von Frauen – ihn anstarrten. Sie nahm es sich übel, sich in dieses Heer seiner Verehrerinnen eingereiht zu haben, und überhaupt fand sie es unter ihrer Würde, sich dermaßen von seinem Äußeren beeindruckt zu zeigen.

Ihre Verärgerung machte sich in Unhöflichkeit Luft, wie man es von Kindern kannte. Als wäre sie ihre zehnjährige Tochter, spottete sie: »Ihr habt ganz schön große Ohren.«

Verdutzt blinzelte er. Er blickte sie belustigt an und verzog seinen sinnlichen Mund zu einem Grinsen.

O Gott, sein Lächeln ließ ihn nur noch attraktiver wirken. Um seine Augen herum bildeten sich kleine Fältchen – er war nicht mehr so jung, wie sie zunächst angenommen hatte –, und auf seinen Wangen vertieften sich die Grübchen. Seine Lippen, wenngleich von der Kälte aufgesprungen, bettelten nach zärtlicher Berührung. Sie bemerkte, wie ihre Hand den Kleiderstoff über ihrem Bauch umklammerte, um das Flattern ihres Magens zu beruhigen. Sie hätte nie gedacht, dass irgendwann, irgendwo einmal ein Mann sie auf diese Weise aus der Ruhe bringen könnte.

Wie war das nur möglich? Das passte doch nicht zu ihr. Falls alle Männer auf der Welt eines Tages wie die Lemminge auf eine Klippe zumarschieren würden, dann hatte sie sie bislang zusätzlich mit Leckerbissen zu dem todbringenden Abhang locken wollen. Sie sei zu sensibel, zu leicht gekränkt, hatte der Vater ihr immer wieder eingehämmert und sie davor gewarnt, sich von Männern wie ein Stück Fleisch behandeln zu lassen, das man verkaufte, verschacherte, verbrauchte – ganz nach dem Belieben des Herrn und zu seinem Vergnügen. Warum also erlag sie ausgerechnet jetzt dem Charme dieses Mannes, dieses Schurken, der sie brutal entführt hatte?

Als er sich erhob, unternahm sie einen letzten Versuch, ihr Gesicht zu wahren. »Mein Verlobter ist in genau diesem Augenblick ganz in der Nähe.«

Er betrachtete sie amüsiert. »Hier? Wo?«

»Auf meinen Ländereien.« Ihre Auskunft führte dazu, dass seine Miene sich mehrfach in rascher Folge veränderte, doch konnte sie keinen Gesichtsausdruck wirklich entschlüsseln. Ihr selbst stieg in Anbetracht dieser Lüge Schamesröte in die Wangen. Verlegen wischte sie sich das Gesicht und zog ihre Haube vom Kopf, die dabei zu Boden fiel. Sie fühlte sich schrecklich unbehaglich, dermaßen von dem Fremden angestarrt zu werden.

Um die Spannung zu lösen, beugte sie sich zu ihrer Kopfbedeckung hinunter, doch seine Hand hielt sie zurück. Aus einem Impuls heraus trat sie nach ihm, und mahnend sagte er: »Mylady, ich dachte, das hätten wir mittlerweile hinter uns.«

Erneut stieg Panik in ihr auf, aber sie kämpfte sie nieder und begnügte sich mit einem finsteren Blick. Er griff nach ihrem Zopf, wog ihn in seiner Hand und schürzte die Lippen. »Lasst uns hoffen, dass Euer Verlobter ebenso gut vor diesem Sturm geschützt ist, wie wir es sind.«

Bemerkte er überhaupt, wie kurz ihr Haar war? Dass es ihr, wenn man den Zopf löste, bloß bis zur Schulter reichte? Und wenn, welche Schlussfolgerungen zog er daraus?

Sein Blick glitt über ihren Körper, der in all den dicken Kleidungsstücken steckte wie eine Wurst in der Pelle. »Wie viele Schichten tragt Ihr eigentlich übereinander?«

Beschämt von der ganzen irritierenden, für sie peinlichen Situation fauchte sie ihn an: »Das ist allein meine Angelegenheit und nicht Eure.«

Als sie mit dem Holzscheit auf ihn losgegangen war, da hatte sein Gebrüll sie erschreckt zusammenzucken lassen. Jetzt wünschte sie, er würde sie erneut anschreien. Aber sein Gesicht verlor bloß jeglichen Ausdruck, während seine Augen zu grünem Eis gefroren und seine Stimme sich zu einer unheimlichen Ruhe senkte, sodass sie ihn kaum noch verstehen konnte.

»Wenn die Herrin von Lofts sich in meiner Obhut zu Tode friert, wird es schon bald meine Angelegenheit sein.

Wenn mich Eure Männer deshalb aufknüpfen, ist es ebenfalls mein Problem. Desgleichen, wenn sie mich an Pferde binden, eines meiner Gliedmaßen an jedes Tier, und diese zum Galopp antreiben, damit sie mich zerreißen …«

Sie schlug die Hände vors Gesicht, zu müde und elend von der Kälte, um die Bilder zu ertragen, die er mit seinen Worten heraufbeschwor. Schlagartig schien sein Unmut nachzulassen.

»Also, sind wir uns einig«, sagte er in einem versöhnlichen Ton, »dass es durchaus meine Angelegenheit ist, was und wie viel ihr am Leibe habt, und dass Ihr am Leben bleiben müsst, damit auch ich diesen gesegneten Zustand weiter genießen kann? Sollen wir jetzt nicht wenigstens die oberste Schicht entfernen?« Er hielt ihr seine Hände hin, die Handflächen nach oben gedreht. »Mit den reinsten Absichten natürlich.«

Sie hegte diesbezüglich zwar einige Zweifel, aber er hatte recht, denn mittlerweile war die Nässe bis in die tieferen Schichten der Kleiderhüllen durchgesickert. Vorsichtig zupfte sie an den Bändern, die das lange Kleid aus selbst gesponnener Wolle, das sie zur Arbeit im Freien zu tragen pflegte, vorne zusammenschnürten. Gereizt über seinen prüfenden Blick, fuhr sie ihn unwirsch an: »Und was ist mit Euch? Ist Euch denn gar nicht kalt?«

»Natürlich.« Er zog den Umhang von den Schultern und warf ihn auf den Boden. »Doch wenn ein Mann durch die Hölle gegangen ist, dann empfindet er so einen Wintersturm fast als belebende Erfahrung.« Sie starrte auf ihre Finger, die immer noch an den Bändern nestelten. »Wart Ihr in der Hölle?«

»Allerdings, doch ich fand den Weg zurück.«

Es war eine Sache, an Hölle und Teufel zu glauben, und eine andere, dies aus erster Hand bestätigt zu bekommen. Wieder begannen ihre Zähne zu klappern – diesmal mehr aus Furcht als wegen der Kälte. Er beobachtete sie mit zusammengekniffenen Augen. »Mylady, wie alt seid Ihr?«

»Achtundzwanzig.«

Er schnalzte mit der Zunge. »Und noch immer so leicht zu verschrecken. Ihr seid doch kein Kind mehr.«

»Ich weiß. Vergebt mir, aber mir ist kalt, und ich bin müde.«

»Und hungrig wohl auch. Ich habe Haferplätzchen dabei …«

»Ich habe keinen Hunger.« Instinktiv leugnete sie das knurrende Tier in ihrem Bauch, das ohne Rücksicht auf ihre Ängste nach Nahrung verlangte. Sie wollte sich nicht, noch nicht, dazu herablassen, das Brot mit dem Feind zu brechen.

»Ihr seid überhaupt nicht hungrig?«

Sein Erstaunen erschien ihr gespielt, und sie fragte sich unwillkürlich, ob dieser Mann etwa ihre Gedanken lesen konnte. Sie wollte die Kekse des Teufels nicht, ganz egal wie verlockend sie auch sein mochten. Es schien ihr nämlich völlig sicher zu sein, dass sie, falls sie der Versuchung erlag, niemals in ihre Welt zurückkehren konnte. Trotz ihrer Verwirrung klang ihre Stimme fest. »Das habe ich doch gesagt«, insistierte sie.

»Setzt Euch an den Tisch.« Seine Hand auf ihrem Arm fühlte sich tröstlich an. Er führte sie zur Bank hinüber und drückte sie darauf. »Ich habe warmen Wein mitgebracht.«

Er berührte ihre Nase leicht mit einem Finger. »Und erzählt mir nicht, Ihr würdet auch davon nichts zu Euch nehmen.«

Die ablehnende Antwort erstarb ihr auf den Lippen … Er befahl, und sie gehorchte. Nicht weil sie an sich selbst zweifelte, sondern weil seine natürliche Gewissheit und Autorität jeglichen Widerstand bereits im Keim erstickte. Nun gut, sie würde, um ihn zu besänftigen, von dem Wein nehmen, aber ihn nur an die Lippen führen, ohne davon zu trinken. Verärgert über ihre Schwäche fragte sie gereizt: »Wer seid Ihr? Weshalb habt Ihr mich verschleppt?«

Er antwortete nicht, ging stattdessen zum Feuer, hob dort den Deckel eines Topfes, und sogleich erfüllte der köstliche Duft von Rotwein den Raum. Während er das warme Getränk in Becher schöpfte, antwortete er: »Ihr hattet keine Chance, Euer Zuhause zu erreichen. War Euch das nicht bewusst?«

Zu ihrer Überraschung klang er ehrlich besorgt. Sie forschte in seinem Gesicht, als könne sie darin die Wahrheit lesen, und schloss seufzend ihre Hände um einen der Becher mit Glühwein. Die Hitze drang wohltuend zu ihren Fingern durch, die vor Kälte noch immer ganz verkrampft waren, und ließ die schmerzhafte Erstarrung aus ihren Gliedern weichen.

»Trinkt«, sagte er und führte ihre Hände mit dem Becher zu ihrem Mund. Sie schloss die Augen, um das Aroma besser genießen zu können, und die Verlockung, davon zu trinken, wuchs mit jeder Sekunde, denn der köstliche Duft verhieß ihr einen ebensolchen Genuss. Als sie die Augen wieder öffnete, stand er vor ihr, sein Gesicht auf Augenhöhe mit dem ihren. Sein Blick war unwiderstehlich. »Trinkt«, sagte er erneut, und wie hypnotisiert schluckte sie das dampfende Gebräu.

Ganz gleich, wie gut der Wein schmeckte, ganz gleich, wie sehr er sie wärmte, sie musste endlich wissen, was hier vor sich ging. »Weshalb …?«

»Trinkt aus.«

Ein Blick von ihm und gehorsam schluckte sie den Wein bis zur Neige hinunter. Die Art, wie er sprach, irritierte sie – seine langsame Artikulation, als wolle er jedes Wort vorsichtig abwägen, bevor es über seine Lippen kam, und ebenso der raue, dunkle Tonfall, der tief aus seinem Innern hervorzudringen schien, von einem Ort, der bis in die entlegensten Winkel seiner Seele reichte.

Er lockte sie, versuchte sie dorthin zu ziehen, hinein in sein verborgenes Inneres, nutzte dabei ihre Müdigkeit aus. Er setzte die Stärke seines großen Körpers ein. »Stütz dich auf mich«, flüsterte er, »ich werde dich beschützen.« Und seine Augen, die grün waren wie das Meer während eines Sturmes, bestätigten seine Worte. »Vertrau mir«, bat er eindringlich, »ich werde dich nicht verletzen.« Mehr noch als der Wein oder das Essen betörte dieser Mann sie. Ihre Augen brannten vor Tränen, und ein Seufzen blieb ihr in der Kehle stecken. Drei Jahre – und sie erlag einem völlig Fremden, der ganz einfach behauptete, dass sie ihm vertrauen könne.

Bevor sie die Sprache wiederfand, fragte er: »Sind Eure Waffenknechte so nachlässig, dass sie Euch nicht begleiten wollten?«

»Wie bitte? Wohin?« Ihre Erstarrung wich, sie löste

die Bänder endgültig und begann sich aus dem schlichten Überkleid zu schälen. Ein weiteres Gewand wurde sichtbar.

Er packte die grobe Wolle der Ärmel und zog daran. »Ins Dorf. Dort wart Ihr doch oder etwa nicht?«

»Ja, um meine alte Amme zu besuchen. Sie wird den Winter wohl nicht überleben, wisst Ihr, und sie hat nach mir gefragt.« Warum legte sie überhaupt Rechenschaft ab, fragte sie sich verdrießlich, stand abrupt auf und schob das Oberkleid über ihre Taille, als sie plötzlich seine Hände auf ihren spürte. Sie zuckte zusammen und starrte ihn wütend an, ohne jedoch in seinem Gesicht etwas anderes zu erkennen als Ungeduld und ein ordentliches Maß an Verärgerung.

»Wo waren also Eure Waffenknechte?«

»Sir Joseph hat mich selbst begleitet. Er ist der Kommandant meiner Männer, ein alter Freund meines Vaters.«

»Und wo bitte ist er jetzt?« Raymond betonte die Worte sehr deutlich, wollte schneller eine Erklärung, als sie sie ihm zu geben bereit war.

Dieser Mann würde sie bestimmt wegen ihrer Ängste und ihrer Empfindsamkeit für eine Närrin halten, nicht anders als früher ihr Vater und jetzt Sir Joseph. Dabei waren sie alle nicht unschuldig daran, dass sie sich so wenig unter Kontrolle hatte. Trotzig antwortete sie: »Er weigerte sich, mit mir zurückzukommen. Sagte, der Sturm wäre zu heftig und wir würden uns zu Tode frieren, bevor wir die Burg erreicht hätten.«

Raymond schien nachzudenken. »Habt Ihr an seinem Urteil gezweifelt?«

»*Nay.*«

»Gab es einen Grund, weshalb Ihr zurückkehren musstet? Ein krankes Kind vielleicht oder eine sterbende Mutter?«

»Meinen Kindern geht es gut. Meine Mutter ist bereits tot.«

Seine Hände lagen unverändert fest auf ihren Hüften – zu fest für ihr Empfinden, doch sie wagte keinen Einwand. »Aber trotz seiner Warnung wart Ihr entschlossen, nach Hause zu gehen?«

»*Aye.*« Sie wartete auf einen Zornesausbruch, einen Hagel von Vorwürfen aus dem Mund dieses logisch denkenden Mannes. Stattdessen hörte sie nur ungläubiges Staunen aus seinen Worten heraus.

»Und dieser Sir Joseph weigerte sich, bei Euch zu bleiben? Er ließ Euch gehen, obwohl er wusste, Ihr würdet vielleicht in dem Unwetter ums Leben kommen? Obwohl ihm klar war, dass Gefahr für Leib und Leben drohte?«

»Nun ja.« Sie öffnete die Bänder des nächsten Kleides. »Ihr müsst verstehen, er ist ein alter Mann.«

»Er ist ein Mann, der keinen Nutzen für Euch mehr hat, der nur noch ein Schatten seiner selbst ist.«

Unbarmherzig fällte er sein Urteil, als ob er das Recht dazu hätte. Während er ihren Becher erneut füllte, bemerkte er ihre Beklommenheit. Ohne ein Lächeln erklärte er: »Macht Euch keine Sorgen. Ich werde mich darum kümmern.«

»Worum?« Als sie den Becher nahm, schwappte die rote, warme Flüssigkeit beinahe über den Rand. »O nein, bitte sagt nichts zu Sir Joseph. Er würde denken, dass ich mich über ihn beschwert habe, und …« Sie verstummte unter seinem Blick.

»Bitte sprecht weiter.«

»Sir Joseph kann sehr unangenehm sein«, murmelte sie. Nicht zum ersten Mal wünschte sie sich, dieser böse Alte würde in der Hölle schmoren. Noch einmal berührte sie die Narbe auf ihrer Wange, dann glitt ihre Hand in das Haar hinter ihrem Ohr. Eine lange, gezackte Narbe zog auch dort die Haut zusammen.

»Klettert ins Bett und trinkt Euren Wein.«

»Ihr scherzt wohl.«

Er hob die Decken und hielt sie mit aufforderndem Schweigen fest.

»Das werde ich nicht tun.« Er hatte ihr noch nicht einmal gesagt, wer er war, oder auch nur, weshalb er sie hierhergebracht hatte. Hinter seiner vorgeblichen Besorgnis um ihre Sicherheit steckte ganz bestimmt eine andere Absicht, und sie wäre wirklich eine Närrin, wenn sie das vergessen würde.

Er sah ungeduldig aus, aber der Wein ließ sie mutig werden. »Ich lege mich gewiss nicht hin, weder für Euch noch mit Euch. Eine Erbin zu entführen mag zwar ein alter Brauch sein, eine Braut samt Vermögen mit allen Mitteln für sich zu gewinnen ebenso – aber schon andere haben vergeblich versucht, mich zur Ehe zu zwingen. Ich habe sie alle zurückgewiesen – genau wie Euch, hinterlistiger Kerl, der Ihr seid.«

Bedrohlich baute er sich jetzt vor ihr auf, ein groß gewachsener, starker und wütender Mann, und wie zur Abwehr hielt sie schützend die Arme über ihren Kopf.

Aber der erwartete Schlag blieb aus.

»Setzt Euch«, sagte er in einem Tonfall, der den Zorn, den sie in seinen Augen las, Lügen strafte.

Langsam ließ sie die Arme sinken und musterte ihn misstrauisch, da sie irgendeinen Trick erwartete. Wie er da vor ihr stand, wirkte er noch immer einschüchternd, nur dass die Verärgerung aus seinem Blick gewichen war. Ihr schien, dass er sie jetzt eher geringschätzig betrachtete, und all ihr Mut und ihre Selbstachtung fielen in sich zusammen. Bestimmt machte sie ihn krank mit ihrem Theater, dachte sie und setzte sich ergeben auf die modrige Strohmatratze.

Lastendes Schweigen herrschte in dem kleinen Raum, als er sie fest in wärmende Felle wickelte und ein Stück Stoff über das glatte Holzscheit legte, das als Unterlage für den Kopf diente. Sie wusste nicht, was sie dazu trieb, ihm trotz ihrer tiefen Verunsicherung Paroli zu bieten. Vielleicht war es einfach Angst: Angst vor dem Mann oder auch vor sich selbst, vor der Zuwendung, die er ihr scheinbar schenkte, oder vor dieser seltsamen Anziehungskraft, die sie in seiner Gegenwart spürte. Vielleicht aber hatte sie es auch bloß satt, immer wieder zu etwas gezwungen zu werden. »Ich werde nicht mit Euch ins Bett gehen«, flüsterte sie. »Lieber werfe ich mich in die Flammen oder verdinge mich als Sklavin.«

Seine Augen blitzten auf, und er packte sie bei den Schultern: »Sagt so etwas nie wieder. Denkt es nicht einmal, wünscht Euch das nie. Das Leben in Ketten ist nichts für Euch, Mylady.«

»*Nay*, aber sie würden gut um den Hals eines Mitgiftjägers passen, der davon träumt, seine Position durch mein Erbe zu verbessern.«

Er ließ ihre Hand los, als ob er sich verbrannt hätte. »Falls ich jemals das Glück haben sollte, Geoffroi Jean Louis Raymond, Grafen von Avraché zu treffen, dann werde ich ihm raten, Euch an das Ehebett zu fesseln, bis Ihr gelernt habt, mit Eurer Zunge etwas Besseres anzufangen, als freche Widerworte zu geben.«

2

Raymond von Avraché dachte niedergeschlagen über das Debakel nach, das aus einer scheinbar einfachen Entführung erwachsen war.

Juliana war die Erbin von zwei ansehnlichen Burgen und dazugehörendem lukrativen Grundbesitz. Sie war ihm von König Heinrich versprochen worden, hatte aus höchst fadenscheinigen Gründen abgelehnt, dieses Verlöbnis einzulösen und zu ihm zu kommen, wodurch er zum Gegenstand von allerlei Gespött und Gelächter am Hof geworden war.

Warum nur war sein Zorn verraucht, als er die Panik dieser widerstrebenden Frau erkannte? Eigentlich wollte er sich doch an Lady Juliana rächen, weil sie sich weigerte, ihn zu heiraten, aber jetzt dachte er anders darüber. Verängstigt und gleichzeitig tapfer, wie sie war, nötigte sie ihm irgendwie Respekt ab – sogar durch ihren Angriff mit dem Holzscheit.

Und sie war etwas Besonderes, auch äußerlich betrachtet. Unter den vielen Kleiderschichten, die sie zunächst eher plump erscheinen ließen, war nach und nach beim Entfernen der oberen Hüllen ein zierlicher Körper zum Vorschein gekommen. Er hatte das mit einer Vorfreude beobachtet, wie sie ein orientalischer Potentat angesichts seiner neuesten Haremsdame empfinden musste. Allerdings entsprach sie, so wie sie aussah, nicht gerade dem höfischen Ideal. Nicht nur weil ihre Kleidung hässlich war und die hübsche Figur eher verbarg als sie zur Geltung zu bringen – auch ihr Gesicht war anders, breiter, als das der meisten Hofdämchen. Aber ihr lockender Mund und die geheimnisvoll verschatteten Augen übten einen unwiderstehlichen Reiz aus. Wie gerne würde er sie halten, sie liebkosen und trösten, bis aller Widerstand gewichen wäre und leidenschaftlicher Hingabe Platz gemacht hätte.

Er wühlte in seinen Taschen, fand den Stempel mit dem Familiensiegel und streichelte die darin eingeätzte grobe Darstellung eines Bären. Mit gefährlich aufgerissenem Maul und erhobenen Pranken drohte das Tier jedem Feind seiner Sippe Tod und Verstümmelung an. Ein Sinnbild der Rücksichtslosigkeit. Warum also handelte er nicht wie sein Wappentier, warum nahm er die Frau, die jetzt erschöpft eingeschlafen war, nicht einfach? Verärgert stopfte er das Siegel zurück in die Tasche, denn er war nicht wie der legendäre Begründer seiner Sippe: wild, stark, im Kampf überlegen und unerbittlich. Er war mehr wie eine Bärenmutter, die ein Junges mit ihrer großen, weichen Tatze zurechtweist, es aber niemals verletzt.

Er dachte über Juliana nach. Also hatte bereits ein anderer Mann versucht, sie in eine Ehe zu zwingen und war ebenfalls zurückgewiesen worden. Welche Art von Angebot mochte sie da abgelehnt haben? Und war es womöglich ein verschmähter Verehrer gewesen, der ihr diese hässliche violette Narbe im Gesicht durch einen Schlag mit seiner beringten Hand zugefügt hatte?

Er kniete sich neben das Feuer, schürte es und legte Holz

nach, damit es die ganze Nacht brannte. Versonnen starrte er hinein, und die rote Glut erschien ihm wie ein Spiegel des Feuers, das in seiner Brust brannte.

Von nun an würde Lady Juliana ohne Bewachung nirgendwo mehr hingehen, beschloss er. Sein Blut geriet in Wallung, wenn er sich vorstellte, wie leicht jeder beliebige Mann sie einfach von ihren Gütern hätte entführen und ihr die Ehe aufzwingen, sie misshandeln und vergewaltigen können. Raymond war weit davon entfernt, dergleichen zu tun.

Die Tage, in denen er sich seinen Weg durchs Leben geschlagen hatte, mit Schwert und Streitaxt als ständigen Begleitern, waren längst vorbei. Vorbei auch die Zeit, als Kämpfen und Töten für ihn eine Sache der Ehre gewesen waren und ihm einen angemessenen Lebensstandard bescherten, als er Kriegsbeute in seinen Geldbeutel steckte, ohne über das Leid nachzudenken, das er verursacht hatte. Ja, er war in der Hölle gewesen, doch er hatte sich geläutert daraus erhoben, denn sein altes Ich war weggebrannt worden.

Er dachte zurück an seine Teilnahme am Kreuzzug. Es entsprach der Wahrheit, dass er ein Schiff stahl, um nach Hause, in die Normandie, zurückzukönnen. Was er Juliana verschwiegen hatte, waren seine Erlebnisse in sarazenischer Gefangenschaft. Oder wusste sie vielleicht aus anderer Quelle von der Willensschwäche des Grafen von Avraché? War das möglicherweise der Grund, weshalb sie sich weigerte, ihn zu heiraten? War sie von irgendwelchen Gerüchten über seine Feigheit angewidert? Verachtete sie ihn deshalb?

Er wärmte sich die Hände über dem Feuer, bis Dampf

aus den feuchten Ärmeln aufstieg, und starrte unentwegt auf die schlafende Frau, bis seine Augen brannten. Sie würde leidenschaftlich sein, malte er sich aus, großzügig und freundlich und ihn an ihrem Herd und in ihrem Körper willkommen heißen. Nimm sie, drängte eine innere Stimme, noch ist es nicht zu spät. Schwängere sie. Klettere zu ihr ins Bett, leg dich zwischen ihre Beine, noch bevor sie richtig wach wird. Dann würde sie ihm gehören, auch ohne dass er sich auf den königlichen Befehl berufen musste.

Er beugte sich über die Schlafende und breitete zusätzlich eine wollene Decke über den Fellen aus, um sie noch besser gegen die Kälte zu schützen. Ließ dann, von ihrer Wärme verführt, eine frostige Hand unter die Decken gleiten und berührte den Körper, nach dem er sich verzehrte. Der Schein des Feuers zauberte ein leichtes Glühen auf ihre zarte, blasse Haut und verstärkte sein Begehren.

Plötzlich stieg der Geruch von angesengtem Stoff in seine Nase. Wolle? Er schaute auf seine Strümpfe, die am Feuer trockneten, doch von denen ging keine Gefahr aus. Es waren seine Hosen, mit denen er den Flammen zu nahe gekommen war. Wie passend, dachte er, welche Symbolik, und schlug entschlossen auf den schwelenden Stoff ein.

Juliana setzte sich aufrecht hin. In dem dunklen Raum glühte rot das Feuer. Der Sturm ächzte zwar noch, schien jedoch langsam abzuebben. Sie fröstelte trotz der Felle und Decken, denn unbarmherzig drang Kälte in die Hütte, gegen die das schwache Feuer nicht viel auszurichten vermochte.

Auf der Bank auf der anderen Seite schlief der Fremde,

den Kopf auf einem Arm ruhend, die Knie eng an die Brust gezogen und nur von einer einzigen, zerlumpten Decke geschützt. Sogar das Pferd, das in einer Ecke angebunden war, trug einen wärmeren Kälteschutz als sein Herr.

Selbst im Schlaf schien der Mann auf der Hut zu sein. Die entspannte Weichheit tiefen Schlummers fehlte ihm völlig, und doch hatte er ihren Schlaf nicht ausgenutzt. Ihre Unterstellungen waren also völlig grundlos gewesen, und beschämt fragte sie sich, ob sie ihn vielleicht insgesamt verkannte. Wer war er wirklich?

Zweifellos ein Ritter und von guter Abstammung, wie sie an seiner Sprache erkennen konnte. Würde solch ein Mann sich einem Schneesturm aussetzen, bloß um sie zu entführen? Es stimmte zwar, dass seine abgewetzten Lederstiefel und der zerschlissene Umhang darauf hindeuteten, dass er momentan nicht gerade begütert schien und deshalb zu verzweifelten Maßnahmen getrieben worden sein könnte. Aber vielleicht war die Armseligkeit auch nur Tarnung, um Räuberbanden zu täuschen, die überall auf den Straßen herumlungerten.

Nur: Wenn er kein Schurke war, weshalb war er dann hier, auf ihrem Grund und Boden und in dieser Hütte, die ebenfalls zu ihrem Besitz gehörte? War er ein fahrender Ritter, der nach einem neuen Betätigungsfeld suchte? Hatte das Pech ihm alles genommen, und er schämte sich zu sehr, um davon zu erzählen? Es sollte doch möglich sein, ihn mit ein wenig weiblicher List aus der Reserve zu locken, ihm Fragen über seine Herkunft zu stellen, ohne seinen Stolz zu verletzen. Sie musste sich nur daran erinnern, wie man da am geschicktesten vorging.

Am besten wäre es, eine freundschaftliche Beziehung zu ihm aufzubauen, sein Vertrauen zu gewinnen. Schließlich hatten bis vor drei Jahren Männer zu ihrem gesellschaftlichen Umgang gehört, waren von ihr in ihrer Burg als gern gesehene Gäste, mit denen man lachte und scherzte, willkommen geheißen worden. Jetzt mied sie zwar solche Kontakte in der Regel, doch nichts sprach dagegen, dass sie bei diesem Fremden eine Ausnahme machte. Immerhin hatte er die Situation nicht ausgenutzt. Obwohl sie die Nacht gemeinsam auf engstem Raum verbringen mussten, war nichts passiert: keine gemeinen Absichten, keine unzulässige Annäherung und schon gar keine Vergewaltigung. Dabei wäre es ein Leichtes für ihn gewesen, sie trotz Gegenwehr einfach zu nehmen. Schließlich war er kein Schwächling, sondern unübersehbar ein Mann, der wusste, was er wollte. Überdies war er stark, mit kräftigen Muskeln und Knochen, was seine Zurückhaltung noch wertvoller machte. Natürlich bedeutete das nicht, dass sie ihn von jeglichem Hintergedanken freisprechen konnte, und irgendwie hoffte sie sehr, dass ihre Verdächtigungen sich am Ende als völlig unbegründet erweisen würden.

Entschlossen setzte sie sich aufrecht hin und schob die Felle beiseite. Im gleichen Moment, wie um ihren Mut zu testen, öffnete der Fremde seine Augen und betrachtete sie prüfend. Wie ein Krieger, der sich zur Schlacht stellt, dachte sie und verspürte erneut Grauen, als sie in seinem Gesicht einen unbändigen Hunger erkannte. Sie duckte sich ängstlich, und all ihre Vorsätze, stark zu sein, waren vergessen.

»Seid Ihr durstig?«, fragte er.

Sie nickte und betrachtete ihn erstaunt. Wie merkwürdig er doch war. Anders als jeder andere Mann, den sie je getroffen hatte, schien er seine Leidenschaften unter Kontrolle zu haben.

»Ich werde Wein warm machen.« Er setzte sich auf und rieb sich die Augen.

Sie sah, dass er fingerlose Handschuhe trug, aber keine, die bereits so angefertigt worden wären. Eindeutig hatte er die Finger nachträglich abgeschnitten, um besser hantieren zu können. Diese banale Beobachtung ließ sie ihre Ängste vergessen. »Keinen Wein mehr«, antwortete sie mit trockener Zunge. »Wasser, ich bitte Euch.«

Er stand auf. »Gut, dann werde ich Schnee schmelzen. Es ist ja genug hereingeweht worden.«

Während er den Kochtopf vollschaufelte, fragte sie: »Ist es schon Morgen?«

Er ging zum Feuer, scharrte die Asche von den immer noch glühenden Kohlen, richtete Kienspäne und Holzscheite her und blies, bis sich das Holz entzündete. »Vielleicht. Aber der Schnee türmt sich so hoch um die Hütte auf, dass wir …« Er zögerte.

»… begraben sind?«

»Eingeschneit«, antwortete er.

Sie deutete auf die Zimmerdecke, wo der Rauch sich verwirbelte, bevor er nach draußen verschwand. »Nicht völlig begraben, aber ich glaube, ich spüre mehr Wärme als zuvor. Vielleicht durch eine Schneewehe, die den Sturm ein wenig abhält.«

»Wärme?« Er grinste sie mit einem schiefen Lächeln an. »Eine leichte Übertreibung, würde ich sagen.«

Als er sich umdrehte und ihr einen Becher mit kühlem Wasser reichte, erinnerte sie sich daran, dass ihn im Gegensatz zu ihr in der vergangenen Nacht keine Decken warm gehalten hatten. Seine Großzügigkeit beschämte sie, doch sie wollte ihm nichts schulden. Sie trank den Becher aus und sagte betont forsch: »Hier«, wobei sie die Wolldecke vom Bett nahm und ihm mit einem Schwung um die Schultern legte.

Er kuschelte sich hinein, und jetzt, da sie so nahe bei ihm stand, konnte sie den bläulichen Farbton seiner Haut erkennen. Sie sagte: »Setzt Euch hierher, ich werde uns eine warme Mahlzeit kochen. Was habt Ihr zum Essen dabei?«

»Einen Laib Brot, den ich aus dem Dorf mitgebracht habe.«

»Ich werde ihn rösten.«

»Und etwas Käse und Hafer, ein paar Zwiebeln, getrocknetes Fleisch, einige getrocknete Erbsen und ein paar getrocknete Früchte, etwas Bier …«

Sie brachte ihn mit einer Geste zum Schweigen. »Geröstetes Brot sollte genügen.« Er sah sie aus großen Augen flehend an, und sie gab nach. »Aber ich bin hungrig genug, um einen Hirsch zu essen. Vielleicht auch etwas Hafer mit geschmorten Früchten.«

»Ist das alles?« Er seufzte und ließ die Schultern hängen wie ein enttäuschtes Kind, was überhaupt nicht zu seinem wuchtigen Körperbau passte. Wider Willen musste sie lachen, und dieser Heiterkeitsausbruch überraschte sie selbst. Wie lange war das schon nicht mehr passiert? Zu lange, denn ihr Lächeln fühlte sich merkwürdig an und kam ihr außerdem ein wenig wie eine Kapitulation vor. Sie wandte sich seinen Taschen auf dem Tisch zu. »Sind die Lebensmittel hier drin oder ...«

Er packte ihren Arm, bevor sie die Beutel öffnen konnte, und schob sie zu den Regalen an der Wand. »Dort findet Ihr neben den Vorräten, die Ihr hier angelegt habt, auch die Sachen, die ich dabeihatte.«

»Werden wir auf längere Zeit eingeschneit sein? Ich meine, sollten wir mit den Vorräten vorsichtig haushalten?«

»Ich glaube, der Wind hat bereits nachgelassen. Sobald er ganz aufhört, werde ich versuchen, die Tür aufzuschieben.«

»Würdet Ihr das?« Sie verschränkte ihre Hände. »Ich gäbe alles dafür, um wieder in meine sicheren Mauern zurückkehren zu können.«

»Sicher? Wovor müsst Ihr Euch denn in Sicherheit bringen?«

Vor jemandem wie euch, wollte sie sagen, aber sie brachte nicht den Mut dazu auf. Ihr Blick wich ihm aus, und stattdessen starrte sie auf eine Reihe von ordentlich aufgereihten Krügen und andere Gerätschaften.

Mit sarkastischer Stimme erklärte er: »Mit einer Schneewehe als Burg und einem Mann wie mir als Kämpen seid Ihr so sicher wie irgend möglich.«

»Gewiss. Ich meinte ja nicht ...« Sie warf ihm einen verstohlenen Seitenblick zu. Ganz eindeutig hatte dieser Mann Schweres hinter sich. Er sah gut aus, wenngleich er nicht mehr in der Blüte seiner Jugend stand. Schwarze Bartstoppeln sprossen dicht auf seinem Kinn, und seine gebräunte Haut verriet, dass er sich längere Zeit unter sengender Sonne aufgehalten haben musste. Das Leben hatte um seine

Augen herum winzige Fältchen eingegraben, und im Schein der Flammen erkannte sie, dass seine Mundwinkel müde herabhingen.

Sie konnte mit diesem Mann bestimmt klarkommen, wenn sie nur ihren Mut zusammennahm und mit ihren Taktlosigkeiten aufhörte. Halt das Gespräch unpersönlich, sprich über Dinge, über die Männer gerne reden, frag ihn nur ganz vorsichtig über seine Vorgeschichte aus, nahm sie sich vor – und platzte doch unvermittelt heraus: »Wo hielt sich der Hof von König Heinrich gerade auf, als Ihr ihn verlassen habt?« O je, das war wirklich ganz und gar keine vorsichtige Annäherung, erkannte sie sogleich.

Zu ihrer Überraschung gab er jedoch bereitwillig Auskunft. »Er zog gerade auf dem Kontinent herum, von einer Domäne zur nächsten. Sein Hofstaat beschwert sich über das viele Herumreisen, aber ich persönlich bin der Ansicht, dass es seine eigene Art ist, sein Reich unter Kontrolle zu halten. Niemand weiß, wo oder wann er auftauchen wird.«

Während sie die Spreu und kleine Steinchen aus dem Hafer klaubte, murmelte sie: »Ihr habt viel von ihm gelernt.«

»Ich habe Euch nicht verstanden.«

»Ich fragte nur, welche Sorte Obst Ihr wollt.« Sie spähte in die Ledersäcke, die die getrockneten Lebensmittel vor Nagetieren schützten.

»Äpfel. Seit meiner Rückkehr kann ich einfach nicht genug von guten englischen Äpfeln bekommen.«

»Wachsen denn auf der anderen Seite des Kanals keine Äpfel?«

»Nicht mit diesem intensiven Geschmack.«

Sein Lächeln rührte ihr Herz, und sie warf eine ordentliche Handvoll Äpfel in den blubbernden Eintopf. Der Geruch ließ ihren Magen knurren, und wenn sie jetzt an ihre Ängste der vorangegangenen Nacht dachte, erschienen sie ihr als pure Einbildung. »Ich habe gehört, dass Königin Eleanor nach England zurückgekehrt ist«, sagte sie.

»Das ist sie«, bestätigte er.

»Ich habe außerdem gehört, dass sie wegen des Königs besorgt ist.«

»Diese Art von Klatsch breitet sich mit einer Geschwindigkeit aus wie Hochwasser im Frühling.« Er griff nach dem Löffel und rührte im Topf herum. Sie dachte, er würde nicht weiter darauf eingehen, aber sie hatte sich getäuscht. »Heinrich ist ein Narr«, sagte er und umklammerte dabei den Griff des Löffels so fest, dass seine Fingerknöchel weiß wurden.

Überrascht widersprach sie: »Ihr seid aber ziemlich dreist, Leute zu kritisieren, die über Euch stehen.«

»Heinrich ist mein König und besitzt meine Loyalität. Das bedeutet allerdings nicht, dass ich keine Meinung hinsichtlich seines gesunden Menschenverstands habe beziehungsweise des Mangels daran.« Sein Mund verzog sich grimmig. »Habt Ihr Eurem Vater nie etwas vorgeworfen? Oder Eurem Ehemann?«

»Weder mein Vater noch mein Ehemann waren König von England und Herr von halb Frankreich«, antwortete sie rundheraus. Sie nahm das Brot und sah sich um. »Wo ist das Messer?«

Er stand von seinem Platz am Feuer auf und nahm ihr den Laib aus der Hand. »Ich werde das Brot schneiden.«

Die Art, wie er das sagte, erinnerte sie an ihren Versuch, ihn niederzuschlagen. Offensichtlich misstraute er ihr nach wie vor. Beschämt suchte sie Schüsseln zusammen, während er ein Stück Brot abschnitt, es auf einen Stock spießte und über die Flammen hielt. »Weder Euer Vater noch Euer Ehemann hatten die Möglichkeit wie Heinrich, etwas aufzubauen – und auch nicht die, es wieder zu zerstören. Es fehlt nicht mehr viel, all diese ausgedehnten Ländereien, die er von seinen Eltern geerbt oder die Eleanor ihm in die Ehe eingebracht hat, zu einem mächtigen Königreich zu vereinen. Und was tut er stattdessen? Provoziert seine Ehefrau mit einer Geliebten. Seine stolze Königin. Eleanor, die sich seinetwegen einst vom König von Frankreich hat scheiden lassen.«

»Liebe … ändert sich. Sie wird stärker oder schwächer mit der Zeit oder den Umständen.« Darin war sie schließlich Expertin. Um ihn nicht ansehen zu müssen, rührte sie heftiger als nötig im Topf herum.

»Liebe? Ich weiß nicht, ob es zwischen ihnen beiden jemals Liebe gegeben hat. Aber da war Verliebtheit, jedenfalls auf Eleanors Seite. Ihre Ehe mit Ludwig muss recht enttäuschend gewesen sein. Der war nämlich so heilig, dass er mit seinen ehelichen Zuwendungen sehr sparsam umging. Als sie dann Heinrich sah, jung und männlich wie ein Stier …«

»Sie ist älter als er?«

»*Aye*, und das macht seinen Treuebruch besonders ärgerlich.«

»Jede Frau würde das so sehen«, räumte sie ein.

»Und jeder Mann auch«, gab er zurück.

Die Flammen erhellten seine gut geschnittenen Gesichtszüge, und wieder war sie von der Kraft überrascht, die er ausstrahlte. Dieser Mann trug seine Überlegenheit ganz mühelos und selbstverständlich zur Schau, ohne Anstrengung oder ohne Nachdenken. Sie wusste, er war, wer auch immer er sein mochte und was immer er tat, ein Meister. Ihr prüfender Blick weckte seine Aufmerksamkeit, und er hob fragend die Augenbrauen. Hastig sagte sie: »Der Haferbrei ist fertig.« Sie schöpfte ihn in die Schüsseln, nahm ein Stück geröstetes Brot entgegen und setzte sich aufs Bett.

Sie genoss den Geschmack von Getreide und Obst mit geschlossenen Augen, und als sie sie öffnete, bemerkte sie, dass sein Blick auf ihrem Gesicht ruhte. Ein angedeutetes Lächeln umspielte seinen Mund. Freute er sich an ihrem Wohlbehagen beim Essen? Sie dachte an ihre Zweifel der vergangenen Nacht. Konnte dies der Herr der Hölle sein? War sie selbst dazu verdammt, auf ewig bei ihm zu bleiben, weil sie sein Essen geteilt hatte? Als er seine Haare hinter die Ohren zurückstrich, richtete sich ihre Aufmerksamkeit erneut auf den Ohrring aus gehämmertem Gold.

Er war so groß und schwer, dass er das durchlöcherte Ohrläppchen dehnte. Sie konnte sich nicht vorstellen, was ihn dazu getrieben haben mochte, dieses merkwürdige, barbarische Schmuckstück zu tragen. Sie zwang ihre Gedanken wieder in eine andere Bahn, als er sie prüfend anschaute, um die Ursache ihres plötzlichen Schweigens zu ergründen. »Ich habe gehört, die Adligen halten ihre Ehefrauen und Töchter vom König fern.«

»Außer sie wollen sich einen Gefallen von ihm erbitten«,

bestätigte er. »Aber dieses Mädchen, diese Rosamund, ist anders. Heinrich stellt sie zur Schau, lässt sie in den königlichen Residenzen wohnen.«

Während sie aß, überlegte sie im Stillen, ob es klug sei, ihm von all dem Klatsch zu berichten, den der Minnesänger erzählt hatte. Aber er wusste so viel, war mit der Szene so vertraut, dass sie nicht widerstehen konnte. »Während ihrer Herbstreisen fand Eleanor heraus, dass Rosamund auf Woodstock lebt.«

Er legte seinen Löffel nieder. »In dieser allerliebsten königlichen Residenz?«

»So wurde es mir berichtet.«

»Glaubt Heinrich etwa, dass Eleanor sich seine Respektlosigkeit gefallen lassen wird? Schließlich ist sie nicht bloß irgendwer, sondern selbst von höchster Herkunft. Bevor sie Königin von Frankreich oder England wurde, da war sie Herzogin von Aquitanien, Gräfin von Poitou. Ihre Ländereien umfassen beinahe Heinrichs halbes Königreich.«

Sie kratzte das letzte bisschen Apfel aus ihrer Schüssel. »Welche Art von Frau ist sie eigentlich?«

»Eine großartige.« Sein Lächeln sprach Bände und drückte seine uneingeschränkte Zuneigung aus. »Sie ist kein königliches Aushängeschild. Sie versteht etwas von Politik sowohl im Inneren wie im Äußeren. Ohne ihre Hilfe wäre Heinrich niemals so weit gekommen.« Er nahm ihre Schüssel und gab ihr eine weitere Portion von dem Hafer-Apfel-Gemisch.

»Gewiss glaubt Ihr, dass sie dem unbedeutenderen Geschlecht angehört.«

Er wich ihrer herausfordernden Frage aus. »Sie ist bedeutender als die meisten Männer. Sie hat dem König sieben Kinder geboren – darunter bis jetzt drei gesunde Söhne und vielleicht einen vierten zur Weihnachtszeit.«

Julianas Herz zog sich aus Mitleid mit der Königin zusammen. »Sie ist schwanger?«

»Ja, deshalb hat Heinrich sie nach England zurückgeschickt, damit sie hier das Kind bekommt. Zumindest gibt er diesen Grund vor.«

»Vielleicht ist dem König gar nicht bewusst, wie sehr er sie mit der Zurschaustellung von dieser Rosamund beleidigt.«

»Das weiß er ganz genau, tut aber nichts, um sie zu beschwichtigen. Er provoziert sie im Gegenteil, will ohne sie Weihnachten in Poitiers verbringen, in Eleanors eigener Residenz, und seinen Sohn Heinrich dem aquitanischen Adel als künftigen Herzog präsentieren. Und das, obwohl Eleanor ihren Zweitgeborenen, Richard, als Erben für ihre Erbländer vorgesehen hat.« Er stellte seine Schüssel mit einem Seufzer beiseite. »Unser Lehnsherr ist ein brillanter Taktiker.«

Die Art, wie er das sagte, ließ sie aufschauen. »Erkennen die Aquitanier den jungen Heinrich denn als ihren Lehnsherren an?«

»Die Leute sind ein flatterhaftes Volk, bei denen man nie weiß. Sie neigen dazu, zu rebellieren, sobald Heinrich seine Aufmerksamkeit gerade anderen Regionen zuwendet. Falls die Königin indes zu ihnen gehen sollte und um ihre Unterstützung bäte …«

»… werden sie sich bereitwillig gegen Heinrich erheben«,

beendete sie seinen Satz. »Und vielleicht würde dieser Aufruhr sich ausbreiten. Wie froh bin ich, dass ich vorhabe, die Verteidigungsanlagen meiner Burg zu verstärken.«

Sein Blick richtete sich interessiert auf sie. »Verstärkungen?«

Sollte sie es ihm sagen? Würde es ihn beeindrucken zu erfahren, was sie plante? Oder konnte es sein, dass er dieses Wissen vielleicht ausnutzte? Sie wischte ihr Misstrauen beiseite. »Anbauten an der Umfassungsmauer«, antwortete sie und beobachtete ihn ebenso genau wie er sie.

Er beugte sich nach vorn, die Hände auf seinen Knien, während die Augen vor Begeisterung Funken sprühten. »Das äußere Bollwerk soll erneuert werden?«

»*Aye*. Mir wurde von Fortschritten bei der Bauweise von Burgen berichtet. Die Kreuzfahrer sollen es ausprobiert haben, und ich bin entschlossen, von diesen Erkenntnissen zu profitieren.«

Offensichtlich erfreut erklärte er ihr: »Ich kann helfen. Ich kenne mich ein wenig mit dem Burgenbau aus.«

Tat er das wirklich?

Er sprang auf, ging zur Tür und sammelte etwas Schnee, schichtete diesen auf dem gestampften Lehmboden auf und formte einen Hügel. »Das ist die Felsnase, auf der Eure Burg liegt.« Er zog eine gewellte Linie um drei Seiten des Hügels. »Das ist der Fluss, der Euch schützt. Der Wohnturm steht hier auf dem höchsten Punkt, und darin befinden sich Eure große Halle, Eure Lagerkeller, vielleicht ein Brunnen, da Ihr so nahe am Fluss seid.« Er stach ein Stöckchen in die Spitze des Schneehügels und legte Kienspäne wie einen Zaun um ihn herum.

»Meine Küche ist ebenfalls im Wohnturm, im unterirdischen Gewölbe«, sagte sie.

»Wirklich?« Er sah erstaunt aus. »Weshalb solltet Ihr sie im Gewölbe haben wollen?«

»Es ist einfacher für die Diener, wenn der Brunnen in der Nähe ist. Und sie müssen das Essen nur die Stufen heraufttragen.«

» Einfacher als eine Küchenhütte im Burghof?« Er zuckte die Achseln. »Solche Dinge sind Frauensache, und obwohl ich noch nie von so einer verrückten Idee gehört habe, steht es mir nicht zu, mich darüber zu beschweren.«

Sie starrte ihn mit offenem Mund an. Keiner der Männer, die sie kannte – weder Sir Joseph noch Hugh noch Felix, nicht einmal ihr Vater –, keiner von ihnen hätte die Anordnung der Küche einfach ihrem Gutdünken überlassen.

»Hattet Ihr dort unten Ärger mit dem Feuer?«, fragte er interessiert.

»*Nay.*«

Weil sie sich freute, ihre Neuerung jemandem erklären zu können, der Kreativität schätzte, fuhr sie fort: »Wir haben die Feuerstelle direkt in den Boden gebaut, ein gutes Stück von den Säulen entfernt, welche die Decke tragen, und hoch oben einen Rauchabzug konstruiert, um den Qualm abzusaugen.«

»Also stellt der Rauchabzug keine Lücke in Eurer Verteidigung dar?«

»Genau.« Sie rieb sich die Handflächen an ihrem Rock ab und verriet ihm den größten Triumph von allen. »Und das Essen kommt immer warm auf den Tisch.«

»Überlasst es einer Frau, die Lebensbedingungen zu verbessern, sage ich immer. Und überlasst es den Männern, die Verteidigungsanlagen zu verstärken.« Er deutete mit dem Daumen auf seine Brust. »Das bin ich. Nun, hier ist die Mauer, die Ihr derzeit habt. Der Burghof ist dieses offene Gelände, das den Wohnturm umgibt. Darin habt Ihr einen Garten, einen Stall, vielleicht …«

Sie hörte nicht mehr zu. Sie starrte einfach auf das Schneemodell: Er kannte den Grundriss ihrer Burg. Nicht dass es eine außergewöhnliche Anlage wäre, denn mit Ausnahme der Küche sah sie nicht anders aus als die anderen Burgen, die seit den Zeiten Wilhelm des Eroberers in England errichtet worden waren. Aber dieser Mann hier war bestens über Einzelheiten informiert, hatte ihre Burg studiert wie ein Steinmetz oder ein Zimmermann, der Arbeit suchte – oder wie ein zur Eroberung entschlossener Krieger.

Er sagte irgendetwas, und ihr Mund wurde trocken, als sie ihn ansah. Dieser Mann war bestimmt kein einfacher Handwerker.

»Wollt Ihr noch eine weitere Umfassungsmauer bauen?«

»*Nay.*« Sie räusperte sich. Lass ihn weiterreden. Er würde nichts erfahren, was sie ihm nicht erzählen wollte. Aber vielleicht gelang es ihr auf diese Weise, seine Absichten aufzudecken. »Ich will die derzeitige Umfassungsmauer verstärken – nicht dass sie nicht schon stark genug wäre«, fügte sie hastig hinzu.

»Welche Veränderungen habt Ihr vor?«

Widerwillig wurde ihr klar, dass sie es ihm würde sagen müssen, auch wenn sie die Mängel verharmlosen konnte. »Oben auf der Mauer gibt es wenig Deckung für die Bogenschützen. Ich möchte Steinzinnen hinzufügen, hinter denen sie sich verstecken, und Schießscharten, aus denen sie feuern können. Ich möchte einen Turm und ein Torhaus anbauen ...« Sie starrte ihn an. »Hört auf, den Kopf zu schütteln.«

Er lächelte über ihre Verärgerung. »Ihr braucht eine äußere Umfassungsmauer.«

»Was würde mir noch eine Mauer nützen?« Sie wählte ihre Worte mit Bedacht und sagte: »Ich habe bereits eine, und zwar stärker, als man sie sich vorstellen kann.«

»Eine Burg braucht Verteidigungsringe, um sich wirksam schützen zu können – einen innerhalb des anderen, jeder stärker als der vorhergehende.«

»Da ist auch noch ein Burggraben um die Mauer herum.« Sie wedelte mit dem Finger in Richtung seines Modells und befahl: »Grabt einen Burggraben um diese Spielzeugburg, die Ihr gebaut habt.«

Er tat, wie ihm geheißen wurde, und sagte: »Der wurde ohne Zweifel gebaut, als der erste Wilhelm England eroberte.«

Verärgert durch seine herablassende Art nickte sie widerstrebend.

»Das war vor hundert Jahren! Heutzutage baut man Burgen mit mehreren Ringen, damit die Angreifer viele Mauern erklimmen, vielen Geschossen und vielen Pfeilen ausweichen müssen.« Enthusiastisch wischte er die Linie des Burggrabens wieder weg, legte stattdessen entlang der dem Fluss abgewandten Seite des Hügels Kienspäne aus und grub direkt daneben einen neuen Burggraben. »Seht, dank Eures Standorts habt Ihr einen gewaltigen Vorteil. Wenn Ihr von einem Ufer bis zum anderen eine Außenmauer baut, dann werdet Ihr eine uneinnehmbare Burg haben. Wir könnten hier und hier einen Turm bauen«, er steckte lange Stöcke in die Ecken seiner Außenmauer oberhalb des Flusses, »und die Waffenknechte, die Ihr dort platziert, hätten einen weiten Ausblick in jede Richtung.«

»Türme auf der inneren Mauer würden dasselbe Ergebnis erzielen«, antwortete sie steif.

»Wir werden auch auf den Innenmauern Türme bauen«, stimmte er zu. »Aber zuerst die Umfassungsmauer. Wir müssen ein Torhaus konstruieren, ein unpassierbares Bollwerk.« Er rieb sich voller Vorfreude die Hände und sah seine Kienspäne nach genau dem richtigen Torhaus durch.

Als er ein rundliches Holzstück in die Mitte seiner Außenmauer legte, fragte sie sich, wann sie sich die ganze Planung aus der Hand hatte nehmen lassen und weshalb dieser Fremde so versessen darauf war, ihre Befestigungsanlagen zu verbessern, und so redete, als ob er den Bau beaufsichtigen würde. »Welchen Nutzen hat ein Torhaus?«

»Euer Tor ist die schwächste Stelle Eurer Verteidigung. Es ist ein Loch in Eurer Mauer.«

»Ein notwendiges Loch.«

»Gewiss. Ich habe Euch auch nicht geraten, es zu schließen, oder?« Er schien über ihr Zaudern ungehalten zu sein. »Aber es muss verbessert werden, um die Angreifer wie in einer Falle außer Gefecht setzen zu können, indem man sie dort einschließt, Steine auf ihre Köpfe wirft oder heißes Pech über ihnen ausschüttet. Ein ordentlich konstruiertes Torhaus ist der Schlüssel zur Abwehr des Feindes.«

Sie hörte auf zu diskutieren. Weshalb spielte sie des Teufels Advokaten? Sie hatte diese Auseinandersetzung bereits mit Sir Joseph geführt, nur dass dieser die alten Sitten verteidigte und sie sich für neue Ideen einsetzte. Dieser Mann vor ihr aber schien zu wissen, wovon er sprach. Nur ein Burgbaumeister konnte mehr Ahnung haben.

Sie verweilte bei diesem Gedanken und wog ihn ab. Ein Burgbaumeister – ein Meister seines Faches. Sie hatte diesen Mann für einen Meister gehalten, weil er über die Autorität eines solchen verfügte. Sie hatte so viel Angst vor ihm gehabt, dass sie nicht mehr klar denken konnte, aber … Sie betrachtete ihn und sein Werk eingehend. Konnte es sein? War es möglich? Mit vorsichtig gewählten Worten sagte sie: »Ihr habt Burgen offensichtlich ausgiebig studiert.«

Er streckte seine Hände aus, die Finger weit gespreizt, sodass sie all den Dreck und die Splitter deutlich sehen konnte. »Wenn ich die Planung und Bauweise einer Burg nicht studiert hätte, dann wäre ich heute nicht frei.«

Ein freier Mann, an keinen Herrn gebunden. Um dieses Privileg zu verdienen, musste er seinem Herrn wertvolle Dienste erwiesen haben – so wertvoll, dass dieser ihn von allen Pflichten entband. Endlich, endlich kannte sie die Wahrheit – glaubte sie zumindest zu kennen. »Ihr seid der Burgbaumeister, nach dem ich gesandt habe«, sagte sie eifrig.

3

An einigen Stellen reichte der Schnee Raymond bis zur Taille hinauf, aber er pflügte sich hindurch, bahnte sich den Weg für seine neue Lehnsherrin. Er konnte es kaum fassen, dass Lady Juliana glaubte, er sei der Burgbaumeister, auf den sie wartete.

Einer, dem nicht nur die Planung oblag, sondern auch die Überwachung der Maurer-, Zimmermanns- und Schmiedearbeiten. Von all diesen Handwerken hatte er im Detail keine Ahnung, wusste nur das, was ein Ritter für eine erfolgreiche Verteidigung einer Burg wissen musste. Seine Laune heiterte sich auf. Wirklich, wie schwer konnte es schon sein, eine Umfassungsmauer zu bauen?

Hinter ihm hörte er Julianas gereizte Stimme: »Meister Raymond, ich hoffe, Ihr wisst, wie sehr ich von Euch enttäuscht bin?«

Er hielt an und machte ein paar tiefe Atemzüge in der frostigen Luft. »Mylady, ich bewege mich so schnell wie möglich.«

»Ich spreche nicht von unserem Vorankommen«, entgegnete sie spitz. »Ich habe schon letztes Frühjahr nach Euch geschickt, unmittelbar nachdem mir der König die Erlaubnis gegeben hatte, die Verteidigungsanlagen auszubauen. Damit verbunden war die Empfehlung, mich an seinen besten Burgbaumeister zu wenden, der noch vor Ende des Sommers kommen sollte. Jetzt ist es nur noch etwas mehr als einen Monat bis Weihnachten. Wo seid Ihr so lange gewesen?«

Er sah sich in dem dichten Wald um, durch den sie gerade gingen: Bäume, die in verschiedenen Weiß- und Blautönen schimmerten, Berge von Schnee und noch immer war der Himmel von schweren Wolken verhangen. Sich zu Juliana umwendend, die sein Pferd am Zügel führte, sagte er missmutig: »Mylady, ich glaube nicht, dass dies der rechte Ort oder die Zeit ist, um …«

»Meister Raymond, ich bin es, die Zeit und Ort bestimmt«, unterbrach sie ihn. »Ihr habt Euch ohne Zweifel im Sommer an Heinrichs Hof herumgetrieben, habt Euch in der Anerkennung seiner Edelleute gesonnt, die Eure Pläne für die königliche Burg an der Dordogne lobten.«

Die ständige Wiederholung seines Namens und die ungewohnte Titulierung irritierten ihn. Es war ihre Art, ihn an seine untergeordnete Stellung zu erinnern – ihm zu sagen, dass er sich wegen der Ereignisse der vergangenen Nacht und dieses Morgens keine Freiheiten herausnehmen dürfe. Er schob seine Hände unter die Achseln und protestierte: »Mylady, Eure Fantasie …«

»… braucht keine Unterstützung«, unterbrach sie ihn. »Ihr kommt zu mir zu einem Zeitpunkt, da der Winter uns bereits hart zusetzt. Meint Ihr, Ihr könnt bis zum Frühling auf meine Kosten leben?« Sie trat näher zu ihm heran. »Nun, denkt noch einmal darüber nach, Meister Raymond. Gewiss, Ihr dürft und sollt in der Burg bleiben, denn andernfalls wissen nur die Engel, wann Ihr zurückzukehren geruht. Aber im Gegenzug werde ich Euch mit einigen Aufgaben betrauen, die Ihr derweilen erledigen müsst.«

»Alles, was Ihr mir zuweist, wird mir eine Ehre sein, aber als Euer Burgbaumeister«, der Titel kam ihm nur schwer über die Lippen, »als Euer Burgbaumeister muss ich mich auch darum kümmern, dass bis zum Frühjahr alles vorbereitet ist.«

»Und das wäre beispielsweise, Meister Raymond?«, wollte sie wissen.

»Graben und ... Werkzeuge herstellen«, beendete er triumphierend seinen Satz.

»Der Boden ist gefroren.«

Ihr Tonfall ließ ihn die Zähne zusammenbeißen.

»Ich werde Spitzhacken in Auftrag geben.«

»Hm.« Sie versetzte ihm einen leichten Stoß. »Geht weiter. Es ist kalt.«

Obgleich Raymond ihrer Anweisung folgte, konnte er sich einen anzüglichen Kommentar nicht verkneifen. »Ich war es, der Euch gewarnt hat, Burg Lofts noch im Laufe dieses Tages erreichen zu wollen.«

Sie ignorierte ihn – ignorierte ihn ebenso hoheitsvoll wie zuvor einige andere Dinge, seit sie seine vermeintliche Identität aufgedeckt hatte. Dabei war sie sich der Herablassung, die sie jetzt an den Tag legte, sehr wohl bewusst. »Warum habt Ihr mir nicht gesagt, wer Ihr seid?«, verlangte sie herrisch zu wissen.

Er beugte – unterwürfig genug, wie er hoffte – den Kopf und antwortete: »Wie Ihr gesagt habt, war ich spät dran. Ich hoffte, Eure Verstimmung zu besänftigen, bevor ich Euch meine Identität offenbarte.«

»Und um den Plan meiner Burg zu studieren«, vermutete sie. »Sind alle Burgenbauer so selbstherrlich wie Ihr?«

»Hat denn noch nie ein Burgenbauer für Euch gearbeitet?«, fragte er und rutschte bei seinen Worten auf einer Eisscholle aus, die sich unter einer Schneewehe verbarg.

Sie fing ihn auf, bevor er hinfiel, und sah zufrieden aus – vielleicht wegen ihrer raschen Reaktion, vielleicht wegen seiner Tollpatschigkeit. Sie klopfte ihm die Flocken vom Umhang und antwortete mit einer Höflichkeit, die während des bisherigen Gesprächs gefehlt hatte: »*Nay.* Mein Vater hat es nie gewagt, denn zu seiner Zeit hätte sich niemand getraut, die Verteidigungsanlagen länger als nötig außer Funktion zu setzen, was ja bei allen Baumaßnahmen notgedrungen passiert. Ihr erinnert Euch bestimmt daran, wie unsicher man sich damals fühlte mit den vagabundierenden Söldnern und den verkommenen Raubrittern.«

»Es ist einfacher, Ordnung zu halten, wenn die königliche Justiz mit harten Strafen droht«, erwiderte er.

Bereitwillig stimmte sie ihm zu: »Wenn es die nicht gäbe, wäre mir wohl alles genommen worden vor zwei Wintern, als mein Vater starb.«

»Ohne die feste Hand eines Landesherrn ist der Willkür der Feudalherrn eben Tor und Tür geöffnet – und meist kann man ihnen nicht einmal einen Rechtsbruch nachweisen.« Sie zuckte zusammen, und er fragte: »Welche Feinde habt Ihr denn?«

»Feinde?« Das bittere Lächeln schmeichelte ihrem aparten Gesicht nicht gerade. »Keine Feinde, nur Männer, die ich einstmals meine Freunde nannte.«

»Ich verstehe.« Zum größten Teil tat er das wirklich.

Freunde wurden gerne gierig, wenn sich ihnen die Gelegenheit zur Bereicherung bot, und genau das schien ihr passiert zu sein. »Und Euer Ehemann?«

»Millard war ein kränklicher Jüngling, das Mündel meines Vaters. Er starb vor zehn Jahren, während ich mit meiner jüngsten Tochter im Kindbett lag.«

Kein Bedauern überschattete ihr Gesicht, keine Erinnerung an Liebe oder Zuneigung. Diese Verbindung, so vermutete er, war eine rein pragmatische gewesen, von ihrem Vater arrangiert, um den Reichtum der Familie zu vergrößern. Ein unwichtiger Teil ihres Lebens und bestimmt nicht der Grund für ihre ausweichende Vorsicht.

»Das war auch die Zeit, als die Königin Richard zur Welt brachte und ihn zum Erben in Poitou und Aquitanien erklärte. Meine älteste Tochter, die jetzt elf ist, wurde in dem Monat geboren, als Heinrich den Thron bestieg.« Ihr Mund lächelte, aber ihre Augen schimmerten traurig.

»Mein Vater meinte, meine Fruchtbarkeit sei wie eine Prophezeiung für die ganze Nation.« Errötend, als habe sie zu viel gesagt, gebot sie: »Warum steht Ihr dort? Wir werden niemals vor Anbruch der Dunkelheit nach Hause kommen, wenn Ihr Euch nicht sputet.«

»Wie Mylady befiehlt.« Während er sich wieder in Bewegung setzte, fragte er sich, ob dieser verrückte Plan es überhaupt wert war, dass man ihn verfolgte. Was, wenn Juliana die List durchschaute? Wie würde sie dann reagieren?

Herabfallende Schneeflocken kündigten eine erneute Verschlechterung des Wetters an. Er schaute zum Himmel hoch und fluchte: »Bei den Pfeilen des heiligen Sebastian. Jetzt haben wir den Schlamassel.«

»Sollen wir umkehren?«, fragte sie.

»Wir hätten gar nicht erst losgehen sollen«, antwortete er zornig.

Sie klang jetzt kleinlaut. »Unsere Zwangslage zu bejammern wird auch nichts bringen.«

»Ich werde mich anschließend aber besser fühlen.«

»Ich dachte, es wäre das Beste, wenn wir versuchen würden, Lofts so rasch wie möglich zu erreichen und die erste sich bietende Möglichkeit zu nutzen«, verteidigte sie sich. »Die Felle der Eichhörnchen waren dieses Jahr besonders dicht, daher weiß ich, dass es ein harter Winter werden wird. Wir hätten leicht bis zum Neumond in der Falle sitzen können.«

Er blinzelte zur Abwehr des Schnees, den eine auffrischende Brise mittlerweile in großen Flocken herumwirbelte. »Wir haben den Wind im Rücken, vielleicht können wir auf den Flügeln des Sturmes ans Ziel gelangen.«

Seine poetische Beschreibung hatte mit der Realität nicht viel gemein. Als sie endlich die Zugbrücke erreichten, toste und heulte der Wind erneut mit alter Heftigkeit, und das Schneegestöber war so undurchdringlich, dass sie kaum etwas erkennen konnten. Er hatte seinen Arm um Juliana gelegt, führte sie, während sein Wallach folgsam hinterhertrottete, sie dabei mehrfach vorwurfsvoll mit dem Kopf anstoßend.

Sie fanden den Burghof leer. Niemand hielt auf den Mauergängen Wache. Sie gingen hinüber zum Wohnturm, dessen Eingang, wie üblich, aus Gründen der Verteidigung im ersten Stockwerk lag. Sie mussten noch eine ganze Weile warten, bis auf Raymonds Rufen hin endlich eine Leiter herabgelassen wurde und ein Stallbursche erschien. Die Augen des Jungen weiteten sich. Er wich vor den beiden verschneiten Gestalten zurück, die wandelnden Schneemännern ähnelten.

»Kümmere dich um das Pferd«, befahl Raymond. »Ich werde die Lady begleiten.«

Der Junge reagierte unverzüglich, denn die Stimme klang befehlsgewohnt und keinen Widerspruch duldend, und in wenigen Augenblicken war das Pferd gestriegelt und gefüttert. Ein anderer Mann trat aus dem Schatten. »Mylady?« Seine Stimme wurde lauter. »Lady Juliana? Bei der Nadel des heiligen Wilfried! Was habt Ihr denn in so einem Sturm draußen gemacht?«

»Nach Hause gehen«, krächzte sie.

»Oh, Mylady, wir haben gehofft, Ihr hättet Euch irgendwo verkrochen, aber wir hatten Angst, Ihr würdet trotz des Wetters heimkommen.« Er beäugte Raymond mit mehr Neugier als Respekt. »Nun, gelobt sei der Augenblick Eurer Rückkehr. Ich werd's allen sofort sagen.«

Er rannte nach draußen, doch zwei weitere Burschen eilten jubelnd herbei und wickelten ihre Herrin in trockene Decken. Sie schienen sie wirklich zu mögen, dachte Raymond. Ihn selbst beobachteten sie mit unverhohlener Skepsis, sodass er sich unwillkürlich fragte, welchen Empfang sie wohl Gästen bereiteten, die sich nicht in Begleitung der Burgherrin befanden. Er schaute zu Juliana hinüber: »Wir müssen an ein Feuer, Mylady.«

»Ist Euer Pferd zu Eurer Zufriedenheit versorgt?« Sie wartete gerade lange genug ab, um seine Antwort zu hören. »Dann lasst uns gehen.«

Eilends stürzte sie aus der Tür, und als Raymond ihr folgte, erkannte er auch den Grund. Zwei kleine Gestalten kämpften sich die Leiter von der hoch gelegenen Tür des Wohnturms hinab und flogen wild kreischend und leichtfüßig auf Juliana zu, die ihnen mit ausgebreiteten Armen entgegenlief. Ihre Töchter.

Sie prallten zusammen, fielen in die Schneeverwehungen, rollten übereinander und küssten sich. Da er taktvoll Abstand hielt, konnte er ihre Gesichter nicht erkennen, aber ihre Gesten sprachen für sich. Liebe schien die kleine Gruppe zu umhüllen wie die Strahlen eines Sterns.

Überrascht starrte er sie an, seine Augen brannten, seine Füße schmerzten vor Kälte. Er hatte Geschichten über die Zuneigung zwischen Mutter und Kind gehört, aber alle als romantische Idealisierung abgetan, als etwas, das es bei Leuten seines Standes nicht gab. Doch als er jetzt Juliana und ihre Töchter eng umschlungen auf die Leiter zugehen sah, fasste er einen Entschluss: Eines Tages wollte er Teil dieses magischen Zirkels sein. Eines Tages würden alle drei zu ihm gerannt kommen, wenn er von irgendwoher zurückkehrte. Irgendwann.

Oben im Eingang erwartete sie ein junger Waffenknecht. »Mylady? Mylady, wie froh ich bin, Euch zu sehen, aber wie seid Ihr bei diesem Wetter hergekommen?« Seine Freude erstarb, als sein Blick auf Raymond fiel. Die Neugier, die bei den Pferdeburschen aufgeblitzt war, schien bei diesem jungen Mann noch ausgeprägter zu sein, und vor allem war sie hier mit einer ordentlichen Portion an Reserviertheit vermischt.

Was so weit ging, dass er den Burschen erst beiseiteschieben musste, um Juliana und ihren Töchtern folgen zu können.

Gemeinsam stiegen sie eine kurze Treppe hinauf, eine Tür wurde geöffnet, aus der ein heller Lichtschein fiel: die große Halle, in deren Mitte ein warmes, rauchendes Feuer prasselte. Nach der Abgeschiedenheit der vergangenen Wochen schien ihm der Raum völlig überfüllt zu sein. Das Kreischen der Dienstmägde vermischte sich mit den tieferen Zurufen der Männer, als sie alle aufgeregt ihre Herrin umringten.

In der Menge konnte er jetzt auch die Töchter näher in Augenschein nehmen, die sich unverändert eng an ihre Mutter schmiegten. Während die eine noch ein Kind zu sein schien, wirkte die andere trotz ihrer erst elf Jahre beinahe wie eine junge Frau. Juliana hatte die Arme um die beiden gelegt und ließ sie auch dann nicht los, als die Mägde um sie herumflatterten und ihr den Umhang, die Haube und die Handschuhe auszogen.

»Geht es euch beiden gut? Habt ihr euch schön warm gehalten?« Mit einem Lächeln wandte Juliana sich an das jüngere Kind. »Trägst du auch Schuhe, Ella?«

Mit einem Schmollmund streckte das Mädchen seinen beschuhten Fuß aus.

»Braves Kind«, lobte Juliana.

»Und du, Margery? Hast du …«

»Mama, ich habe mir wehgetan«, unterbrach Ella sie.

Juliana schien nicht besonders besorgt zu sein, aber sie fragte: »Und wie hast du das angestellt?«

»Ich habe mich am Finger verletzt.« Ella streckte einen Finger aus. Raymond bemerkte, dass das Kind nicht wirklich auf die Frage geantwortet hatte, aber Juliana küsste es trotzdem zum Trost.

»Sie hat versucht, das Feuer zu schüren, als niemand hinsah, und sich am Stock verbrannt«, erläuterte Margery.

Ella gab ein unanständiges Geräusch von sich, und die große Schwester antwortete augenblicklich in gleicher Weise.

»Mädchen.« Juliana tadelte sie liebevoll und streckte dann die Hand aus, um Margerys Wange zu streicheln. »Geht es dir gut?«

Margery lächelte und nickte, aber Raymond konnte ihr Kinn zittern sehen. Sie näherte sich mit großen Schritten einer schwierigen Zeit in ihrem Leben, denn ihre Kindheit würde schon bald hinter ihr liegen, und die Umrisse ihres Körpers ließen bereits ihre kommende Schönheit ahnen. Fragend wandte sie sich jetzt an ihre Mutter. »Mama, wer ist der Mann?«

Man konnte ihre Stimme in der ganzen Halle hören, und Dutzende von Augen hefteten ihren Blick auf Raymond.

»Das ist unbedeutend«, antwortete Juliana nachdrücklich.

Unbedeutend? So einfach abgetan zu werden, ausgerechnet hier, wo er eines Tages als Herr leben würde … Zorn wallte in ihm auf: Er war schließlich alles andere als unbedeutend. Er, der Cousin des Königs, der Erbe großer Teile der Normandie und eines alten Titels. Niemals wieder würde er sich in Abhängigkeit begeben, nach anderer Leute Pfeife tanzen, um sich sein Brot zu verdienen, oder wie ein Sklave schuften. Und falls Lady Juliana glaubte, man könne ihn so einfach abtun, dann würde er ihr diese Meinung austreiben müssen.

Ihm wurde bewusst, dass er sie finster anstarrte, und sie schien es zu spüren, denn die Farbe, die wieder in ihre Wangen zurückgekehrt war, wich erneut. Sie schob ihre Kinder zu dem großen Bett in der Ecke, bevor sie sich ihm mit hochgezogenen Schultern und bebendem Kinn zuwandte. Raymond hätte beinahe aufgelacht, als sie auf ihn zukam. Er machte einen Schritt nach vorn, fest entschlossen, seinen wahren Namen und seine Absichten offenzulegen, als der junge Waffenknecht zwischen ihn und Juliana trat.

»Was wollt Ihr hier?«, fragte er und ließ die Hand auf der Scheide ruhen, in der sein Messer steckte.

Muskulöse Schultern und eine Vielzahl von Narben, die auf Kampferfahrung hinwiesen, ließen Raymond zur Vernunft kommen: Es war eindeutig besser, weiterhin bei diesem Spiel zu bleiben. Mit tiefer, kontrollierter Stimme antwortete er: »Ich bin der Burgbaumeister, gesandt von König Heinrich, dem Lehnsherrn von Lady Juliana, um eine neue Mauer um diesen Besitz hier zu errichten.«

Die Augen des jungen Mannes verengten sich. »Ich bin Layamon, oberster Waffenknecht in Abwesenheit von Sir Joseph. Was tragt Ihr da für einen goldenen Ring?«

An das Erstaunen gewöhnt, das sein fremdartiger Schmuck hervorzurufen pflegte, lächelte Raymond freudlos. »Er ist das Symbol für eine Prüfung, die ich einst erdulden musste. Ich trage ihn, um mich selbst an den damit verbundenen Schmerz zu erinnern.«

»Ich nehme an, da wo Ihr herkommt, herrschen andere Sitten.« Layamon streckte eine Hand aus, jedoch nicht aus Höflichkeit. Er verlangte einen Beweis für die Richtigkeit seiner Behauptung. »Ihr tragt gewiss irgendeine schriftliche Order bei Euch?«

Verdammt! Dieser Layamon war ganz und gar nicht vertrauensselig – anders als Lady Juliana, die nicht einmal daran gedacht hatte, nach so etwas zu fragen. Raymond griff nach seiner Tasche und zog einen Brief heraus. Der Waffenknecht nahm ihn vorsichtig entgegen, hielt ihn in den Schein des Feuers und erkannte, eingeprägt in rotes Wachs, das königliche Siegel. Layamons Gesicht hellte sich auf. »Es ist tatsächlich vom König«, erklärte er und faltete das Dokument auseinander.

Raymond sagte: »Wie du an den ersten Zeilen ersehen kannst, hält unser Lehnsherr viel von meinen Fähigkeiten.« Von seinen Talenten, Lady Juliana zu verführen, aber den tatsächlichen Wortlaut wiederholte er lieber nicht. Stattdessen beobachtete er die Augen des jungen Mannes, die ziellos über die Seite flogen, und entspannte sich, als ihm klarwurde, dass Layamon nicht lesen konnte. Wie nicht anders zu erwarten, doch noch war die Gefahr nicht vorüber, denn Lady Juliana war des Lesens mächtig, zumindest behauptete sie das. Was, wenn sie das Dokument selbst in Augenschein nehmen wollte? Oder würde sie darauf verzichten, ihren Waffenknecht zu beschämen, indem sie Zweifel an seiner Urteilskraft andeutete? Während Juliana am Glühwein nippte, stieß Raymond den jungen Mann leicht an und sagte: »Ich glaube, deine Herrin wünscht dich zu sprechen.«

Layamon zuckte irgendwie schuldbewusst zusammen und stammelte: »*Aye*. Sie will wahrscheinlich etwas über die Zugbrücke erfahren.« Raymond nahm den Brief des

Königs aus Layamons Hand und ließ ihn zurück in seine Tasche gleiten.

Juliana rief: »Layamon, wegen der Zugbrücke. Was hast du dir dabei gedacht, sie herunterzulassen?«

Der junge Mann antwortete aufrichtig: »Mylady, es schien mir, das sei richtig, um Eure Rückkehr zu erwarten.«

»Oder die Ankunft jeder Streitmacht in England und Wales, meinst du wohl.«

»*Nay*, Mylady.« Layamon zupfte an seiner Stirnlocke, als er ihr widersprach. »Nicht bei diesem Wetter. Keine Streitmacht marschiert bei solchem Schneetreiben.«

»Warum waren nicht zumindest Patrouillen auf den Mauergängen?« Sie schritt auf und ab, ihr Mund nurmehr ein dünner Strich. Mit einem Blick auf ihre Töchter senkte sie die Stimme. »Was glaubst du, wäre passiert, wenn ich bei meiner Rückkehr hätte entdecken müssen, dass meine Kinder entführt wurden?«

»Ihr hättet mich aufgeknüpft«, antwortete Layamon. »Aber ich hab Männer auf den Mauern gehabt, bis der erste mit ein paar gefrorenen Zehen reinkam. Ich wusste, das wär auch nicht in Eurem Sinn gewesen. Ihr habt mir oft genug gesagt, wenn ich für die Männer sorge, würdet Ihr Euch selbst mit Sir Joseph um die Verteidigung kümmern.«

Seine einfache, ehrliche Antwort schien Julianas Verärgerung dahinschmelzen zu lassen, und sie schaute zu ihren schmerzenden Zehen hinunter.

Layamon hatte recht, das wusste Raymond. Keine Streitmacht konnte bei diesem Wetter marschieren, und auch Einzelne oder kleinere Gruppen hatten angesichts dieser widrigen Umstände bestimmt anderes im Sinn. Aber würde die Lady diese Logik erkennen und das auch zugeben?

Sie tat es. »Du hast richtig gehandelt. Aber lasst uns die Zugbrücke nun schließen, wollen wir?«

»Die Männer sind bereits dabei, den Schnee wegzukehren. Sie werden die Stützen wegnehmen und die Brücke hochziehen.« Layamons Verbeugung war kurz und dienstfertig. »Ich werd mal nachsehen gehen.«

Bevor er entwischen konnte, sagte Juliana: »Der Koch soll jedem Mann heute Abend eine Speckscheibe extra braten, mit meinem Dank. Und nimm dies«, sie nahm ein mit filigranem Silber verziertes Trinkhorn, »das ist für dich selbst als Dank für dein richtiges Augenmaß.«

Der Becher war eigentlich zu wertvoll, um ihn einem einfachen Waffenknecht zu schenken, doch bevor Raymond protestieren konnte, antwortete Layamon selbst: »*Nay*, Mylady, dies Geschenk ist zu prachtvoll für mich.«

Er versuchte den Becher an sie zurückzugeben, aber sie nahm ihn nicht, sondern wandte sich wieder den Kindern zu, die wartend in der Türöffnung standen. Layamons Blick strich begehrlich über den Becher. Bevor er ihn erneut seiner Herrin zuschieben konnte, winkte Juliana ihn zur Seite. »Die Zugbrücke«, erinnerte sie ihn streng.

Beinahe über die eigenen Füße fallend verschwand Layamon eilig im Treppenhaus, während hinter ihm Ellas zitternde Stimme die Stille durchbrach. »Das war Großvaters Becher.«

»*Aye*.« Julianas Stimme wurde so laut, dass sie im ganzen Raum zu hören war. »Es ist ein passendes Geschenk für den Mann, der bald den Befehl über meine Waffenknechte übernehmen wird.«

Erschrocken schnappten die Leute in der großen Halle nach Luft.

»Und Sir Joseph?«, fragte Margery.

»Sir Joseph hat seinen Ruhestand verdient. Die Aufgaben des Kommandanten sind für seine alternden Schultern zu viel geworden. Es wird Zeit, dass ein Jüngerer seinen Platz einnimmt.« Juliana trug ihre Entscheidung ruhig und sicher vor, doch ihr Blick glitt fragend zu Raymond hinüber. Plötzlich schien sie sich daran zu erinnern, dass es ein Gebot der Höflichkeit war, den fremden Gast endlich offiziell vorzustellen. »Dieser Mann ist Meister Raymond, unser Burgenbauer, der endlich zu uns gekommen ist«, rief sie in die Runde. »Gebt ihm etwas zu trinken, trockene Kleider und einen Platz am Feuer. Morgen wird er die Leute aussuchen, die er für seine Arbeit braucht.«

Die Bediensteten starrten ihn mit einer Neugier und Skepsis an, wie sie Menschen, die nicht an Fremde gewöhnt waren, oft an den Tag legten. Sein Blick indes blieb fest und ruhig, sodass die Mägde und Knechte sich langsam entspannten. Als er seine Kopfbedeckung wegzog, hielten die Frauen und Mädchen in der großen Halle sämtlich den Atem an, und drei vollbusige Mägde kamen gleich näher zu ihm. Er schaute hinüber zu Juliana und bemerkte voller Überraschung, dass ihr Gesicht einen schmerzlichen Ausdruck angenommen hatte in Anbetracht der Avancen, die ihm da unverhüllt gemacht wurden.

Sie wandte sich an ihre eigene Magd: »Fayette, du hilfst ihm ebenfalls mit der Kleidung.«

Das Mädchen trat einen Schritt von ihrer Herrin zurück, machte einen Knicks und ging hinüber zu Raymond. Ihr wissendes Lächeln verriet alles: Fayette wusste, wie man einem Mann gefiel. Juliana schien damit einverstanden zu sein, aber er wollte keines dieser Mädchen. Er wollte Juliana und würde jedes Mittel ergreifen, um sie zu der Seinen zu machen. Er gab den Mägden einen Wink, sich zu entfernen. »Ich kümmere mich um mich selbst, aber wenn ihr ein warmes Essen für eure Herrin und mich zubereiten könntet, dann wäre euch meine aufrichtige Dankbarkeit gewiss.«

»Wahrscheinlich ist er fett«, hörte er eines der Mädchen nicht gerade leise murmeln, und mit einem Lächeln legte er seinen Umhang ab.

Fayette betrachtete ihn mit unverhohlenem Wohlgefallen und nahm die abgelegten Kleider entgegen. Während sie sich an ihn drängte, fragte sie: »Seid Ihr sicher?«

»Völlig sicher.« Sein Blick wanderte zu Juliana, die sich mittlerweile in dem großen Sessel beim Feuer niedergelassen hatte, der dem Burgherrn beziehungsweise der Burgherrin vorbehalten war – auf jedem Knie saß eine Tochter.

Fayette hatte ihn wohl beobachtet. »Ach, *nay*, in dieser Richtung werdet Ihr kein Glück haben. Sie vertraut keinem Mann nach all diesen Jahren. Nehmt besser mich, ich werd Euch einen ordentlichen Ritt verschaffen.«

»Vielen Dank für deinen Ratschlag«, antwortete er auf eine Art, die ihr zeigte, dass er das genaue Gegenteil meinte, und beleidigt wandte sie sich ab.

Raymond hingegen trat zum Feuer, um seine Hände zu wärmen. Durch das flackernde rote Glühen betrachtete er die kleine Familie und sagte: »Mylady, ich muss nach meiner Baumannschaft schicken. Mit Eurer Erlaubnis werde ich das umgehend tun.«

Er hatte den Schleier der familiären Idylle zerrissen. Hatten sie die Offerten der Mägde überhaupt berührt und gestört? Oder hatte sie gar gehofft, er würde sich unter ihnen eine Gefährtin aussuchen? Ihr Stirnrunzeln verriet nichts davon, sondern bezog sich auf das Bauvorhaben. »Eine Baumannschaft? Fremde? Hier in meiner Burg?«

»Warum nicht«, antwortete er beruhigend. »Mein Steinmetz, mein Schmied …«

»Ich habe selbst diverse Handwerker«, bot sie an.

»Und ich bin dankbar dafür. Meine eigenen Meister werden sicher Bedarf für sie haben. Aber um ein Projekt von dieser Größenordnung durchzuführen, braucht man Männer mit einer speziellen Ausbildung.«

»Wie viele wären es denn?«

Er strich über den goldenen Ohrring und tat, als würde er nachdenken. »Zehn Männer.«

Er vermutete, sie würde gegen so viele Fremde in ihrer Burg protestieren, und so war es auch. »Zehn Männer? Für eine Mauer? Das ist eine Invasionsstreitmacht.«

Listig bot er an: »Falls Euch das zu viel erscheint, muss ich eben versuchen, mit einem Mann auszukommen.«

Ihre Erleichterung war spürbar. »Einer – ja, einer ist in Ordnung.«

Er verbarg seinen Triumph, als er hinzufügte: »Und zwei Frauen.«

»Zwei Frauen«, antwortete sie langsam. »Warum braucht Ihr zwei Frauen?«

»Warum braucht irgendein Mann zwei Frauen?« Er starrte ins Feuer, sein Wille übertrug sich mit lautloser Macht. Glaub einfach, dass die Frauen für mich sind. Glaub, dass sie mich des Nachts beschäftigt halten. Glaub, dass sie dort Erfolg haben werden, wo deine Mägde gescheitert sind.

Ihr innerer Kampf dauerte lange, war schmerzvoll und machte nur allzu deutlich, dass Fayette die Wahrheit gesagt hatte. Juliana vertraute keinem Mann mehr. Schließlich meinte sie: »Wie Ihr wünscht. Schickt nach Eurer Mannschaft. Wie bald könnt Ihr anfangen?«

Obwohl es ihm schwerfiel, sein Grinsen zu unterdrücken, versicherte er ihr: »In drei Wochen.«

»Eine Burgmauer?« Raymonds Gefährte durchschritt den Burghof von Lofts. Die Sonne, die gerade über die Umfassungsmauer spähte, beschien sein unbewegtes Gesicht. »Wir wissen beide nicht, wie man so etwas baut.«

Jahre gemeinsam durchlittener Mühsal hatten Raymond gelehrt, Keir zu durchschauen, obwohl dieser höchst rätselhaft war und jetzt offensichtlich glaubte, dass sein Freund Flausen im Kopf hatte. Mit dem Charme des geübten Höflings fragte Raymond: »Wo liegt das Problem? Das Errichten kann wohl kaum so beschwerlich sein wie das Durchbrechen.«

Keir reagierte nicht auf solche Manöver. Manchmal fragte sich Raymond, ob er überhaupt wusste, was charmant zu sein bedeutete. »Du weißt doch gar nichts darüber.«

Raymond lächelte schuldbewusst, als sie an der Zugbrücke anhielten. »Ich dachte an eine Mauer, die etwa bis zur

Mitte des Hügels reicht.« Er gestikulierte. »Siehst du? Ich habe Lady Julianas Männer bereits mit Pickel und Schaufel losgeschickt, um das Fundament zu graben.«

Keirs Tonfall war ausdruckslos. »Du bist der am wenigsten sachkundige Mann, dem ich je begegnet bin.«

»Der Schnee ist zwar geschmolzen, aber der Boden ist immer noch halb gefroren, und die andere Hälfte ist Morast. Es ist harte Arbeit für die Männer.«

»Du kennst dich doch nicht einmal mit den Feinheiten eines Wasserrads aus.«

»Der hiesige Steinmetz hat schon mehr Sandsteine aus dem Steinbruch geordert. Und den Steinhauer habe ich überzeugt …«

»Ich war immerhin mal Schmied«, unterbrach ihn Keir.

»Das habe ich keineswegs vergessen«, sagte Raymond brüsk. »Und auch nicht, dass du es auf die harte Tour gelernt hast, nämlich getrieben von einer Sarazenenpeitsche. Ich hatte gehofft, du würdest mir bei diesem Schwindel helfen, aber wenn du eine solche Arbeit als zu erniedrigend empfindest, will ich dich nicht weiter drängen.«

»Ich weiß, das würdest du nicht.« Keir hakte seinen Daumen im Gürtel ein und schaute auf seine Hand. Nur Daumen und Zeigefinger waren ihm geblieben, der Rest war einer Amputation zum Opfer gefallen. Ohne rechte Überzeugung sagte er: »Ich werde tun, was du wünschst. Außerdem ist das Schmiedehandwerk nicht ohne Würde«, fügte er mit einem Anflug von Galgenhumor hinzu. »Mehr Würde jedenfalls, als einen Stall auszumisten.«

»Ein Umstand, den du dir immer wieder gerne in Erinnerung rufst«, bezichtigte ihn Raymond.

Keir glättete seinen herabhängenden grauen Schnurrbart, der in krassem Gegensatz zu seinen dunkelbraunen Haaren stand. »Mitnichten. Ich muss mich gar nicht daran erinnern, denn ich habe das nie wirklich vergessen.«

Nicht zum ersten Mal fragte sich Raymond, ob alle Bewohner der Insel, die Irland genannt wurde, so undurchschaubar waren wie sein Freund. Er glaubte es eher nicht und hielt Keir für einen sehr speziellen Menschen.

»Die Ungläubigen hatten eben keine Verwendung für die Fähigkeiten eines christlichen Ritters, und deshalb waren wir letztlich nichts weiter als Sklaven.« Mit herzlichem Wohlwollen schlug Raymond dem Freund auf den Rücken. Als dieser wieder zu Atem kam, fügte er hinzu: »Was beweist, dass selbst die Ungläubigen nach Gottes eigenem Plan tanzen. Wenn man uns nicht gezwungen hätte, uns mit den verschiedensten Baugewerben zu beschäftigen, dann wären wir wohl niemals entkommen. Und jetzt können wir diese Handwerkskünste nutzen, um eine Braut für mich zu gewinnen.«

Offensichtlich durchschaute Keir den Sinn einer solchen List nicht. »Ich möchte dich noch einmal daran erinnern: Obwohl ich die Kenntnisse eines Schmiedes besitze, werden wir damit keine Burgmauer erbauen. Ich kann deine Unkenntnis nicht wettmachen, weil ich ebenfalls über kein einschlägiges Wissen verfüge. Warum erzählst du ihr nicht ganz einfach, wer du bist, und verlangst, dass sie dich heiratet?«

»Weil sie sich weigern würde und ich den Gedanken verabscheue, meine zukünftige Braut derart zu belagern.«

»Es liegt also nicht an der Tortur bei den Sarazenen.«

Keirs scharfsinnige Feststellung erinnerte Raymond daran, mit wem er sprach, und er hob seine großen Hände in einer Geste, die tiefe Verlegenheit ausdrückte. »Ein wahrer Ritter würde sich von den Gefühlen einer Frau nicht den Kurs seines Schicksals diktieren lassen.«

»Ein wahrer Ritter würde nicht zulassen, dass die Meinung anderer den Kurs seines Mitgefühls bestimmt.« Keir verschränkte seine Hände hinter dem Rücken, eine für ihn typische Bewegung. »Dennoch frage ich mich, weshalb sie diese Verbindung ablehnen sollte. König Heinrich belohnt *dich* zwar mit zwei stattlichen Burgen, aber *sie* erhält dafür einen Ehemann, der sie weder schlagen noch bestehlen wird, und ich habe einige Frauen sagen hören, sie fänden dich wohl gestaltet.« Er betrachtete seinen Freund ohne ein Lächeln. »Obwohl ich das selbst nie so gesehen habe. Also, was ist los mit der Frau?«

»Ich beabsichtige, das herauszufinden.«

»Da ist noch eine weitere Frage«, sagte Keir.

»Nur zu, ich verberge nichts.« Raymond spreizte seine Finger, breitete einladend die Arme aus.

»Warum ein Burgbaumeister? Wenn du dich schon mit einer falschen Identität der Frau nähern musst, dann wären mir tausend Möglichkeiten eingefallen, die deinem Können und deinem Rang besser entsprochen hätten.«

Raymond stellte den Fuß auf einen kniehohen Stapel geschnittener Sandsteine, stützte den Ellenbogen auf den Oberschenkel und beobachtete die Männer, die dort unten in Matsch und Eis herumwerkelten. In einem geheimen Winkel seiner Seele hatte er einen Plan gefasst: Er würde Juliana Respekt entgegenbringen und sie mit der schwärmerischen Bewunderung verehren, von der die Troubadoure sangen. Dann, so hoffte er, würde sie sich in den Mann verlieben, den sie Meister Raymond nannte, und spätestens im Frühling jede Nacht sein Bett teilen. Dann konnte er jede Kurve ihres schlanken Körpers erforschen, jede süße Stelle küssen. Vielleicht würde er sie schwängern, und eine kinderliebe Lady wie Juliana würde dem Vater ihres Babys gewiss alles vergeben.

Doch das konnte er Keir nicht erzählen, weil der Freund rein gar nichts von Romantik und Minne hielt, auch nichts von Raffinesse, um eine Frau für sich zu gewinnen. Also bemühte er sich um eine sachliche Argumentation: »Eine neue Umfassungsmauer ist für Lady Juliana mehr als bloß eine Verbesserung der Burg. Sie bedeutet für sie Sicherheit und Geborgenheit. All die Dinge, die ich ihr eines Tages geben werde, und ich will, dass sie mich immer mit diesen Garantien in Verbindung bringt.«

»Ich verstehe.« Die Freunde wechselten einen verständnisvollen Blick, und Keir fragte: »Warum glaubst du, kommt dieser Mann da so schnell den Hügel hinauf?«

Raymond ließ den Blick zu dem älteren, glatzköpfigen Raufbold wandern, der die Arbeiter soeben offenbar beschimpft hatte. »Ich weiß es nicht, aber er scheint recht dreist zu sein.« Sobald der Mann die Zugbrücke erreichte, trat Raymond vor. »Kann ich Euch helfen?«

Der Alte blitzte ihn aus blauen Augen wütend an und ließ seinen Gehstock mit einem knallenden Geräusch dicht an den Knien seines Gegenübers vorbeisausen. Raymond sprang zurück und sah, dass Keir beiseitetrat. »Du lässt ihn einfach gehen?«, fragte er ungläubig.

»Es ist nicht die Aufgabe eines Schmiedes, sich bei der Auswahl der Besucher einzumischen«, antwortete der andere ausdruckslos.

Auch zu den Aufgaben des Burgbaumeisters gehörte so etwas nicht, rief sich Raymond zur Ordnung und beobachtete, wie der Alte in die Ställe ging.

»Keiner hält ihn auf – ohne Zweifel gehört er hierher«, sagte Keir. »Alle Burgen haben ihre Exzentriker.«

»*Aye*, das haben sie wohl.« Raymond drehte sich wieder zu seinem Freund um. »Hast du eigentlich geahnt, um was ich dich bitten würde?«

»Zunächst nicht, doch als ich hörte, dass man dich als Burgbaumeister titulierte, schwante mir Böses«, antwortete der Freund und fuhr fort: »Aber es spielt keine Rolle, denn du weißt ja, dass ich lebe, um dir zu dienen.«

Dankbar für diese Ergebenheit und zugleich von ihrem Übermaß beschämt, protestierte Raymond: »Das ist zu viel der Ehre.«

»Nein, denn ich schulde dir mehr als mein Leben«, gab der Freund zurück. »Trotzdem kann ich nicht umhin, mich zu fragen, wie dieser Plan für dein Vorhaben förderlich sein soll? Du kannst sie doch nicht einfach entehren, indem du eine schwache Stunde ausnutzt.«

Raymond kratzte mit der Stiefelspitze im Schmutz. »Ich habe keineswegs die Absicht, sie zu entehren.« Und das stimmte wirklich. Sie hatte ihn schlicht verzaubert, und seine Faszination wurde von Stunde zu Stunde größer. Wenn sie doch nicht mit jedem Moment noch süßer geworden wäre. Er sog ihre Freundlichkeit so gierig in sich auf, wie ein hungriges Kätzchen die angebotene Milch aufschleckt.

»Aber sie ist so voller Verachtung für Lord Avraché, für seine Verbindungen, dass ich ihr die Wahrheit nicht zu sagen wage.«

»Hat sie dir das gesagt?«, fragte Keir ziemlich betroffen.

»*Aye*, und ich bin ein pragmatischer Mann. Indem ich meine wahre Identität verberge, versuche ich ihren Zorn zu besänftigen.« Er strich sich die Haare aus dem Gesicht. »Außerdem vertraue ich auf meine Frauenkenntnis.«

Keirs Mund unter dem langen Schnurrbart verzog sich zu einer Grimasse, die beinahe wie ein Lächeln aussah. »Aha. Die Frauen.«

Raymond grinste vergnügt und wissend. »*Aye*. Die Frauen.«

4

»Mylady, seid Ihr krank?« Eine Hand auf ihrer Schulter ließ Juliana unsanft erwachen. »Wie bitte? Gibt es ein Problem?«

»Ihr habt im Schlaf gestöhnt. Seid Ihr krank?«

Im diffusen Licht des Morgens nahmen Julianas verschlafene Augen verschwommen das Gesicht einer betagten Frau wahr. »*Nay*, es geht mir gut.« Sie presste sich die Hand auf die Brust. Ging es ihr wirklich gut? Ihr Herz schlug so heftig, dass sie das Pochen hören konnte, und sie keuchte, als ob sie gerannt wäre.

»Ihr müsst einen Alptraum gehabt haben.«

Erinnerungen flackerten in Juliana auf, löschten die alte Frau aus, die große Halle, das frühmorgendliche emsige Wirtschaften. Nein, es war kein Alptraum gewesen, ganz und gar nicht, sondern ein Traum süß wie Honig und heiß wie kochendes Pech. Eine von Dämonen getriebene Vorstellung, erfüllt von einem Mann mit rabenschwarzem Haar und smaragdgrünen Augen.

All ihre früheren Träume von Männern und Sexualität waren immer verbunden gewesen mit der Vorstellung von Schmerz und Misshandlung. Und niemals war sie in der Rolle der Begehrenden gewesen. Welche Zauberei hatte ihr jetzt solchen Wahnsinn eingegeben?

Um sich in die Realität zurückzuholen, tastete sie nach der Narbe auf ihrer Wange.

Kein Mann kümmerte sich doch um die Gefühle einer Frau. Allen ging es am Ende nur darum, sie sich zu unterwerfen, sie zu bezwingen. Allen, außer Raymond. Er war freundlich, und falls er sie begehrte, tat er das auf eine respektvolle Weise. Warum war er so anders? Weil ein Mann mit seinem Gesicht und seinem Körper eine Frau gar nicht zwingen musste, dachte sie ernüchtert. Von ihren zwiespältigen Gefühlen in Verlegenheit gebracht fragte sie scharf: »Wer bist du?«

»Mein Name ist Valeska.« Die alte Dienerin stand da und hielt die Bettvorhänge auseinander. Ihre Stimme klang voll und kehlig, und Juliana konnte ihren Blick nicht von den hypnotischen braunen Augen losreißen.

»Ich kenne dich nicht.«

Ihre Worte hörten sich an wie eine Anschuldigung, aber die Alte beruhigte sie: »Ich kam im Auftrag des Meisters.«

»Des Meisters?«

»Ja, Raymond ließ mich kommen.«

»Du bist also eine der Frauen, nach denen er geschickt hat?« Juliana schwang ihre Füße über den Rand des Bettes. Sie musste Raymond unbedingt wegen dieser merkwürdigen Magd befragen.

»Werdet Ihr jetzt aufstehen, Mylady?« Eine zweite Stimme, die sich deutlich von der ersten unterschied. Der trällernde Tonfall erinnerte Juliana an eine Melodie, und sie blinzelte sich endgültig den Schlaf aus den Augen.

»Wer bist du?«, wollte sie wissen.

Sie sah eine hellhäutige und blonde Frau, die man vermutlich als hochgewachsen bezeichnet hätte, wäre da nicht ihr verkrümmter Rücken gewesen. »Ich bin Dagna.«

»Du kamst ebenfalls auf Wunsch des Meisters – des Burgbaumeisters?«

Ein Runzeln kräuselte Dagnas Stirn. »Ihr meint Raymond?« Sie legte den Kopf zur Seite und betrachtete Juliana vom Kopf bis zu den Zehenspitzen. »Sie ist ein hübsches Ding, aber scheu«, sagte sie, als wäre Juliana gar nicht anwesend.

Valeska zupfte mit ihren welken Fingern am Ärmel von deren Nachthemd herum. »Ich hoffe, das hier zieht sie bloß zum Schlafen an. Die Sachen sind unansehnlich und alt.«

»Was ist mit dem Schal?«, fragte Dagna.

»Dem vom Schiff?« Valeska zog ihre Lippe in die Lücke zwischen ihren Zähnen und beäugte Juliana. »Perfekt.«

Als sie davoneilte, wollte Juliana wissen: »Wo ist Fayette?«

»Fayette?«

Juliana senkte den Kopf wie eine Färse, die bereit war anzugreifen. »Meine Magd?«

»Oh, Fayette.« Dagna tat die Frage mit einem Schulterzucken ab. »Wir haben ihr gesagt, wir würden uns heute Morgen um Euch kümmern.«

Valeska kehrte mit einer Geschwindigkeit zurück, die Julianas Einschätzung ihres Alters Lügen strafte, und warf Dana das Ende eines prächtig gemusterten Seidenschals zu. Wie Akrobaten, die aufeinander eingespielt waren, begannen die beiden Dienerinnen, Juliana geschickt darin einzuhüllen, bevor sie protestieren konnte.

»Ihr seid unverschämt«, rief die junge Lady und riss sich den Stoff von den Schultern.

»Mögt Ihr den Schal nicht? Es ist mein eigener.« Valeska zeigte lächelnd ihre drei übrig gebliebenen Zähne, während sie den Schal auffing. Sie strich das prächtige Stück mit ihren Fingern glatt. »Dagna und ich leben, um Euch zu dienen.«

»Ihr würde die Schärpe vielleicht besser gefallen«, mutmaßte sie, während sie vor einer ramponierten Truhe kniete, die man neben Julianas Bett abgestellt hatte. Dagna blickte über ihre verwachsene Schulter zurück und sagte: »Dass wir Euch diesen Schwur geloben, tun wir für Raymond.«

»Schwur?« Erschrocken schüttelte Juliana ihren Kopf. »Sprecht nicht von …«

»… einem solchen Schwur?« Dagna lächelte Juliana an. Sie hatte im Gegensatz zu Valeska zwar noch viele Zähne, doch waren die verfärbt wie alterndes Elfenbein. »Den Schwur haben wir wirklich geleistet, aber wir werden nicht davon sprechen, wenn es Euch unangenehm ist.«

»Was bedeutet Raymond euch? Ist eine von euch seine Mutter?« Schon als Juliana fragte, wusste sie, dass diese Frage lächerlich war.

Die Frauen lachten laut vor Vergnügen. »Seine Mutter?«

»Ihr schmeichelt uns, Mylady. *Nay*, wir sind nicht mit Raymond verwandt.«

Vermutlich handelte es sich bei den beiden um Frauen, die er aus irgendeinem fremden Land mitgebracht hatte oder die ihm durch einen verrückten Zufall über den Weg gelaufen waren. Sie erinnerten Juliana an fahrende Leute, die von einer Burg zur anderen wanderten, um allerlei Künste zum Besten zu geben, doch es steckte mehr dahinter, viel mehr. Vor allem hatte Raymond nicht die Wahrheit gesagt. »Weshalb sprecht ihr dann so vertraulich über ihn? Welchen Nutzen habt ihr für ihn?«, fragte sie verärgert.

Valeskas braune Augen weiteten sich. »Wir reisen mit ihm, bessern seine Kleidung aus, heitern ihn auf.«

Juliana fragte: »Singt ihr für ihn?«

»Ihr habt es erraten, Mylady«, sagte Dagna anerkennend. »Ich singe tatsächlich für ihn. Soll ich Euch auch etwas vortragen?«

»Nay.«

Dagna schien durch die Zurückweisung in keiner Weise gekränkt und meinte nur gelassen: »Dann vielleicht später.«

Die Ergebenheit, die die beiden Frauen Raymond entgegenbrachten, erstaunte Juliana. Noch mehr verwunderte es sie allerdings, dass sie diese auch auf sie übertrugen, als wäre sie eine Ergänzung zu ihm.

Valeska hatte eine glänzend rote Schärpe aus der Truhe gezogen und versuchte sie um Julianas Taille zu binden, bis diese abwehrend auf die Hände der Alten schlug und laut »Autsch« rief, weil Valeska sie mit ihren langen Nägeln gekratzt hatte. Sie blickte die kräftige alte Frau vorwurfsvoll an. »Jetzt schau, was du getan hast.«

Valeska beendete kommentarlos das Anlegen der Schärpe, bevor sie Julianas Hand nahm. »Mylady, Ihr werdet Euch bei Eurer Gegenwehr bloß selbst verletzen. Soll ich Euch jetzt die Zukunft aus der Hand lesen?«

»Faule Tricks eines Scharlatans«, antwortete Juliana. »Ich habe nicht den Wunsch, mir aus der Hand lesen zu lassen.«

Währenddessen streichelte Valeska sie beruhigend und summte: »Solch eine hübsche Haut. Leicht zu verletzen, fein und blass.«

Jetzt trat Dagna von der anderen Seite näher an Juliana heran und nahm ebenfalls ihre Hand. »Sieh mal, wie hell die Lady ist. Die Sonne hat meine Haut braun und schrumpelig gemacht, mit diesen hässlichen Flecken und mit hervortretenden Adern, die wie ein Gewirr von Waldwegen aussehen. Aber ich verletze mich nicht so leicht wie Ihr, Mylady.«

Ihre großen blauen Augen waren unverwandt auf die junge Frau gerichtet, der die Intimität des Blickes sichtlich unangenehm war. Juliana schaute zur Seite – und direkt in Valeskas braune Augen.

»Das stimmt, Mylady. Männer halten Frauen für empfindlich, aber wir Frauen wissen es besser. Eine Frau sollte beseelt sein, zäh, darauf vorbereitet, die Stürme des Lebens zu überstehen.«

Dagna stimmte ihr zu: »Eine Frau sollte sich aus Zeiten der Not gestärkt und weiser erheben.«

»Eine Frau sollte ihre Feinde schlagen und ihre Freunde in Ehren halten.«

Juliana starrte die beiden merkwürdigen Weiber, die sich ihr so aufdrängten, finster an. »Meint ihr damit, ich sollte euch zurückschlagen?«

Valeska seufzte. »Oh, Mylady, Ihr müsst selbst entscheiden, ob wir Freunde oder Feinde sind.«

Juliana schob sie beiseite. »Ich werde gehen und euren Raymond fragen.«

»Aha, ein vernünftiger Gedanke.« Dagna blinzelte ihr zu, ihr faltiges Augenlid zuckte dabei. »Ein vernünftiger Gedanke, wahrhaftig.«

Ihre Verwirrung machte sich in einem gedämpften Schrei Luft, und verzweifelt begab sie sich auf die Suche nach Raymond. Jeder Tag war lang und anstrengend gewesen, seit er zu ihrem Haushalt hinzugestoßen war. Ständig gab es etwas zu planen und zu besprechen wegen seiner verdammten Mauer.

Ihrer Mauer, korrigierte sie sich und wünschte, er würde das auch mehr so sehen, denn er tat ganz, als gehöre sie ihm, bestenfalls ihnen beiden gemeinsam. Trotzdem fiel es ihr schwer, ihn zurechtzuweisen, ihm zu widersprechen, ohne am Ende persönliche Gespräche heraufzubeschwören.

Sie schnappte sich ihren Umhang und begann Raymond im Burghof zu suchen. Diese erste Dezemberwoche hatte noch einmal eine kurze Rückkehr des Herbstes gebracht mit warmen Tagen, die Erinnerungen an den vergangenen Sommer heraufbeschworen, doch die Nächte waren eindeutig Boten des Winters. Der erste Schnee, der sie damals überfallen hatte, war geschmolzen bis auf einige schmutzige Reste in schattigen Ecken, aber der Boden war schlammig. Sie verzog das Gesicht, während sie sich einen Weg zwischen den Pfützen bahnte.

Sie entdeckte Raymond mit einem Fremden auf der Zugbrücke und stelzte auf die beiden zu. Ihre Leute verbeugten sich vor ihr, als sie vorüberging, doch Juliana erwiderte ihre

Grüße ohne Anteilnahme. Was sollte sie wegen der beiden Alten vorbringen? Dass er sie davon abhalten möge, ihr zu Diensten zu sein? Dass er sie wegschicken müsse, jetzt wo der Winter nahte? Das wäre wirklich gegen alle Gebote der Nächstenliebe. Aus Unachtsamkeit stolperte sie und kam auf dem matschigen Boden ins Rutschen. Sie raffte sich wieder auf und wischte gerade den Schmutz von ihrem Rock, als sie eine vertraute spöttische Stimme hörte. »Nun, das ist ja ein hübscher Anblick. Eine Lady im Schmutz, genau dort, wo sie hingehört.«

Für einen kurzen Moment der Schwäche schloss Juliana die Augen. Sir Joseph war zurückgekehrt. Sie hatte sich einzureden versucht, dass es keine Rolle spiele, ob er käme oder nicht, aber das war ein Selbstbetrug gewesen. In den vergangenen Jahren war er zwar nicht ihr größtes Unglück gewesen, aber das beständigste. Sie nahm all ihren Mut zusammen und trat ihm entgegen.

Bereits jetzt machte der Mann schon wieder Ärger. Er packte Layamon am Ohr, der sich vor Schmerzen wand. »Lasst ihn los«, befahl Juliana laut genug, damit sie der halb taube alte Kämpe auch verstand.

»Ihn loslassen? Einen Dieb loslassen, einen betrügerischen Schuft? Pah!« Sir Joseph spuckte auf den Boden neben ihren Füßen. »Lady Juliana, Ihr habt Euren Besitz nicht unter Kontrolle. Ich habe es Euch viele Male gesagt, und hier ist der Beweis. Wisst Ihr, was dieser Bursche gestohlen hat?«

»Ihr meint den Pokal meines Vaters? Den hat er nicht gestohlen.«

»Doch, ich habe ihn bei ihm gesehen, den kostbaren Silberpokal.« Die Stimme von Sir Joseph überschlug sich beinahe vor Wut. Erst als ihre Worte wirklich in sein Bewusstsein drangen, ließ er den unglücklichen Waffenknecht los. »Was habt Ihr gesagt?«

»Er hat den Pokal meines Vaters nicht gestohlen. Ich habe ihn ihm geschenkt.«

Selbst gestandene Männer waren früher vor Sir Josephs Zorn in Deckung gegangen, und Juliana war erzogen worden, ihn mit Respekt zu behandeln. Er war der engste Gefährte ihres Vaters gewesen, sein langjähriger Vertrauter, und Sir Joseph hatte wie selbstverständlich erwartet – verlangt –, dass er auch für sie der erste Ritter auf Lofts bleiben würde.

Die Weitergabe des Pokals an Layamon war ein Schlag für ihn, ein untrügliches Zeichen, dass sie seine Ablösung betrieb – und zwar durch einen einfachen jungen Soldaten, der in der Burghierarchie noch weit unten stand. Es konnte keine größere Beleidigung für ihn geben.

In seinem Kopf begann es zu klopfen, sein Gesicht lief rot an, auf seinen Wangen platzten einige Äderchen. In seinen fanatisch blickenden Augen loderte unbändige Wut. Er hob seinen Stab.

Jeder Muskel in Juliana zog sich zusammen. Schützend schlang sie die Arme um ihren Oberkörper, grub die Finger schmerzhaft in ihre Arme. Panik überfiel sie, dass sie nicht genug Luft bekäme, und schwarze Sternchen explodierten vor ihren Augen. O Gott, er würde sie schlagen.

Irgendetwas tauchte am äußersten Rand ihres Blickfelds auf. Argwöhnisch sprang sie beiseite, auch von dort einen Angriff erwartend. Aber es war Raymond. Raymond, dem der fremde Mann auf dem Fuße folgte. Sie blieben stehen, als sie Juliana sahen. Raymond suchte ihren Blick, wartete auf Anweisungen, seine Körperhaltung – Schultern gestrafft, Hände auf die Hüften gestemmt – signalisierte Unterstützung. Unterstützung für sie.

Raymonds Worte über Sir Joseph kamen ihr wieder in den Sinn. Er hatte etwas in der Art gesagt, der Alte habe sich überlebt, sei nicht mehr von Nutzen für sie, und daraufhin hatte sie Layamon mit dem Überreichen des Pokals praktisch das Kommando übergeben.

Sie schöpfte erleichtert nach Atem. Sie bedauerte nichts, weder ihren Entschluss noch den gekränkten Alten. Sir Joseph konnte sie nicht dazu bringen, dass es ihr leidtat – nicht mehr. Verdammt sollte sie sein, wenn sie sich entschuldigte oder einen Rückzieher machte. Er hatte ihr schon oftmals gedroht, und obwohl er sie am Ende nie geschlagen hatte, war sie doch immer eingeknickt. Später verachtete sie sich regelmäßig für diese Schwäche. Jetzt aber stellte sie sich ihm entschlossen entgegen. »Schlagt mich oder schlagt mich nicht, aber Ihr sollt wissen, dass dies das letzte Mal sein wird, dass Ihr mir droht«, sagte sie und blickte fest in seine lodernden Augen.

Sir Joseph zögerte. Das war nicht die Antwort, die er erwartet oder erhofft hatte, und er rang sichtlich mit seiner Fassungslosigkeit und seinem Zorn. Sein Stock zitterte angriffsbereit in seiner Hand.

Letztlich aber siegte sein gesunder Menschenverstand, und er senkte den Blick, stieß seinen Stab in den nassen Boden, als ob es ihre Brust wäre, und knurrte: »Was macht Ihr da mit meinen Festungsanlagen?«

Am liebsten hätte sie vor Erleichterung gelacht, denn zum ersten Mal seit dem Tod ihres Vaters gab der herrische alte Mann nach. Sir Joseph hatte kapituliert.

Noch einmal schwenkte er seinen Stock in Layamons Richtung und erteilte Befehle. »Geh weiter! Sieh zu, dass diese faulen Säufer, die du Soldaten nennst, die Burg sichern.«

Der junge Waffenknecht jedoch schaute sich unsicher um und wandte sich an Juliana. »Mylady? Wie lauten *Eure* Befehle?« Die Burgherrin schätzte seinen Mut und hoffte, Sir Joseph würde ihn nicht doch noch dafür bezahlen lassen. Nach sorgfältiger Überlegung antwortete sie: »Du kannst gehen, Layamon. Nachdem du den Wasserschaden in der Waffenkammer begutachtet hast, kümmere dich um die Patrouillen auf den Mauergängen, wie Sir Joseph es vorgeschlagen hat. Ich werde ihn derweilen mitnehmen, damit er sich die Verbesserungen an meiner Burg ansehen kann.« Eifrig eilte Layamon davon.

Sir Joseph sah ihm nach. »So zahlt Ihr mir also meine Freundschaft zurück? Indem Ihr mich wie ein altes Pferd beiseiteschiebt? Ich habe Euch Manieren beigebracht, als Ihr noch ein Kind wart. Ich habe Euch gezeigt, wie man Kinder großzieht. Ich habe Euch ermutigt, Widerstand zu leisten, als der König wollte, dass Ihr diesen französischen Grafen heiratet.«

»Wenn Ihr hier entlangkommen würdet …« Sie streckte ihm einladend den Arm entgegen, aber Sir Joseph stampfte so heftig in eine Schlammpfütze, dass es bis hoch zu ihrer Korsage spritzte, und stürmte dann auf das Tor zu. Sie seufzte. Wohl hatte sie soeben eine bedeutende Schlacht gewonnen, doch trotzdem beschlich sie das Gefühl, der Krieg könnte gerade erst begonnen haben.

»Ein besiegter Feind ist ein schlechter Wohngenosse«, sagte Raymonds Stimme leise an ihrem Ohr.

Immer noch aufgewühlt zuckte sie zusammen, was er allerdings nicht zu bemerken schien. »Was schlagt Ihr vor, was ich mit ihm machen soll?«, herrschte sie ihn grundlos an.

»Schickt ihn auf Eure andere Burg.« Er nahm ihren Arm und führte sie so vorsichtig über den matschigen Burghof, als ob sie zerbrechlich wie Glas wäre.

»Er wird das für eine Verbannung halten.«

»Das ist es auch, aber besser eine kurze Unannehmlichkeit, als dass der Unruhestifter hier ständig herumschleicht.«

Sir Joseph brüllte vom Tor herüber: »Was macht Ihr da, schäkert Ihr mit diesem jungen Kerl? Könnt Eure Finger wohl nicht von den Männern lassen.«

Raymonds Finger verkrampften sich auf Julianas Arm, dann ließ er sie los und ging hinüber zu dem Alten. »Ich bin Meister Raymond, der Burgbaumeister, der von meinem Herrn, König Heinrich, mit dem Befehl hergeschickt wurde, diese Burg zu verstärken. Ich werde es nicht versäumen, Euren Namen zu erwähnen, wenn ich dem König Bericht erstatte.« Sein Lächeln entblößte große weiße Zähne, und Sir Joseph musste den Hals recken, um zu ihm hochzuschauen.

Er musterte ihn mit halb geschlossenen Augen. Langsam, als ob er laut nachdenken würde, antwortete er: »Ich hätte eher angenommen, dass Ihr ein Edelmann seid.«

Raymonds Lächeln wurde breiter und eine Nuance bösartiger. »Ich bin ein Edelmann: der Herr der Burgenbauer.«

»Pah!« Sir Joseph schüttelte seine geheimen Befürchtungen ab. »Wie es aussieht, seid Ihr der Sohn irgendeines Bastards, der zu König Heinrich gekrochen ist und sich die Ernennung erkauft hat.«

»Wie es aussieht«, stimmte Raymond zu.

»Aber es ist schließlich keine Schande, ein unehelicher Sohn zu sein«, warf Juliana ein, die ebenfalls herübergekommen war.

Sir Josephs Gesicht lief erneut puterrot an. »Nun, dieser törichte Mensch achtet nicht darauf, dass unsere Leibeigenen ordentlich arbeiten.«

Juliana winkte den verschmutzten Arbeitern zu, die sich um das Feuer drängten und Becher voll mit Ale in den Händen hielten, das die Burgherrin ihnen spendiert hatte. »Sie müssen schließlich auch essen und trinken.«

Der alte Ritter schnaubte. »Ihr seid einfach zu weich. Wenn es nach mir ginge, würde dieser unbedarfte Narr Layamon niemals meine Stelle einnehmen.«

»Niemand könnte jemals wirklich in Eure Fußstapfen treten«, begann sie begütigend, um dann verbittert den Satz zu beenden: »Genau wie niemand je meinen Vater ersetzen konnte.«

»Euren Vater? Habt Ihr vergessen, dass er keine wie Euch zur Tochter wollte, nicht einmal auf dem Totenbett.« Sir Joseph stach mit einem spitzen Finger auf sie ein. »Erinnert Ihr Euch noch, wessen Hand er hielt, als er starb? Ich frage mich, was er wohl denken würde, wenn er das heute hier mitbekäme?«

»Vielleicht würde er endlich merken, dass er die falsche Hand gehalten hat«, erwiderte sie zornig, denn sie hatte genug vom boshaften Spott des Alten.

»Ich habe ihn vor Euch gewarnt seit dem Tag, an dem Ihr geboren wurdet. Ihm geraten, Euch mit einem Stock im Zaum zu halten, aber er war zu nachgiebig und zu weich. Immer musste ich ihn an seine Pflicht erinnern.« Er lachte, und es war ein gehässiges Kichern. »Ihr seid eine Schande für Eure Familie und eine Blamage für Euren Vater. Ihr seid nichts weiter als eine Hure.«

Nicht ein Laut durchbrach die Stille auf dem Burghof. Niemand konnte Sir Josephs Beleidigung überhören, hatte er sie doch in der lauten Art der Schwerhörigen über den ganzen Hof erschallen lassen. Für Juliana war es nichts Neues, denn Ähnliches hatte er bereits früher von sich gegeben, aber noch nie so offen seine verhängnisvolle Rolle für das Verhältnis zwischen Vater und Tochter eingestanden. Jetzt erst wurde ihr mit aller Deutlichkeit bewusst, dass er die treibende Kraft für die väterliche Zurückweisung gewesen sein musste. Außerdem hatte er es bislang nie gewagt, sie eine Hure zu nennen. Juliana starrte angewidert in die Ferne, überblickte ihren Besitz, der sich vor ihr wie ein Flickwerk aus Wäldern und Feldern, aus Hügeln und Ebenen sowie verstreuten Dörfern bis zum Horizont erstreckte. Ihre Ländereien, die reich und fruchtbar waren. Sie war der Hirte für dieses Land, für ihre Leute, ihre Tiere, kümmerte sich um alles und beschützte Mensch und Vieh. Aus diesem Land zog sie ihre Stärke.

Das gab ihr Selbstbewusstsein, und so schaute sie jetzt auch in die Runde: auf ihre Bediensteten, die sie anstarrten, auf Sir Joseph, dessen habichtartige Gesichtszüge triumphierend ausschauten, und auf Meister Raymond, der sie ebenfalls betrachtete: ihr stolz erhobenes Kinn, das kupfergoldene Haar, das blasse Wangen umrahmte, den zitternden Mund und die blauen Augen, in denen noch immer Zorn zu lesen war.

Er wollte schon vortreten, sie verteidigen, aber irgendetwas hielt ihn zurück. Dies war ihr Kampf, da durfte er sich nicht einmischen. Außerdem glaubte er, dass sie dadurch größeres Selbstvertrauen gewinnen würde, das sie dringend brauchte. Lass sie dies selbst zu ihrer Zufriedenheit lösen, dachte er.

Mit klarer, ruhiger Stimme hörte er sie sagen: »Sir Joseph, Ihr nehmt Euch zu viel heraus. Geht nach Burg Bartonhale, und verbringt dort Euren Lebensabend.«

Selbstgefälligkeit und Großspurigkeit begannen zu bröckeln. Sir Joseph starrte erst Juliana an, dann all die Leute, die um sie herumstanden. Jedes Gesicht zeigte den gleichen Ausdruck von Abscheu. Wenn einer von ihnen einen Stein aufgehoben hätte oder in anderer Weise handgreiflich geworden wäre … Raymond war sich nicht sicher, ob es dann nicht ein Unglück gegeben hätte.

»Ihr könnt nun gehen«, sagte Juliana abschließend, entließ ihn damit und kehrte ihm den Rücken zu.

Hasserfüllt starrte er ihr hinterher, und sein Gesichtsausdruck verhieß nichts Gutes. Auf Raymonds Nicken hin trat jetzt Keir vor und packte den Arm des teuflischen Alten mit einem warnenden Griff. »Die Herrin der Burg braucht Euch nicht länger«, sagte er ruhig.

Er versuchte, sich zu befreien, und als ihm das nicht gelang, rief er Mitleid heischend: »Lady Juliana! Lady Juliana, ich bin ein alter Mann. Ich habe den größten Teil meines Lebens hier verbracht. Wollt Ihr kein Mitleid mit mir zeigen und mich hierbleiben lassen?« Doch sie drehte sich nicht einmal um.

Als Keir ihn wegzudrängen begann, kreischte er erneut los: »Lady Juliana! Gebt mir wenigstens Zeit, mich von dem Ort zu verabschieden, der so viele Jahre mein Zuhause gewesen ist! Ich flehe Euch an …«

Raymond gab Keir ein Zeichen, den Heuchler davonzujagen, doch es war zu spät. Juliana war nicht immun gegen diesen Appell an ihr Mitgefühl. Ohne Sir Joseph anzusehen, erklärte sie: »Ihr dürft bis nach dem Dreikönigsabend bleiben. Am Tag darauf werdet Ihr gehen, ohne Rücksicht auf Eure Gesundheit oder das Wetter oder irgendetwas anderes, was Euch als Ausrede einfallen mag.«

Obwohl der Alte noch eine Weile bleiben durfte, sah Raymond zufrieden aus, war doch ein Ziel seiner Maskerade erreicht: Endlich erahnte er den Grund, weshalb Juliana eine Heirat vermieden hatte. Vielleicht war der Mann, den sie begehrte, eine unpassende Partie gewesen oder nur eine belanglose Affäre … So wenigstens deutete er die Worte Sir Josephs.

Juliana, die ruhig und aufrecht an der Zugbrücke stand, ahnte nichts von seinen Gedanken und nahm auch die Blicke ihrer Bediensteten scheinbar nicht wahr. Raymond fürchtete, sie könnte unter der Last der erlittenen Demütigung vielleicht zusammenbrechen, ging zu ihr hin, um sie auf andere Gedanken zu bringen. Bloß kein Mitleid, dachte er, sonst würden zu allem Überfluss noch Tränen fließen. Also sagte er betont sachlich: »Mylady, ich hatte gehofft, Ihr würdet kommen, um den Fortgang der Baumaßnahmen zu inspizieren. Wollt Ihr mit mir nach unten gehen?«

Sie zitterte – wie er richtig vermutete, war sie den Tränen nahe –, aber sie riss sich zusammen, und seine Bewunderung wuchs. »Meinen Dank, Meister Raymond. Das würde ich jetzt wirklich gerne tun.«

»Wenn Ihr meinen Arm nehmen würdet, Mylady, dann werde ich Euch stützen. Es ist sehr rutschig.«

Eine Weile starrte sie seinen Arm an, als handle es sich dabei um eine abstoßende Kreatur – was Raymond ihrem Zusammenstoß mit Sir Joseph zuschrieb –, doch dann legte sie ihre Hand wie selbstverständlich auf seinen Ellenbogen und folgte ihm zu dem Graben unterhalb der Umfassungsmauer, wo die Arbeiten in vollem Gange waren.

Welcher Skandal auch immer ihre Vergangenheit befleckte und ihre Nächte heimsuchte, es würde Raymonds Aufgabe sein, damit umzugehen, so wie er es für am besten hielt. Er wollte ihr Verständnis, Unterstützung, Freundlichkeit und Leidenschaft geben. Ohne eitel zu sein, war Raymond sich sicher, dass er Julianas Sehnsucht erfüllen und ihre Angst kurieren konnte. Er hatte nie daran gezweifelt, dass er dazu in der Lage war.

Während er ihr von der Seite einen raschen Blick zuwarf, fragte er sich, ob sie überhaupt wusste, wie sehr sie heute, durch die Konfrontation mit Sir Joseph, innerlich an Stärke gewonnen hatte. Er fühlte sich wie ein stolzer Vater mit einem frühreifen Kind oder wie ein Mann mit seiner jungen Geliebten.

Dieser Gedanke überraschte ihn. Wann war Juliana mehr für ihn geworden als eine bloße Herausforderung? Wann hatten Respekt und Zuneigung seine Ansichten über sie zu dominieren begonnen? Er begab sich auf gefährliches Terrain. Trieb ihn seine Beschäftigung mit ihrer Vergangenheit vielleicht eines Tages dazu, ihr auch seine eigenen Geheimnisse offenbaren zu wollen? Musste sie ihn nicht, wenn er vor ihr seine Seele entblößte, zurückweisen? Und wie sollte er damit weiterleben? Zudem empfand er zunehmend eine schmerzhafte Eifersucht, wenn er an sie in Zusammenhang mit einem anderen Mann dachte.

Ein Rütteln an seinem Arm riss ihn aus seinen grüblerischen Gedanken. »Hört auf, die Stirn so finster zu runzeln. Ihr verschreckt mir ja die Arbeiter«, befahl sie und fuhr dann sachlich fort: »Wann wird die Mauer fertig werden?«

Wann, ja wann? Er hatte keine Ahnung und antwortete ausweichend: »Das hängt vom Wetter ab. Vorerst können wir weiterarbeiten, es sei denn, es kommt erneut ein Sturm wie …« Er verstummte, aber sie verstand, von welchem Unwetter er sprach. Leichte Röte schoss ihr ins Gesicht, und befriedigt erhob er die Stimme. »Wir werden arbeiten, bis wir fertig sind, nicht wahr, Männer?«

Ein Dorfbewohner, vom Schlamm ganz unkenntlich, stand auf und zupfte an seiner geschwärzten Stirnlocke. »Wir sind um diese Zeit sonst ohne Arbeit, Mylady, und Ihr wisst, es gibt da nich genug zu tun für uns, für meinen Vater und mich. Und auch nix zu verdienen. Wir arbeiten so lange, wie Ihr uns braucht.«

»Tosti, bist du das?«, fragte sie.

»*Aye*, Mylady.« Er grinste, seine Zähne leuchteten hell in dem vor Schmutz starrenden Gesicht.

»Was machen sein Vater und er?«, fragte Raymond.

»Sie sind Fährtensucher«, antwortete Juliana. »Die besten, die ich habe. Sie können jedes Wild aufspüren und aufjagen, und wenn …, wenn jemand verloren geht, dann werden sie ihn finden.«

Tosti ballte die Fäuste über seinem Kopf. »*Aye*, warum solln wir nich die besten sein? Wir gehörn zur mutigsten Herrin von England.«

Verblüfft stieß sie hervor: »Mutig? Was meinst du …?«

Die Männer nickten in Richtung der Zugbrücke, wo ihre Auseinandersetzung mit Sir Joseph stattgefunden hatte, und signalisierten mit Zwinkern und Lächeln ihre Unterstützung. Wieder wurde sie rot, doch dieses Mal vor Freude.

Raymond strahlte die Arbeiter an und entschloss sich, ihnen Extrarationen Ale und Fleisch zu geben. Während er Juliana half, hinauf zum Tor zu klettern, sagte er: »Darf ich Euch wegen der scharlachroten Schärpe ein Kompliment machen, Mylady? Sie fällt ins Auge, passt sehr gut zu Eurem Gewand und erinnert mich daran, dass bald Weihnachten ist.«

Eine Vielzahl unterschiedlicher Regungen war von ihrem Gesicht abzulesen: Erschrecken, Unbehagen und alte Erinnerungen vermengten sich zu einer solch eigentümlichen Mischung, dass Raymond sich fragte, ob er sie wohl jemals verstehen würde.

Sie schnipste ungeduldig mit den Fingern. »Darüber hatte ich eigentlich mit Euch sprechen wollen. Diese beiden … Frauen, die Ihr mir aufgezwungen habt.«

»Valeska und Dagna?« Also ließen seine Lieben bereits ihre Magie spielen. Er hätte selbst daraufkommen sollen, dass die Schärpe ihr Werk war. »Mögt Ihr sie nicht?«

»Sie mögen? Sie mögen?« Sie ließ die Worte auf ihrer Zunge zergehen. »Wie könnte ich zwei alternde Weiber nicht mögen, die darauf bestehen, mich wie eine Königin zu behandeln?«, sagte sie sarkastisch. »Die anbieten, mir vorzusingen, und mir Geschenke geben, die sie mit ehrlichen oder unehrlichen Mitteln erworben haben.«

»Gut! Gut, ich hatte gehofft, Ihr würdet sie mögen.«

»Sie sprechen so eigentümlich und bewegen sich trotz ihres Alters wie junge Frauen. Könnt Ihr ihnen denn keine Arbeit bei den Pferden besorgen?« Als Raymond zu lachen begann, schrie sie aufgebracht: »Sie werden meinen Kindern Flausen in den Kopf setzen.«

5

Kinder. Raymond fürchtete diese kleinen Wesen mehr als Männer oder wilde Tiere. Was wusste er denn schon über Kinder? Er war niemals eines gewesen. Wie sollte er da eines erfreuen können? Er wusste nicht, wie man spielte oder was sie mochten. Er konnte eine Frau umwerben, aber wie umwarb man ein Kind?

Unbeholfen versuchte er mit Julianas Töchtern zu reden. Zerbrach sich den Kopf über Themen, die sie interessieren könnten, versuchte mit ihnen über Handarbeiten zu diskutieren. Margery schlug daraufhin vor, er solle seine Näharbeiten den Mägden bringen – sie sei für solche Dinge zu beschäftigt –, und war davongeeilt. Ella eröffnete ihm, sie werde niemals nähen, niemals, niemals. Solche Beschäftigung sei etwas für Weichlinge, sprach es und huschte ebenfalls davon. Ein anderes Mal brachte er Puppen ins Spiel. Puppen? Margery antwortete ihm, sie sei zu alt dafür, und weg war sie. Ella erklärte ihm, sie spiele niemals mit Puppen, niemals, niemals, weil das nur Weichlinge täten, und ließ ihn stehen.

Letzten Endes war es egal, dachte er sich, denn schließlich, verstand er wirklich nichts von alldem. Aber er wollte unbedingt in ihren vertrauten Zirkel eindringen, zu ihrem Kreis gehören. Nur wie? Raymond war klug genug zu erkennen, dass er sich den Einlass weder erkaufen noch erkämpfen noch erschleichen konnte.

Während er sein Gewicht auf der Bank verlagerte, presste er seinen Rücken gegen die kalte Steinmauer der großen Halle und beobachtete Julianas Kinder. Jedes half nach eigenem Gutdünken beim Abräumen des Mittagsmahls. Margery nahm ihre Verantwortung als Erbin und älteste Tochter ernst, gab Anweisungen und ging den Dienern zur Hand. Sie hatte Julianas Haarfarbe und ahmte die Art ihrer Mutter nach, doch ihr langes, schmales Gesicht ähnelte niemandem in der Burg; sie musste wohl nach ihrem Vater schlagen.

Ella, ein Jahr jünger, hatte blondes Haar, das offen herabfiel und ihr Gesicht umrahmte. Sie betrachtete die Welt aus strahlenden Augen, und ihr Lachen war meist überall zu hören. Ständig stellte sie Fragen, und nichts war vor ihrer Wissbegierde sicher. Überdies war sie überaus erfinderisch, immer neuen Unfug auszuhecken.

Die Mädchen würden ihn bestimmt mögen, wenn sie ihn erst richtig kannten – aber genau da lag das Problem, denn sie weigerten sich, ihn kennenzulernen. Sie behandelten ihn ebenso argwöhnisch wie früher Sir Joseph – oder in der Art, wie ihre Mutter mit Männern umging. Wie konnte er gegen ein solches Vorbild ankämpfen? Trotzdem musste er einen Weg finden, das Vertrauen der Mädchen zu gewinnen. Doch mit welchen Mitteln? Frauen konnte er Geschenke machen, ihre Schönheit loben und ihnen das Blaue vom Himmel versprechen. Er bezweifelte, dass so etwas auch bei Kindern funktionieren würde. Raymond fing Ellas Blick auf und bedachte sie mit seinem charmantesten Lächeln.

Das Mädchen duckte sich hinter die Bank, wo Valeska saß und für Juliana Wolle spann. Sie sprach mit der Kleinen offenbar über Raymond, um dessen Bemühungen zu unterstützen, aber vergeblich. Ella funkelte ihn nur zornig an, schüttelte den Kopf, bis ihr Haar in einer goldenen Wolke aufflog, und streckte ihm schließlich die Zunge heraus.

Aus Enttäuschung über die abweisende Reaktion des Kindes antwortete Raymond auf die gleiche Weise – und fand plötzlich volle Aufmerksamkeit. Ellas Augen leuchteten auf. Sie steckte die Finger in die Mundwinkel und rollte wild mit den Augen.

So funktionierte das also bei Kindern, dachte der Mann, schob sein Haar zurück und wackelte mit den Ohren. Ella stand vor Staunen der Mund offen. Als ob er sie zu sich gewinkt hätte, trat sie einen Schritt auf ihn zu, strich sich ebenfalls das Haar aus dem Gesicht und runzelte konzentriert die Stirn. Sie schielte mit den Augen, spitzte die Lippen zu einem Fischmaul und reckte den Unterkiefer vor, doch ihre Ohren ließen sich nicht bewegen. Raymond grinste sie hinterhältig an, denn in dieser Kunst war er schon in seiner Jugend meisterhaft gewesen, und niemand hatte es ihm gleichtun können. Stumm formten seine Lippen ein spöttisches »Ha, ha«.

Entschlossen marschierte Ella jetzt zu ihm hinüber und forderte: »Zeigt mir, wie das geht.«

Raymond stand auf, streckte sich. »Ich muss mich leider um meine Pflichten kümmern, andernfalls reißt mir Lady Juliana den Kopf ab. Ich will mich mit Keir wegen der Konstruktion der Mauer beraten.« Er drehte sich um und entfernte sich bewusst langsam, als er plötzlich ein Zupfen an seiner Jacke bemerkte.

»Kann ich mitkommen?«

Er betrachtete Ella, die immer noch Grimassen schnitt, um ihre Ohren irgendwie zum Wackeln zu bringen. Raymond hatte nicht geahnt, wie nützlich diese besondere Begabung eines Tages einmal für ihn sein sollte. Er dankte allen Heiligen, dass ihm diese Gabe in die Wiege gelegt worden war. Was Puppen und Näharbeiten nicht vermocht hatten: Ella war sichtlich beeindruckt von seinen wackelnden Ohren und wollte ihn jetzt sogar begleiten. »Ich weiß nicht. Das ist eigentlich nichts für ein Mädchen.«

Die Hände in die Hüften gestemmt korrigierte sie ihn: »Ich bin nicht irgendein Mädchen. Ich bin Ella von Lofts.«

Und stolz darauf, dachte er. Mit den Instinkten eines Kriegers, der eine Bresche schlägt, seufzte Raymond. »Es ist matschig dort draußen, und es wird immer kälter. Du solltest besser drinnen bleiben und, wie es sich für ein anmutiges, sittsames Mädchen gehört, dich mit einer Strickarbeit zu deiner Mutter setzen.« Er musste sich sehr zusammenreißen, um nicht laut über ihr entsetztes Gesicht zu lachen.

»Ich werde Euch bestimmt nicht stören.« Ella war scheinbar ein Dickkopf, der nicht nachgab.

Raymond betrachtete sie mit zur Seite geneigtem Kopf und tat, als denke er nach. »Vielleicht, Ella von Lofts, wäre es wirklich gut für dich, wenn du etwas über die Verteidigungsanlagen der Burg lernen würdest.« Um seinen Einfluss zu testen, rülpste er.

Augenblicklich begann Ella, seinem Beispiel folgend, ebenfalls Luft zu schlucken. »Ich weiß schon alles«, prahlte sie und ließ einen lauten Rülpser hören.

Raymond schaute schuldbewusst zu Juliana hinüber, die ihn zornig ansah. Er beschloss, einen strategischen Rückzug anzutreten, warf sich seinen Umhang um die Schultern und machte einen Schritt in Richtung Tür. »Wenn du schon alles weißt, dann hast du ja keinen Grund mehr, mit mir zu kommen.«

»Eigentlich weiß ich doch nicht wirklich alles«, gab sie zu. Mit seinem vorgeblichen Zaudern schien Raymond das Kind wie an einer Kette hinter sich herzuziehen.

»Dann … darfst du mitkommen.«

Sein Nachgeben dämpfte ihre Begeisterung, und ihr Gesichtsausdruck spiegelte ihre widerstreitenden Gefühle. Sollte sie sich wirklich an diesen Fremden hängen oder lieber erneut auf Distanz zu ihm gehen. Der innere Kampf war schnell entschieden. »Komm schon, Margery!«, rief sie ihrer Schwester zu.

Die Ältere, die gerade den Tisch abräumte, hielt inne. Sie hatte die Komödie nicht ohne Neugier verfolgt und trat jetzt unschlüssig von einem Fuß auf den anderen. Offenbar wollte sie sich nicht so rasch wie Ella von Raymond einwickeln lassen. »Ich bin beschäftigt«, sagte sie zögernd.

»Das können doch die Dienstboten erledigen«, erwiderte die Jüngere. »Nicht wahr, Mama?«

Beklommen wartete Raymond auf Julianas Antwort. Wenn sie erlaubte, dass ihre Töchter ihn begleiteten, dann wäre das ein Vertrauensbeweis. Den Kopf über das Knäuel aus cremefarbenem Garn gebeugt, das sie gerade aufwickelte, antwortete sie nur zerstreut: »Ist das Tor denn offen, Meister Raymond?«

Erleichtert hakte er seinen Daumen in den Ledergürtel ein, an dem seine Werkzeuge hingen. »*Aye*, Mylady.«

»Patrouillieren Waffenknechte auf den Mauern?«

Von seinem Platz am Feuer warf Sir Joseph ungefragt und gehässig ein: »Nur wenn dieser junge Wichtigtuer sie nicht alle hereingerufen hat, weil ihnen kalt werden könnte.«

»Die Männer sind auf den Mauern und sichern die Burg«, antwortete Raymond.

Während sie zu Sir Joseph hinübersah, meinte Juliana: »Es würde den Kindern bestimmt guttun, mal herauszukommen, bevor uns ein weiterer Sturm wieder zu Hausarrest verurteilt. Geh ruhig mit, Margery.«

»Ich werde auf sie aufpassen«, versprach Raymond, was den Mädchen schon als zu viel des Guten erschien, denn sie schauten ihn reserviert an. »Falls sie kopfüber in den Graben fallen, werden wir sie ausbuddeln«, fügte er scherzhaft hinzu.

Juliana hob den Kopf und lächelte ihn an. Der Zauber, die Schönheit ihres Lächelns traf ihn wie ein Blitz, versengte ihn wie ein heißes Feuer. Reglos stand er mit heftig klopfendem Herzen da und starrte sie bloß an. Wie von Ferne vernahm er ihre Stimme: »Manchmal denke ich, Meister Raymond, Ihr seid von Eurer ganzen Erscheinung und Eurem Verhalten her viel eher ein Krieger als ein Handwerker. Wurdet Ihr ursprünglich als Ritter ausgebildet und habt dann Euren Gönner verloren?«

Wusste sie es? Verspottete sie ihn? Er schüttelte den Kopf, um wieder klar denken zu können. Nein, das würde nicht zu Juliana passen. Andere Frauen, ja, die würden eine solche Quälerei amüsant finden, aber nicht sie. »Ich …« Er wusste nicht, was er sagen sollte, aber sie nahm es als Bestätigung ihrer Vermutung.

»Es ist eine traurige Sache, wenn ein Mann nicht in der Lage ist, dem Weg seines Herzens zu folgen.« Zufrieden legte sie das Garn in ihren Arbeitskorb und schenkte ihm erneut ein warmes Lächeln. Wieder traf es ihn bis in die tiefste Seele, und er spürte, wie Ehrbarkeit und Zurückhaltung, die er sich auferlegt hatte, durch einen Sturm in seinem Innern ins Wanken gerieten. Am liebsten hätte er … »Ich werde darauf vertrauen, dass Ihr meine Kinder behütet, sei es nun vor einem Übermaß an Schlamm oder vor irgendwelchen dahergelaufenen Banditen«, hörte er sie sagen, und seine unvernünftigen Fantasien wurden jäh beendet. Die Zeit war noch nicht reif dafür, sein wildes Verlangen musste warten. »Ihr vertraut mir?«, fragte er verwirrt und irgendwie aus der Fassung gebracht, ganz und gar nicht das Bild eines stolzen Ritters.

»Ihr habt mich nie belogen!«, sagte sie und fügte hinzu: »Wenn doch nur alle Männer so ehrbar wären wie Ihr.«

Wenn sie wüsste, dachte er und betrachtete andächtig ihr Profil im Schein der Fackeln. Sie war jetzt wieder ganz auf ihre Arbeit konzentriert, mit vorgerecktem Kinn, die Zunge leicht zwischen die Lippen geschoben, saß sie konzentriert vor einem Webstuhl. Erneut wollte sein Begehren ihn übermannen, doch er rief sich zur Ordnung. Sie vertraute ihm, und dieses Vertrauen durfte er nicht enttäuschen. Stimmte es eigentlich, dass er sie nie belogen hatte? Er dachte nach. Im Großen und Ganzen schon, nur über seine wahre Identität und über den Zweck seines Kommens hatte er sie im Unklaren gelassen. Ob sie ihm diese Lüge je verzeihen würde?

Aber schließlich war sie ihm von ihrer beider König als Frau versprochen worden, und dessen Befehl galt auch für sie. Und er – er begehrte sie und würde sie bekommen. Allerdings nicht mit Gewalt und nur deshalb, weil der König es so bestimmt hatte. Nein, er wollte sie gewinnen, und sobald sie ihn mochte, ihm vertraute, konnte er ihr die ganze Wahrheit sagen. Doch vielleicht war es bis dahin noch ein dorniger Weg. Immerhin war ein erster Schritt getan.

Mit den Mädchen verließ er den Wohnturm, überquerte den Hof und betrat die Schmiede, wo Keir, von einer Lederschürze geschützt, am Feuer stand und das Eisen anheizte, bis es rot glühte. Dann brachte er es zum Amboss, wo er es in die gewünschte Form hämmerte. Während er sich auf die Fertigung einer Schaufel konzentrierte, sagte er: »Seid gegrüßt, Myladys. Es ist mir eine Ehre, dass Ihr meinen bescheidenen Arbeitsplatz aufsucht.«

Irgendetwas an dem robusten, ruhigen Iren weckte ihr Vertrauen, und sie schauten sich entspannt in dem Raum um, spielten mit den Katzen, die es sich in einer warmen Ecke bequem gemacht hatten. Keir wandte sich an den Freund. »Was ist dein Anliegen, Raymond?«

»Meister Raymond«, korrigierte Margery.

Keir, dem es trotz seiner vielen Vorzüge an Humor fehlte, grübelte über den Tadel nach und antwortete nach reiflicher Überlegung: »Meister Raymond und ich haben eine Beziehung zueinander aufgebaut, die völlig anders ist als üblicherweise zwischen Herr und Leibeigenem. Ich bringe ihm sehr viel Respekt entgegen, ohne das immer ausdrücklich betonen zu müssen.«

»Wirklich, Margery«, sagte Ella ungeduldig, »das spielt doch keine Rolle, denn schließlich ist Meister Raymond kein Mann von Stand, kein Herzog oder Graf, nicht mal ein Baron.«

Raymond hinderte vorsichtshalber Keir an einer Erwiderung und meinte forsch: »Wahrhaftig nicht. Lady Margery und Lady Ella hoffen übrigens, dass du uns den Fortgang der Grabungsarbeiten und die Vorbereitung des Fundaments zeigst.«

Ungeachtet seiner fehlenden Finger hantierte Keir mit großer Gewandtheit und ließ nicht von seiner Arbeit ab. »Eigentlich sollte der Burgbaumeister die jungen Damen selbst herumführen. Ich besitze nicht die nötige Fachkenntnis für derartige … Erläuterungen.«

Raymond schaute ihn unergründlich an. »Bitte, komm mit«, sagte er höflich, aber drängend.

Keir deutete auf die noch nicht fertigen Stücke. »Du siehst doch, wie beschäftigt ich bin …«

»Ich bestehe darauf, dass du uns begleitest.«

»So sehr ich es bedaure, aber ich muss leider ablehnen.«

Mit einem triumphierenden Unterton belehrte Margery jetzt die kleine Schwester. »Siehst du, Ella, was dabei herauskommt, wenn man sich nicht an die vorgeschriebenen Umgangsformen und Anreden hält? Nichts als Missstimmungen und Respektlosigkeit.«

Raymond und Keir schauten die beiden lebhaften und scharfsinnigen Mädchen verwundert an. Der Ire seufzte.

»Na schön, wenn ihr es alle wollt, dann beweise ich eben meinen Respekt dem Meister gegenüber«, sagte er und legte die Zange aus der Hand, um den anderen zu folgen.

Auf der Zugbrücke gesellte sich ihnen Layamon hinzu, den Raymond anwies, alle Vorkehrungen zu treffen, um die Sicherheit der Mädchen zu gewährleisten, also vor allem nach herumstreunenden Söldnern und Banden Ausschau zu halten. Dann stiegen sie in den matschigen Graben hinunter, an dessen Abhängen inzwischen Büsche und Sträucher, Flechten und Moose durch die Arbeiter niedergetrampelt worden waren. Hier würde sich bald die neue Mauer als mächtiges Bollwerk erheben und den Burghügel wie ein Hufeisen schützend umgeben. Auf der Vorderseite bildeten steile Klippen eine natürliche Barriere. Raymond glühte vor Stolz, als er den Mädchen sein Vorhaben erklärte. Diese mächtige Mauer würde jeden Krieger vertreiben, der darauf aus war, ihm sein Land wegzunehmen.

Aye, sein Land. Er würde bald der Herr dieses Landes sein, würde es gegen jeden Eindringling verteidigen, es vor Verwüstung schützen. Ja, der Tag würde kommen, an dem es offiziell ihm gehörte – nur durfte er das nicht laut sagen. Vorerst betrachtete Juliana es noch als ihren ureigenen Besitz. Auch sie liebte das Land, das ihr mehr bedeutete als bloß Ansehen, Wohlstand oder soziale Stellung. Es war der Ort, von dem man abstammte und zu dem man immer wieder zurückkehrte, ein Zuhause. Auch er würde aus diesem Land irgendwann seine Stärke beziehen.

Ein Feuer brannte auf dem Grund des Grabens, an dem sich die Arbeiter gelegentlich die Hände wärmten. Ein altes Weihnachtslied erklang, und der junge Treiber rief den anderen zu: »He, Schlammwichte, da sind der Meister und die beiden kleinen Ladys.«

Skeptisch beäugten die Mädchen die schmutzigen Männer. »Warum starren die uns so an?«, fragte Ella.

»Wir sind hier nicht sicher«, äußerte Margery und drängte weg.

»Sie starren euch an, junge Ladys, weil ihr ihre zukünftigen Herrinnen seid«, beruhigte Raymond sie. »Und wegen eurer Sicherheit müsst ihr euch keine Sorgen machen. Auf den Mauern patrouillieren die Waffenknechte, aber im Winter ist man ohnehin sicher vor Vagabunden oder feindlichen Soldaten. Das wisst ihr doch.«

»Es sind nicht nur Armeen, vor denen eine Frau sich in Acht nehmen muss.« Margerys große Augen blickten ernst. »Selbst ein Mann, den eine Frau für ihren Freund hält, kann sich gegen sie wenden, um an ihr Vermögen und ihren Besitz zu kommen.« Sie musterte Raymond von den Stiefeln bis zur Mütze, als wolle sie seine Größe – und damit seine Gefährlichkeit – abschätzen.

»Das stimmt, aber niemand kann das immer auf den ersten Blick erkennen, da muss man seine Lebenserfahrung und Klugheit einbringen.«

»Wessen Klugheit?«, fragte Margery scharfsinnig.

Raymond beugte sich zu ihr hinab, bis seine Augen auf derselben Höhe waren wie ihre. »Die Klugheit der Älteren zunächst einmal.« Bevor sie widersprechen konnte, fügte er hinzu: »Aber noch wichtiger ist eure eigene Klugheit. Beobachtet die Leute um euch herum genau – alle, nicht bloß die Männer –, und fällt euer Urteil mit dem Kopf und nicht mit dem Herzen. Lasst euch von niemandem einlullen.« Er machte eine Pause. »Trotz aller Wachsamkeit kann es leider vorkommen, dass ihr euch in einem Menschen täuscht.« Er richtete sich wieder auf. »Ich kann euch helfen, für einen solchen Fall Vorkehrungen zu treffen, euch beibringen, wie man sich gegen einen Angreifer wehrt. Oder wisst ihr, was ihr tun müsst, falls ein Mann euch wegzuschleppen versucht?«

Margery schüttelte den Kopf.

»Was tut eure Mutter, wenn sie sich fürchtet?«

Leise antwortete das Mädchen: »Sie erstarrt wie ein Hase, der den Schatten eines Habichts sieht.«

Raymond war bestürzt darüber, wie Margery ihre Mutter einschätzte. Er fragte sich, ob es dafür vielleicht einen konkreten Grund gab. Schließlich waren ihm selbst gelegentlich Reaktionen bei ihr aufgefallen, die auf ausgeprägte Ängste und Verzagtheit hindeuteten. Allerdings hatte sie gleichzeitig beherzt zugeschlagen! »Du irrst dich«, wies er deshalb Margery zurecht. »Eure Mutter ist die mutigste Frau, die mir je begegnet ist.«

Ellas Augen wurden kugelrund vor Staunen. »Meine Mutter?«, fragte sie ungläubig.

Raymond wählte seine Worte mit Bedacht, bevor er sprach. »Als sie noch nicht wusste, wer ich war, ist sie mit einem großen Holzscheit auf mich losgegangen.« Er rieb sich über den Schädel. »Um ein Haar hätte sie mich außer Gefecht gesetzt.«

Margery war sichtlich beeindruckt. »Meine Mutter hat so etwas getan?«

»*Aye*, hat sie. Und ihr wollt doch nicht weniger beherzt sein als sie, oder?«

Die Mädchen schüttelten einmütig die Köpfe.

»*Nay*, natürlich nicht.« Raymond wandte sich an Keir. »Wir werden euch jetzt demonstrieren, was ihr tun müsst, wenn euch einer packt. Ich spiele die Frau, Keir ist der Angreifer.«

»Es fällt mir schwer, so zu tun, als ob du eine Frau wärst«, meinte der Freund trocken.

»Versuch es.« Raymond hörte, wie Ella ein Kichern unterdrückte. »Sagen wir mal, ich stehe allein und ohne Schutz da, meine Waffenknechte oder andere Leute sind so weit weg, dass sie mich nicht sehen können. Der Angreifer nähert sich mir, schlingt die Arme um mich.« Er schnappte hörbar nach Luft, als Keir ihn von hinten so fest um den Hals packte, dass ihm der Atem wegblieb. »Was mache ich jetzt?«

»Schreien?«, fragte Ella zaghaft.

»*Aye*!« Mit einem Stoß der Ellenbogen und einem Fußtritt befreite Raymond sich aus der Umklammerung und sagte zu den Mädchen: »Alle Frauen können schreien. Lasst euch mal hören.«

Ella ließ ein ohrenbetäubendes Kreischen los.

»Gut«, lobte Raymond. Er deutete auf die Waffenknechte, die sich auf den Mauergängen drängten und bereits wachsam Pfeil und Bogen in Anschlag brachten. »Seht ihr, so funktioniert das.«

Während Raymond den Soldaten beruhigend zuwinkte, hüpfte Ella vor Vergnügen auf einem Fuß herum.

»Jetzt bist du dran, Margery.«

Das Mädchen blickte hinüber zu den Soldaten, die sich auf der Mauer aufgebaut hatten, und öffnete den Mund, um zu schreien, doch es kam nur ein Piepsen heraus.

»Lauter«, forderte Keir sie auf.

Margery leckte sich über die Lippen und versuchte es noch einmal. Wieder nichts!

»Schrei so wie damals, als ich deine Schweineblase genommen und sie zum Platzen gebracht habe«, wies Ella sie an.

Margery stemmte die Arme in die Seiten, schloss die Augen und probierte es erneut. Und obwohl Zorn und Angst fehlten und der Schrei nicht wirklich überzeugend klang, lobte Raymond sie: »Das war gut, und dein nächster Versuch wird bestimmt noch besser werden.«

Sie öffnete die Augen und sah ihren Lehrmeister an. Mit den vor Anstrengung geröteten Wangen und den eifrig leuchtenden Augen sah sie mit einem Mal wie ein aufgeregtes Kind aus und nicht mehr wie eine heranwachsende junge Frau. »Bringt mir noch mehr Tricks bei.«

»Mehr?« Raymond kratzte sich am Kinn, fragte sich, wie viel er ihnen beibringen sollte und ob ihre Mutter das wohl gutheißen würde.

»Zeigt uns, wie Ihr es geschafft habt, dass Keir Euch vorhin loslassen musste.«

»*Aye*, bring uns das mal bei«, sagte dieser grimmig.

Sein Tonfall ließ keinen Zweifel daran, dass er es Raymond heimzahlen wollte, aber der Freund grinste bloß. »Gewiss. Es ist mir eine Ehre, euch zu zeigen, wie man einen Angreifer, der genauso stark und niederträchtig ist wie Keir, in die Flucht schlägt.« Zum Vergnügen der Mädchen gab er erst einmal eine kleine parodistische Einlage zum Besten, wiegte sich in den Hüften und rief mit hoher, verstellter Stimme: »Hier stehe ich nun, eine hilflose, reizende

Lady ganz alleine im Wald.« Margery kicherte, als Keir sich von hinten anschlich.

»Wenn ein gemeiner Schurke mich von hinten packt …«, fuhr Raymond piepsend fort, während der große Ire auf seinen Rücken sprang.

Raymond hielt sich trotzdem ganz gerade, beugte sich nicht nach vorne. »Ich schreie«, sagte er, doch sein zartes Rufen wurde von Keir zum Verstummen gebracht. Beinahe gleichzeitig aber riss er seine Hand wieder weg und schüttelte sie. Raymond kehrte zu seiner normalen Stimme zurück und sagte: »Habt ihr gesehen, was man macht, wenn ein Bösewicht einem den Mund zuhält? Man beißt ihn so heftig, wie es eben geht, und schreit wieder lauthals um Hilfe.« Er brüllte jetzt aus vollem Hals und zerrte an Keirs Haaren. Die beiden Freunde sahen nicht mehr aus wie ein Schmied und ein Burgenbauer, sondern wie zwei Krieger in einer Schlacht, in der es auf Leben und Tod ging.

Ellas dünnes Stimmchen durchbrach die Stille, die ihr erbittertes Ringen hervorgerufen hatte: »Seid Ihr und Keir böse aufeinander?« Die Männer ließen voneinander ab, entspannten sich. Die Wildheit ebbte ab.

»*Nay.*« Raymond strich sich mit der Hand über die Stirn, als ob er Schweiß wegwischen wollte, aber sein Gesicht war kalt und trocken. »Keir und ich sind Freunde. Wir kämpfen nur zum Spaß, aber manchmal vergessen wir …«

»… wer wir sind und mit wem wir kämpfen«, beendete der Ire den Satz.

Die Männer lächelten die Mädchen an, doch offensichtlich mussten sie sich dazu zwingen, und die beiden sahen betroffen aus. Raymond versuchte sie abzulenken. »Also, was habt ihr jetzt gelernt? Keir und ich sind in etwa gleich stark, aber eine Frau wird aufgrund ihrer geringeren Kräfte immer im Nachteil sein. Um dieses Manko auszugleichen, muss sie den Angreifer an seinen verletzlichsten Stellen treffen. Solltet ihr also jemals in Gefahr sein«, schloss Raymond, »dann schreit und schlagt immer wieder auf den Mann ein.«

»Was ist, wenn man sich nicht sicher ist, ob jemand eine Gefahr bedeutet?«, fragte Margery.

»Geht auf Nummer sicher. Schützt euch selbst. Ihr könnt euch später immer noch entschuldigen. Außerdem werden die wenigsten Männer ein Wort darüber verlieren, wenn ein Mädchen es geschafft haben sollte, ihnen eine Verletzung zuzufügen. Das kränkt das männliche Ego.« Raymonds schiefes Lächeln gab zu verstehen, dass er wusste, wovon er redete. »Geht zurück auf eure Posten«, rief er den Waffenknechten zu. »Die Ladys sind nicht in Gefahr.«

Die Männer winkten und zogen sich von den Zinnen zurück, während die kleine Gruppe sich nun den Arbeitern im Graben zuwandte.

»He, Mylord, was haltet Ihr von dem da?« Tosti deutete von einem Ende des Grabens zum anderen.

»Ausgezeichnete Arbeit«, antwortete Raymond anerkennend. »Wie weit ist es noch bis zur Felssohle, was glaubst du?«

»Ich bin ein besserer Fährtensucher als ein Maurer, so viel is sicher. Aber ich denk mal«, er stieß seinen Spaten in den Boden, »dass der Fels hier noch viel tiefer liegt.«

Raymond deutete auf die alte Mauer. »Steht die etwa nicht auf dem Felsgestein?«

»Weiß nich, Mylord. Wurde schon vor so langer Zeit gebaut.«

»Warum nennst du Meister Raymond ›Mylord‹«, fragte Margery neugierig. »Er ist doch kein Lord.«

Tosti verdrehte die Augen. »*Nay*, natürlich nich. Er is nur ein Burgenbauer. Er is nich der Sohn von einem Grafen oder so.« Er machte sich lustig über die Worte des Mädchens, und die Männer im Graben kicherten.

»Das reicht«, befahl Raymond, aber jetzt schaute Margery Raymond prüfend an und wusste schlagartig, was es auf sich hatte mit diesem merkwürdigen Meister.

Nicht anders ihre Schwester, die aufsprang und ausgelassen herumhüpfte. »Er ist ein Lord, ein Lord oder ein Baron oder ein Graf …«, sang sie.

Zu nahe dran an der Wahrheit, dachte Raymond und wand sich unbehaglich. Um sie auf andere Gedanken zu bringen, hob er Ella an der Taille hoch und ließ sie mit ausgestreckten Armen über dem Graben schaukeln. Sie quietschte vor Vergnügen. »Hüte deine Zunge«, drohte er lachend, »oder ich lass dich fallen …«

Ein heftiger Schmerz brachte ihn ins Wanken. Margery hatte seine Worte offenbar für bare Münze genommen und ihre Fäuste in seine Leiste gerammt. Oder waren seine Ratschläge über Selbstverteidigung von ihr allzu ernst genommen worden? Jedenfalls verlor Raymond die Balance, fiel nach hinten und schlitterte, Ella fest in seinen Armen, auf dem Hosenboden den steilen Abhang hinunter. Kurz darauf folgte Keir auf die gleiche Weise mit Margery, nur freiwillig.

»Warum hast du das getan?«, fuhr er sie an.

»Ihr habt sie bedroht. Und außerdem habt Ihr gesagt, ich solle im Zweifelsfall immer angreifen …«

Wie vor den Kopf geschlagen starrte Raymond das verschmutzte Mädchen an, das sich ihm entschlossen entgegenstellte. »Ich habe doch nur Spaß gemacht.«

»Margery ist im Recht«, mischte sich Keir ein. »Sie befolgte exakt deine Anweisungen. Zum Glück für dich hat sie nur maßvoll zugeschlagen. Gott helfe dem Mann, den sie ernstlich zu verletzen sucht.«

Wider Willen, und obwohl seine Leiste noch schmerzte, musste Raymond lachen und steckte damit auch die anderen an. Die Mädchen nutzten die seltene Gelegenheit zu unbeschwertem Herumtollen und wälzten sich sogar im Matsch, sodass die Arbeiter sie nur verwundert beobachteten. Das sollten feine junge Damen sein?

Doch die ausgelassene Stimmung fand ein jähes Ende. Der Fährtensucher eilte herbei und deutete aufgeregt zum Rand des Grabens. »Mylord, seht!«

Die Dringlichkeit in seiner Stimme ließ bei Raymond die Alarmglocken schrillen. Sein Blick folgte Tostis Finger, und als er nach oben schaute, sah er Schwertspitzen und funkelnde Schneiden, Rüstungen und Schilde, die unbekannte Wappen trugen. Ein paar kriegerisch anzusehende Reiter richteten vom Rand des Grabens ihre Waffen auf die kleine Gruppe dort unten – auf ihn und Keir und auf die Mädchen, für die er die Verantwortung trug.

6

»Eure Töchter sind immer noch mit diesem Burgenbauer draußen?« Sir Joseph feixte, als Juliana an diesem endlos langen Nachmittag zum wiederholten Mal zum Fenster hinausschaute. Sie war beunruhigt, gönnte dem hämischen Alten aber nicht die Genugtuung, das zuzugeben – schließlich hatte sie Raymond ihr uneingeschränktes Vertrauen geschenkt, das sie jetzt nicht offen in Zweifel ziehen wollte. Bestimmt würde er ihre Töchter beschützen. Obwohl er nicht zum Ritter geschlagen worden war, konnte er kämpfen, war stark, zuverlässig – und ritterlich. Seit dem Aufenthalt in der Hütte wusste sie, dass er ein Ehrenmann war. Kaum ein anderer hätte die Situation nicht ausgenutzt, zumal so viel zu gewinnen und sie überdies nahe dran gewesen war, dem Zauber dieses attraktiven Mannes zu erliegen.

Und trotzdem: Irgendwie schaffte Sir Joseph es immer wieder, Zweifel und Misstrauen zu säen. Wenn er doch erst weg wäre, dachte sie. Aber noch musste sie ihn ertragen und seine hinterhältigen Gemeinheiten anhören, mit denen er ihr Selbstbewusstsein zu untergraben hoffte. »Aber gewiss, weshalb sollte es Euch auch kümmern, ob Eure Kinder geraubt und vergewaltigt werden? Ihr habt nicht mehr mütterliche Gefühle als eine schleimige Natter.«

»Wertloses, verlaustes Ungeziefer«, kanzelte Valeska

den Alten ab, die Stimme dabei so weich wie süffiges Ale. »Lasst meine Lady in Frieden, damit sie ungestört ihre Arbeiten verrichten und dabei Dagnas Gesang lauschen kann. Es ist eine romantische Ballade über einen Ritter und seine wahre Liebe.«

»Das nennst du Musik?« Sir Joseph spuckte verächtlich ins Feuer.

Dagna hörte auf zu singen, klimperte aber weiter auf ihrer Mandoline. Die fröhliche Melodie veränderte sich, wurde beklemmender, klang fremdartiger, und als sie erneut zu singen begann, tat sie es in einer Sprache voll kehliger Laute und unheimlich klingender Worte. Sir Joseph erschauderte und verkroch sich unter seinem Umhang. »Hexen«, flüsterte er von Grauen erfüllt.

Juliana, die unkonzentriert an ihrem Webstuhl saß, fragte sich, ob die beiden Frauen tatsächlich so etwas wie Hexen waren. Sie hatten Dinge bewirkt, die sie nicht verstand, vor allem bei ihr. Während sie Freundlichkeit sonst zumeist als Schwäche betrachtete, war es hier genau anders. Die fürsorgliche Zuwendung von Valeska und Dagna ließ Juliana ständig stärker werden, wirkte auf sie wie ein kräftigender Trank nach einer langen Krankheit.

»Eure Töchter frieren jetzt bestimmt, denn die Sonne sinkt bereits«, ließ Sir Joseph sich vernehmen, zog aber gleich den Kopf zurück in seinen weiten Umhang, als Valeska ihm einen bösen Blick zuwarf. »Wenn Ihr nicht so ein jämmerlicher Feigling wärt, würdet Ihr gehen und sie suchen.«

Juliana fingerte gedankenverloren an der roten Schärpe, die sie um die Taille trug, und schaute nach draußen. Es wurde langsam dunkel und auch kälter, und ihre Töchter waren noch nicht zurück.

Nachdem die Mädchen Raymond in den ersten Wochen mit Misstrauen begegnet waren, hatten sie angefangen, ihm zu vertrauen. Weshalb sonst wären sie mit ihm gegangen? Aber warum kamen sie nicht endlich heim? Sie wollte nicht nach draußen gehen und nachschauen, was sie aufhielt, wollte ihre Besorgnis nicht so offensichtlich zeigen – vor allem nicht vor Sir Joseph, dessen gehässige Kommentare sie fürchtete. Seit sie ihn seines Amtes enthoben hatte, wurde es von Tag zu Tag unerträglicher mit ihm. Denn er ließ keine Gelegenheit aus, sie zu kränken oder zu verunsichern – schließlich war er erfahren darin, ihre Schwächen auszunutzen.

Sie versuchte, ihn mit Verachtung zu strafen, ihn zu beschämen, damit er endlich erkannte, dass sie nicht mehr die verängstigte und arglose junge Frau von einst war, die sich von ihm ohne weiteres aus der Fassung bringen ließ. Sie fürchtete sich zwar nicht mehr vor seinen Grausamkeiten, aber sie hatte Angst davor, er könnte Geheimnisse preisgeben, die sie gewahrt wissen wollte. Vor allem Raymond gegenüber. Sie befürchtete, dass er ihm etwas über Hugh und Felix und ihren Vater erzählte und über die Ereignisse, die sie vor ein paar Jahren seelisch fast zerstört hätten. Auch wenn sie nicht zu sagen wusste, weshalb es für sie wichtig war, was Raymond über sie dachte.

Margery warf einen Blick auf die glänzenden Schwerter und stieß einen Schrei aus. Laut, lang und durchdringend, genauso wie Raymond es ihr wenige Stunden zuvor erklärt hatte. Das ganze Entsetzen eines jungen Mädchens lag darin, dessen schlimmster Alptraum wahr geworden war. Sie stürzte sich auf Ella, riss ihre Schwester in ihre Arme, und die Mädchen klammerten sich aneinander – zwei schmutzige, verängstigte Kinder.

»Hier wird offenbar Drecksarbeit erledigt.« Ein groß gewachsener, gut gebauter Ritter hielt sie mit seiner Schwertspitze in Schach.

Ein zappelnder kleiner Mann mit rotem Gesicht ergänzte: »Hier wird ein falsches Spiel getrieben.«

Raymond und Keir bauten sich vor den Männern in ihren Rüstungen auf, schoben die Mädchen schützend hinter sich, und Raymond fragte: »Was wollt Ihr?«

»Du bist ziemlich dreist für einen schmutzigen Bauern«, antwortete der kleine Mann und wedelte mit seinem Schwert vor Raymonds Nase herum.

»Das ist kein Bauer, Felix«, bemerkte der andere Ritter. »Hör doch, wie er redet. Ich wüsste von keinem Leibeigenen, der so weit herumgekommen wäre, um akzentfreies Französisch zu erlernen.«

Das Schwert, das Raymonds Kehle bedrohte, wurde zurückgezogen. Felix versuchte, sich unter seiner Kettenhaube den Kopf zu kratzen. Als er bemerkte, dass die anderen ihn bei diesem mühsamen Manöver beobachteten, grinste er und entblößte dabei die Lücke zwischen seinen Vorderzähnen. »Habe eine grässliche Läuseplage. Hoffe, Juliana hat die notwendigen Kräuter, um diesen Quälgeistern den Garaus zu machen.«

Raymonds Besorgnis ließ ein wenig nach. »Juliana?«, fragte er vorsichtig.

Er spürte, wie sich von hinten ein spitzer Ellenbogen in seinen Rücken bohrte, und sah aus dem Augenwinkel, dass ein kleiner Kopf vorsichtig um seine Hüfte spähte.

Der Arm des hochgewachsenen Ritters – nach Raymonds Einschätzung derjenige, der hier das Sagen hatte – deutete jetzt nach vorne. »Ja, Lady Juliana von Lofts. Die Mutter dieser Kinder, die Ihr entführt habt.«

Das Wort schlug in Raymonds Kopf ein wie eine Bombe. »Entführt?« Er konnte sein Lachen kaum unterdrücken, und als er Ella über den Kopf streichelte, sah er, wie sich die Augen des Ritters verengten. »Ich habe Lady Julianas Kinder nicht entführt.«

Keir stieß ihn warnend von der Seite an und sagte vermittelnd: »Anscheinend liegt hier ein Missverständnis vor.«

»*Aye*.« Der große Ritter beugte sich vor und richtete die Spitze seines Schwertes auf Raymonds Brust. »So, habt Ihr nicht?«

In diesem Moment erklang Ellas helle Stimme. »Pass auf, Onkel Hugh. Der Schlamm ist furchtbar rutschig«, sagte sie furchtlos.

»Mylady?«

Juliana öffnete die Augen, die sie zusammengekniffen hatte, und presste die Hand auf ihre Stirn.

Valeska reichte ihr ein Trinkgefäß, das bis zum Rand mit schaumigem Ale gefüllt war. »Trinkt das. Es wird Eure Ängste vertreiben.«

»Ich habe keine«, gab Juliana automatisch zur Antwort, verzog dann das Gesicht, sehr wohl wissend, dass niemand ihr glaubte. Sie lenkte vom Thema ab: »Ich habe mich gerade gefragt, wie lange Meister Raymond schon Burgbaumeister ist.«

»Was für eine Frage, Mylady.« Valeska polierte Julianas Webstuhl mit einem Tuch.

»*Aye*, eine gute Frage und eine, die eine Antwort verdient.« Weil Raymond manchmal die Namen von Werkzeugen nicht parat zu haben und auch nicht genau zu wissen scheint, wofür man sie benutzt, wollte sie eigentlich sagen, unterließ es aber wegen Sir Joseph, denn solche Zweifel zu äußern wäre Wasser auf seine Mühlen gewesen. Stattdessen sagte sie: »Meister Raymond strahlt eine so selbstverständliche Autorität aus, dass ich denke, er muss diese Stellung schon sehr lange ausfüllen.«

Valeska blinzelte sie vorwurfsvoll an. »Mylady, mein Gedächtnis ist auch nicht mehr das, was es mal war.«

Juliana glaubte ihr nicht und rief einen Knaben herbei, der sich gerade mit einem Krug Ale abmühte. »Dein Vater ist Cuthbert, der Zimmermann, nicht wahr?«

Der Junge grinste. »*Aye*, Mylady, der beste im Dorf und in der ganzen Gegend.«

»Was hält er von Meister Raymond?«

Sein Grinsen verschwand. Sein kluges Gesicht wurde ausdruckslos. »Mylady?«

»Ich habe gefragt, was dein Vater von Meister Raymonds Fertigkeiten als Baumeister hält.«

Der Junge kratzte sich am Kopf. »Mein Vater? Warum, er sagt, Meister Raymond ist ein richtig guter … Das heißt, Meister Raymond ist niemals …« Er atmete hörbar aus, dann sprang er zur Seite, als Ale aus dem Krug auf seine Schuhe schwappte.

Dagna beendete ihr Lied mit einem disharmonischen Zupfen. »Schau, was du angerichtet hast! Jetzt wisch das weg, bevor du das Abendessen servierst.« Als der Junge in das dunkle Treppenhaus hastete, entblößte die Frau lächelnd ihre bernsteinfarbenen Zähne und sagte tröstend: »Er ist ein guter Junge. Er braucht bloß mehr Übung.«

Wirklich, dachte Juliana missmutig, warum fragte sie auch nach der Kompetenz ihres Baumeisters. Überhaupt beschäftigte sie sich viel zu oft mit ihm. Das Spiel von Licht und Schatten auf seinem Gesicht erinnerte sie manchmal an ein Gemälde, und sie hätte ihn gern gezeichnet. Die Bewegungen seines Körpers ließen sie an eine Melodie denken und den Wunsch entstehen, mit ihm zu tanzen. Beim Anblick seiner Muskeln dachte sie daran, wie es wohl wäre … Erschrocken mahnte sie sich zur Ordnung und verbot sich solche Gedanken. Sie war eine Witwe, eine Mutter, eine Edelfrau, die vom König mit einem mächtigen Mann verlobt worden war. Sie hatte kein Recht dazu, einen einfachen Burgenbauer zu begehren. Aber er war ein Mann, dem man vertrauen konnte.

Ein Mann.

Dem man vertrauen konnte.

Für Juliana standen diese Sätze in Widerspruch zueinander, und nichts konnte diese Meinung ändern. Außer dass Raymond sie an eine Zeit erinnerte, als Männer nicht nur Anlass zum Fürchten gewesen waren. Sein gutes Aussehen ließ sie nicht los, bestimmte ihr Denken und Handeln, rief in ihr Anklänge an die kokette junge Frau wach, von der sie geglaubt hatte, sie sei für immer gestorben. Doch es war nicht bloß seine körperliche Attraktivität, sein hoher

Wuchs, die langen, muskulösen Gliedmaßen, auch nicht allein sein seidenweiches Haar, das geradezu zum Streicheln einlud, oder sein Lächeln, das sie beinahe alles vergessen machte – nein, neben diesen unbestrittenen äußeren Vorzügen zog sie das Mitgefühl an, das er ausstrahlte, die Art, wie er sich um ihre Kinder bemühte und mit dem Personal umging – bestimmt, aber doch voller Wertschätzung. Und nicht zuletzt rührte sie die Herzlichkeit, die er diesen merkwürdigen alten Frauen gegenüber an den Tag legte. Er und sein skurriler Freund Keir brachten Juliana zum Lächeln, ließen sie ein Weihnachtsfest planen, das wahrhaft fröhlich sein sollte und keine Farce wie in den Jahren zuvor.

»Ich hör sie kommen, Mylady«, murmelte Valeska ihr ins Ohr.

Juliana sah die alte Frau ausdruckslos an und erhob sich, als ein Windstoß die kreischenden Stimmen ihrer Töchter hereintrug. Schnell setzte sie sich wieder an den Webstuhl, um eine gelassene Haltung vorzutäuschen.

Ella kam als Erste hereingestürmt, dicht gefolgt von Margery »Mama, Mama«, brüllten beide aufgeregt und lautstark.

Der Anblick ihrer bis zur Unkenntlichkeit verschmutzten Töchter ließ Juliana ihre erzwungene Gelassenheit vergessen. »Was ist denn mit euch passiert?«, rief sie entsetzt aus.

»Wir sind in den Matsch gefallen«, antworteten sie im Chor und kicherten, bis sie sich vor Lachen schüttelten.

»Ihr seid in den …« Ihr tadelnder Blick fiel auf Raymond und Keir, die ebenfalls schlammbedeckt waren und wie geprügelte Hunde hinter den Mädchen herschlichen. Sie richtete sich zu ihrer vollen Größe auf. »Erklärt mir das, wenn ich bitten darf.«

Raymond, der Julianas Verärgerung als normale, gesunde Reaktion einer Mutter wertete, machte eine schwungvolle Verbeugung. »Eure Älteste hat mir einen solchen Schlag versetzt, dass ich in den Schlamm fiel, und bevor ich mich versah, entspann sich eine herrliche Rangelei. Keir und ich«, der Freund verbeugte sich ebenfalls, »wurden dabei von Euren Miniaturkriegern besiegt.«

Margery und Ella stellten sich in Position und grinsten selbstgefällig.

»Meine Töchter … haben … Euch besiegt? Wie soll das bitte möglich sein?«

»Angeborene Wildheit und natürliche Kampfeslust, gepaart mit weiblicher List – der Apfel fällt nicht weit vom Stamm.« Raymond verzog anzüglich das Gesicht.

»Wirklich, Mama, ich habe ihn außer Gefecht gesetzt.« Margery ballte die Faust und schlug Löcher in die Luft.

Und Ella, die wie immer herumhüpfte, prahlte: »Du hättest sie sehen sollen, Mama. Sie besiegte Lord Raymond, bevor der überhaupt wusste, dass die Schlacht begonnen hatte.«

»Die günstigste Gelegenheit, Lord …«, Julianas Augen verengten sich, als sie ihn so nannte, »Meister Raymond zu besiegen, ergibt sich gewiss vor Beginn der eigentlichen Schlacht.«

Mit ungerührtem Gesicht, als hätte er nicht an der Schlammschlacht teilgenommen, warnte Keir: »Unterschätzt das Geschick Eurer Töchter nicht.«

»Wir würden selbst jetzt noch vor diesen kühnen Kämpferinnen knien und um Gnade betteln, wenn da nicht ein paar Herren aufgetaucht wären, die das Gefecht beendeten.« Er machte eine Pause, bevor er fortfuhr. »Die jungen Ladys kennen sie – es sind Graf Moncestus und der Baron Holley mit ihren Leuten.« Mit einer eleganten Handbewegung, als würde er ein Geschenk präsentieren, lud er die Genannten, die sich bisher im Hintergrund gehalten hatten, zum Nähertreten ein. Wenn er jedoch eine freudige Reaktion erwartet hatte, so sah er sich getäuscht, denn Juliana erstarrte, wurde blass und hielt krampfhaft ihre Kinder fest. Raymond schaute von einem zum anderen, ohne zu erkennen, was hier gespielt wurde.

Nach einer Weile fing die Burgherrin sich und sprach einen gezwungenen Willkommensgruß aus. »Seid gegrüßt, Nachbarn. Ihr überrascht und ... erfreut uns mit Eurem Besuch, Mylords.« Man konnte ihr anmerken, wie unwohl sie sich fühlte. »Ihr seid alte Freunde, und ich hoffe, Ihr bedient Euch selbst an Speisen und Getränken, während ich mich ...«

»Was soll dieser Wahnsinn? Wie könnt Ihr Eure Töchter solch unangemessenen ... Kindermädchen überlassen?« Hugh warf erst Raymond einen drohenden Blick zu, dann Keir, der den Freund gewaltsam zurückhielt.

»Sie sind keine Kindermädchen«, rief Ella.

»Sie sind Krieger«, ergänzte Margery und zuckte zusammen, als sie den Griff ihrer Mutter schwer auf ihrer Schulter spürte.

Raymond erschrak über die Worte der Mädchen. Sie waren zwar sehr mutig, konnten aber in dieser Situation für ihn gefährlich werden. »Verdammt«, murmelte er.

»Sie klingen wie Euer Vater. Schreien unbedacht herum, wo sie besser lernen sollten, sich angemessen zu benehmen.« Hugh deutete auf die beiden Männer. »Diese Krieger«, er spuckte das Wort voller Geringschätzung aus, »haben nicht mal genügend Hirn, um Eure kostbaren Töchter innerhalb der Umfriedung zu halten!«

»Und sie nahmen sie sogar ohne jeglichen Schutz mit vor die Mauern«, stichelte Felix.

Sir Joseph in seiner Ecke kicherte voller Genugtuung. »Habe ich Euch nicht vor so viel Nachlässigkeit gewarnt, Lady Juliana?«

Raymond und Keir tauschten bedeutungsvolle Blicke, aber bevor Raymond sprechen konnte, trat Layamon vor. Er drehte seinen Hut in den Händen und sagte: »Es ist gar nichts passiert, Mylady. Meister Raymond hat mich aufs Strengste ermahnt, die Augen offen zu halten, bevor er die Mädchen zur Baustelle mitnahm, und das haben wir, meine Leute auf der Mauer und ich, auch getan. Als ich dann den Trupp heranreiten sah, mit gezogenen Schwertern und so, hab ich Alarm geschlagen und die Ritter umstellen lassen.« Aufgeregt ging er auf und ab. »Natürlich kannte ich die Herren, aber ich musste ja die Anweisungen von Meister Raymond befolgen.«

»Meinen Dank, Layamon.« Juliana nickte dem jungen Mann zu. Mit einem erzwungenen Lächeln zu Hugh sagte sie: »Ich bin nicht so verantwortungslos, wie Ihr glaubt.«

Angesichts ihres blassen Gesichts schmolz die Entrüstung des Ritters dahin wie Schnee in der Sonne. Er verbeugte sich höflich. »Bitte tausendmal um Vergebung, Mylady. Ich dachte, dass …«, er warf einen Seitenblick zu Sir

Joseph hin, »aber ich lag wohl falsch mit meinen Gedanken.«

»Macht es Euch bequem«, wiederholte Juliana. »Ich muss mich um meine Kinder kümmern.«

Die Mädchen zitterten inzwischen jämmerlich vor Kälte. Als Juliana in die Hände klatschte, eilten Mägde herbei und zerrten einen großen Holzbottich aus der Ecke und schütteten warmes Wasser hinein, das auf Valeskas vorausschauende Anweisung bereits erhitzt und von unten in Eimern heraufgebracht worden war. Dagna stellte inzwischen den großen Wandschirm auf, um die Ecke abzutrennen, so wie sie es auch jeden Abend tat, wenn Juliana zu Bett ging.

Als die Frauen außer Sicht waren, ließen die unerwarteten Gäste jede Höflichkeit fallen. Mit einem finsteren Blick, der Bände sprach, trat Hugh näher an das Feuer heran, gefolgt von dem kleinen, plumpen Felix, der die Angewohnheit hatte, ständig unkontrolliert mit seinem Kopf zu nicken. Zweifellos war Hugh, wenngleich von niedererem Rang als Felix, bei diesem Gespann tonangebend.

»Ihr da!« Hugh deutete auf Raymond. »Zieht mir meine Rüstung aus.« Provozierend streckte er seine Hände mit den gepanzerten Handschuhen aus, doch Raymond tat, als bemerke er den Affront gar nicht. Wie alle Ritter war er in seiner Jugend zum Knappen ausgebildet worden und an derlei Dienste gewöhnt. Gleichmütig näherte er sich den beiden Edelleuten.

»Er ist schmutzig«, klagte Felix, der Graf. »Eine Untertreibung der gröbsten Art«, fügte Hugh, der Baron, hinzu, als Raymond ins Licht und in die Wärme des Feuers trat. »Ihr stinkt, Mann.«

»Ist doch bloß Schlamm«, antwortete Raymond harmlos und trat näher. »Besser als die Pferdescheiße, die Ritter wie Ihr so sehr mögen.«

Keir stöhnte, während Hugh schon die Faust hob und Raymond sein Gegenüber mit festem Blick musterte. Hugh hielt inne in seiner Bewegung und flüsterte: »Wer seid Ihr?«

Raymond hätte ihm liebend gern die Wahrheit gesagt, aber noch mehr reizte es ihn, hier und jetzt etwas über Julianas Geheimnisse zu erfahren. Hugh war offensichtlich von schlichtem Gemüt, ohne alle Raffinesse, und von daher leicht zu manipulieren. Vielleicht gelang es ihm, mit seiner Hilfe herauszufinden, was es auf sich hatte mit dem Vorleben der Herrin von Lofts. Inzwischen ging es längst nicht mehr nur darum, die Braut, die der König ihm versprochen hatte, zu erobern, sondern auch darum, das Rätsel, das sie für ihn darstellte, zu lösen.

»Ich bin des Königs Burgbaumeister«, erklärte er Hugh.

Der Baron senkte seine Faust, aber sein Hass wurde durch diese Antwort offensichtlich noch mehr angefacht. Raymond fand diese Reaktion unangemessen und kindisch für einen Mann fortgeschrittenen Alters.

»Bringt warmes Wasser«, rief Hugh in Richtung der Mägde, und als niemand sich rührte, wurde er lauter: »Warmes Wasser, wird's bald!«

Valeska eilte herbei, aufgeregt gackernd wie eine Henne. »Warmes Wasser. Holt warmes Wasser für Raymond.«

Hughs Lippen verzogen sich, als er beobachtete, wie die alte Frau sich von einem der Helfer, die Wasser aus der

Küche herauftrugen, einen Eimer reichen ließ. »Eure Mutter?«, fragte er spöttisch.

»Leider kann ich mich dessen nicht glücklich preisen.« Raymond tauchte die Hände ins Wasser und zuckte zusammen, denn die Schürfwunden und Kratzer brannten in der ungewohnten Wärme. Nachdem er den Schmutz abgerieben hatte, nahm er mit einem Lächeln den Lappen entgegen, den Valeska ihm reichte. »Meine Mutter ist hässlich.«

Valeska errötete und ignorierte das Kichern von Felix. Mit ihren gelblichen Fingern rieb sie den schuppigen Schlamm von Raymonds Wangen und aus seinem Bart. »Unten wird noch mehr warmes Wasser für dich aufgeheizt. Vielleicht möchtest du dich heute rasieren.«

»Warum?«, fragte Raymond.

Sie schaute auf den Ritter, der sie finster anblickte, und senkte die Stimme. »Er ist ein hübscher Mann.«

Raymond musterte ihn ebenfalls. »Du hast recht, ich werde mich rasieren.«

»Lasst mich Eure Hände sehen«, befahl Hugh. Raymond kam seiner Forderung und hielt ihm die Finger so dicht unter die Nase, dass der Baron sie wegschieben musste, um sie anschauen zu können. »Das wird genügen. Es ist zwar noch Schmutz unter den Fingernägeln, aber was kann ich von einem Burgenbauer schon erwarten?«

Grinsend zog Raymond die Panzerhandschuhe von Hughs Händen und inspizierte anschließend die Fingernägel des Ritters.

Hugh zog seine Hände zurück, knurrte: »Zieht mein Kettenhemd aus«, und streifte dabei die Kettenhaube vom Kopf. Darunter kamen nicht nur Geheimratsecken, sondern auch Narben zum Vorschein, die von früheren Kämpfen zeugten und ihm ein fast verwegenes Aussehen verliehen, was Raymond zumindest einen gewissen Respekt abnötigte.

Während er sich am Kettenhemd des Barons zu schaffen machte, ließ dieser sich herab, seinen kriegerischen Auftritt am Graben zu erklären. »Ihr müsst wissen, dass ich mich von jeher für Lady Juliana und ihre Familie verantwortlich fühle.«

»Verantwortlich?«

»Wir sind zusammen aufgewachsen, versteht Ihr, und mir liegt der kleine Angsthase am Herzen.«

Felix echote: »Ich bin auch mit ihr aufgewachsen und war genauso ihr Freund.«

Raymond hörte ihn kaum und – wie es schien – Hugh ebenfalls nicht, so sehr konzentrierten sich die beiden Männer aufeinander. Während er an den Schnüren des Kettenhemdes nestelte, fragte Raymond: »Angsthase? Ihr nennt sie einen Angsthasen?«

»Wie sonst soll ich eine Frau nennen, die sich weigert, ihrem zweiten Besitz auch nur einen Besuch abzustatten, weil die Reise ihr zu lang erscheint?«

»Einen Angsthasen bestimmt nicht«, widersprach Raymond und erinnerte sich daran, wie tapfer Juliana ihm damals in der Hütte während des Schneesturms entgegengetreten war.

Hugh lachte überheblich. »Sie ist einer, das könnt Ihr mir glauben. Sie überlässt es Sir Joseph, sich um Burg Bartonhale zu kümmern, die Buchführung zu überprüfen, damit der Verwalter sie nicht betrügt. Ich habe ihr gesagt, dass es nicht klug sei, einem Untergebenen zu trauen, selbst einem alten und verdienten nicht, aber dennoch verkriecht sie sich hier auf Lofts.«

»Also hörte sie nicht auf Euren Rat«, bemerkte Raymond höflich.

»Sie hat all die Jahre auf mich gehört.«

Die Schnüre zerrissen unter Raymonds festem Griff.

»Sie hört auch auf mich«, sagte Felix.

»Nun denn, als alter Freund«, Raymond warf die Schnüre beiseite, »habt Ihr bestimmt auch ihren Ehemann gekannt.«

Hugh reagierte mit einer wegwerfenden Handbewegung. »Millard? Er war fast noch ein Knabe, als ihr Vater ihn für sie auswählte, und kränklich dazu. Zu schwach, um lange zu leben und um Söhne zu zeugen. Nur Mädchen hat er ihr gemacht.« Er stieß ein verächtliches, unfrohes Lachen aus. »Vor allem war er nicht Manns genug, um Julianas leidenschaftliche Natur zu befriedigen. Bloß reich war er, sonst nichts.«

Raymond hatte genug gehört, um zu wissen, dass Hugh der Mann sein musste, auf den sich Sir Josephs anzügliche Bemerkungen bezogen. Derjenige, dessentwegen sie sich Demütigungen gefallen lassen musste, der nicht an ihren guten Ruf gedacht hatte und vielleicht sogar ihr Liebhaber gewesen war. Falls das so gewesen sein sollte – nun gut, aber das zählte nicht mehr. Juliana durfte nie wieder diesem Ritter mit der beginnenden Glatze gehören, sondern nur noch ihm. Als die Seine, die er beschützen und lieben wollte. Und Hugh würde es bitter bereuen, wenn er das nicht akzeptierte. Zunächst einmal aber streute er Salz in die Wunden.

»Als wir älter wurden«, fuhr er großspurig fort, »spürten wir, wie unsere Zuneigung wuchs und sich veränderte.«

Raymond hätte ihm am liebsten mit dem Kettenhemd gleich den Kopf abgerissen, doch er rief sich zur Ordnung und sagte nur süffisant: »Zuneigung ist wie eine Sanduhr. Im gleichen Maße wie sich das Hirn leert, füllt sich das Herz.«

»Wie scharfsinnig Ihr für einen einfachen Burgenbauer doch seid. Wenn ich Euch hier so mit meiner Rüstung hantieren sehe, sollte man meinen, Ihr hättet selbst schon eine besessen.«

Raymond reichte Keir das Kettenhemd. »Das muss sauber gemacht und eingeölt werden.«

»Wieso hat ein Burgenbauer Erfahrungen mit Kettenhemden?« Hugh betrachtete Raymond prüfend, jeden Muskel und jede Sehne seines Körpers. Würde der erfahrene Krieger in ihm einen Artgenossen erkennen?

Raymond schaute hinüber zu Valeska, die seinen Blick sofort zu deuten verstand. Sie rief Fayette zu: »Hilf diesem Lord hier mit den Polstern und dem anderen mit seiner Rüstung«, und funkelte dann Raymond und Keir ziemlich respektlos an. »Schert euch nach unten, ihr beiden, wo ihr euch ordentlich waschen könnt. Ihr hinterlasst bei jedem Schritt Schlammspuren.«

Während sie davonschlurften, rief sie ihnen nach: »Trödelt nicht. Lady Juliana scheint damit fertig zu sein, ihre Kinder zu waschen. Wir werden bald das Abendessen servieren und zur Not ohne euch Ochsen anfangen, die Matsch auf meinem Fußboden verteilen.«

Sie versetzte Raymond einen Tritt ins Hinterteil, aber der brauchte keine weitere Aufforderung, und noch bevor Juliana mit ihren sauberen Töchtern wieder auftauchte, stand er sauber und rasiert wartend in der großen Halle. Der Qualm der brennenden Fackeln vermischte sich mit dem Rauch des Feuers, und es roch nach Holz und Harz. Die lange Tafel war mit einem weißen Tischtuch, hölzernen Tellern und Löffeln gedeckt, wobei sich jeweils zwei Personen einen Teller zu teilen pflegten. Große Kessel mit Eintopf wurden von Knappen aus der Tiefe des Turmes heraufgeschleppt. Für die Herrschaften gab es Wein, die Diener am unteren Ende der Tafel tranken Ale.

Am Kopfende, vor dem Ehrenplatz, stand ein großes silbernes Salzgefäß, und mit der Selbstverständlichkeit eines gastfreundlichen Hausherrn sagte Raymond: »Lord Felix, Ihr seid der ranghöchste anwesende Lord. Ihr werdet natürlich vor dem Salz sitzen.«

Dann holte er den Schemel, der vor Julianas Webstuhl stand. »Solch ein ehrenwerter Lord sollte auch höher sitzen als die anderen«, sagte er, schob eine Bank beiseite und stellte den Schemel vor das Salzfass. Felix verfolgte alles mit wachsender Genugtuung – bis ihm die Konsequenzen bewusst wurden. »Aber ich wollte eigentlich neben Lady Juliana sitzen ...«

Raymond schaute mit scheinbarem Nichtbegreifen auf den unschlüssigen Grafen. »Ihr wünscht also, Euren Platz an Lady Juliana abzutreten? Ihr ladet sie ein, allein auf dem Schemel zu sitzen, von ihrem eigenen Teller zu essen? Mylord, Ihr ehrt sie mit Eurer Rücksicht und Euch selbst mit Eurer Zuvorkommenheit.« Mit der Hand auf dem Herzen verbeugte er sich. »Gesteht, dass Ihr an Heinrichs Hof lebt, wenn Ihr nicht gerade Eure Ländereien besucht.«

Felix strahlte, doch Hugh meinte spitz: »Ihr seid recht vorlaut, Burgbaumeister.«

Der Titel klang wie eine Beleidigung, aber Raymond hatte sich voll unter Kontrolle. Sollten die doch reden – Hauptsache, er fand die Wahrheit über Juliana und diese Männer heraus, die sie so sehr zu beunruhigen schienen. Charmant und in bewusst höfischer Manier antwortete er: »Ich habe die Ehre, Lady Juliana seit einem Monat zu dienen, und weiß allzu gut, welch hohe Meinung sie von ihren Nachbarn hat.« Die falsche Schmeichelei kam ihm leicht über die Lippen.

Ein Geräusch hinter ihm – oder war es eine Ahnung? – veranlasste ihn dazu, sich umzudrehen. Juliana hatte alles mit angehört, und ihr warmer, eindringlicher Blick sagte mehr als tausend Worte. Ihr kupferfarbener Zopf hatte sich aufgelöst, sodass ihr Haar wie flüssiges Gold über ihre Schultern floss. Ihre Augen schimmerten wie Amethyste, und ihr Lächeln war jetzt frei von Angst.

Mit einer Verbeugung vor Juliana wies Raymond auf den Schemel. »Lord Felix bittet Euch, ihm die Ehre zu erweisen, ihn zu Euren Füßen sitzen zu lassen.«

»Zu ihren Füßen?«, warf Felix mit echtem Widerwillen in der Stimme ein. »Zu ihren Füßen? Zu den Füßen einer Frau?«

Mit einem Hauch von Verachtung im Gesicht bahnte sich Juliana den Weg zum Tisch und setzte sich auf den Schemel, den Raymond für sie zurechtrückte. »Das wäre eine Übertreibung höfischer Manieren, Felix. Ich erwarte von einem Grafen des Königreichs weder, dass er zu meinen Füßen sitzt, noch irgendwo sonst in meiner Nähe.«

Felix schlug so plötzlich um sich, dass er Raymond unvorbereitet erwischte. Bockig wie ein Kind rief er: »Ihr werdet mir nie verzeihen, nicht wahr? Es war nichts! Nichts ist passiert, und trotzdem habt Ihr mir niemals vergeben.«

Abgesehen von Sir Josephs triumphierendem Schrei war es ganz still in der großen Halle. Jeder Leibeigene, jeder Page, jede Dienstmagd wartete auf die Antwort der Burgherrin.

An Julianas Gesicht erkannte Raymond, dass ihre Gedanken davonglitten, weit zurück in die Vergangenheit, wo sie erneut eine schmerzvolle Begebenheit durchlebte. Er konnte die Distanz zu ihr nicht mehr ertragen und legte seine Hand auf ihren Rücken. Sie erschauerte, hob ihren Kopf und sah ihn an. Ihre Blicke verschmolzen, Fragen aufwerfend und Trost spendend, wobei Raymond nicht wusste, wer tröstete und wer fragte. Er spürte unter seiner Hand, wie sie heftig atmete. Sie fühlte sich so lebendig an, und er fragte sich, wie es wohl sein würde, wenn er ihre nackte Haut berühren dürfte …

Juliana wandte sich jetzt wieder Felix zu. Ihre Finger strichen über die Narbe, die ihre Wange verunstaltete. »Vielleicht geht Vergebung über meine Möglichkeiten hinaus, aber ich habe vergessen. Gebt Euch damit zufrieden.«

Ein allgemeines Seufzen erfüllte den Raum, und alle hasteten zu ihren angestammten Plätzen am Tisch, doch Raymond dachte die ganze Zeit nur an Felix. War er der Mann, der Juliana verraten hatte? Er schaute zu dem rotgesichtigen Gnom hinüber, dann wanderte sein Blick von ihm zu Juliana. War Felix etwa der Liebhaber?

Nay, das konnte nicht sein. Felix selbst hatte gesagt, dass nichts passiert sei. Vermutlich gab es gar keinen Liebhaber, und etwas anderes musste geschehen sein, das Juliana verwundbar machte und ihre Vergangenheit befleckte. Mehr als eine einfache Liebesaffäre, etwas Dunkles, Furcht erregendes, das vielleicht sogar mit einem Verbrechen in Zusammenhang stand. Raymond schämte sich für seine vorschnelle Verurteilung.

Als die Mahlzeit beendet war und jeder sein Messer wieder ins Futteral gesteckt hatte, sagte Hugh herausfordernd: »Lady Juliana, erklärt uns, weshalb Euer Burgbaumeister solch ein gewaltiges Loch in die Erde gräbt.«

»*Wir*«, antwortete Juliana nachdrücklich, »graben das Fundament für eine zwölf Fuß breite Umfassungsmauer.«

»Acht Fuß«, korrigierte Raymond sie.

Sie betrachtete ihn von oben herab und rief Fayette zu, den Korb für die Armenspeisung zu bringen. »Zwölf Fuß.«

Raymond bemühte sich erst gar nicht, sein Grinsen zu verbergen. »Es kommt darauf an, wessen Füße wir zum Messen verwenden.«

Felix tat, als sei er zutiefst schockiert. »Er ist völlig unverschämt«, empörte er sich.

Juliana warf Brot in den Korb. »Aber er ist des Königs Burgbaumeister, und ich vertraue seinem Urteil.«

»*Ihr* vertraut ihm?« Hughs Betroffenheit klang echt. »Ihr traut einem Mann? Dazu einem, den Ihr erst seit kurzem kennt, der für ein paar Pennys am Tag im Schlamm gräbt?«

Juliana nahm das nasse Tuch, das Fayette ihr reichte, und säuberte sich die fettigen Finger, was besondere Aufmerksamkeit zu erfordern schien, denn sie hob den Blick nicht. »*Aye*«, gab sie kurz angebunden zur Antwort.

Hughs zitternder Finger deutete auf Raymond. »Weil *er* Euch beigebracht hat, wieder zu vertrauen? War er schon in Eurem Bett? Denn darf ich Euch daran erinnern, Lady Juliana, nach dem letzten Skandal wäre es ein Leichtes, Euren guten Ruf endgültig zu zerstören und Euch vielleicht sogar die Vormundschaft für Eure Kinder und die Verfügungsgewalt über Eure Ländereien entziehen zu lassen.«

Sie umklammerte mit den Händen die Kante des Tisches. »Eure Verdächtigungen sind ein Spiegel Eurer Seele.«

»Der Burgbaumeister ist ein Lügner!«

»Ist er nicht!«

Tiefe Beschämung überfiel Raymond. Was würde seine Lady tun, wenn sie die Wahrheit über ihn erfuhr? Wäre es für sie eine Demütigung? Vermutlich schon, so stolz und so verletzbar, wie sie war.

»Er verbirgt Euch die Wahrheit«, klagte Hugh ihn an.

Juliana faltete die Arme vor ihrer Brust. »Welche Wahrheit?«

»Ich weiß es nicht genau, aber er ist bestimmt kein einfacher Burgenbauer.«

»Einfach, aber nicht dumm«, mischte sich Keir ein, »und äußerst entschlossen, Lady Juliana so gut wie möglich zu beschützen.«

Raymond bedeutete dem Freund zu schweigen. Der Zeitpunkt für seine geplante Enthüllung war noch nicht reif. Und bis dahin … Ach, bis dahin, was? Wie sahen seine Pläne aus? Er hatte schon viel geschafft. Ohne zu wissen, wer er war, konnte er ihre Freundschaft gewinnen und, was noch wichtiger schien, ihr Vertrauen. Dafür gab es mehrfache Beweise von ihrer Seite, am deutlichsten die Tatsache, dass sie ihre Töchter mit ihm gehen ließ. Ohne sich genauer um seine Referenzen zu kümmern, akzeptierte sie ihn als ihren Baumeister. Sie mochte ihn, obwohl sie nicht das Geringste über seine Herkunft und seine Verwandtschaft zum König ahnte. Würde sie ihn wohl auch in ihr Bett lassen, auch wenn sie nichts von seinem legendären Ruf als Liebhaber wusste? Bei dieser letzten Überlegung musste er lächeln.

»Ich kann ihn auch nicht leiden«, hörte er Felix in seine Gedanken hinein sagen.

Juliana drehte sich zu ihm um und fragte streng: »Und weshalb nicht, Mylord?«

Aller Augen wandten sich jetzt dem unscheinbaren Grafen zu, der prompt rot anlief. »Er ist, äh, unverschämt. Und er …, er ist mehr, als er zu sein scheint.«

Keir murmelte: »Und dieser Lord ist ein Trottel, der wie ein Papagei alles nachplappert.«

Raymond nickte zustimmend, genoss aber vor allem Julianas liebevolle Verteidigung.

»Schaut ihn an!« Hugh sprang auf. »Schaut ihn an. Er gerät wie ein vernarrter Jüngling allein bei dem Gedanken in Verzückung, Euch unter den Rock zu schlüpfen, und wenn Ihr etwas anders annehmt, dann seid Ihr eine Närrin.«

Juliana wandte Raymond ihre Augen zu, und das zärtliche Wohlwollen in ihrem Blick schien alle seine Wünsche zu erfüllen – beinahe alle.

»Heiliger Sankt Sebastian«, sagte Hugh. »Ihr solltet Euch selbst sehen. Genauso vernarrt wie er, aber grundloser. Glaubt Ihr, dass er Euch als eine Art Liebesgöttin ansieht? *Nay*, er sieht Eure Ländereien, die Sicherheit bieten, und, zugegeben, einen verlockenden Körper.«

Immer noch schaute sie Raymond an, leicht lächelnd, entspannt. Doch von dem Platz, wo Sir Joseph saß, bucklig und heimtückisch, erklang es anklagend: »Sie würde den Test mit Sankt Wilfrieds Nadel niemals bestehen.«

Raymond und Keir tauschten einen verdutzten Blick, und Keir fragte: »Was ist Sankt Wilfrieds Nadel?«

Juliana reckte ihr Kinn in die Höhe. »Nur eine keusche Frau kann den schmalen Durchgang in der Kathedrale von Ripon passieren, den man Sankt Wilfrieds Nadel nennt.«

»Und Ihr habt bewiesen, dass Ihr keine keusche Frau seid«, spottete Sir Joseph.

Über alle Maßen gereizt brüllte Hugh: »Ihr benehmt Euch wie eine Hure!«

Der Zauber war endgültig durchbrochen, und nichts vermochte Raymond mehr aufzuhalten, weder Hughs entschuldigende Grimasse noch Julianas empörter Aufschrei. Er sprang von seiner Bank auf und stürzte auf Hugh zu. »Ich werde Euch diese Worte in den Rachen stopfen, bis Ihr daran erstickt«, sagte er drohend.

Der andere zückte seinen Dolch und trat vor. »Nur ein Ritter könnte mit mir kämpfen und mich besiegen«, sagte er. »Seid Ihr ein Ritter?«

»Zweifelt Ihr daran, dass ich mit Euch kämpfen kann?«

»Ich bezweifle, dass Ihr ein Burgenbauer seid. Ich frage mich, woher Ihr dieses Auftreten habt und diese Muskeln, wieso Ihr Euch bewegt wie …«, Hugh zog eine Augenbraue hoch, »wie ein Ritter.«

Juliana sah beunruhigt aus. Keir fluchte unterdrückt. Raymond biss die Zähne zusammen.

»Vielleicht verschenkt Lady Juliana ihr Vertrauen zu leichtfertig«, sagte Hugh knurrend.

»Mein Vertrauen geht Euch nichts an«, erwiderte Juliana. »Falls Ihr zu kämpfen wünscht, dann kämpft mit jemandem, der …«

Vom Türeingang aus unterbrach Layamon sie. »Mylady?« Er hielt einen nassen, zitternden Mann fest, der in ein großes Reiseplaid gehüllt war, und schubste ihn vorwärts. »Ich kann nicht ein Wort von dem verstehen, was dieser Bursche sagt, aber er nennt immer wieder Euren Namen und wedelt mit diesem Brief hier herum.« Er legte das Papier in Julianas ausgestreckte Hand. »Da ist das Königssiegel drauf.«

Juliana begutachtete das Schreiben und betrachtete den Ankömmling, der von ihrem Waffenknecht so grob empfangen worden war. »Welche Sprache sprecht Ihr?«, fragte sie in normannischem Französisch und erhielt eine Antwort im schnellen Dialekt des Poitou.

»Mylady.« Der Mann fiel auf seine Knie. »Mylady.« Er küsste ihre Hand. »Ich bin von diesem Bauern da schlecht behandelt worden.« Er warf seine Kapuze zurück, und seine runden Wangen zitterten vor Entrüstung. »Er sagte, er würde mich nicht verstehen, aber wie ich sehe, ist das nicht ganz zutreffend.« Mit einem großen weißen Stofftuch tupfte er seine feuchte Stirn und seinen Schnurrbart trocken.

»Es ist unvorstellbar mühselig, durch solch ein barbarisches Land zu reisen. Wenn der König nicht darauf bestanden hätte, wäre ich überhaupt nicht hergekommen.« Er wischte sich die Wangen ab. »Oder wenigstens nicht vor Beginn des Frühlings.« Durch seine kniende Position behindert vollführte er eine schiefe Verbeugung. »Aber natürlich war König Heinrich höchst beharrlich, und er hat nicht übertrieben, als er mir von Eurer Schönheit und Eurem Charme erzählte.«

Erneut versuchte er, Julianas Hand zu küssen, aber sie entzog sie ihm und sagte: »Ich verstehe nicht. Warum hat der König Euch zu mir geschickt?«

Er machte eine überraschte Geste. »Ihr habt doch darum gebeten.«

Zentnerlasten legten sich auf Raymonds Herz.

»Ich habe niemanden um irgendetwas gebeten. Niemanden außer …« Ihr Blick schwenkte hinüber zu Raymond und zurück zu dem dicklichen Mann zu ihren Füßen. Sie beugte sich vor, spähte ihm in die Augen und fragte: »Wer seid Ihr?«

»Ich?« Der leicht erregbare Franzose legte sich die Hand auf die Brust. »Ich? Ich bin Papiol.« Er stellte sich in Positur und hob einen Finger in die Luft. »Ich bin der beste Burgbaumeister im gesamten Königreich!«

7

Juliana starrte das füllige Gesicht des Fremden an, der sich als des Königs Burgbaumeister bezeichnete. Sie beobachtete, wie er gestikulierte, sie sah, wie seine Lippen sich bewegten. Sie wusste, dass er mit ihr sprach, aber sie nahm nicht wahr, was er sagte. Sie hörte nur Sir Josephs bösartiges, meckerndes Gelächter. Irgendwo tief in ihr drin empfand sie Bedauern für die arme, törichte Frau, die einem Mann vertraut hatte und erneut betrogen worden war, und hätte am liebsten geweint. Aber vor allem fühlte sie Zorn in sich aufsteigen. Sie konnte ihn schmecken, riechen und fühlen – bitter, wild und versengend. Ohnmächtige Wut erfüllte sie, aber sie riss sich zusammen, formulierte bedachtsam ihre Worte – vorsichtig wie ein Trinker, der zu viel von einem starken Wein genossen hat. »Wer sagtet Ihr, der Ihr seid?«

Der rundliche Franzose hörte auf zu gestikulieren und zu sprechen, starrte sie nur an. »Ich bin Papiol, der königliche Burgbaumeister«, erwiderte er betont langsam, als spräche er mit einem Einfaltspinsel.

»Welcher König?«, wollte sie wissen.

»Mylady?« Papiol wischte sich mit seinem Tuch nervös über den Hals.

»Für welchen König arbeitet Ihr als Burgbaumeister?«

Die hervorquellenden braunen Augen traten noch mehr hervor. »Wieso, natürlich für Euren allerhöchsten Lehnsherrn, König Heinrich.« Immer noch auf den Knien rutschte Papiol ein wenig von ihr weg. »Möge seine Familie gedeihen.«

»Falls Ihr des Königs Burgbaumeister seid, wer ist dann dieser Mann?« Sie deutete auf Raymond.

»Mylady, ich kenne keinen der Höflinge, die Euch umgeben.« Papiol wurde blass, als sie ihn zornig anfunkelte.

»Sagt mir nur eines, ob Ihr dieses anzüglich grinsende, verlogene, hinterlistige Gesicht schon einmal gesehen habt.«

Papiol drehte sich um und schaute hin, wobei er Juliana wie ein wildes Tier, dessen Angriff zu fürchten war, im Auge behielt. Er legte den Kopf schief und antwortete: »*Nay*, Mylady, ich habe diesen Mann noch nie gesehen.«

Julianas Atem ging rascher, ihre Haut begann von der Hitze ihrer Empörung zu brennen. Sie wollte Raymond ins Gesicht sehen, ihn anklagen, aber sie spürte, dass ihr Körper nur träge reagierte, denn ihr Zorn verzehrte all ihre Energie. Mühsam stand sie auf, hob die Hand, deutete in seine Richtung. »Tötet ihn«, befahl sie mit gepresster Stimme.

Sir Joseph verstummte. Der Raum hörte auf zu summen. Papiol wurde ohnmächtig. Hugh wandte ein: »Mein Gott, Juliana!«

»Tötet ihn«, wiederholte sie.

Hugh setzte noch einmal an. »Juliana, Ihr könnt nicht einfach jemanden töten …«

Sie gab einen bösartigen Laut von sich. »Dann schaut mir zu«, fauchte sie und schnappte sich ihr Messer vom Tisch.

Kurz und scharf, wie es war, würde es einem Mann den Bauch aufschlitzen, wenn man es richtig anstellte. Sie ging auf Raymond zu, der wohlweislich zurückwich – so lange, bis er an der hinteren Mauer angelangt war. Als sie mit dem Messer zustieß, packte er ihr Handgelenk.

»Erlaubt mir, mich Euch vorzustellen, Mylady«, sagte er leise.

»Ich will nicht, dass Ihr Euch vorstellt.« Sie drehte ihren Arm, um sich zu befreien, und stürzte sich erneut auf ihn. »Ich will Euren namenlosen Leib irgendwo auf einem Acker verscharren.«

Wieder packte er ihr Handgelenk, und wieder sprach er nur so laut, dass allein sie ihn hören konnte. »Ich bin Geoffroi Jean Louis Raymond, Graf von Avraché.«

Ihr Atem wurde flacher, ihr Hals war wie zugeschnürt, und eisige Kälte überlief sie. »Ich glaube, ich habe Euch nicht verstanden …«

»Ich bin Geoffroi Jean Louis Raymond …«

Sie trommelte mit ihrer freien Hand gegen seine Brust. »Das ist doch unmöglich.«

Sie empfand Genugtuung, als sie merkte, dass auch er nach Luft schnappen musste, bevor er antworten konnte: »Mylady, ich schwöre, es ist die Wahrheit.«

Ihr Blick wirkte unendlich traurig, der Zorn war verraucht und einem Gefühl von Demütigung oder Scham gewichen. Zum ersten Mal wurde sie sich der Menschen um sie herum bewusst, die sie alle beobachteten. Alle hatten zu viel gesehen, und sie würde ihnen gegenübertreten müssen. Sie wollte sich nicht einfach davonschleichen. Noch nicht. Aber die Erniedrigung nagte an ihrem Selbstbewusstsein, drohte es zu verschlingen und würde sie bald ganz ausfüllen. Sie wusste es, sie kannte das.

»Liebe, süße Juliana, schaut doch nicht so drein.« Raymonds tiefe Stimme war voller Sorge. »Ich hatte nie die Absicht, Euch wehzutun.«

Sie befreite ihre Hand aus seinem Griff, das Messer fiel klappernd auf den Fußboden. »Sagt das nicht!« Sie hörte die Panik in ihrer Stimme, versuchte sich zu beruhigen. »Männer wollen Frauen angeblich nie wehtun, aber sie tun es dennoch immer wieder, und zwar gründlich.«

»Was kann ich tun, um Euch zu überzeugen ...«

»Wer Ihr seid?« Sie war auf dem Sprung wie eine Katze, die eine Maus entdeckt hat. »Ich will den Brief sehen.«

»Welchen Brief?«

Vielleicht täuschte er seine Verwirrung bloß vor, doch sie glaubte das nicht. Er war kein so guter Schauspieler. »Den Brief, den Ihr Layamon gezeigt habt. Den mit dem Siegel des Königs.«

»Verdammt! Dieser Brief ist nicht für Euch bestimmt.«

Sein Erschrecken machte sie nur noch entschlossener. »Ich habe nie gedacht, dass er das wäre, aber jetzt will ich ihn sehen.«

Er fummelte an seinem Gürtel herum und murmelte Entschuldigungen, doch am Ende resignierte er und zog den Brief hervor, den er vorsichtshalber immer bei sich trug, denn das königliche Siegel schützte ihn.

Juliana wusste nicht, ob er wegen ihrer Empörung nachgab oder wegen seiner eigenen Schuldgefühle. Als sie den Brief gelesen hatte, war es ihr einfach gleichgültig. Heinrich machte darin Scherze auf ihre Kosten – nannte sie

»zänkisch« und ihr Aussehen gar »schrecklich« –, und seine Ratschläge für den verlassenen Bräutigam reichten vom derben »Schüttel sie, bis sie nicht mehr stehen kann« bis zum geschmacklosen »Verführe sie einfach«. Es war das typische Sendschreiben eines Königs, der noch nie ein Blatt vor den Mund genommen hatte. Sie wandte Raymond den Rücken zu. Am liebsten hätte sie das Pergament zerrissen. Aber selbst wenn sie das täte: Die Worte hatten sich bereits in ihr Herz eingebrannt, und sie würde sie nie vergessen können. Und sie bewiesen eindeutig, dass Raymond derjenige war, der er zu sein behauptete – eine schreckliche Vorstellung für sie.

Die Mauer, an der sie lehnte, war eiskalt, und sie wünschte sich, ihr Herz wäre ebenso hart und kalt wie dieser Stein. Doch das war es nicht. Es schmerzte wegen des Verrats, und sie hatte das Gefühl, es würde blutige Tränen weinen.

»Juliana.« Zögerlich näherte Hugh sich. »Juliana, sagt mir, was ich für Euch tun soll.«

Er war nur der Erste, der ihr seine Hilfe anbot. Weitere würden folgen. Und obwohl Raymond der Grund ihres Unglücks war, schaute sie zu ihm hin, als erwarte sie sich von dort Rat und Trost. Wie ein Kind, dachte sie, das es stets zum Vater zieht, auch wenn der sie züchtigt.

Wieder ließ Hugh seine Stimme vernehmen, jetzt eindringlicher. »Juliana. Ich werde ihn töten, falls Ihr das möchtet, aber zuerst sollten wir herausfinden, wer er ist.«

Ihre Knie gaben nach, sie wankte und fiel nach hinten – direkt in Raymonds Arme. Er massierte die verspannten Muskeln ihres Rückens, spendete ihr Wärme, um ihr Zittern zu lindern, und die Kraft, sich wieder auf die Füße zu stellen – Juliana hasste das alles. Sie verspottete ihre eigenen Gefühle, als sie vorgab, ihn zu verachten. »Sollen wir ihn foltern oder ihn prügeln, bis er seine Sünden gesteht?«, fragte sie.

»Ich vermute, er ist ein Ritter und kein Burgbaumeister, wie er behauptet hat. Er steht zu stolz da und hat den Körper eines Kämpfers. Vielleicht ist er ein Kundschafter und steht im Dienst von jemandem, der Euer Land oder Euer Geld stehlen will«, sagte Hugh.

Mit nörgelnder Stimme rief Felix: »Juliana, habt Ihr wieder mit Männern getändelt?«

Sir Josephs meckerndes Gelächter zerrte an ihren Nerven, und ihr wurde klar, dass nicht nur ihre Knie nachgaben, sondern eine Welt für sie zusammenbrach. Einmal mehr war ihre Hoffnung, es könnte noch alles gut werden, enttäuscht worden. Raymond war es nicht um sie gegangen, nein. Sie fragte sich, wie er sie wohl in diesem Moment sah. Eine blasse, dünne Frau in formloser brauner Wolle, die – wie um Aufmerksamkeit bettelnd – eine auffällige rote Schärpe zur Schau stellte. Wie erbärmlich.

Kein Wunder, dass er ihr seine Identität verheimlichen suchte. Er wollte keine Frau, die schon ein anderer besessen hatte, keine Witwe mit zwei Kindern. Er verstand bestimmt nicht einmal, wie Hugh auf die Idee kommen konnte, sie sei begehrenswert für einen Mann. Aber bestimmt nicht für einen wie ihn, einen aus dem hochwohlgeborenen Geschlecht der Avrachés, die mit dem König verwandt waren. Und auch nicht für einen, der schön war wie die aufgehende Sonne.

»Mylady, Juliana – bitte.«

Bestimmt war er ein netter Mann, dachte Juliana, denn ihr Kummer schien ihm das Herz zu brechen.

»Ich will alles tun, was in meiner Macht steht, um Euch diese unangenehme Situation zu erleichtern. Bitte.« Sein Atem streifte ihre Wange, doch plötzlich war ein Schwert zwischen ihnen.

»Nehmt Eure Hände von ihr.« Die Spitze wanderte hoch zu Raymonds Kehle, und Hugh lächelte unangenehm.

Sie hätte ihm dankbar sein sollen, dass er sich für sie einsetzte, doch sie war es nicht. Wenn er sich doch bloß nicht weiter einmischen würde. Sie griff nach der Hand, die das Schwert hielt, und schob sie beiseite. »Seid kein Narr, Hugh. Er ist zwar kein Burgbaumeister, aber auch kein Spion. Er ist der Graf von Avraché, dem der König mich versprochen hat, und gekommen, seine Braut einzufordern.«

Auf Hughs Gesicht erschienen hässliche Zornesflecken. Seine Hand mit dem Schwert zitterte. »Raymond von Avraché?«, schrie er. »Ich werde ihn für Euch töten.«

Alarmiert durch seine blutunterlaufenen Augen und seine Raserei antwortete Juliana streng: »*Nay*, das werdet Ihr nicht.«

»Doch, tötet ihn«, erklang leise und hasserfüllt eine männliche Stimme aus dem Hintergrund.

Wer hatte da gesprochen? Julianas Blick glitt über die vielen Menschen in der Halle, über ihre Gesichter. Sir Joseph und Felix saßen da. Hatte einer der beiden mit verstellter Stimme gesprochen? In der Nähe stand Layamon mit gezücktem Schwert, ihm gegenüber wartete Keir angespannt darauf, was weiter geschehen würde.

Wer hatte Raymonds Tod verlangt?

Valeska und Dagna verschwanden nach unten, und Juliana sah, wie ihre Diener sich umarmten, und hörte Seufzer der Erleichterung. Aber noch immer wusste sie nicht, was hier gerade vor sich ging.

»Wer würde es schon erfahren?«, beharrte Hugh. »Wir werden dem König sagen, er sei nie angekommen oder an der Ruhr gestorben oder habe sich aus Schwermut aufgehängt.«

»Niemand würde es erfahren, scheint Ihr zu denken. Aber schaut Euch einmal um: Jeder hier im Raum wüsste es, und das wären viele. Wenn schon ein Geheimnis zwischen drei Menschen nicht gehütet werden kann, was ist dann, wenn es dreißig sind?«

»Ihr wolltet ihn doch selbst umbringen«, warf Hugh ihr vor.

»Seid kein Narr, das war doch nicht ernst gemeint.« Sie rieb sich die Stirn, die schmerzte, als ob sie geschlagen worden wäre. »Ich könnte ihn niemals töten.«

»Dieses Messer …« Er stieß es leicht mit dem Zeh an. Juliana sah, dass Raymond und Keir, Valeska und Dagna sich zu einem engen Kreis zusammengeschlossen hatten, und fragte sich, was sie wohl vorhaben mochten. Gewiss würde ein Mann wie Raymond für alle Eventualitäten einen Plan aushecken.

Sie sagte: »Ich bin kein Ritter, Hugh, kein Mann. Für mich ist ein Menschenleben nicht wertlos. Weder schlage ich meine Diener, nur um sie weinen zu hören, noch schwängere ich irgendeine Magd bloß zum Spaß. Ich hätte ihn niemals umgebracht.«

Beleidigt richtete Hugh sich auf. »Weil er Euer Liebhaber ist.«

»Seid kein Dummkopf. Falls er mein Liebhaber wäre, dann würde es jeder hier wissen.« Sie deutete nach hinten auf den Wandschirm, der ihrem Bett als Sichtschutz diente. »Oder könnt Ihr mir sagen, wie hier etwas verborgen bleiben könnte? Weder Freuden noch Sünden sind hier erlaubt.«

Hugh trat den Rückzug an. »Es wird keine Sünde mehr sein, wenn Ihr ihn heiraten müsst.«

»Ihn heiraten?«

Er senkte die Stimme und fragte: »Gewiss ist Euch klar, dass Ihr ihn heiraten müsst, seit er Euch gesagt hat, wer er ist.«

Seltsamerweise war ihr das bisher nicht in den Sinn gekommen. Sie legte die Hand an ihre Kehle, spürte das Blut in ihren Adern pulsieren. Kaum vernahm sie Hughs spöttische Worte. »Fühlt Ihr Euch jetzt gefangen?«

»Gefangen?« Sie erforschte ihre Empfindungen. »Ich sollte es, aber dem ist nicht so. Vielleicht morgen, wenn ich die Konsequenzen meines Irrtums voll ermesse. Heute überwiegt das Gefühl der Kränkung und der Enttäuschung.«

»Denkt über meinen Vorschlag nach«, drängte Hugh.

»Warum erfreut Ihr Euch an meinem Unglück?«, fragte sie. »Ich dachte, Ihr wärt mein Freund.«

»Das ist nicht das, was ich sein möchte.« Hugh packte sie bei der Schulter und hielte sie eisern fest, bis sich die Klinge eines Schwertes zwischen sie und ihn schob, und aller Augen sich nun auf den Mann richteten, der das Schwert hielt.

Raymond. Er stand da, scheinbar gelassen und mit der ruhigen Vorsicht eines Kämpfers. »Lasst sie los«, sagte er.

Folgsam zog Hugh seine Hand zurück, während Juliana sich die schmerzenden Stellen rieb. »Woher habt Ihr dieses Schwert?«, wollte sie wissen.

»Vom König«, erhielt sie lapidar zur Auskunft.

»*Nay*, ich meinte, wo Ihr es versteckt hattet?«

»Valeska kümmert sich um meine Rüstung, Dagna um die von Keir.« Er warf ihr einen amüsierten Blick zu. »Sie sind gewissermaßen unsere Knappen.«

Julianas Bedarf an Scherzen war zumindest für den heutigen Tag gedeckt. »Ich wusste nichts von Schwertern in meiner Burg.«

»Wenn Ihr etwas davon geahnt hättet«, antwortete Raymond, »würdet Ihr meine List durchschaut haben.«

»Stattdessen habt Ihr meine Arglosigkeit ausgenutzt«, entgegnete sie bitter.

Valeska schlängelte sich näher heran. »Oh, Ihr habt es sehr wohl vermutet, Mylady. Erinnert Ihr Euch daran, wie Ihr mich seinetwegen ausfragen wolltet? Ich hab nichts gesagt, aber Ihr hattet ganz gewiss einen Verdacht.«

»*Aye*, Mylady.« Dagna schwebte ebenfalls heran. »Es gibt keinen Grund, mit Euch selbst zu hadern, überhaupt keinen.« Die beiden ließen ihr breitestes Grinsen sehen.

»Soll Ich Euch etwa die Schuld geben für meine Dummheit, einem Lügner zu vertrauen? Oder Euch für seinen Vertrauensbruch verantwortlich machen?«

Die Frauen schauten sie erschrocken an. »*Nay*, Mylady, so etwas dürft Ihr nicht sagen«, mahnte Valeska. »So ist das doch gar nicht gewesen, und Raymond ist ein guter Mensch.

Er kümmert sich sogar um zwei alte Frauen, die zu nichts anderem mehr gut sind. Schaut ihn Euch doch an!«

»Das stimmt, Mylady«, bestätigte Dagna. »Wir stammen aus einem fernen Land, in das wir nicht zurückkönnen, aber er sorgt für uns, als wären wir Teil seiner Familie. Und Ihr – Ihr seid eine gütige Lady, die einen Mann verdient, der Euer Bett wärmt, Euch Kinder schenkt, Euch beschützt. Ihr könntet die ganze Welt bereisen und würdet keinen Besseren finden als Raymond. Schaut ihn Euch doch an.«

Juliana wollte ihn nicht ansehen, vermied es bewusst, denn trotz ihrer Enttäuschung fesselte er sie immer noch, und sie schaffte es nicht, sich seiner Anziehungskraft zu entziehen.

»Juliana.« Raymond nahm ihre Hand, verschränkte seine Finger mit ihren. »Vergebt mir.«

Sie sah Hugh an, dessen Wut erloschen zu sein schien. Als er auf die verschränkten Finger der beiden starrte, spiegelte sein Gesicht bloß Einsamkeit und Resignation wider.

»Schaut Raymond an«, sagte Valeska. Juliana aber sah zu Felix hinüber, der merkwürdig geistesabwesend wirkte.

»Schaut Raymond an«, forderte sie jetzt Dagna auf, doch Juliana ließ ihren Blick zu Sir Joseph wandern, auf dessen blassen Wangen zwei rote Flecken brannten und der zur Abwechslung einmal den Mund hielt, anstatt sie mit Häme zu überschütten.

»Schaut Raymond an«, summten die alten Frauen. Diesmal gehorchte Juliana und wurde sogleich wieder in seinen Bann geschlagen. Er stand neben ihr, ganz männliche

Schönheit, stark und unbesiegbar. Wie die Schlange im Garten Eden lockte und verführte er sie, hüllte sie in seinen Zauber ein, bis sie allen Schmerz und alle Demütigung vergaß – auch die Gründe, weshalb sie ihn anfangs meiden wollte. Alles, woran sie sich erinnerte, war die Verheißung von Lust. Und das war Raymond in Person – der Mann, der ihr Erfüllung versprach.

»Mylady«, flüsterte Valeska und zitterte vor Ehrfurcht angesichts der stummen Leidenschaft, die die Luft zum Flirren brachte. »Ihr werdet hübsche Kinder bekommen, die wir auf unserem Schoß schaukeln können.«

»Das werde ich nicht«, antwortete Juliana.

»Aber Mylady …«

Eine Geste von Raymond ließ Valeska verstummen. Er drehte sich zu Hugh um. »Vielleicht sollten wir uns kennenlernen, denn wir werden schließlich bald Nachbarn sein.«

Hugh nickte. »Wenn Ihr nicht beleidigt seid, dass ich zuerst einen Beweis für Eure Identität sehen will …«

Raymond nickte und zog einen kleinen Gegenstand aus dem Beutel an seinem Gürtel. Zufrieden nahm Hugh ihn entgegen, inspizierte ihn genau, bevor er ihn Juliana reichte. »Das Familiensiegel Eures Zukünftigen – ein altes und sehr berühmtes Symbol. Schaut es Euch gut an, bevor Ihr ihm die Stirn bietet.«

Juliana nahm es zwischen zwei Finger und starrte auf den brüllenden Bären. »Ich habe es schon früher gesehen. Es war auf jede Nachricht gestempelt, die der Graf von Avraché mir gesandt hat, um mich zu meiner Hochzeit zu bestellen.«

»Ängstigt es Euch nicht?«, wollte Hugh wissen.

»Sollte es das?« Ihre Verstellung war beinahe meisterlich, denn im Geheimen empfand Juliana durchaus eine gehörige Portion Angst.

»Habt Ihr noch nie von den wilden Kämpfern in Lord Avrachés Familie gehört, die Bärenfelle trugen und sich in Berserker verwandeln konnten?«

»Das reicht jetzt.« Raymond nahm Juliana das Siegel weg und ließ es wieder in seinen Beutel gleiten. »Diese Geschichten sind nichts weiter als Legenden, die von meinen Vorfahren erzählt wurden, um bei ihren Feinden Panik zu erzeugen. Eine Art Kriegslist sozusagen. Wir aber sollten uns auf friedliche, zivilisierte Art miteinander bekanntmachen.« Er nahm Julianas Hand, verschränkte erneut die Finger mit den ihren und ging Richtung Feuer.

Juliana versuchte zurückzubleiben, doch er ließ ihre Hand nicht los, sondern zog sie vorwärts. »Ich muss das Abräumen beaufsichtigen«, wandte sie ein.

»O nein, Mylady.« Ein Meer von Runzeln überzog Dagnas Gesicht, als sie lächelte. »Wir werden das für Euch erledigen. Nicht wahr, Valeska?«

»Ganz bestimmt, und mit der Hilfe Eurer tüchtigen Fayette wird es nicht lange dauern«, stimmte Valeska zu.

Raymond zog wieder an Julianas Hand, die sich erneut zu befreien suchte. »Ich werde Euch hinübertragen müssen, wenn Ihr so weitermacht«, warnte er sie.

Sie folgte ihm jetzt – wie ein fügsames Schaf, dachte sie –, zischte ihm jedoch wenig unterwürfig zu: »Eure Reue war wohl nur kurz.«

»Aber aufrichtig«, sagte er und führte sie zur Bank, auf

die sie sich mit dem Rücken zum Feuer setzte. Raymond neben ihr blickte in die andere Richtung und begann ein Gespräch mit Hugh. »Wie kam es eigentlich, dass Ihr heute nach Lofts geritten seid, so kurz vor Weihnachten und mitten durch die Stürme des Winters?«

»Ich hörte Geschichten von Grabungsarbeiten bei der Burg und konnte mir das einfach nicht vorstellen«, gab Hugh höflich zurück.

»Eine solche Verrücktheit«, meinte Felix kopfschüttelnd.

»Von wem habt Ihr eigentlich von dem Bauvorhaben erfahren?«, wollte Raymond wissen.

»Die Nachricht stammte von …« Felix' Redefluss wurde jäh von Hugh unterbrochen.

»Es war ein umherwandernder Troubadour, nichts weiter.« Hugh beugte sich vor und tätschelte Julianas Schulter. »Außerdem wollte ich meine alte Freundin besuchen. Ihre Weihnachtsbowle ist eine der besten von ganz England.«

»Die beste in England«, trumpfte Felix auf.

Juliana schenkte Hugh ein schwaches Lächeln, während sie in Wahrheit gegen alte Erinnerungen und Ängste ankämpfte, die sie zu überwältigten drohten. Ihr Mund zitterte. Sie biss die Kiefer zusammen, um es zu unterbinden.

Aber Raymond bemerkte es trotzdem, denn er legte ihr wie beiläufig den Arm um die Taille und zog sie näher zu sich heran, bis ihre Hüften sich berührten. Er spürte, wie sie sich versteifte. Natürlich, sie hatte ja in dieser Hinsicht Probleme, und er musste ihr Zeit lassen.

Juliana versuchte sich auf ihre Weise abzulenken. Sie hatte kein Interesse an den Geschichten der Männer, und so wandte sie sich ihren Dienern zu, die ungewohnt heiter wirkten. »Warum sind alle so fröhlich?«, wollte sie wissen.

»Habt Ihr's nicht bemerkt, Mylady?« Fayette grinste erfreut. »Sir Joseph ist soeben mit Sack und Pack verschwunden.«

Juliana schaute sie verwundert an. »Und deswegen seid ihr so übermütig?«

»*Aye*, Mylady. Wir freuen uns, dass er Euch nicht mehr wehtun kann.«

»Mir wehtun?«

»Habt Ihr etwa geglaubt, wir bekämen nichts von seinen Beleidigungen und Gemeinheiten mit? Und von seinen Drohungen?« Fayette hakte ihren Daumen in den geflochtenen Gürtel und schob die Unterlippe vor. »Hat uns richtig böse gemacht, das hat es, aber was konnten wir schon tun? Er war schließlich Euer wichtigster Ritter.« Die selbstlose Betrachtungsweise vergessend fügte sie hinzu: »Außerdem kann er uns nun auch nichts mehr anhaben.«

»Hat er das?«

»Er hat ganz oft auf die Diener eingeschlagen, heimlich natürlich.« Fayette rieb sich ihr Hinterteil, als ob sie die erlittenen Schmerzen noch spüren könnte.

Juliana erschrak. Sie hatte zwar so etwas befürchtet, es allerdings nie direkt mitbekommen, weil sich niemand bei ihr zu beschweren wagte. »Ich wusste nicht …, ich hoffte immer, er würde nicht so weit gehen.«

»Ach, was nützt es schon, sich zu beschweren, Mylady. Ihr konntet ja kaum was gegen den alten Hurensohn ausrichten.«

Juliana blickte die lächelnde Magd streng an. »Ich habe ihn von der Burg verbannt.«

»*Aye*, das habt Ihr, aber wir fürchteten halt, er würde sich nicht dran halten. Aber zum Glück ist ja alles anders …« Ungeachtet der gespannten Atmosphäre strahlte Fayette Raymond an.

»Jetzt wird Lord Raymond ihn zwingen zu gehen. Dieser Sir Joseph hat doch keine Chance gegen einen wie ihn.«

Schuldgefühle überfielen sie mit einer solchen Heftigkeit, dass sie sie beinahe körperlich zu spüren glaubte. Sie war so sehr mit ihren eigenen Problemen beschäftigt gewesen, dass ihr die Zügel vollständig aus der Hand glitten – zumindest was Sir Joseph betraf, der ihre Schwäche ausnutzte, um seine Position unanfechtbar zu machen. Sie konnte nicht anders, als darin einen Beweis für ihre Unfähigkeit zu sehen – und einen Grund mehr, der für eine Verheiratung mit Raymond sprach. Sie warf ihm heimlich einen Blick zu, von widerstreitenden Gefühlen hin- und hergerissen.

Ein Becher wurde ihr unter die Nase gehalten, und eine Stimme sagte sanft: »Mylady, ich hab Euch Euren Lieblingswein gebracht, gut abgeseiht.«

Überrascht nahm Juliana den Becher entgegen, den Valeska ihr reichte.

»Und ich hab Euch eine Decke für Eure Füße gebracht.« Dagna legte ihr ein wollenes Plaid über, so groß, dass es teilweise noch Raymond zudeckte. Juliana kam es vor, als würden die seltsamen Dienerinnen hier so etwas wie eine Hochzeitszeremonie veranstalten, eine Bestätigung des in ihrer Abwesenheit besiegelten Bundes, und Raymond damit in die Rechte eines Ehemanns einsetzen. In alle Rechte.

Offenbar konnten sie es nicht erwarten, dass ihrer Verbindung endlich Kinder entsprossen. Taten mit ihrer Fürsorge um sie beinahe so, als sei sie bereits guter Hoffnung.

»Geht weg«, wehrte sie unwirsch ab.

Die beiden zogen sich immer noch lächelnd zurück, während Raymond Juliana beruhigende Worte ins Ohr murmelte. »Sie sind nur bemüht, es Euch behaglich zu machen. Wenn sie dabei vielleicht etwas zu viel Eifer an den Tag legen, seid ihnen nicht böse.«

»Ich lasse meine schlechte Laune nie an Dienern aus«, antwortete sie steif.

»Ich habe auch nicht behauptet, dass Ihr das tut.«

»Es war eine der ersten Regeln, die mein Vater mir beibrachte, Untergebene nie schlecht zu behandeln. Sir Joseph kannte dieses ungeschriebene Gesetz ebenfalls, doch er hat es offensichtlich missachtet.«

Sie atmete tief durch und unterdrückte ein Gähnen. Die Aufregung, die Angst und der Ärger des Abends hatten sie erschöpft. Jetzt war sie zu keiner Entscheidung mehr fähig, wollte nichts als schlafen. Aber noch immer spürte sie Raymonds Körper nah an ihrem, zu nah. Wenn er sprach, wärmte sein Atem ihre Wange. Sie sah seine Augen im Licht des Feuers wie Edelsteine glänzen, nahm die Glut seines Körpers in sich auf. War auch für ihn, wie scheinbar für sämtliche Burgbewohner, der Bund endgültig besiegelt? Würde er erwarten, mit ihr das Bett teilen zu dürfen?

Der Gedanke daran ließ sie mädchenhaft erröten, und sein Arm an ihrer Hüfte schien ihre Haut durch die dicke Wolle hindurch zu versengen. Sie presste die Schenkel zusammen, um das Kribbeln in ihrem Schoß zu unterdrücken, aber es half nichts. Ihre Erregung wuchs, und ihr Atem beschleunigte sich.

Vergeblich schalt sie sich ein dummes Gör, unreif und unvernünftig. Jede Frau ihres Alters sollte wissen, wozu es führte, wenn man sich solchen Gefühlen hingab, und danach handeln.

Sie nippte an dem Glühwein und dachte darüber nach, wie sie sich am besten aus seiner Umklammerung und damit aus der heiklen Situation befreien konnte. Sollte sie ohne Erklärung aufstehen und gehen? Sollte sie sich unter dem Vorwand entschuldigen, irgendwelche Hausarbeiten warteten auf sie oder sie müsse dringend den Abtritt aufsuchen? Das eine wäre unglaubwürdig, das andere albern. Da klang es schon besser, Besorgnis um die möglicherweise unterkühlten Töchter vorzuschieben und dann einfach wegzubleiben.

Juliana wusste nicht, was sie tun sollte. Blickte sie zu Hugh und Felix, fühlte sie sich, als ob sie hilflos in einem Boot auf sturmgepeitschten Wellen trieb. Schaute sie Raymond an, beruhigten sich die Wogen in ihrem Innern, und aus dem Sturm wurde eine sanfte Brise. Nur noch sie und er schienen zu existieren – die Welt um sie herum versank.

Hätte sie ihn doch bloß früher getroffen, bevor der König ihn dazu verdammte, sie zu heiraten – damals, als sie noch wusste, wie man lachte, als sich Männer von Stand um sie scharten – und sei es nur, um ein Lächeln von ihr zu erhaschen. In ihrer Erinnerung sah sie sich in einer himmelblauen Robe, unter der ein sonnengelbes Unterkleid hervorspähte. Männer umringten sie, aber keiner von ihnen vermochte ihr Angst einzuflößen, denn sie war nicht nur eine begehrte Erbin, sondern auch die Ehefrau eines reichen Edelmanns. Ihre Welt war in Ordnung gewesen in jenen scheinbar fernen Zeiten.

Sie schreckte auf aus ihrem Wachtraum. Eine Hand, breit und schwielig, schwebte vor ihrem Gesicht. Raymonds Hand. Ohne Zögern legte sie ihre Finger darauf und ließ sich von ihm auf die Füße ziehen.

Sie schwankte ein wenig, während er sagte: »Lord Hugh, Lord Felix, wir werden sicher noch oft die Gelegenheit haben, einander näher kennenzulernen, doch für heute Abend ist es genug. Ihr seht, Lady Juliana schläft beinahe schon ein. Es ist Zeit, sich zurückzuziehen, auch für Euch – deshalb eine gute Nacht«, sagte Raymond und schlang einen Arm um Julianas Schultern.

8

Er hatte sie nicht einmal geküsst. Juliana stöhnte, als die Sonnenstrahlen durch ihre geschlossenen Augenlider drangen. Es konnte noch nicht Morgen sein. Noch nicht. Nicht, wo ihr heute so viele Prüfungen bevorstanden. Müde rollte sie sich zusammen und zog sich ein Kissen über den Kopf.

Wovor fürchtete sie sich eigentlich? Gestern hatte sie zunächst gedacht, sie würde vor allen als gedemütigte Frau dastehen, die man mitleidig belächelte. Nun hatte man ihr die Rolle der Braut übergestülpt, deren Hochzeit man vorbereitete. Alle schienen sich zu freuen, nur sie konnte die ungezwungene Fröhlichkeit nicht teilen. Vor allem aber fürchtete sie sich davor, Raymond gegenüberzutreten, der am Abend zuvor erneut ganz der perfekte Edelmann gewesen war. So unglaublich gütig und zurückhaltend, selbstlos und nichts verlangend. Bloß ins Bett hatte er ihr geholfen, sich dann neben sie auf die Bettdecke gesetzt und ihr erklärt, wie es zu diesem unseligen Mummenschanz gekommen sei, dass er gelogen habe, um ihre Ängste zu zerstreuen. Sie verstand seine Worte so, dass er sich wohl mehr und mehr in seiner eigenen Tarnung verstrickte, sich ihr jedoch offenbaren wollte.

Wann, das war allerdings ein wenig vage geblieben, aber

er hatte sie um Verständnis gebeten für sein Verhalten. Und um ihre Zuneigung. Sie wollte ja so gerne – nur kehrten immer wieder, wenn sie ihn ansah, die alten Ängste zurück. Zu lange hatte sie ihre Gefühle wie in einen Kerker eingesperrt und fürchtete sich nun davor, aufs Neue verletzt zu werden.

Jedes Mal, wenn sie sein glatt rasiertes Kinn, seine Wangen mit den Grübchen betrachtete, jedes Mal, wenn er sich vorbeugte und sie den Geruch seines frisch gewaschenen Körpers einatmete, jedes Mal, wenn sie seinen entschlossenen Tonfall hörte, spürte sie einen Aufruhr in ihrem Innern, als würde ein Sturm sie zu Boden werfen.

Er hatte weder versucht, sie zu küssen, noch sich zu ihr unter die Decke zu legen. Trotz seiner unbestreitbaren Attraktivität, die sie ganz und gar nicht unberührt ließ, war sie froh, wenn dieser Moment weiter hinausgezögert wurde. Und was war mit ihm? Wollte er eine wie sie, die gar als Hure beschimpft wurde, überhaupt in seinem Bett haben? Und wenn, nur weil der König es befahl? Vielleicht fürchtete er ja das Ehebett nicht minder als sie.

»Warum wollt Ihr sie heiraten?«

Hughs tiefe Stimme dröhnte durch die große Halle, und noch tiefer kuschelte sie sich in die Federbetten, um ihn nicht zu hören. Um den ganzen elenden Tag nicht ertragen zu müssen.

Immer noch laut und vernehmlich fuhr Hugh fort: »Ein Mann wie Ihr …«

Rasch unterbrach ihn Raymond: »Was meint Ihr damit, ein Mann wie ich?«

Es hörte sich an, als ob die beiden Ritter direkt neben Julianas Bett stünden, und sie kroch jetzt ganz unter die Decken und Felle.

»Ein Mann wie Ihr«, sagte Hugh steif, »der am Hof und überall auf dem Kontinent gelebt hat. Ihr seid ein Günstling des Königs. Warum solltet Ihr in ein englisches Provinznest kommen wollen, um eine Frau wie Juliana zu heiraten?«

»Eine Frau wie Juliana?«, erkundigte sich Raymond.

»Ihr habt doch Augen im Kopf.« Juliana konnte sich Hughs Achselzucken gut vorstellen. »Sie ist zwar einigermaßen hübsch, aber sie kann keinen einwandfreien Lebenswandel vorweisen und besitzt nicht einmal besonders viele Ländereien – zumindest nicht verglichen mit dem, was Ihr gewohnt seid. Sie ist launisch und misstrauisch und will sich nicht unterordnen. Ihr Vater hat einfach zu vielen ihrer Einfälle nachgegeben, nehme ich an. Als er sie schlussendlich doch in ihre Schranken wies, hat sie das so schwer getroffen, dass sie vollends eigensinnig und starrköpfig wurde. Und überdies ist sie ein wehleidiger Feigling.«

Juliana starrte die Wand an. Das Sonnenlicht schien durch die Fensterschlitze und verriet ihr, dass sie zu lange geschlafen hatte. Die Morgenmesse war bereits vorbei, das Frühstück abgeräumt, die Morgenarbeit im vollen Gange, und sie wollte sich immer noch nicht den Konsequenzen des gestrigen Abends stellen.

Raymonds Stimme klang höflich. »Wie kann sie ein wehleidiger Feigling und gleichzeitig eine eigensinnige Frau sein?«

»Das ist eben Juliana.« Hughs Tonfall wurde weicher, Zuneigung lag darin. »Jedenfalls wird sie ihren Ehemann auf Trab halten.« Er räusperte sich. »Aber ich verstehe einfach nicht, weshalb Ihr sie heiraten wollt.«

»Weil der König es befiehlt«, sagte Raymond abschließend, um die Diskussion zu beenden, und wechselte das Thema. »Was denkst du, Cuthbert? Können wir hier bauen?«, wandte er sich an den anwesenden Zimmermann.

Juliana spitzte die Ohren und schob ihren Kopf ein wenig unter den Decken hervor. Was bauen? Wo? Welchen Unfug trieb dieser falsche Burgbaumeister denn jetzt schon wieder, und warum war der Zimmermann aus dem Dorf hier in ihrer Halle?

»*Aye*, Mylord.« Cuthbert klang ebenso zuversichtlich wie erfreut. »Es wird für Mylady eine echte Bereicherung sein und so komfortabel. Und für Euch ebenfalls, wenn Ihr erst verheiratet seid.«

Hugh seufzte laut und verärgert. »Graf Avraché, wenn Ihr mir Eure Aufmerksamkeit schenken würdet …«

»Ihr habt meine Aufmerksamkeit.« Raymond senkte seine Stimme, klang nun gedämpft.

Deutlich pikiert antwortete Hugh: »Lady Juliana ist sehr sensibel und die derbe Art der Männer nicht gewöhnt. Es wird gemunkelt, dass Ihr Euch ihrer Zartheit nicht bewusst seid und sie vielleicht nicht richtig behandelt.«

»Wer würde so etwas andeuten?«

Juliana hob das Kissen auf ihrem Kopf an, um die Antwort besser zu verstehen.

»Das tut nichts zur Sache.« Hugh klang gereizt wie ein Mann, der etwas Falsches gesagt und die verkehrten Reaktionen erzielt hatte. »Was zählt, seid Ihr und Euer Rang.«

Raymond ignorierte diesen Einwurf mit dem Selbstgefühl eines Mannes, der zum Herrschen geboren wurde. »Gestern Abend schient Ihr keine Einwände gegen die Heirat zu haben. Was hat diesen plötzlichen Sinneswandel bewirkt?«

Juliana hörte ein scharrendes Geräusch und erinnerte sich, dass Hugh mit den Füßen auf dem Boden herumzukratzen pflegte, wenn er sich in die Enge getrieben fühlte. Er wies Raymonds unausgesprochenen Vorwurf zurück. »Niemand! Niemand hat mich veranlasst, meine Meinung zu ändern.«

»Ich hatte gefragt, was Eure Meinung geändert hat«, erinnerte ihn Raymond, »nicht wer.«

»Nichts hat meine Meinung geändert.« Hugh sprach verdächtig schnell. »Ich möchte doch nur das Beste für Juliana. Würdet Ihr nicht auch alles für eine Frau tun, für die Ihr Euch verantwortlich fühlt?«

Ganz im Gegensatz zu Hugh sprach Raymond so langsam, als ob es ihm schwerfalle, die richtigen Worte zu finden: »Natürlich tue ich alles für diejenigen, die mir anvertraut sind.«

»Ich könnte nicht mehr Verantwortung für Juliana empfinden, wenn ich ihr Bruder wäre.«

»Oder ein …?« Raymond ließ seine unvollständige Frage absichtsvoll im Raum stehen.

Hugh fuhr fort: »Ihr könntet unseren edlen Herrscher doch ohne weiteres überreden, für Euch eine neue Braut auszuwählen – eine vielleicht, die mit den Gepflogenheiten des Hofes bereits vertraut ist, was Euch nur zum Vorteil gereichen würde.«

»Ihr wollt sie für Euch selbst«, konstatierte Raymond.

»Ich will nur ihr Bestes«, wich Hugh aus, der sein Geheimnis nicht gerne an die Öffentlichkeit gezerrt sehen wollte.

Raymond senkte die Stimme, sodass sie eindringlich und drohend zugleich klang: »Hört mir gut zu, Lord Hugh. Lady Juliana ist mein. Meine Braut und später meine Frau, meine Erbin. Diesen Anspruch werde ich verteidigen, gegen jeden. Der König gab sie mir, und dabei bleibt es.«

Hughs Antwort wartete Juliana gar nicht mehr ab. Empört über Raymonds offen erklärten Besitzanspruch warf sie die Bettdecke zurück und sprang auf. Doch bevor sie etwas sagen konnte, wandte sich ihr designierter Ehemann bereits zu ihr um, und trotz ihres Ärgers schmolz sie bei seinem Anblick dahin.

»Haben wir Euch geweckt, Lady Juliana?«

»Was?« Sie schaute sich in der Halle um, bemerkte beiläufig, dass ihr Wandschirm entfernt worden war und auf dem Podium neben ihrem Bett der Dorfzimmermann kniete. Sie war drauf und dran, auf Raymond loszugehen und ihn zur Rede zu stellen für diese Verletzung ihrer Privatsphäre, doch zu viele fremde Ohren hörten mit. Wenn sie widersprach, darauf bestand, dass sie keineswegs bereits die Seine war, würde sie sich da nicht noch lächerlicher machen und Hugh und Felix, die nichts lieber taten, als einen Keil zwischen sie und den vom König ausgewählten Bräutigam zu treiben, provozieren, Raymond zu allem Überfluss die Wahrheit über ihr schreckliches Geheimnis zu erzählen? Und erst Sir Joseph … Sie schaute sich im Raum um, konnte ihn indes nirgends sehen. Trotzdem wagte sie kaum zu hoffen, dass er für immer entschwunden war.

Während ihr all diese Gedanken wie ein Wirbelwind durch den Kopf gingen, beschloss sie, das Gehörte ebenso wie Raymonds Frage ganz einfach zu ignorieren. »Cuthbert, was tust du da?«, fragte sie stattdessen.

Der Zimmermann rappelte sich auf, verbeugte sich und strahlte sie an. »Mylady, Euer neuer Lord sorgt sich um Eure Bequemlichkeit und die Eurer Leute. Ich fühl mich geehrt, Euch zu Eurer Hochzeit zu gratulieren. Sehr geehrt.«

»Meinen Dank, Cuthbert.« Sie schaute ihn irritiert an, während sie gleichzeitig plötzlich die bittere Kälte spürte.

»Euch ist kalt«, sagte Raymond sanft. »Lasst mich Euch wärmen.«

Er hob ein Fell auf und schickte sich an, es um sie zu wickeln, aber Juliana riss es ihm aus der Hand, um es sich selbst um die Schultern zu legen. »Ich mache das schon selbst«, sagte sie rasch, um sich dann etwas gezwungen wieder an den Handwerker zu wenden: »Cuthbert, hast du auch genug Arbeit, um dich in diesem Winter mit deiner Familie über Wasser zu halten?«

Cuthbert lachte. »Ihr scherzt, Mylady. Diesen Winter werden meine Familie und ich so viel Geld verdienen, dass wir echt bequem leben können.« Er wollte ihr gerade jovial auf den Rücken klopfen, bemerkte den beabsichtigten Fauxpas jedoch gerade noch rechtzeitig und wurde vor Scham glühend rot. Er verbeugte sich schnell und wandte sich wieder seiner Arbeit zu.

Juliana beschloss, sich genauer anzuschauen, was er da eigentlich trieb. Sie entdeckte weiträumig um ihr Bett herum Markierungen auf dem Eichenfußboden. Verwundert und gleichermaßen missbilligend zog sie die Augenbrauen hoch. Was es auch immer zu bedeuten hatte – sie beschloss, es nicht zu mögen, denn schließlich geschah es ohne ihr Einverständnis. Trotzdem blieb sie diplomatisch gelassen. »Mylord, was habt Ihr da vor?«

Raymond setzte sich neben sie, was für sie die Sache nicht gerade leichter machte. Da er mit seinem Gewicht die Matratze stärker nach unten drückte als sie, lief sie zudem ständig Gefahr, auf ihn draufzurutschen. Und dann passierte es tatsächlich: Ungewollt kam sie ihm nah, ganz nah, und roch seinen verführerischen Duft nach rauchigem Feuer und frischem Holz. Dicht an ihrem Ohr antwortete er: »Dem Wohnturm von Lofts mangelt es an jedem Komfort, der für das Wohlbehagen einer Lady unerlässlich ist.«

Was meinte er damit? Welchen Komfort? Sie ließ den Blick durch den Raum streifen. Die langen, schmalen Fensterschlitze, die im Verteidigungsfall als Schießscharten dienen konnten, ließen Licht hinein, aber auch einen Großteil der Kälte, weshalb in der aus Ziegelsteinen gemauerten Feuerstelle ständig wärmende Flammen züngelten, deren Rauch durch kleine Öffnungen im Dach abzog. Auf dem Holzfußboden lagen Binsen, und wenn man viel Platz brauchte, ließen sich die einfachen Tische und Bänke auseinanderbauen. Was konnte sich eine Lady mehr wünschen? Also entgegnete sie nicht gerade begeistert. »In anderen Burgen soll es erheblich unbequemer und kälter sein.«

»Das schon«, stimmte er ihr zu, »aber es gibt inzwischen Wohntürme, die mehr als eine Feuerstelle haben. Sagen wir mal, eine würde sich an dieser Wand da befinden«, er deutete durch den großen Raum, »und eine andere genau hier an dieser Stelle.«

»Das muss ja eine schöne Schweinerei sein«, spottete sie. »Da verqualmt der Rauch erst einmal das ganze Zimmer, bevor er durchs Dach abzieht.«

»Nein, das funktioniert dann anders. Man baut über den Feuerstellen Hauben, um den Rauch dort zu sammeln.« Raymond nahm Julianas Einwände durchaus ernst.

»Ich habe das selbst«, warf Hugh ein und redete trotz Julianas zorniger Blicke weiter. »Es funktioniert wirklich gut und heizt überdies die Steine auf. Jedenfalls ist mein Wohnturm jetzt viel wärmer als dieser alte Steinhaufen hier.«

Sein herablassender Tonfall verärgerte sie, und sie drehte ihm den Rücken zu, ohne auf seinen Einwand einzugehen. Sie beschloss, ihn auszustechen. »Ich habe gehört, einige Ladys haben einen Sitzplatz, der umgeben ist von großen Fenstern, durch die ungehindert die Sonne scheint.«

»*Aye*, auch das habe ich schon gesehen«, bestätigte Raymond.

»Es schont die Augen der Näherinnen«, ergänzte Hugh.

»Vertreibt Ihr Euch jetzt schon die Zeit mit Nähmädchen?«, herrschte Juliana ihn an.

Hugh gab ebenso rüde zurück: »Ihr habt ein ziemlich loses Mundwerk für eine Lady, und Lord Raymond wird schon noch merken, woran er mit Euch ist. Außerdem, was geht es Euch an, mit wem ich mir die Zeit vertreibe?«

Juliana errötete beschämt, denn sie war eindeutig zu weit gegangen, und bemühte sich jetzt um einen sachlicheren Ton. »Nun gut, es schont die Augen beim Nähen und wäre somit von Vorteil. Aber wie stünde es bei einer Belagerung? Mein Burgbaumeister …« Sie klappte den Mund zu. Den Teufel würde sie tun und auch noch wie ein Papagei wiederholen, was er irgendwann von sich gegeben hatte über Vor- und Nachteile bei einer Belagerung.

»Ich habe Euch erzählt, jede Öffnung stelle eine Schwäche für die Verteidigung dar, aber große Fenster werden nur weit oben in die Mauer gebrochen, oberhalb der großen Halle. Man setzt einfach ein ganzes neues Stockwerk auf den Turm.«

Sie schaute ihn verwundert an.

»Es soll ein Ort für die Familie sein mit Räumen zum Wohnen und Schlafen und mit genügend Platz für Truhen und Betten«, erklärte Raymond. »Räume mit Fenstern, durch die ausreichend Licht fällt und wo Ihr Euren Webstuhl hinstellen könnt.«

Juliana war entsetzt. »Ich soll in einem anderen Raum schlafen als die übrigen Burgbewohner? Aber …«

»Wenn der Frühling kommt, werden wir den königlichen Burgbaumeister mit der Errichtung eines neuen Stockwerks beauftragen, aber vorerst müssen wir uns damit begnügen, dass Cuthbert in der Halle Wände für ein provisorisches Schlafgemach hochzieht.« Raymond schob sich näher an sie heran. »Es wird Euren Komfort sehr erhöhen – und Euer Vergnügen.«

Juliana schnappte hörbar nach Luft und rückte von ihm weg. »Seid Ihr wahnsinnig? Kein Mitglied meiner Familie hat sich jemals von seinen Leuten abgesondert. Es wird bloß einen Aufruhr verursachen, einen Mangel an Loyalität.«

»Jetzt klingt Ihr wie Euer Vater«, sagte Hugh.

Juliana drehte sich mit geballten Fäusten zu ihm um. »Was ist falsch daran? Mein Vater hatte recht.«

Hugh baute sich breitbeinig vor ihr auf, die Hände in die Hüften gestemmt, und forderte sie heraus: »Mit allem?«

Sie wollte schreien, doch sie traute sich nicht. Zu schmerzlich brannte noch die Lieblosigkeit ihres Vaters in ihrer Seele, als er sich von ihr abwandte, damals nach ihrer Tortur … Als sie ihn so dringend gebraucht hätte, da ließ er sie im Stich. Hatte er sie vielleicht sogar verraten? Sie wusste es nicht. Juliana ließ den Blick sinken, kratzte mit den Fingernägeln über die Felle und wünschte sich, es wären Hughs Augen. »Geht weg«, befahl sie leise. »Geht einfach weg.«

Nachdem Hugh beleidigt davongestapft war, sagte Raymond: »Er meint es gut.«

»Ich weiß, trotzdem war er eine Prüfung für mich.«

»Ist er derjenige, der Euch wehgetan hat?«, wollte Raymond wissen.

»Mir wehgetan?« Sie lachte schwach. Verbarg sie ein Geheimnis? »Nein, Hugh würde mir nicht wehtun. Nicht absichtlich. Wie auch immer, ich habe ihm verziehen.«

Raymond rückte noch näher an sie heran, und dem Gesetz der Schwerkraft gehorchend, das durch das wuchtige Federbett verstärkt wurde, purzelte sie auf ihn drauf. »Soll ich ihn für Euch töten?«, fragte er.

Entsetzt rief sie aus: »*Nay!*«

»Ich würde es tun. Ich würde jeden Mann töten, der Euch ein Leid zufügt. Habt Ihr gehört, was ich zu Hugh gesagt habe?«

Raymond klang aufrichtig, aber waren Männer nicht alle Schwindler? »Ich …? Wann?«

»Als wir neben dem Bett standen.«

Sie senkte den Blick, starrte angestrengt auf die Felle, an denen sie hektisch herumnestelte. Seine großen Hände griffen beruhigend nach ihren nervösen Fingern und hielten sie vorsichtig fest. Er streichelte ihre Handfläche, zeichnete die Schwielen, die er dort entdeckte, zärtlich nach. »Valeska und Dagna haben mir beigebracht, aus der Hand zu lesen. Soll ich das für Euch tun?«

»*Nay*.« Trotz dieser Zurückweisung starrte sie fasziniert hin, als er die lange Furche entlangfuhr, die sich um ihren Daumen zog.

»Die Linien würden Euch erzählen, wie hart Ihr arbeitet.« Ein Lächeln umspielte seinen Mund und ließ die Grübchen auf seinen Wangen deutlich hervortreten. »Tatsächlich zeugen sie auch ohne Wahrsagerei von Arbeit. Ihr habt Blasen auf den Fingerkuppen. Woher?«

»Vom Weben«, antwortete sie und war vom langsamen Tanz seiner Finger auf ihrer Handfläche wie hypnotisiert.

»Weben«, wiederholte er. »Die langsame Verflechtung von Fäden, um einen Stoff zu bilden – wie bei uns, denn auch wir, unsere Leben, werden miteinander verflochten in der Ehe. Ich habe Hugh gesagt, Ihr wärt die Meine. Meine Braut. Meine Frau. Meine Erbin.«

Entschlossen verdrängte sie ihre Empfindungen, die durch seine Berührung hervorgerufen wurden, und wandte ihre ganze Aufmerksamkeit der Unterhaltung zu. Was wollte er mit diesem intimen Beisammensein bezwecken?

Sie musste wachsam und auf der Hut sein. Sich so benehmen wie damals, als sie erfolgreich alle Männer in die Flucht schlug, die es nur auf ihren Besitz abgesehen hatten, und selbst ihren Vater deswegen aufs Heftigste beschimpfte. Genauso würde sie diesen falschen Burgbaumeister ausmanövrieren, denn über welche Waffe verfügte er schon, die andere nicht hatten? Entsprechend reserviert antwortete sie jetzt: »Ich nehme an, meine Rolle als Erbin ist diejenige, die Euch besonders gut gefällt.«

Er hob ihre Hand an seine Lippen, küsste jede Fingerspitze einzeln, wärmte sie mit seinem Atem, und ihr Missmut schmolz erneut dahin wie Schnee in der Sonne. Er umkreiste die Kuppen mit seiner Zunge, beschwichtigte ihren Zorn und weckte gleichzeitig ein heftiges, beunruhigendes Verlangen. Ein Gefühl, wie sie es seit vielen Jahren nicht mehr gespürt hatte. Sie begriff, dass diese brennende Sehnsucht, die er in ihr wachrief, gefährlich war. Sie mahnte sich zur Ordnung: Niemals durfte sie dem nachgeben, doch im gleichen Moment merkte sie, wie schwierig das werden würde – denn dieser Mann verfügte sehr wohl über Waffen, die anderen nicht zur Verfügung standen.

»Ursprünglich ja«, hörte sie ihn sagen. »Bevor ich Euch kennenlernte, ging es mir tatsächlich nur um Euren ererbten Besitz.« Während er sprach, ließ seine Zunge von ihren Fingern ab, und sofort vermisste sie sein raffiniertes, erregendes Liebesspiel. »Aber als Ihr mit dem Holzscheit auf mich losgegangen seid, wurde im wahrsten Sinne des Wortes mit einem Schlag alles anders.«

Vorsicht, warnte sie sich. Er versuchte sie zu verführen. »Ich habe bloß Eure Schulter getroffen.«

»*Aye*, und als ein Luftzug an meinem Ohr vorbeizischte, da hörte ich das Schicksal meinen Namen rufen.«

Sie sollte ihn nicht fragen. Sie wusste, sie sollte es nicht tun, aber sein Gesichtsausdruck, der sowohl mutwillig als auch entschlossen war, reizte ihre Neugier. »Schicksal?«

»Wüstenvölker glauben an Schicksal, an Vorsehung. Sie sind überzeugt, dass alles, was auch immer passiert, kein Zufall, sondern vorherbestimmt ist und dass ein Mann sein Schicksal beim Schopf packen muss.«

Ihr Interesse war geweckt und lenkte sie von seinen Verführungskünsten ab. Ihr fiel wieder ein, dass er sich mit den Gepflogenheiten der Araber auskannte, schließlich war er ein Gefangener der Sarazenen gewesen. Sie hatte von der Geschichte durch das Lied eines Minnesängers erfahren, in dem die Taten Raymond von Avrachés, besonders seine waghalsige Flucht, gepriesen wurden. Juliana bezweifelte in der Regel derartige Heldentaten und betrachtete sie als Übertreibungen, die männlicher Eitelkeit entsprangen. Bei Raymond allerdings geriet diese Überzeugung ins Wanken – ihm traute sie solche Manifestationen eines kühnen Mutes durchaus zu. »Welche Einsichten habt Ihr sonst noch von den Kreuzzügen mitgebracht?«

Raymond zögerte nur einen winzig kleinen Moment, doch Juliana merkte es und fragte sich unwillkürlich nach den Gründen. Seine Antwort war mehr als überraschend. »Dass es mein Schicksal ist, Euch beim Schopfe zu packen«, sagte er launig und mit einem liebevollen Lächeln.

Vergeblich versuchte sie, ihm ihre Hand zu entziehen – er hielt sie fest und nahm mit dem Finger seine Wanderungen entlang der Lebenslinien wieder auf. »Valeska würde sagen, Ihr seid leidenschaftlich, denn Eure Herzlinie ist tief und stark. Ich werde der Mann sein, der sich diese Leidenschaft zunutze macht, und ich würde lügen, wenn ich nicht zugäbe, dass ich mich darauf freue.«

»Leidenschaft.« Sie gab eine recht ordentliche Parodie von Sir Josephs Schnauben zum Besten. »Leidenschaft in mir? Dass ich nicht lache!«

Er warf seinen Kopf in den Nacken und lachte, es war ein lautes, herzliches Gelächter, das die Aufmerksamkeit sämtlicher Menschen in der großen Halle erregte.

Entrüstet brachte sie ihn zum Schweigen. »Es stimmt«, verteidigte sie sich. »Das Vergnügen liegt doch allein beim Mann, und die Kosten hat die Frau zu zahlen.«

Raymond zog scharf die Luft ein und strich sich über die stoppeligen Wangen, dabei ein kratzendes Geräusch erzeugend. Mitleid wallte in Juliana auf, und sie bereute ihre harten Worte, hätte ihn am liebsten gestreichelt. Doch schon fand Raymond zu der alten Selbstherrlichkeit zurück und war wieder ganz der charmante Frauenheld, der sich für unwiderstehlich hielt.

»Das stimmt wohl«, sagte er mit einem übermütigen Grinsen. »Wenn das so ist, dass Ihr für mein Vergnügen bezahlt, dann muss ich mich wohl bemühen, Eure Gunst nie zu verlieren.«

Ihr verschlug es die Sprache angesichts dieser frechen, provozierenden Retourkutsche. Der Mann irritierte und verwirrte sie. Sie wünschte, sie wäre ihm nie begegnet – aber mehr noch, dass sie an ihre Worte würde glauben können.

»Wie alt war Euer Ehemann, als Ihr geheiratet habt?«

Während sie sich mit den Fingern über die Stirn rieb, antwortete sie gedankenverloren: »Er war erst fünfzehn.« Wieder einmal kehrten ihre Gedanken zu der Nacht in der Hütte zurück. Irgendetwas an ihr muss ihn damals bewogen haben, seinen Plan, die Heirat gewaltsam durchzusetzen, aufzugeben und sich ihr stattdessen mit einer falschen Identität zu nähern. Er hatte keinen Nutzen davon gehabt.

Raymond deutete auf eine winzige Linie auf ihrer Handfläche. »Seht Ihr, dort ist Eure erste Ehe. Und er starb wann?«

Wie nebensächlich sagte sie: »Im Winter seines achtzehnten Lebensjahres«, während sie sich weiter mit diesem merkwürdigen Mann beschäftigte, dessen unausgesprochene Unterstützung ihr neue Kraft schenkte und der für sie inzwischen eine Art Rückgrat darstellte. Aber es war mehr als das: In ihrem verletzten Innern begann endlich der Heilungsprozess.

Raymond seinerseits deutete weiter die Zeichen in ihrer Handfläche. »Dort seht Ihr die Narbe Eures Leides. Keine Frau kann Vergnügen bei einem Jungen finden. Sie sind zu schnell und zu selbstsüchtig. Vor wie vielen Jahren war das?«

Ihre Widerborstigkeit kehrte zurück. »Erzählt Ihr es mir doch.«

Er betrachtete eingehend ihre Hand, erst die Vorder- und dann die Rückseite und sagte dann: »Es ist etwa zehn Jahre her.«

»Ach ja, das habe ich Euch irgendwann erzählt.« Sie

schaute ihn prüfend an, während er weiterhin angelegentlich ihre Handflächen begutachtete.

»Gewiss wollte Euer Vater, dass Ihr wieder heiratet.«

»*Nay*«, antwortete sie kurz angebunden.

»Hugh hätte Euch doch bestimmt geheiratet.«

»*Nay.*«

»Felix …«

»*Nay!*« Sie zerrte ihre Hand mit solcher Kraft aus seiner, dass sie sich selbst einen Schlag ans Kinn versetzte. Nicht sehr anmutig, fand sie, aber symbolträchtig. »Ich wollte nicht heiraten. Bis mein Vater starb, hatte der König auch keine Einwände. Gebe Gott, er wäre nie vom Tod meines Vaters in Kenntnis gesetzt worden.«

Raymond nahm ihr Kinn in seine Hand. Verführerisch wie der Fürst der Finsternis flüsterte er: »Ihr seid nicht bei Hof erschienen, als ich es Euch befahl. Selbst dann nicht, als es der König anordnete. Was habt Ihr eigentlich mit diesem ständigen Aufschieben zu erreichen gehofft?«

Benommen und beinahe automatisch kam ihre Antwort. »Dinge passieren. Eine Krankheit hätte Euch umbringen oder Ihr hättet in einer Schlacht oder bei einem Turnier sterben können …« Was sich damals so logisch anhörte, klang selbst in ihren Ohren nur noch kalt und mörderisch.

Seine Hand versteifte sich ein wenig. »Und wenn das geschehen wäre, glaubt Ihr, der König hätte Euch angesichts Eurer bedeutenden Ländereien erlaubt, auf Dauer unverheiratet zu bleiben?«

»Sie sind nicht bedeutend«, insistierte Juliana. Sie mochte die Art nicht, wie sich seine Augen verengten, mochte nicht, wie er sie festhielt – und mochte es doch wieder. »Sie sind eher klein.«

»Aber sie sind wichtig, wie Ihr sehr genau wisst. Alle Besitze nahe der walisischen Grenze sind strategisch bedeutsam, will man die Barbaren zurückhalten.«

»Warum dürfen manche Frauen unverheiratet bleiben?«, fragte sie ihn.

Er lächelte freudlos. »Wenn sie beim König eine Petition einreichen und ihm bei dieser Gelegenheit ersatzweise eine ordentliche Geldsumme für seinen Eigenbedarf zustecken, dann vielleicht. Aber auch nur, wenn Heinrich überzeugt ist, dass dort kein Überfall droht. Hättet Ihr denn so viel Gold, um Euch freizukaufen?«

Sie starrte ihn schweigend an.

»Falls ich gestorben wäre – oder wenn ich jetzt noch sterben würde –, glaubt Ihr, der König hätte Euch nicht mit einem anderen verlobt?« Raymond rückte näher an sie heran und legte, bevor sie ausweichen konnte, sein Knie über ihre Beine. »Betet für mich«, sagte er eindringlich. »Betet für meine Gesundheit. Der nächste Mann ist vielleicht weniger zaghaft, wenn es darum geht, Euch und Euer Bett zu erobern – und stößt sich außerdem vielleicht erheblich mehr daran als ich, dass geheimnisvolle Gerüchte über Eure Vergangenheit in Umlauf sind.«

Er erhob sich zu seiner vollen Größe, das Ideal eines Ritters, ein Bild von einem Mann. Und doch irgendwie drohend in diesem Augenblick.

»Habt Ihr etwa geglaubt, ich würde Euch mit offenen Armen willkommen heißen?«, flüsterte sie.

Er machte keinen Versuch, seine Stimme zu senken.

»Ich hatte gehofft, Ihr würdet Vernunft annehmen, aber falls nicht, so stehen mir Mittel zur Verfügung, von denen Ihr keine Ahnung habt. Wenn es zum Krieg zwischen uns kommt, Mylady, seid gewiss, ich bin ein erfahrener Kämpfer, während Ihr bloß eine zarte Blume seid, die leicht zu zertreten ist.«

»Ihr habt mich ausgetrickst.«

»*Ihr* habt das getan, habt mich mit Euren dürftigen Ausreden zum Gespött bei Hof gemacht.«

»Ihr versteht das nicht«, rief sie verzweifelt. »Welche Waffe hat eine Frau denn schon? Ich wollte bloß mich und meine Kinder beschützen.«

»Eure Kinder?«

»Kinder aus einer vorherigen Ehe können ohne Probleme abgeschoben werden, falls der neue Ehemann das so wünscht. Schon viele Töchter wurden in ein Kloster gesteckt oder fielen einem mysteriösen Unfall zum Opfer.«

»Ich würde Euren Kindern nie etwas antun«, antwortete er ernst.

»Ja, aber das konnte ich vorher nicht wissen, denn schließlich kannte ich Euch nicht«, verteidigte sie sich. »Danach habe ich sie Euch sogar anvertraut. Aber jetzt steht Euer Betrug zwischen uns. Hätte ich so etwas mit Euch gemacht, Ihr würdet bestimmt furchtbare Rache dafür nehmen.«

Raymond schaute sie nachdenklich an. »Vielleicht«, gab er zu.

Mutig geworden fügte sie hinzu: »Bevor Euer Betrug aufgedeckt wurde, hatte ich keinen Grund, Euch zu misstrauen, aber jetzt tue ich es.«

»Wollt Ihr damit sagen, Ihr habt zwar Eure Kinder in meine Obhut gegeben, aber für Euch selbst bin ich nicht vertrauenswürdig genug?«

Machte er sich lustig über sie? Verunsichert antwortete Juliana: »*Aye*.«

Er rückte näher, bis sein Körper beinahe den ihren berührte. »Welche Mutter würde ihre Kinder einem Mann anvertrauen, dem sie selbst nicht traut?«

Sie beugte sich so weit wie möglich nach hinten. »So ist es doch gar nicht …«

»Ich denke, Ihr haltet Euch selbst zum Narren. In Wirklichkeit habt Ihr Euch schon ergeben und wartet nur darauf, dass Ihr gezeigt bekommt, wie sehr ich Euch begehre.«

Schon wieder irgendein fauler Trick, dachte sie misstrauisch, eine Illusion, mit der dieser Scharlatan ihr Herz zu erweichen suchte. Hastig sammelte sie Argumente, die sie ihm entgegenhalten konnte. »Mein Vertrauen kann nur ich gewähren, während über meine Hand auch der König verfügen kann. Seid also zufrieden mit dem, was Euch von Eurem Herrscher gegeben wurde, und denkt nie daran, was ich Euch angeboten habe.«

Statt einer Antwort beugte er sich erneut über ihre Handfläche. Er strich mit seinen Fingern darüber, bis sie prickelte, rieb dann mehrfach über die Mitte, bis sie fragte: »Was macht Ihr da?«

»Ich habe Eure Schicksalslinie betrachtet.«

»Es gibt keine Schicksalslinie. Das erfindet Ihr bloß.«

»Durchaus nicht. Zwar besitzt nicht jeder eine solche, aber Ihr habt eine. Seht Ihr die Linie, die die Mitte zerteilt?«

Sie spähte an seinen Fingern vorbei. »*Aye.*«

»Das ist sie.«

»Und was besagt meine Schicksalslinie?«

»Sie besagt nur eines.« Er hob seinen Kopf und schaute ihr tief in die Augen. »Raymond und immer wieder Raymond, Euer ganzes Leben lang.«

9

Raymond stapfte durch die gefrorenen Pfützen im Burghof, zertrat die dünne Eisschicht mit seinen Stiefeln und freute sich an dem Knirschen, wenn die glatten, spiegelnden Oberflächen zerbarsten.

Juliana war also der Aufforderung, bei Hof zu erscheinen, nicht nachgekommen, um den unbekannten Lord mit Namen Raymond zu heiraten, weil sie hoffte, der Mann, dem sie vom König zugedacht war, würde vorher sterben? Er hatte sie den ganzen Vormittag über und während des Mittagessens sein Missfallen spüren lassen, bis sie ihn aufforderte, nach draußen zu gehen und sich einen Kontrahenten zu suchen, der seiner würdiger sei als sie selbst.

Als ob es einen würdigen Gegner gäbe. Sie hatte ihn an seiner empfindlichsten Stelle getroffen, und das schmerzte. Wie konnte sie einem Mann den Tod wünschen, der auf Wunsch des Königs ihr Ehemann werden sollte. Den er als würdig befand und wichtig für sein Land. Der König war vor allem Staatsmann und allmächtiger Herrscher – menschliche Belange kamen für ihn, wenn überhaupt, erst in zweiter Linie. Was Juliana gesagt hatte, stimmte teilweise. Raymond kannte Männer, die weibliche Kinder mit nicht mehr Gewissensbissen aus dem Weg schafften als ein Kater seine Kätzchen.

Dennoch empfand Raymond Enttäuschung und Zorn. Und ihre Reaktionen von heute Morgen, als sie Cuthbert beim Ausmessen in der Halle beobachtete! Sie tat immer noch so, als sei sie die Einzige, die das Recht hatte, Entscheidungen hinsichtlich ihrer Burg zu treffen. Dabei hatte er geglaubt, sie wäre begeistert, einen Raum zu bekommen, wo sie ungestört sein konnte mit ihren Kindern – und natürlich mit ihm. Sie aber kramte altmodische Weisheiten ihres Vaters hervor. Raymond war bislang wenig zu Ohren gekommen, was ihm den Mann sympathisch gemacht hätte. Genau genommen begann er mehr und mehr zu glauben, dass der alte Lord schuld war an Julianas grundsätzlichem Misstrauen gegenüber Männern.

Er trat gegen einen gefrorenen Schlammbrocken und fluchte. Sein Blick war derart finster, dass keiner der auf dem Burghof beschäftigten Leute ihn anzusprechen wagte. Layamon ging zwar zunächst auf ihn zu, wich ihm dann aber aus. Sir Joseph, der beim Stall mit Felix redete, verzog sich schleunigst nach drinnen, als er ihn sah, während sein Gesprächspartner in Richtung Wohnturm davonhastete.

Nur Keir wich nicht zurück. Raymond bedachte ihn mit einem besonders finsteren Blick, doch den Freund schien das nicht zu beeindrucken. Stattdessen rief er: »Es ist ein trüber Tag. Ich schätze, wir werden noch vor Einbruch der Nacht Schnee bekommen.«

Raymond stieß einen knurrenden Laut aus.

Keir wog eine Spitzhacke in seiner Hand, deren Kopfstück neu und glänzend aussah und deren Stiel frisch abgeschliffen war. Er deutete auf ein paar dieser Geräte, die in einer Ecke standen. »Kannst du die zu den Männern hinunterbringen? Bei dem harten Frost, wie wir ihn haben, werden sie sie brauchen können.«

»Kannst du nicht einen der Arbeiter als Laufburschen nehmen?«, fragte Raymond verärgert.

»Aber du gehst doch ohnehin zum Graben«, antwortete Keir und packte die Hacken auf Raymonds Arme.

»Tue ich das?«

Keir schaute sich im Burghof um. »Wolltest du woandershin?«

»Nein, aber es hätte ja sein können«, antwortete Raymond ausweichend. »Vielleicht wollte ich zu den Waffenknechten oder in die Stallungen.«

»Der echte Burgbaumeister ist übrigens schon unten, um sich ein Bild zu machen.«

»Na schön, ich nehme die Spitzhacken mit«, erklärte Raymond.

Keir, dem die schlechte Laune des Freundes nicht entgangen war und der auch die Hintergründe ahnte, fragte betont sachlich, als würde er übers Wetter reden: »Wurden dir deine Äpfel etwa in Lady Julianas Obstpresse eingequetscht?« Er musterte Raymond kritisch. »Es stimmt also, wie ich sehe. Meiner Meinung nach erwartest du einfach zu viel von dieser stolzen Lady.«

»Zum Teufel mit deiner Meinung«, knurrte Raymond wütend, doch Keir fuhr völlig unbeeindruckt fort: »Lady Juliana wird nicht gern das Bett mit einem Mann teilen wollen, der sie zum Narren gehalten hat. Falls ich dir dennoch ein paar Ratschläge geben darf …«

»Darfst du nicht«, knurrte Raymond.

»Obwohl du sie gedemütigt hast, scheint sie dir nach wie vor zu vertrauen. Das ist ein großes Zugeständnis bei einer Frau wie ihr, die vor Männern extrem auf der Hut ist. Wie ich dir schon damals in Tunis gesagt habe, strahlst du eine solch beruhigende Aura aus, dass du damit immer einen Trumpf in der Hand hast.« Raymond murrte, aber Keir sprach gelassen weiter: »Wenn du sie behutsam wie ein junges Mädchen umwirbst und sie mit Respekt behandelst, dann wird auch der letzte Rest von Misstrauen schwinden.«

Raymond beugte sich vor, bis seine Nase beinahe Keirs berührte. »Ich brauche keinen Rat, wie ich mit einer einfachen Frau umgehen muss.«

»Bitte sei vorsichtig«, riet Keir und deutete auf die Last in seinen Armen. »Wenn dir eins dieser Dinger auf den Fuß fällt, wird das wenig angenehm für dich.« Er fing eine der Spitzhacken geschickt auf, die bereits aus Raymonds Armen gerutscht war. »Und ich hoffe, dass du mit deiner *einfachen* Frau ebenfalls vorsichtig umgehst.«

Raymond wollte kontern, schnappte nach Luft und musste heftig husten, als die kalte Luft in seine Lungen drang. Als der Anfall vorüber war, hatte Keir sich bereits in die Schmiede zurückgezogen und ihm die Tür vor der Nase zugemacht.

Verdammter Keir mit seinem ausdruckslosen Gesicht und der überlegenen Miene. Verdammt sollte er sein, weil er immer recht behalten musste. Raymond empfand brennendes Verlangen. Er wollte Juliana nicht wie ein junges Mädchen umwerben, sondern wie eine Frau. Eine leidenschaftliche Frau, davon träumte er, großzügig und hingebungsvoll, die ihn bedingungslos lieben würde. Und Juliana erschien ihm wie die Erfüllung dieses Traumes. Er wollte sie fühlen und schmecken, sie liebkosen, sich umschließen lassen von ihrem Körper, der seinen Schlaf schon zu lange unruhig machte.

Aber noch verweigerte sie sich ihm, und er reagierte gedemütigt. Dabei wollte er wirklich gut für sie sorgen, sie und ihre Töchter beschützen und ihre Burg verteidigen. Trotzdem beschlichen ihn immer wieder Zweifel: War er wirklich Manns genug, um Juliana von ihren Ängsten zu kurieren? Und wenn sie heirateten, würde er fähig sein, die gähnende Finsternis seiner eigenen Seele vor ihr zu verbergen?

Die Spitzhacken gerieten erneut ins Rutschen, doch er verlor nicht das Gleichgewicht. Das tat er niemals – außer bei dieser hübschen Witwe.

Aye, verdammt sollte Keir mit seiner Scharfsicht sein. Und weil er Raymond so viele Hacken aufgeladen hatte. Verdammt sollten sie alle sein, auch dieser echte Burgbaumeister.

»Lord Raymond? Lord Raymond!«

Mit einem Ruck wandte er den Kopf.

»Was gibt es?«, bellte er und schaute von der Zugbrücke nach unten, wo sich die Arbeiter um ein Feuer geschart hatten, während des Königs Burgbaumeister – der echte, dachte Raymond gehässig – Anweisungen und Verwünschungen auf Französisch brüllte. Voller Unverständnis starrten die Männer ihn – wie war sein Name gleich? – mit offenen Mündern an. Ach ja, Papiol hieß er.

»Lord Raymond!« Tosti winkte ihn heftig gestikulierend

herbei und fragte: »Wovon redet dieser komische Mann überhaupt? Wir verstehn kein Wort.«

Raymond rutschte mit seiner Last die Böschung hinab.

»Lasst mich die hier nehmen«, sagte Tosti und besänftigte mit seinen Worten Raymonds verletzten Stolz. »Ein Lord soll solche Sachen nich tragen.«

Als die Männer ihm die Spitzhacken aus dem Arm nahmen, fragte Raymond: »Woher wisst ihr, dass ich ein Lord bin?«

»Nun ja, ein Burgenbauer seid Ihr nich, so viel is mal sicher.« Tosti nickte.

Raymond deutete auf Papiol. »Er ist der Baumeister des Königs.«

»Mag die heilige Madonna uns beistehen«, antwortete Tosti fromm. »Brüllt er deshalb so rum?«

Mit einem Grinsen griff Raymond nach seinem Werkzeuggürtel, aber der war nicht da. Nur sein mit Edelsteinen besetzter Dolch, ein Geschenk Heinrichs, baumelte noch an seiner Hüfte. Drinnen in der großen Halle, in Gegenwart der anderen Ritter, schien es ihm unpassend, einen Werkzeuggürtel umzuschnallen. Hier draußen, wo ihn die Arbeiter mit Fragen bedrängten, kam er sich mit seinem Prachtdolch lächerlich vor.

Also gut. Man brauchte ihn wohl doch hier, um die Dinge zu regeln, obwohl er kein echter Baumeister war.

»Mylord.« Mit einer dramatischen Geste griff Papiol sich in die strähnigen braunen Haare. »Diese Männer sind dumm. Alle Engländer sind dumm. Sie tun so, als ob sie mich nicht verstehen würden, ganz egal, wie laut ich brülle.«

»Es ist schon in Ordnung«, besänftigte ihn Raymond auf Französisch. »Ich werde mit ihnen reden.«

»Und seht Euch an, was sie getan haben.« Papiol deutete mit zittriger Hand auf den Graben. »Sie haben mitten im Winter ein riesiges Loch ausgehoben. Welchen Nutzen hat das zu dieser Jahreszeit? Jeder Trottel weiß doch, dass Burgen im Sommer gebaut werden. Im Sommer, sag ich Euch.«

Raymonds Lächeln und sein Gefühl der Überlegenheit verschwanden. »Sie scheinen beim Vorbereiten des Fundaments aber gute Arbeit geleistet zu haben.«

»Vorbereiten des Fundaments?« Papiol brüllte schon wieder. »Welches Fundament? Es ist nichts weiter als Dreck!«

»Aber das Fundament …«

»… muss im Sommer gelegt werden.« Papiol erinnerte sich daran, mit wem er sprach, und erklärte höflich, jedoch ziemlich erregt: »Mylord, im Sommer graben wir bis auf den felsigen Untergrund, wir errichten einen Teil der Mauer, der Winter kommt, wir warten, der Sommer kommt, und wir bauen den Rest der Mauer.«

Ungläubig fragte Raymond: »Zwei Jahre für eine Mauer?«

Papiol spreizte fatalistisch die Hände. »So wird es eben gemacht.«

»Nun, dann muss das ab sofort geändert werden. Wir beenden die Grabungen für das Fundament jetzt, und bis zum Ende des Sommers wird die Mauer stehen.«

Papiol verdrehte die Augen. »Aber wir können doch nicht graben«, erklärte er erregt. »Die Erde ist bis in die Tiefe gefroren.«

Raymond beachtete ihn nicht. »Wir werden die Mauer bis zum Frühjahr errichten. Tosti!«

Der junge Mann sprang auf.

»Der Burgbaumeister sagt, er will, dass ihr diese Spitzhacken nehmt und das Loch noch tiefer grabt«, befahl er, doch die Männer schauten zweifelnd zu Papiol hinüber.

»Der *echte* Burgbaumeister?«, fragte Tosti.

Raymond ignorierte den Einwand. »Ihr werdet an jedem Tag, den ihr zur Arbeit kommt, gutes, reichliches Essen bekommen, und an Weihnachten gibt es für alle Familien ein richtiges Festmahl.«

»Jeden Tag?«, fragte Tosti gespannt.

»Jeden Tag«, antwortete Raymond. »Wir werden den ersten Teil der Mauer sofort in Angriff nehmen und das untere Ende samt Torhaus im Sommer.«

»Hey, Weihnachten wird dieses Jahr eine fröhliche Zeit werden«, brüllte Tosti, und die Männer jubelten zustimmend. Sie schulterten ihre Spitzhacken und schlitterten in den Graben. Nur Tosti blieb oben und schaute in den Himmel. »Diese Wolken da, die bringen Schnee. Bekommen wir auch was zu essen, wenn wir nich arbeiten können?«

Raymond überfiel eine dunkle Vorahnung von Männern, die sich durch Schneewehen kämpften, nur um sich die Bäuche vollzuschlagen. »Bleibt zu Hause, wenn der Schnee zu hoch liegt. Die Elfen werden die Arbeit schon nicht erledigen, solange ihr fort seid.«

Tosti kicherte und machte sich auf zu seinen Freunden. »*Nay*, ich nehm an, das werden sie nich. So viel Glück hatten wir noch nie.«

Raymond legte dem echten Burgbaumeister den Arm

um die Schultern und führte ihn in Richtung Burg. »Die Männer wollen weitergraben«, erklärte er ihm.

»Idioten«, schimpfte Papiol. »Ich bin der königliche Burgbaumeister. Ich habe mein Handwerk durch harte Arbeit erlernt, durch jahrelanges Studium, und viele Jahre mit allen möglichen Handwerkern zusammengearbeitet. Es ist unmöglich, sage ich Euch.«

»Wurde es jemals versucht?«, fragte Raymond.

»Niemals!«

»Dann wissen wir auch nicht, ob es unmöglich ist, nicht wahr?« Gut gelaunt drehte Raymond sich um und grüßte Layamon. »Was gibt es?«

Die Antwort ernüchterte ihn. »Mylord, Reiter kommen auf die Burg zu.«

»Reiter?«, fragte Raymond überrascht. »Noch mehr Gäste?«

»Weiß nicht, Mylord. Soll ich die Zugbrücke hochziehen?«

»Ich werde selbst nachsehen«, erwiderte Raymond und ging auf die Leiter zu, die zur Umfassungsmauer hochführte. Die Gruppe der Reiter war noch weit entfernt, doch sie schienen sich in raschem Galopp zu nähern. Vielleicht wegen des aufziehenden Sturmes, dachte Raymond. Er spähte nochmals angestrengt in die Ferne. »Wir scheinen ziemlich viel Gesellschaft zu bekommen«, stellte er fest.

Layamon stimmte zu: »*Aye*, Mylord, so was gab es noch nie. Erst Lord Felix und Lord Hugh, dann der Burgenbauer gestern Abend und jetzt die Leute da hinten.«

»Ist es sonst nicht üblich, dass Lord Hugh in der Weihnachtszeit seine Aufwartung macht?«

»Von einer Gewohnheit kann man nicht sprechen, Mylord, er war ein- oder zweimal hier. Lord Felix reist gewöhnlich überhaupt nicht im Winter.« Layamon kräuselte verächtlich die Lippen. »Könnte ja sein Haar verstrubbeln.«

Layamons unausgesprochene Skepsis verstärkte Raymonds Unbehagen, und er erinnerte sich an Hughs merkwürdiges Verhalten am Morgen. Was führte er im Schilde, wenn er Raymond von einer Ehe mit Juliana abzubringen versuchte? Noch am Vorabend hatte er ihn glauben lassen, dass er zwar nicht glücklich über eine solche Verbindung, es ihm aber am Ende gleichgültig sei. Was hatte Hugh bewogen, seine Meinung zu ändern?

»Was glaubst du«, fragte Raymond, »wie Hugh und Felix von unseren Bauvorhaben erfahren konnten?«

Layamon zupfte sich am Ohr. »Es ist eigentlich unerklärlich, Mylord. Im Sommer verbreiten sich die Neuigkeiten schnell, denn da bringen die freien Bauern ihre Waren zum Markt und fahren von Burg zu Burg. Da kommen Minnesänger, die von einem Ort zum andern ziehen und neben ihren Liedern auch allerlei Klatsch im Gepäck haben. Aber im Winter ...« Er schüttelte den Kopf. »Besonders in diesem Winter.«

»Warum?«

»Weil er so früh mit einem so heftigen Schneesturm begonnen hat – Ihr erinnert Euch doch noch, Mylord. Dass die beiden da hergekommen sind! Wie auch immer, Lord Hugh war eher mal da, aber Lord Felix? Das ist seltsam.«

»Du bist ein misstrauischer Mann«, sagte Raymond und begegnete Layamons Blick.

Der Waffenknecht nickte. »*Aye*, Mylord, so sagt man.«

Raymond legte ihm seine Hand auf die Schulter. »Du bist ein ausgezeichneter Kommandant. Lady Juliana hat klug gewählt.«

»Vielen Dank, Mylord. Soll ich wegen dieses Trupps ebenfalls misstrauisch sein, was meint Ihr?«

Es war eine wohlhabend aussehende Reisegruppe, wie Raymond beobachten konnte, als sie herankamen. Ihre Banner flatterten in dem auffrischenden Wind, und die Frauen, die in der Mitte ritten, zogen sich im einsetzenden Schneegestöber die Kapuzen über ihre Köpfe. »Das sind keine Krieger. Ich erkenne …« Raymond kniff die Augen zusammen und runzelte die Stirn. »Es kann nicht sein … Ach, *nay*.« Er schlug die Hände vors Gesicht. »Meine Schutzheiligen scheinen mich heute ganz schön im Stich zu lassen«, sagte er resigniert.

»Soll ich die Zugbrücke hochziehen, Mylord?«

»Nein, Layamon«, sagte er. »Das sind meine Eltern. Heute ist nicht gerade mein Glückstag.«

»Die cremefarbene Wolle ist wunderbar, Mylady. Die schönste, die ich je gesehen hab.« Valeska strich über die Garnknäuel, die in einem Korb aufgestapelt waren. »Das wird ein prächtiger Stoff werden.«

»*Aye*.« Julianas Hand flog hin und her, und ihr rechter Fuß trieb die Kurbel des Webstuhls an. »Das wird es.«

»Euer Arm muss langsam ermüden, Mylady. Lasst mich ein wenig an Eurer Stelle weiterarbeiten«, schlug Valeska vor.

Lächelnd schüttelte Juliana den Kopf.

»Was werdet Ihr draus machen?«, fragte Dagna neugierig.

»Ich weiß noch nicht.« In Julianas flinken Händen wanderte das Webschiffchen unermüdlich hin und her und verband Wolle und Kettfäden zu einem dichten Gewebe. »Die Farbe ist zu hell für den täglichen Gebrauch. Ich hätte sie einfärben sollen.«

Valeska blinzelte Dagna zu. »Und weshalb habt Ihr das nicht?«

»Ich weiß nicht.« Juliana schlug lautstark auf den Handbalken. Sie wusste es natürlich ganz genau. So wie alle anderen auch. Weil diese Farbe nämlich Raymond ausnehmend gut zu Gesicht stehen würde. Entsetzt über den Zustand seiner Kleidung hatte sie beschlossen, Abhilfe zu schaffen. Des Königs Cousin sollte etwas Besseres tragen als einen zerlumpten Umhang, ein fadenscheiniges Hemd und abgetragene Beinkleider. Jeder, der hier bei ihr lebte, bekam von ihr die notwendige Kleidung – jeder Mann, jede Frau, jedes Kind. Warum also nicht auch Raymond?

Sie blickte zur Seite und schaute in die schmunzelnden Gesichter der alten Frauen. Warum nur betrachteten alle das als etwas Besonderes, dachte sie und berührte verstohlen den feinen Stoff. Er war wunderschön – schließlich hatte sie streng auf beste Qualität des Materials geachtet – und wie geschaffen, Raymonds dunkle Schönheit noch mehr zu betonen. Sie stellte sich vor, wie er über einer langärmeligen und hochgeschlossenen grünen Tunika getragen würde.

Er würde großartig darin aussehen.

Welch glücklicher Zufall, dass sie im vergangenen Winter einen schönen grünen Stoff gewoben und für einen besonderen Anlass beiseitegelegt hatte. Jetzt war die Gelegenheit da, und Fayette bereitete gerade das Schnittmuster für die Tunika vor. Juliana konzentrierte sich wieder auf ihre Webarbeit, trat kräftig die Kurbel, schlug energisch auf den Handbalken und ließ das Schiffchen hin und her sausen.

Eine Hand berührte ihren Nacken. Mit einem verärgerten Aufschrei blickte Juliana auf und zuckte voll Widerwillen vor dem rotgesichtigen Antlitz zurück, das sie anstarrte.

»Juliana?« Felix hüpfte auf und ab, versperrte ihr die Sicht, griff nach ihr.

Ihre Haut kribbelte, als seine Finger wie ein ekliges Insekt an ihrem Hals entlangkrochen. »Lasst das gefälligst!«

Er roch zu stark, war zu schmierig in seinem Gehabe und vor allem zu nahe. Ihr schlimmster Alptraum, der immer wiederkehrte, um sie zu verfolgen. Doch plötzlich war da eine zweite Hand, eine helfende, die sie tröstete und beruhigte. »Was wollt Ihr von meiner Herrin, kleiner Lord?«, fragte Valeska streng.

Kein Zweifel, dass Felix sich eine solche Zurechtweisung nicht gefallen lassen würde. Nicht von einer Dienerin. Als Juliana sah, wie er die Hand hob, packte sie sein Gelenk. »Ihr seid zu freizügig mit Euren Schlägen, Felix«, sagte sie mit unverhohlenem Missfallen und verstärkte den Druck, als Felix sich zu ereifern begann.

»Sie erweist mir nicht den gebührenden Respekt«, sagte er.

»Sie ist meine persönliche Magd.« Das war weder eine Antwort noch die Wahrheit.

Seine Augenbrauen hoben und senkten sich, seine Nase zuckte. »Sie ist eine Hexe.«

»Wer hat denn das gesagt?«, fragte Juliana scharf.

Felix zuckte die Achseln. »Weshalb sollte mir das jemand sagen müssen? Warum behandelt Ihr mich immer wie einen Tölpel? Ich mache mir meine eigenen Gedanken. Ich kann erkennen, dass sie eine Hexe ist.« Er wedelte mit den Händen und sagte: »Sie ist … hässlich.«

»Das seid Ihr auch«, erwiderte Valeska.

Felix hob erneut die Hand, doch irgendetwas hielt ihn zurück, und Valeska ließ als Ausdruck ihres Triumphes grinsend ihre drei Stummelzähne sehen. Um die Alte von weiteren unbedachten Äußerungen abzuhalten, gab Juliana ihr einen Schubs und drängte: »Geh jetzt und hilf Fayette bei ihrer Näharbeit.«

»Ist die denn nicht tüchtig genug, um Euren kostbaren Stoff allein zu schneiden?«, fragte Valeska.

»Doch, das ist sie«, antwortete Juliana. »Aber du kennst Raymonds Maße.«

Valeska berührte den cremefarbenen Stoff auf dem Webstuhl. »Wer wird diesen hier zuschneiden?«

»Ich selbst werde es tun.« Juliana schob sie noch einmal an. »Geh schon.«

Valeska ging davon und lachte dabei so hexenhaft, wie es ihr nur möglich war, woraufhin Felix ein Zeichen machte, mit dem man den bösen Blick abwehrte. »Sie ist tatsächlich eine Hexe«, sagte er. »Oder etwa nicht?«

»Es gibt einige in der Burg, die das glauben«, erklang von hinten Dagnas melodische Stimme, in der jetzt allerdings Feindseligkeit mitschwang.

»*Aye.*« Felix nestelte an seinem Umhang herum, strich über sein sorgfältig gekämmtes Haar, während Juliana ihn nachdenklich beobachtete. Er war ein Geck, behängte sich mit den besten Stoffen, die immer im modischsten Stil verarbeitet waren. Er nahm es peinlich genau mit der Körperpflege und betrachtete sich ständig in dem polierten Metallspiegel, der an einem Riemen um seine Taille baumelte. Dennoch war er nichts weiter als ein rüpelhafter Gockel, ein Mann, den man im Auge behalten musste, damit er niemandem Schaden zufügte.

Raymond hingegen trug die schäbigste Kleidung und scherte sich nicht darum, ob sein Haar gepflegt aussah oder nicht. Er rasierte sich nur unregelmäßig und dennoch … Der dunkle Schatten auf seinem Kinn verführte Juliana dazu, sich zu fragen, wie seine Bartstoppeln sich wohl auf ihrer Haut anfühlten. Die zu langen Locken flossen ungebändigt über seine Schultern und glänzten wie exotische Seide. Seine Kleidung – nun ja. Juliana schaute hinüber zu Valeska und Fayette. Bald schon würde seine Kleidung einem Prinzen zur Ehre gereichen.

»Ich habe mir ein paar Gedanken über Eure Ehe gemacht.«

Konsterniert blickte sie die merkwürdige Gestalt an. »Wie bitte?«

»Ich habe mir ein paar Gedanken über Eure Ehe gemacht«, wiederholte er.

»*Ihr habt Euch* Gedanken gemacht?«, fragte sie zurück. »Erstaunlich.«

»*Aye.*« Er nickte zustimmend mit dem Kopf. »Ich wusste, Ihr würdet sie hören wollen.«

»Von *Euch* würde ich jeden Gedanken gerne hören«, gab sie betont spitz zurück, was dem einfältigen Felix jedoch entging.

»Dieser Lord Raymond ist ein bisschen seltsam.« Flüsternd beugte er sich näher zu ihr herüber, und eine Woge von starken Duftessenzen traf sie. »Es kursieren Gerüchte über ihn.«

»Gerüchte?« Sie lehnte sich so weit nach hinten, wie sie es nur konnte, ohne von der Bank zu fallen. »Gerüchte interessieren mich nicht.«

Taub gegenüber ihrer Zurechtweisung erzählte er ihr unbekümmert: »Er wurde von den Sarazenen gefangen genommen.«

»*Aye*, während er auf dem Kreuzzug war und dafür gekämpft hat, Jerusalem von den Ungläubigen zu befreien. Habt Ihr eigentlich nie den Wunsch in Euch verspürt, das Kreuz zu nehmen?«

»*Nay*.« Felix leckte die Fingerspitzen an und strich damit über seine Augenbrauen. »*Nay*.«

»Ihr würdet wohl fürchten, nicht mehr wie aus dem Ei gepellt daherkommen zu können.«

»Ganz genau.« Er nickte stolz.

Juliana fächelte sich ein wenig Luft zu, um ihr erhitztes Gesicht abzukühlen. Felix hatte wirklich keinen Funken Ehre im Leib und besaß kein bisschen Anstand. Begriffsstutzig plauderte er weiter: »Sie sagen, Lord Raymond sei jahrelang versklavt gewesen.«

Während sie den Handbalken des Webstuhls umklammerte, kämpfte Juliana ihre Verärgerung nieder. Sie hasste solche Tratscherei und hätte am liebsten gar nicht zugehört.

Andererseits hungerte sie danach, etwas über Raymond zu erfahren, über seine Vergangenheit, und deshalb fragte sie: »Jahre?«

»Mindestens ein Jahr. Und sie sagen, er habe Ställe ausmisten müssen.« Wie jeder Wichtigtuer genoss Felix den Tratsch, lachte und schnaubte zwischendurch, bevor er mit seiner Erzählung fortfuhr und den wildesten Teil der Geschichte berichtete. »Sie sagen, er wehrte sich so heftig, dass die Sarazenen ihm einen Eisenkragen um den Hals löteten.«

Juliana vergaß ihre Sorgen, ihre Befürchtungen. Konnte an diesem Gerede etwas dran sein? Unvorstellbar, dass ein stolzer, mächtiger Ritter wie Raymond …, dass ein solcher Mann in Ketten gelegt worden war. Sie schaute zu Dagna hin, aber die blickte unverwandt auf Felix. An ihrem Gesicht ließ sich nichts ablesen, keine Bestätigung, aber auch kein Widerspruch.

»Er wurde verrückt, Euer Lord Raymond«, fügte er schadenfroh hinzu. »Es heißt, dass er immer noch leicht in Raserei gerät …, vor allem wenn man ihm nicht zu Willen ist. Was wird er tun, Euer Lord, wenn Ihr Euch ihm verweigert? Er wird verrückt werden, wird Schaum vor dem Mund bekommen wie ein Hund im Hochsommer, und Ihr werdet Euch nirgendwo verstecken können.« Felix packte Juliana fest am Oberarm. »Er ist wie ein Berserker, das sage ich Euch.«

Die Hand auf ihr pochendes Herz gelegt starrte sie ihn starr vor Schreck an. »Warum erzählt Ihr mir das?«

Felix seufzte. »Weil ich wieder Euer Freund sein möchte. Ich meine es nur gut. Lasst die Vergangenheit ruhen.«

»Glaubt Ihr, das alleine würde genügen? Glaubt Ihr, dass bloße Worte die Narbe heilen können?«

»*Nay*«, versicherte er, wie immer beflissen, seinen Edelmut unter Beweis zu stellen. »Doch ich will mehr tun, als Euch bloß zu warnen. Ich möchte Euch eine Zuflucht anbieten.«

Er lehnte sich zurück, die Hände selbstzufrieden über dem Bauch verschränkt, und Juliana fragte sich, ob nicht *er* verrückt geworden war.

»*Aye*, Juliana, ich biete Euch eine Zuflucht an. Ich werde Euch retten und Euch selbst heiraten.« Sein selbstgefälliger Blick glitt über sie hinweg. »Gewiss zieht Ihr mich einem Verrückten vor.«

Leise, aber entschieden antwortete sie: »*Nay*.«

Unverdrossen fuhr er fort: »Schaut mich an! Ich werde den Großteil meiner Zeit mit meiner Gespielin im Bett verbringen. Sie heißt Anne. Erinnert Ihr Euch an sie?«

Sie nickte wie betäubt.

»Ihr müsstet nur das Kochen und Saubermachen beaufsichtigen, Euch um die Wäsche kümmern und um das Weben … und, äh, für ein oder zwei Erben sorgen, mehr nicht.«

»Welch eine reizvolle Vorstellung«, flüsterte sie.

»Ich dachte mir schon, dass Ihr das zu schätzen wisst.«

Er ließ sich neben ihr nieder, seine Hüfte dicht an ihrer, während sein Arm sich um ihre Taille legte. Welch widerlicher Mensch, dachte Juliana, und ihr wurde klar, dass er sie nie wieder einschüchtern konnte. Sie würde nicht mehr vor seinen aufgeblasenen Drohungen zurückschrecken und sich ducken, wenn er seine Hand zum Schlag erhob. Er war bedeutungslos. Dieser lächerliche kleine Mann war ein Nichts. Er bot ihr die Heirat an, und anstatt schreiend von ihm wegzurennen, gelang es ihr, sich über ihn lustig zu machen.

Felix drängte: »Wir könnten zu meiner Burg gehen.«

Sie ging auf sein Spiel ein. »Glaubt Ihr, dieser Berserker, wie Ihr ihn nennt, würde uns erlauben, durch die Landschaft zu reisen, ohne uns anzugreifen?«

Unsicherheit zeigte sich auf seinem Gesicht. »Wir müssten ihn wohl töten.«

»Den Cousin des Königs töten?« Seine Dummheit schrie wirklich zum Himmel, und unaufhaltsam wallte Ärger über diesen Einfaltspinsel in ihr auf. »Irgendjemand würde dafür hängen müssen. Wer glaubt Ihr, würde das wohl sein?«, fragte sie spöttisch.

»Nun ja, ich jedenfalls nicht«, antwortete er.

Er verstand wirklich rein gar nichts, und wider Willen musste sie lachen.

Beleidigt sagte Felix: »Ihr tut immer so vernünftig, ganz so, als wärt ihr ein Mann.«

»*Nay*«, korrigierte sie ihn. »Mir mangelt es nicht an Ehrgeiz wie manchen Männern.«

Dagna kicherte, aber Felix' Gesicht blieb ausdruckslos.

»Ihr braucht jemanden wie mich«, sagte er. »Nicht einen Mann wie Raymond, der Euch ständig anstarrt und Euch Tag und Nacht begehrt. Er ist ein Tier mit unstillbarem Heißhunger, sagt man. Es heißt …«

Unsicherheit überfiel Juliana. Felix war ein Esel, und doch hatte er mit seinen Worten bei ihr einen empfindlichen Nerv getroffen. »Wer hat so etwas behauptet?«

Er schaute sich um, als ob Meuchelmörder hinter jeder Eichenholzsäule lauerten. »Nun, eine vertrauenswürdige Person. Ein guter Freund, nicht nur meiner, sondern ebenfalls Eurer.« Seine braunen Augen blinzelten sie an. »Jemand, der nur Euer Bestes im Sinn hat.«

Hugh, dachte sie. Hugh hatte solche Gerüchte in die Welt gesetzt. »Glaubt Ihr immer alles, was Ihr so hört?«, fragte sie bitter.

Wider Erwarten schien er diesmal das Missfallen in ihrer Stimme zu bemerken und reagierte mit Verärgerung. »Euer Zynismus macht Euch nicht attraktiv. Kein Ritter wird Euch jemals zur Frau haben wollen.«

»Jedes Mal, wenn ich Meinungen äußere, die über das Begriffsvermögen einer Fußmatte hinausgehen«, sagte sie und trat gegen die Binsen auf dem Fußboden, »haltet Ihr mir vor, ich sei unweiblich. Weshalb sollte ich einen Mann wollen, der so rechthaberisch ist?«

Sein Mund stand weit offen, und er atmete laut aus und ein. »Ihr … Ihr handelt beinahe wie ein Mann.«

»Aber nur beinahe, Felix. Nur beinahe – genau wie Ihr.«

Sie beobachtete ihn, wie sein Kopf ihre spitze Bemerkung zu verstehen suchte. Als er den Hintersinn ihrer Worte endlich begriff, geriet er außer sich und schlug auf sie ein, doch geschickt packte sie ihn. »Miststück! Wertlose Tochter des Teufels!«, schrie er mit quiekender Stimme, die jedes andere Geräusch in der Halle verstummen ließ. »Ich habe Euch die Ehe angeboten, um Eure Schande von Euch zu nehmen. Und Ihr lehnt mich ab, *mich*. Ich werde Euch zeigen, mit wem Ihr Euch da anlegt. Ich werde es Euch beweisen.«

Er versuchte, seine Arme um sie zu schlingen, ihren Kopf gegen seine Schulter zu pressen, sie mit schmallippigen Erstickungsversuchen zu bestrafen, die er Küsse nannte. Dagna sprang helfend hinzu, doch Juliana stieß sie beiseite und schrie: »*Nay*, er gehört mir.«

»Eine reizende kleine Burg.« Isabel, Gräfin von Locheais, zog ihre Reithandschuhe aus, während der Blick ihrer smaragdgrünen Augen abschätzig den Wohnturm streifte. »Wirklich reizend.«

Ihr Ehemann Geoffroi stemmte die Hände in die Hüften und straffte die Schultern. »Natürlich ist es nicht das, was wir gewöhnt sind, nicht wahr, Raymond?«

Mit einem Kopfnicken befahl dieser den Stallburschen, sich um die Pferde zu kümmern. Darauf bedacht, sich keine Gefühlsregung anmerken zu lassen, die seine Eltern gegen ihn verwenden konnten, antwortete Raymond: »Nichts an diesem Ort ist so, wie ich es gewohnt bin, Papa.«

»Das möchte ich wohl annehmen. Sieht ziemlich armselig aus, zumindest bei diesem unfreundlichen Wetter. Selbst Wölfe würden sich kaum die Mühe machen, hier auf Beutezug zu gehen.« Das Gesicht des Grafen war wie aus Stein gemeißelt, und Geoffroi schien sichtlich stolz auf sein Aussehen. Jetzt allerdings zog er in nonchalanter Verachtung die Mundwinkel herab. »Ich dachte, du und König Heinrich, ihr stündet euch immer noch nahe. Ich kann mir nicht vorstellen, dass er dich losgeschickt hat, um einen solch schäbigen Ort wie diese kleine Burg hier zu beschützen.«

Raymond korrigierte ihn. »Er hat mich damit beauftragt, diese Burg zu übernehmen.«

»*Aye*, als er uns das mitgeteilt hat, sind wir auf der Stelle abgereist.« Während sie ihm einen langen, schlanken Finger auf die Wange legte, fragte Raymonds Mutter in vornehmer Verzweiflung: »Sag mir, *mon Petit*, streitest du dich etwa mit dem König? Ich muss dich doch nicht daran erinnern, dass dies nicht gut für die Familie wäre.«

»*Nay*, Mama, musst du nicht.« Raymond lächelte freudlos. »Heinrich und ich streiten uns nicht, zumindest nicht sehr. Immerhin hat er mir meinen innigsten Wunsch erfüllt: Grundbesitz und ein eigenes Einkommen.«

Seine Eltern wechselten bedeutsame Blicke – sie schienen wie immer ihren Überfall sorgfältig geplant zu haben. Es war seine Mutter, die diesmal die Vorreiterrolle übernahm.

»Aber um welchen Preis? Du weißt, wir hätten dir die Einnahmen von Avraché gegeben, wenn du bereit gewesen wärst, auch die Verantwortung dafür zu übernehmen.«

»Wann soll denn das gewesen sein, Mama?«

Sie rang ihre blassen, weichen Hände und stöhnte, ohne auf seinen Einwand einzugehen: »Aber diese … Heirat! Mit einem Niemand, einer Frau, die nicht einmal dem König vorgestellt wurde.«

»Nicht mit einem Niemand, Mama. Mit Juliana.« Indem er ihren Namen aussprach, wurde ihm leichter ums Herz, es war, als hätte er nach einem Talisman gegriffen, der ihn vor dem Gift schützte, das seine Eltern verspritzten.

»Juliana?« Geoffroi zog überheblich eine Augenbraue hoch. »So heißt dieses Provinzgänschen also?«

Raymond holte mehrmals tief Luft, um sich zu beruhigen. Er wusste aus Erfahrung, dass es zu nichts führte, sich über seine Eltern zu ärgern. Sie waren kalt und eigensüchtig, und wenn er seine Beherrschung verlor, dann hatte er schon verloren. Aber zu hören, wie abschätzig sie über Juliana redeten …! »Ich bezweifle, dass du Frauen vom Rang Julianas überhaupt kennst.« Die Überheblichkeit des Sohnes stand der des Vaters in keiner Weise nach. »Sie ist eine vollendete Lady«, sagte er, jetzt einen bezeichnenden Blick auf seine Mutter werfend.

Geoffroi schlug daraufhin Raymond auf den Rücken, und Isabel zog ihn in ihre Arme, hüllte ihn ein in eine Parfumwolke. »*Mon Petit*«, murmelte sie. »Ist sie der Traum einer jeden Mutter?«

»Wie du der Alptraum einer jeden Schwiegertochter bist«, antwortete Raymond und befreite sich aus ihrer Umklammerung, die ihn an Tentakel denken ließ.

»Warte, Sohn!«

Raymond, der soeben davoneilen wollte, hielt inne, als er die Stimme des Vaters hörte, drehte seinen Eltern aber weiter den Rücken zu. »Papa?«

»Wir haben ein kleines Geschenk für dich.«

Um ihn zu bestechen, fragte er sich und wandte sich um. »Tatsächlich?«

Geoffroi schob mit einer raschen Bewegung einen schweren Geldbeutel in Raymonds Hände. »Davon kannst du dir ein ansehnliches Gewand kaufen. Du bist doch nicht etwa so vor dem König erschienen, oder etwa doch?«

Die Arme weit ausgebreitet sah Raymond an seinen Kleidern herab, bevor er den Eltern einen belustigten Blick zuwarf. »Das wäre nicht gut für die Familie, meinst du wohl?«, spottete er.

Der ironische Tonfall entging Geoffroi. »Der König könnte es vielleicht nicht gutheißen.« Sein Blick verweilte auf dem Lederbeutel. »Kauf dir, was du brauchst.«

Raymond wog die Börse in seiner Hand. »Gold«, wiederholte er. Sie dachten wohl, damit könnten sie die Erinnerung an erlittene Ungerechtigkeiten auslöschen und ihn gefügig machen für ihre Pläne. »Ich werde das Gold behalten – und für Juliana davon ein Hochzeitsgeschenk kaufen.« Die Entrüstung seiner Eltern ignorierend deutete Raymond auf die Holzstiege, die zur großen Halle hinaufführte.

»Primitiv.« Geoffroi schnaubte verächtlich. »Primitiv.«

Raymond überhörte geflissentlich die Bemerkung seines Vaters und übersah demonstrativ die missbilligend gekräuselten Lippen seiner Mutter, hielt schweigend die Leiter fest, damit seine Eltern hochklettern konnten. Als sie auf dem Treppenabsatz standen und den geländerlosen Raum um sich herum beäugten, sprang Raymond hinauf, packte sie unfreundlich an den Armen und warnte: »Ihr werdet Juliana nicht verletzen oder euer blaues Wunder erleben, das garantiere ich euch.«

Geoffrois Brustkorb spannte sich sichtbar an. »Nun sieh mal, Junge ...«

»Ich bin kein Junge mehr.« Raymond schaute seinem Vater in das Gesicht, das dem seinen so sehr ähnelte. »Ich bin nicht so herzlos, nicht so heimtückisch und so durchtrieben wie ihr.« Geoffroi versuchte ihn zu unterbrechen, doch Raymond hob das Kinn, und der Vater hielt inne. »Aber ich könnte es sein. Ich hatte schließlich die besten Lehrer.«

»Ach, Raymond.« Isabel klang unsagbar traurig, bevor

ein leichtes Kopfschütteln von Geoffroi sie verstummen ließ.

Er klang schroff, aber aufrichtig, als er sagte: »Unser Sohn hat recht, *ma Cherie*. Wir waren miserable Eltern, und wenn diese Lady die Frau ist, die er heiraten will, dann sollten wir ihn auf jede nur erdenkliche Art und Weise unterstützen.«

Womit er wohl meinte, vermutete Raymond, dass sie herumschleichen würden, um ihre Intrigen zu spinnen, doch es kümmerte ihn nicht. Er würde Juliana in seine Zuneigung einhüllen, damit diese sie wie ein schützendes Polster umgab. Und er würde seinen geliebten Hexen einschärfen, während der Anwesenheit seiner Eltern ein besonders wachsames Auge auf Juliana zu haben. Mit einem kühlen Lächeln öffnete er die Tür und führte sie durch den dunklen Gang. »Juliana ist eine Frau ohne Arglist und die personifizierte Weiblichkeit.«

Ein spitzer Schrei ließ ihn verstummen.

»Was war das?«, fragte Isabel.

»Eine meiner neuen Töchter möglicherweise, die mit ihrem Welpen spielt.« Raymond ging weiter, und Vorfreude erfüllte sein Herz. »Wusstest du schon, dass du jetzt Großmutter bist, Mama?«

Isabel gab ein ersticktes Geräusch von sich. Diese Eröffnung war zu viel für ihre Eitelkeit. Als hätte er es nicht bemerkt, fuhr Raymond fort, seine künftige Frau weiter in den höchsten Tönen zu loben. »Juliana ist sanftmütig und freundlich. Wo auch immer sie geht und steht, da singen die Vögel.« Ein weiterer Schrei hallte von den Mauern wider, dieses Mal näher. »Blumen erblühen.« Er beschleunigte seinen Schritt. »Die Sonne scheint.« Der nächste Schrei klang zornig. Raymond fing an zu rennen und stürzte in die große Halle.

Auf der anderen Seite des Raumes kämpfte Juliana mit dem rotgesichtigen Felix. Raymond wollte hinzuspringen, doch schon hatte sie mit einem mächtigen Schwung ihres Armes einen heftigen Schlag auf der gräflichen Nase gelandet. Knorpel knirschte, Blut spritzte, und Felix fiel brüllend nach hinten.

Mit weit aufgerissenem Mund starrte Raymond seine Braut an, die außer sich vor Wut war. »Fasst mich nie wieder an, oder nicht einmal Euer Hund wird Euch wiedererkennen!«

Hinter sich hörte Raymond die spöttischen Stimmen seiner Eltern.

»Sanftmütig und freundlich?«, gurrte Isabel.

»Süß und weich?«, kicherte Geoffroi. »Wie ähnlich sieht es dir doch, Sohn, deine Walküre als eine Heilige zu beschreiben.«

Juliana hörte die Stimmen, aber es kümmerte sie nicht. Ihre Aufmerksamkeit war voll und ganz auf Felix gerichtet, aus dessen Nase das Blut nur so rann und der laute Verwünschungen ausstieß. Sie betrachtete ihre zitternden Hände. Wozu hatte sie sich hinreißen lassen?

Schon wollte sie sich bei ihm entschuldigen, doch das wäre gelogen gewesen. Obwohl sie ihn eigentlich nicht ernstlich verletzen wollte, bedauerte sie den Schlag nicht. Nein, das hätte sie schon vor Jahren tun sollen.

Ein Dröhnen erfüllte ihre Ohren. Sie spürte, wie sie zurückgestoßen wurde, als Felix sich erneut auf sie stürzte – und von Dagna daran gehindert wurde. Valeska eilte ebenfalls herbei, und sogar Hugh erschien plötzlich auf der Bildfläche. Gemeinsam versuchten sie, den rasenden Felix zu bändigen.

Ein hysterisches Lachen stieg in Juliana auf, aber Lachen und Weinen lagen nahe beieinander. Sie fühlte sich elend und gleichzeitig berauscht von ihrem Triumph: Sie hatte Felix besiegt.

Es war ihr nicht vergönnt, diese Hochstimmung auszukosten, denn plötzlich wurde ihr schwarz vor Augen, und ihr Magen rebellierte. Sie merkte noch, dass jemand sie auffing, und als sie die Augen wieder öffnete, sah sie Raymond, der sie eindringlich und fragend anschaute. Mein Gott, sie durfte sich nicht vor ihm übergeben. Mit letzter Kraft stieß sie ihn beiseite und eilte zur Treppe. Jemand stand ihr plötzlich im Weg, und schockiert blieb sie stehen. Was sie sah, war mehr als erschreckend – Raymonds Gesicht in einer älteren Version und mit Augen, die nicht warm, sondern kalt blickten. Das war zu viel: Mit einem erstickten Laut floh Juliana aus der großen Halle.

10

»Ihr könnt Felix nicht hinauswerfen. Er kann mit seiner gebrochenen Nase nicht reiten.«

Raymond ignorierte Julianas Einwand. »Er sitzt ja nicht auf seiner Nase.«

Sie stemmte ihre Absätze in den Fußboden. »Felix ist harmlos.«

Er drehte sich heftig zu ihr um und fragte: »Warum habt Ihr ihn dann geschlagen?«

»Oh …« Sie trat von einem Fuß auf den anderen und schaute zur Balkendecke der großen Halle hinauf. »Nur um zu beweisen, dass ich es kann, nehme ich an.«

»Wem wollt Ihr das beweisen?«

Sie dachte darüber nach. »Mir selbst.«

Irgendetwas an ihr – ihre freudige Erregung, ihr Strahlen – besänftigte ihn, und er zügelte seinen Zorn. »Dann lasst mich auch beweisen, dass ich ihn schlagen kann.«

»Das ist nicht nötig. Ich habe ihn an seiner schwächsten Stelle getroffen.«

»Seiner Nase?«

Sie grinste. »Seiner Eitelkeit.«

Er lachte laut los, konnte es einfach nicht verhindern. »Freche junge Lady, Ihr ahnt nicht, welche Freude Ihr mir damit macht.«

Geoffroi gab einen sarkastischen Kommentar ab. »Jetzt sprichst du endlich die Wahrheit. Wenn ich daran denke, wie du sie vorher beschrieben hast ... Aber ich hatte deinen seltsamen Humor ganz vergessen.«

»Doch nicht Raymond, mein Lieber«, sagte Isabel. »Er hat gar keinen Humor. Er ist deprimierend ernsthaft.«

Raymond versteifte sich. Seit ihrer Ankunft an diesem Nachmittag hatten seine Eltern nur gestichelt, ihn bedrängt und belagert.

Juliana war trotz allem liebenswürdig geblieben. Jetzt schob sie ihn auf eine Bank nahe beim Feuer. »Lasst mich etwas Wein für Euch holen, Mylord. Das wird Euch entspannen.«

»Ich will mich nicht entspannen. Ich will diesem jammernden Mistkerl zeigen, was passiert, wenn man meine Frau schlecht behandelt.«

Raymonds Stimme wurde lauter, doch Juliana rieb ihm nur gelassen die Schultern und antwortete: »Ich habe es ihm bereits gezeigt.«

»Warum habt Ihr das getan?«, wollte er wissen. »Hat er Euch etwa geraten, mich nicht zu heiraten?«

Ihr erschrockener Gesichtsausdruck war Antwort genug. Er sprang auf die Füße und wollte zu Felix hinübergehen, der nach wie vor auf dem Boden lag. Entschlossen hielt Juliana ihn zurück. »Seid Ihr mit meiner Antwort nicht zufrieden? Noch vor kurzem hätte ich zugestimmt, dass ich Euch nicht heiraten sollte.«

Er schaute auf sie herunter, wie sie da zerzaust und bittend vor ihm stand, und seine Verärgerung ließ nach. »*Aye*, Ihr habt nunmehr Eure Meinung geändert und seid gewillt, den Mann zu heiraten, den der König für Euch ausgewählt hat?«

»Hat sie vielleicht nur so getan, als ob sie nicht wollte, um deinen Appetit anzuregen?«, fragte Isabel hämisch.

»Es war ein hartes Stück Arbeit, Juliana zu überreden. Also komm nicht mit so einem Blödsinn«, herrschte er seine Mutter an. »Außerdem wird sie nicht gerade williger geworden sein, seit sie euch kennengelernt hat.«

Isabel kicherte. »Wie naiv du bist, Sohn.« Zu ihrer Magd gewandt sagte sie: »Stell meinen Stickrahmen hier auf, nahe beim Feuer. Es zieht in dieser Burg. Ihr solltet Wandteppiche aufhängen, Juliana. Sie sind dekorativ und dazu äußerst nützlich. Ich sehe, Ihr lasst Wände einziehen. Sehr modern. Alle schönen Burgen in Europa werden jetzt anders gebaut.«

Julianas Hand legte sich auf Raymonds Arm. »Das habe ich auch gehört.«

Raymond verdrehte bedeutungsvoll die Augen in Hughs Richtung, und dieser vergrub seine Nase in seinem Becher, um sein Lachen zu unterdrücken. Keir, der Feigling, war nirgendwo zu sehen. Raymond sagte: »Juliana ist wie eine wilde Rose, herrlich in ihrem Wuchs und ihrem Duft.«

Isabel hob verächtlich die Nase. »Doch ihre Dornen sind gefährlich.«

»Ich bin kein tollpatschiger Junge mehr«, antwortete Raymond. »Ich weiß, wie man eine Rose pflückt.« Seine Eltern tauschten über seinen Kopf hinweg Blicke und zogen es vor zu schweigen. Raymond spielte indessen mit dem Beutel voller Gold und genoss das einzigartige Gefühl, einen solchen Schatz zu besitzen.

Er schaute sich in der großen Halle um, die ihm mit ihrer zentral gelegenen Feuerstelle und den in Pech getauchten Fackeln nie anders als einladend vorgekommen war. Altmodisch zwar und nicht sonderlich komfortabel, aber sie würde ihm gehören. Wie Juliana. Nun aber schien sie sich verändert zu haben: Seine Eltern mit ihren Pritschen und Fellen, ihren Wandschirmen und der Schar ihrer Bediensteten hatten sie überflutet. Beißender Rauch reizte seine Augen, das Licht flackerte unheilvoll, und der ganze Raum erinnerte ihn an die Unterwelt. Aber das blieb wohl nicht aus, wenn der Teufel und sein Weib persönlich zu Besuch kamen.

Isabel, die sich gerade von einer Magd ihre Stickgarne bringen ließ, fragte die künftige Schwiegertochter: »Juliana, wo sind denn Eure Näharbeiten?«

Juliana schaute auf. »Ich nähe nicht.«

»Tut Ihr nicht?« Isabel räusperte sich. »Ich verstehe.«

Juliana reagierte prompt auf Isabels unausgesprochenen Vorwurf. »Ich ziehe es vor zu weben. Es gefällt mir, zuzusehen, wie der Stoff unter meinen Händen Form annimmt, und das Kleidungsstück zu entwerfen, das ich daraus fertigen will.«

Isabel lächelte mit kühler Höflichkeit. »Wie originell.«

»Zu weben ist weniger kompliziert.« Juliana umarmte Ella und Margery, die auf ihren Gutenachtkuss warteten. »Mit diesen Kindern und den größeren«, sie schaute demonstrativ zu Hugh und Raymond hinüber, »die sich alle um meine Aufmerksamkeit reißen, passt mir diese Arbeit einfach besser.«

»Ihr haltet meinen Sohn für ein Kind?« Geoffroi stocherte mit einem goldenen Zahnstocher in seinen Zähnen herum. »Ziemlich vorlaute Ansichten für eine Frau, aber nichtsdestotrotz muss ich zustimmen. Er handelt oft gedankenlos, wovon seine verhängnisvolle Teilnahme am Kreuzzug beredtes Zeugnis ablegt.«

Raymonds Hände umschlossen krampfhaft den Beutel mit den Goldmünzen. »Bitte, Papa.«

Geoffroi schlug sich mit der Hand vor die Stirn. »Weiß sie es etwa nicht? Bleib ruhig, Sohn, ich werde es ihr nicht erzählen.«

»Was sollte schon schändlich daran sein, das Kreuz zu nehmen, um das Heilige Land von den Ungläubigen zu befreien.« Juliana tätschelte ihre Töchter. »Sagt unseren Gästen bitte Gute Nacht.«

Geoffroi verscheuchte die knicksenden Kinder mit einer Handbewegung. »Da gibt es vieles, was Ihr nicht wisst«, sagte er geheimnisvoll, um ihre Neugier zu wecken.

Doch Juliana schluckte den Köder nicht, der ihr so verlockend angeboten wurde. »Die gemeinste Sklaverei wird geadelt, wenn man sie zum Wohle des Herrn erträgt.«

Raymonds Eltern zogen eine säuerliche Miene, die den Sohn an ihre Reaktionen erinnerte, als sie zum ersten Mal von seiner Absicht hörten, das Kreuz zu nehmen. Damals hatten sie gemeint, das sei unter seiner Würde und nur für Ritter gedacht, die sich Geld oder Erlösung erhofften. Weil sie ihm jedoch die ihm rechtmäßig zustehenden Ländereien weiterhin vorenthielten, war er nach Tunis gereist, um sich dem Kreuzfahrerheer anzuschließen – und hatte den Preis für seinen Mut bezahlt. »Die fromme Denkungsart meiner Braut muss gelobt werden«, sagte er anzüglich.

»Sie kocht gut«, sagte Isabel, die offensichtlich um einen Themenwechsel bemüht war. »Das Mahl war angemessen, wenn man die Bedingungen bedenkt, unter denen sie arbeiten muss.« Sie drehte sich zu ihrem Mann um. »Wir sollten ihnen Gewürze als Hochzeitsgeschenk geben. Vielleicht einige Pfefferkörner. Sie verleihen dem Essen eine besondere Würze und kaschieren den Geschmack von altem Fleisch.«

Juliana setzte sich an ihren Webstuhl, als ob sie nichts gehört hätte, und Raymond murmelte: »Man sieht dir deine Enttäuschung an, Mama.«

»Das Essen war heiß«, lobte Geoffroi. »Ein erstaunliches Kunststück bei diesem Wetter.«

»Heiß? Nun ja, nicht heiß, aber auch nicht kalt.« Isabel betrachtete Juliana mit schräg gelegtem Kopf. »Nicht einmal im Palast des Königs kommt das Fleisch auf den Tisch, ohne in seinem Saft erkaltet zu sein. Wie macht Ihr das?«

Juliana hob das Webschiffchen hoch, ließ ihre Hand über das glatte Holz gleiten und erklärte: »Meine Küche befindet sich im unteren Stockwerk.«

»Im unteren Stockwerk?«

»Im Gewölbe«, stellte Juliana klar, den Blick weiterhin auf das Stoffgewebe gerichtet.

»Das ist ja Wahnsinn! Was ist mit dem Feuer?«, fragte Geoffroi.

Julianas Stimme klang gereizt, als sie antwortete: »Die Sache ist geregelt.«

»Geregelt? Ich finde es schwer zu glauben, dass diese Burg noch nicht ausgebrannt ist.« Geoffroi hob einen Fuß an, als wolle er spüren, ob die Flammen nicht bereits an seinen Zehen leckten.

Juliana stand auf, die Lippen resolut zusammengepresst. »Die Küche befindet sich bereits seit zwei Jahren im unterirdischen Gewölbe, und wir haben noch keine derartigen Vorfälle erlebt.«

»Niemand hat die Küche dort«, sagte Isabel.

»Ich habe sie dort«, antwortete Juliana verbissen.

»In vornehmen Burgen wird das jedenfalls nicht so gehandhabt«, äußerte sich Isabel wie abschließend zu dem Thema, und Geoffroi fügte, an seinen Sohn gewandt, hinzu: »Du wirst sie natürlich von diesem Irrsinn kurieren.«

»Das ist die Entscheidung der Frau«, lautete dessen Antwort.

»Die Entscheidung der Frau?« Geoffrois Empörung schien mit Händen greifbar. »Wenn ein Feuer im Innern solchen Schaden anrichtet, dass die Burg Angreifern wehrlos ausgesetzt ist, was dann?«

Raymond schluckte seinen Unmut hinunter. »Nicht alles kann so bleiben, wie es in deiner Jugend einmal war.«

»Ich sehe schon, worum es hier eigentlich geht. Du bist zu großzügig.« Geoffroi verzog seine Lippen zu einem herrischen Lächeln. »Lass mich dir einen Rat geben. Es zahlt sich nie aus, zu nachsichtig mit einer Frau zu sein.«

Raymond sah seine Mutter an, die andere Hälfte des Gespanns, das ihm das Leben schwermachte. »Das werde ich mir merken«, antwortete er bloß lapidar.

Damit brachte er den Vater erst recht in Fahrt. »Wenn du ein echter Mann wärst, dann würdest du diese Angelegenheit jetzt sofort abklären.«

Wer weiß, was geschehen wäre, doch eine leise, dünne Stimme rettete ihn. »Lord Raymond«, flüsterte Ella, »dürfen wir auf Eurem Schoß sitzen?«

Er sah auf die beiden erwartungsvoll lächelnden Kinder hinab, die nichts ahnten von dem Widerstreit der Gefühle, die gerade in seinem Innern tobten. Sein Vater hatte seine Männlichkeit infrage gestellt, und er wusste nicht, wie er dieser Herausforderung begegnen sollte, ohne Juliana zu verletzen.

Die junge Frau beendete den Konflikt. »Ich gebe nach«, erklärte sie. »Die Küche soll dahin kommen, wo es der Herr des Hauses befiehlt. Nur, bitte …«

Sie rang flehend die Hände. »Lord Raymond, ich bitte Euch nur um eines …«

Er verstand ihre unausgesprochene Bitte. Tut den Kindern nicht weh, wollte sie sagen, indem ihr sie zurückweist. Mit einem breiten Lächeln setzte er sich wieder hin und klopfte auf seine Knie. »Her mit euch«, lud er sie ein und zog sie zu sich hoch. »Siehst du?«, sagte er an den Vater gewandt. »Eine einfache Angelegenheit, ganz leicht geregelt. Lady Juliana wird das tun, was ich befehle, und ich befehle, dass die Küche dort bleibt, wo sie ist.« Er ignorierte das entrüstete Schnauben seines Vaters und fragte Juliana: »Wenn es das ist, was Ihr wünscht?«

Verwirrt und unendlich dankbar stimmte Juliana zu: »Oh … *aye*.«

Isabel zog ihren kurzen Umhang enger um die Schultern und ergriff das Wort. »Raymond, du weißt, dass wir nur dein Bestes wollen. Jetzt, wo wir hier sind, werden wir die Verhandlungen über deinen Ehevertrag führen und den Tag planen, an dem ihr eure Ehegelübde ablegen könnt. Es wird natürlich ein langwieriger Prozess werden.«

»Der Hochzeitstermin ist bereits festgelegt«, antwortete Raymond, und die Muskeln an seinem Hals traten hervor.

Seine Mutter fuhr mit ihrer Näharbeit fort. »Im nächsten Frühling, nehme ich an?«

»Bis dahin kann noch viel passieren«, gab er zurück.

»*Aye*.« Geoffroi schwang seinen Zahnstocher wie ein Schwert. »Viel.«

»Wir werden am Morgen des Dreikönigstages heiraten«, ließ Raymond endlich die Katze aus dem Sack.

»Dreikönigstag?«, rief Ella.

»Das sind ja nur noch zwei Wochen«, sagte Margery erfreut.

»Was für ein Weihnachtsfest das sein wird!« Ellas Augen leuchteten, und die beiden Mädchen kicherten hinter vorgehaltenen Händen.

Juliana sagte kein Wort, aber die Heftigkeit, mit der sie ihren Webstuhl bearbeitete, sprach Bände. Vielleicht hatte sie es nicht gehört. Er konnte nur beten, dass es so war.

»*Mon Petit*«, seine Mutter sprach gedehnt, und er hasste es, wenn sie in diesen überheblichen Tonfall verfiel. »Du warst schon immer so impulsiv. Gewiss möchte deine Braut noch nicht so bald heiraten.«

Juliana hob den Kopf nicht von der cremefarbenen Wolle, doch eine hektische Röte stieg ihren Hals hinauf und brannte auf ihren Wangen. »Laut Befehl des Königs hätten wir schon im Frühling vor einem Jahr heiraten sollen. Welchen Termin wir auch wählen, es wird so oder so zu spät sein.«

Etwas von der Anspannung in Raymonds Brust löste sich. Unabhängig davon, was sie später sagen würde, vor den anderen unterstützte Juliana ihn.

»Ah.« Seine Mutter nickte verständnisvoll. »So viele Mädchen sehnen sich nach dem Moment, wenn sie in eine bedeutende Familie einheiraten und eine höhere gesellschaftliche Stellung erlangen. Raymond ist zu Euch gekommen, und Eure Träume werden erfüllt.«

»Mama.«

Der aufgestaute Zorn in Raymond wollte sich Luft machen, aber Juliana brachte ihn mit einer Handbewegung zum Schweigen. »Ich habe eher den Eindruck, dass ich Raymonds gesellschaftliche Stellung verbessere, denn er kommt schließlich ohne Vermögen oder Landbesitz daher.«

Raymond zuckte zusammen. Eine gute Parade, das musste er einräumen, die allerdings nicht ausreichte, um die dicke Panzerung zu durchdringen, mit der seine Eltern sich umgaben. Stattdessen hatte sie, sicherlich unbeabsichtigt, seinen Stolz getroffen, ihn an den Makel erinnert, dass er außer einem guten Namen nichts besaß.

»Umso besser auch für Euch, wenn Ihr zu Eurem Besitz einen bedeutenden Titel gewinnt«, kicherte Isabel.

»Durchaus nicht. Sein berühmter Name und sein Titel sind ohne Nutzen für mich. Mein Land könnte er auch als unbedeutender Ritter verteidigen.«

Geoffroi lächelte herablassend. »Mein Kind, vielleicht versteht Ihr das nicht. Raymond ist der Cousin des Königs.«

»Der König hat viele Cousins«, erwiderte Juliana und wiederholte damit das, was Raymond ihr erzählt hatte.

»Er ist des Königs *Lieblings*cousin. Sie reiten zusammen aus. Sie jagen zusammen. Heinrich fragt ihn in vielen staatlichen und persönlichen Belangen um Rat.« Geoffroi ging zu seinem Sohn, warf die Arme um ihn und drückte ihn mit ungewohnter Herzlichkeit an sich, als wäre er tatsächlich sein kostbarster Besitz. »Raymond ist einer der einflussreichsten Männer am Königshof.«

Geoffrois überheblicher Tonfall brachte Juliana sichtlich aus der Fassung. Sie suchte Raymonds Blick, fragte ihn ohne Worte nach der Wahrheit. Verlegen zuckte er die Achseln und streckte die Hände aus, die Handflächen nach oben gerichtet.

»Des Königs liebster Cousin?«, wiederholte Juliana langsam, woraufhin Raymonds Eltern sogleich über allerlei bedeutsame und nebensächliche Dinge im Königreich zu schwatzen begannen.

»Er ist auch der Cousin von Königin Eleanor.« Isabel hob eine Augenbraue. »Wusstet Ihr das nicht?«

Juliana war wie betäubt. Einen solchen Mann, der allerhöchsten Kreisen entstammte, hatte sie also mit Bauarbeiten beauftragt. Und ihn herumkommandiert.

»Eleanor von Aquitanien ist eine bedeutende Frau«, hörte sie Isabel dozieren, »eine mächtige Frau, eine echte Herrscherin.« Isabel schlug sich mit den Händen auf den flachen Busen.

»Die aber einen ziemlichen Wirbel um Heinrichs neueste Geliebte macht«, ergänzte Geoffroi. »Dabei ist sie wieder schwanger. Was kann sie sich mehr wünschen?«

»Krieg«, warf Raymond ein. »Krieg, falls Heinrich ihr nicht etwas mehr Respekt zollt.«

»Krieg?«, lachte Geoffroi. »Krieg? Wie könnte eine Frau Heinrich bezwingen, den Herrn von England und halb Frankreich?«

»Sie hat Söhne.«

»Die sind noch jung«, argumentierte Geoffroi.

»Sie werden heranwachsen.« Raymond drosselte seine Feindseligkeit ein wenig. »Der junge König ist zwölf. Er ist eitel, streitlustig, und er hasst seinen Vater. Richard ist neun und verspricht ein ebenso großer Kämpfer zu werden wie Heinrich. Er ist Eleanors Liebling, und auch er hasst seinen Vater. Dann ist da noch Geoffrey, der zwar erst acht, aber zu intelligent ist, um die ständige Vernachlässigung durch den König zu akzeptieren, also hasst er seinen Vater ebenfalls. Falls dieses Kind, das Eleanor trägt, wieder ein Junge ist und Heinrich seine Frau weiterhin so respektlos behandelt, dann ist die Saat für Jahre der Rebellion gesät.«

»Die Prinzen sind für so etwas noch nicht reif«, wandte Geoffroi ein.

»Noch nicht.« Lang gezügelte Verbitterung brach aus Raymond hervor. »Noch nicht. Aber glaub mir, ich weiß genau, wie sich ein vom Vater vernachlässigter Junge fühlt. Heinrichs Söhne haben von ihrer Mutter zudem ein südländisches Temperament geerbt und werden sich für die Jahre der Nichtbeachtung am Vater zu rächen wissen. Außerdem erhalten sie Eleanors Vermögen – Geld genug also, um gegen Heinrich Krieg zu führen. Eine gefährliche Kombination.«

Geoffroi zog es vor, das Thema zu wechseln. »Der Unsinn mit diesem Sohn eines Sheriffs wäre gar nicht passiert, wenn Raymond an Heinrichs Seite gewesen wäre.«

Sichtlich beeindruckt von den Beweisen der Vertrautheit zwischen dem König und ihrem Verlobten stammelte Juliana: »Meint Ihr das Exil des Erzbischofs von Canterbury?«

»Manche nennen ihn Thomas Becket«, antwortete Geoffroi verächtlich. »Er ist bloß ein einfacher Bürger, den Heinrich erst zum Kanzler gemacht hat, dann zum Erzbischof, aber eigentlich ist er ein undankbarer Mann.«

»Das sehe ich nicht so, Papa.« Raymonds Miene spannte sich an, und die Ähnlichkeit zwischen Vater und Sohn trat noch deutlicher hervor. »Ich hielt Thomas für einen herausragenden Staatsmann mit einem Verstand, wie man ihn so leicht nicht findet.«

Geoffroi versteifte sich. »Ihr beide, du und Heinrich, habt die verhängnisvolle Neigung, Männer nach ihren Verdiensten zu bewerten und nicht nach ihren Titeln. Ist dir immer noch nicht klar, dass Adelige von Natur aus überlegen sind? Gott hat es so gewollt.«

Raymond beugte sich vor, die Hände auf seinen Knien. »Du äußerst solch fromme Überzeugungen doch bloß, um deine eigene Vorrangstellung festzuschreiben.«

Mit stolzgeschwellter Brust antwortete Geoffroi: »Ich bin Erbe einer der bedeutendsten Familien der Normandie und anderer Teile Nordfrankreichs. Deine Mutter wiederum entstammt alten Geschlechtern aus dem Angoulême und dem Poitou. Unsere Ländereien erstrecken sich viele Morgen weit über Hügel, Felder, Wiesen und Wälder. Kannst du dir auch nur einen Moment lang vorstellen, dass wir nicht beinahe jedem Lebewesen auf dieser Erde überlegen sind?«

Ironisch warf Raymond ein: »Mit Ausnahme des Königs natürlich.«

»Durch uns bist du sowohl mit dem König als auch der Königin verwandt.« Geoffroi verschränkte die Hände hinter seinem Rücken und marschierte zu einem Platz außerhalb des Feuerscheins. »Ich würde nicht sagen, dass wir dem König überlegen sind, natürlich nicht, oder der Königin, aber unser Haus besteht schon seit alters her, während ihre Dynastie noch recht jung ist.«

Raymond wunderte sich einmal mehr, dass Hochmut und Arroganz seines Vaters immer noch gesteigert werden konnten.

Beschwingt von den Höhenflügen ihres Ehemanns ergänzte Isabel: »Du bist die Frucht unserer Lenden, das perfekte Ergebnis einer perfekten Verbindung.« Sie blickte zu Juliana hinüber und ließ bekümmert ihren Kopf sinken. »Wunderst du dich da, dass wir nur das Beste für dich wollen?«

Eine peinliche Stille drohte sich auszubreiten, bis die kleine Ella plötzlich begeistert rief: »Deshalb hat der König Lord Raymond auch unsere Mama gegeben. Er wollte nur das Beste für ihn.«

Margery nickte feierlich. »*Aye*, das stimmt. Können wir Euch jetzt Papa nennen?«

Bevor er antworten konnte, hatte Ella schon ihre Arme um Raymonds Hals geworfen und ihm einen lauten, feuchten Kuss auf die Wange gedrückt. »Dürfen wir?«

Raymond schaute Ella an, diesen Kobold mit den blitzenden Augen und dem verschmitzten Lächeln, der ihn von ganzem Herzen willkommen hieß. Er sah zu Margery hin, die alt genug war zu verstehen, was die boshaften Worte seiner Eltern bedeuteten, und doch strahlte sie ihn an. Von der aufrichtigen Zuneigung der beiden entwaffnet, antwortete er: »Es wäre mir eine Ehre, wenn ihr mich Papa nennen würdet.«

»Wir sind deine Eltern«, wandte Isabel ein. »*Wir sind* diejenigen, die dich lieben.«

»So wie der Teufel das Weihwasser liebt.« Raymond stellte die Mädchen wieder auf ihre Füße. »Ab ins Bett mit euch beiden. Morgen wird ein arbeitsreicher Tag werden.«

Margery knickste. »*Aye*, Papa.«

Ella folgte ihrem Beispiel. »Gott beschütze dich bis zum Morgen, Papa.«

Isabel schrie: »Du hörst auf, diese beiden kleinen …«

Geoffroi legte ihr schwerfällig die Hand auf die Schulter, und Isabel verstummte augenblicklich, während Dagna die Mädchen in eine entlegene Ecke führte. Sie würde sie beschützen, das wusste Raymond.

»Du hast immer noch diese Hexen bei dir, wie ich sehe.« Isabel konnte es nicht lassen, Gift zu verspritzen.

»Du erkennst sie also wieder, *chère Maman*?«, fragte Raymond.

»Wie kindisch, *mon Petit*.« Isabel holte zu einem neuen Schlag aus. »Falls du darauf bestehst, die da zu heiraten«, sie deutete auf Juliana, »dann werde ich dir deinen Titel und alles, was dazugehört, wegnehmen.«

Raymond stand auf und streckte Juliana die Hand entgegen, die zu seiner Erleichterung ohne Zögern zu ihm kam. »Du willst also, dass ich den Befehl des Königs missachte?«

Geoffroi wischte diesen Einwand mit einer abfälligen Geste beiseite. »Der König wird seine Weisungen für genügend Geld schon ändern.«

»Ich kann nicht glauben, dass ihr diese Methode nicht bereits ausprobiert habt«, wandte Raymond ein.

Mit einer majestätischen Kopfbewegung antwortete Isabel: »Heinrich legt eine lächerliche Entschlossenheit an den Tag, dich verheiratet zu sehen. Aber wenn du ihn bitten würdest, dich von dieser Pflicht zu entbinden …«

»Seid ihr deshalb gekommen? Um mich davon zu überzeugen, die Freiheit aufzugeben, die ich hier gefunden habe, und zu euch in die Sklaverei zurückzukehren?« Raymond lachte unfroh und schüttelte den Kopf. »Du beleidigst meine Intelligenz, Mama.«

Geoffrois Lippen verzogen sich zu einem leichten Lächeln. »Falls du in diese unzivilisierte englische Familie einheiratest, dann wirst du auf keiner unserer Ländereien mehr willkommen sein.«

Blind vor Wut drehte Raymond ihm den Rücken zu und zog Juliana in Richtung ihrer Bettecke. Sie zögerte nur einen Moment, dann folgte sie ihm.

Schwer atmend setzte Isabel zum letzten Schlag an. »Falls du diese ungehobelte Landpomeranze heiratest, dann werde ich die Ländereien von Avraché der Kirche vermachen.«

Obwohl Schmerz und Enttäuschung ihn zu überwältigen drohten, schaffte er es, sich umzudrehen und scheinbar gelassen seinen Eltern eine Abfuhr zu erteilen. »Macht, was ihr wollt. Ich heirate Lady Juliana am Morgen des Dreikönigstages vor dem Altar.«

»Raymond«, jammerte Isabel ungläubig. »Raymond!«

Er ignorierte seine Mutter und rief: »Valeska! Ich will jetzt eine Wanne voll Schnee. Juliana, zieht den Wandschirm um das Bett und sorgt dafür, dass niemand uns stört.«

Sie entsprach seinem Wunsch, um diese boshafte Frau, die seine Mutter war, seinen Blicken zumindest fürs Erste zu entziehen. »Wie konntet Ihr bloß so ein anständiger Kerl werden?«, murmelte sie.

»Lord Peter Burke, der mich aufzog, gebührt das Verdienst.« Raymond versuchte zu lächeln. »Bis ich zum Ritter geschlagen wurde, kümmerten sich meine Eltern überhaupt nicht um mich, weder im Guten noch im Bösen. Ihr Interesse erwachte erst später.« Raymond hockte sich auf die Bettkante und ließ seinen Blick schwermütig durch den Raum schweifen, als ob er etwas Verlorenes suchen würde. Ob er wohl an seinen Titel und das Land dachte?

Sie trat eilig zu ihm und bedeckte seine Hände mit ihren eigenen. »Werden sie es wirklich tun?«

Sein Gesichtsausdruck war grimmig. »Macht Ihr Witze?«

Natürlich würden sie es tun, dachte Juliana. Schon ein Tag in ihrer Gesellschaft genügte, um sie davon zu überzeugen. Sie hätte gerne ihre eigenen Ländereien als Entschädigung angeboten, aber Raymond war kein Kind, das man mit einem Ersatzspielzeug trösten konnte. Obwohl er niemals von Avraché sprach, wusste sie doch, dass er sich nach eigenem Land sehnte.

Trotzdem versuchte er es sich nicht anmerken zu lassen. Scheinbar gleichgültig zuckte er die Achseln. »Ich habe noch nie zwei Münzen gleichzeitig in meiner Tasche gehabt. Welchen Unterschied macht es da schon, wenn ich weiterhin arm wie eine Kirchenmaus bin?«

Raymond brauchte sie, und sei es, um aus dieser verzweifelten Situation seiner Besitzlosigkeit herauszukommen. Aber war das das Einzige, was diesen gut aussehenden Höfling an ihrer Seite hielt? Sie spürte, dass sie fast so etwas wie Besitzerstolz zu entwickeln begann – und es war ihr peinlich.

Sie setzte sich neben Raymond. »Seid Ihr wirklich der bevorzugte Ratgeber des Königs?«

Beschämt, aber ehrlich antwortete er: »Nun ja, Heinrich ist extrem starrsinnig und hört nicht auf viele. Ich sage es ihm, wenn er sich wie ein Narr verhält.«

»Ihr nennt ihn einen Narren?« Raymond nickte. Erneut beschlich sie ein leises Gefühl von Stolz auf diesen Mann, der bald ihrer sein würde.

Ihr Raymond. Bestürzt zuckte sie zusammen.

So viel hatte sich seit gestern in ihr verändert, seit sie um seine wahre Identität wusste. Sie war wütend gewesen, dann entsetzt und vor allem verletzt. War sie auch überrascht? Nicht wirklich. Irgendwann hatte sie bereits an eine adelige Abkunft zu glauben begonnen, und die Enthüllungen bestätigten ihr nur, dass sie mit ihren Vermutungen den Nagel auf den Kopf getroffen hatte. Aber wann hatte sie angefangen, von ihm als »ihrem Raymond« zu denken?

Der Mann neben ihr zeigte jetzt ein schiefes Grinsen. »Vielleicht ist es keine gute Idee, mich zu heiraten.«

»Ich habe nie gedacht, dass es eine wäre«, gab sie zurück.

Er ließ ein Lachen ertönen und griff nach ihrem Kinn.

»Ausgezeichnet, Mylady! Ihr habt heute Morgen diesen Flegel besiegt und Euch mit einem einzigen Schlag ein Stück Freiheit errungen.«

Juliana dachte an Sir Joseph und antwortete: »Ich wünschte, alles wäre so leicht.«

»Selbst eine lange Reise beginnt mit einem ersten Schritt.«

»Glaubt Ihr, dass ich ... mutig war?«

»Mutig? Einen Mann zu schlagen, der als Ritter ausgebildet ist und sei es auch noch so ungenügend?« Die Dunkelheit tauchte sein Gesicht in tiefe Schatten, auf die gelegentlich ein ferner Schein der Fackeln fiel. Seine Stimme klang rau. »Mutig ist gar kein Ausdruck für das, was Ihr getan habt. Genießt Euren Sieg, und ich werde die Angelegenheit mit Felix für Euch beenden.«

Juliana drehte sich um und sah Valeska mit zwei kräftigen Burschen näher kommen, die eine mit Schnee gefüllte Wanne heranschleppten.

»Ah, Valeska, vielen Dank. Das wird heilen, was mich plagt«, sagte Raymond und erntete fragende Blicke der Knechte. Selbst seine alte Dienerin hob nur die Schultern, stellte jedoch keine Fragen, was eine Wanne voller Schnee in einer winterkalten Burg sollte. Sie warf die Felle auf dem Bett zurück und schob einen heißen, in ein Stück Stoff gewickelten Stein unter die Federbetten und Decken. »Das wird Eure Beine warm halten, Mylady.« Zu Raymond gewandt sagte sie: »Eure Eltern beanspruchen die besten Plätze am Feuer für sich. Geoffroi hat dem kleinen Lord gesagt, er soll mit dem Jammern und dem Betasten seiner Nase aufhören. Jeder Mann, der von einer Frau geschlagen wurde, müsste wenigstens so viel Anstand aufbringen, sich deswegen zu schämen.«

Sie grinste Juliana an, und Raymond entspannte sich sichtbar, während er seine Schuhe wegkickte. Er löste die Bänder, die seine Beinkleider hielten, und zog diese herunter. »Du solltest meinen Vater mit seinem Titel anreden«, sagte Raymond. »Er wird dich sonst noch wegen Respektlosigkeit verprügeln.«

»Ich respektiere ihn ja auch nicht.« Valeska hob die Hosen auf.

»Du kannst es dir nicht leisten, weitere Zähne zu verlieren, denn mein Vater ist keiner, der das Alter ehrt.« Raymond zog Umhang und Wams aus und reichte beides Valeska.

Sein Leinenhemd, im Laufe der Zeit ganz dünn geworden, lag eng an seiner Brust an und ließ die vernarbten Spuren von Peitschenhieben durchschimmern.

Die Burschen, die noch immer herumstanden, starrten entsetzt auf diese Zeugnisse früherer Misshandlungen, doch Valeska scheuchte sie entschlossen weg. »Macht, dass ihr weiterkommt, ihr Nichtsnutze.« Die Burschen eilten davon, und die alte Frau murmelte: »Man könnte meinen, die hätten noch nie eine Narbe gesehen.« Sie vertraute Juliana an: »Allerdings hätten ihn diese Hiebe ohne meine Kräuter umgebracht.«

Raymond begegnete Julianas Blick mit einem ironischen Lächeln und zog sein Hemd aus. Die Narben waren in der Tat schrecklich: tief, mit weiß gezackten Rändern und roten Flecken. Eine besonders große zog sich um seinen Hals – die Erinnerung an die Schauergeschichten, die Felix ihr erzählt hatte, kehrte zurück. Es schien doch etwas Wahres daran zu sein. Konnten diese Male von einem Eisenkragen stammen? Empörung stieg in ihr auf. Hatte es wirklich irgendjemand – cin Ungläubiger gar – gewagt, diesen großartigen Mann in Ketten zu legen? Sie zitterte allein bei diesem Gedanken.

»Kommt«, sagte er weich und streckte die Arme aus. »Eure Augen sehen aus wie die eines schläfrigen Kindes. Kuschelt Euch in die Decken. Ich werde mich nach meinem Bad zu Euch gesellen.«

Schlagartig schien sie wach zu werden. »Euer Bad?«

Er nickte in Richtung der Wanne voller Schnee. »Dort.«

Sie schaute ihn nur voller Unverständnis an und beobachtete gleichzeitig, wie er sich seine Brust rieb, konnte ihre Augen nicht von den langsamen Bewegungen seiner Hand losreißen. Sie fühlte ein Prickeln und hätte ihn am liebsten selbst gestreichelt.

Sich ihrer Aufmerksamkeit nunmehr vollends bewusst zog Raymond sich weiter aus, bis er nackt und mit Gänsehaut vor ihr stand. Juliana wollte ihn eigentlich nicht anstarren, schaffte es aber nicht, ihren Blick von seinem vollendeten Körper abzuwenden. Seine Haut wies einen dunklen Ton auf, zweifellos ein Erbe seiner südfranzösischen Vorfahren, während er seine Größe mit Sicherheit den Wikingern verdankte, die vor langer Zeit in Nordfrankreich gelandet waren und dort ihr normannisches Königreich begründeten. Seine starken Muskeln zeugten von dem harten Training, das er als Ritter zweifellos absolvieren musste.

»Ich würde das heute Abend eigentlich nicht tun, aber …«, er tauchte den Kopf in die Wanne ein und rieb sich Schnee in die Haare, »wegen meiner Eltern fühle ich mich irgendwie schmutzig. Ich habe von Schnee geträumt, weiß, rein und kalt, der auf der Haut schmilzt und mich reinigt.«

»Das kann ich verstehen«, sagte sie und setzte dann provozierend hinzu: »Ich habe mich gestern Abend genauso gefühlt, als der echte Burgbaumeister eintraf.«

»Dafür wüsste ich ein Heilmittel.« Er warf ihr eine Handvoll Schnee zu. »Wollt Ihr mir nicht Gesellschaft leisten?«

»*Nay*«, kreischte sie. »Ich bin doch nicht verrückt.« Lachend griff er nach ihr. »Vergebt Ihr mir meine schlimme Täuschung?«

Er kam auf sie zu, stand vor ihr, stolz und ungebeugt. Was bedeutete schon ihre Kränkung angesichts dessen, was diese schrecklichen Eltern mit ihrem einzigen Sohn und Erben anstellten, die keine Gelegenheit ausließen, ihn mit allen Mitteln zu verletzen und zu demütigen?

Während sie noch zögerte, sprang er auf sie zu, und sie antwortete hastig: »Ich vergebe Euch.«

Er presste den Schnee in seinen Fäusten ein wenig zusammen und scherzte: »Güte erfreut sich an der Vergebung.«

»Ich bin erfreut«, versicherte sie ihm.

»Ihr seid zu gütig«, antwortete er spöttisch.

»Ich weiß.«

Wieder hob er scherzhaft drohend eine Handvoll Schnee, und sie schreckte zurück, bis sie sah, dass er seine Schultern damit einzureiben begann, danach seine Brust, seine Rippen und Hüften …

Juliana schlüpfte völlig angezogen unter die Decken und schloss die Augen, um die Bilder auszusperren, die sie da zu sehen bekam. Aber sie hielt es nicht lange aus. Wieder ließ sie ihren Blick auf ihm ruhen, musterte seinen Körper – und zog unwillkürlich Vergleiche mit ihrem mageren, kindlichen Ehemann. Es war leicht, die Annäherungen eines Mannes zu verschmähen, wenn man nie wirklich in Versuchung kam. Um sich von der personifizierten Verführung vor ihr abzulenken, brachte sie das Gespräch auf den untreuen König zurück. »Habt Ihr ihn gescholten, weil er Eleanors Stolz verletzt?«

Er hielt bei seiner kalten Waschaktion inne und fragte: »Wie bitte? Wen?«

»Den König. Habt Ihr ihn gescholten, weil er Eleanor demütigt?«

»Oh.« Er nahm eine weitere Handvoll Schnee und rieb damit seine Oberschenkel ab. Seine langen, geschmeidigen, muskulösen Schenkel. »*Aye*, ich habe ihn gescholten.«

Sie presste so lange die Handballen auf ihre Augen, bis sie nur noch bunte Sternchen sah. »Vielleicht hat er Euch deshalb die Erbin einer eher ärmlichen Burg zugedacht.«

»Ihr messt den Worten meiner Eltern zu große Bedeutung bei. *Nay*, das war nicht der Grund. Heinrich hat diese Ehe arrangiert, lange bevor er sich über mich ärgerte. Diese Burg ist wichtig für die Verteidigung seines Reiches, und uns wird sie gut versorgen, bis ich das Erbe meiner …«

Er verstummte, sie schaute auf, und er deutete mit dem Kopf auf das Paar jenseits des Wandschirms. »Ist Euer Erbe so groß, wie sie behaupten?«

»*Aye*, aber das nutzt mir nichts – zumindest nicht so lange, wie sie da sind. Und diese beiden Teufel werden ewig leben, fürchte ich.«

Fahrig kämpfte Juliana mit den vielen Polstern und Decken, um eine bequeme Position zu finden. Tatsächlich aber war es sein Anblick, der sie unruhig werden ließ. Die langen Muskeln seiner Schenkel spannten sich an, die Zehen krümmten sich, und seine Zähne klapperten, während er sich weiter mit Schnee abrieb. »Bei uns in der Normandie ist es üblich, sich auf diese Weise zu reinigen. Vermutlich haben unsere Vorfahren diese Sitte einst aus dem hohen Norden mitgebracht. Vielleicht war es ursprünglich auch eine rituelle Reinigung vor wichtigen Ereignissen. Jedenfalls ist es erfrischend, und Ihr solltet es wirklich einmal versuchen.«

»Möge die Heilige Jungfrau das verhindern«, antwortete sie inbrünstig.

Er ließ ein warmes Lachen hören, das tief in seiner Brust entstand. Sie liebte dieses kehlige Geräusch mittlerweile, weil es sie von innen her wärmte.

Er schüttelte die geschmolzenen Tropfen ab und griff nach seinem Umhang, um sich schnell damit trocken zu reiben. Als er auf sie zukam, wich sie angesichts seiner Größe, seiner faszinierenden Nacktheit ein wenig zurück. Er roch unwiderstehlich nach Sauberkeit und frischer Luft. Verwirrt und aufgewühlt atmete sie tief durch.

»Rutscht zur Seite«, befahl er, schob sie Richtung Wand und kroch zu ihr unter die Decken. Mit ihm kam die Kälte, und sie spürte, dass er sich nach Wärme sehnte, nach der Hitze und Glut ihres Körpers. Sie stopfte die Bettdecke eng um seinen Hals und schimpfte lahm: »Das war doch verrückt. Ihr seid ja völlig durchgefroren.«

Sie sahen sich an, die Gesichter auf dem Federkopfkissen einander zugewandt. Er war so attraktiv, dass es ihr beinahe den Atem raubte. Ihre Lippen öffneten sich: Sie wollte ihn kosten, wollte herausfinden, ob er ebenso herrlich schmeckte, wie er roch. Sie wollte ihn küssen, doch ihr Mut löste sich mit einem Schlag in Luft auf.

Er war in ihr Bett gekommen, nur um es seinen Eltern zu beweisen, nur um ihnen eins auszuwischen und ihnen klarzumachen, dass sie – Hochzeitstermin hin oder her – längst seine Frau war. Wie ein kleiner Junge, der der Obrigkeit eine lange Nase zeigt und sagt: »Seht ihr? Ihr könnt mir nichts anhaben.«

Sie wusste das. Aber sie vermutete auch, dass er zu ihr gekommen war, weil er Trost erwartete. Zuwendung, die ihn die durch seine Eltern erlittenen Verletzungen vergessen ließ. Und sie war die Person, ihm das alles zu geben. Allerdings um welchen Preis? Noch waren sie nur verlobt, doch allein in diesem großen Bett. Wenn sie ihn berührte, was ihr gewiss nicht unangenehm war, so nahm er das bestimmt als Aufforderung, alles von ihr zu verlangen. Wollte sie das schon? Feigling schalt sie sich und dachte an Sir Joseph, der sie immer so geschimpft hatte: einmal Feigling, immer Feigling.

Raymonds Stimme riss sie aus ihren Gedanken.

»Schämt Euch. Statt mit mir zu schimpfen, solltet Ihr mich lieber pflegen – mich vielleicht mit Zaubertränken behandeln.«

»Ich setze mehr Vertrauen in die Macht des Gebetes.«

»Dann bete ich, dass Ihr endlich näher rückt.«

Unter den Decken tastete sich ihre Hand vor, als habe sie sich verselbständigt. Vorsichtig legte sie sich auf seine Taille und schreckte zurück vor der Kälte seiner Haut. Er lag reglos da, beobachtete Juliana bloß mit seinen unergründlichen Augen, in denen Lichtpünktchen tanzten. Er lächelte befreit von aller Zurückhaltung, richtete sich auf und beugte sich über sie.

Sie spürte sein heißes Begehren. In der Hütte hatte sie sich davor gefürchtet wie eine unerfahrene Jungfrau. Jetzt kamen ihr Bedenken anderer Art. Wie konnte sie einen Mann zufriedenstellen, der wie Sternenstaub und Mondstrahlen aussah? Eine Frau wie sie, die zudem von einem Alptraum aus ihrer Vergangenheit verfolgt wurde.

Doch als seine Lippen die ihren berührten, da versank alles um sie herum. Kein Kämpfen, kein Zurückweichen. Sie ließ es einfach geschehen und reagierte so, wie sie es von ihrem kränklichen Ehemann kannte.

Doch was für diesen gereicht hatte, konnte für einen Mann wie Raymond nicht genug sein. Nach einer Weile ließ er von ihr ab und warf sich zurück auf das Kissen. »Gefalle ich Euch nicht?«

»Mir nicht gefallen ...?«

Er verschränkte die Arme vor seiner Brust und sah aus wie ein beleidigter Junge. »Warum haltet Ihr dann Eure Lippen so fest verschlossen, wenn ich Euch küsse?«

»Wie sollte ich sie denn sonst halten?« Sie lachte verlegen. »Offen?«

Sein Kopf drehte sich wieder zu ihr hin. »Das ist die übliche Art und Weise.«

Mit einer erschrockenen Bewegung richtete sie sich kerzengerade auf und rief: »Sagt doch so etwas nicht.«

Er schien zwischen Belustigung und Ungläubigkeit zu schwanken. »Es ist die französische Art.«

»Die Franzosen essen auch Schnecken«, gab sie gekränkt zurück.

Sein unterdrücktes Lachen allein war schon verführerisch. »Es gibt aber ebenfalls wirklich angenehme französische Sitten.«

Sie rang offenbar mit sich, doch schließlich gewann ihre Neugier die Oberhand. »Küsst Ihr auch so?«

Er antwortete nicht direkt, nur seine Augenlider schlossen sich genießerisch. »Französische Frauen küssen auf diese Art. Sie sind wahre Expertinnen.«

Raymond erschien ihr wie ein Traumbild, dem sie begegnete und das dann wieder verschwand – das sie aber in ihrem Herzen stets bewahren würde. Wenn er nur eine Illusion, ein Fantasiegebilde war, dann konnte sie ihn eigentlich ohne Angst berühren. Vielleicht …

Als sie ihre Hand auf seinen Hals legte, griff er danach, bevor sie die schreckliche Narbe berühren konnte, die der Eisenkragen in seine Haut eingekerbt hatte. »Nicht. Ich mag es nicht – ich fühle mich dann irgendwie so eingeengt.«

Verlegen biss sie sich auf die Unterlippe, doch er legte ihre Hände stattdessen auf seine Brust und sagte: »Hier, berühr mich lieber hier.«

Mit einem schiefen Lächeln, das seine innere Anspannung nicht zu verbergen vermochte, führte er ihre Finger durch das dichte schwarze Haar, das sich auf seiner Brust kräuselte – es war von seltsamer Struktur, und die Berührung beruhigte und verwirrte sie gleichermaßen.

Sie wollte ihn küssen.

Sie konnte es nicht. Niemals hatte sie je so geküsst, wie es die Stallburschen und Milchmägde taten, die sie gelegentlich heimlich beobachtete. Niemals war sie von einem richtigen Liebhaber geküsst worden, selbst während ihrer Ehe nicht. Die Küsse des schwächlichen Jungen, an den ihr Vater sie verheiratet hatte, unterschieden sich nicht von jenen, wie man sie sich im Familien- oder Bekanntenkreis gab. Und jetzt diese seltsame Methode, zu der Raymond sie drängte? Niemals. Oder doch?

Vorsichtig streckte sie sich neben ihm aus, damit er seinen Arm um sie legen konnte. Das Gefühl, seinen Körper neben ihrem zu spüren, war weder aufdringlich noch fordernd, sondern zeugte von unendlicher Geduld, und dies verlieh ihr Mut. Sie legte ihre Wange an seine. »Lord Raymond«, flüsterte sie.

»Lady Juliana?«, kam es leise zurück.

»Lord Raymond, vielleicht klingt das unhöflich oder sogar fordernd …« Sie konnte es nicht tun, konnte es einfach nicht.

»Fordert, was Ihr wollt.«

Er beobachtete sie eindringlich und sah mehr, als er sollte. »Es ist nichts.« Sie versuchte, von ihm wegzurücken, aber er hielt sie fest.

»Zu Euren Diensten, Mylady.«

Eine Floskel, wie sie von Rittern häufig benutzt wurde – aus seinem Mund und mit seiner dunklen Stimme ausgesprochen klang sie hingegen wie ein Versprechen.

»Ich würde Euch gerne küssen.«

»Ich wäre … geehrt.«

Geehrt? Geehrt war nicht das, was er eigentlich sagen wollte, nahm sie einmal an. Sie fuhr mit der Zunge über ihre Lippen, um sie anzufeuchten, holte tief Luft, stürzte sich auf ihn wie ein Raubvogel – und hielt voller Panik inne. Was sollte sie um Himmels willen als Nächstes tun?

Raymond, der Julianas Verunsicherung spürte, legte jetzt seine kalten Lippen auf ihre und brachte ihr behutsam Schritt für Schritt bei, wie man küsste. Sie ließ ihn erst gewähren, um ihn dann sogar zu ermutigen, bis er ihren süßen Mund ganz zu erobern suchte. Sie zuckte zurück, doch er drängte sie ohne Worte zum Weitermachen. Mit einem Keuchen riss sie sich von ihm los und starrte ihn aufgewühlt an.

Er berührte ihren Mund mit einem Finger. »Noch einmal«, schlug er vor. Dieses Mal fand sie es schon weniger seltsam – mehr noch, es gefiel ihr, und als seine Zunge die ihre fand, antwortete sie mit unerwarteter Hingabe und Begeisterung.

Er stöhnte wohlig und überrascht auf. Seine Brust hob und senkte sich, als ob er nach den Bändern an der Seite ihres Überkleids griff. »Was haltet Ihr jetzt von den Franzosen?« Er hatte sie aus dem Kleidungsstück gelöst, bevor ihr klarwurde, was er eigentlich tat. Dann saß sie im Hemd da, das kaum weniger dünn war als seines und ihre Brustwarzen deutlich hervorteten ließ. Er beugte sich zu ihr hinunter, um eine in den Mund zu nehmen und zu liebkosen.

Hitze durchzuckte ihren Körper, und das Feuer in ihrem Blut schien sie zu versengen. Sie geriet außer Kontrolle, wusste kaum, was sie tat, wo sie war. Sie vergrub die Finger in seinen schwarzen Haaren und ließ es geschehen. Alles … Sie spürte eine heiße Empfindung in ihrem Schoß, die sie noch nie erlebt und von der sie nichts geahnt hatte. Es war pure Lust, verboten zwar und doch absolut herrlich.

Das verwirrende Gemisch zwischen Leidenschaft und Angst, zwischen Verlangen und Abscheu ließ Juliana aufstöhnen, sodass Raymond ein wenig von ihr abrückte. »Ihr seid sehr empfindsam, aber das muss Euch nicht peinlich sein. Sagt mir, was Euch gefällt.«

»Ich mag gar nichts davon …« Wieder stöhnte sie, als sein Daumen durch den feuchten Stoff hindurch ihre Brust streichelte.

»Ich erkenne Lust, wenn ich sie sehe.« Er nahm ihre Brust zärtlich in die Hand. »Das ist ein deutliches Anzeichen für Erregung.«

Ihre Brustwarzen waren so fest, dass sie beinahe schmerzten, und in ihrem Kopf wirbelten die Gedanken rasend schnell umher. Sie verstand diese Gefühle nicht, die Raymond scheinbar mühelos in ihr auslöste. Genauso einfach, als wenn man eine Rose pflückte. Juliana war verstört angesichts dieses Gefühlssturms in ihrem Innern. »Mir ist kalt«, sagte sie kläglich.

»*Aye*, das glaube ich gerne«, sagte er und deutete auf das feucht gewordene Hemd.

Sie errötete, weil ihr Körper sie so eindeutig verriet. Zu vieles hatte sich zu schnell verändert. »Ich weiß nicht, wie ich das tun soll. Ich weiß nicht, wie ich einen Mann zufriedenstellen soll, der schon … so viele französische Frauen geküsst hat.« Ihre Stimme klang verzagt.

Seine Hände schlossen sich für einen kurzen Moment enger um sie. »Ihr habt einen hervorragenden Anfang gemacht.« Dann entspannte er sich. »Ihr dürft überdies nicht glauben, dass ich Euch nicht attraktiv finde.«

»Oh, *nay*!« Sie errötete erneut. »Ihr beobachtet mich, und ich nehme an … Das heißt, mir ist klar, dass Ihr Eure ehelichen Pflichten gerne erfüllen werdet.«

»Ich sehe das doch nicht als Pflicht an, ganz im Gegenteil«, antwortete er. »Dennoch, Eure Zurückhaltung überrascht mich nicht.« Er zupfte an seinem Ohrring. »Nicht dass es mir gefallen würde. Natürlich nicht. Da hätte ich mir das Schneebad ja sparen können. Eigentlich dachte ich, dass ich unwiderstehlich sei.«

Er legte lächelnd eine Hand auf ihren Kopf und zog sie zu sich heran. Sie wehrte sich nur kurz, um dann ihr Gesicht, ihren Körper an den seinen zu drängen, und spürte, wie ihre Wärme immer mehr auf ihn überging, wie die Kälte glühender Hitze wich. Sie fühlte seine wachsende Erregung, und all das war sehr neu für sie. Trotzdem ließ sie sich von ihren Empfindungen treiben, von den Schmetterlingen in ihrem Bauch und dem sehnsuchtsvollen Ziehen in ihrem Schoß.

Doch Raymond wollte sie nicht überfordern. »Sachte, mein Mädchen. Ich begehre Euch seit dem Tag in dieser eingeschneiten Hütte, und Enthaltsamkeit ist für mich … schwierig. Aber ich will Euch zu nichts zwingen, wozu Ihr nicht wirklich bereit seid. Also werden wir jetzt schlafen, und meine Lust muss warten, bis Ihr aus freien Stücken kapituliert.«

Sie drehte ihm den Rücken zu, drückte sich aber fest gegen seine Brust. »Und was, wenn ich nicht kapituliere?«, fragte sie.

»Dann werde ich alles, was in meiner Macht steht, tun, um Euch zu verführen und in Verzückung zu versetzen«, versprach er.

»Aber wenn ich dann immer noch nicht will?«

Er seufzte, und sie spürte seinen Atem in ihrem Nacken. »Dann werden wir in unserer Hochzeitsnacht ein Ende damit machen.« Sein Arm lastete schwer auf ihrer Hüfte. »Sind wir uns da einig?«

»Ihr seid zu gütig«, sagte sie steif.

»Das bin ich«, antwortete er gleichermaßen förmlich wie überzeugend.

Sie spürte seine Hand am Saum Ihres Hemdes, und nervös zog sie den Stoff weiter nach unten.

»Seid Ihr fertig?«, fragte er spöttisch, doch es kam keine Antwort.

»Dann schlaft jetzt«, beruhigte er sie. »Keine Liebe heute Abend. Ganz gleich, wie sehr Ihr auch bettelt.«

11

»Ich höre, du hast meinen Rat befolgt.« Raymond funkelte Keir zornig an. »Woher willst du das wissen? Du hast dich gestern Abend ja nicht in der großen Halle blicken lassen.«

Keir tauchte eine glühende Pflugschar, die er gerade bearbeitete, ins Wasser, bevor er antwortete: »Ich habe deine Eltern getroffen.«

»Genau wie Juliana«, sagte Raymond finster.

»Wird sie dich jetzt überhaupt noch heiraten?«

»Am Dreikönigstag.«

Keir legte seine Werkzeuge beiseite und wischte sich die Hand an einem Stück Stoff ab. »So bald?«

»Ich kann es nicht riskieren, dass sie es sich womöglich wieder anders überlegt oder was weiß ich anstellt.« Raymond ging zum Ausgang und umklammerte mit der Hand den Türrahmen. »Als ich heute Morgen aufgewacht bin und sah, dass sie schon weg war, bin ich wie ein Wahnsinniger aufgesprungen, der glaubt, seine gute Fee habe ihn verlassen.«

»Hast du sie gefunden?«

»Sie kühlte gerade die Nase von Felix mit Schnee und wollte nicht, dass ich es erfahre. Sie weiß, wie gerne ich diesen Widerling in Stücke reißen würde.«

»Wirst du es tun?«

Raymond lächelte boshaft. »Ich habe ihn das glauben gemacht. Er ist höchst überstürzt aus der Halle geflohen, und ich nehme an, dass ich ihn, sofern ich ihn finde, auch davon überzeugen kann, Burg Lofts auf Nimmerwiedersehen den Rücken zu kehren.«

»Vielleicht solltest du deine Suche in den Ställen beginnen. Da hat sich offenbar Sir Joseph verkrochen, und vielleicht findest du die anderen Gauner dort ebenfalls.«

Raymond drehte sich um. »Was meinst du damit?«

»Sie sind ein eingeschworenes Trio«, antwortete Keir, während er seine Lederschürze auszog und sie an einen Haken hängte. »Ein Graf, ein Baron und ein alter Ritter, der die beiden anderen wie Puppen tanzen lässt.«

»Ein Graf, ein Baron … Willst du etwa sagen, auch Hugh tut, was ihm Sir Joseph einflüstert?« Raymond schüttelte den Kopf. »Felix, das kann ich glauben, aber Hugh …? Der lässt sich doch nicht wie eine Marionette bewegen. Und hältst du Sir Joseph wirklich für einen gefährlichen Drahtzieher im Hintergrund und nicht nur für einen missmutigen Alten, der sich mit dem Verlust seiner Machtstellung nicht abfinden will?«

»Ich sehe, was ich sehe.« Keir trat nach draußen und holte tief Luft. »Schau doch.«

Raymond trat an Keirs Seite. Hugh stand vor der offenen Stalltür und redete – stritt vielleicht – mit jemandem im Innern des Gebäudes.

»Nach allem, was ich über Hugh weiß, würde er Juliana niemals Schaden zufügen«, argumentierte Raymond, seinen Blick fest auf die Stalltür gerichtet.

»Nicht wenn ihm bewusst ist, was er anrichtet, aber Sir Joseph ist, denke ich, sehr, sehr schlau und gerissen – ganz im Gegensatz …«

»… zu Hugh«, beendete Raymond den Satz. »*Nay*. Hugh ist ein schlichtes Gemüt. Er könnte vermutlich leicht manipuliert werden.«

»Und Felix?«

Raymond quittierte Keirs Frage mit einem unbändigen Heiterkeitsausbruch. »Kein eigenständiger Gedanke, nicht die leiseste Andeutung von Scharfsinn oder Klugheit. Trotzdem: Warum sollte Sir Joseph die beiden nutzen, um ein solches Netz von Intrigen zu spinnen? Was bringt ihm das?«

»Das weiß ich auch nicht. Ich erzähle dir nur, was ich so gehört habe oder was mir direkt zugetragen wurde.«

»Du bist ganz schön neugierig«, konstatierte Raymond und fügte, als Keir ihm die Antwort schuldig blieb, hinzu: »Ein Charakterzug, der mich dir gegenüber schon viele Male zu Dank verpflichtete.«

Keir nickte zustimmend mit dem Kopf. »Ich belausche bloß das Geschwätz der Stallburschen. Sie leiden unter Sir Josephs Anwesenheit in den Ställen und ziehen sich gerne mal in die Schmiede zurück. Und da machen sie aus ihren Herzen keine Mördergrube. Außerdem entgeht ihren Augen und Ohren nichts. Aber der Alte mit seiner geringschätzigen Art einfachen Leuten gegenüber scheint sie für taub und blind zu halten. Da täuscht er sich allerdings gewaltig.« Keir wirkte sichtlich zufrieden mit seinen Erkundungen.

»Aha«, antwortete Raymond. »Hugh versuchte mich zu

überreden, Juliana nicht zu heiraten, und Felix wollte Juliana diese Ehe ausreden.«

»Mehr noch. Felix hat Juliana den Vorschlag unterbreitet, ihn statt deiner zum Mann zu nehmen.«

»Wie bitte?« Raymonds empörter Ausruf hallte über den ganzen Burghof und weckte unter anderem Hughs Aufmerksamkeit. »Ich werde ihn umbringen.«

Raymond ging Richtung Stall, dicht gefolgt von Keir. »Bring ihn um, wenn du willst, aber du musst wissen, dass er sie bereits früher zu einer Heirat zu drängen versuchte.«

Raymond wirbelte zu seinem Freund herum und packte ihn am Hemd. »Sag mir, was du weißt.«

»Mein Hemd wird gleich reißen, Raymond«, mahnte der Freund und fuhr fort, seine Erkenntnisse preiszugeben. »Ich weiß nur wenig. Die Stallburschen – eigentlich die ganze Burg – scheinen aus Respekt vor ihrer Lady Stillschweigen über die Sache vereinbart zu haben. Sicher ist jedoch, dass es ein Plan des Vaters war und sie sich tapfer dagegen wehrte.«

Unwillkürlich fiel ihm Julianas Haar ein, das gerade bis zu den Schultern reichte. Er hatte sich bereits gefragt, warum es wohl so kurz sein mochte. Bei den meisten Frauen in ihrem Alter reichte es bis zu den Kniekehlen, wenn man es löste. Geschnitten wurde es nur bei lebensbedrohlichen Krankheiten oder – Raymond fiel es wie Schuppen von den Augen – als Rache für ein ehrloses Fehlverhalten. Genau wie in der Bibel nachzulesen. »Ich habe bereits etwas in der Art vermutet.«

»Das würde auch erklären, warum sie sich so rigoros gegen eine neue Ehe wehrt.«

Raymond grinste. »Abgesehen davon natürlich, wenn es um meine Wenigkeit geht.«

Keir ignorierte Raymonds Einwurf und sagte lapidar: »Frauen sind merkwürdige Kreaturen«, bevor er den Freund auf etwas ganz anderes aufmerksam machte. »Schau dort, da späht gerade eines deiner Opfer um die Ecke.«

»Bleibt stehen!« Mit langen Schritten eilte Raymond über den Hof, aber bevor er die Ställe erreichte, trat Hugh ihm schon entgegen.

»Ich wollte mich nur verabschieden.« Während er auf seine Stiefelspitzen starrte, fügte er hinzu: »Ihr habt wahrscheinlich bereits vermutet, dass ich Juliana in einer Weise zugetan bin, welche die Zuneigung von Jugendfreunden übersteigt.«

»Das habe ich tatsächlich vermutet«, antwortete Raymond.

Hugh schaute in Richtung der Ställe. »Es wird mir schwerfallen, Julianas neue Ehe zu akzeptieren.«

Raymond bemerkte, wie bei der Stalltür jemand seinen Kopf um die Ecke schob und gleich wieder zurückzog. Er ließ sich jedoch nichts anmerken und konzentrierte sich weiter auf Hugh. »Und Lady Juliana wird es sicher bedauern, dass ihr lieber Freund sie gerade jetzt verlässt, wo die Weihnachtszeit beginnt. Begleitet Felix Euch?«

»Er hat andere Pläne«, antwortete Hugh.

Raymond sprach bewusst etwas lauter, damit man ihn im Stall hören konnte: »Felix könnte sich nicht einmal selbst aus den Armen einer Hure befreien – dumm wie er ist. Und so hässlich dazu.« Er machte noch ein paar Schritte auf den Stall zu, den Blick unverändert auf den bestürzten Hugh gerichtet. »Und er ist kein Ritter, sondern ein Wurm, das Unwerteste, was ich je gesehen habe, seit ich unter dem Pferd eines ungläubigen Sarazenen die Scheiße wegschippen musste.«

Felix hatte offenbar genug gehört. Voller Entrüstung schoss er aus dem Stall heraus – und direkt in Raymonds Arme. Mit einem bösartigen Knurren hob dieser den rundlichen, klein gewachsenen Mann in die Höhe und funkelte ihn wütend an. »Seht her? Hier kommt jemand unter einem braven christlichen Pferd hervorgekrochen.«

»Ich bin nicht hässlich«, kreischte Felix.

Raymond warf den Kopf in den Nacken und stieß ein höhnisches Gelächter aus. »Oh, seid Ihr nicht? Dann wartet, bis diese Bandage von Eurem Gesicht genommen wird.« Er schüttelte Felix unerbittlich. »Eure Nase wird bestimmt genauso verbogen sein wie Eure Moral. Eigentlich verspüre ich den dringenden Wunsch, Euch hässlichen Wurm mit dem Rest der Scheiße in den Abort zu schaufeln.«

Wie von Sinnen ging Felix zum Gegenangriff über, streckte den Arm aus, schloss seine dicken Finger um Raymonds vernarbten Hals und drückte zu. Mit dem Brüllen eines verwundeten Bären befreite Raymond sich und warf Felix durch die offene Stalltür. Als er sich dann auch noch auf ihn stürzen wollte, hielten ihn kräftige Arme zurück. Er schimpfte laut in einer fremden Sprache, von der er angenommen hatte, er hätte sie längst vergessen, während Keir und Hugh herumschrien und Felix jammernd in den Stall zurückkroch. Von drinnen beobachtete ein alter Mann mit funkelnden Augen genüsslich das ganze Theater.

»Lady Juliana? Lady Juliana?«

Der Ruf hallte durch die Küche, dröhnte durch das hohe Gebälk und verlor sich in dem ausgedehnten unterirdischen Gewölbe, das dahinter lag. Juliana drehte sich langsam um. »Hast du mich gerufen?«, fragte sie die Köchin.

Valeska und Dagna wechselten besorgte Blicke. »*Nay*, Lady Juliana, ich war es«, antwortete Dagna, wobei ihre tiefe Altstimme so begütigend klang, als spräche sie mit einem Kind. »Die Köchin möchte wissen, was sie für das Fest heute vorbereiten soll.«

»Aha. Gewürzter Käse mit Walnüssen zu Beginn. Gans mit Backpflaumensoße. Das ist ein feines Fleisch für die Weihnachtszeit. Glühwein natürlich und als Nachtisch …« Juliana starrte in die Flammen, die in der Feuerstelle flackerten.

Das erinnerte sie an Raymond. Raymond, der sie wärmte, der sie verlockte. Nacht für Nacht ermahnte sie sich, nicht den Kopf zu verlieren, doch angesichts seiner verzehrenden Küsse, seiner Berührungen an den intimsten Stellen vergaß sie die guten Vorsätze bisweilen. Einmal hatte sie es sogar geduldet, ihr das Hemd auszuziehen, sehr zu ihrer späteren Beschämung. »Wer mit dem Teufel zu Abend isst, der braucht einen langen Löffel«, murmelte sie.

»Wie bitte, Mylady? Ich hab Euch nicht verstanden.«

Während sie sich noch wunderte, weshalb Dagna so besorgt aussah, fragte Juliana: »Ich habe nichts gesagt.«

»Natürlich habt Ihr das nicht«, antwortete Valeska. »Aber was ist nun mit dem Festmahl?«

Juliana hob den Blick. »Wie bitte? Gans mit Backpflaumensoße, denke ich. Und Pudding aus Gänsehals.«

Sie warteten, während Juliana nachdachte.

Sie wünschte zu wissen, was Raymond wollte. Sie hatte ihn für einen einfach zu schlüsselnden Mann gehalten, der auf sein Vergnügen aus war. Jetzt erinnerte er sie jedoch an einen beständig strömenden Fluss, der langsam, dabei gleichmäßig und unaufhaltsam alles beiseiteräumte, was sein ruhiges Dahinfließen störte. Denn setzte er nicht alles daran, ihre Angst wie einen hinderlichen Fels aus dem Weg zu schaffen? Wenn er dieses Hindernis nicht einfach wegschieben konnte, würde er es untergraben oder sich an ihm vorbeischlängeln – bis es eines Tages einfach verschwunden wäre und sie nicht mehr wüsste, weshalb sie eigentlich solche Angst gehabt hatte.

Er behauptete, sie führe ihn in Versuchung – und bestand trotzdem darauf, dass sie ihn bitten müsse, seine letzte Zurückhaltung aufzugeben. Sie fand das grausam, erweckte es doch den Anschein, als habe er es durchaus nicht eilig. O nein, sie hatte ihn durchschaut: Er wollte mehr von ihr als bloß sein Vergnügen.

Die Geräusche, die hinter dem Wandschirm hervordrangen, signalisierten zwar der Dienerschaft und seinen Eltern eheliche Aktivitäten, die dort allnächtlich vor sich gingen, aber es war nicht immer ungetrübtes Vergnügen. Zunehmend schien Raymond gereizt durch die Beschränkungen, die er sich selbst auferlegte. Zwar zeigte er sich erfreut über ihre Fortschritte in puncto Liebe und ihren Lerneifer, doch steigerte das sein Begehren mehr, als dass es ihn beruhigte. Manchmal beschlich Juliana das Gefühl, er würde sie auch untertags wie ein verhungernder Wolf anschauen, der auf ein Festmahl wartete.

»Das Festessen, Mylady.« Valeska schüttelte Julianas Arm. »Was wünscht Ihr zum Nachtisch?«

Unsanft in die Gegenwart zurückgeholt antwortete sie zerstreut: »Das habe ich Euch doch schon gesagt. Pflaumen-Johannisbeer-Torte. Und Gans mit Pflaumensoße als Hauptgang.«

Mit gespitzten Lippen nickte Valeska. »Wie Ihr wünscht, Mylady. Vielen Dank, dass Ihr runtergekommen seid, um Euch mit uns zu besprechen. Obwohl Ihr an ganz anderes zu denken habt, so kurz vor der Hochzeit.«

»Unsinn. Bis dahin sind es immerhin noch acht Tage …«

»Sechs«, korrigierte Dagna sie.

Juliana funkelte sie an. »Schön, aber das bedeutet nicht, dass ich nicht mehr in der Lage bin, meine Pflichten zu erfüllen. Deshalb komme ich auch in die Küche, um …« Sie schwieg und ergänzte den Satz im Stillen: … um Raymond aus dem Weg zu gehen.

Denn sein bloßer Anblick lenkte sie ab und richtete ihre Gedanken auf all die herrlichen Dinge, die sie nachts hinter dem Wandschirm miteinander taten. Mit unermüdlichem Eifer lernte sie stets neue Lektionen: Wie man küsste, wie man sich berührte, aber auch, wo man sich berührte.

Die Heftigkeit seines Begehrens ängstigte sie bisweilen und zog sie zugleich magisch an. Doch er hatte Regeln gesetzt, wie weit er sie führte – beinahe bis zur Erfüllung, doch war ihr die letzte, die vollkommene Befreiung bislang vorenthalten geblieben. Sie fühlte sich dann wie eine reife Pflaume, die bald platzen würde.

Als Juliana davoneilte, ohne weitere Anweisungen zu geben, stießen die beiden Alten einander bedeutsam in die

Rippen und kicherten. »Ich dachte immer, die Küche wär der wärmste Raum in dieser Burg, aber da hab ich mich eindeutig getäuscht«, meinte Valeska.

Flüchtig fragte Juliana sich, worüber die Frauen wohl kicherten, doch als sie die Wendeltreppe erreichte, hatte sie die Frage bereits wieder vergessen. In jener Nacht, als der echte Burgbaumeister plötzlich vor ihr stand, geriet ihr Leben aus den Fugen. Sie war des Grinsens auf den Gesichtern ihrer Dienerschaft ebenso überdrüssig wie der endlosen Hochzeitsvorbereitungen und der aufwändigen Weihnachtsfeierlichkeiten. Und des ständigen Aufruhrs in ihrem Innern und des beinahe quälenden körperlichen Verlangens.

Oder war sie bloß müde, weil sie in letzter Zeit zu wenig Schlaf bekommen hatte? Dermaßen in Gedanken versunken stieß sie auf dem dunklen Treppenabsatz mit jemandem zusammen. Sie wollte sich gerade entschuldigen, als sie den Mann erkannte, der da aus den Schatten trat. Ihr Mund wurde trocken.

»Lady Juliana«, schnurrte Sir Joseph. »Welch eine Überraschung. Ich habe Euch nicht mehr alleine gesehen, seit Euer Verlobter seine Identität enthüllte.«

Gefangen zwischen oben und unten, zwischen der Betriebsamkeit der Küche und der Geschäftigkeit der großen Halle, zwischen dem Licht der Fackeln und dem Licht der Sonne stand sie da und starrte den alten Mann an, der sichtlich Böses im Schilde führte, denn warum sonst hätte er ihr hier aufgelauert. Sie musste vorsichtig sein. »Ihr sitzt ja gar nicht mehr an Eurem Platz beim Feuer«, tastete sie sich heran, um seine Absichten zu erkunden.

Er lächelte breit, wobei sein zahnloser Mund zu einem abstoßenden dunklen Loch wurde. Er sprach leise, beinahe flüsternd. »Nun, seit Lord Felix und Lord Hugh von hier geflohen sind, habe ich wenig Gesellschaft. Ich hatte den Eindruck, Euer Lord war wohl etwas beschämt wegen des überstürzten Abschieds der beiden.«

Juliana spürte die lauernden Blicke und trat von einem Fuß auf den anderen. »Er hätte zweifellos gern Lebewohl gesagt, aber Lord Felix fühlte sich offenbar gezwungen, die Burg zu verlassen«, sie straffte die Schultern, verengte die Augen, »bevor ich ihm noch mehr brechen konnte als bloß seine Nase.«

Sir Joseph gab ein meckerndes Lachen von sich, mit dem er seinen Spott zum Ausdruck brachte. »Ihr haltet Euch zu viel zugute wegen dieses mickrigen Schlages. Nicht vor Euch ist Lord Felix geflohen, sondern vor dem Wahnsinn des Mannes, den einige Euren Ehemann nennen würden.«

Ein unbehaglicher Schauer lief ihr über den Rücken, und ängstlich dachte sie an die lange, steile Treppe hinter ihr. Dem Alten war alles zuzutrauen. Aber sie durfte sich ihre Furcht nicht anmerken lassen.

»Hat Lord Raymond Felix geschlagen? Er hat damit gedroht, weil er der Meinung ist, kein Mann dürfe einer Frau Angst einjagen.« Sie beobachtete Sir Joseph genau. »Er hält das für ein Zeichen von moralischer Verwerflichkeit.«

»Verwerflichkeit.« Der alte Ritter schüttelte sich vor unterdrücktem Lachen. »Moralisch verwerflich! Lord Raymond beklagt das bei jemand anderem, nur nicht bei sich selbst. Und dabei verkörpert er all das, was den Dämonen in der Hölle gefallen würde.«

Juliana schwieg betroffen, denn solche Anschuldigungen erinnerten an Hexenjagden und an Scheiterhaufen. Sie war mit der abergläubischen Furcht vor solch teuflischen Erscheinungen groß geworden, ganz im Sinne der römisch-katholischen Dogmen. Niemand war so mächtig, dass er nicht von einem solchen Gerücht zu Fall gebracht werden konnte. Sie flüsterte: »Ich glaube wirklich, Eure niederträchtige Seele liebt das Unrecht.«

»*Nay*, Mylady.« Ihr Titel klang von seinen Lippen wie Gespött. »Ich komme zu Euch, um ein Unrecht aus der Welt zu schaffen. Ihr beschuldigt Lord Felix moralisch verkommen zu sein, während Ihr selbst mit einem Wahnsinnigen herumhurt, jemandem, der eine menschliche Form benutzt, um den bösartigen Wolf zu maskieren, der Jagd auf seine Opfer macht.«

»Ihr scherzt.«

»Euer Lord hat immerhin versucht, Lord Felix zu töten.«

»Warum?«

»Warum? Bloß weil der seinen Hals berührt hat.« Als er ihr Erschrecken bemerkte, beschrieb er detailliert die Szene, die er seinerzeit aus dem Stall heraus beobachten konnte. »Zwei Männer und die Stallburschen waren nötig, um Lord Raymond von Lord Felix wegzuziehen.«

»Das macht ihn wohl kaum zu einem Dämon.«

»Ihr habt ihn nicht gesehen. Die Zähne gefletscht, die Hände zu Klauen gekrümmt, die Augen rot, eine unkenntliche Stimme, die unmenschliche Flüche ausspie.« Sir Josephs hypnotisch wirkende Stimme erfüllte sie mit plötzlichem Grauen. »Es war eine Verwandlung, Mylady, und das trotz hellen Sonnenscheins.«

»Behauptet Ihr etwa, Lord Raymond sei ein Werwolf?«

»Ich wäre ein Narr, so etwas über den Mann zu sagen, der mein Leben in seinen Händen hält. *Nay*, Mylady, ich versuche Euch ganz einfach vor etwas Schrecklichem zu warnen, das auf Euch zukommt.«

Seine skelettartigen weißen Hände leuchteten in der Dunkelheit, als er seinen Umhang fester um sich zog. »Wer weiß schon, wann der Wahnsinn wieder Besitz von ihm ergreifen wird? Wenn er kämpft? Wenn er trinkt? Oder in der Leidenschaft des Ehebetts?«

Zufrieden mit seiner Mission zog er sich eilends zurück, ließ sie verwirrt auf dem Treppenabsatz stehen. Alles in ihr zerbrach: das Vertrauen, um das Raymond sich so sehr bemühen musste, ebenso wie der mühsam gewonnene Mut. Mit teuflischem Geschick hatte Sir Joseph ihre Verletzlichkeit auf die Probe gestellt, indem er die hinterhältigen Gerüchte verbreitete, die Felix ihm eingeflüstert hatte und die wie ein Messer tief in Julianas Seele gedrungen waren. Zwar wusste sie genau, was der Alte bezweckte und dass es eine Torheit war, seinen Worten zu glauben, aber sie konnte es nicht verhindern, dass das Gift, welches er verspritzte, den Weg zu ihrem Geist und ihrem Herzen fand.

Während sie durchs Treppenhaus zur großen Halle schlich, vergewisserte sie sich, dass Sir Joseph nicht dort war. Auch Raymond entdeckte sie nicht, und sie seufzte erleichtert auf. Sie war verrückt, einem verbitterten alten Mann zu erlauben, sie dermaßen zu beeinflussen. Wie eine gefährliche Spinne hatte er ein tödliches Netz um sie gewoben, sich dabei geschickt ihrer geheimen Zweifel bedient, um ihre Träume zu vergiften.

»Fayette«, rief sie und ging auf eine Bank neben einem der schmalen Fensterschlitze zu, durch den gerade die Sonne hereinfiel. »Bring mir meine Stickarbeit.«

Fayette eilte herbei und wickelte den edlen cremefarbenen Stoff aus, der bereits von Juliana zugeschnitten war und einen prächtigen Wappenrock abgeben würde. Auch die langärmelige grüne Tunika war bereits fertig. Sie würde Raymond etwa bis zu den Waden reichen, während der ärmellose Rock etwas kürzer gehalten war. Er wirkte elegant in seiner Schlichtheit, und nachdem eine Magd die gröberen Näharbeiten besorgt hatte, wollte Juliana jetzt eine grüne Ranke aus Efeublättern um den Halsausschnitt sticken. Am Morgen des Dreikönigstages, so plante sie, wollte sie ihm den Wappenrock als Geschenk überreichen. Er würde überrascht sein, sie an sich reißen, sie küssen, bis ihr die Luft ausging, und sie mit sich auf ihr großes Bett ziehen. Und was passierte dann? Würde Raymond, wie der boshafte Alte prophezeit hatte, zu einer Bestie werden, die nichts wollte als ihre Qual und ihren Tod? War das der Grund, weshalb er sich bisher mühsam zurückhielt. Weil er sich selbst vor dieser möglichen Verwandlung fürchtete? Sir Josephs Einflüsterungen trugen Früchte bei der jungen Frau.

»Mylady? Mylady!« Fayette schüttelte Juliana an der Schulter. »Lord Raymond kommt gerade in die Halle.«

»Wie bitte?« Juliana starrte Raymond an, doch wenn sie ihn, aus ihren wirren Wachträumen herausgerissen, als Werwolf zu sehen erwartete, so holte sie die Realität beruhigend ein. Groß und breitschultrig, lachend und lebendig stand er da, einen Jungen von vielleicht fünfzehn Jahren im Schlepptau.

Juliana schob den Wappenrock schnell zu Fayette hinüber, glättete ihren Rock, strich eine Haarsträhne zurück und stand dann mit einem Lächeln auf. »Mylord.«

»Ah, Juliana.« Unter Raymonds entwaffnendem Lächeln schienen ihr die bösen Gerüchte mit einem Mal völlig aus der Luft gegriffen. »Erlaubt mir, den neuesten Zuwachs für unseren Haushalt zu präsentieren. Das ist Denys.«

»Ein Zuwachs für unseren Haushalt?«

»William von Miraval hat ihn uns geschickt. Er meinte, wir könnten ihn zum Kämpfer ausbilden, und Denys hat mich mit seinen Fähigkeiten so beeindruckt, dass ich ihn zu meinem neuen Knappen ernennen möchte.«

Der schlaksige Junge zerrte an seinen zu großen Beinkleidern und sagte mit einer Stimme, die noch im Stimmbruch steckte: »Mylady, ich biete Euch meine treuen Dienste an.«

Sprachlos betrachtete Juliana den Neuzugang. Sein Haar war weder blond noch braun und sah aus, als ob ein verrückt gewordener Spatz sein Nest darin gebaut hätte. Seine lange Nase tropfte, auf seinem Kinn wuchs ein dünner Flaum, und seine wässrig blauen Augen blickten sie voller Verehrung an. Er erinnerte sie an irgendjemanden, wusste allerdings nicht genau, an wen.

»Er wartet auf Eure Begrüßung«, drängte Raymond und spielte auf Julianas Schweigen an.

Ihre Begrüßung? Seit beinahe drei Jahren hatte sie das Kommen und Gehen der Diener und Waffenknechte auf Burg Lofts beaufsichtigt. Sie war über die Bewegung jedes Leibeigenen informiert. Das alles war ihre Aufgabe gewesen, und nun wurde so einfach jemand ohne ihre Zustimmung in ihren Haushalt eingeführt. Dabei war sie es, die diesen jungen Mann mit Essen versorgen, ihn einkleiden, ihm Manieren beibringen und unvermeidliche Wunden versorgen musste. Aber behandelt wurde sie, als sei sie eine unbedeutende Frau, die auf ihren eigenen Ländereien nichts zu melden hatte.

Sie brachte ein kleines Lächeln zustande. »Denys, bist du hungrig?«

Raymond war überrascht angesichts dieser unkonventionellen Begrüßung, doch bei dem Jungen hatte Juliana den richtigen Ton getroffen. »*Aye*, Mylady, ich bin immer hungrig.«

»Fayette wird dir Brot und Käse holen. Dann hältst du bis zum Festessen heute Abend durch.« Seine tollpatschige Verbeugung sah mehr wie ein Knicks aus. »Wenn Ihr mir nun die Freude Eurer Gesellschaft machen würdet, Mylord? Hier drinnen«, befahl sie und führte Raymond zu dem Durchgang oberhalb der Küchentreppe.

Niemand stand dort, und Zorn ließ sie ihre Vorsicht vergessen.

»Juliana …«

»Was denkt Ihr Euch eigentlich, diesen Jungen ohne meine Zustimmung herzubringen?« Raymond versteifte sich, aber sie bemerkte es nicht. »Noch dazu praktisch als Geschenk eines so überheblichen Mannes.«

»William von Miraval ist mein Freund«, entgegnete Raymond betont kühl.

Sie schob das Kinn vorn. »William von Miraval ist womöglich ganz froh, einen kleinen Dieb oder Lügner loszuwerden.«

Raymond schaute zum Durchgang, der in die Halle führte. »*Dieser* Bursche?«

Juliana blickte ebenfalls hin und sah einen Grünschnabel, der nur aus Armen und Beinen bestand und ihre Magd mit sichtlicher Dankbarkeit anlächelte, bevor er sich auf das Essen und den Becher mit Honigwein stürzte. Voller Schrecken wurde Juliana mit einem Mal klar, wem diese Jammergestalt glich: ihrem ersten Ehemann. Viel zu dünn und ohne Persönlichkeit, dafür beflissen, es jedermann recht zu machen.

Raymond erklärte ihr, welche Bewandtnis es mit dem Jungen hatte. »In dem Brief, den Denys mitbrachte, schreibt William, dass die adelige Mutter des Burschen zu seiner Frau gekommen sei und um Hilfe gebeten habe. Bekannt für ihr gutes Herz tat sie, was sie konnte, aber es war zu spät. Die Dame verstarb. Ihre Schwindsucht hatte wohl durch einen zusätzlichen Mangel an Ernährung zum Tod geführt. Denys traf das schwer, sehr schwer, denn der Vater hatte die eigenen Ländereien und die Mitgift seiner Frau verspielt und sich dann umgebracht.«

Juliana hörte Raymond kaum noch zu, so aufgewühlt fühlte sie sich durch ihre Erinnerungen. Waren sie der Grund, weshalb sie Denys so vehement zurückgewiesen hatte? Nicht aus Stolz, sondern weil er sie an den Jungen erinnerte, den sie geheiratet und nach langer, qualvoller Krankheit verloren hatte? Wenn sie an Millard zurückdachte, geschah dies in einer Mischung aus Zuneigung, Verbitterung und Kummer. Juliana hatte geglaubt, all das hinter sich gelassen zu haben, doch wie konnte sie den Vater ihrer Kinder jemals ganz vergessen?

Raymond merkte nichts von ihrer Verwirrung. »Denys hat sich damals geschworen, alles daranzusetzen, eines Tages wieder reich zu sein. William und Saura nahmen ihn in ihre Familie auf, bildeten ihn aus und haben ihn nun zu mir geschickt, weil ...«

Juliana kehrte plötzlich aus der Vergangenheit zurück. Dieser Junge schien Raymond eine Menge zu bedeuten. »Warum haben sie ihn zu Euch geschickt?«, fragte sie argwöhnisch.

»Weil ich in seinem Alter ebenfalls ohne die Unterstützung meiner Eltern und ohne materielle Absicherung auskommen musste. Sie dachten, ich könnte ihm helfen. Außerdem bin ich es Lord Peter schuldig.«

»Ihr seid es ihm schuldig? Wem seid Ihr etwas schuldig?«

»Lord Peter Burke. Er ist Williams Vater und hat mich aufgezogen, mir Ehre und Würde und Menschlichkeit beigebracht. Dieser Verhaltenskodex hat mein Leben gerettet. Und Denys braucht jemanden, der ihm die Feinheiten der ritterlichen Kunst beibringt.«

Ein Lächeln umspielte ihre Mundwinkel. »Als da wären?«

»Der gute Rat, dass man seine Panzerhandschuhe besser auszieht, bevor man bei Frostwetter pinkelt.«

Sie starrte ihn an, er starrte zurück – und dann brach sie in Gelächter aus.

Er wartete, bis sich der erste Ansturm etwas gelegt hatte, dann nahm er ihre Hand und drückte sie auf seine Brust. »Juliana, der Junge hat ein gutes Herz. Hinter ihm liegen schwere Zeiten, aber gemeinsam können wir einen Mann aus ihm machen. Zwingt mich bitte nicht, ihn wieder fortzuschicken.«

Ihr Lachen verstummte. Ihre Hand ruhte noch immer auf seiner Brust, und sie spürte den kräftigen, gleichmäßigen Rhythmus seines Herzens. Sein Körper wärmte den ihren, sein Lächeln hüllte sie ein, und sie merkte, dass auch er ein Netz spann – aber eines aus Liebe, Leidenschaft und Lust. »*Nay*, schickt ihn nicht weg«, sagte sie zögernd.

»Das ist mein Mädchen«, antwortete er und küsste ihre Hand, als ob damit alles geregelt sei.

»Ihr versteht gar nichts«, zischte sie mit neu aufbrechender Feindseligkeit.

Irritiert über diesen Gefühlsausbruch schaute er sie fragend an. »Was soll ich verstehen?«

Sie riss ihre Hand los. »Mein Leben gehört mir nicht mehr allein. Mein Körper gehört mir nicht mehr allein. Meine Burg gehört mir nicht mehr allein.«

In seinem Gesicht flackerte drohend Verärgerung auf. Er drängte sie gegen die Wand, packte ihre Wange und ihr Kinn und drückte einen besitzergreifenden Kuss auf ihre Lippen. Ihre Missstimmung wurde von heißem Verlangen weggespült, doch er ließ von ihrem Mund ab. »Euer Leben, Euer Körper und Eure Burg gehören Euch deshalb nicht mehr allein, weil Ihr nun mein seid. Vergesst das nicht.« Er küsste sie noch einmal. »Vergesst das nie.«

Er drehte sich um, und Juliana rief: »Ihr seid bloß wie eine Warze auf meiner Nase.«

Sie wartete gar nicht ab, ob er reagieren würde, stürzte die Treppe in die Küche hinunter, wo ihre beiden »Hexen«

mit der Köchin zusammensaßen und sie missbilligend anschauten. »Habt ihr alles mit angehört?«

»*Aye*, sowohl Eure Unterredung mit Sir Joseph als auch die mit Raymond, und wir sind von Euch ziemlich enttäuscht.« Juliana machte sich schon auf eine Standpauke über den angemessenen Platz einer fügsamen Frau gefasst, als Valeska zu Dagna sagte: »Wir werden dieser Kleinen endlich beibringen müssen, wie man richtig flucht.«

»Das müssen wir«, echote die andere. »Ihr würdet mit Euren laschen Verwünschungen in meiner Heimat keine Ehre einlegen.«

»Auch nicht in meiner.« Valeska trat an Julianas Seite. »Zum Beispiel, Mylady, ist eine Warze zwar eine hässliche Sache, aber eine Pustel ist noch viel hässlicher.«

»Und ein Geschwür sogar noch abstoßender«, warf Dagna ein und bezog ebenfalls neben Juliana Stellung.

»Das ist wahr. Du bist so gescheit, Schwester.« Valeska wedelte mit einem ihrer knotigen Finger. »So, Mylady, wir werden Raymond also ein Geschwür nennen und müssen uns nur noch den widerwärtigsten Platz dafür ausdenken. Die Nase reicht da nicht aus.«

Dagna unterbrach sie: »Es sei denn …«

Valeska deutete mit dem Finger auf sie, und Dagna hielt inne. »Normalerweise nicht. Eigentlich ist eine Nase kein widerwärtiger Ort. Vielleicht solltet Ihr Raymond lieber ein Geschwür an Eurem Fuß nennen.«

»Mir persönlich gefällt ja Geschwür am Arsch.« Dagna kicherte und schüttelte ihren Kopf.

»Hört auf!« Juliana hielt sich die Ohren zu. »Hört auf! Das ist doch albern! Das ist unwesentlich. Ihr macht einen

Wirbel um nichts. Weshalb sollte irgendjemand ein derartiges Theater um etwas so Unbedeutendes …« Sie verstummte, denn in jedem der verdächtig naiv aussehenden Gesichter konnte sie eine Botschaft lesen.

»Manchmal …«, begann Valeska.

»… machen wir einen Wirbel um unbedeutende Dinge …«, fuhr Dagna fort.

»… um unsere wahren Gefühle zu verbergen oder um sie preiszugeben, je nachdem«, schloss Valeska.

Juliana schwirrte der Kopf in Anbetracht all der verwirrenden Worte. Die alten Frauen rührten sich nicht, beobachteten sie bloß neugierig, bis Juliana herumwirbelte und Richtung Weinkeller davonrannte. Dort blieb sie, bis ihre Ängste, ihre Enttäuschungen und ihr Kummer sich zu einem einzigen großen Klumpen zusammenballten, und sie schwor sich, Raymond und seinem Knappen und all den Schwierigkeiten aus dem Weg zu gehen, die diese in ihr Leben gebracht hatten.

12

Berühr mich nicht, betete Juliana. Komm einfach nicht in meine Nähe.

Den Gesang der betrunkenen Dorfbewohner nahm sie kaum wahr, so sehr konzentrierte sie sich auf ihr Bittgebet. Der Gegenstand all ihrer Gedanken saß, für ihren Geschmack, viel zu nahe auf seinem großen schwarzen Pferd. Sein Umhang flatterte im Wind und ließ die Tunika und den cremefarbenen Wappenrock sehen, die sein Hochzeitsgewand gewesen waren.

Sie würde den Triumph in seinen Augen nicht so bald vergessen, als er die Kleider auf dem Bett liegen sah. Ein Geschenk sei es und er könne doch neue Sachen gebrauchen, hatte sie gestammelt, aber für ihn war es eindeutig ein Zeichen ihrer Kapitulation gewesen.

Sie betrachtete ihn. Mit seinem schwarzen Haar, das im Mondlicht schimmerte, wirkte er fast überirdisch, wie einer der Wintergeister, die man aus alten Sagen und Überlieferungen kannte. Sein Blick allerdings verriet durchaus menschliche Regungen. Allzu menschliche.

Bitte berühr mich nicht, flehte Juliana erneut im Stillen.

»Mylady, würdet Ihr es übernehmen, dem Apfelbaumgeist sein Opfer zu bringen? Ihr wisst, wenn eine frisch vermählte Frau das tut, dann bringt das Glück. Vielleicht werden die Äpfel dann nächstes Jahr ganz süß – so wie Ihr es seid.« Tosti errötete angesichts seiner Verwegenheit.

»Oho, die Lady hat einen jungen Verehrer«, rief Geoffroi. Schwankend saß er auf seinem Pferd und lachte unfreundlich; Isabel kicherte schrill, während der Burgbaumeister albern lachte. Alle drei hatten offenbar dem Wein allzu heftig zugesprochen. Es war ein rauschendes Fest gewesen, an dessen Ende die noblen Gäste es sich nicht hatten nehmen lassen, die einfachen Leuten zu ihrer heidnischen Zeremonie im Obstgarten zu begleiten. Es war ein Wunder, dass sie sich überhaupt auf ihren Pferden hielten.

Den eisigen Wind ignorierend, der an den Ästen der Bäume zerrte, lächelte Juliana Tosti freundlich zu. Leise und mehr zu sich selbst flüsterte sie: »So ist es gut, Tosti, bleib zwischen uns. Versperr ihm die Sicht auf mich.« Laut sagte sie: »Gewiss. Das Segnen der Bäume ist eine meiner liebsten Pflichten am Dreikönigstag.«

Sie wollte gerade von ihrer sanften Stute absteigen, als sie den alten Salisbury, Tostis Vater, sagen hörte: »Seine Lordschaft soll auch Apfelwein gießen. Er is ja ebenfalls frisch vermählt.«

Tosti widersprach. »Sie können doch nich beide den Apfelwein gießen, Papa, wir haben doch nur einen Pokal.«

»Beide solln gießen«, forderte Salisbury, und sein zahnloser Mund verzog sich zu einem verknitterten Grinsen. »Wünscht dem Apfelbaumgeist *wes-hâl* und dann ab nach Hause, um die Nacht durchzusaufen.«

Raymond lenkte sein Pferd nahe an Julianas heran. »*Wes-hâl?*«

Tosti übernahm es, seinem neuen Herrn diesen alten

englischen Brauch zu erklären. »*Wes-hâl* bedeutet gute Gesundheit. Deshalb trinken wir mit der Weihnachtsbowle, die ja auch aus Apfelwein gemacht is, auf das Wohl der Bäume und sagen ihnen Dank für ihre Freigebigkeit. Wir hoffen, dass der Geist im Baum uns dann nächstes Jahr eine noch bessere Ernte beschert.«

»Dann fühlen Lady Juliana und ich uns geehrt, gemeinsam auf das Wohl des Baumes zu trinken. Wir wünschen dem Dorf nur das Beste. Das stimmt doch, Juliana?«

Raymonds Stimme klang ganz dunkel, beinahe rauchig, wenn er ihren Namen aussprach, und der Klang versetzte Juliana in Gedanken zurück zu diesen Nächten voll glühender Leidenschaft.

Die Angst, die Sir Joseph ihr einzureden versuchte, hatte sich als unbegründet erwiesen. Nichts Beunruhigendes war passiert, als Raymond sie berührte und sie ihn. Im Schutze der Dunkelheit fanden sie wie von magischen Händen gezogen zueinander. Es existierten keine Schranken, keine Grenzen mehr zwischen ihnen. Jede Nacht zog er ihr das Hemd aus, lagen sie nebeneinander und berührten jeden Zentimeter ihrer Haut, bis es keine Geheimnisse mehr zwischen ihnen gab, außer jenem letzten Geheimnis. Und dass er ihr diese Erfüllung versagte, empfand sie ebenso qualvoll wie einen körperlichen Schmerz.

Manchmal, wenn es vorüber war, bemühte sie sich, ihm ins Gesicht zu sehen, sich vorzustellen, wie er aussähe, wenn seine Schönheit wie eine Maske von seinem Gesicht gerissen würde. Käme dahinter das Antlitz des Teufels oder eines Dämons zum Vorschein? Aber das alles redete sie sich nur ein, denn nicht deswegen fürchtete sie ihn bisweilen.

Nein, es waren sein unverhohlener Besitzanspruch und seine Methoden, diese durchzusetzen.

Juliana stieg schnell vom Pferd, bevor Raymond ihr helfen konnte, und schlug dabei so hart auf den gefrorenen Boden auf, dass sie sich ihre Fußknöchel verstauchte. Augenblicklich stand er neben ihr, und bevor sie Einspruch erheben konnte, nahm er ihre Hände, zog ihr die Handschuhe aus. »Es ist kalt«, protestierte sie.

Er ignorierte ihren Einwand und befahl: »Den Pokal.«

Als Juliana ihn hochhielt, legte er seine Hände auf ihre, und als sie ihre Finger spreizte, verschränkten sich seine mit ihren. Wieder ein Beispiel, wie wirksam er sie im Griff hatte.

Die Bediensteten und die Dorfleute lachten, rempelten einander an, während Raymonds Eltern amüsiert zuschauten und von dem mitgebrachten Ale tranken. Juliana zwang sich zu einem schwachen Lächeln, als Tosti die Weihnachtsbowle vom Krug in den Pokal goss.

»Was nun?«, fragte Raymond und stellte sich hinter sie.

Während Juliana den Drang unterdrückte, ihren Nacken gegen eine eventuelle Berührung zu schützen, antwortete sie: »Wir gießen ihn auf die Erde um den Baum herum und auf den Baumstamm.«

Tosti mahnte sie: »Vergesst nich, Mylady, zuerst die Zweige einzutauchen.«

Leise imitierte Raymond die Sprechweise des jungen Mannes: »*Nay*, Mylady, vergesst das nich.«

Sie warf den Kopf herum, funkelte ihn zornig an, aber er stand ganz ernst da, führte jetzt den Pokal in ihren Händen zu einem der unteren Zweige, und gemeinsam tauchten sie die Spitze in die Weihnachtsbowle. Wieder sangen die Dorfbewohner, lauter dieses Mal, und Juliana sagte: »Das wird dem Baum helfen, aus dem langen Winterschlaf zu erwachen.«

Raymond legte den Kopf zur Seite, lauschte dem Gesang. »Ich nehme einmal an, das wird wohl so sein.«

Dann gingen sie zu einem anderen Zweig und wiederholten das Ritual. »Das wird ihn auf den Frühling vorbereiten, auf die Wiedergeburt des Lebens.«

»Den Baum?«

Wen sonst? Sie drehte sich in seinen Armen um, fühlte sich wie in einem goldenen Kokon eingeschlossen und losgelöst von der Welt. Nichts war mehr da außer Raymond, nichts hörte sie außer seiner Stimme. Die Sterne glitzerten strahlend hell am schwarzen Himmel, aber sie sah nur die Sterne in Raymonds Augen.

Sie wich ein wenig zurück, um sich aus seinem Bann zu befreien, doch er hielt sie fest. »Der Baum«, mahnte er.

Unvermittelt drang das Grölen der Menge in ihr Bewusstsein. Sie versuchte sich zu bewegen, konnte es aber nicht. Sie stand da wie erstarrt und sandte erneut ein Gebet zum Himmel: Lass mich das hier mit Anstand beenden. Sie lief Gefahr, sich mit ihrer Zerstreutheit peinlich zu machen. Manchmal schien sie wirklich nicht zu wissen, was sie eigentlich wollte. Doch: Ihn natürlich, aber gleichzeitig hatte sie Angst.

Vor einem Mann! Einem Mann, der noch nie die Hand gegen sie erhoben hatte. Und vor einem körperlichen Akt, den sie andererseits mit allen Fasern ihres Körpers herbeisehnte.

Sie riss sich zusammen und beendete die Zeremonie. Als sie Tosti den Pokal schließlich zurückgaben, seufzte Juliana mit einer solchen Heftigkeit, die nur vom Ächzen des stürmischen Windes übertroffen wurde.

Als Raymond sie anlächelte, erstarrte sie erneut, stand hilflos da, unfähig sich zu rühren, bis er sich endlich von ihr abwandte, um mit Salisbury zu reden.

Das Ritual war beendet, und die Ersten machten sich auf den Weg. Die einen zogen laut grölend Richtung Dorf, die anderen kehrten zur Burg zurück. »Mylady? Soll ich Euch helfen?« Salisbury streckte die Arme aus, um Juliana aufs Pferd zu helfen. »Tapfere Frau«, sagte der zahnlose Mann. »Hab ich Euch doch schon vor drei Wintern gesagt. Tapferer als ein Mann. Vergesst das nich.«

Dankbar, dass der einsilbige Fährtensucher sich die Mühe machte, sie zu ermutigen, erwiderte sie herzlich: »Ich werde mich daran erinnern.«

Julianas Blick suchte Raymond. Er stand inmitten einer Gruppe von Dörflern, die sich überschwänglich für das Fest bedankten. Sie müsste sich eigentlich als die Burgherrin zu ihnen gesellen, aber trotzig unterließ sie es. Wenn er schon so begierig darauf war, den Lehnsherrn zu spielen, dann sollte er doch … Ihre innere Stimme ignorierend, die ihr »Feigling« zuflüsterte, sagte Juliana leise: »Ich werde jetzt zurückreiten.«

Salisbury sah zuerst sie an, dann Raymond. »Das wird nich helfen«, riet er ihr, doch sie überhörte diese Warnung geflissentlich.

Der Wind in ihrem Rücken trieb das Pferd vorwärts, das es ohnehin eilig hatte, in den warmen Stall zu kommen. Juliana fror, ihre Hände schmerzten, waren kalt und bloß, denn ihre Handschuhe steckten noch in den Taschen von Raymonds Rock. Sie zügelte ihre Stute ein wenig und schob eine Hand unter den Umhang. Kein Geräusch war zu hören, kein anderer Reiter schien ihr zu folgen. Offenbar hatten Isabel und Geoffroi Raymond aufgehalten. Auch gut, dann konnte sie allein ins Bett gehen und sich schlafend stellen, wenn er kam. Doch plötzlich drang der dumpfe Klang von Hufen an ihr Ohr. Sie drehte sich im Sattel um und schaute zurück, sah im Mondlicht hinter sich einen Mann, der in einen schwarzen Umhang gehüllt war und dessen rabenschwarzes Haare im Wind wehte. Unter seinen dunklen Augenbrauen meinte sie die Sterne in seinen Augen erkennen zu können. Der Geist des Winters, dachte sie. Er sieht aus wie diese Sagengestalt. Voller Panik gab sie ihrem Pferd die Sporen und fand sich gleichzeitig albern. Dumme Gans, schalt sie sich und fragte sich wieder einmal, was sie eigentlich wollte.

Dann war er neben ihr auf seinem schwarzen Hengst. Schwer atmend von dem scharfen Galopp reichte er ihr die Handschuhe. Sie wollte gerade danach greifen, als er befahl: »Streckt Eure Hände aus.«

Automatisch tat sie, wie ihr geheißen wurde. Ihre Finger waren so kalt, dass sie sich ganz taub anfühlten und die Berührung seiner Hände kaum spürten. »Wo sind die anderen«, fragte sie betont gelassen.

»Die kommen nicht.«

Ihre Ruhe fiel von ihr ab. »Warum nicht?«

»Meine Eltern haben sich dazu hinreißen lassen, ins Dorf zu reiten und dort weiterzufeiern.«

»Sie wurden doch nicht etwa gewaltsam verschleppt?«, sagte sie spöttisch.

Er hob die Augenbrauen angesichts ihres verächtlichen Tones. »Sie haben wohl einfach zu viel getrunken, aber es ist nicht an mir, ihnen Vorschriften zu machen. Außerdem wollte ich mit Euch alleine sprechen.«

Ihr Herz schien einen Moment auszusetzen, doch sie versuchte, sich die aufsteigende Panik nicht anmerken zu lassen. Fahrig bewegten sich ihre Hände, bis sie schließlich Halt am Sattelknauf fanden. »Oh?«

»Geht Ihr mir etwa aus dem Weg, Mylady?«

»Aus dem Weg gehen?« Sie gab ein kleines, angedeutetes Lachen von sich. »Warum sollte ich Euch aus dem Weg gehen?«

»Ich habe schon seit Tagen mit Euch sprechen wollen, immer vergeblich. Wenn Ihr wach seid, tut Ihr ständig sehr beschäftigt.«

Er bemerkte, dass sie nervös war, und das freute ihn. Die letzte Woche war ausgesprochen miserabel gewesen, und das nur, weil sich Juliana über die Ankunft des armen Jungen ärgerte. Weil er sie nicht um Erlaubnis gefragt hatte. Vordergründig verhielt sie sich Denys gegenüber nett, brachte ihm Essen, wies ihn in seine Pflichten ein, aber sie konnte es kaum ertragen, ihn auch nur anzusehen. Diese Kleinlichkeit ihres Verhaltens erbitterte und überraschte ihn. Er hätte nie gedacht, dass Juliana so gefühllos sein könnte.

Nun ja, heute Nacht würde er ihr endgültig beweisen, wer der Herr im Hause war, damit sie solche Allüren vergaß und ihn und seine Weisungsbefugnisse akzeptierte. Über sie, über die Burg, über die Ländereien.

Sie nahm die Zügel wieder in die Hand und ließ das Pferd im Schritt gehen. »Ich kann mir nicht vorstellen, weshalb Ihr so etwas denkt. Worüber wolltet Ihr mit mir sprechen?«

»Über Bartonhale«, antwortete er rundheraus.

Jetzt erhielt er ihre ungeteilte Aufmerksamkeit. Kein Vortäuschen mehr, dass sie ihn nicht sah oder hörte, keine höflichen kleinen Nachfragen nach seiner Gesundheit: Jetzt konzentrierte sie sich auf ihn wie ein Bogenschütze auf sein Ziel. »Was ist mit Bartonhale?«

»Wir brauchen dort einen neuen Burgvogt.«

Beunruhigt antwortete sie: »Wir schicken ...«

»Sir Joseph. Meint Ihr das im Ernst? Ein missmutiger, missgünstiger Ritter ohne Kontrolle auf einer reichen Domäne.«

»Ich weiß.« Sie seufzte. »Aber was soll man machen? Da ist sonst niemand ...«

Er unterbrach sie. »Doch, Keir.«

»Keir? Er ist keiner von meinen Männern!«

»*Nay*, er ist einer von meinen. Außerdem sind all Eure Männer nun auch meine.«

Aufsässig erwiderte sie: »Dann sind Eure Männer jetzt auch meine.«

Er sah das zwar nicht ganz so, doch heute war ihre Hochzeitsnacht, und er wollte sie besänftigen und nicht aufs Neue reizen, indem er ihr darlegte, wie sich die Sache von Rechts wegen verhielt. Dazu war später noch Zeit. Nicht heute Nacht. Heute Nacht lockte ihn allein die Verheißung ihres weißen, weichen Körpers. Ausweichend sagte er also: »Ich werde Euch erlauben, das zu behaupten.«

Sie hielt ihr Pferd an. »Was gibt Euch das Recht, mich so zu behandeln?« Juliana war nicht bereit, die Diskussion zu vertagen.

Ohne sich umzudrehen, antwortete er: »Der Priester. Die Ehegelübde. Die Kirche. Das Gesetz. Der König. Ihr gehört jetzt mir, genau wie alles andere auch.«

Sie galoppierte an ihm vorbei und stellte sich ihm in den Weg. »Und was habt Ihr mit mir vor, jetzt, wo Ihr mich bekommen habt?«, erwiderte sie spöttisch. »Ihr, ein Mann, nicht gewöhnt an Familie oder Verpflichtungen? Ich bringe Ländereien mit, auf die Ihr ganz versessen seid. Aber was ist mit meinen Kindern, meinen Bediensteten, meinen Leibeigenen? Übernehmt Ihr da auch alle meine Pflichten? Jedem von Ihnen muss ich den Bauch füllen, muss für seine Kleidung, seine Wohnung und seine Sicherheit sorgen – mich um sein Wohlergehen und seine Zufriedenheit kümmern. Wie werdet Ihr es künftig mit diesen Aufgaben halten, Edelmann?«

Ihre Fürsorge für die ihr anvertrauten Leute rührte ihn, und wider Willen bewunderte er sie deswegen. »Ich bin ein Edelmann, wie Ihr richtig sagt, seit meiner Geburt darauf trainiert, mich um die Angelegenheiten eines großen Besitzes zu kümmern. Als ich Euch die Ehe versprach, da habe ich mich auch selbst versprochen – Euren Leuten, Euren Kindern und Euch selbst.« Er griff nach ihren Zügeln. »Wenn Ihr mir nicht zutraut, dass ich meine Verantwortung wirklich ernst nehme, dann muss ich Euch wohl beibringen, mir zu vertrauen.« Sein Blick wurde heiß vor Leidenschaft. »Und ich werde heute Nacht damit anfangen.«

Er bemerkte, wie ihr Zorn dahinschmolz. Ihre Finger

zitterten, und ihre Stimme bebte. »Heute Nacht? Ihr meint, Ihr wollt im Groll zu mir kommen?«

»Im Groll?« Mit einem kratzigen Lachen antwortete er: »Zwischen uns ist kein Groll, Mylady. Ich habe Geheimnisse, die ich mit Euch teilen möchte, ebenso wie Ihr die Euren mit mir teilen solltet.«

Sie hielt den Atem an. Ein sicheres Zeichen, dass er etwas gesagt hatte, das sie zutiefst beunruhigte.

»Eure Geheimnisse … machen mir Angst.«

Während er sie ansah, fragte er sich, was sie wohl dachte. Dass er ihr gefiel, dass sie ihn begehrte, das hatte sie wieder und wieder hinlänglich bewiesen. Weshalb also zuckte sie häufig vor ihm zurück, als ob er eine Bestie wäre? Doch wohl nicht nur wegen seiner Geheimnisse?

Ungeduld überkam ihn, gepaart mit Verbitterung. »Ich bin nachsichtig mit Euch gewesen, habe Eure Ängste respektiert und mich Euch nur langsam genähert. Aber Ihr scheint Großmütigkeit mit Schwäche zu verwechseln. Mylady, es ist nun an der Zeit zu beweisen, wer der Vater Eurer Söhne sein wird.« Er betonte die Pluralform des Wortes und drängte ihr Pferd weiter. »Reitet heim, dann werden wir mit den Lektionen anfangen.«

Ihre Hand schlug heftig den Hals ihrer Stute, die daraufhin einen erschrockenen Satz machte. Juliana kannte eine Abkürzung. Falls er ihr nicht zu dicht folgte, dann …

Er tat es nicht, saß wie versteinert im Sattel und schaute zu, wie sie wegritt.

Wut war ein guter Ersatz für Verzweiflung, und während des wilden Rittes über den engen Pfad schrie sie sich ihren Zorn von der Seele. Wie konnte er es wagen, einfach so über ihre Ländereien zu bestimmen – und ihr gar zu drohen, als sie sich das verbat. Mit seinem Verhalten hatte er das Gespenst heraufbeschworen, den Dämon, vor dem Sir Joseph sie gewarnt hatte.

Juliana überließ ihr Pferd der Obhut des einzigen Pferdeknechts, der in der Burg zurückgeblieben war, und stürmte davon. Sie warf die Tür zum Wohnturm auf, sodass sie donnernd gegen die Wand flog. Glaubte Raymond etwa, er könnte sie kontrollieren, indem er sie einschüchterte? Sie stampfte mit den Füßen auf, als sie zur großen Halle ging und dort die Tür schwungvoll aufriss. Sie taumelte hinein, konnte nicht glauben, was sie sah. Ihn. »Ihr wagt es, mich zu verfolgen?«, schrie sie.

Raymond strahlte sie triumphierend an. »*Nay*, Mylady. Ich war vor Euch da. Glaubt Ihr etwa, dieses schwächliche Tier, das Ihr reitet, könnte mein Pferd schlagen?«

»Natürlich nicht. Alles, was Ihr tut, ist ja besser als das, was ich tue.« Sie schlüpfte aus ihrem Umhang und warf ihn beiseite, und wie eine riesige Fledermaus segelte er zu Boden. »Natürlich reitet Ihr auch besser als ich.«

»Kleine Hexe, die mich wegen solch lächerlicher Dinge tadelt?«

»Ihr übernehmt meine Burg, verzaubert meine Diener und meine Leibeigenen so lange, bis sie nicht mehr wissen, wer ihre Herrin ist. Ihr bringt einen fremden Jungen mit und macht ihn zum Knappen. Und glaubt ja nicht, dass ich nicht wüsste, dass Layamon zu Euch geht, um seine Anweisungen entgegenzunehmen. Das alles soll lächerlich sein?«

Er bäumte sich auf wie ein Hengst, der unerwartet angegriffen wird. »Wäre es Euch lieber gewesen, ich hätte die ganze Last weiter auf Euren Schultern gelassen und mich um nichts gekümmert?«

»Das ist genau das, was ich erwarte. Dass Ihr Eure Nase nicht in Dinge steckt, die Euch nichts angehen, und mich nicht meiner Aufgaben und Rechte beraubt. Die anderen haben mich ja auch gewähren lassen.«

Er packte sie und beugte sich zu ihr hinab, bis ihre Gesichter sich beinahe berührten. »Wenn ich mich wie die anderen Männer verhalten hätte, mein Liebling, dann würdest du bereits den Bund deiner Kleider weiter machen müssen. Du würdest dich neben mir verkrampfen und nicht im Schlaf stöhnen, wenn du von mir träumst.«

»Aufgeblasener Idiot. Du glaubst, ich träume von *dir*?«

Er lächelte und zeigte dabei die Zähne. »Tust du das etwa nicht?«

»*Nay*, ich …« Entsetzt erkannte Juliana, dass Raymond sie in eine Falle gelockt hatte. Was sollte sie ihm nun über ihre Träume sagen?

Er zog sie näher zu sich heran und fragte lockend: »Tust du das nicht? Träumst du nicht von mir?«

Sein nach Apfel und Gewürzen riechender Atem strich über ihr Gesicht. Seine Augen blitzten wie grüne Edelsteine, forderten sie heraus. Die Berührung seines heißen Körpers ließ auch in ihr Hitze aufsteigen. »Raymond.« Ihre Lippen bewegten sich tonlos, aber er bemerkte es, hob sie auf seine Arme und hielt sie ganz fest.

Sie sah die Deckenbalken vorbeiwirbeln, sah die Fensterflügel, als er das inzwischen vom übrigen Raum abgetrennte Schlafgemach betrat. Er warf sie aufs Bett, und sie versank in den Decken, während er die Tür schloss. Auf ihre Ellenbogen gestützt beobachtete sie, wie er den Wappenrock und die Tunika auszog, und als er seine Reithosen öffnete und auf sie zukam, da wusste sie, dass das Warten ein Ende hatte.

Alles um sie herum versank. Kein Gedanke, sich zu verweigern. Kein Gedanke an ihre Ländereien, an ihre Ängste oder an dunkle Geheimnisse. Sie dachte an überhaupt nichts mehr, wartete nur noch auf ihn, blind und vertrauensvoll. Als Raymond zu ihr auf das hohe Bett kletterte, ihr Kleid bis zur Taille hochschob, als seine Hände sie liebkosten und wollüstige Schauer sie durchliefen, öffnete sie breit ihre Beine, um ihn zu empfangen. Endlich würde sie ihn ganz bekommen.

Ohne Zögern drang er mit einem tiefen Stöhnen in sie ein. Sie antwortete mit einem wohligen Seufzen. So lange hatte sie auf diesen Moment gewartet – und ihn zugleich gefürchtet. Jetzt nämlich würde sie endgültig die Seine werden. Sein Eigentum?

Wild und feurig stieß er immer wieder in sie hinein, stachelte ihre Leidenschaft an, liebkoste ihren Hals. Überwältigt von der eigenen Lust hämmerte sie mit den Fäusten auf ihn ein, stemmte die Fersen in die Matratze, hob sich ihm entgegen und erlebte gemeinsam mit ihm das überwältigende Gefühl des Höhepunkts.

Außer Atem lagen sie eine Weile erschöpft, und er wollte sich von ihr herunterdrehen, doch sie zog ihn wieder zurück.

»Ich werde dich zerquetschen«, protestierte er lahm.

»*Nay.*«

»Sollten wir nicht erst einmal unsere Kleider ausziehen?«

»*Aye.*« Juliana fühlte sich, als sei ihr Innerstes von unten nach oben gekehrt worden. Ihre Haut brannte von einem ungestillten Feuer. Ihr Körper vibrierte, als bäte er darum, mehr von diesen lange vermissten Empfindungen zu bekommen.

Immer noch in ihr bemerkte er die Glut ihrer Haut und die ruhelosen Bewegungen ihres Körpers. Zum ersten Mal seit sechs Tagen musste er lachen: »Für eine Frau, die mich gar nicht will, zeigst du dich aber ziemlich unersättlich.«

»Halt den Mund.«

Sie schlang ein Bein um seines, streichelte ihn mit ihrer seidigen Haut, während sie sich an ihm rieb. Ihr Fieber sprang auf ihn über. Er schob ihr die Haube vom Kopf, suchte mit den Fingern nach den Schnürbändern ihres Kleides, während sie ihn unter gesenkten Wimpern kokett anschaute.

»Ich kann dich nur so lange lieben, bis ich erschöpft bin«, warnte er.

»Das sollte wohl ausreichen.«

Die Art, wie sie das sagte, vermittelte ihm ein Gefühl von Unbesiegbarkeit. Halb stöhnte er, halb lachte er. Es versprach eine lange Nacht zu werden.

13

Von ferne hörte man das Klappern der Spitzhacken, aber die übliche lärmende Geschäftigkeit im Burghof fehlte. Raymond legte Keir vertraulich den Arm um die Schultern, während sie die Dreikönigstagszecher beobachteten, die sich müde herumschleppten. Ihre bleichen Gesichter legten beredtes Zeugnis ab von dem nächtlichen Saufgelage. »Sie sind ein trauriger Anblick, nicht wahr?«

»Selbst die wackersten Trinker erwischt es gelegentlich«, antwortete Keir und musterte Raymond vom Kopf bis zu den Zehenspitzen. »Du jedoch scheinst unter derlei Beschwerden nicht zu leiden.«

Raymond blähte stolz den Brustkorb auf. »Die Ehe bekommt mir eben.«

»Also hat Lady Juliana jeden Widerstand aufgegeben?«

Weil er bloß an die Nacht voller Leidenschaft dachte, nicht aber an den vorausgegangenen heftigen Streit, antwortete Raymond erstaunt: »*Aye*, natürlich hat sie das.«

»Ich hatte vermutet«, sagte Keir taktvoll, »dass es bei Lady Juliana noch so einige Vorbehalte gab.«

Im Hochgefühl eines rundum mit sich zufriedenen Mannes erkannte Raymond nicht den tieferen Sinn von Keirs Worten. »Vielleicht war das so, aber das ist lange vorbei.«

Keir schüttelte seinen Kopf. »Weshalb bist du dann in den vergangenen Wochen umhergeschlichen wie ein Dachs, der in ein Stachelschwein verliebt ist, wenn doch alles in Ordnung war?«

Raymond antwortete ihm mit einem lauten Gelächter. »Netter Vergleich«, meinte er und setzte dann zu einer ernsthaften Erklärung an: »Juliana …«

Wie sollte er dem Freund das Wesen seiner Frau erklären? Sie schnurrte wie ein Kätzchen, wenn man es streichelte, schien niemals genug von seinen Liebkosungen zu bekommen, und einmal flüsterte sie sogar: »Zur Hölle mit der Nadel von Sankt Wilfried.« Raymond hatte darüber gelacht und Juliana daran erinnert, dass sie verheiratet und ohne Zweifel eine tugendhafte Frau sei. Ja, er glaubte, ihre Ängste und Zweifel mit den Wonnen des Ehelebens geheilt zu haben, und freute sich schon voll ungezügeltem Verlangen auf die nächste Behandlung. Aber wie konnte er das Keir erklären? Raymond machte eine wegwerfende Handbewegung. »Ach, Frauen sind letztlich leicht zu handhaben.«

»Leicht«, wiederholte Keir und zog zweifelnd eine Augenbraue hoch.

Während sie gemeinsam zum Wohnturm gingen, setzten sie ihr Gespräch fort. »Die Bedürfnisse einer Frau sind eher gering. Geringer jedenfalls als die eines Mannes«, erläuterte der frischgebackene Ehemann ein wenig herablassend.

»Ich kann einer solchen Einschätzung schwerlich zustimmen«, hielt der Freund dagegen. »Bei Frauen geht es doch meist um Gefühle, und deshalb sind ihre Probleme meist emotionaler Natur. Sie wollen von ihren Partnern und ihren Familien geliebt und in der Gemeinschaft respektiert werden.«

Ungeduldig, weil er Keirs Äußerung für Unsinn hielt, fragte Raymond: »Versuchst du mir irgendetwas durch die Blume mitzuteilen?«

»Nur dass ich glaube, dass dein Plan hinsichtlich Bartonhale für Ärger zwischen dir und Lady Juliana gesorgt hat.«

»Unsinn!« Raymond schlug Keir auf die Schulter. »Wer könnte die Leitung dieser Domäne besser übernehmen als du?«

»Es gibt keinen Besseren«, antwortete Keir mit einem Hauch von Ironie.

»Juliana überlässt es mir gerne, mich darum zu kümmern. Nur anfangs fühlte sie sich ein wenig übergangen … und deutete meine Beweggründe falsch.«

Raymond wusste, dass er sich und Keir etwas vormachte. Ihr Liebesspiel war zwar überwältigend gewesen, aber er wusste nur zu gut, dass er damit ihren Verstand keineswegs ausgeschaltet hatte. Bei Licht betrachtet, fernab von der Intimität des Ehebetts, würde Juliana wieder auf ihre Ansprüche pochen. Diese Frau, dachte er, wusste nicht, was gut für sie war.

Keir schüttelte Raymond. »Vielleicht sollte ich deine Orgie der Selbstgefälligkeit nicht unterbrechen, aber ich fühle mich verpflichtet, dir klarzumachen, dass eine Menge Fallstricke auf dich als neuen Burgherrn warten und du massenhaft Probleme bekommen wirst. Dennoch solltest du nie daran zweifeln, dass du der Richtige für Lady Juliana bist. Sie ist wie ein verwundeter Vogel, der manchmal verzweifelt fliehen möchte und sich dann wieder ganz in deinen Schutz begibt. Du darfst ihr nicht nachgeben, wenn sie sich von dir zurückziehen will, denn sie kann nur durch dich geheilt werden. Allerdings setzt das von deiner Seite viel Rücksichtnahme und Geduld voraus.«

»Du bist ein durchtriebener Bursche, mein Freund, aber …«

Aus dem Wohnturm erklang ein panischer Schrei: »Feuer! Feuer!«, und Fayette zerrte Ella und Margery gerade am Arm zu der im ersten Stock gelegenen Ausgangstür. »Feuer!«

Raymond und Keir rannten los. Sie packten die Mädchen um die Taillen, als sie die Leiter hinunterkletterten, und Raymond fragte: »Wo?«

»In der Küche«, antwortete Fayette.

»In der Küche«, wiederholte Raymond.

Über ihm auf dem Treppenabsatz rief Denys: »Ist Margery verletzt?«

»Geh mir aus dem Weg, Junge«, befahl Raymond. »Die Mädchen sind in Ordnung, aber Juliana – wo ist sie?« Er eilte die Stufen hinauf, stieß dabei mit Papiol zusammen, der zitternd nach unten strebte und ebenfalls laut schrie. »Feuer! Wir werden alle verbrennen. Feuer!«

Raymond drängte sich an ihm vorbei hinauf in die große Halle und von dort die Wendeltreppe hinab. Schreie und Verwünschungen hallten von den Wänden wider, dann begegneten ihm zwei Jungen mit Eimern. »Ist das Feuer gelöscht?«, fragte er.

»*Aye*, Mylord, aber es ist ein lustiges Durcheinander dort unten.«

Lustiges Durcheinander? Was meinte der Bursche? Als Raymond um die letzte Ecke bog, verstand er es. Ein lustiges Durcheinander, tatsächlich.

Sämtliche Bediensteten waren in dem Raum versammelt, wedelten mit den Armen, um den Rauch zu vertreiben, sodass sie aussahen wie verrückt gewordene Windmühlen. Alle redeten durcheinander und gaben ihre Version des Vorfalls zum Besten oder jammerten über die bevorstehende Säuberungsaktion. Raymonds Eltern standen auf umgedrehten Kesseln und reckten die Köpfe, um nur ja nichts zu verpassen. Sir Joseph lehnte sich in einer Ecke an die Wand und lachte schadenfroh über das Drunter und Drüber, das sich vor seinen Augen abspielte, wohingegen Layamon geschäftig hin und her eilte, um Ordnung in das Durcheinander zu bringen. Vorerst vergeblich, denn noch rannten alle wie aufgescheuchte Hühner herum. Die Köchin stand laut weinend inmitten der verbrannten und durchnässten Utensilien, während Juliana, von Kopf bis Fuß schwarz und nass, ihr den Rücken tätschelte und ihr beruhigende Worte ins Ohr flüsterte.

Mit einem Blick erkannte Raymond, dass seine Frau am meisten bei dem Unglück abbekommen hatte: Ihr Rock war bis zum Knie verbrannt, ihre Hand mit einem weißen Lappen umwickelt, auf der Stirn stand eine tiefe Falte, die von großem Schmerz kündete, den sie jedoch tapfer verdrängte.

»Die Küche muss in den Burghof umziehen«, murmelte er.

»Raymond«, hörte er schrill seine Mutter kreischen.

»Raymond, wir wären beinahe in unseren Betten verbrannt.« Isabel stieg von ihrem Kessel und bahnte sich ihren Weg durch die Menge.

Geoffroi kam ebenfalls herbei. »Eine schreckliche Tragödie, nur durch mein rasches Eingreifen konnte Schlimmeres verhindert werden.«

»Dein Vater hat jedem befohlen, nach unten zu gehen und das Feuer zu ersticken«, erklärte Isabel mit sichtlicher Begeisterung. »Und wie sie alle gehorcht haben!«

Layamon winkte von der anderen Seite des Raumes herüber und rief: »Alles halb so wild. Es ist nur etwas Glut aus der Feuerstelle gefallen, wenn Ihr versteht, was ich meine.«

Geoffroi sonnte sich weiter im Glanz seiner Heldentaten – und in dem Bewusstsein, mal wieder recht behalten zu haben. »Ich habe dir gesagt, Nachsicht mit einer Frau zu üben, würde nichts bringen. Du hättest ihr wegen der Küche nicht nachgeben dürfen. Ich habe es ja gleich gesagt, dass …«

»Raus hier«, bellte Raymond. Der Lärm erstarb augenblicklich, und er sprang die letzten Stufen hinab auf den nassen Fußboden.

»Raus hier!« Sein Blick glitt durch den Raum. »Wer keinen Grund hat, hierzubleiben, der soll gehen und sich anderswo nützlich machen.«

Schon mühten sich die ersten Diener die Treppe hinauf, gefolgt von seinen Eltern und Sir Joseph, hinter denen die nächste Welle nach oben drängte. Eingekeilt in der Menge suchte der Alte sich mit seinem Stock den Weg frei zu schlagen. In überraschend kurzer Zeit war der Raum leer, mit Ausnahme von Keir, Layamon, der Köchin und Juliana. Raymond stand in der größten Pfütze und fragte: »Was ist eigentlich genau passiert?«

Layamon hockte sich neben die steinerne Feuerstelle in der Mitte des Fußbodens. Die Seite, wo sich der Backofen befand, war unbeschädigt, doch gegenüber war die schützende Mauer zusammengebrochen. Layamon schob die Trümmer mit einem Finger hin und her. »War das Feuer zu heiß?«

Die Köchin jammerte: »Nicht heißer als sonst.«

Keir kauerte sich neben Layamon. Auch er wühlte in den Trümmern herum, dann in den verkohlten Überresten und fischte schließlich ein sehr großes Holzscheit heraus.

»Das ist aber ungewöhnlich groß«, wunderte er sich.

»Wurde von meinem neuen Küchenjungen ins Feuer geschoben. Er ist noch sehr unerfahren.« Die Frau wischte sich das Gesicht mit ihrer feuchten Schürze ab und hinterließ dabei Rußstreifen auf ihrem breiten, hübschen Gesicht. »Trotzdem, ich bleib dabei, davon hätte die Rückwand nicht einstürzen dürfen.«

»Bevor wir die Küche in Betrieb genommen haben, wurde die Stärke der Feuerstelle und des Ofens getestet, wieder und wieder. Ich verstehe nicht, wie er zusammenbrechen konnte«, sagte Juliana. Sie lehnte sich mit einem erschöpften Schulterzucken gegen den ramponierten Ofen.

»Nicht oft genug offensichtlich«, sagte Raymond tadelnd, war mit zwei Schritten bei ihr und griff nach ihrer verletzten Hand. Sie zuckte zusammen, duldete es aber schließlich, dass er den Verband entfernte. Der Handrücken war nur schmutzig, doch auf der Handfläche sah er überall rote Verbrennungen und eine große Brandblase. Die Köchin reckte den Hals, um ihm über die Schulter zu sehen. »Bring einen Eimer mit sauberem Wasser«, wies er sie an.

Als die Frau davoneilte, hob Raymond den verkohlten Teil von Julianas Rock hoch. Mit ihrer unverletzten Hand schlug sie nach ihm: »Das ist nichts weiter, nur ein paar angesengte Stellen. Ich habe mich mit der einen Hand auf der Glut abgestützt.«

Mit einer unheimlichen Ruhe fragte er: »Und warum habt Ihr das getan, Mylady?«

»Weil mich jemand in dem Durcheinander angerempelt hat.« Sie klang ärgerlich. »Wenn dieser verdammte Junge nicht in die große Halle gerannt wäre, um alle zu alarmieren, dann hätte die Köchin das Problem ganz alleine aus der Welt geschafft.«

»Da habt Ihr das Wasser, Mylord.« Schwungvoll stellte die Köchin den Eimer neben seine Füße, trocknete sich die Hände an ihrem Ärmel ab und brummte: »Diese Narren wissen ja überhaupt nicht, wie sie richtig löschen sollen. Mylady hat recht, ohne die ganzen Leute wär weniger Schaden entstanden. Mylady besteht darauf, dass wir immer volle Eimer bereithalten, falls es mal brennt.«

Raymond tauchte Julianas Hand in das kalte Wasser. Ihre Schultern entspannten sich. »Das tut gut – es kühlt so schön.«

Raymond wandte sich an Layamon und Keir, die noch immer vor der Feuerstelle kauerten. »Was hat das Feuer ausgelöst?«

»Vielleicht …«, Keir hielt zweifelnd inne. »Vielleicht hat die Hitze die Steine brüchig werden lassen.«

Layamon stand auf und schüttelte seine Beine. »Vielleicht.«

»Wir werden die Küche ab sofort in den Burghof verlagern.« Raymond deutete mit einer Handbewegung auf den Ofen. »Wenn wir sofort mit der Feuerstelle anfangen …«

»*Nay*.« Julianas Stimme klang leise, aber bestimmt.

Raymond erstarrte. »Wie bitte?«

»*Nay*. Die Küche bleibt, wo sie ist.« Juliana strich sich die Haare aus dem Gesicht. »Wir werden den Burgbaumeister holen, damit er sich das hier ansieht.«

»Ha«, höhnte Raymond, an Papiols zitternde Gestalt denkend.

Juliana ignorierte ihn. »Vielleicht hat er eine Idee, was passiert ist und wie man das in Zukunft verhindern kann. Nächstes Mal …«

»Nächstes Mal?«, polterte Raymond.

»Nächstes Mal, wenn wir einen neuen Küchenjungen bekommen, müssen wir ihn gründlich einweisen, wie er ein Feuer richtig schürt – und dass er bei einem Brand nicht gleich kreischend nach oben rennt und unnütz die ganze Burg aufscheucht.«

Julianas Verbitterung war offensichtlich, aber nicht annähernd so groß wie Raymonds Verärgerung. »Nach diesem Beweis für die Gefahren eines Feuers in unterirdischen Gewölben willst du die Küche tatsächlich immer noch hier unten lassen?«

»Nichts ist passiert«, antwortete Juliana geduldig. »Als ich die Küche plante, habe ich dafür gesorgt, dass sich das

Feuer weit entfernt von allem Brennbaren befindet. Wenn du dich umsiehst, erkennst du, dass der Großteil des Schadens von dem Getrampel der in Panik geratenen Leute verursacht wurde.«

Raymond schaute sich um und musste ihr recht geben.

»Außerdem ist auch der Brunnen hier unten, und es gibt also immer ausreichend Wasser, abgesehen von den Eimern, die ohnehin bereitstehen.«

Sie zog ihre Hand aus dem Wasser und untersuchte sie, und Raymond musste unwillkürlich an die letzte Nacht denken, als diese weichen Hände seinen Körper erkundet hatten. Schade, dachte er, das würde vorerst ausfallen.

»Wir werden die Küche nach draußen verlegen«, sagte er laut.

Sie hob nicht einmal den Kopf. »*Nay*, das werden wir nicht.«

»Doch, werden wir …«

»Glaubst du etwa«, explodierte sie, und ihre Stimme überschlug sich fast, »dass ich meinen Kindern erlauben würde, an einem Ort zu bleiben, wo ihnen Gefahr droht? Selbst ich bin nicht so stur.«

Seine Stimme wurde noch lauter als zuvor. »Und selbst ich bin nicht so kurzsichtig, dir zu erlauben, mit diesem Wahnsinn weiterzumachen.«

»Das geht dich nichts an.« Sie hielt inne, schnappte nach Luft und dämpfte ihre Stimme. »Was ich sagen will – dass dies hier eine Frauenangelegenheit ist.«

Er machte sich nicht einmal die Mühe, seinen Tonfall zu mäßigen. »Und du bist meine Angelegenheit. Alles, was hier passiert, ist meine Angelegenheit.«

Sie schrie zurück. »Nicht in der Küche.«

Aus dem Augenwinkel sah er, dass die anderen peinlich berührt zurückwichen, aber das war ihm egal. Diese verdammte Frau – *seine* verdammte Frau – stritt sich mit ihm. »Nicht in der Küche? Wo denn sonst? Nicht im Garten, nicht im Burghof, nicht in der großen Halle, nicht mit deinen Kindern, nicht mit deinen Verteidigungsanlagen? Was ist dann bitte schön meine Angelegenheit?«

Auch Juliana schien bemerkt zu haben, dass sie ihre Grenzen überschritten hatte, und bemühte sich um Schadensbegrenzung. »Nun ja, die Küche ist es jedenfalls nicht.«

In einem bewusst sachlichen Ton fragte er: »Ist die Verteidigung unserer Burgen denn wenigstens meine Angelegenheit?«

Sie wand sich unter seinem abwägenden Blick. »*Aye*. Nun ja, das ist wohl eine männliche Angelegenheit.«

»Dann wird es dich freuen zu erfahren, dass ich meinen getreuen Ritter Keir beauftragt habe, künftig Bartonhale als unser Burgvogt zu verwalten.« Raymond beobachtete, wie die Röte Juliana langsam vom Hals über die Wangen bis in die Stirn stieg. »Übrigens habe ich soeben beschlossen, dir die Erlaubnis zu geben, die Küche hier im Gewölbe zu lassen.«

Er wandte sich ab, wirbelte seinen Umhang mit einer eindrucksvollen Bewegung durch die Luft und marschierte zur Treppe. Er hörte noch ein Rauschen, doch bevor er reagieren konnte, traf ihn zunächst ein Schwall Wasser, bevor der Eimer hinterhergeflogen kam. Diesmal duckte er sich allerdings rechtzeitig.

Wie ein Rachegott stand er vor ihr. Sie schien einen Schlag zu erwarten, denn sie streckte ihm das Gesicht entgegen, aber er trat auf sie zu, um seinen Mund auf ihren zu pressen. Er teilte ihre Lippen, suchte ihre Zunge, und es dauerte keine Sekunde, um in ihr die Erinnerung an ihre leidenschaftlichen Liebesspiele der vergangenen Nacht zu wecken. Ihre Münder verschmolzen miteinander, Körper drängte sich gegen Körper, er bog sie nach hinten, und stöhnend schlang sie die Arme um ihn. Entrückt ruhte ihr Gesicht an seiner Schulter, als er den Zauber brach. »Hör mir gut zu und merke es dir.« Sie riss die Augen erschreckt auf. »Ich schlage keine Frauen. Wenn du mich allerdings provozierst, dann werde ich dich dementsprechend behandeln und dich frustriert zurücklassen. Erinnere dich daran, wenn du das nächste Mal meinen Zorn heraufbeschwörst.«

Er stellte sie wieder auf ihre Füße und steuerte ein weiteres Mal auf die Treppe zu.

Wie erwartet rief sie ihm einen Kommentar hinterher: »Wenn das meine Strafe ist, dann werde ich dich oft ärgern.«

Erneut wirbelte er herum und sagte in einer Mischung aus Ärger und Belustigung: »Schwöre das nicht zu leichtfertig, meine Dame. Zuerst solltest du herausfinden, was ich tue, wenn ich erfreut bin.«

Seine hohe, muskulöse Gestalt. Sein schwarzer Haarschopf. Seine blendend weißen Zähne, die gebräunten Wangen mit den Grübchen, die fragend hochgezogenen Augenbrauen. Und vor allem sein Lächeln, dieses spöttische Lächeln, das seine Selbstsicherheit widerspiegelte. Sie hegte keinen Zweifel daran, dass er sich ihrer völlig sicher war, dass er wusste, sie würde alles tun, um jene Wonnen zu erleben, die er ihr versprochen hatte. Als ob es noch eine Steigerung dessen gäbe, was sie letzte Nacht erlebt hatten.

Vorsichtig, um die Brandblase auf ihrer Handfläche nicht zu öffnen, faltete Juliana den gewebten braunen Stoff zusammen und legte ihn auf das Gestell vor der schmalen Fensteröffnung.

»Zuerst die Tunika, Mylady?«, fragte Fayette.

Juliana nickte abwesend, und das Mädchen breitete Raymonds zerlumpte alte Tunika als Schnittmuster auf dem Stoff aus, umrandete sie mit einem Stück Kreide. »Da habt Ihr es, Mylady. Fertig zum Schneiden.«

Raymond schwindelte sie an. Es musste ganz einfach so sein, denn es konnte eigentlich nichts mehr geben, was er im Bett noch nicht mit ihr getan hatte … Trotzdem regte sich ein winziger Funken Neugier in ihr. Ein Lächeln umspielte ihren Mund, wenn sie an ihn dachte. Inzwischen wusste sie ganz sicher, dass er kein Dämon oder dergleichen war – dieses Gerücht entsprang lediglich Sir Josephs abartiger Fantasie. Schließlich hatte sie jeden Zentimeter seines Körpers erkundet und ihn als ziemlich menschlich empfunden. Oder vielleicht auch etwas mehr als menschlich angesichts seiner Ausdauer und seiner Talente als Liebhaber.

Fayette kramte in der Truhe mit den Wollstoffen, die bereits gefärbt und mit Kampfer verpackt waren, um die Motten fernzuhalten. »Wollt Ihr den Umhang als Nächstes schneiden?«

»Bring mir den scharlachroten Stoff. Der wird zu seinem neuen Wappenrock elegant aussehen und gleichzeitig für den täglichen Gebrauch taugen.«

»*Aye*.« Fayette zwinkerte Juliana verschwörerisch zu. »Das Rot wird ihn hübsch ausschauen lassen und passt gut zu seiner dunklen Haut und den schwarzen Haaren.«

»*Aye*, das glaube ich auch.« Während sie die Schere von ihrem Gürtel losband, prüfte Juliana die Schneide. »Daran hatte ich gar nicht gedacht«, sagte sie, doch Fayettes Hustenanfall bewies, dass niemand ihr glaubte. Die Schere war scharf, wofür Keir gesorgt hatte. Die Sache mit seiner Ernennung zum Burgvogt nagte unverändert an ihr, und Raymonds Eigenmächtigkeit betrachtete sie nach wie vor als Verrat, den sie wie eine schmerzende Wunde empfand. Zweifellos war Keir für diese Aufgabe geeignet – es gab kaum einen Besseren, Vertrauenswürdigeren als ihn. Doch nichts konnte die Tatsache aus der Welt schaffen, dass Raymond ihm diese Position ohne ihre Zustimmung übertragen hatte.

Ihre Erlaubnis. Er brauchte sie nicht, denn die Gesetze bestimmten es so – ob in England und Frankreich oder im fernen Aquitanien gingen die Eigentumsrechte in einem Fall wie dem ihren ohne Einschränkung auf den Mann über. Da zählte es nicht, dass jahrelang alles in ihrer Hand gelegen hatte und sie über fachkundige Kenntnisse verfügte. Juliana konnte sich einfach nicht damit abfinden, dass sie nicht mehr bestimmen durfte. Zumindest nicht nach den Buchstaben der Gesetze.

»Gut gemacht, Mylady.« Fayette nahm die zugeschnittene Tunika entgegen und reichte Juliana das Bündel mit dem scharlachroten Stoff. »Ich werd die Nähmädchen sofort damit anfangen lassen.«

»Sie müssen bis heute Abend fertig sein«, wies Juliana die Magd an. »Lord Raymond läuft in Lumpen herum. Bis er seine Truhe zu meiner geräumt hat, war mir gar nicht bewusst, dass …« Erschrocken schwieg sie, denn sie mochte vor dem Mädchen nicht preisgeben, dass ihr Ehemann nur die Kleider besaß, die er auf dem Leibe trug.

Doch Fayette hatte verstanden. »*Aye*, es ist eine Schande«, sagte sie und warf einen finsteren Blick auf Geoffroi und Isabel, die kostbar gekleidet beim Feuer saßen und die Köpfe zusammensteckten. »Aber außen hui und drunter pfui«, räsonierte die Magd. »Die stinken wie die Füchse.«

Juliana antwortete nicht. Sie durfte solche Kritik an Leuten, die über Fayette standen, nicht öffentlich gutheißen, auch wenn sie berechtigt war. Mit einer raschen Handbewegung breitete Juliana die dicke Wolle auf dem Tisch aus und sah erst wieder auf, als Fayette flüsterte: »Gott steh Euch bei, Mylady«, und dann schnell verschwand.

Isabel war plötzlich aufgetaucht und fragte mit falscher Freundlichkeit: »Führt Ihr schon Selbstgespräche, meine Liebe?« Ohne auf eine Antwort zu warten, setzte sie sich auf den großen Hocker, den ihre Magd herbeigeschafft hatte. »Ich habe die interessantesten Gerüchte über Euch gehört.«

Juliana hantierte mit der Schere und beobachtete das Aufblitzen der schimmernden Schneiden im Sonnenlicht. Sollte der Umhang mit einer Schnur am Hals zusammengehalten werden, oder sollte sie einen aufwändigeren Verschluss anbringen? Von der Überlegung, auch noch eine

Kapuze zu nähen, war sie wieder abgekommen, weil Raymond es vorzog, sich einen Hut als Schutz bei Regen auf den Kopf zu stülpen. Oder er ging ganz ohne Kopfbedeckung hinaus. Juliana runzelte die Stirn, weil er immer wieder vergaß, seinen Hut aufzusetzen. Erst am Nachmittag war sie deswegen hinter ihm hergelaufen.

»Ihr mögt vielleicht die Stirn runzeln.« Pikiert, weil man sie ignorierte, klang Isabel noch ein wenig schärfer. »Ich aber kenne die ganze Geschichte von Eurer Eskapade vor drei Jahren.«

Ein Schnürverschluss war bestimmt am einfachsten zu handhaben, entschied Juliana und dementsprechend genau richtig für Raymond. Gelassen, um auf Distanz zu deren Boshaftigkeit zu gehen, wandte sie sich nun Isabel zu: »Niemand kennt die ganze Geschichte.«

»Ich weiß genug, um Euch zu verurteilen, und selbst wenn Ihr alles abstreitet«, Isabel zog eine Augenbraue hoch, »gibt es da immer noch die Sache mit Eurem Ruf.«

»Wie bitte?«

»Euer Ruf, der ruiniert ist.«

»Ihr habt anscheinend fleißig die Leute ausgehorcht.« Juliana fasste den Stoff fester und strich mit dem Finger darüber. »Mit wem habt Ihr denn gesprochen?«

Isabel machte eine wegwerfende Handbewegung. »Mit fast allen.«

»Ich kann kaum glauben, dass ein jeder die Geschmacklosigkeit besaß, mit Euch zu reden.«

»Solche Schärfe steht einer jungen Frau gar nicht gut zu Gesicht.« Isabel drehte Julianas Kopf ein wenig zum Licht. »Aber Ihr seid nicht mehr allzu jung, nicht wahr?«

»Ich werde ständig älter«, antwortete Juliana trocken. »Warum sagt Ihr mir nicht, was Ihr wollt, und dann werde ich Euch sagen, dass Ihr Euch zum Rande der Welt scheren und Euch von dort hinunterstürzen könnt?«

Isabel kicherte und schien überhaupt nicht beleidigt. »Mich vom Rand der Welt stürzen ... Wie amüsant. Ihr habt eine spöttische Zunge, meine Liebe. Ich nehme an, Ihr würdet bei Hof gut zurechtkommen. Es ist beinahe eine Schande, dass Raymond Euch nicht behalten kann.«

»Aha, darum geht es also.« Juliana gab sich betont gleichmütig, obwohl es in ihrem Inneren brodelte. »Weshalb kann Raymond mich nicht behalten?«

Ein schneller Maskenwechsel und Isabel spielte die besorgte, mitfühlende Überbringerin schlechter Nachrichten. »Wir haben es Euch doch schon gesagt. Raymond ist der einzige Erbe eines bedeutenden Geschlechts. Da ist es schlicht unmöglich, eine Frau wie Euch an der Seite zu haben. Ganz gleich, wie sorgfältig Ihr Eure Geheimnisse verbergt, ganz gleich, wie nachdrücklich er sie dementiert, die Gerüchte werden Euch einholen. Spätestens dann müsste er Euch verstoßen – wenn er nicht selbst in die Verbannung geschickt werden will.« Mit einem Schluchzen in der Stimme fuhr sie fort: »Und Ihr wisst, wie ehrenwert Raymond ist. Er würde darauf bestehen, Euer Schicksal zu teilen. Er müsste den Rest seines Lebens in diesem Provinznest verbringen, und der König verlöre seinen wichtigsten Ratgeber. Den größten Schaden aber nähme das Königreich.«

»Und das alles wegen meiner Wenigkeit«, schloss Juliana sarkastisch. Von ganzem Herzen hasste sie das falsche Lächeln, das Isabels rot geschminkte Lippen umspielte.

»Zweifelt Ihr etwa an mir?«

»Durchaus nicht. All das, was Ihr Euch ausmalt, könnte passieren. Aber vergesst nicht, dass ich ihn gar nicht heiraten wollte.« Juliana setzte die Schere an und schnitt den roten Stoff zurecht. »Weshalb sollte es mich also kümmern, was mit ihm passiert? Oder mit dem Königreich?«

Isabel klopfte mit ihrem gebogenen Fingernagel auf die Tischplatte. »Und was macht Ihr da gerade?«

Juliana wusste nicht, worauf Raymonds Mutter hinauswollte. »Schneiden.«

»Was schneidet Ihr?«, hakte Isabel ungeduldig nach.

Immer noch verdutzt antwortete Juliana: »Einen Umhang schneide ich.«

»Und für wen?«

»Für Raymond.«

»Und für welchen Zweck?«

Jetzt verstand Juliana. »Für den täglichen Gebrauch.«

Isabel warf triumphierend ihren sorgfältig frisierten Kopf in den Nacken. »Ihr seid so leicht zu durchschauen.«

Juliana tat absichtlich begriffsstutzig: »Ihr seid verärgert, weil Ihr findet, Raymond sollte keine alltäglichen Arbeiten verrichten?«

»*Nay, nay.*« Isabel schlug mit ihrer Hand auf den Stoff, und Juliana hielt erschrocken inne. »Ihr fertigt Kleidung für Raymond an, weil Ihr Zuneigung für ihn empfindet.«

Juliana starrte die schmale, aristokratische Hand auf dem roten Stoff an.

Verächtlich fuhr Isabel fort: »Das ist so eine von diesen widerlichen Gefühlsduseleien, von denen Eleanors Troubadoure singen. Ich habe mir noch nichts dabei gedacht, als Ihr ihm die ersten schönen Sachen gemacht habt – und die waren wirklich schön, meine Liebe. Solltet Ihr jemals eine Stellung am Hof wünschen, dann könnte ich Euch der Königin mit gutem Gewissen als Schneiderin empfehlen.«

»Meinen besten Dank«, antwortete Juliana mit ironischem Unterton, der Isabel völlig entging.

»Wo war ich stehengeblieben?« Die Hand an die Stirn gelegt, dachte Isabel nach. »Ach ja, die Kleider. Nun, das mit dem fürstlichen Wappenrock habe ich noch hingenommen, aber diese Alltagskleider verraten Euch.«

Juliana musste jetzt kein Unverständnis mehr vortäuschen.

»Meine Liebe«, fuhr Isabel fort, »ich selbst habe Raymonds Hofgarderobe tadellos in Schuss gehalten, denn schließlich soll der Sohn ja für die Familie Ehre einlegen und sie gesellschaftlich voranbringen. Und wenn er nicht Reichtum und Macht verkörpert, wie kann er da weiteren Reichtum und Macht gewinnen? Versteht Ihr?«

Juliana verstand jetzt tatsächlich. »Ihr glaubt, ich hätte Raymond schöne Kleider angefertigt, damit er an den Hof gehen kann. Aber Ihr denkt, dass ich ihm Alltagskleider anfertige, weil …«

»… Ihr ihn liebt und ihn an Euch binden wollt«, vollendete Isabel den Satz. »Warum sonst?«

»Vielleicht will ich bloß sichergehen, dass er nicht krank wird und stirbt – und damit meine Chancen auf einen sozialen Aufstieg ruiniert«, bemerkte Juliana.

Völlig unfähig, andere Ambitionen als ihre eigenen zu begreifen, stimmte Isabel zu: »Möglicherweise, doch zwischen Euch gibt es Leidenschaft, sowohl in der Liebe als auch im Streit.«

»Das geht Euch kaum etwas an.«

»Aha, aber ich beobachte genau, wie Ihr ihn anstarrt, wenn Ihr glaubt, er würde nicht hinsehen? Wie Euch die Röte ins Gesicht steigt, wenn er aufblickt und Eurem Blick begegnet? Wie Ihr summt, während Ihr am Webstuhl sitzt, und wie Ihr mit einer Wollmütze hinter ihm herrennt, wenn er nach draußen in die Kälte geht.«

Bei diesen Worten empfand Juliana urplötzlich eine Sehnsucht, die sie nie zuvor gefühlt hatte und die ganz anders war als das heiße, sinnliche Begehren, das Raymond in ihr zu wecken pflegte. Aber sie mochte das nicht eingestehen, schon gar nicht vor einer Person wie Isabel.

»Vielleicht will ich ja bloß einen so geschickten Liebhaber nicht verlieren«, sagte sie provokant.

Isabel machte eine wegwerfende Handbewegung. »Euer Handeln spricht eine ganz andere Sprache. Dass da ein stärkeres Gefühl ist.« Sie schwieg einen Moment. »Ihr liebt ihn. Gebt es endlich zu.«

Das scharlachrote Tuch, das von einem hereinfallenden Sonnenstrahl in ein glühendes Licht getaucht wurde, brannte Juliana in den Augen. Isabels Hände bewegten sich darauf wie Spinnenbeine. Die Schere blitzte, und mit einem unsicheren Lachen schnitt Juliana entschlossen weiter, trieb die Hände ihrer Peinigerin mit den scharfen Schneiden immer weiter zurück, bis diese einen Schmerzensschrei ausstieß.

»Ihr habt mich geschnitten!«

»*Aye*, das habe ich.« Während Isabel empört davonhastete, taumelte Juliana durch den großen Raum dem Ausgang zu, atmete, auf der Plattform stehend, tief die frische, kalte Luft ein und schaute über den Burghof. Wie Eisen einen Magnet anzieht, so fand ihr Blick Raymond, der gerade eines der Pferde für den jungen Denys hielt und ihm geduldig zeigte, wie er es behandeln musste.

Sein zerlumpter brauner Umhang konnte kaum von seiner herrlich männlichen Aura ablenken. Er lachte, doch der Wind trug den Laut davon. Er war stark und tapfer, gütig und gescheit und viel zu loyal, um nur an seine eigenen Interessen zu denken. Juliana legte die Hand auf ihr Herz und fühlte ein schmerzlich sehnsuchtsvolles Brennen in ihrer Brust. »Ich liebe ihn tatsächlich – und bringe ihn doch dazu, dass er mich hassen wird.«

14

Juliana war den ganzen Abend lang das Abbild einer perfekten Lady und Hausfrau gewesen. Sie hatte sich anmutig bewegt, ihre Stimme niemals unangemessen erhoben und nicht laut gelacht. Hatte sich rührend um das Wohl des jungen Knappen Denys gekümmert sowie um das ihrer Diener. Auch bei dem improvisierten Abendessen, das so gut es eben ging in der ausgebrannten Küche zubereitet worden war, verlor sie kein Wort über das vorausgegangene Feuer.

Die gesamte Burg war verwundert und besorgt.

Wer oder was hatte diese ungewohnte Zurückhaltung bewirkt? Raymond stützte seine Ellenbogen auf die Knie und beobachtete Juliana, wie sie von Fackel zu Fackel ging, diese aus den Halterungen an der Mauer hob und sie Layamon gab, um sie zu löschen. »Ist sie wirklich so beleidigt, weil ich dir Bartonhale geben will?«, murmelte er.

»Ich habe versucht, dich zu warnen«, antwortete Keir. »Du schaust über den Besitz und siehst nur den Ort, wo du künftig Wurzeln schlagen willst. Sie schaut über die Ländereien und sieht ihr Zuhause.«

Raymond blickte Keir an und entdeckte auf der Stirn seines so gleichmütigen Freundes eine kaum wahrnehmbare Falte – ein sicheres Zeichen von Beunruhigung. Bedrückt erwiderte er: »Ich werde sie schon davon überzeugen, dass du nichts damit zu tun hast, und einräumen, dass ich nicht besonders taktvoll vorgegangen bin.«

»Tu das«, riet ihm Keir. Er stand auf und streckte sich. »Du hast Möglichkeiten, ihre Laune zu heben, die mir nicht zur Verfügung stehen, und ich ziehe es vor, wenn die Lady schon verärgert sein muss, dass sie auf dich böse ist.«

Insgeheim amüsiert lachte Raymond: »Du bist wohl auch ein wenig in sie verliebt, oder?«

Keir schaute ihn direkt an. »Sind wir das nicht alle?«, sagte er und schickte sich mit einem schiefen Lächeln zum Gehen an.

»Oh, *aye*«, flüsterte Raymond. »Sind wir das nicht alle?«

War er es auch, fragte er sich, und merkte, wie sich mit einem Mal ein neues Gefühl seiner bemächtigte. Erst hatte er sie aus eigensüchtigen Gründen entführt, weil er seine Pläne durchsetzen wollte, um dann festzustellen, dass er sich mehr und mehr von ihr gefangennehmen ließ. Was ihm ganz und gar nicht gefiel, denn er hielt seine Nachgiebigkeit ihr gegenüber für unmännlich, betrachtete sie als Zeichen von Schwäche. Doch langsam begann er sich zu fragen, ob da nicht etwas anderes zwischen ihnen war, ein Gleichklang der Seelen etwa.

In der Burg wurde es still. Ein Diener nach dem anderen rollte sich auf den Pritschen oder auf dem mit Binsen bestreuten Fußboden der Halle in seine Decken ein. Das übliche Geplänkel fehlte heute Abend, denn alle merkten, dass etwas vor sich ging. Juliana rückte eine Bank näher an das Feuer heran und wartete – wartete darauf, dass Raymond kam, um sich zu entschuldigen. Vielleicht nicht gerade wie ein geprügelter Hund, aber ein Wort des Bedauerns durfte sie schon erwarten.

Raymond stand wie erwartet auf und kam zu ihr herüber. Schließlich hatte er es Keir versprochen, die Angelegenheit zu bereinigen. Falls ihm das nicht gelang – nun ja, dann musste er sie anders überzeugen, sie in sein Bett zu locken … Er lächelte angesichts der unmittelbaren Reaktion seines Körpers. Vielleicht sollte er es gleich anders anpacken. Zwanglos schlenderte er zu ihr hinüber und legte ihr die Hand auf die Schulter. »Komm ins Bett.«

Sie zuckte mit den Achseln – ein schroffer Versuch, ihn loszuwerden. »Ich bin nicht müde.«

Raymond betrachtete sie. Freilich, sie klang nicht müde, auch nicht verärgert oder beleidigt. Nein, sie klang erschrocken.

Warum? Wegen des Feuers oder wegen Keir? Er schaute sie an, wie sie da über die Flammen gebeugt saß und in die Glut starrte, während sie sich die verletzte Hand hielt.

Mit seinen Füßen schob Raymond ein paar der Schläfer weg, die sich um die Feuerstelle ausgestreckt hatten, und ließ sich am anderen Ende der Bank nieder, weit von Juliana entfernt. »Ich bin auch noch nicht müde.« Während er seine Hände zu den Flammen hin ausstreckte, sagte er: »Das erinnert mich an unsere erste gemeinsame Nacht.«

»Vor zwei Monden. So vieles hat sich seither verändert.« Sie klang abwesend. »So vieles ist gleich geblieben.«

Er beobachtete, wie sie die Narbe auf ihrer Wange rieb, und glaubte, er verstünde ihre Gedanken. Sorgfältig wählte er seine Worte. »Du dachtest, ich würde dir meinen Willen aufzwingen.«

Ein Schauer schüttelte sie, und sie hob den Blick zu ihm empor. Die Verzweiflung, die er gespürt hatte, ließ Tränen in ihre Augen treten. Er rutschte näher heran, hob seinen Arm, um ihn ihr um die Schulter zu legen, aber sie schrie: »Rühr mich nicht an!« Sie blickte auf die eingemummten Gestalten auf dem Boden und senkte die Stimme. »Du willst mich doch gar nicht berühren!«

Was für eine Behauptung! Er litt Höllenqualen, wenn er sich ihr nicht nähern durfte. Er schwitzte Blut und Wasser, rang mit Dämonen, während er darauf wartete, dass sie ihn zu sich ließ. Sich dem Tanz der Liebe zu ergeben, das war es, was er wollte, Nacht für Nacht. Und dieses Gefühl, das ihn dazu trieb, es wurde nicht schwächer. Ganz im Gegenteil, das Zusammensein mit ihr empfand er von Mal zu Mal schöner. Vorsichtig antwortete er: »Ich möchte dich sehr wohl berühren.«

»*Nay*.« Sie schüttelte den Kopf. Ihr kupferfarbenes Haar flog um ihre Schultern. »Du würdest es nicht wollen, wenn du Bescheid wüsstest.«

Er stieß einen tiefen Seufzer aus: Es ging also nicht um die Ereignisse des heutigen Tages. Trotzdem sagte er: »Ich möchte mich wegen der Geschichte mit Keir entschuldigen.«

Ihr fiebriger Blick fand seinen. »Keir?«

»Wegen Bartonhale.«

»Oh.« Sie machte eine wegwerfende Handbewegung. »Keir. Warum lenkst du ab? Das ist jetzt unwichtig. Ich muss dir ein Geständnis machen.«

Er strich ihr eine Haarsträhne aus dem Gesicht, nur um ihr das Gefühl seiner Berührung zu geben, doch als er sie anschaute, schien es ihm, als würde sie durch ihn hindurchsehen, seine Anwesenheit einfach ignorieren. Unfähig, passende Worte zu finden, flüsterte er einschmeichelnd: »Meine geliebte Lady, tu dir doch nicht selbst so weh.«

Sie presste ihre Hand auf die Stelle über ihrem Herzen und ließ ihren Kopf hängen. Sie sah aus, dachte Raymond, als würde sie einer Totenklage in ihrem Innern lauschen. Jede Freude, jede Hoffnung war aus ihrem Gesicht gewichen. Was konnte so schrecklich sein, dass es alle Freude aus ihrem Gesicht und alle Hoffnung aus ihrem Leben vertrieben hatte? Welches Geheimnis würde sie ihm offenbaren? Mit rauer und zugleich sanfter Stimme sagte er: »Geheimnisse sind eine Last auf der Seele. Erzähl mir davon, und ich werde deine Last mittragen.«

Ein Laut entrang sich Julianas Kehle, halb schluchzend, halb abwehrend und voller Skepsis. »Niemand will eine Frau wie mich«, antwortete sie. »Jedenfalls kein Mann wie du. Ein Verwandter des Königs, Erbe eines bedeutenden Titels und Vermögens.«

»Aha.« Er atmete tief aus. »Du hast mit meinen Eltern geredet.«

»Mit deiner Mutter. Isabel.« Der Name blieb ihr beinahe im Halse stecken. »Sie ist eine furchtbare Frau.«

»Eine Untertreibung.«

»Aber sie weiß, wie die Dinge laufen.«

»Beispielsweise in meinem Leben?« Raymond lachte auf. »Isabel hat doch keine Ahnung.«

»Sie weiß etwas, das du nicht weißt.«

Er holte tief Luft. »Über deine Vergewaltigung?« Es war ein Schuss ins Blaue, aber er schien getroffen zu haben.

Ihr Kummer war für ihn so unerträglich, dass er nicht länger an sich halten konnte. Er riss sie in seine Arme, presste sie ganz fest an sich und murmelte: »Siehst du? Ich wusste es, und es macht mir nichts aus.«

Sie befreite sich aus seinen Armen, als ob sie Folterinstrumente wären und kein Schutz. »Du weißt gar nichts.«

Köpfe hoben sich vom Fußboden, doch auf eine herrische Armbewegung von Raymond hin verschwanden sie wieder unter ihren Decken. »Erzähl es mir.«

»Du hast Fragen gestellt.« Sie schlang ihren Schal schützend enger um sich. »Genau wie deine Mutter.«

Mit zusammengebissenen Zähnen weigerte er sich zu antworten. Ihr vorwurfsvoller Blick hielt seinem eine Weile stand, dann senkte sie die Augen. »*Nay*, du würdest keine Fragen stellen. Wer hat dir die Gerüchte erzählt?«

»Du selbst.«

»*Nay*. Das ist ... Oder habe ich im Schlaf geredet?«

»Wir haben nicht genug geschlafen, als dass du hättest reden können«, antwortete Raymond lächelnd und nahm Julianas Hand. Streichelte die rauen Fingerknöchel, ließ seine Finger über die Vertiefungen und die Kuppen wandern, wie er es schon oft in intimen Momenten getan hatte. »Du hast mir Hinweise gegeben, mein Mädchen, einzelne Teile, die ich nur zu einem Bild zusammenfügen musste. Zunächst dachte ich, du hättest dir einen unpassenden Liebhaber ins Bett geholt und wärst dabei erwischt worden. Aber dann dachte ich: Würde eine selbstsichere Frau jemals einen Mann so schlagen, wie du es bei Felix getan hast?«

»Du hast Margery beigebracht, wie man sich wehrt«, murmelte Juliana.

»Ja, sie muss sich schließlich im Notfall zu verteidigen wissen.« Er ergriff ihr Handgelenk und hielt es fest, bis sie zu ihm aufsah. »Dir hat es niemand beigebracht, oder?«

»Nein, niemand.«

»Genau. Niemand. Also hat ein schlimmes Erlebnis es dich gelehrt. Es wurde mir klar in dem Augenblick, als Sir Joseph dich beschimpfte und schmähte und erwartete, du würdest dich unter seinen Drohungen ducken.«

»Sir Joseph«, sagte sie hasserfüllt. »Du wusstest es durch seine Worte.«

»Nicht nur.« Raymond griff in ihr glänzendes Haar. »Dies hier hat es mir verraten.«

Juliana erstarrte.

»Jemand hat es abgeschnitten, nicht wahr?« Der Feuerschein ließ ihr Gesicht, das weiß und angespannt war, fälschlicherweise rosig aussehen. »Sir Joseph?«, fragte er, wusste aber bereits, dass dieser Verdacht nicht stimmte.

»*Nay*.« Sie formte das Wort mit ihren Lippen, aber kein Laut drang aus ihrem Mund.

»Dein Vater also. Er schnitt dir das Haar ab, damit die ganze Welt deine Schande sehen konnte.«

Tränen füllten ihre Augen und quollen in stummer Qual hervor. Raymond zerriss es schier das Herz. »Aber ich wurde nicht vergewaltigt«, flüsterte sie zu Raymonds Verblüffung.

Das Zittern ihres Kinns hörte auf, aber der Druck ihrer Hand verstärkte sich. »Ich habe mich so heftig gewehrt, dass ich mit heiler Haut entkommen konnte, aber das zählte nicht. Nur das, was die Wahrheit zu sein schien. Mein Vater wollte mir nicht zuhören. Wieder und wieder habe ich beteuert, dass nichts passiert sei, aber er schob mir die Schuld zu, dass es überhaupt dahin kommen konnte. Er sagte, es sei meine eigene Schuld gewesen, dass ich genommen wurde, dass jeder es auf mich abgesehen hätte. Selber schuld, weil ich mich aufreizend kleiden und die Männer anlächeln würde. Er sagte, eben weil es meine Schuld sei, müsse ich heiraten.«

»Felix?«

Sie drehte sich zornig zu ihm um. »*Aye*, Felix! Du scheinst ja alles zu wissen«, fügte sie hinzu.

»Nicht alles. Nicht mal annähernd genug. Wenn ich es gewusst hätte, bevor er die Burg verlassen hat ... Lass mich ihn töten«, sagte er.

»*Nay!*« Entsetzen trat in ihr Gesicht. »Er ist es nicht wert, seinetwegen zur Beichte gehen zu müssen.«

Zu jedem anderen Zeitpunkt hätte er wohl über dieses Bonmot gelacht. »Es wäre eine Sünde, mit der ich meine Seele gerne belasten würde.«

»Ich könnte genauso gut Sir Josephs Stab dafür verantwortlich machen, wenn er zum Schlag ansetzt.«

»Ach«, sagte sie abwertend. »Felix ist doch nur eine Marionette. Er ist Wachs in den Händen stärkerer Menschen.«

»Dein Vater.« Der Tonfall allein kam einer Verdammung gleich.

»Er hätte mich zwingen können, Felix zu heiraten. Hätte mich einsperren und schlagen können, aber das wäre zugleich mit einer Reihe von Unannehmlichkeiten verbunden gewesen. Ohne mich würde der Haushalt nicht funktioniert haben, denn die Diener gehorchten ihm nicht, und dann waren da noch die Kinder, um die sich jemand kümmern musste. Also war es einfacher …«, sie schaukelte vor und zurück, hielt sich den Bauch, als empfände sie irgendeinen Schmerz, »… mich gewähren zu lassen, doch verziehen hat er mir nie.«

Juliana atmete tief ein und kämpfte damit, ihre Tränen zurückzuhalten. »Vater sagte, sein Ruf würde nur wiederhergestellt, wenn ich heirate. Manchmal denke ich, er hatte die Hände im Spiel.«

»Der Ruf deines Vaters?«, fragte Raymond ironisch und verwünschte den toten Mann.

Er war der eigentliche Ursprung ihres tiefen Kummers, ihrer Ängste. Nicht die Beinahevergewaltigung und auch nicht die Gewalt, die ihr ansonsten angetan wurde, hatten Juliana zerstört, sondern der Verrat ihres Vaters. Und vermutlich hatte der noch ganz andere Dimensionen, die weit darüber hinausgingen, dass er ihr nicht glaubte und sie demütigte. War er vielleicht die treibende Kraft hinter allem gewesen? Hatte er den Vergewaltigungsversuch inszeniert, um seine Tochter zu einer Heirat zu zwingen? Konnte ein Vater so herzlos sein, zu solch grausamen, hinterhältigen Methoden zu greifen? Der alte Ritter schien ihm durch und durch verkommen.

Ziemlich heftig antwortete sie: »*Aye*, sein Ruf. Als ich mich weigerte, Felix zu heiraten, da hat er meine Haare mit seinem Messer abgehackt, damit alle Welt denken sollte, ich hätte Schande über ihn gebracht.«

Raymond ahnte Böses – mehr, als er sagen konnte. Wie konnte man die Schwäche einer jungen Frau dermaßen ausnutzen. Auch er hatte die schlimmsten Demütigungen ertragen müssen, doch sein Überlebenswille war stark genug gewesen, auch wenn er dafür seine Religion verraten, seine Erziehung und seine Prinzipien verleugnen musste. Er fühlte sich versucht, ihr von seiner eigenen Schuld zu erzählen, aber er brachte es nicht fertig. Sein Frevel schien ihm so groß, dass sie ihn deswegen nur verachten und verabscheuen konnte. Innerlich aufgewühlt strich er sich das Haar hinters Ohr zurück und wandte sein Gesicht dem Feuer zu. Sein Ohrring glitzerte im Schein der Flammen. »Hast du dich eigentlich je gefragt, weshalb ich den hier trage?«

Juliana hob die Hand, streckte sie langsam, beinahe ehrfürchtig aus und berührte das gehämmerte Gold. Sie schüttelte den Kopf.

»Es war eine der Launen meines Herrn, alle seine Sklaven mit einem großen Ohrring zu markieren.«

»Hat es nicht wehgetan, als sie ihn durchs Ohrläppchen stachen?«

»Alle Zeichen der Sklaverei tun weh, und ich trage sie noch sämtlich mit mir herum. Als Buße sozusagen.« Er strich mit den Fingerspitzen über ihr schimmerndes Haar. »Du siehst also: Während dein Vater kein Schamgefühl kannte, verstehen wir beide viel davon.«

Sie berührte ihr Haar, als wolle sie sich vergewissern, dass es nachgewachsen war. Ihre Hände berührten sich, und sie fuhr fort: »Papa hat Felix wieder in die Burg eingeladen, nachdem er mich angegriffen hatte.«

»Weshalb duldest du immer noch, dass er kommt?«

»Felix scheint nie bewusst gewesen zu sein, wie abscheulich er sich verhalten hat. Und«, sie zögerte, »ich habe mir

Vorwürfe gemacht. Mich immer wieder gefragt, ob es meine Schuld war, dass er mich entführt hat. Was, wenn ich ihn unwissentlich dazu verleitet habe?«

Schuldgefühle waren ihr genauso gewaltsam in die Seele gedrückt worden wie ihm das Gold in sein Ohr. Scharf erwiderte er: »Das hast du nicht. Denk so etwas nicht einmal. Und du wirst ihm auch nie wieder begegnen müssen.« Er blickte auf seine Fäuste. »Ich nehme an, Felix hat endlich erkannt, dass er hier nicht mehr willkommen ist.«

»Welche Raserei dich auch ergriffen haben mag, ihm das einzubläuen – jedenfalls danke ich dir, dass du ihn aus meinem Leben entfernt hast.«

Raymond lächelte. »Es war nicht besonders schwer, diesem Wurm den Garaus zu machen.«

Sie strahlte wie ein kleines Mädchen. »Du hast ihm wirklich ordentlich Angst eingejagt, das ist schön. Papa hat mich nämlich immer gezwungen, ihn wie eine Magd zu bedienen. Das war Teil seiner Strafe – wegen meiner Sünde. *Meiner Sünde*. Mein eigener Vater wollte mir nicht glauben.«

»Ich tue es.«

Sie starrte ihn an, als ob sie nicht richtig verstanden hätte.

»Ich glaube dir.«

»Das ist unmöglich. Du denkst doch bestimmt genauso wie die anderen Männer: Dass ich eine Nachfahrin Evas bin, die die Männer nur verführt, und damit der eigentliche Ursprung jeder Sünde. Dass man deshalb auch keinen Mann zur Rechenschaft ziehen kann.«

»Das ist nichts weiter als eine fadenscheinige Schutzbehauptung für Männer, die zu schwach sind, ihre Triebe zu kontrollieren.« Raymond klopfte sich selbst auf die Schulter. »Du vergisst, dass ich derjenige war, der den Holzscheit abbekommen hat.«

Ihr Lachen klang beinahe hysterisch. »Ja, aber damals war ich leider nicht so clever … Ich wehrte mich zwar gegen ihn, doch er hat immer wieder gesagt: ›So sollte das doch nicht ablaufen‹, und mich so lange geschlagen, bis ich bewusstlos wurde. Als ich wieder aufwachte, war ich allein und konnte entkommen.« Sie zeigte mit dem Finger auf ihn, als ob er widersprochen hätte. »Aber ich wurde immerhin nicht vergewaltigt, während ich bewusstlos war.«

Der Zorn auf Julianas Vater vermischte sich mehr und mehr mit seinem Hass auf Felix. »War das die Begründung, mit der sie dich zwingen wollten, ihn zu heiraten?«

Juliana wich seiner Frage aus, sagte stattdessen: »Wenn ein Mann eine Frau nimmt, dann hinterlässt er Spuren – aber es gab nichts dergleichen. Ich wurde nicht vergewaltigt, und ich war froh darüber. Töricht, ich weiß, denn es spielte eigentlich keine Rolle mehr. Erniedrigt fühlte ich mich ohnehin, war behandelt worden, als ob meine Tränen und mein Schmerz wertlos seien. Aber ich wollte nicht benutzt werden wie ein Eimer für seinen Abfall.«

»Auch das würde mir nichts ausmachen. Für mich zählt nur, dass man dich verletzt und unglücklich gemacht hat. Und du dadurch dein Vertrauen in diejenigen verloren hast, die dich beschützen sollten.«

»Sir Joseph hat mir nie geglaubt, wenn ich sagte, ich sei nicht vergewaltigt worden. Er beharrte darauf, ich müsse dankbar sein, dass man mich nicht umgebracht habe.«

»Sir Joseph wird sich noch für einiges verantworten müssen«, erklärte Raymond grimmig. Er hätte sich am liebsten gleich darum gekümmert, doch wichtiger war es zunächst, Julianas verletzte Seele zu trösten. »Denk nicht mehr an die Geschichte. Du bist meine Ehefrau. Du erfüllst jeden meiner Träume. Nichts, was du tust, kann mich von dir entfremden. Selbst wenn es eine Vergewaltigung gegeben hätte, würde ich dich nicht im Stich lassen.«

Eingedenk Isabels Worte antwortete sie: »Aber du musst. Dem König …«

»Geht es bestens ohne mich.«

»Die Königin …«

»Wird mich besuchen kommen, falls sie das wünscht.«

»England …«

»Kann in den Wellen versinken. Solange ich mit dir zusammen bin, wird es mich nicht kümmern.« Er beugte sich zu ihren Lippen hinunter und berührte sie mit einem sanften Kuss.

»Du kannst …«

Ein zweiter Kuss, lieblich wie eine Frühlingsbrise.

»Da liegt kein Sinn …«

Er setzte seine Zunge ein.

Mit ihrer unverletzten Hand schob sie ihn weg. »Das wird mich auch nicht davon abhalten, mit dir zu streiten.«

Sie klang beinahe wieder normal – forsch, ungeduldig, heiter. Sein Seufzer der Erleichterung war zwar stumm, aber aufrichtig. Lachend hob er ihre Finger zu seinem Mund. Er fuhr mit den Zähnen an ihren Fingerknöcheln entlang und antwortete: »Komm mit mir mit. Wir wollen einmal sehen, ob ich dich nicht irgendwie vom Streiten abhalten kann.«

»Nichts ist entschieden«, warnte sie, doch sie erlaubte ihm, sie auf die Füße zu ziehen.

Raymond führte Juliana zu der nur von einer Nachtkerze erleuchteten Schlafkammer und drängte sie durch die Tür. »Warte hier«, sagte er.

Die Stille in dem kleinen Raum war unheimlich, und Juliana schlang die Arme um ihren Körper, während sie wartete. Sie verspürte Erleichterung. Er hatte es gewusst und sich nicht daran gestört. Hatte sie sogar trotz dieses Makels geheiratet, sie ehrenvoll behandelt und wollte auch in Zukunft zu ihr stehen. Schuldgefühle und Bitterkeit schienen von ihr wie durch Zauberhand abzufallen.

Nein, durch die Hand eines geliebten Menschen. Sie schloss die Augen und wärmte sich an diesem Gedanken. Ihre Brust schmerzte nicht mehr, die Anspannung hatte sich gelöst. Sie konnte tief Luft holen und ohne Blockade laut lachen. Sie stellte sich auf die Zehenspitzen und tanzte wie ein fröhliches Kind herum. Staub wirbelte unter ihren Füßen auf, und sie beschloss, die Burg morgen sauber machen zu lassen.

Alles Alte sollte hinweggefegt werden und Platz machen für einen neuen Anfang. Sie warf sich aufs Bett und zerwühlte übermütig die Kissen und Decken.

»Nanu, was geht denn hier vor«, fragte Raymond mit einem schalkhaften Grinsen.

»Und was hast du da?«, gab sie verwundert zurück.

Statt einer Antwort zog er unter seinem Umhang zwei Eimer hervor, die mit Schnee gefüllt waren.

Ihre Euphorie erstarb, zumindest beinahe. Energisch hob sie die Hände: »*Nay.*«

Er grinste noch breiter, legte seinen Umhang und den Wappenrock ab, zog ein Leinenhandtuch von seiner Schulter und legte es aufs Bett. »Aber du vertraust mir doch.«

»*Dir* vertrauen?« Sie sah ihn mit vorsichtig abschätzendem Blick an.

Er flirtete mit ihr, wie ein junger Bursche es mit einem Mädchen tun würde. »Du vertraust mir doch, oder etwa nicht?«

Sich gegen seine magische Anziehungskraft wappnend antwortete sie streng: »Nur so weit, wie ich jedem anderen Mann vertraue.«

»Das ist immerhin ein Anfang.« Er trat näher und begann sie in Windeseile zu entkleiden, dabei keinen Widerspruch, keinen Einwand duldend. Und er versetzte ihr einen scherzhaften Klaps, als sie hinzufügte: »Aber meinen Hunden vertraue ich mehr.«

»Was für eine spitze Zunge du doch hast«, neckte er sie. »Du versuchst mich zu vertreiben, obwohl ich nur dein Bestes im Sinn habe.«

»Du willst mir bloß eins von diesen Schneebädern verpassen, oder?«, fragte sie zweifelnd. Er stritt es nicht ab, und sie gab schließlich ihren Protest auf. Schließlich hatte Raymond das Schneebad damals ganz offensichtlich genossen. Und wer weiß, vielleicht erwies es sich ja wirklich als großartiges Erlebnis – als echtes Reinigungsritual, nicht nur für den Körper, sondern auch für die Seele.

»Du hast meine Erlaubnis«, sagte sie tapfer.

Er schien das für selbstverständlich zu halten. Als er sie auszog, versicherte er ihr: »Es wird dir gefallen.« Ihr Umhang flog in eine Ecke, gefolgt von anderen Kleidungsstücken. »Du weißt ja, diese Schneebäder sind bei uns Tradition, fast wie eine heilige Handlung.« Ihr Unterkleid schlang sich um den Bettpfosten, ihre Beinkleider warf er zur Decke, wo sie an einem Balken hängen blieben wie eine bizarre Dekoration. Ihr Hemd stopfte er unter die Kopfkissen. »Für morgen früh«, sagte er. Dann zog er sich selbst aus, und der Anblick seines braunen, muskulösen Körpers ließ sie die Kälte im Raum vergessen. Bald würde sie gewärmt werden.

Aber zunächst einmal stand ihr das Schneebad bevor. Er führte sie weg vom Bett und tauchte seine Hände in den weichen Schnee. Sie haderte kurz mit sich und rief: »Raymond?«

»Vertrau mir«, antwortete er, und schon traf sie die Kälte mit solcher Wucht, dass sie aufschrie. Immer mehr Schnee häufte er auf sie, schrubbte ihren Rücken, drehte sie herum, um nun auch ihre Vorderseite mit der kalten Pracht zu bearbeiten.

Juliana stockte der Atem. Sie konnte weder protestieren noch sich wehren. Sie musste es einfach geschehen lassen. Er rieb jetzt ihre Arme, ihre Beine, kniete vor ihr, bevor er endlich aufstand und strahlend erklärte: »Beinahe fertig«, um ihr dann noch schnell eine Ladung Schnee ins Gesicht zu reiben.

Ihre Haut kribbelte, die Nerven schienen offen zu liegen. Sie trat nach ihm.

»Au.« Er krümmte sich mit schmerzverzerrtem Gesicht. »Wenn du nur ein wenig genauer getroffen hättest, dann wäre das mit Kindern erledigt.«

»Nun denn, hier.« Sie kratzte etwas Schnee zusammen.

»Lass mich deinen Schmerz kurieren.« Sein Gebrüll ließ die provisorischen Wände wackeln, erschütterte die Dachsparren, als sie ihn an seiner intimsten Stelle mit Schnee abrieb.

»Weh dir.« Seine Augen glänzten, als sie zur Seite sprang. »Glaubst du vielleicht, du würdest damit durchkommen?«

Sie breitete die Arme aus und fragte: »Was willst du tun? Mich mit Schnee bewerfen?«

Er hob ein Handtuch auf. »*Nay*. Ich werde dich abtrocknen.«

»Weshalb klingt das wie eine Drohung?«, fragte sie. Er grinste und griff nach ihr. Sie lief um das große Bett herum. »Nun, Raymond, du hattest es verdient.«

Er ging langsam auf sie zu. »Und du verdienst das hier.«

Sie kreischte, als er sie einfing und auf die Felle warf, sich rittlings auf sie setzte und damit begann, sie abzutrocknen. Langsam. Mit großer Bestimmtheit und seine Aufmerksamkeit vor allem auf jene Teile ihres Körpers gerichtet, die ihm besonders wichtig erschienen.

Als er fertig war, spürte Juliana keine Kälte mehr. Nicht die Spur. Flammen schienen vielmehr über ihre Haut zu lecken – oder war er das mit seiner Zunge? »Du weckst viele Erwartungen«, sagte sie.

»Nicht zu viele.« Das verheißungsvolle Timbre seiner Stimme ließ sie erschauern. »Ich werde dir alles geben, was du begehrst, und noch viel mehr«, hörte sie ihn flüstern.

Ihre Hände vergruben sich in seinem Haar, hielten seinen Kopf fest.

»Ich mag dein Haar«, sagte er. »Ich mag die Fülle. Ich

mag die Länge.« Dankbar schaute sie ihn an. Seine Worte waren wie Balsam für ihre Wunden. »Es hat die Farbe von Kupfer, das im Kerzenlicht lebendig wird. Schau.«

Raymond breitete Julianas Locken auf seiner Brust aus, wo sie sich mit dem schwarzen Gekräusel vermischten. Sie musste ihm recht geben: Es sah lebendig aus. Auch sie war lebendig, sehr sogar. Und sie würde ihn lieben, selbst dann noch, wenn ihre Haare grau geworden waren.

Er zog sie zu sich heran. »Wärm mich. Wärm mich mit deinen Händen.«

Vorsichtig löste sie ihre Hände aus seinen Haaren und strich damit über seine Arme. »Du bist so attraktiv«, murmelte sie. Oberflächliche Worte für das Gefühl, das wie ein Feuer tief in ihr brannte. Zweifellos war er ein attraktiver Mann, aber sie hätte ihn auch ohne diesen Vorzug geliebt. Er hatte ihr alles gegeben, war ihr Geliebter und Freund, Gefährte und Ratgeber.

Sie rieb über seine Haut, seine Muskeln. Als sie zögerte weiterzumachen, begann er sie zu streicheln, arbeitete sich mit seinen Fingern bis zu ihrer Brust vor und umkreiste ihre Brustwarzen. »Ich werde dich hier küssen.«

Juliana blieb die Sprache weg, doch ihre Erregung wuchs bei dieser Ankündigung. Sie stöhnte auf, als er sich über sie beugte und ihre Brustwarzen in seinen Mund zog und daran saugte.

Sie zitterte am ganzen Körper und biss sich auf die Unterlippe. Hitze- und Kälteschauer jagten abwechselnd über ihre Haut. Sie spürte, dass auch sein Atem heftig ging.

»Sag mir, was dir gefällt«, forderte er sie auf.

Es war nicht das erste Mal, dass er danach fragte, doch

bislang hatte sie eine ehrliche Antwort verweigert, sondern bestritten, überhaupt irgendetwas zu mögen. Jetzt aber, vom Strudel der Gefühle hinweggetrieben, schwieg sie einfach und umklammerte ihn nur noch fester.

»Schling deine Beine um mich«, sagte er und drehte sie auf die Seite. Verwirrt wollte Juliana sich wieder auf den Rücken legen, aber er hielt sie zurück. Und begann sie mit leichten Berührungen zu erforschen.

Sie wusste nicht, was sie mochte, was sie genoss, was sie wollte. Sie spannte sich an, wie um vor den Reaktionen ihres Körpers zu fliehen. »Ist es die leichte Berührung, die dir gefällt? Oder eher eine Massage meiner Handfläche?«

Sie wimmerte, als er den Handballen gegen ihre Hüftknochen drückte.

»Sag es mir bitte! Wie soll ich sonst wirklich wissen, was du am liebsten magst.«

Seine Liebkosungen umwirbelten sie wie die Wogen eines aufgewühlten Meeres, das voller Untiefen ist, und Juliana wusste nicht, wie sie hindurchsteuern sollte. Deshalb hielt sie sich einfach an seiner Taille fest, den Blick bittend auf ihn gerichtet.

»Ist es das, was du willst?« Vorsichtig glitten seine Finger in die Falten ihres Fleisches.

Ein Stöhnen entfuhr ihr, unaufhaltsam, und sie konnte ihn kaum mehr sehen vor lauter Hitze, die in der Luft zwischen ihnen zu flimmern schien. Reflexartig schlängelte ihr Körper sich an seinen, während er sie immer weiter liebkoste. Sie griff nach ihm.

Er stöhnte auf und packte ihr Handgelenk. »Möchtest du mich in dir spüren?«

»*Aye.*« Sie holte tief Luft. »Jetzt.«

»Mylady, was immer Ihr wollt, ich werde es tun«, antwortete er förmlich und drang in sie ein. Es war mehr als ein Akt, bei dem es nur um Befriedigung ging. Für Juliana traten ihre neu erwachten, tiefen Gefühle in den Vordergrund. Sie wollte ihm alles geben, ihn lieben, bis sie eins wurden.

Und Raymond? Gehörte er zu jenen Männern, für die dieser Akt in erster Linie Besitz bedeutete? Sie verspürte einen Stich, als sie ihn ansah. Was erwartete er von diesem Liebesspiel?

Doch schnell vergaß sie ihre Befürchtungen und wandte sich wieder ganz dem zu, was jetzt wichtig für sie war: Raymond. Alle Dinge im Weltall schienen sich nur noch um sie beide zu drehen. Diese Erkenntnis überwältigte sie so sehr, dass sie schluchzen musste. Ihr war, als flöge sie hinauf zu den Sternen, würde sich dort oben auflösen und schließlich eins mit ihm werden.

»Ich werde dich niemals im Stich lassen«, schwor er. »Und du mich auch nicht.«

»Niemals«, flüsterte sie.

Überwältigt von einem Gefühl des Triumphes stützte er sich auf seine Ellenbogen, senkte seinen Blick tief in ihren und ergoss seinen Samen in sie.

15

Ein Aufschrei der Empörung drang durch die Tür der Schlafkammer und weckte Juliana bereits vor Tagesanbruch auf.

»Bartonhale gehört mir!«

Sir Josephs Stimme. In der großen Halle? Zu dieser Stunde? Sie blinzelte und versuchte ihre Gedanken zu sammeln.

»Ihr könnt diesen verwilderten Schweiger doch nicht mit mir nach Bartonhale schicken! Schließlich bin ich seit Jahren für die Burg zuständig. Ich.«

Raymond unterbrach ihn ruhig. »Schon möglich, aber jetzt wird Keir sich um die Verwaltung und die Buchführung, um Gewinne und Kosten kümmern.«

»Bezichtigt Ihr mich etwa irgendwelcher Unregelmäßigkeiten?« Sir Josephs Stimme überschlug sich beinahe.

»Durchaus nicht«, entgegnete Raymond knapp. »Weshalb kommt Ihr überhaupt auf die Idee, dass ich Euch eines solch verabscheuungswürdigen Vergehens beschuldige?«

Hastig griff Juliana nach ihren Kleidungsstücken, die zu ihrem Erstaunen ordentlich auf den Fellen zurechtgelegt waren, und schwankte schlaftrunken in die große Halle. Vier Gestalten erkannte sie schemenhaft beim Feuer. Raymond, der auf einer Bank saß, den Rücken den Flammen zugewandt. Layamon und Keir, die ihn von beiden Seiten flankierten, und Sir Joseph ihnen gegenüber, als ob er vor einem Tribunal stünde.

»Ihr habt mich nicht des Diebstahls bezichtigt, gewiss, Mylord.« Sir Joseph schwankte dramatisch. »Aber ich bin ein alter Mann und soll den Ort verlassen, wo ich den Großteil meines Lebens zugebracht und gedient habe. Da behalte ich mir das Recht vor, mir über die Zukunft von Lofts Gedanken zu machen.« Er starrte Layamon finster an. »Ganz besonders, wenn ich hinsichtlich der neuen Führung beträchtliche Zweifel hege.«

»Worüber beklagt Ihr Euch genau?«, fragte Raymond. »Dass Lady Juliana Layamon zum Kommandanten ernannt hat? Oder dass Ihr es nicht verhindern konntet?«

»Ich habe mich über niemanden beklagt«, antwortete Sir Joseph scharf. Keir legte die Hand auf sein Messer, und Sir Joseph fügte hinzu: »Mylord.«

In den Schatten des Raumes verborgen sah Juliana, wie die Gesichtszüge des Alten sich zu einer Maske verzerrten. Unter den buschigen weißen Augenbrauen funkelten wie immer boshaft seine hervortretenden blauen Augen. Gebrechlichkeit vortäuschend stützte er sich auf seinen robusten Stock.

Oder täuschte er das gar nicht mehr vor? Juliana kamen Zweifel, denn in all den Jahren, in denen er sie und andere schikanierte, war er tatsächlich alt geworden. Sie hatte es nicht bemerkt, weil er ihr ganzes Leben lang da gewesen war. In ihrer Kindheit, als die Mutter noch lebte, erschien er ihr nur wie eine schattenhafte Gestalt, die im Hintergrund blieb. Später wurde er zum unverzichtbaren Gesellschafter und Berater ihres Vaters, dessen Bedeutung ständig wuchs. Doch erst als ihr junger Ehemann starb, entpuppte sich Sir Joseph als Feind.

Und nachdem sie entführt worden war! Juliana schloss ihre Augen und presste eine Faust in den Magen. Sie würde ihm nie vergeben, dass er ihren Vater zu seinen grausamen Reaktionen auch noch ermuntert hatte.

Sie öffnete die Augen, als sie den Alten sagen hörte: »Als ein Mann, der Juliana aufwachsen sah, möchte ich Euch vor ihrem Mangel an Charakter warnen. Sie war seit jeher ein durchtriebenes, sittenloses und verlogenes Weibsbild, das sich nicht zu benehmen weiß, wie es einer Lady gebührt. Passt auf sie auf, Mylord. Passt gut auf sie auf.«

»Oder was?«, fragte Raymond.

Sir Joseph hob drohend einen Finger und sagte mit der Stimme eines Propheten: »Oder Ihr werdet Euch als gehörnter Ehemann wiederfinden.«

Raymond lachte.

Mit raschelndem Umhang wandte sich Sir Joseph herum. »Sie benimmt sich unweiblich, glaubt ihre Ländereien selbst verwalten zu können, und weigert sich, meinen großmütig erteilten Rat anzunehmen. Falls irgendein Mann denkt, er könnte die Kontrolle über ihren Besitz übernehmen, dann wird sie ihn schon bald eines Besseren belehren. Hütet Euch, Mylord, hütet Euch, oder Ihr werdet genauso einer Krankheit zum Opfer fallen wie ihr erster Ehemann oder an gebrochenem Herzen sterben wie ihr Vater.«

Noch bevor Juliana ihn selbst in die Schranken weisen konnte, ergriff Keir das Wort. »Wollt Ihr etwa behaupten, sie habe ihren Ehemann getötet?«

»Vieles weiß man nicht so genau«, antwortete Sir Joseph.

»Oder dass sie das Herz ihres Vaters gebrochen hätte?«, insistierte Keir.

»Es war ein schlimmer Tag, als er starb«, stimmte Sir Joseph sein Klagelied an.

Juliana stieß einen wütenden Schrei aus, der allerdings von Layamons Empörung noch übertroffen wurde. »Das ist nicht wahr. Nichts davon ist wahr!«

»Wir wissen, dass es nicht stimmt, Layamon«, beruhigte ihn Raymond, aber der Waffenknecht wollte die Sache richtigstellen.

»Ihr Ehemann starb an der Schwindsucht. Er hätte gar nicht so lange überlebt, wenn Lady Juliana ihn nicht so fürsorglich gepflegt haben würde. Und es war eine Schande, eine richtige Schande, dass ihr Vater seiner Tochter so wenig Zuneigung entgegenbrachte. Er hat immer nur an seinen aufgeblasenen Stolz gedacht – Myladys Mutter muss sich im Grabe umgedreht haben, diese fröhliche junge Frau vom eigenen Vater so behandelt zu sehen.«

Schockiert sagte Juliana: »Das ist genug, Layamon.«

Die Männer drehten sich um, als sie ins Licht trat. »Rede nicht so über meinen Vater.«

»Wie Ihr wünscht, Mylady.« Layamon schwieg, murmelte aber noch: »Und es ist doch alles wahr.«

Juliana richtete das Wort jetzt an Sir Joseph. »Ich weiß nicht, was ich Euch getan habe, dass Ihr mich so verachtet.«

»Ihr seid nichts weiter als ein törichtes Weib«, keifte der verbitterte Mann und saugte an seiner Unterlippe. »Ich musste mein gesamtes Leben vor Euch kriechen, und das ist nun der Dank dafür! Verbannt in eine armselige Burg, dazu in untergeordneter Position.«

In ruhigem Tonfall warf Keir ein: »Ich bin überzeugt, dass Bartonhale alles andere als eine armselige Burg ist, und Ihr werdet auch nicht abgeschoben, denn Ihr sollt mich mit Eurer Erfahrung unterstützen. Wenn Ihr Euch dazu bereiterklären könntet …«

Aber Sir Joseph war vernünftigen Überlegungen nicht zugänglich. Er wollte sich rächen, und zwar an der Frau, der er die Schuld für seine Degradierung gab. Wie ein böser Geist trat er jetzt vor Juliana. »Jeder konnte Euch letzte Nacht stöhnen und kreischen hören. Habt Ihr endlich einen Mann gefunden, der Euren unersättlichen Hunger stillt? Weiß er, dass Ihr ein weiblicher Vampyr seid, der Männer benutzt und ihnen dann das Blut aussagt?«

Sie entspannte sich. Das Verhalten des Alten bestätigte sie darin, dass es richtig war, ihn aus der Burg zu weisen. Niemals durfte es passieren, dass er ihre Töchter so einschüchterte, wie er es mit ihr getan hatte.

Das Ausbleiben einer Antwort machte Sir Joseph vollends wütend. Sein Stock klickte auf dem Fußboden, als er näher kam. Raymond erhob sich von seiner Bank, blieb aber im Hintergrund, als er ihr Kopfschütteln sah. Der alte Mann flüsterte gehässig: »Ihr habt immer so getan, als ob Ihr zu gut für die hiesigen Edelmänner wärt, habt gewartet und Eure Köder für eine größere Beute ausgelegt. Jetzt habt Ihr ihn, Euren mächtigen Lord; mögt Ihr Freude aneinander finden.«

Mit belegter Stimme erwiderte Juliana: »Meinen Dank,

guter Mann«, und niemand ahnte, was sie diese Beherrschung kostete.

Sir Josephs allerdings wurde durch ihre Herablassung gereizt wie ein wilder Stier. »Sich herumzuwälzen wie ein junges Mädchen. Wie eine Hure!«

Ohne nachzudenken oder es zu bereuen, kickte sie ihm mit ihrem Fuß den Stock weg, sodass er nach vorn stolperte. »Ihr seid wie ein widerliches Geschwür auf meinem Hintern«, warf sie ihm in dem singenden Tonfall an den Kopf, den sie von ihren beiden Beschützerinnen kannte. »Schaut zu, dass Ihr nach Bartonhale kommt, bevor ich mich ganz vergesse und Euch auf die Straße werfe wie einen Scheißhaufen, der Ihr ja auch seid.«

Sir Joseph fand sein Gleichgewicht wieder und ging erneut auf Juliana los. Raymond, Keir und Layamon wollten ihr zu Hilfe eilen, doch Denys war schneller. Plötzlich aus dem Nichts auftauchend stellte er den Alten zur Rede mit einer Stimme, die vor jugendlichem Eifer schier barst. »Geht weg. Entfernt Eure üble Person von hier.«

Juliana, von dieser unerwarteten Verteidigung völlig überrascht, starrte den Knappen an, während Sir Joseph ihn wegzuschieben suchte. »Geh zur Seite, Junge. Dies ist eine Angelegenheit zwischen mir und der Frau.«

»*Nay!*« Denys' Eifer, seine Herrin zu verteidigen, kannte keine Grenzen. »Fasst sie nicht an.«

Valeska trat hinzu. »Der Bursche hat recht«, flötete sie, während Dagna echote: »Ja, hat er. Haut ab, alter Mann. Eure Zeit ist vorbei.«

Sir Joseph reckte seinen mageren Hals und hielt Ausschau nach seinem Stock, um sich in gewohnter Weise Respekt zu verschaffen, doch Raymond packte ihn am Arm. »Verlasst auf der Stelle die Burg. Ein Karren steht unten schon für Eure Abreise bereit.«

»Ein Karren?«, schrie Sir Joseph. »Ich bin ein Ritter. Ich will reiten!«

»*Nay*«, antwortete Raymond. »Wir wollen doch nicht, dass Ihr Euch auf dem Weg nach Bartonhale vielleicht verirrt.«

Sir Joseph richtete sich auf und schüttelte Raymond ab. »Ich werde mich nicht verirren. So leicht werdet Ihr mich nicht los.«

Als er davonstapfte, sagte Denys: »Er ist der Teufel.«

Seine jungen Augen brannten fiebrig. Er umarmte Juliana und sagte: »Er hat mit mir geredet, hat mich gelockt, mir Dinge versprochen, die er nicht besaß und die ich nicht haben sollte.«

Überwältigt kämpfte Juliana gegen die Gefühle an, die diese ungelenke Umarmung in ihr auslöste, und gegen die Erinnerungen, die sie in ihr weckte. Erinnerungen an ihren kindlichen Ehemann. Aber für Denys war sie eine Art Mutter, denn Trost suchend schmiegte der einsame Junge seinen Kopf an ihre Schulter. Während sie ihm den Rücken tätschelte, sagte sie: »Er ist jetzt fort. Vergiss ihn.«

»*Aye*.« Denys löste sich von ihr, schien kein bisschen verlegen. »Ich werde die Versuchung vergessen.« Und mit einem Blick auf Margery und Ella fügte er spitzbübisch hinzu: »Ich werde mich überhaupt nicht in Versuchung führen lassen.«

»*Aye*, das will ich dir auch raten, Bursche«, sagte Valeska und zog ihn an den Ohren. »Du kannst gleich nach dem

Frühstück mit deinen guten Vorsätzen anfangen. Aber zunächst einmal warten Brot und Käse, gutes Ale und frische Milch. Lady Juliana hat befohlen, dass wir ein wenig Fleisch auf deine Rippen bringen sollen, und Lord Raymond meint, du kannst nicht auf einem Schlachtross sitzen, wenn du nicht deutlich zunimmst. Deine Lady zu verteidigen macht wohl hungrig, nicht wahr?«

Denys' Gesicht hellte sich bei der Erwähnung von Essen auf, und er eilte zum Tisch. »Der Bursche geht dorthin, wohin sein Bauch ihn führt«, kommentierte Dagna vergnügt, und Raymond zwinkerte Juliana zu. »Da sieht man es mal wieder: Du hast einen neuen Kämpen gefunden.«

»Es scheint, als ob ich das habe«, pflichtete sie ihm bei und versuchte die Zuneigung einzudämmen, welche die dünnen Arme und die eifrige Verteidigung in ihr hatten aufwallen lassen. Schon länger war ihr aufgefallen, dass er sehnsüchtig beobachtete, wie sie sich um ihre Töchter kümmerte, sie kämmte, ihnen einen Gutenachtkuss gab, doch sie hatte ihr Herz gegen den mutterlosen Jungen verschlossen. Bis heute.

Raymond grinste. »Der junge Denys ist ein guter Bursche, nicht wahr, Juliana?«

Bevor sie antworten konnte, warf Keir ein: »Ein guter Bursche, aber durch seine Erziehung etwas verdorben. Du wirst ihm die Bedeutung von Ehre noch beibringen müssen, Raymond?«

Verwundert blickte dieser seinen Freund an. »Lord Peter sagte immer, Ehre könne man nicht unterrichten, man müsse sie vorleben, und selbst dann würden die Ergebnisse vom Schüler abhängen.«

Keir nickte zu dem kauenden Denys hinüber. »Er ist ein talentierter Schüler, denke ich, und nicht bloß bezüglich ritterlicher Tugenden. Ihm wurde gezeigt, dass der Weg dorthin manchmal steinig ist, und er ist ungeduldig.«

»Wirklich?« Raymond zog das Wort in die Länge. »Bist du fertig? Ich werde dich hinunterbegleiten, und wir können darüber diskutieren, was du weißt.«

»Ich muss mich noch von Lady Juliana verabschieden«, antwortete Keir.

Er sagte das ohne erkennbare Gefühlsregung, aber Juliana errötete, als Raymond bedeutungsvoll zuerst zu Denys und dann zu Keir schaute. Mit einer tiefen Verbeugung zog er sich zurück und rief: »Erzähl ihr all deine Geheimnisse, Keir.«

Der Freund zuckte mit den Schultern. »Ich habe keine Geheimnisse.«

»Dann wirst du auch nichts zu erzählen haben«, erwiderte Raymond.

Keirs verdutzter Gesichtsausdruck brachte Juliana zum Lachen. Sein Gesicht hellte sich auf. »Er ist nicht immer ganz leicht zu verstehen, aber ich halte ihn für einen guten Mann.« Er legte ihr die Hand auf den Arm und führte sie zu einem Fenster, von dem aus man bei Licht den Burghof überblicken konnte. »Ich dachte, wir könnten zuschauen, wie die Diener für meine Reise nach Bartonhale packen.«

Eine absurde Idee, denn noch war die Sonne nicht aufgegangen, nur ein leichter Purpurschein zeigte sich am Himmel. Aber Juliana deutete Keirs Vorschlag richtig: Er wollte mit ihr ungestört reden.

Sein Zeigefinger und sein Daumen, die einzigen verbliebenen Finger seiner rechten Hand, umschlossen ihr Handgelenk. »Bevor ich abreise, Mylady, möchte ich Euch noch für den großzügigen Empfang danken, den Ihr mir bereitet habt.«

Meinte er das sarkastisch, fragte sie sich, erkannte jedoch, dass Keir nichts ferner lag. »Ich wünschte, ich hätte mehr getan«, antwortete sie.

»Eine Frau in Eurer Situation kann nicht vorsichtig genug sein, und dass Ihr Fremdem gegenüber misstrauisch seid, ist wohl eine ganz normale Reaktion. Wären bloß alle Frauen so weise wie Ihr.«

»Wären nur alle Männer so scharfsinnig wie Ihr«, antwortete Juliana vorsichtig.

Keir legte den Kopf schief. »Es ist die Wahrheit, fürchte ich. Die meisten Männer nutzen Schwert und Schild als Ersatz für ihre Intelligenz, und wenn sie endlich entdecken, dass Gott ihnen auch einen Verstand gegeben hat, stehen sie bereits am Rande des Grabes.«

»Einige benutzen diese Gabe nicht einmal dann«, antwortete sie und dachte an ihren Vater. Zerstreut schaute sie durch den schmalen Fensterschlitz nach draußen. Unten war ein Feuer angezündet worden, in dessen Schein sie allerlei Gestalten herumhasten sah, und in der Mitte stand Raymond wie ein Fels in der Brandung und erteilte Anweisungen.

»Wenn ein jüngerer Mann seine Intelligenz tatsächlich benutzt, dann findet er zur Größe.« Keirs Stimme klang traurig. »Raymond ist solch ein Mann, und seine Größe ist das Ergebnis eines sehr schmerzvollen Reifeprozesses. Er schnitt meine Finger ab.«

Ihr Blick flog zu ihm hinüber.

»Um mich aus der Sklaverei zu befreien.« Er streckte die Hand aus. »Ich dankte ihm, er aber weinte.«

»Weinte?« Hatte sie laut gesprochen? Egal, denn Keir verstand auch ohne Worte.

»Ihr habt zweifellos geglaubt, dass Raymond und ich gemeinsam nach Tunis gingen.« Er stützte die verstümmelte Hand auf dem Fensterbrett ab, und Juliana konnte den Blick nicht davon abwenden. »Aber bevor wir Seite an Seite auf dem Versteigerungspodest standen, hatten wir einander nie zuvor gesehen. Unser Herr kaufte gerne gute, starke christliche Ritter, die er dann zur Sklavenarbeit zwang.«

»Arbeitete Raymond auch als Schmied?«

»Um ein Schmied werden zu können, hätte Raymond sich ausbilden lassen müssen, doch das verweigerte er.« So nüchtern diese Aussage klang, enthielt sie in Wahrheit eine Fülle an Informationen – über Raymond wie auch über Keir.

»Er wollte also nicht … kooperieren?«

Keirs Kopf drehte sich langsam herum. Sein Kiefer war zusammengepresst, seine Augen funkelten, und mit Erschrecken erkannte Juliana, dass er durchaus ein attraktiver Mann war. Sie hatte das einfach bisher nie wahrgenommen. Es war ihr entgangen, vermutlich wegen des Zaubers, in den Raymond sie eingesponnen hatte.

»Er hat auf mich gespuckt – buchstäblich«, erzählte Keir weiter, »weil ich mich entschloss, Schmied zu werden.«

Ein leichtes Lächeln umspielte Keirs Lippen, doch Juliana wisperte ungläubig: »Raymond hat Euch angespuckt?«

»Er war der härteste Mann, den ich je getroffen hatte.

Er zog den Tod der Gesellschaft mit den Ungläubigen vor. Was Raymond allerdings nicht gleich erkannte«, sagte Keir sanft, »das waren die Methoden, die sie anwandten, um widerspenstige Ritter gefügig zu machen. Raymond musste einen bitteren Lernprozess durchmachen.«

»Er wurde geschlagen?«

»Ausgiebig«, antwortete Keir. Die verstümmelte Hand krümmte sich auf dem Fensterbrett. »Am Ende wünschte ich, sie würden Raymond endlich brechen, bloß um das ständige Blutvergießen zu beenden. Ich habe seine tiefsten Wunden ausgebrannt, wisst Ihr.«

Schamvolle Neugier brachte Juliana dazu zu fragen: »Was hat ihn schließlich gebrochen?«

Keir schüttelte seinen Kopf und tadelte sich selbst: »Ich rede zu viel.«

»Das tut Ihr nicht«, widersprach sie.

»Ich sollte hinuntergehen und eine abschließende Kontrolle der Vorräte durchführen, die wir mitnehmen.«

Beinahe verzweifelt stellte Juliana noch eine letzte Frage: »Warum hat er geweint?«

Keir zögerte. »Meint Ihr den Moment, als er meine Finger abschnitt? Raymond organisierte unsere Flucht. Sie war erfolgreich, weil sie so waghalsig war, und sie war so waghalsig, weil Raymond sie geplant hatte.« Er machte eine Pause. »Ihr habt sicher gehört, dass wir ein Sarazenenschiff gestohlen haben und in die Normandie gesegelt sind?«

»*Aye. Aye*, sprecht weiter.«

»Während der Flucht verfing ich mich in einer Kette an den Docks. Sie schloss sich so fest um meine Finger, dass diese zerquetscht wurden. Ich saß also in der Falle und bat

Raymond, ein Messer zu nehmen und die Finger abzuschneiden, damit ich freikam. Ich hatte das Messer selbst geschmiedet, aber es war nicht mehr so scharf, wie es hätte sein sollen ...«

Juliana schauderte.

»Wir hatten es nämlich benutzt, um Taue zu kappen und Schlösser aufzubrechen. Jedenfalls fand Raymond anschließend, er habe kein Talent zum Chirurgen.«

Von seinem Bericht ermutigt hob Juliana Keirs Hand hoch und untersuchte sie. Er ertrug ihre Berührung, ohne mit der Wimper zu zucken. »Der Chirurg des Königs musste ein paar Knochensplitter absägen, denn Raymond hatte sie nicht sauber abgetrennt.«

Juliana umklammerte seine Hand mit beiden Händen.

»Raymond rettete damals acht christliche Ritter, vier christliche Matrosen und zwei alte Frauen – Valeska und Dagna – ohne Verluste an Menschenleben. Er brachte ein voll beladenes Schiff der Ungläubigen in einen christlichen Hafen. Meine Finger schienen mir ein geringes Opfer für meine Freiheit zu sein, aber Raymond nimmt die Sache noch heute schwer. Nichtsdestotrotz hat mich die Gefangenschaft ebenfalls verändert. Vorher fand ich niemanden für würdig genug, in seine Dienste zu treten.«

»Und jetzt?«

»Ich würde mein Leben für Raymond hingeben.« Er reckte sein Kinn vor, mutig und unbeugsam. »Die Gefangenschaft hat Raymond zu dem Mann gemacht, der er heute ist, jedoch gleichzeitig seiner Seele eine große Last aufgebürdet. Ich bin nicht der Mann, der sich unnützen Sentimentalitäten hingibt, aber ich wünsche mir, dass Raymond glücklich ist. Nicht bloß befriedigt, nicht bloß mit seiner Situation zufrieden – nein, wirklich glücklich.« Er verbeugte sich und ging hinaus.

Sie schaute durch das schmale Fenster, wartete, dass er auf den Hof hinaustrat. Sie sah ihn, wie er geradewegs auf Raymond zuging, der seinerseits auf die Karren mit den Vorräten deutete und auf die kräftigen Arbeitspferde, die später die ganze Last ziehen mussten. Julianas Augen verengten sich, als Raymond einen kleinen Beutel unter seinem Umhang hervorzog und ihn Keir reichte. Er gestikulierte, gab Instruktionen, die eindeutig die Mauer betrafen, den Wohnturm, und, so vermutete sie, auch sie selbst. Aber was war in dem Beutel? Geld? Und wenn, wessen Geld? Wo hatte er das her, weshalb gab er es Keir mit? Die Fragen mussten vorerst unbeantwortet bleiben.

Juliana sah, wie Raymond den Freund zum Abschied umarmte und auf das Streitross deutete, das für ihn bereitstand. Es war der beste Hengst in Julianas Stall mit prächtigem Sattel und Zaumzeug. Ohne Frage machte er das Tier Keir gerade zum Geschenk. Erneut ohne ihre Zustimmung, dachte sie mit einer leichten Anwandlung von Missmut.

Gestern noch hätte sie ihn deswegen vielleicht des Diebstahls bezichtigt. Heute seufzte sie bloß, als sie über ihre Situation nachdachte, die sich keineswegs grundlegend verändert hatte. Und auch der Streit zwischen Raymond und ihr war nicht wirklich beigelegt. Er glaubte immer noch, das Recht auf seiner Seite zu haben, während sie wusste, dass in ihrer Burg ihr Wort nach wie vor Gesetz war. Aber irgendwie hatte sich das Gleichgewicht verschoben – durch das umwerfende Empfinden, eins zu sein, und durch Raymonds Beschwörungen, dass sie nur gemeinsam stark wären. Zusammen würden sie alles erreichen können, eine bedeutende Familie werden, eine der bedeutendsten in England, mit großen Ländereien, Macht und Einfluss. Juliana verzog das Gesicht, als sie an die mahnenden Worte von Raymonds Mutter dachte.

Aber irgendwie war das alles heute Morgen nicht wirklich wichtig. Wichtig war, dass sie sich wie neugeboren fühlte. Sie streckte ihre Füße unter dem Saum ihres Kleides hervor und betrachtete sie. Sie bewegten sich zwar genauso wie gestern, sahen genauso aus und waren trotzdem anders, eben neugeboren.

Juliana konnte nicht widerstehen, ihre Hände ebenfalls auszustrecken, die auch keinen Deut anders wirkten als gestern. Und doch waren sie neugeboren. Konnte es sein, dass alles an ihr sich verändert hatte, ausgelöst durch ein kaltes Schneebad und eine heiße Liebesnacht? Sie fühlte sich anders, daran konnte kein Zweifel bestehen.

Eine schmale Hand berührte zaghaft ihre Schulter, und eine schüchterne Stimme sagte: »Mylady?«

Die neue und gewandelte Juliana sah sich Denys gegenüber und lächelte ihn ohne jede Zurückhaltung an. Ihre Verwandlung blieb auch dem Jungen nicht verborgen. Er legte seinen Kopf schief wie ein Vogel und betrachtete Juliana mit strahlenden Augen. »Mylady, ich wollte Euch danken.« Seine Stimme krächzte, und er bemühte sich, sie zu kontrollieren. »Für Eure Freundlichkeit mir gegenüber. Ihr habt mich wie jemanden aus Eurer Familie behandelt.« Er krächzte noch mehr und errötete heftig. »Und ich wünsche, mich Eurer Freundlichkeit würdig zu erweisen.«

Juliana lehnte sich an das Fensterbrett und nahm seine Hand. »Du bist es wert, Teil meiner Familie zu sein.«

Er strahlte sie an. »Glaubt Ihr das wirklich?«

»Jeder, der den Mut hat, gegen Sir Joseph aufzutreten, der verdient meinen Respekt.« Bei der Erwähnung dieses Namens warf Denys ihr einen ängstlichen Blick zu. »Komm, erzähl mir, was dich bedrückt.«

»Lord Raymond spricht immer von Ehre. Wisst Ihr viel über Ehre?«

Sie wischte ihm eine bräunliche Haarlocke aus den Augen und dachte darüber nach, was sie antworten sollte. Währenddessen plapperte Denys bereits wieder munter drauflos. »Weil Lord Raymond sagt, es sei eine Art zu leben. Er sagt, Lord Peter habe ihm erklärt, dass ein Mann ehrenhafte Gedanken haben und ehrenhaft handeln müsse, um auch ehrenhaft zu sein.«

»Das ist wahr«, stimmte sie ihm zu. »Aber manchmal fällt es einem Lord leichter, seine Ehre zu behalten, als einer Frau oder, sagen wir mal, einem Jüngling. Ein Lord muss nur dem König und seinen Gesetzen gehorchen. Eine Frau oder ein Jüngling zählen in dieser Hinsicht nur wenig, und es kann geschehen, dass man in Schwierigkeiten gerät, die einem Ritter bei Hof unbekannt sind.«

Denys nickte, und seine Locken flatterten. »Manchmal scheint es ganz einfach nicht fair zu sein.«

»Was meinst du damit?«

»Oh.« Er drückte ihre Hand und murmelte: »Manchmal stehle ich Brot vom Tisch.«

Sanft, weil sie ihn beruhigen wollte, fragte Juliana: »Weil du Hunger hast?«

»Weil ich vielleicht hungrig werden könnte.«

Das Gespenst des Hungers schien den schlaksigen Jungen zu verfolgen, und er rührte ihr Mitgefühl. »Falls ich dir sage, du kannst so viel Brot von meinem Tisch nehmen, wie du willst, dann wäre es kein Stehlen mehr.«

Er strahlte erneut, doch dann ließ er wieder den Kopf hängen. »Aber in meinem Herzen wäre es das, und Lord Raymond sagt, ein Ritter muss auch im Herzen rein sein.«

Empört über ihren gestrengen Ehemann zog Juliana Denys zu sich heran, schlang ihre Arme um ihn. »Du bist so jung, dass dein Herz noch rein ist, selbst wenn es gelegentlich in Versuchung geführt wird.«

Er löste sich von ihr, stand schwer atmend und mit Tränen in den Augen da. »*Nay*, ist es nicht. Ich will meinen Vater wegen dem umbringen, was er meiner Mutter und mir angetan hat, obwohl der Priester sagt, ich würde dafür zur Hölle fahren. Ich möchte all den Leuten wehtun, die sich geweigert haben, meiner Mutter zu helfen, aber Lord Raymond sagt, ein Ritter solle sich nicht mit kleinlicher Vergeltung abgeben. Ich werde nie wie er werden, so stark und edel. Er hat Burg Lofts und Burg Bartonhale bekommen, weil er der beste Ritter ist, den König Heinrich hat. Er hat außerdem Euch zur Frau und Margery und Ella als Kinder – alles nur, weil er in Geist und Seele ehrenhaft ist. Ich kann niemals so werden! Ich kann es einfach nicht.«

Juliana streckte die Hand nach ihm aus, aber Denys drehte sich um und rannte blindlings Richtung Tür. Ihr Herz litt mit dem Jungen, der sich seine Ziele unerreichbar hoch steckte, und sie hoffte, ihr ehrenhafter, edler Dummkopf von einem Ehemann möge nicht zu bald von dem Podest stürzen, auf das Denys ihn gestellt hatte.

Als Raymond fröstelnd auf der Zugbrücke stand, um Keir zu verabschieden, pfiff er die Melodie, die seine Matrosen ihm auf ihrer Reise zurück in die Normandie beigebracht hatten. Er dachte an die vergangene Nacht, in der er der Versuchung widerstanden hatte, im Gegenzug auch sein Geheimnis preiszugeben. Vielleicht besser so, würde es doch Juliana nur bekümmern. Seine Sünde erschien ihm wie ein Abgrund, der nie überwunden und nie zugeschüttet werden konnte. Zu schrecklich, um es zu offenbaren. Vor allem jetzt nicht, wo es zwischen ihm und seiner jungen Ehefrau besser lief als erhofft.

Tief in seiner Seele spürte er eine winzige Erleichterung, für die er sich sogleich schämte. Er war froh, dass Keir nach Bartonhale ging, bevor der Freund womöglich mit der Wahrheit herausplatzen konnte.

Raymond schaute hinauf zu dem Fensterschlitz, wo Keir und Juliana gestanden hatten, um sich zu verabschieden. Er hoffte inständig, dass Keir noch nicht geplaudert hatte. Keir mit seinen interessanten Ansichten über Moral und Rechtschaffenheit. Glaubte doch der Freund allen Ernstes, es sei richtig, immer mit der Wahrheit herauszurücken – ohne Rücksicht darauf, was dadurch womöglich angerichtet wurde. Deshalb auch hatte er im Morgengrauen den Entschluss gefasst, Keir samt Sir Joseph noch am selben Tag in Marsch zu setzen. Als Begründung führte er den klirrenden Frost an, wodurch die matschigen Wege einigermaßen passierbar seien. Keir folgte den Anweisungen schweigend. Ob er etwas vermutete, fragte Raymond sich.

Er hatte ihm noch einige Instruktionen mit auf den Weg gegeben. Zum einen sollte er Sir Joseph im Auge behalten, ob sich nicht doch Beweise für irgendwelche Vergehen finden ließen. Zum anderen wünschte er, dass Keir einen Überfall auf die Nachbarburg vorbereitete, praktisch als abschreckende Lektion für Felix. Keir erinnerte Raymond zwar daran, dass solche Privatkriege, die eine Störung des Landfriedens darstellten, vom König nicht gern gesehen wurden, aber Raymond lächelte bloß. »Lord Felix braucht solch eine kleine Operation«, antwortete er maliziös. »Um einen störenden Teil seines Körpers zu entfernen. Sobald das erledigt ist, wird er keine Probleme mehr mit mir haben, aber er wird auch meiner Lady keinen Ärger mehr bereiten.«

»Aha.« Keir nickte feierlich. »Dann sehe ich natürlich einen Sinn darin, dir bei dieser Operation zu assistieren.«

Ja, Raymond war froh, dass Keir künftig auf Bartonhale lebte, aber er würde ihn gleichzeitig vermissen. Und das prachtvolle Schlachtross war in gleicher Weise Belohnung wie Entschuldigung und vor allem ein immer währendes Unterpfand der Freundschaft.

Von unten aus dem Graben kam Tosti mit einem Korb gefrorener Erde herauf. »Mylord!« Tosti balancierte über den unebenen Grund, um an Raymonds Seite zu gelangen. »Mylord, wir haben so tief gegraben, wir spürn schon die Flammen der Hölle. Glaubt Ihr, wir können jetzt aufhörn?«

»Seid ihr schon auf felsigen Untergrund gestoßen?«,

fragte Raymond, als er hinüberschlitterte und in den Graben spähte. Ein Dutzend Arbeiter keuchten und stampften, um ihm die Härte des Untergrunds zu demonstrieren. »Aber ist das auch Fels?«, wollte er beharrlich wissen.

»Es ist jedenfalls fest genug, um es sein zu können.«

Raymond untersuchte einen Brocken aus Tostis Korb und fand in der dunklen Erde Steine. »Schotter«, sagte er. »Ich glaube, ihr habt es geschafft.«

Tosti machte einen Luftsprung und frohlockte: »Es ist tief genug, Jungs. Hört mit dem Graben auf.«

Raymond kratzte sich die stoppelige Wange. »Vielleicht noch ein wenig tiefer«, sagte er. »Wir können genauso gut weitergraben, bis die Steine geliefert werden.«

»Die sind schon da.« Tosti deutete vage in Richtung Mauer.

Raymond schritt hinüber zu den Sandsteinblöcken. »Weshalb hat mir das keiner gesagt?«

»Der Burgbaumeister war hier, als sie gestern Morgen ankamen. Er hat geschrien und is rumgehüpft wie ein irrer Ausländer, der er ja auch is.« Überdeutlich gab Tosti zu verstehen, was er von Meister Papiol hielt. »Er hat in seinem Kauderwelsch gesagt, wir solln sie dorthin räumen, und wir haben's getan. Vielleicht hätten wir Euch rufen solln, Mylord. Aber mit Euren Eltern, Eurer Hochzeit und all der Unruhe …«

Raymond befingerte die Schnitte auf den Steinen. »Das ist egal. Hauptsache sie sind da. Papiol hat nicht geglaubt, dass das so früh möglich wäre.«

»*Aye*, Mylord. Die Männer vom Steinbruch haben gesagt, sie sind zur Burg aufgebrochen …«

»… sobald der Boden gefroren war.« Raymond lächelte.

»*Aye*. Schaut, da kommt noch mehr.« Ein Karren, schwer beladen und von Ochsen gezogen, arbeitete sich die Straße herauf. »Die Steine werden wohl bis Ende der Woche alle da sein, nehm ich an.«

»Grabt wenigstens noch bis Mittag weiter«, sagte Raymond. »Dann sollten wir durch den Schotter hindurch und beim Felsen angelangt sein.«

Tosti vollführte einen Freudentanz. Als Raymond sich seinen Weg den Hügel und die Treppe hinauf bahnte, dachte er darüber nach, dass alle hier glücklich waren. Die Mägde sangen, während sie die alten Binsen vom Fußboden harkten und frische auslegten. Ein glückseliger Denys saß immer noch beim Essen. Juliana flocht Margerys hüftlanges Haar, und Ella hopste auf einer Bank herum, bis sie an die Reihe kam. Und Raymond selbst? Nun ja, ihm hatte es geholfen, Juliana zu helfen, und somit waren alle glücklich.

Alle, einschließlich seiner Eltern. Ihre selbstgefälligen Gesichter verrieten allerdings, dass hinter ihrer Zufriedenheit ein perfider Plan steckte. Als er sie sah, hätte er am liebsten kehrtgemacht, um ihnen zu entfliehen, aber das wäre feige gewesen und nutzlos obendrein. Sie würden ihn finden, und keine Mühen scheuen. Schließlich hatten sie ihn auch hier entdeckt und zu diesem Zweck nicht einmal die Schiffspassage über den Kanal gescheut.

»Raymond.«

Er ignorierte den Zuruf seines Vaters und strebte geradewegs Juliana zu.

»Raymond!«

Auch von seiner Mutter nahm er keine Notiz, schubste alle beiseite, die ihm im Weg standen, und sah nur noch Julianas Gesicht, das sich bei seinem Anblick aufhellte.

»Raymond, wir haben für dich einen Ausweg aus dieser unseligen Ehe gefunden«, erklang Geoffrois Stimme und ließ alle anderen verstummen. Ein Rechen fiel auf den Boden. Denys stellte seinen Becher ab. Ella purzelte von der Bank und heulte erschrocken auf. Raymond ging auf seinen Vater zu, die Hände angespannt, als ob er ihn erwürgen wollte. Juliana packte seinen Arm, hielt ihn zurück. »Vergreif dich nicht an deinem Vater«, mahnte sie ihn zur Besonnenheit.

Raymond riss sich zusammen und sah in ihr Gesicht. Sie wirkte überhaupt nicht eingeschüchtert. Ihre Wangen überzog ein rosiger Schimmer, ihr offenes Haar schien Farbfunken zu sprühen. »Warum nicht?«

»Weil der Priester dir eine jahrelange Buße auferlegen würde, und das wäre schade«, sagte sie mit einem anzüglichen Unterton.

»Vielleicht ist es das wert«, gab er zurück.

»Die Buße wäre möglicherweise«, sie klopfte sich nachdenklich aufs Kinn, »sexuelle Enthaltsamkeit.«

Sein heiliger Zorn fiel in sich zusammen. »Du hast meinem Vater das Leben gerettet. Ich werde ihn nicht umbringen. Aber ich würde zu gerne wissen …«

Er wirbelte zu seinen Eltern herum und schrie: »Warum wollt ihr eine Ehe annullieren, die auf Wunsch des Königs geschlossen wurde?«

»Heinrich hat damit bloß seine eigenen selbstsüchtigen Interessen verfolgt«, antwortete Isabel.

»Um sich um seine walisischen Belange kümmern zu können, wenn du hier die Eisen aus dem Feuer holst«, fügte Geoffroi hinzu.

»Aber er braucht immer Geld«, setzte Isabel an.

»Und wenn wir ihn bezahlen, wird er darüber hinwegsehen, seinen Ärger verwinden, dass seine Pläne vereitelt wurden«, schloss Geoffroi.

Isabel tat schockiert. »Außerdem ist sie mit diesem Mann im Bett gewesen.«

Raymonds Hände ballten sich erneut zu Fäusten.

»Ich weiß gar nicht, weshalb wir nicht schon früher daran gedacht haben«, fuhr Geoffroi begeistert fort. »Lady Julianas Ruf ist im ganzen Land ruiniert.«

»Denk an den Priester«, warnte Juliana und streichelte beruhigend über Raymonds Arm, der schon zum Schlag auszuholen schien.

»Und was am wichtigsten ist: Ihr Vater wollte, dass sie den anderen heiratet«, sagte Isabel. »Er hatte bereits mit dem Priester besprochen, wann er das Aufgebot verkünden sollte.«

»Und es heißt, dass er schon einen Ehevertrag aufsetzen ließ«, fügte Geoffroi hinzu.

»Es wurde nie einer aufgesetzt«, ließ sich jetzt Juliana mit friedlichem Lächeln vernehmen. »Ich hätte dem nie zugestimmt.«

»Es war doch klar, dass Ihr das sagen würdet.« Isabel schürzte verächtlich die Lippen.

»Wurden die Eheversprechen auf den Kirchenstufen abgegeben?«, wollte Raymond wissen.

Juliana schien mit ihrer Antwort zu kämpfen, doch

schließlich sagte sie in gelassenem Tonfall: »Das wurden sie nicht.«

Raymond verschränkte seine Finger mit ihren und legte seinen Arm um sie. »Dann waren die Aufgebote und das Verlöbnis gegenstandslos.«

»Unsinn«, widersprach Geoffroi. »Siehst du es denn nicht ein? Ein Verlöbnis ist ebenso bindend wie eine Heirat – beinahe jedenfalls und vor allem, wenn es durch den Vollzug der Ehe besiegelt wurde.«

»*Nay*«, antwortete Raymond.

Juliana versteifte sich plötzlich in schmerzhafter Anspannung. »Was soll das alles? Unsere Ehe zu annullieren, das ist unmöglich.«

Selbstgerecht wie ein Priester am ersten Tag der Fastenzeit lächelte Geoffroi. »Eine Annullierung – was ist schon dabei? Wir müssen nur unsere verwandtschaftlichen Beziehungen zum Vatikan spielen lassen.«

Diese Leute schienen wild entschlossen, sie und Raymond auseinanderzubringen. Juliana holte mehrmals tief Luft und fällte eine bedeutsame Entscheidung. Lächelnd wandte sie sich an Raymond. »Ich werde nicht zulassen, dass du ihnen ernstlich wehtust, aber du kannst sie gerne hinauswerfen.«

16

Zum Schutz gegen die gleißende Wintersonne hielt Juliana eine Hand über ihre Augen, während sie beobachtete, wie Geoffroi, Isabel und ihr gesamtes Gefolge die gewundene Straße den Hügel hinabzogen. Sie wollten zur Küste und mit dem nächstbesten Schiff den Kanal überqueren. Sie war über die Maßen erleichtert, und neben ihr klopfte Raymond sich übertrieben zufrieden in die Hände. »Darf ich dich etwas fragen?«, sagte sie.

Er strahlte sie an. »Was du willst.«

»Bist du wirklich mit dem Papst verwandt?«

Sein Lächeln verschwand. »Der Prophet Mohammed ist mein Onkel, Karl der Große mein Bruder, der heilige Thomas von Aquin mein Pate und der Apostel Johannes mein bester Freund.«

Juliana lachte über seine Antwort, die alles und nichts besagte. Raymond fuhr fort: »Nun bin ich an der Reihe, dir eine Frage zu stellen. Bist du tatsächlich mit Sir Joseph blutsverwandt?«

Vor lauter Verlegenheit vergaß Juliana den Papst. Sie verschränkte ihre Hände hinter dem Rücken und sagte gepresst: »Oh, wusstest du das nicht? Er ist mein Onkel.«

»*Nay*, das wusste ich nicht.« Er ahmte ihren unschuldigen Tonfall nach. »Warum hast du mir das denn nicht erzählt?«

»Nun ja.« Sie stieß ein unfrohes Lachen aus. »Er ist nicht die Sorte Verwandte, mit der man gerne angibt. Er ist der älteste Sohn meines Großvaters aus der Beziehung mit einer Leibeigenen.«

»Er ist ein Bastard?«

»Natürlich, sonst wäre er doch der Erbe dieser Ländereien geworden.«

Raymonds Augen wurden wachsam. »Lass mich nachdenken, Sir Joseph ist dein Onkel – also gab es nie die Chance auf eine Heirat zwischen euch beiden.«

Schockiert rief sie: »Oh, *nay*, das ist ja lächerlich.«

»Ist es nicht. Nach dem Tod deines Vaters hatte Sir Joseph die Herrschaft über die Burg inne.«

Sie schüttelte sich voller Abscheu. »Sprich nicht von solchen Dingen. Es wäre eine schreckliche Sünde gewesen. Aber da fällt mir etwas anderes ein: Als vom König die Nachricht kam, er hätte meine Hand einem seiner Höflinge versprochen ...« Sie verstummte.

»*Aye?*«, ermunterte er sie.

»Damals hat Sir Joseph meine Entscheidung unterstützt, die Eheschließung zu hintertreiben.«

»Der Kommandant deiner Soldaten hat dich gedrängt, dich dem König zu widersetzen? Hast du geglaubt, dass er das wirklich in deinem Interesse tat?«

»Ich hätte nie gedacht ...«

»Das kann ich mir vorstellen, aber ich denke, dein Onkel muss wegen einiger Dinge Rechenschaft ablegen.«

»Er war immer sehr schnell verletzt wegen seiner Geburt, obwohl das doch keine Schande ist. Vor hundert Jahren hat William England erobert, und der war ebenfalls ein Bastard.«

»Ich weiß«, antwortete Raymond. »Er war mein Cousin.«

Sie öffnete den Mund und schloss ihn wieder. Sie wollte gar nicht wissen, ob ihr Ehemann wirklich mit dem ersten Normannenkönig von England verwandt war.

Raymond grinste angesichts ihrer Verwirrung. Die Hände auf Julianas Taille gelegt hob er sie hoch, bis ihre Gesichter auf gleicher Höhe waren. »Lass es uns besser machen«, scherzte er, »und emsig daran arbeiten, einen legitimen Erben für unsere Ländereien zu zeugen. Freust du dich denn nicht darauf, Lady Juliana?«

»Lass mich runter«, sagte sie gebieterisch, und er ließ ihren Körper langsam und verführerisch an sich hinabgleiten. Was bei ihr nicht ohne Wirkung blieb.

Raymond beugte sich jetzt tiefer zu ihr herab, strich über die pulsierende Ader an ihrem Hals. »Lass uns zu Bett gehen.«

»Es ist helllichter Tag.«

»Umso besser, dann kann ich dich sehen.«

»Es gibt Arbeit, die erledigt werden muss.«

»Die wird auf uns warten.«

»Der Burgbaumeister.«

Verblüfft wiederholte er: »Was ist mit dem?«

Sie deutete in Richtung Graben. »Hörst du es nicht, das Gezeter und Geschrei. Die verstehen ihn doch nicht.«

Gereizt fragte er: »Worüber beschwert sich der Wahnsinnige denn nun schon wieder?«

»Ich weiß es nicht.« Sie deutete den Hügel hinab. »Aber ich denke, du wirst es gleich herausfinden.«

Schon stürmten Papiol und Tosti auf sie zu, palaverten in unterschiedlichen Sprachen und gestikulierten wild herum, um ihre Anliegen zu verdeutlichten.

Der überhebliche Papiol mit seiner hohen Stimme stieß die Worte im schnellen Dialekt des Poitou hervor. »Mylord, dieser Schwachkopf hat endgültig den Verstand verloren. Wisst Ihr, was er tun will? Wisst Ihr das?«

»Was erzählt er Euch da?« Der rotgesichtige Tosti ballte die Fäuste. »Kann er denn keine anständige Sprache sprechen so wie der Rest von uns?«

Da er offensichtlich mehr verstand, als er zugeben wollte, spie Papiol die Worte geradezu aus: »Dämlicher Engländer. Französisch ist die einzig zivilisierte Sprache der Welt. Und wir Aquitanier dürfen uns als eines der gebildetsten Völker bezeichnen.«

Auch Tosti verstand inzwischen offenkundig mehr, als er zugab, und fragte in gebrochenem Französisch: »Könnt Ihr Englisch sprechen?«

Papiol hob abwehrend seine Hand. »Niemals!«

Mit einem glückstrahlenden Lächeln fragte Tosti: »Nun, wie fühlt's sich denn an, dümmer als ein Engländer zu sein? Hä? Hä?«

Raymond drehte sich, von einem plötzlichen Lachanfall überwältigt, weg. Papiol ereiferte sich weiter, und Tosti tänzelte wie ein Boxer im Kreis um ihn herum.

»Das reicht jetzt«, sagte Juliana scharf. »Hier geht es um meine Mauer, nicht um irgendeine nichtige Angelegenheit, die man mit Gelächter und Spott abtun kann.«

Raymond dämpfte seine Belustigung. »Lady Juliana hat recht.« Er deutete auf Papiol. »Also, was stört Euch?«

Mit einem letzten Rest von Würde erklärte Papiol: »Dieser Trottel hat die Umfassungsmauer sabotiert, Mylord. Ohne mich zu konsultieren, mich, den königlichen Burgbaumeister, hat dieser Bauer befohlen, mit dem Graben aufzuhören.«

Empört warf Tosti die Arme in die Höhe.

»Es geschah auf meinen Befehl …«, setzte Raymond an.

Gleichzeitig sagte Papiol: »Er behauptet, er handelte auf Euren Befehl.«

Sie hielten inne und starrten einander an. Papiols Fassungslosigkeit war nicht zu überbieten. »Mylord, das ist unmöglich! Wir brauchen ein starkes Fundament für die Mauer, und dieser Graben ist weder tief genug, noch wurde der felsige Untergrund erreicht. Wie ich Euch schon sagte, ist das Graben im Frühling einfacher, und die Mauer wird …«

»… vor dem Frühling fertig sein«, ergänzte Raymond ruhig.

Papiols Stimme wurde dringlich: »Mylord, Ihr müsst auf mich hören.«

»*Nay,* Ihr hört mir zu.« Raymond beugte sich vor, bis er und Papiol sich von Angesicht zu Angesicht gegenüberstanden. »Ihr habt behauptet, man könne im Winter nicht graben, aber ich habe Euch das Gegenteil bewiesen. Ihr habt behauptet, die Steine für die Mauer könnten im Winter nicht geliefert werden, und wurdet eines Besseren belehrt. Warum also sollte ich Euch in diesem Fall glauben?«

Papiol rang die Hände. »Vielleicht sind mir einige Fehleinschätzungen unterlaufen, aber, Mylord, hier irre ich mich sicher nicht.«

»Was wird passieren?«, fragte Juliana.

Papiol wandte seine Aufmerksamkeit Juliana zu. »Die Mauer wird ohne ein ausreichend starkes Fundament einstürzen.«

»Also heißt das, sie wird umfallen, sobald ich anfange, sie zu errichten?«, fragte Raymond, und Skepsis schwang in seiner Stimme mit.

»Nicht sofort, aber, *oui*, sie wird umfallen.« In einem Ausbruch heftiger Gefühle fiel Papiol auf seine Knie und reckte verzweifelt die Hände in die Luft. »Bitte, Mylord, Ihr müsst mir glauben.« Als Raymond seinen Kopf abwandte, kroch Papiol auf den Knien zu Juliana. »Mylady, man kann sich auf diese Konstruktion, wie sie geplant ist, nicht verlassen. Sie wird einstürzen, vielleicht bei einer Belagerung, vielleicht eines Tages ganz ohne Grund.«

Beunruhigt blickte Juliana Raymond an. »Er ist des Königs Burgbaumeister.«

Raymond verschränkte die Arme vor seiner Brust. »Es ist deine Burg. Tu, was du für richtig hältst.« Ihre Zweifel kränkten ihn eigentlich nicht, denn er glaubte an seine Mission. Er wusste, dass man anderswo vom herkömmlichen Burgenbau abgekommen war, und war überzeugt, der Mann zu sein, der diese neuen Erkenntnisse auch in England einführte. Aber er musste Juliana überzeugen, ihn gewähren zu lassen. Irgendwie.

Nachdenklich schaute sie von der Zugbrücke auf den

Fluss, das Tal, die Hügel. »Ich möchte eine Mauer, zwölf Schritte breit, mit zwei Schießscharten an jeder Zinne und einem Turm an jedem Ende.«

Raymond ging zu ihr und ergriff ihre Hände. »Du bekommst sie. Es wird die sicherste Burg im Westen Englands werden.«

»Ich will die sicherste Burg von ganz England.«

»In Ordnung. Ich habe es zu meinem Ziel gemacht, dich und alles, was dir gehört, zu beschützen. Du hast mir so viel gegeben, und ich konnte dir bislang nur so wenig zurückgeben. Lass mich wenigstens für dich diese Mauer bauen.«

Ihre Nasenflügel bebten in der kalten Luft, und ein paar Haarsträhnen waren aus dem Tuch entwischt, das sie um ihren Kopf gebunden hatte. Fragend schaute sie zur Seite und wog seine Behauptungen gegen ihre Befürchtungen ab. War er aufrichtig? Raymond verharrte in angespannter Erwartung. Die Zeit verrann unendlich langsam, bis sie schließlich antwortete: »Es soll so sein, wie du es sagst. Bau die Mauer.«

Er war erstaunt über das Vertrauen, das sie in ihn setzte. Kein vollständiges Vertrauen vielleicht, aber immerhin. Und besonders wertvoll deshalb, weil Juliana ihm sonst ständig widersprach und die Lauterkeit seiner Absichten gerne in Zweifel zog. Er hatte also mehr erreicht, als er zuvor zu hoffen wagte.

»Mylord.« Papiol kniete immer noch auf dem gefrorenen Boden, und Runzeln zerfurchten seine Stirn. »Mylord, was habt Ihr entschieden?«

»Wir werden die Mauer bauen.«

»Nachdem das Loch tiefer gegraben wurde?«, fragte Papiol hoffnungsvoll.

»Unverzüglich.«

Papiol ließ den Kopf in die Hände sinken und wiegte sich vor und zurück. »Das ist Wahnsinn. Falls Ihr darauf besteht, mit diesem Plan fortzufahren, dann kann ich nicht hierbleiben. Mein guter Ruf würde darunter leiden. Obwohl ich die Reise im Winter fürchte, müsste ich gehen, und deshalb flehe ich Euch an …«

Sein Kummer schien so aufrichtig, dass Raymond für einen Moment an seinem eigenen Urteil zweifelte. Der Burgbaumeister ließ plötzlich jede Überheblichkeit vermissen. Und war er nicht doch durch seine Position ausgewiesen als Fachmann von höchstem Rang? Vielleicht, nur vielleicht …

»Ihr habt Euren Herrn gehört.« Tosti lächelte spöttisch. »Schert Euch fort. Ihr seid nichts weiter als die aufgeblähte Blase einer furzenden Kuh.«

Papiols Verhalten änderte sich in Anbetracht der rüden Worte schlagartig. Gehässig zischte er auf Französisch: »Schweinesohn! Nichtsnutziger Vogeldreck! Du weißt weniger als nichts. Du beleidigst des Königs Burgbaumeister durch deine bloße Anwesenheit.«

»*Aye, aye*«, sang Tosti.

Der groteske kleine Mann plusterte sich auf wie ein Pfau und überzeugte Raymond davon, dass Papiol vermutlich doch nicht das Genie war, das zu sein er vorgab. Vielleicht hatte er sich seinen Titel erkauft – schließlich brauchte Heinrich immer Geld. »Tut, was Ihr tun müsst, Papiol«, sagte er, »und ich werde tun, was ich tun muss.«

Tosti grinste und schlenderte davon. »Grabt das Fundament vorsichtshalber ein wenig tiefer, Tosti«, rief Raymond ihm nach.

Papiol unternahm einen letzten Versuch. »Mylord, bitte, überdenkt Eure Entscheidung!«

»Wenn Ihr Euch beeilt, dann könnt Ihr den Kanal gemeinsam mit meinen Eltern überqueren und Euch die Tortur ersparen, selbst für eine Passage zu sorgen«, sagte Raymond, ohne noch einmal auf die Mauer einzugehen.

»Eure Eltern?« Papiol zögerte. »Ihr würdet mich mit Euren Eltern schicken?«

»Sie werden direkt an Heinrichs Hof reisen«, versicherte Raymond ihm.

»Ich würde mich ihnen gerne anschließen, Mylord«, antwortete Papiol schwach, »wäre da nicht die Sache mit dem Feuer in der Küche.«

Raymond drehte sich zu Papiol um. »Was haben meine Eltern mit dem Feuer in der Küche zu tun?«

Gequält und mit Tränen in den Augen antwortete Papiol: »Ich weiß nichts Genaues, Mylord, aber Ihr habt mich gebeten, die Feuerstelle zu untersuchen, damit man sie sicherer machen kann. Irgendwer hat den Mörtel bei einigen der Steine weggekratzt.«

»Seid Ihr sicher?«

»Es kann nur so geschehen sein, zumal der Mörtel in der ganzen Küche verstreut lag.« Papiol schien sich seiner Sache absolut sicher zu sein.

»Und was hat das mit meinem Vater zu tun?«, fragte Raymond.

Papiol sah zum Himmel, dann auf den Boden, irgendwohin, nur nicht zu Raymond. »Mylord, Eure Eltern kamen kurz vor Ausbruch des Feuers in die Küche. Sie äußerten lautstark Kritik an Eurer Braut.« Er zitterte und schlang seinen mit Pelz verbrämten Samtumhang eng um sich. »Es wird kälter, meint Ihr nicht auch, Mylord?«

Raymond wollte nun die ganze Wahrheit wissen. »Also denkt Ihr, mein Vater hat das Unglück arrangiert?«

»Ich würde keinen vornehmen Edelmann jemals einer solchen Tat beschuldigen«, antwortete Papiol.

»*Nay*, das ist auch besser so.« Ihm wurde klar, dass der Mann die Wahrheit sagte. »Ihr habt recht, es wird kälter. Bleibt noch eine Nacht hier und macht Euch morgen auf den Weg. Ihr müsst ja nicht mit meinen Eltern gemeinsam reisen, außer dass Ihr das gleiche Schiff benutzt. Sofort nach der Ankunft in Calais trennt Ihr Euch wieder von Ihnen. Wir werden Euch den Lohn zahlen, den wir Euch schulden, und außerdem für Eure Reiseausgaben und Eure Mühen aufkommen.«

»Vielen Dank, Mylord.« Papiol verbeugte sich und wanderte auf den Wohnturm zu, eine Mitleid erregende, aber sichtlich um Würde bemühte Gestalt.

Raymond war froh, allein zu sein und in Ruhe nachdenken zu können. Hatten seine Eltern sich wirklich an der Feuerstelle zu schaffen gemacht, um der ungeliebten Schwiegertochter eins auszuwischen. Oder hofften sie gar, die ganze Burg würde abbrennen? Sie hätten zwar ein paar persönliche Sachen verloren, aber sonst nur gewonnen. Auf der ganzen Linie.

Raymond blickte hinaus in die Landschaft, die sich vor

ihm erstreckte, und fand sie reizvoll – aber nicht so lieblich wie die Lady, die ihn drinnen erwartete. Was hatte sein Vater gleich noch gesagt: »Wir würden alles tun, um deine Ehe zu beenden. Alles.«

Laut beantwortete er diese unheilvolle Drohung: »Und ich werde alles tun, um meine Ehe zu schützen. Alles.«

»Gib auf, Knappe.« Raymond drückte die Spitze seines Schwertes gegen den Adamsapfel des zitternden Denys.

Der Junge versuchte zu nicken, und Raymond zog das Schwert zurück. »*Nay*, Denys, wenn dir Stahl an die Kehle gepresst wird, dann kommt es darauf an, dich nicht zu bewegen. Gib deine Zustimmung mit einem einfachen, schnellen ›Ja‹ zu verstehen.« Er schob sein Schwert in die Scheide und streckte dem auf dem Boden liegenden Jungen die Hand entgegen. »Komm, lass uns gehen, sonst wird Lady Juliana uns nichts anderes als altes Brot und sauren Wein geben.«

Zitternd vor Müdigkeit erlaubte Denys es Raymond, ihn auf die Füße zu ziehen. Mit offensichtlicher Verzweiflung fragte er: »Werde ich Euch jemals besiegen, Mylord?«

»Nicht so bald, hoffe ich.« Raymond warf sich seinen Umhang um die Schultern, hob den von Denys auf und reichte ihn ihm. »Wenn du in der Kälte Schwertkampf übst«, dozierte er, »dann achte darauf, dass du dich nachher gut aufwärmst.«

Denys wischte sich die Schweißperlen von der Stirn. »Mir ist warm, Mylord.«

Raymond blickte sich zufrieden um. Die Härte des Winters hatte nachgelassen, seit Aschermittwoch näher rückte, und heute, am Tag des heiligen David, erlaubte die Temperatur sogar die ersten Arbeiten im Freien. Überall bereitete man sich auf das Frühjahr vor. In großen Kesseln voll mit kochendem Wasser und Zitronenmelisse wurde Wäsche gewaschen, und die Dorffrauen vertrieben mit riesigen Paddeln den Gestank des Winters aus den Bettdecken und Kissen. Juliana hatte gedroht, dass jeder sich noch vor Ostern nackt ausziehen müsse, damit alle Kleider ausgekocht werden könnten. Vorerst aber wirbelte sie in der Burg herum, die Haare unter einem Kopftuch zusammengebunden, und gab forsch ihre Anweisungen – und die Bediensteten schwankten zwischen Bewunderung und Furcht angesichts ihrer unerschöpflichen Energie.

Raymond wickelte Denys in seinen Umhang. »Trotzdem solltest du ihn anziehen. Du hast dich in den letzten Wochen verbessert, aber solange du nicht zunimmst und die Muskeln eines Mannes entwickelst, fehlt dir das notwendige Gewicht, das du in deine Schläge legen musst.«

»Welchen Sinn hat dann das tägliche Training?«, fragte Denys und hob sein Schwert von der gefrorenen Erde.

Um Denys' verletzten Stolz zu besänftigen, antwortete Raymond: »Du bist ein guter Sparringpartner für mich.«

»Für Euch?« Die Augen des Jünglings leuchteten auf. »Lord William von Miraval sagte, Ihr seid der beste Krieger in ganz Frankreich.«

Raymond ließ ein schallendes Gelächter hören. »Aber nicht in England, oder?« Er schüttelte den Kopf. »Typisch, mit ihm darf ich nicht verglichen werden.«

»Er ist auch ein großer Krieger, nicht wahr?«, fragte Denys sehsuchtsvoll, trottete in Richtung Wohnturm davon, seinen Schild achtlos hinter sich herziehend.

»Tu das nicht. Du solltest auf deine Waffen aufpassen. Komm, ich nehme ihn dir ab.« Raymond hob sich den Schild zusammen mit seinem eigenen auf die Schulter. »William ist tatsächlich ein berühmter Ritter, und er war mein Trainingsgefährte, so wie du jetzt meiner bist.« Er ließ seinen Blick über Denys streifen. »Ich war damals sogar leichter als du und hatte bis zum Alter von siebzehn weniger Kraft im Arm.«

Denys strahlte hoffnungsvoll und straffte seine mageren Schultern.

»Achte im Turnier und vor allem in der Schlacht immer auf deinen Bauch, denn das ist eine empfindliche Stelle. Eine Bauchverletzung ist scheußlich und fast immer tödlich. Aber es ist ein langer, unerfreulicher Tod.«

Denys legte sich die Hände auf seinen flachen Bauch.

»Und hab keine Angst, unter meiner Abwehr durchzustechen – unsere Schwerter sind in Stoff eingewickelt. Weil du kleiner und schwächer bist, musst du deinen Vorteil dort suchen, wo du ihn finden kannst.«

»Wie merkwürdig«, grübelte Denys. »Genau das hat mir Sir Joseph auch gesagt.«

»Sir Joseph?« Raymond schaute seinen Schützling kritisch an. »Wann hast du mit Sir Joseph gesprochen?«

Denys errötete schuldbewusst. »Er, äh, hat mich in der ersten Nacht hier aufgesucht und über meine, äh, Mutter gesprochen. Und meine Perspektiven.«

Raymond unterdrückte seinen ersten Impuls, den Jungen zu schelten. Das wäre unfair, denn schließlich hatte er sich für sein Alter ungewöhnlich beherzt schützend vor Juliana gestellt. »Einen Vorteil zu nutzen ist das Einzige, worüber Sir Joseph und ich übereinstimmen«, erklärte er deshalb nur knapp.

»*Aye*, Mylord.« Unglücklich selbst über diesen milden Tadel schlurfte Denys durch den Schmutz. »Ich versuche einfach, nicht mehr an das zu denken, was er mir gesagt hat.«

»Er war ein Unruhestifter«, sagte Raymond.

»Oh, *nay*! Mehr als das«, beharrte Denys. »Er war ein böser Mann.«

Aus einem ihm unerklärlichen Grund beunruhigt antwortete Raymond: »Vielleicht war er das, aber er ist zum Glück jetzt fort.« Denys hob seinen Blick, der vor Eifer zu glühen schien, und Raymond fühlte sich an etwas erinnert, ohne zu wissen, an was.

»Dank sei dem heiligen Sebastian dafür.«

»Papa!«

Raymond schaute hinauf zu der hoch gelegenen Plattform, die in den Wohnturm führte.

Margery winkte ihm von dort zu. »Papa, Mama sagt, Ihr sollt jetzt reinkommen oder sie wird Euch altbackenes Brot und sauren Wein zum Abendessen servieren.«

Raymond grinste und stieß Denys verstohlen an. »Was habe ich dir gesagt?«

Denys antwortete nicht, und verwundert beobachtete Raymond, wie sich ein begehrlicher Ausdruck auf sein sonst kindliches Gesicht legte. Margery. Der Junge himmelte seine Stieftochter an! Prompt bemerkte Raymond die ersten Anzeichen väterlicher Entrüstung. Das Mädchen war noch ein Kind, erst elf Jahre alt. Wie konnte dieser Grünschnabel es wagen, sie anzustarren, als ob sie schon eine Frau wäre?

»Sag ihr, dass wir bald kommen«, rief Raymond und packte Denys am Genick und zog den protestierenden Burschen zum Pferdetrog, und ehe er es sich versah, wurde er von starker Hand hineinbefördert. »Untersteh dich, an Margery auch nur zu denken.«

»My … Mylord«, stammelte der triefend nasse Junge schockiert. »Es ist nicht meine Absicht – es war nie meine Absicht …«

Raymonds Verantwortungsgefühl seiner Stieftochter gegenüber lag im Widerstreit mit dem Mitleid, das er für den armen gedemütigten Denys empfand. Seine eigenen Erfahrungen, ein mittelloser Bursche zu sein – obwohl das in seinem Fall auf dem elterlichen Geiz und nicht auf Armut beruhte –, ließen ihn Verständnis aufbringen, und so zog er seinen Umhang von den Schultern, um Denys damit abzutrocknen.

»Betrachte das Leben realistisch. Du hast keine großartigen Perspektiven. Wenn du den Ritterschlag erhalten hast, wirst du dich als Söldner verdingen, in Turnieren kämpfen und für deinen Herrn in den Krieg ziehen. Halte dich also an die Mägde – da gibt es bestimmt viele, die dir schöne Augen machen werden. Aber Margery ist ein Edelfräulein aus einer guten Familie.«

Gekränkt schrie Denys: »Ich bin auch aus einer guten Familie.«

»Ich weiß, das bist du, aber du bist verarmt, verwaist und besitzlos.« Raymond konnte es fast spüren, wie die

Demütigung in Denys' Seele brannte, und er wünschte sich, es gäbe einen anderen Weg, um dem Jungen die harte Wahrheit zu sagen. Er wusste keinen. Du musst es verstehen, deine Situation lässt nichts anderes zu. »Margery ist für dich unerreichbar. Deshalb bleib weg von ihr. Bleib … weg … von ihr.«

17

»Sie tändelt schon wieder mit diesem Jüngling herum.« Raymond konnte seinen Ärger kaum verbergen.

»Wer tändelt mit welchem Jüngling?« Juliana ließ den Korb stehen, den sie gerade mit Brot und Käse bepackte, und ging hinüber zu dem Fensterschlitz, wo Raymond stand. Unten im Burghof stand Margery und redete mit Denys. Juliana lächelte nachsichtig: »Sie probiert bloß ihre weibliche Anziehungskraft ein bisschen aus.«

»Sie sollte das lieber nicht tun.«

»Sie muss es irgendwann lernen. Jedes Mädchen tut das. Ich erinnere mich daran, wie fröhlich das war, wie unschuldig.« Sie sah ihren Mann an, und in ihrem Blick erkannte er eine leise Wehmut. »Wenn du meinst, dass Margery in dieser Hinsicht gewissermaßen ›üben‹ muss, wäre es mir lieber, sie täte es unter meiner Aufsicht.«

»Ach, lass sie doch – Denys ist außerdem ungefährlich.«

Mit grimmiger Belustigung konterte Raymond: »Ungefährlich? Kein Bursche in diesem Alter ist das.«

»Er schon«, antwortete Juliana unbeirrt und drückte seinen Arm. »Er ist bloß ein wenig verliebt.«

»Ich habe es sehr wohl bemerkt«, antwortete er streng. »Sie ist noch zu jung für diese Art von Aufmerksamkeit.«

»Du klingst wie ein besorgter Vater«, neckte sie ihn.

Er versteifte sich noch mehr. »Ich denke, genauso fühle ich mich auch.«

Sie tätschelte seinen Arm. »Sehr gut, denn Margery ist in *dich* verliebt.«

Sein Ärger machte kompletter Verwirrung Platz. »Wie bitte? Was soll das? Gerade hast du noch gesagt, dass sie an Denys ihre weibliche List ausprobiert.«

»Schon, aber das hat nichts zu sagen – sie ist, wie gesagt, nicht in ihn, sondern in dich verliebt. Er allerdings himmelt sie an. Hoffen wir, dass beides sich bald gibt. Bei ihm, wenn er hört, wie zänkisch sie sein kann, mit ihrer Schwester beispielsweise, und sie, wenn sie dich beobachtet, wie du dir morgens den Bauch kratzt – was sie bestimmt nicht sonderlich erotisch findet. Solch erste Verliebtheit hält meist der schnöden Realität nicht stand, und diesen Moment können wir in Ruhe abwarten. Das Schlimmste wäre, sie herauszufordern, denn dann würde sie sich in diese Idee verrennen und einen Kreuzzug für ihre angebliche Liebe starten. Und in was leidenschaftliche junge Leute auf einem Kreuzzug hineingeraten können, das wirst du selbst wohl am besten wissen.«

Juliana kehrte zu ihrem Korb zurück, und Raymond fragte sich, ob sie gespürt hatte, dass ihm genau dieser Fehler bei Denys bereits passiert war, indem er ihn in seine Schranken wies. Seitdem verhielt der Junge sich kühl und abweisend ihm gegenüber, während er gleichzeitig überlegt und planvoll Margery zu beobachten schien, was bei Raymond alle Alarmglocken schrillen ließ.

Er schüttelte die trüben, sorgenvollen Gedanken ab. »Juliana«, sagte er, »ist dir bei unserem geplanten Ausflug auch wirklich wohl?«

»Nun ja.« Sie zuckte die Schultern. »Wir gehen doch bloß in unsere Wälder, pflücken ein paar Osterglocken und schneiden die ersten Äste, die Knospen tragen. Layamon und seine Männer auf der Mauer werden uns und die Mädchen nicht aus den Augen lassen. Außerdem wollen einige von den Dienstboten mit, weil sie schon ganz krank sind von dem langen Eingesperrtsein während des Winters. Mir geht es übrigens ähnlich, und deshalb fühle ich mich so wohl, wie es nur möglich ist.«

»Ich möchte bloß nicht, dass du Angst hast.«

Schnell lief sie auf ihn zu und schlang ihre Arme um seinen Körper. »Du bist ein wunderbarer Mann.«

Er umarmte sie ebenfalls. »Das bin ich«, pflichtete er ihr mit einem scherzhaften Unterton bei und legte seine Wange auf ihren Kopf, als wolle er Kraft aus ihr ziehen. Er war ein Wanderer gewesen, ein vagabundierender Ritter, der nichts wusste vom Glück der wahren Liebe und sie daher als Märchen verspottet hatte. Dann war Juliana wie ein Geschenk in sein Leben gekommen, und alles wurde plötzlich anders. Sie fing an, den Panzer zu durchbrechen, in den er sich seit seiner Rückkehr aus der Gefangenschaft verkrochen hatte, wenngleich sie ihn eine Zeitlang wahnsinnig machte mit ihrer Weigerung, ihre beschlossene Verheiratung zu akzeptieren. Aber trotz aller Widrigkeiten war es ihm gelungen, das Vertrauen und die Liebe der stolzen Herrin von Lofts zu erringen.

Er hatte sie herausgefordert in der Gewissheit, sie besiegen zu können, doch genau das Gegenteil geschah: Sie war es, die den einsamen, umherziehenden Mann besiegte, der sich seinen Weg in ihr Leben erzwingen wollte, indem sie ihm ein Heim schenkte, eine Familie und indem sie seine verletzte Seele heilte. »Hör auf zu trödeln, Frau. Da gibt es etwas in den Wäldern, was ich dir zeigen will«, trieb er sie zur Eile an.

Sie hob ihm ihr glücklich lächelndes Gesicht entgegen. »Was ist es denn?«

»Etwas, was dir sehr gefallen wird«, versprach er mit einem anzüglichen Grinsen.

»*Aye*, der Frühling hat so seine Art, alles wachsen zu lassen, nicht wahr?«

Juliana schaute mit einem Gefühl innerer Zufriedenheit auf die kleine Gruppe, die um sie herum ausgestreckt auf dem Waldboden lag und sich mit Geschwätz, Liedern, Tanzen und allerlei Kunststückchen unterhielt. Sie beobachtete Tosti, der in der Nähe mit einer Dienstmagd flirtete, und Denys, der zur Abwechslung einmal untätig an einem Baum lehnte.

Inspiriert vom Frühlingserwachen ringsum stimmte Fayette mit zwei anderen Mädchen unzüchtige Lieder an, die von den Paarungsgewohnheiten der Vögel und anderer Waldbewohner berichteten. »Sie sagen, sie könnten hören«, flüsterte Raymond Juliana zu, die die Überreste des Picknicks wegzupacken begann, »wie die Tiere orgiastisch umhertollen.«

»Die Sängerinnen wollen doch nur ihre Burschen anheizen, glaub mir.«

»Fayette mit ihrem Aussehen hätte es eigentlich nicht

nötig. Bei ihr brauchen die Männer bestimmt keine zusätzliche Aufforderung«, konnte sich Raymond nicht zu sagen verkneifen.

Juliana schlug ihm mit der Faust auf den Arm. »Das solltest *du* gar nicht bemerken.«

Er lachte. »Das war mein erster Eindruck in der Burg. Weißt du noch, wie Fayette sich gleich freimütig angeboten hat? Auf deine Aufforderung hin! Und um zu wissen, was ich abwies, musste ich schließlich genauer hinschauen.«

»Ich wollte nur dein Bestes«, stichelte Juliana, woraufhin Raymond sie auf seinen Schoß zog. »Genau darum habe ich auch auf dich gewartet.«

Die Leute um sie herum grinsten, stießen sich verstohlen an, und Tosti rief: »Bloß weil man einen Baum besitzt, heißt das nich, dass man nich nach anderen Äpfeln schielen darf, oder Mylord?«

Juliana bemerkte den Blick männlichen Einverständnisses, den die beiden wechselten, und hob ihren Kopf von Raymonds Arm. »Ich werde keine weitere Frechheit von dir dulden, Tosti.« Sie drehte sich schnell um und sah Raymonds Grinsen. »Und von dir auch nicht, Mylord.«

Blitzschnell zog er sie näher heran und benutzte seine wirksamste Waffe, um ihren Unmut zu vertreiben. Als er schließlich von ihrem Mund abließ, fühlte Juliana sich ermattet und fragte sich, ob das Gelächter ringsum ihnen und ihrer Darbietung galt.

»Ich denke«, flüsterte er ihr ins Ohr, »du solltest dir das besser anschauen. Margery und Ella führen gerade ein höchst außergewöhnliches akrobatisches Kunststück vor.«

Juliana richtete sich kerzengerade auf und starrte ihre Töchter an. Auf einem Seil, das straff zwischen zwei Baumstämmen gespannt war, balancierte Ella herum – ihre Ella! Sie wankte zwar bedrohlich, doch immerhin gelangen ihr ein paar Schritte. Raymond legte seine Hand auf Julianas Mund, um den zu erwartenden Protestschrei zu unterdrücken. Erst jetzt bemerkte sie Margery, die unter dem Seil recht gekonnt mit drei verschrumpelten Äpfel jonglierte. Juliana lehnte sich fassungslos gegen Raymond.

Alle schauten amüsiert zu und begleiteten die Vorstellung mit Gelächter und anfeuernden Zurufen. Ella erreichte mit Unterbrechungen die andere Seite und sprang auf den Boden, während Margery ihre Äpfel zu essen begann. Beide Mädchen verbeugten sich anmutig und ernteten begeisterten Applaus, am meisten von ihrer Mutter. »Gut gemacht, meine Lieblinge! Ich bin entzückt. Jetzt lauft und spielt. Für heute reicht es mit den Kunststücken.«

Ein Ballspiel wurde organisiert, und Juliana wandte sich wieder Raymond zu. »Wer hat meinen Kindern so etwas überhaupt beigebracht?«

»Valeska und Dagna.« Raymond breitete in einer unschuldigen Geste die Arme aus. »Hast du nicht bemerkt, was diese alten Frauen eigentlich sind?«

Sie schüttelte ihren Kopf.

»Marketenderinnen. Sie zogen auf unserem Kreuzzug ins Heilige Land hinter uns her. Genau wie andere, die sich ein Abenteuer erhofften. Wanderschneider, Priester, Köche, Geldverleiher … und Gaukler aller Art. Sie stammten aus aller Herren Länder, spielten die seltsamste, für uns ganz ungewohnte Musik, sangen Lieder in unverständlichen Sprachen. Und sie verstanden sich auf allerlei Kunststücke.«

»Aha.« Juliana wurde so einiges klar. »Als die Kreuzfahrer gefangen wurden …«

»*Aye*. Da hatten auch sie Pech. Der Schneider, der Koch und der Gaukler, sie wurden ebenso in die Sklaverei verkauft wie der Priester und der Ritter. Valeska und Dagna hatten noch Glück, denn sie wurden wegen ihrer Heilkünste geschätzt und konnten deswegen das Ganze einigermaßen heil überstehen. Sie haben mich am Leben erhalten, obwohl ich sie deswegen verfluchte.«

»Also hast du Valeska und Dagna aus Dankbarkeit, weil sie dir das Leben gerettet haben, bei der Flucht geholfen.«

Er sah erst verwundert aus, dann amüsiert. »Durchaus nicht. Wir brauchten sie, um die Mauern der Sarazenenfestung zu erklimmen und unsere Seile zu sichern. Wir brauchten sie, um die Taue auf dem Schiff zu befestigen. Sie waren es, die uns halfen – ohne sie hätten wir es kaum geschafft, mit dem Schiff zu entkommen.«

Juliana starrte ihn mit offenem Mund an. »Ich muss die beiden wohl mit größerem Respekt behandeln«, sagte sie. »Aber erst, nachdem ich ihnen unter Androhung von Strafe verboten habe, meinen Kindern solch gefährliche Spiele beizubringen«, fügte sie mit gespielter Strenge hinzu.

Er sah, wie sie herzhaft gähnte. »Leg dich hin und ruh dich hier aus.« Er klopfte auf seinen Schoß, und sie beäugte ihn interessiert. Tadelnd schüttelte er den Kopf: »Ausruhen, sagte ich.«

Schmollend bettete Juliana ihren Kopf auf seine Schenkel, schloss ihre Augen und döste, bis Raymond ihr eine

Narzisse vor die Nase hielt. Der Duft, gesättigt vom Versprechen der Erde auf Frühling, weckte sie. Sie öffnete die Augen, und die kräftigen gelben Blütenblätter hingen so nahe vor ihrem Gesicht, dass sie jede einzelne samtige Maserung erkennen konnte. Er berührte ihre Lippen damit, und sie konnte die Süße dieser Liebkosung schmecken. »Hm.« Sie seufzte und fragte unnötigerweise: »Habe ich geschlafen?«

Raymond lachte. »*Aye*, das hast du. Es wird bald dunkel werden, und wir sollten aufbrechen.«

Sie hob ihre Hand an seine Wange, und er fing sie ein, küsste zuerst die Handfläche, dann jeden einzelnen ihrer Finger. »Nur eine weitere Sache könnte diesen Tag perfekt machen«, murmelte er in einem heiseren Flüsterton, der sie an zerwühlte Betten und erhitzte Körper erinnerte. »Zurückgezogenheit.«

»Heute Abend«, versprach sie.

»*Aye*. Heute Abend.« Er stand auf, streckte sich und rief die Diener.

Sie kamen angerannt, um ihre Bündel zu schultern. Ella saß auf Fayettes kräftigen Schultern, schaute suchend herum und fragte weinerlich: »Wo ist Margery? Sie hat versprochen, mit mir zu spielen, und es dann nicht getan.«

»Sie ist bestimmt irgendwo in der Nähe.« Stirnrunzelnd blickte Juliana in die Runde. »Ich sehe sie nicht. Weiß irgendjemand, wo Margery ist?«

Die Dienstboten schüttelten ihre Köpfe. Niemand schien sie gesehen zu haben mit Ausnahme von Fayette. »Zuletzt hab ich beobachtet, wie sie mit Denys redete.«

»Denys?«, brüllte Raymond. »Wo ist Denys?«

»Raymond.« Juliana schüttelte seinen Arm. »Wir werden sie schon finden. Wahrscheinlich streunen sie nur irgendwo herum.«

»Durchsucht die Wälder«, befahl Raymond. »Seht überall nach, ob ihr sie entdecken könnt.«

Die Dringlichkeit seiner Worte trieb die Leute auf der Stelle auseinander. Vorbei war der fröhliche Ausflug, niemandem war mehr nach Lachen zumute. »Seid zurück, bevor es völlig dunkel ist«, schrie er den Suchtrupps hinterher, und im fahlen Licht der herabsinkenden Dämmerung sah seine Haut ganz grau aus. Zum ersten Mal seit sie ihn kannte, dachte Juliana, sah man ihm seine fünfunddreißig Jahre an.

Nunmehr ebenfalls beunruhigt fragte sie: »Wovor hast du Angst?«

»Sie sind alleine. Es wird bald dunkel werden. In diesen Wäldern gibt es Wölfe und Wildschweine …«

»Sag mir die Wahrheit«, bat sie.

»Ich habe Denys zur Rede gestellt, weil er Margery anhimmelt, und der Bursche hat mir das offenbar übel genommen. Ich fürchte …«

»Heilige Muttergottes.« Juliana unterbrach ihn, erinnerte sich an ihr Gespräch über jugendliche Verliebtheit und wie man damit umgehen solle. »Du bist von deinem Podest gefallen.«

»Wie bitte?«

»Weil er glaubte, dass alles aussichtslos sei für ihn, dass er nie an dich heranreichen könne – hat er da vielleicht aus Rache oder aus Verzweiflung … Margery entführt?« Sie las in Raymonds Gesicht, dass er genau diese Befürchtung hegte, doch sie versuchte, ihre Panik zu unterdrücken. »Er wird ihr nichts tun«, sagte sie, um sich wie auch ihn zu beruhigen. »Er ist ein guter Junge, der im Moment vielleicht ein wenig aus dem inneren Gleichgewicht geraten ist.«

»Er ist ein liebestoller, besitzgieriger, verrückter Jüngling.« Raymond steigerte sich immer mehr in seine Schreckensvisionen hinein. »Ich wusste, da stimmte etwas nicht – irgendetwas, was er mir nicht gesagt hat, aber ich war zu abgelenkt …«

Sie streckte ihre Hand aus und ergriff seine. »Es ist nicht deine Schuld.«

»Wessen dann? Die Sicherheit aller Leute auf deinem Grundbesitz liegt in meiner Verantwortung. Und das gilt insbesondere für unsere Kinder.«

Unsere Kinder hatte er gesagt. *Unsere Kinder*. Sie wischte sich eine Träne von der Wange. »Vielleicht ist es meine Schuld. Du hast mich gewarnt, sie dürfe ihre Verführungskünste nicht an ihm ausprobieren, aber ich dachte, er wäre ungefährlich.«

»Es ist meine Schuld«, beharrte er. »Ich werde jetzt losreiten und nicht eher zurückkommen, bis ich sie gefunden habe.«

Sie holte ihn ein und sagte: »Du kannst sie in der Nacht nicht verfolgen. Du bist kein Jäger. Du wirst bloß etwaige Spuren verwischen. Wir werden Tosti losschicken.«

»Tosti?« Entgeistert fragte Raymond: »Wofür brauchst du denn den?«

Juliana zwang sich zu einem Lächeln. »Du hast wohl vergessen, dass er Fährtensucher ist. Alle seine Vorfahren haben sich damit ihr Brot verdient – es scheint ihnen im Blut zu liegen. Mich selbst hat damals, als ich meinem Entführer entkam, Tostis Vater nach langem Suchen gefunden. Du siehst, wenn einer Margery findet, dann er.«

»Ich erinnere mich jetzt«, antwortete Raymond langsam. »Aber …«

Bevor er weitersprechen, tauchte Tosti wie auf ein Stichwort auf. Ganz ernst und ohne alle Possen, wie er sie sonst ablieferte. Er stand da wie ein verantwortungsbewusster Mann, der sich seines Wertes sehr wohl bewusst war. »Mylady, wollt Ihr, dass ich die beiden sofort verfolge?«

»Natürlich«, blaffte Raymond.

Juliana hob eine Hand. »Tu, was getan werden muss. Falls du deinen Vater dabeihaben möchtest …«

Tosti schnallte sich den Gürtel fester. »Mit meinem Vater bin ich mehr als doppelt so schnell. Deshalb hab ich einen ins Dorf geschickt, um ihn zu holen.«

»Gut«, stimmte Juliana zu. »Salisbury besitzt die Witterung eines Jagdhunds.«

»*Aye*, und dessen Ausdauer. Wir werden gleich und auf der Stelle mit der Suche beginnen, Mylady.« Tosti schielte zum Himmel herauf. »Der Mond is beinah voll.«

»Ich werde mit euch kommen«, bot Raymond an.

»*Nay*, Mylord, wenn ich bitten darf.« Es war ungewöhnlich, den jungen Mann bitten zu hören. »Überlasst es denen, die sich damit auskennen.«

Raymond kämpfte augenscheinlich mit sich, doch schließlich nickte er.

»Sobald ihr die Spur entdeckt habt, schickt uns eine Nachricht. Wir gehen zurück nach Lofts, halten uns aber auf Abruf bereit. Und wenn ihr Margery findet«, Juliana atmete hörbar ein, »benachrichtigt uns so schnell ihr könnt.«

»Was meinst du, können wir nicht mitgehen?« Valeska half Raymond, das Kettenhemd anzulegen, und ihre Stimme war das einzige Geräusch, das in der großen Halle zu vernehmen war. »Wir gehen doch sonst immer mit dir.«

Müde rieb Raymond sich den Schlaf aus den Augen. Keiner in der Burg hatte während der Nacht geschlafen, und jetzt strapazierten die beiden Alten seine Nerven zusätzlich damit, dass sie ihn unbedingt begleiten wollten. »Alleine bin ich schneller.«

Jetzt mischte sich seine Frau ein. »Aber ich gehe mit dir.«

Er stieß einen leisen Fluch aus.

»Lass das! Du kannst sagen, was du willst, aber ich komme mit.«

Er starrte Juliana an. Man sah ihr die durchwachte Nacht kaum an. Schulter an Schulter hatten sie nebeneinander im Bett gelegen, dabei so einsam, als ob sie nicht zusammen wären. Als Salisbury eintraf, waren sie ohne ein Wort aufgestanden, hatten sich angezogen und zum Aufbruch bereitgemacht.

Der zahnlose alte Mann erstattete Raymond Bericht. »Hab Eure Tochter nich gefunden und den Jüngling auch nich, aber einen Platz mit Spuren von einem Kampf.« Er stand vor dem Feuer und drehte seinen Hut in den Händen. »Ein halber Morgen von dort, wo Eure Leute gegessen haben. Mein Sohn wartet dort auf Euch.« Wieder nestelte er an seinem Hut und wandte den Kopf Juliana zu, doch er schien durch sie hindurchzuschauen, als er unbestimmt sagte: »Konnte auch keine Spuren von Blut entdecken.«

Raymond blickte erschrocken zu Juliana hin, doch diese zeigte kein Zeichen von Schwäche. Hart und entschlossen stand sie da, einem Befehlshaber gleich, der alleine in die Schlacht zieht. Ihn plagten heftige Gewissensbisse, und er fühlte sich schuldig an dem, was vermutlich geschehen war. Dass sie seine Schuld teilen wollte – das waren doch nur besänftigende Worte gewesen. Er hatte versagt und musste es wiedergutmachen, allein. Er schnallte sein Schwert um. »Niemand begleitet mich auf der Suche nach Margery«, wiederholte er.

»Valeska, Dagna, ich will, dass ihr hier bei Ella bleibt. Sie verlässt sich auf euch, und wenn sie aufwacht, soll sie nicht alleine sein«, ordnete Juliana an.

»Layamon kann doch auch für ihre Sicherheit sorgen«, widersprach Dagna.

»Nein, er muss mit seinen Männern auf den Mauern patrouillieren«, lehnte Raymond den Vorschlag ab. »Irgendjemand könnte auf die Idee kommen, die Situation für einen Angriff auf die Burg auszunutzen.«

Auch der alte Salisbury gab seinen Senf dazu. »Unwegsames Gelände. Nix für zarte Burgfrauen«, murmelte er.

Valeska schnaubte. »Zart.« Sie sah Dagna an. »Ich bin geschmeichelt, du etwa nicht?«

Raymond fühlte sich genervt von dem Hin und Her. »Schluss, ihr bleibt da, denn ihr würdet mich außerdem nur aufhalten.«

»Ich aber nicht«, warf Juliana ein.

»Du kommst nicht mit.«

»Ich werde mitkommen.«

Raymond seufzte und kapitulierte. Was zählte schon der Entschluss eines Mannes, wenn man ihn gegen die Sorge einer Mutter aufrechnete.

Es war noch dunkel, als sie über die Zugbrücke ritten. Niemand sprach ein Wort, bis Raymond sich plötzlich fragend an Juliana wandte. »Warum gibt es auf der Burg eigentlich keine Jagdhunde?« Inzwischen hatten sie bereits die Straßen verlassen und befanden sich in den Wäldern.

»Mein Vater ist in seinen letzten Lebensjahren nicht mehr auf die Jagd gegangen, und deshalb hat er die Hunde verkauft. Wir können ja wieder welche anschaffen, wenn du möchtest.«

»Sie wären uns *heute* nützlich«, antwortete er.

Als sie die Lichtung erreichten, wo die Fährtensucher Spuren eines Kampfes entdeckt haben wollten, war niemand dort. »Wo ist Tosti?«, fragte Raymond. »Sollte er nicht hier warten?«

»Weiß nich. Vorausgegangen vielleicht.«

»In der Dunkelheit?«, zweifelte Raymond, aber Juliana brachte ihn zum Schweigen.

Der alte Fährtensucher sah besorgt aus. Sobald das Licht heller wurde, untersuchte er den Boden. »Komische Markierungen«, sagte er mit einem Stirnrunzeln. »Irgendwer is nach mir hier gewesen. Mehrere Leute. Auf Pferden.«

»Welche Art von Pferden?« Raymond runzelte ebenfalls die Stirn. »Ackergäule?«

»Große Pferde. Ritterpferde. Hab den Abdruck von diesem hier schon mal gesehen.« Er ging neben einer Markierung auf die Knie, die für Raymond beinahe unsichtbar war. »Aus den Ställen von Mylady.«

»Du musst dich irren«, erklärte ihm Juliana. »Niemand hat letzte Nacht die Burg verlassen. Es kann kein Pferd aus meinen Ställen sein.«

Salisbury untersuchte die Spur genauer. »Von Mylady«, beharrte er. Er hielt sein Gesicht dicht an den Boden und schnüffelte.

Wie ein Jagdhund schob er seine Nase über den Boden, bis Raymond wissen wollte, was er damit bezweckte.

»Blut.«

Kurz und knapp gesprochen wühlte das eine Wort Raymond und Juliana zutiefst auf.

»Wessen?«

»Wo?«

»Neu.« Der alte Mann schnüffelte weiter herum, versteifte sich alarmiert. »War letzte Nacht noch nich da. Wünschte, mein Sohn wär hier. Gute Nase. Gut mit Spuren.« Er zitterte, als er etwas aufhob. »Heilige Muttergottes. Seht mal«, sagte er und hielt ein Seil mit zwei blutigen Knoten hoch.

Vorsorglich löste Raymond das Messer an seinem Gürtel und versuchte in der Dunkelheit etwas zu erkennen. Schauer liefen ihm über den Rücken; er fühlte sich, als ob ein heimtückisches Wesen sie aus den Bäumen heraus beobachten würde. Er glitt aus dem Sattel und schickte sich an, Salisbury in die Büsche zu folgen.

»*Nay*, das tust du nicht.« Julianas Stimme brachte ihn zur Besinnung. »Du gehst nicht mit ihm und lässt mich an diesem unheimlichen Ort allein.«

Er wollte ihr antworten, dass er sie genau aus diesem Grund nicht mitnehmen wollte – dass er sich nicht auf die Suche konzentrieren konnte, während er sich gleichzeitig Sorgen um sie machte. Aber es war zu spät für Vorhaltungen: Sie war hier und hatte Angst. Unter keinen Umständen konnte er sie auf dieser Lichtung zurücklassen, von der offenbar bereits Tosti verschwunden war.

»Also gut, dann gehen wir beide mit.«

Fast am Boden kriechend folgten sie Salisbury durch das Unterholz. Eine dünne Blutspur wies ihnen den Weg, und Raymond meinte sie sogar riechen zu können. Blut, Angst – oder beides.

Während er durch das Gebüsch krabbelte, murmelte Salisbury: »Übler Geruch. Böses Gefühl. Wünschte, Tosti …«

Er gab ein entsetztes Geräusch von sich und verstummte. Raymond sprang nach vorn, und ein Blick bestätigte ihm, dass es sich bei dem Körper, der vor ihnen auf dem grünen Moos lag, tatsächlich um Tosti handelte. Raymond versperrte Juliana die Sicht. »Schau nicht hin. Geh besser zurück zu der Lichtung.«

Der alte Fährtensucher stimmte jetzt eine Totenklage an, wild und verzweifelt. Juliana versuchte, sich an Raymond vorbeizuzwängen. »Ich muss doch helfen.«

Raymond schob sie zurück. »Tosti wurde gefoltert.«

Sie setzte an: »Salisbury …«

»Er würde nicht wollen, dass du ihn so siehst.« Sie schwankte, und er schob sie in die Richtung, aus der sie gekommen waren. »Ich werde mich um alles kümmern, aber du geh bitte zurück.«

Gegen ihre Instinkte und trotz ihrer Angst gehorchte Juliana. Der gebrochene Vater tat ihr leid. Salisbury war immer so gut zu ihr gewesen, schon in ihrer Kindheit. Sie fand, dass sie ihm etwas schuldig war. Allerdings, das wusste sie auch, würde er nicht wollen, dass sie ihn in diesem Moment der Schwäche und Trauer sah. Nur, dachte Juliana, was war hier eigentlich geschehen. Das blutige Seil kam ihr wieder in den Sinn, und sie flüsterte voller Bangen den Namen ihrer Tochter. »Margery.«

Offenbar waren Mörder unterwegs, und ihre Tochter stolperte mit diesem mageren Jüngling durch die Wälder. Als ob sie imstande wäre, Spuren zu lesen, schaute sie sich auf der Lichtung um. Sie fand nichts Bemerkenswertes. Nur zertrampeltes Gras und umgeknickte Büsche, die auf den Durchzug einer Gruppe von Reitern hindeuteten. »Raymond«, schrie sie aus Leibeskräften. »Raymond!«

Er kam aus dem Unterholz gerannt, dicht gefolgt von Salisbury. »Es ist alles ganz anders. Diese Leute, diese Mörder, sie sind hinter Margery her! Wir müssen los.«

»*Aye*, du musst los«, korrigierte er sie, den Mund zu einer schmalen Linie zusammengepresst. »Und zwar zurück zur Burg. Bislang haben wir nach einem Jungen und einem Mädchen gesucht, die verschwunden sind. Jetzt müssen wir einem Trupp Krieger folgen. Wir wissen nicht, was Tosti ihnen erzählt hat, bevor er starb, aber vermutlich wollen sie die Kinder als Geiseln, um Lösegeld zu erpressen.«

Juliana beugte sich von ihrem Pferd hinab. »Du verstehst noch immer nicht. Ich bin ihre Mutter, und nichts auf der Welt kann mich davon abhalten, sie zu suchen. Ich werde folglich nicht zurückgehen.«

»Aber irgendjemand muss Layamon alarmieren«, antwortete Raymond scharf. »Er muss unverzüglich mit seinen Männern zur Unterstützung kommen. Ich kann nicht allein mit Salisbury eine bewaffnete Reiterschar verfolgen.«

Ein vernünftiges Argument zweifelsohne, überlegte Juliana, und ihre Entschlossenheit geriet ins Wanken. Bis Salisbury für sie in die Bresche sprang. »Ich werd zur Burg gehn und Hilfe holen.« Zum ersten Mal in ihrem Leben schaute der Fährtensucher ihr frei und offen ins Gesicht. »Und Ihr, Mylady, Ihr geht mit dem Ritter. Befreit Euer Kind aus den Händen der Männer, die meinem Tosti das angetan haben. Und einem hilflosen Mädchen wird's dann noch schlimmer ergehn.«

Raymond atmete schwer. »Tosti muss begraben werden.«

Der alte Mann hielt seinem Blick stand. »Das mach ich später. Erst hol ich Layamon, und Ihr nehmt Mylady mit.«

Raymond war kurz davor zu explodieren. »Verdammt noch mal, Salisbury, sie ist eine Frau. Sie sollte nicht in einen Kampf reiten.«

Salisbury blickte Raymond an. »Sie is stark. Habt Vertrauen zu ihr, Mylord.«

Raymonds Augen verengten sich, dann wurde sein Gesicht ausdruckslos, und vorsichtig wählte er seine Worte: »Falls meine Lady mit mir zu reiten wünscht, dann wird sie dies natürlich tun. Jedoch muss sie zu ihrem eigenen Schutz genau befolgen, was ich ihr sage.«

»Das werde ich«, versprach Juliana.

»Dann lass uns aufbrechen.«

»Mylady?«

»*Aye?*«

Salisbury trat zu ihr und zog einen Dolch aus seinem Gürtel. Er wog ihn in der Hand und sagte: »Kein schönes Stück. Hab es selbst gemacht. Aber es hackt Holz, schneidet Seile und macht die Leber eines Mannes zu Hackfleisch.« Er reichte es hinauf. »Nehmt es. Benutzt es für mich, für Tosti.«

»Wir werden seinen Tod rächen«, sagte sie, und es klang wie ein Gebet und ein Schwur zugleich.

Tränen glitzerten in den Augen des Alten. Er sah hinunter auf seine Schuhe und wischte sich mit dem Ärmel die Nase ab. »Eure Tochter, die is auch stark.«

Juliana stopfte sich das Messer in den Gürtel und beeilte sich, Raymond einzuholen. Sie folgten der Spur aus abgebrochenem oder niedergetretenem Blattwerk und Pferdeäpfeln. Nahe am Boden sah noch alles winterlich braun aus, doch hoch über ihnen grüßte bereits der Frühling mit frischem Grün.

Die Zeit verrann, der Morgen wurde zum Nachmittag, und Julianas Anspannung wuchs. Ihr Nacken schmerzte vom ständigen Wegducken, um den Zweigen auszuweichen. Ihre Augen brannten vom ständigen Hauch des Windes und dem angestrengten Ausspähen, um nur ja nichts Wichtiges, das sie vielleicht zu Margery führen konnte, zu übersehen.

Sie hätte gerne mit Raymond gesprochen, ihn nach seinen Plänen, seinen Vermutungen gefragt, aber sein abweisender Gesichtsausdruck ließ sie zurückschrecken. Sie wusste, er hatte gute Gründe dafür, warum er sie zu Hause wissen wollte – aber sie hatte nicht anders handeln können. Wenn sie sich in Margery hineinversetzte, ihrer Angst, ihrem Schmerz, ihrer Verlassenheit nachspürte, dann musste sie sich einfach auf den Weg machen und sie suchen. Ihre Tochter würde das erwarten.

Raymond hielt auf einer Lichtung an, auf der eine verlassene Hütte stand. »Wir werden hier eine schnelle Mahlzeit zu uns nehmen«, sagte er.

»Sollen wir wirklich anhalten, anstatt sie zu verfolgen?«

Ohne sie anzusehen, antwortete er: »Wir werden die Stärkung brauchen bei dem, was vor uns liegt.«

Widerwillig nickte sie und stieg ab. Sie öffnete die Tasche mit dem Essen und durchstöberte sie, während er das Gelände absuchte. Als sie sah, wie er sich einen kräftigen Ast auf die Schulter hievte, konnte sie ihre Neugier nicht länger zügeln. »Wozu ist denn der?«

Er lächelte grimmig, und sie beäugte ihn unbehaglich. »Ich bin unter anderen Voraussetzungen losgeritten und habe nur mein Schwert dabei. Das hier kann als zusätzliche Waffe dienen.« Er lehnte den Ast gegen die Wand der Hütte. »Gibt es hier wohl einen Eimer?«

Sie starrte ihn an. »Einen Eimer?«

»Ich hasse es, mit Händen zu essen, die erst kürzlich von Blut besudelt wurden. Wenn du mir Wasser aus dem Bach holen könntest, damit ich mich waschen kann …«

»Oh.« Sie biss sich auf die Lippen und verkniff sich den Vorschlag, er könne doch genauso gut zum Bach gehen und sich dort waschen. »Hier draußen sehe ich keinen, aber vielleicht finde ich drinnen etwas Brauchbares.«

Die Tür zur Hütte öffnete sich mit einem Knarren. Sie schob den Kopf vor und spähte vorsichtig in das Innere. Ein Streifen Sonnenlicht fiel durch die Türöffnung, und sie konnte erkennen, dass die Hütte leer war. Wer immer sich hier aufgehalten haben mochte, der hatte alles mitgenommen oder entfernt mit Ausnahme eines Holzstapels. »Es ist nichts da«, rief sie.

»Bestimmt steht irgendwo ein Eimer herum.«

Juliana trat in den kleinen dunklen Raum, in dem es modrig roch. »Reichlich Spinnweben und Staub …«, rief sie Raymond zu und ging blinzelnd ein Stück weiter. »Warte. Du könntest Glück haben.«

Plötzlich verdunkelte sein Schatten den Raum und sperrte das Licht aus. »Ich weiß, Mylady, ich weiß.«

Juliana wirbelte herum, aber es war zu spät. Die Tür schlug krachend vor ihr zu, und sie hörte einen dumpfen Schlag, als Raymond sie von außen mit einem Holzbalken verkeilte.

18

Juliana rannte zur Tür der kleinen Hütte, hämmerte mit den Fäusten darauf ein und stemmte sich mit der Schulter dagegen. »Gute englische Konstruktion, starke englische Eiche. Leb wohl, Mylady. Ich werde dich holen, wenn alles vorüber ist.«

»Raymond!« Sie schlug mit ihrer Handfläche gegen das Holz, aber niemand antwortete ihr. Sie rannte zu dem kleinen Fenster, rüttelte an den Fensterläden und spähte durch den Spalt zwischen den beiden Flügeln hindurch, der senkrecht zwischen ihnen verlief. Sie konnte ihn sehen, wie er gerade sein Pferd bestieg. »Raymond, komm zurück, sonst …«

Mit Genugtuung beobachtete sie, dass er abstieg und zur Hütte zurückkehrte. Doch sie freute sich zu früh. Statt sie zu befreien, legte er einen weiteren Querbalken vor die Tür, damit sie nur ja nicht entwischen konnte. Dann hörte sie, wie er sich von außen an den Läden zu schaffen machte, um auch diese gegen einen Ausbruchsversuch abzusichern. Auf Zehenspitzen stehend sah sie ihm durch den schmalen Spalt direkt in die Augen. Spöttisch sagte er: »Ich schulde dir Dank, Mylady, weil du mich daran erinnert hast, auch noch das Fenster fest zu versperren.«

Juliana fluchte so unflätig, wie sie es nicht mehr tat, seit ihre Töchter auf der Welt waren, denen sie schließlich Vorbild sein musste. Dann wich sie zurück und grübelte über einen anderen Fluchtweg nach.

Er war fort, hatte sie, halb verrückt vor Angst und Sorgen, allein zurückgelassen. Sie musste hier raus, und zwar vor Anbruch der Dunkelheit. Langsam wanderte sie durch den Raum, inspizierte alle Ecken und entdeckte schließlich bei der Tür eine Stelle, wo der Lehm aus dem hölzernen Fachwerk herausgebrochen worden war. Sie kratzte noch mehr weg, aber es reichte nicht. Salisburys Dolch! Der Gedanke war wie ein Befreiungsschlag. Hatte der Alte nicht gesagt, man könne damit Holz hacken? Sie hockte sich auf den Boden, um sich an die Arbeit zu machen – und erkannte, dass man dem Holz zwar wirklich zu Leibe rücken konnte, doch es würde dauern. Viel zu lange.

Vielleicht tat sie sich mit dem Strohdach leichter, das ohnehin in keinem guten Zustand mehr war und schon ziemlich durchhing. Juliana sprang in dem niederen Raum in die Höhe und schlug mit den Fingern dagegen, bis ein Schauer aus trockenem Gras und Staub auf sie niederrieselte. Hustend ging sie zu dem Eimer, der in einer Ecke stand, und trug ihn dorthin, wo das Dach am niedrigsten war, kletterte darauf, zerrte an den Balken, was eine weitere Gras- und Staubwolke auslöste, die ihr nur das Atmen erschwerte, sie ihrer Befreiung aber keinen Deut näher brachte.

Juliana dachte grimmig über ihre Situation nach, so ohne Essen und Trinken in einer dreckigen Hütte eingesperrt. Zudem dauerte es nicht mehr lange, bis es dunkel zu werden begann. Niemand wusste, wo sie war, wenn man einmal von ihrem törichten Ehemann absah, der mit einem lächerlichen Schwert bewaffnet gegen eine Übermacht von Feinden in die Schlacht zog. Schniefend wischte sie sich die Nase an ihrem Ärmel ab. Wie hatte Raymond ihr das nur antun können?

Raymond, der bald vielleicht dem Tod ins Auge blickte. Der Gedanke war schrecklich – zu schrecklich, um ihn an sich heranzulassen. Und was war mit Margery? In wessen Händen befand sie sich und warum? Um Lösegeld zu erpressen? Oder handelte es sich um eine Wiederholung ihrer eigenen Entführung? War dies das Ergebnis einer unglücklichen Konstellation der Planeten oder der Höhepunkt eines heimtückischen Planes? Die Gedanken schwirrten durch Julianas Kopf, aber vor allem trieb sie die Frage um, was man ihrem Mädchen antun würde, welches Grauen Margery vielleicht durchleben musste.

Wieder durchmaß sie unruhig die Hütte. Mauer und Dach waren zu stabil – sie musste eine andere Lösung finden. Ihr Blick blieb auf dem Holzstoß haften. Konnte sie vielleicht eines der großen Stücke als Rammbock benutzen, um die Tür samt Querbalken zu sprengen? Sie bückte sich, suchte ein kräftiges, langes Holz aus und wog es in ihren Armen ab, bevor sie es mit einem entsetzten Schrei fallen ließ und zur Seite sprang. Sie hatte den Ursprung der Spinnweben gefunden.

Während sie ihr Zittern langsam unter Kontrolle bekam, hob sie das Holz erneut auf und hoffte, dass sie die meisten Bewohner des Stapels verscheucht hatte. »Gute englische Eiche«, murmelte sie. »Hoffentlich gut genug, um es mit anderer englischer Eiche aufzunehmen.« Sie entschied, dass sie das breite Ende gegen die Tür rammen und das schmalere in den Händen halten wollte, und rannte los, doch der Schlag warf sie zurück. Das Holz wurde ihr dabei aus den Armen gerissen, sie stolperte darüber und schlug so hart auf, dass es ihr den Atem raubte. Sie wimmerte leise und sagte zu sich selbst: »Die Tür wird nie nachgeben.« Irgendwo hörte sie das Knabbern eines Nagetiers und nahm das als Zustimmung zu ihrer pessimistischen Aussage.

Während sie sich die schmerzenden Rippen rieb, rappelte sie sich wieder auf. »Mein Fehler«, sagte sie laut. »Ich hätte die Tür überprüfen sollen, bevor ich sie rammte. Vielleicht …« Sie stolperte zum Fenster und rüttelte an den Fensterläden. Ein leises Klappern. Sie rüttelte noch einmal mit aller Kraft, doch der Stock, mit dem Raymond das Fenster von außen versperrt hatte, gab nicht nach. Und doch war da wieder dieses leise Geräusch – irgendetwas musste locker sein. Sie lächelte, es war ihr erstes echtes Lächeln seit einem Tag.

Das war es. Juliana rieb ihre aufgeschürften Handflächen, griff wieder nach dem Rammbock und legte ihn an der anderen, nicht schmerzenden Körperseite an. Dann holte sie tief Luft, rannte los …

Und hielt inne. Der Sturz beim ersten Anlauf war so brutal gewesen, dass der Gedanke an eine mögliche Wiederholung sie zurückschrecken ließ. Außerdem flüsterte der Feigling in ihr beschwörend, es sei doch tausendmal besser, in einer zwar unwirtlichen und von Spinnen und Nagern bevölkerten, aber sicheren Hütte abzuwarten, als von feindlichen Kriegern vergewaltigt und verstümmelt oder gar getötet zu werden.

Außerdem musste sie einsehen, dass es unmöglich war, denn das Holz war mehr ein bloßes Scheit als ein Rammbock. Tränen liefen ihr angesichts dieser Erkenntnis die Wangen hinab. Raymond hatte recht gehabt – sie wäre besser zu Hause geblieben. Hier nutzte sie keinem, auch Margery nicht. Im Gegenteil.

Juliana gab sich ganz dem Gefühl ihrer Niederlage hin, als sie plötzlich an die Worte des alten Fährtensuchers dachte. Was hatte er gleich gesagt? »Sie ist stark. Habt Vertrauen zu ihr, Mylord.«

Salisburys Glaube an sie erschien ihr wie eine Verpflichtung. Aber selbst er konnte schließlich nicht von ihr erwarten, dass sie solche Schwierigkeiten wie diese hier überwand, versuchte sie sich einzureden. *Nay*, das würde er nicht. Zum Teufel mit ihm. Das würde er doch.

Wieder hob Juliana das Holz auf, stützte es in der Taille ab und fasste neuen Mut. Und es ist doch ein Rammbock, kanzelte sie ihren inneren Schweinehund ab, der es mit diesen klapprigen Fensterläden schon aufnehmen würde. Sie holte tief Luft. *Aye*, das würde er.

Sie kniff die Augen zusammen, peilte die schwächste Stelle an, rannte los und traf genau ins Ziel. Der ganze Rahmen samt Fensterläden und Balken flog aus der Halterung – und Juliana hinterher.

Salisbury griff nach Layamons Ärmel und keuchte zum Gotterbarmen. Sein Herz klopfte wie wild, sein Kopf drohte zu platzen, so schnell war er gelaufen.

»Langsam, alter Mann«, sagte Layamon. »Was ist passiert? Ist etwas mit Mylord oder Mylady?«

Salisbury nickte. »Tosti … tot. Männer, Krieger … haben ihn umgebracht. Mylord … dem Mädchen hinterher.«

»Wo ist Mylady?« Layamon sah hinaus auf die Straße.

»Auch mit. Gab ihr … Dolch. Soll sie beschützen.«

»Du hast Mylady einen Dolch gegeben, und der soll sie beschützen?« Layamon schüttelte Salisbury. »Bist du irre? Keine Lady weiß, wie man einen Dolch benutzt.«

Salisbury richtete sich gerade auf. »Sie wird's schon wissen.«

Layamon drehte sich auf dem Absatz um und sagte: »Ich hab keine Zeit, mit dir zu streiten, alter Narr. Ich muss …« Er runzelte die Brauen.

Schwankend flüsterte Salisbury: »Verfolg … Mylady.« Ihm wurde schwarz vor Augen, und er brach zusammen.

Juliana krachte unsanft mit ihrer Hüfte gegen die Mauer, schlug in der Luft einen Purzelbaum, stieß sich den Kopf an und landete mit einem lauten Schlag auf dem Boden. Als sie langsam wieder klar denken konnte, war ihr erstes Gefühl Verblüffung, dann Triumph. Sie war frei.

Zwar tat ihr jede Rippe weh, zwar waren ihre Handflächen aufgeschürft und voller Splitter und Steinchen, zwar blutete ihr Kinn, doch sie hatte sich befreit. Benommen rappelte sie sich auf und streckte die Arme weit aus. Doch ihr Hochgefühl verging, als sie sah, dass die Sonne bereits ziemlich tief stand. Mist, dachte sie, sie würde bis zum Morgen hier ausharren müssen, wollte sie sich nicht in den Wäldern verlaufen. Wie schnell kam sie überhaupt ohne Pferd vorwärts? Sie würde es bald hinausfinden, aber zuerst einmal musste sie etwas essen. Aber was? Nun ja, zur

Not würde sich etwas finden, irgendetwas. Noch darüber nachgrübelnd fiel ihr Blick plötzlich auf die Satteltaschen, die Raymond auf einen Baumstumpf am Waldrand gelegt hatte. Juliana rieb sich die Augen. Wie seltsam – es sah beinahe so aus, als ob sie dort auf sie warteten. Sie eilte hastig hin und öffnete sie gierig. Ein Laib Brot fehlte, eine Käse und ein Weinschlauch – alles andere war noch da. Er hatte nur mitgenommen, was er brauchte und den Rest hiergelassen. Um seinem Pferd angesichts des bevorstehenden Gefechts unnötige Last abzunehmen? Oder aus Rücksicht auf sie, falls es ihr doch gelingen sollte, sich zu befreien? Ganz egal, sie war dankbar für den Proviant.

Nachdem sie sich gestärkt hatte, beschloss sie, sich in der Nähe schon einmal umzusehen. Sie folgte dem Trampelpfad, den eine durchziehende Reitergruppe hinterlassen hatte. Ihrer geschundenen Muskulatur würde es guttun, wenn sie sich ein bisschen bewegte, sprach sie sich selbst Mut zu.

Als sie um die erste Ecke bog, konzentrierte sie sich darauf, einen Fuß vor den anderen zu setzen, den Blick zu Boden gerichtet, um die Spur nicht zu verlieren. Als sie an eine Stelle kam, wo die Reiter offensichtlich eine andere Richtung eingeschlagen hatten, hörte sie plötzlich ein entferntes Wiehern. War sie bereits nah an die Mörderbande herangekommen oder nur auf einen Wachposten gestoßen? Nichts von beiden, denn zwischen den Bäumen tauchte ein reiterloses Pferd auf. Ihr Pferd.

Raymond hatte ihre Stute offenbar hier zurückgelassen. Mit einer Leine neben dem Pfad angepflockt fraß sie ruhig Gras. Juliana umkreiste das Tier. »Was tust du denn hier?«, sagte sie mehr zu sich selbst. »Hat Raymond dich in der Nähe der Hütte angebunden, damit ich dich im Notfall finde? So war es, nicht wahr? Genau wie mit den Satteltaschen. Er wusste, ich würde auszubrechen versuchen.«

Juliana fühlte sich wundersam getröstet und spürte nicht einmal mehr ihre Schmerzen. Raymond hatte Vertrauen in sie – ein Vertrauen so stark wie das von Salisbury. Er wollte sie nur für ein paar Stunden zurückhalten, damit sie fürs Erste außerhalb der Gefahrenzone war. Juliana blinzelte zum Himmel hinauf. »Aber du hättest nicht gedacht, dass ich so schnell entkomme, nicht wahr?« Sie stieß ein triumphierendes Lachen aus.

Sie fand ihren Sattel auf einem Baumstumpf, und obwohl sie es seit Jahren nicht mehr gemacht hatte, schaffte sie es, ihre Stute zu satteln. Es blieb ihr ja auch nichts anderes übrig. Als sie aufstieg, fiel ihr ein, dass es besser wäre, den Proviant mitzunehmen, doch ihre Ungeduld war zu groß. Nicht einmal die paar Minuten wollte sie warten, bevor sie sich trotz der bald einbrechenden Dunkelheit auf die Suche machte. Sie wollte, sie musste zu Raymond und Margery.

Angespannt hielt sie auf ihrem Ritt durch den Wald Ausschau, um die Spur nicht zu verlieren. Hin und wieder hörte sie Geräusche, die sich jedoch nicht lokalisieren ließen. Aber Raymond war ja der Meinung gewesen, der Reitertrupp sei nicht weit vor ihnen. Bald, zu bald, sollte sich seine Vermutung bestätigen.

Vor sich sah Juliana eine Wiese, auf die die letzten Strahlen der untergehenden Sonne fielen. Sie stieß auf Abdrücke von Hufen und entdeckte an einem Ast einen hellen Wollfaden. Vorsichtig ritt sie näher, um ihn in Augenschein zu nehmen. Sie war sich nicht ganz sicher, aber sie meinte darin ihre feine cremefarbene Wolle zu erkennen.

Oder doch nicht?

Ihre Stute tänzelte unruhig von einem Bein auf das andere, als habe sich ihre Besorgnis auf das Tier übertragen. Juliana spähte über die Lichtung hin, ohne jedoch jemanden zu sehen. Allerdings war das Gras so zertrampelt, als habe dort ein Kampf stattgefunden. Sie drängte ihr Pferd wieder voran, suchte nach Hinweisen, die sie entschlüsseln konnte. Und sie fand einen: Im Schatten einer Eibe lag der dunkle, reglose Körper eines jungen Mannes.

Juliana stieß einen leisen Entsetzensschrei aus und trieb ihr Pferd an. Beim Klang der herannahenden Hufe regte sich der Körper wie eine Marionette, an deren Fäden man zog. Arme hoben sich und fielen wieder zurück, Beine wurden gestreckt und erschlafften wieder. Juliana sprang vom Pferd und rannte zu dem Verletzten hin.

Es war Denys. Sie sah keine sichtbaren Wunden, keine Zeichen eines Schwerthiebs oder Spuren eines Streitkolbens, aber seine Haut war von ungesunder Blässe und glich der eines gerupften und nicht mehr ganz frischen Huhns.

»Bitte nicht … auf mich treten«, flüsterte er.

»Das werde ich nicht.« Sie berührte seine Stirn.

Seine Lider öffneten sich flatternd; seine Augen schienen nur langsam etwas zu erkennen. »Mylady! Verzeihung«, sagte er mit schwacher Stimme. »Verzeiht mir …«

»Natürlich.« Juliana schaute sich um und sah den Bach, ging hinüber, um ihr Taschentuch anzufeuchten und dem Jungen sein schmales Gesicht zu wischen.

Er schien langsam zu sich zu kommen und holte ein paarmal tief Luft. »Versprecht nichts, bis Ihr wisst …«

»Bis ich weiß, was du getan hast? Ich weiß es. Du warst dumm, aber es konnte dir kaum klar sein …«

»Dumm. Nahm Margery … Weil Satan selbst … Versuchte …« Tränen traten ihm in die Augen. »Meine Mutter … Ich werde niemals meine Mutter sehen, weil ich gesündigt habe …«

Juliana ging noch einmal zum Bach, machte ihr Taschentuch diesmal ganz nass, damit er das Wasser heraussaugen konnte. Weil er Schwierigkeiten beim Schlucken hatte, wollte sie seinen Kopf stützen.

Er schrie.

Sie sprang erschrocken zurück und war noch entsetzter, als er stammelte: »Verzeihung. Kein Mut. Kein Ritter …«

Vorsichtig nahm sie seine kalte, klamme Hand. »Wie wurdest du verletzt?«

Ein tiefer, zitternder Seufzer entrang sich seiner Brust. »Sie ritten über mich hinweg.«

Als sie sein Hemd zurückschob, begann sie leise die Totengebete zu sprechen. Tiefe Hufabdrücke übersäten seine Brust – es sah aus, als ob jemand mit seinem Pferd auf dem Jungen gestanden und herumgetreten hätte. Ein Wunder, dass er überhaupt noch lebte! »Du wirst wieder bei deiner Mutter sein. Sie erwartet dich auf der anderen Seite.«

Sein Kopf fiel von einer Seite zur anderen. »Mutter … gut. Ehrlich. Lehrte mich … besser.«

»Mütter vergeben alles.« Sie wollte dem Jungen den Tod erleichtern, und deshalb fügte sie hinzu: »Ich verspreche dir, dass sie dir vergeben wird.«

Sein Blick klammerte sich an ihr fest, bewies ihr, wie gierig er ihr Versprechen aufsog. Mehr und mehr schien das Licht in seinen Augen zu erlöschen, doch noch einmal riss er sich zusammen, um ein paar Worte zu stammeln. »Sir ... Joseph. Sir Joseph ... Satan.«

Voller Entsetzen begriff Juliana die Zusammenhänge. »Sir Joseph hat dir gesagt, du sollst Margery entführen?«

Ein schwaches Nicken antwortete ihr.

»Weil sie die Erbin ist?«

Ein noch schwächeres Nicken.

Die Welt um sie herum schien einzustürzen. »Wo ist Margery?«, schrie sie wie von Sinnen.

»Sir Joseph.« Juliana presste die Hände vor den Mund und forderte ihn mit ihren Blicken zum Weitersprechen auf.

»Mit Söldnern ... Ich stach ... ihm ins Bein. Sein Pferd ...«

»Sein Pferd hat dir das angetan?«

»Er lachte. Raymond ...«

Ihre Angst wuchs mit jedem seiner gestammelten Worte. »Raymond?«

»War da. Kämpfte ...«

Ganz langsam formulierte sie ihre Frage, damit sie seinen entschwindenden Geist erreichte. »Ist ... er ... tot?«

»*Nay*. Kämpft noch ...« Mit letzter Kraft deutete Denys zum anderen Ende der Wiese.

»Er hat gekämpft, als du ihn das letzte Mal gesehen hast?«

»Nicht töten. Sir Joseph sagt ...«

»Er will nicht, dass er getötet wird? Warum? Damit er ihn foltern kann?« Wütend stand Juliana auf. Sie würde ihre Tochter verfolgen und sie vor diesem grausamen Bastard von Onkel retten. Und sie würde ihren Mann suchen und auch ihn befreien.

Mitten in diese Gedanken hinein hörte sie ein schwaches Murmeln. »Gott sei … mit Euch.«

Sie erstarrte. Sie hatte Denys beinahe vergessen, nur noch an ihre Familie gedacht, und eigentlich wollte sie auch nicht erinnert werden. Aber sie brachte es nicht übers Herz. Sie sah seine hoffnungslosen Augen, hörte seine brechende Stimme. Wie konnte sie ihn sterbend zurücklassen, mutterseelenallein in diesen unheimlichen Wäldern? Wenn so etwas ihrem Kind passierte, wenn Margery so sterben müsste? Sie würde dann hoffen, dass jemand liebevoll an ihrer Seite bliebe. Um zu helfen. Zu trösten.

Welche Konsequenzen es auch für Margery oder Raymond haben mochte – Juliana musste bei Denys bleiben. Sie setzte sich wieder neben ihn. »Warum? Sag mir, weshalb du auf diesen … Satan gehört hast.«

»Reichtum … Mitgift. Warten auf mich. Margery … nur Frau. Wird aufgeben …«

»Und das hast du geglaubt? Von *Margery*?«

»Dumm. Sagte … mir.« Er seufzte. »Wusste es bereits. Schwöre … nie … sie berührt.«

Mühsam sprach er weiter, als müsse er sich eine Last von der Seele reden. »Nur … so arm. Verhungert. Getreten … wie Hund.« Tränen stiegen ihm in die Augen, und er flehte um ihre Vergebung: »Mutter … starb.«

Voller Mitleid versuchte sie ihm mehr Wasser einzuflößen, aber selbst die kleinste Anstrengung schien zu viel für Denys zu sein. Also setzte sie sich einfach neben ihn und strich ihm übers Gesicht. »Ich habe auch dumme Dinge getan und bin der Ehe mit Lord Raymond aus dem Weg gegangen, weil ich Angst hatte und weil Sir Joseph mir das eingeredet hat.«

»Satan«, flüsterte er voller Schmerz.

»Ja, das ist er. Seine heimtückischen Pläne hätten beinahe mein Leben zerstört.« O Gott, das stimmte wirklich. Ihre Stimme zitterte, als sie fortfuhr: »Du und ich, wir haben viel gemeinsam, weißt du. Wir sind misshandelte Seelen, die einen Bösewicht getroffen haben und seinen Verlockungen erlegen sind.«

»Ihr nicht.« Sie konnte ihn beinahe nicht mehr hören. »Nicht Eure Schuld.«

»*Aye*, das ist sie.« Die Verantwortung für dieses Desaster lastete schwer auf ihrer Seele, und sie sagte: »Wenn ich Sir Joseph gegenüber nicht solch ein Feigling gewesen wäre, dann würde dies alles nicht passiert sein.«

»Meine Schuld.«

»*Nay*, ist es nicht. Wenn ich doch nur freundlicher zu dir gewesen wäre.«

»Immer freundlich.«

Sie schüttelte den Kopf. »Ich weiß es besser, aber ich werde dir ein Versprechen geben. Weil ich die Verantwortung für das alles trage und damit auch für dein Unglück, werde ich deine Sünde auf mich nehmen.«

Seine trüben Augen fixierten sie mit einem Schimmer von Hoffnung.

»Ich werde für den Rest meiner Tage Buße tun, gemäß dem Urteil des Priesters.« Was der sagen würde, das konnte sie sich leicht ausrechnen. »Auf diese Weise wird deine Seele frei sein.«

»*Meine* Sünde«, flüsterte er verzweifelt. »Keine Buße.«

»Du hast heute schon genug gebüßt«, antwortete sie.

Denys schloss seine Augen, und Juliana, die seine Hand hielt, dachte schon, er würde sie nie wieder öffnen, doch er kam noch einmal zu sich. Seine Lippen bewegten sich. »*Aye*, barmherzigsten Dank.« *Aye*, er würde sie die Sünde tragen lassen.

Tränen füllten Julianas Augen, als sie auf den gepeinigten Körper des Jungen sah. Sie betete, er würde endlich sterben, damit seine Marter beendet war. Aber sie wünschte es auch, um endlich hier wegzukommen, zu Margery und Raymond. Eine seltsame Totenwache, dachte sie, in den letzten Strahlen der Frühlingssonne zu sitzen und dem Abendlied der Vögel zuzuhören. Während überall neues Leben zu sprießen begann, starb in ihren Armen ein Junge, der noch gar nicht richtig gelebt hatte. Seine Blässe vertiefte sich, und als die Sonne hinter den Bäumen versank und dunkle Schatten sich auf die Wiese legten, flüsterte Denys »Mutter« und starb.

Reglos blieb Juliana noch eine Weile sitzen, hielt seine kälter werdende Hand und weinte um den jungen Menschen, der niemanden sonst hatte, um ihn zu betrauern.

19

Layamon griff aufgeregt nach Keirs Arm und rief: »Woher habt Ihr gewusst, dass Ihr herkommen müsst? Margery und Denys sind verschwunden. Mylord und Mylady verfolgen einen Söldnertrupp. Lady Margery wurde entführt!«

Mit einem Elan und einer Leidenschaft, die Layamon schockierte, stieß der vom Reisen erschöpfte Keir einen Schwall von fremdländischen Flüchen aus. »Ich weiß alles über diese Schurken«, bellte er. »Sie kommen aus Bartonhale und stehen unter dem Kommando des Mannes, den ich eigentlich überwachen sollte. Wann sind Lord Raymond und Lady Juliana losgeritten?«

»Ganz früh heute Morgen!«

Keir schaute in die untergehende Sonne und fluchte abermals.

»Salisbury kam gegen Mittag angerannt, halb tot vor Aufregung, und krächzte, dass ein Reitertrupp Tosti umgebracht hat und dass Mylord und Mylady ihnen nachgeritten sind – er ließ mir ausrichten, ich solle mit meinen Männern so schnell wie möglich kommen.«

Keirs Gesichtszüge erstarrten. »Und warum seid ihr dann noch da?«

Layamon kratzte sich verlegen am Kopf. »Ich hab noch

nie so was organisiert. Ich nehm an, da gibt's ein paar Dinge, von denen ich keine Ahnung hab.«

Fassungslos ballte Keir die Fäuste, aber er wusste, er durfte den Waffenknecht deswegen nicht beschimpfen, denn schließlich hatte er als Kommandant der Soldaten keinerlei Erfahrung, und niemand war da, der ihn hätte einweisen können. »Komm mit mir rein. Ich muss erst etwas essen, aber dabei gebe ich dir schon Anweisungen, was du tun musst. Als Erstes sattle das schnellste Ross in den Ställen.«

Verwirrt schaute Layamon sich im Burghof um. »Aber Sir! Wo ist denn das Pferd, das Euch Lord Raymond geschenkt hat, als Ihr Lofts in Richtung Bartonhale verließt. Das war der beste Hengst im Stall – verglichen mit dem ist dieses Pferd, auf dem Ihr jetzt gekommen seid, eine Schindmähre. Was ist denn passiert?«

Layamon fuhr zurück, als Keir wie von Sinnen losschrie. »Es wurde vom selben Schurken gestohlen, der deinen Herrn und deine Herrin umbringen wird, wenn ich sie nicht bald finde.«

Layamon starrte ihn mit offenem Mund an, dann drehte er sich zu einem Stalljungen um. »Sattle Anglais für Sir Keir. Er reitet noch heute.«

Juliana zitterte, als sie einen schauerlichen Schrei vernahm. Sie wusste nicht, in welche Richtung sie gehen sollte – ob es überhaupt noch einen Sinn hatte, weiter herumzuirren. Sie hatte sich verlaufen.

»Auf mehr als eine Art«, sagte sie laut, dann verstummte sie, und wieder war da nichts als eine große Stille, die nur gelegentlich durch dieses unheimliche Schreien unterbrochen wurde.

Als sie durch die Bäume spähte, konnte sie eine Lichtung erkennen, die vom Mondlicht silbern erleuchtet wurde. Dorthin würde sie reiten, um in den Himmel zu schauen und sich am Stand der Sterne zu orientieren. Auf dem Weg bemerkte sie mit leisem Schrecken, dass plötzlich auch wieder Spuren zu sehen waren. Sollte etwa Sir Josephs Söldnertruppe in der Nähe sein? Ein unheimliches Gefühl beschlich sie. O Gott, sie hatte Angst. Die dumme, rückgratlose Juliana hatte mal wieder Angst.

Sie wollte nicht gefoltert werden wie Tosti. Sie wollte nicht sterben wie Denys. Aber sie wollte auch und vor allem ihre Margery zurückhaben und ihrem Raymond helfen. Und der hatte niemals Angst. Entschlossen stieg sie vom Pferd, straffte die Schultern, reckte das Kinn, um sich auf diese Weise Mut zu machen. Während sie sich der Lichtung näherte, ertönte wieder einer dieser Schreie. Voller Zorn, voller Schmerz. Sie fiel zu Boden und begann zu weinen.

Wer war da draußen? Was war das?

Als der Schrei verstummte, kroch Juliana tapfer weiter, doch ihr Atem ging unregelmäßig, ihr Herz schien zu stocken. Und plötzlich sah sie vor sich ein grausames Bild. In der Mitte der Lichtung lagen drei Körper auf dem Boden, die Arme im Tod wie schützend über den Kopf gelegt. Sie stolperte vorwärts, rief »Raymond«, fiel über eine Baumwurzel und schlug der Länge nach hin.

Der Sturz brachte sie wieder zur Vernunft. Vorsichtig hob sie ihren Kopf. Eine Feuerstelle glühte neben den Körpern, als solle sie ihnen wie zum Hohn etwas Wärme spenden. Einer der Toten trug noch seinen Helm, der im Mondlicht schimmerte. Ein Loch in der Stirn hatte sein Leben ausgelöscht. Die anderen waren völlig entkleidet – offenbar hatten ihre Gefährten alles Brauchbare zusammengerafft, bevor sie sich aus dem Staub machten. Ganz offensichtlich gehörten sie zu dem Söldnertrupp, von dem Denys gesprochen hatte. Aber was war mit ihnen passiert? Wer hatte ihnen den Garaus gemacht? Etwa ein Racheengel namens Raymond?

Juliana stand langsam auf. Nichts bewegte sich außer der dünnen Rauchsäule, die bleich und gespenstisch zu dem sternenübersäten Himmel aufstieg. Eine große Stille umgab sie, nur durchbrochen vom Knacken der Zweige, die sie berührte, und vom Rascheln des Laubes unter ihren Füßen. Trotzdem bewegte sie sich vorsichtig und nach allen Seiten sichernd, ließ ihre Blicke umherschweifen. Bis sie plötzlich vor einer mächtigen Eiche einen Schatten entdeckte, irgendwie bucklig aussehend, gekrümmt und verdreht. Sie kroch weiter darauf zu, doch nichts bewegte sich. Es war ein Mann, zweifelsfrei. Ein Ritter, denn sie konnte das Schimmern eines Kettenhemdes sehen, das seinen Oberkörper schützte.

Es war … Es sah aus wie …

»Raymond?«, fragte Juliana.

Die gebückte Gestalt richtete sich mit einem metallischen Klirren zu voller Größe auf.

Er war es, mitgenommen und gezeichnet von einem offenbar gnadenlosen Kampf, aber dennoch Raymond. Sie rannte auf ihn zu. Seine Augen funkelten in der Dunkelheit.

Er keuchte und ächzte, und als sie ihn erreichte, da sprang er auf sie zu und stieß diesen furchtbaren Schrei aus.

Valeska fiel Keir in die Zügel seines Pferdes, und als der prachtvolle Hengst einen Sprung machte und mit den Hufen scharrte, klammerte sie sich mit einer Kraft an ihm fest, die man ihrem alten Körper nicht zugetraut hätte. »Du wirst uns mitnehmen, Keir.«

Der Ire versuchte sein Streitross zu beruhigen und insistierte: »Ihr werdet mich bloß aufhalten.«

»Raymond braucht uns«, rief Valeska.

»*Nay!*«, wiederholte Keir mit Nachdruck und riss so heftig an den Zügeln, dass Anglais sich aufbäumte und Valeska durch die Luft flog – um einen Salto zu schlagen und sauber wieder auf den Füßen zu landen. Obwohl er von ihren Talenten wusste, war Keir immer wieder überrascht, wenn er eine Kostprobe davon zu sehen bekam. Immerhin hatte ihm die Aktion einen Vorteil verschafft, und er gab seinem Pferd die Sporen. »Ich werde euch so schnell wie möglich benachrichtigen«, rief er ihr zu.

Während Valeska ihn aus dem Burghof reiten sah, murmelte sie slawische Flüche, die Keirs Nachkommen Übles prophezeiten. Zurück im Wohnturm bei Ella und Dagna sagte sie: »Sir Joseph ist der Gottseibeiuns, der Chaos und Verwüstung angerichtet hat. Keir zieht ohne uns los, und Layamon wird sich ebenfalls mit seinen Männern aufmachen, ohne einen Gedanken an uns zu verschwenden.«

Ella wollte wissen: »Und wann reitet ihr los?« Die beiden alten Weiber sahen ihren Schützling an, tauschten bedeutsame Blicke und begannen wie auf Kommando spitzbübisch zu grinsen.

Raymond war verrückt geworden. Eine andere Erklärung gab es nicht. Juliana saß zitternd ein Stück von ihm entfernt auf dem Boden und hatte sich die Finger in die Ohren gesteckt.

Jetzt schrie Raymond wieder. Schrie mit der ganzen Verzweiflung eines zu Folter oder Tod Verdammten. Ihr war, als würde man ihr das Herz aus dem Leibe reißen, und blankes Entsetzen und namenloses Grauen packte sie. Sie wollte sich ihrem Geliebten nähern, ihrem vertrauten Ehemann, und der ging auf sie los wie eine Ausgeburt der Hölle. Was hatte man ihm nur angetan? Was konnte eine solche Veränderung bewirken? Julianas Vorstellungskraft versagte, als sie sich diese Fragen stellte.

Der Schrei kam wieder und wieder, lauter und lauter. Sie wusste nicht, was sie tun sollte. »Raymond?«, flüsterte sie.

Er antwortete nicht. Er rührte sich nicht.

Ja, das da war Raymond. Aber ein Raymond, wie sie ihn noch niemals erlebt hatte. Seine Ärmel und Reithosen waren zerfetzt. Sein Haar hing zerzaust vor den Augen, seine Lippen waren geschwollen. Und seine Augen starrten völlig blick- und ausdruckslos.

Er war wahnsinnig, wie verhext, und sie hatte Angst. Angst vor ihm, aber zugleich auch Angst, weil sie ihm nicht helfen konnte, und dabei musste sie das doch. Er war schließlich ihre große Liebe – der Mann, der ihr das Leben zurückgegeben hatte. Der Mann, mit dem sie eine große Leidenschaft verband und den sie nie im Stich lassen würde.

Erneut ging sie langsam auf ihn zu. Bewegte sich ein Stück vorwärts, hielt dann inne und machte den nächsten Schritt. Ganz vorsichtig, um ihn nicht aufzuregen. »Raymond, mein Geliebter«, sagte sie zärtlich, doch er bleckte zur Antwort nur die Zähne.

Als sie schwieg und zurücktrat, beruhigte er sich wieder. Und sie starrte ihn an, während die Tränen ihre Wangen hinunterrannen. »Oh, mein lieber Raymond.«

Und dann sah sie es. Ein Eisenkragen umschloss seinen Hals. Der Mann, der nicht einmal eine leise Berührung dort ertragen konnte, war erneut in Ketten gelegt worden wie seinerzeit als Sarazenensklave.

Sir Joseph hatte seine Rache gut gewählt.

Die Angst verschwand, und sie empfand nur noch Mitleid. Bei jedem Schritt, den sie auf ihn zuging, murmelte sie beruhigenden Unsinn, sang französische Wiegenlieder, versuchte ihn zu locken wie einen verängstigten kleinen Vogel.

Kein Wiedererkennen erhellte sein Gesicht. Er wusste weder, wer sie war, noch wie sie hieß. Als sie um ihn herumging, entdeckte sie eine kurze Kette mit einem Bolzen am Ende, den man tief in den Baumstamm hineingetrieben hatte. Sie sah, dass seine Hände ebenfalls gefesselt und hinter seinem Rücken an dem Baumstamm befestigt waren. Verzweifelt bewegte er seine Arme, um sich zu befreien – sie hörte das Klirren des Eisens, sah die Kette, etwa zehn Glieder lang, die sich in die Rinde eingrub.

Als sie hinter dem Baum hervortrat, ließ seine erneute Unruhe sie murmeln: »Ich habe dich nicht verlassen.« Und während sie in ihrem Verstand nach Wegen suchte, ihn zu hypnotisieren, näherte sie sich ihm erneut, langsam und vorsichtig. »Ich könnte dich niemals verlassen.« Sie streckte die Hände aus, die Finger gespreizt, und hielt ihm ihre Handflächen hin. »Ich möchte dich liebkosen – mit diesen Händen. Wie früher, erinnerst du dich? Darf ich?«

Diesmal blieb die gefürchtete Reaktion aus. Er brüllte nicht auf sie ein und fletschte nicht drohend die Zähne wie ein wildes Tier. Seine Augen funkelten zwar noch, aber er blinzelte ein wenig verunsichert.

»Raymond, Geliebter, bitte lass mich dir helfen.« Zwar drohte ihr Mut sie wieder zu verlassen, aber sie konnte, durfte nicht länger zögern. Er war innerlich so verletzt und wirkte so verlassen. »Bitte«, flüsterte sie noch erneut und streckte ihm ihre Hände entgegen. Er rührte sich nicht, blieb völlig reglos und schien kaum zu atmen. Doch als sie ihre Handflächen auf seine Brust legte, stöhnte er auf. Ein Anzeichen, dass der Spuk bald vorüber war – und dann sackte er in seinen Fesseln zusammen.

Sie bemerkte, dass auch sie vor lauter Anspannung den Atem angehalten hatte, und stieß einen Seufzer der Erleichterung aus. Sie streichelte über seinen Rücken und sagte leise: »Raymond. Ich habe keinen Schnee, mit dem ich dich reinigen kann, aber ich will dich mit meinen Küssen baden und dich mit Umarmungen trocknen, und du wirst auf ewig mein sein.« Sie lehnte sich an ihn. Das Kettenhemd stach ihr in die Wange, aber darunter hörte sie sein starkes Herz im normalen Rhythmus schlagen.

»Juliana?« Er versuchte sie in die Arme zu ziehen, aber die Kette hindert ihn daran, und jeder Muskel seines Körpers verkrampfte sich vor Zorn.

»Nicht …« Mitleid schnürte ihr den Hals zu. »Tu dir nicht noch mehr weh.« Sie nahm seinen Kopf in ihre Hände, um ihn genauer zu betrachten. Sie entdeckte eine Vielzahl von Schwellungen und Schnitten und Spuren von Tränen. Sie wusste, dass es der blanke Horror gewesen sein musste.

»Juliana.« Seine Stimme klang, als habe man auch seinen Kehlkopf zerkratzt. »Wie hast du mich gefunden?«

»Ich bin ihrer Spur gefolgt.«

»Sie haben Margery.«

»Ich weiß.«

»Ich konnte sie nicht aufhalten.«

»Kein Mann hätte mehr tun können als du.«

»Wenn ich dieses Schwein doch hätte erschlagen können.« Er keuchte und musste tief Luft holen. »Du weißt es noch nicht, aber es ist Sir Joseph, der sie entführt hat.«

Sie biss sich angesichts der Qual in seiner Stimme auf die Lippen. Das Reden schien ihn erschöpft zu haben, denn er rutschte weiter am Baum herab. Um ihn von seinen Schuldgefühlen zu befreien, sagte sie: »*Aye*. Denys hat mir erzählt, was passiert ist.«

»Der Junge …«

»Er ist tot.«

»Oh, mein Gott, noch ein Leben, das ich nicht beschützt habe.« Er stöhnte.

Seine Knie gaben nach, und der Eisenkragen schnürte ihm die Luft ab. Juliana stützte ihn nach Kräften, und schließlich gelang es ihm, wieder auf die Füße zu kommen. »Ich bin so müde«, murmelte er. »Ich will mich bloß hinsetzen, aber ich kann es nicht, ich kann mich nicht hinsetzen. Ich bin so … müde.«

»Stütz dich auf mich. Du bist ja so leicht wie der Vogel des heiligen Lukas.«

»Du meinst wohl eher den Ochsen«, versuchte er zu scherzen, während er sich gegen ihren Körper lehnte und sich langsam entspannte, weil er den Druck seiner Fesseln nun nicht mehr so stark spürte.

Wie lange sie so dastanden, aneinandergeschweißt durch seine Schwäche und ihre Stärke, wusste sie nicht. Plötzlich versteifte Raymond sich und öffnete die Augen. »Hör mal.«

Sie lauschte und hörte es ebenfalls: Von ferne erklang das Donnern von Pferdehufen.

»Es kommt sehr schnell näher«, sagte sie. »Wie kann jemand in einem solchen Gewirr von Bäumen so drauflosreiten?«

»Direkt hinter den Bäumen führt eine Straße entlang«, antwortete er heiser. »Sir Joseph wollte, dass jeder der vorbeizieht, mich so findet, als wäre ich ein gemeiner Verbrecher.«

»Soll ich den Reiter aufhalten?«

»*Nay*, tu das bloß nicht. Es ist höchstwahrscheinlich ein Feind, und ich will nicht, dass dir auch noch etwas passiert. Versteck dich dort drüben hinter den Bäumen und komm nicht heraus, bis die Luft rein ist.«

Empörung stieg in ihr auf, glühender Zorn. »Das werde ich nicht.«

»Du wirst tun, was man dir sagt.«

»Das letzte Mal, als ich das getan habe, fand ich mich eingesperrt in einer schmutzigen, von Spinnen bevölkerten Hütte wieder.« Juliana zog den Dolch, den Salisbury ihr gegeben hatte, aus ihrem Gürtel und schirmte mit ihrem Körper Raymond zur Straße hin ab. Über ihre Schulter gewandt sagte sie: »Akzeptiere jetzt, dass ich dir beistehe, oder verdammt sollst du sein.«

Es war ohnehin zu spät, denn der Reiter kam bereits ganz nah heran. Raymond sagte nur noch schnell: »Ich bin bereits verdammt, also flehe ich dich an, setz mich nicht dieser Schmach aus.«

Juliana ignorierte ihn, spannte sich in Erwartung eines Handgemenges an, aber das große weiße Pferd flog vorbei. Zunächst einmal, dann wurde es so abrupt gezügelt, dass es sich aufbäumte.

»Keir!«, rief Raymond, während der Freund gleichzeitig brüllte: »Raymond!«

Keir sprang aus dem Sattel, warf Juliana die Zügel zu und rannte zu dem Baum. Für einen kurzen Moment dachte Juliana, der Ire würde Raymond im Überschwang der Gefühle umarmen, doch diese Anwandlung ging vorüber, und Keir war wieder ganz der Alte, nüchtern und bedacht wie eh und je. Nachdem er die Zwangslage seines Freundes gründlich in Augenschein genommen hatte, meinte er lakonisch: »Ich sehe, ich hätte meine Schmiedewerkzeuge mitbringen sollen.«

»Wenn wir genug Zeit hätten, könntest du sie ja holen«, antwortete Raymond. »Aber ich habe einen anderen Plan.«

»Und wird mir diese Idee gefallen?«, fragte Keir skeptisch.

»Wahrscheinlich nicht, aber mir fällt nichts Besseres ein.« Raymond stand hoch aufgerichtet da und wirkte größer als jemals zuvor, dachte Juliana. »Nimm deine Streitaxt und hack meine Ketten durch.«

Keir räusperte sich. »Raymond, diese Ketten sind aus Eisen und die Erfolgsaussichten entsprechend gering.«

Raymond antwortete ihm, ohne mit der Wimper zu zucken. »Welch andere Möglichkeit bleibt uns dann?«

»*Nay*, denk nicht einmal dran. Die Axt könnte von der Kette abrutschen oder sie verfehlen und dich treffen.«

Juliana zuckte bei diesen Worten zusammen. »Wir sollten vielleicht wirklich besser Werkzeug von der Burg herbeischaffen, und dann bist du frei.«

»Das dauert zu lange, vielleicht bis morgen. Und was wird bis dahin mit unserer Tochter geschehen?«

Sie band die Zügel an einen Ast und dachte krampfhaft über eine andere Möglichkeit nach, aber Raymonds Worte zwangen sie, sich seinen Überlegungen anzuschließen.

»Glaubst du, Sir Joseph hat sie aus freundschaftlichen Gründen mitgenommen? Gerade in diesem Moment könnte sie das Schicksal von Tosti erleiden oder …« Er unterbrach sich, als er sie leise wimmern hörte. »Wir haben keine Wahl, Juliana, und außerdem …«

Ihr betroffener Blick suchte den seinen.

»Ich kann nicht länger in diesen Ketten bleiben, nicht einmal um deines Seelenfriedens willen.«

Sie wusste, dass er recht hatte, denn nur mit übermenschlicher Kraft unterdrückte er die Panik und den Wahnsinn und zwang sich zu einem halbwegs normalen Verhalten.

»Geh weg, du musst nicht zuschauen, wenn Keir seine Arbeit macht.«

Plötzlich stand der Freund neben ihr. Der Rand seiner kurzen Streitaxt glitzerte kalt im Mondlicht, und er schwang seinen Arm, um die Muskeln zu lockern. Sie fragte: »Was ist, wenn Ihr seine Hand abhackt?«

Es klang wie ein Vorwurf, und Raymond antwortete schnell: »Dann werde ich wenigstens endlich seine Behauptung verstehen, dass der Verlust seiner Finger ein kleiner Preis für die Freiheit war.«

Juliana wirbelte herum und marschierte in die Dunkelheit, wo irgendwo unter den Bäumen ihr Pferd stehen musste.

»Wie konntest du so schnell hier sein?«, hörte sie Raymond fragen.

Die Ketten rasselten, als Keir antwortete: »Nicht früh genug. Ich hätte das ganze Ausmaß von Sir Josephs Gemeinheit erkennen müssen, doch ich merkte es erst, als der Verwalter von Bartonhale mich einsperrte.«

Juliana drehte sich mit einem Aufschrei um. »Euch einsperrte?«

Keir untersuchte Kette und Bolzen, die Raymond am Baum festhielten. »Sir Joseph hat eine unbegreifliche Macht über den Verstand der Menschen in seiner Nähe. Euer Verwalter, Mylady, hielt Sir Joseph für einen Dämon.«

Da sie sich an Denys' Worte erinnerte, war Juliana nicht überrascht.

»Seit dem Tod Eures Vaters hat er alles getan, was Sir

Joseph verlangte – aus Angst, versichere ich Euch. Er hat Euch um Abgaben der Leibeigenen betrogen und sie Sir Joseph übergeben.« Keir seufzte. »Raymond, ich glaube, es ist am besten, den Bolzen aus dem Holz zu hacken.«

»Aus einer Eiche?«, schrie Juliana. »Seid Ihr verrückt? Englische Eiche ist …«

»Robust, nicht wahr, Juliana?« Raymonds Zähne blitzten auf, aber sein Grinsen sah eher grimmig als amüsiert aus.

»Es ist unmöglich«, wiederholte sie verzweifelt.

Raymond ignorierte ihren Einwand und empfahl: »Versuch bitte, mein Haar nicht zu stutzen.«

Keir wog die schimmernde Waffe in seinen Händen. »Duck dich.«

Die Axt schwebte über Raymonds Kopf, fuhr blitzschnell herunter und drang in die Baumrinde neben dem Bolzen ein. Gebannt beobachtete sie, wie Keir sich abmühte, sie aus dem harten Holz herauszuziehen, und sie dann aufs Neue hob. Von dunklen Vorahnungen gequält sank Juliana auf die Knie und presste sich die Handballen vor die Augen.

Zumindest wollte sie es nicht mit ansehen müssen, wie Raymond … Sie wagte es nicht, diesen Gedanken zu Ende zu führen. Angespannt lauschte sie den dumpfen Schlägen der Axt, Keirs angestrengtem Keuchen und Raymonds schwerem Atmen. »Das war aber knapp, mein Freund«, hörte sie ihren Mann sagen und ließ die Hände sinken.

Keir stand da und sah besorgt aus. »Eine Axt mit einem verdammt kurzen Stiel. Keinerlei Präzision. Keine Schlagkraft dahinter.«

»Aber sie ist aus besten spanischen Metallen, wie geschaffen dafür, Rüstungen zu durchdringen«, tröstete Raymond ihn. »Sie wird mit der Kette kurzen Prozess machen.«

»Aber für Holz völlig ungeeignet«, hielt Keir dagegen. »Layamon und die Waffenknechte müssen bald hier sein. Wenn du doch nur auf ihre Ankunft warten würdest …«

»Du kennst meine Argumente. Außerdem werde ich nicht zulassen, dass meine Leute mich in einer so entwürdigenden Position sehen«, antwortete Raymond ruhig.

Stille herrschte, als Juliana und Keir einsahen, dass es sinnlos war, sich Raymonds Willen zu widersetzen. Schließlich verneigte sich Keir. »Wie du wünschst. Aber einem Mann den Kopf abzuschlagen ist eine verdammt ernstere Angelegenheit, als ein paar Finger abzuschneiden.«

»Du wirst mir den Kopf schon nicht abhacken«, tröstete Raymond ihn.

»*Aye*, und was bedeutet schon ein Ohr oder ein Stück Kopfhaut?«, murmelte Keir.

»Bevor du loslegst, würde ich allerdings gerne erfahren, wie du fliehen konntest.«

»Ich habe den Verwalter überzeugt, dass er gut daran täte, sich über den Teufel selbst Sorgen zu machen und den rebellischen Dämon einfach zu ignorieren.«

»Wen meintet Ihr damit? Mit dem Teufel selbst?«, wollte Juliana wissen.

»Mich«, antwortete Keir gelassen, während Raymond laut lachen musste.

»Wie hast du ihm das eingeredet?«

»Oh, er ist kein sehr scharfsinniger Mann, und Valeska

und Dagna haben mir ein paar recht teuflische Tricks beigebracht, die ihre Wirkung nicht verfehlten.«

Selbst Juliana musste nun lächeln.

»Keir, du Herr der Hölle, falls du mit deiner Prahlerei endlich fertig bist«, sagte Raymond, »dann hätte ich gerne, dass du langsam anfängst.«

Juliana beschloss, nicht hinzuschauen und hinzuhören, denn ihr war übel allein bei dem Gedanken, was passieren könnte. Raymond bemerkte ihr kummervolles, angewidertes Gesicht. Konnte sie es etwa nicht ertragen, ihn so erniedrigt zu sehen? Würde sie das hier je vergessen? Doch zunächst musste er sich auf Keirs Befreiungsversuch konzentrieren.

»Da hast du's«, sagte Raymond mit einem Mal triumphierend. »Ich wusste doch, dass du es kannst.«

Juliana öffnete die Augen und sah, dass ihr Mann nicht mehr an den Baum gefesselt war. Den Eisenkragen und die Ketten allerdings trug er noch.

Die Eiche hatte sich, wie Keir ihr jetzt berichtete, als das kleinere Problem erwiesen und den Bolzen relativ leicht freigegeben. Als schwierig erwies es sich jedoch, die starke Kette, die seine Hände am Baum hielt, zu durchtrennen. Während Raymond die Hände ins Mondlicht hielt, unterzog Keir die Kette einer eingehenden Prüfung. »Die Glieder lassen sich nur an einer einzigen Stelle voneinander lösen. Und das ist hier, ganz nah bei deiner Hand.«

»Dann schwing deine Axt genau«, antwortete Raymond. »Meine Hände brauche ich noch für meine Rache an Sir Joseph.«

»Hättest wohl eher deinen Kopf entbehren können,

wie«, meinte Keir ironisch, um dann im ernsten Ton seine Anweisungen zu erteilen. »Setz dich hin. Ball die Hände zu Fäusten und spann die Kette so straff, wie du nur kannst. Und beweg dich nicht.«

Raymond gehorchte. Keir lehnte seinen Rücken gegen den Baum, stemmte die Füße in den Boden und hob die Axt. Juliana wollte ihre Augen vor dem Anblick verschließen, aber eine schreckliche Faszination zwang sie zum Hinsehen. Die Axt traf die Kette zwar, sprühte Funken, durchtrennte die Glieder jedoch nicht. Der Schlag war so gewaltig, dass der Rückstoß Keir zu Boden warf und ihm die Axt aus der Hand geschleudert wurde. Raymond sagte ungeduldig: »Versuch es noch einmal.«

Keir streckte die Hände aus und verzog schmerzhaft das Gesicht.

Julianas Stimme zitterte, als sie sagte: »Warte, Raymond, Keir hat sich wehgetan.«

»Ich kann nicht warten«, drängte ihr Mann. »Da kommen Reiter.«

Juliana legte ihren Kopf auf den Boden, lauschte, und dann hörte sie es auch – das Donnern von Hufen. Erneut stellte sich Keir in Position, beäugte die Kette, nahm Maß für seinen Schlag und ließ die Axt dröhnend hinuntersausen. Er hatte es geschafft – die Kette war zwischen zwei Gliedern durchtrennt und peitschte durch die Luft. Keir und Juliana blickten voll unerträglicher Anspannung zu Raymond, der seine geballten Fäuste zum Himmel streckte. »Du hast es getan. Du hast es getan!«

»Was ist mit deinen Fingern?«, schrie Juliana. »Wo sind sie?«

Er starrte sie an, als ob sie verrückt geworden wäre, und öffnete seine Hände. Die Finger waren genau dort, wo sie hingehörten, alle zehn und völlig unversehrt.

Keir ließ sich ins Gras fallen. Juliana steckte ihren Kopf zwischen die Knie, und Raymond lachte, viel zu lange und viel zu laut.

So fanden Valeska und Dagna sie.

20

Valeska bedachte die drei mit einem stechenden Blick und fragte: »Und dafür sind wir hinterhergeritten, bis unsere alten Knochen geächzt haben? Um euch hier quietschvergnügt vorzufinden?«

Juliana und Keir hoben ihre Köpfe und starrten sie empört an. Während Raymond nur noch lauter lachte.

Dagna sah ebenfalls entrüstet aus. »Lasst uns weiterziehen und Margery vor Lord Felix retten.«

»Felix?« Juliana rappelte sich auf. »Was hat Felix damit zu tun?«

»Das hier ist die Straße nach Moncestus, sie führt zu seiner Burg«, antwortete Dagna.

Juliana schüttelte den Kopf. »Das kann nicht sein. Er kann doch nicht gemeinsame Sache machen mit …«

Raymond streckte die Hand nach ihr aus, aber Juliana beachtete seine Geste nicht, wollte sich nicht beruhigen lassen.

Sie rannte los, um ihr Pferd zu holen. Als sie zurückkam, das Kinn energisch vorgeschoben, umspielte ein harter Zug ihren Mund. Sie sah aus wie die Entschlossenheit in Person. »Lasst uns aufbrechen.«

Raymond seufzte. »Ich wünschte, ich hätte meinen Hengst noch.«

Bei dieser Gelegenheit kam ihm anderes in den Sinn. »Irgendwie kam mir das Pferd, auf dem Sir Joseph saß, bekannt vor.«

Keir hustete, erklärte verlegen, was mit seinem kostbaren Streitross passiert war, und deutete auf Anglais. »Nimm das da. Es gehört sowieso dir.«

»Es gehört meiner Lady«, korrigierte Raymond, stieg aber umgehend auf, um Juliana zu folgen.

Valeska glitt aus dem Sattel. »Ich werde bei Dagna mitreiten. Keir kann meinen Hengst haben, doch zuerst ...« Sie reichte Raymond seine Waffen: sein Langschwert, sein Kurzschwert und seinen Streitkolben. Ehrerbietig hob sie ihm dann seinen Schild entgegnen, den sein Wappen zierte: ein aufrecht stehender Bär, der bedrohlich seine Klauen und Zähne zeigte. Raymond blickte auf die Furcht einflößende Darstellung, bevor er seine Hand für einen kurzen Augenblick auf Valeskas Kopf legte. »Hab Dank, mein treuer Knappe.«

Der Mond tauchte die schlammige Straße in ein fahles Licht, als Juliana sich anschickte, nach Moncestus zu reiten. Sie hatte es eilig und trieb ihre Stute zu höchster Geschwindigkeit an. Hinter ihr preschte Raymond auf Anglais heran und hätte am liebsten einen Schlachtruf ausgestoßen, wie Ritter es vor Beginn eines Kampfes zu tun pflegten. Aber das durfte er nicht. Wenn jemand frühzeitig auf sie aufmerksam wurde, war Margery in höchster Gefahr. Sein Drang, sich zu rächen für die Schmach, die ihm angetan worden war, musste warten.

Raymond hatte jetzt Juliana eingeholt und stellte sich ihr in den Weg. »Wir werden nicht rechtzeitig ankommen, wenn du stürzt und dir den Hals brichst«, tadelte er sie. »Behalte ein gleichmäßiges Tempo bei.«

Sie reckte trotzig ihr Kinn, nickte dann aber. Als ihr Pferd in einen leichten Galopp fiel, sagte sie widerwillig: »Ein guter Ratschlag.«

»Wenngleich schwer zu beherzigen«, fügte er hinzu und ließ Anglais neben ihrem Pferd gehen. Seine Finger umklammerten die Zügel ein wenig heftig, und Anglais machte einen Satz nach vorn.

»Behalte ein gleichmäßiges Tempo bei«, spottete Juliana, die Gelegenheit zu einer Retourkutsche nicht auslassend.

»Wie du wünschst, Mylady«, gab er im gleichen Tonfall zurück.

Ihr Blick glitt immer wieder zu seinen Händen, mit denen er die Kette samt Bolzen hielt, die den Eisenkragen mit dem Baumstamm verbunden hatte. »Stört dich das Gewicht der Kette nicht?«

In Wahrheit spürte er es kaum. Er hatte schwerere Fesseln aus geringerem Anlass getragen. Hauptsache, er konnte sich frei bewegen. In Tunesien war er viele Tage und Monate festgebunden gewesen. Keine Möglichkeit herumzulaufen, nicht das kleinste Stück. Muskeln, die weich wurden, bis sie ganz verschwanden. Jugend und Kraft schienen für immer verloren.

Das hatte ihn schier wahnsinnig gemacht und beinahe gebrochen. Und jetzt war es zum zweiten Mal passiert, nicht in einem Land der Ungläubigen, sondern im christlichen England. Sie waren zurückgekommen, all die schrecklichen Erinnerungen, und hatten ihn erneut in den Wahnsinn getrieben.

Seine Brust zog sich bei diesen Gedanken schmerzlich zusammen, und stöhnend zügelte er sein Pferd. Sofort umringten ihn Keir und die Frauen, waren voller Sorge um ihn. Kühle Hände berührten seine Wangen, und er hörte Julianas Stimme. »Ist es dein Hals? Sind es deine Handgelenke? Oder haben sie dich sonst noch irgendwo verletzt?«

Ihr kupferfarbenes Haar warf leuchtende Schatten, die wie Flammenzungen aussahen, auf ihr blasses Gesicht. Ihre Augen blickten ihn voller Furcht an.

»Mich verletzt?«

»Haben Sir Joseph und seine Männer etwas mit dir angestellt, dich gefoltert?«

Der Name brachte ihn mit einem Ruck in die Wirklichkeit zurück. »*Nay!* Nicht Sir Joseph. Er hat mich nicht verletzt.«

»Warum machst du dann ein solches Gesicht?«

Ihre Hände quälten ihn, strichen ihm über sein Haar, berührten seine Ohren, suchten Verletzungen, die sie vielleicht übersehen hatte. Heiser stammelte er: »Der Schmerz der ... Fesseln wäre nicht schlimm, da Keir sie außerdem bald entfernen wird.«

»Ich war nur überzeugt, sie hätten dir noch in anderer Weise wehgetan.«

Raymond war gerührt von ihrer Sorge um ihn und von ihrem Taktgefühl. Juliana war eine Lady von der Nasenspitze bis zu den Zehen. Seine Lady. Für immer – er hatte in seinem ganzen Leben noch nie etwas so sehr gewollt wie sie. »Es geht darum, dass ich so nicht kämpfen kann.«

»*Nay*, du wärst ziemlich beeinträchtigt. Irgendwie musst du die Ketten loswerden«, stimmte Dagna ihm zu. »Versuch es in dieser Bauernhütte dort. Sie haben bestimmt eine Axt.«

Raymond bog von der Straße ab und hämmerte an die Tür. Der verstörte Leibeigene reagierte rasch auf die knappe Anfrage nach einer Axt und einem Hackklotz. Erneut nahm Keir, dessen Streitaxt unverrückbar in dem Baumstamm stecken geblieben war, die Sache in die Hand. Raymond kniete sich mit gebeugtem Kopf so dicht neben den Hackklotz, dass er ihn berührte. Die Kette legte Keir sorgfältig auf das Holz, wobei das freie Ende mit dem Bolzen seitlich herunterbaumelte. »Schlag sie so nah wie möglich bei meinem Kopf durch«, befahl Raymond.

»Tut ihm nicht weh«, sagte Juliana.

»Ganz nah«, wiederholte Raymond und schloss die Augen.

Die Axt pfiff an seinem Ohr vorbei; das Geräusch der berstenden Kette war ohrenbetäubend, und Raymond hatte eine Weile das Gefühl, taub geworden zu sein. »Wie bitte? Wie bitte?«, sagte er nur auf Keirs Fragen.

»Das war hoffentlich nah genug.« Keir reichte dem Bauern die Axt mit ein paar Münzen zurück. »Ich werde das nicht noch einmal machen.«

Raymond betastete die Kettenglieder, die noch an dem Eisenkragen hingen, und stopfte sie in sein Hemd, damit niemand sie mehr sah. Dann streckte er den linken Arm aus und deutete auf den Kettenrest am Handgelenk. »Das muss auch weg.«

»*Nay*«, rief Juliana.

»*Nay*«, echote Keir.

»Es muss weg«, wiederholte Raymond, »weil es mich ebenfalls beim Kämpfen stört.«

Keir hakte die Daumen in seinen Gürtel ein. »Bei deinen kriegerischen Fertigkeiten halte ich es eher für unwahrscheinlich, dass dich das ernstlich behindern wird. Sehr wahrscheinlicher ist hingegen, dass eine Amputation deiner Hand dich vor große Probleme stellen würde.« Damit drehte er sich um und ging zurück zu seinem Pferd.

Nachdenklich wog Raymond die Kette in seinen Händen, als Juliana zu ihm trat. »Betrachte sie einfach als Sinnbild.« Und scherzend fügte sie hinzu: »Viele Männer behaupten, ihre Ehefrauen seien eine Fessel. Du hast sogar den Beweis dafür.« Raymond konnte nicht über ihren Vergleich lachen, vielmehr war ihm, als habe man ihm einen Schlag ins Gesicht versetzt.

Doch er verdrängte die trüben Gedanken, wollte sich ganz auf die Aufgabe konzentrieren, die er zu erledigen hatte – für Juliana, den Mittelpunkt seines Lebens.

Juliana zitterte, als sie am Fuße der Burg ankamen, die sich schweigend und bedrohlich im fahlen Licht des Morgens über ihnen erhob. Wie der Eingang zur Hölle, dachte sie mit Schaudern. Die mit Zinnen versehenen Wehrgänge sahen wie die Zähne eines alten Mannes aus, schartig geworden durch Fäulnis. Mit einem Mal merkte sie, wie sehr sie jeden Stein, jeden Mauerturm und jede Tür hier fürchtete. In diesem wuchtigen Bauwerk waren ihr Vertrauen, ihr Glaube und ihr Leben zerstört worden, und nur unter schweren Mühen und mit Raymonds Hilfe war es ihr gelungen, dieses Trauma einigermaßen zu überwinden. Aber jetzt wieder vor Burg Moncestus zu stehen, das ging schier über ihre Kräfte. Am liebsten hätte sie sich versteckt und geweint.

Doch Margery war dort drinnen. Seit letzter Nacht, seit der böse Alte sie dorthin verschleppt hatte. Für ihre Tochter würde Juliana die Wehrmauern sogar im Alleingang erstürmen.

Was sie zum Glück nicht musste, denn mittlerweile waren auch Layamon und seine Männer bei ihnen. Nach einer langen Zeit der Untätigkeit hatten die Soldaten wohl auf eine richtiggehende Belagerung gehofft und waren nun enttäuscht, dass für so etwas keine Zeit war. Eine Belagerung bedeutete zumeist Monate des Wartens, bis dem Feind die Vorräte ausgingen und er sich ergab. Hier aber war rasches Handeln vonnöten, denn in der Burg saß eine junge Geisel.

Sie hielten so weit Abstand, dass von oben abgeschossene Pfeile sie nicht erreichen konnten. Raymond blieb bei Juliana, doch alle seine Sinne waren bereits auf den Kampf gerichtet. »Wie kommen wir da rein?«, fragte er sie barsch.

Juliana sah ihn verwundert an. Warum fragte er sie?

In seine grünen Augen trat ein merkwürdiges Glitzern. »Du bist dort rausgekommen, und genauso müssen wir rein.«

»Ah.« Für einen Moment schwieg sie, schämte sich ihrer Begriffsstutzigkeit. »Ich musste nur aus dem Wohnturm fliehen. Die Zugbrücke war zufällig heruntergelassen, und da bin ich einfach rausgegangen.«

»Die Zugbrücke ist geschlossen«, stellte Raymond lakonisch fest, als erwarte er von ihr einen anderen Hinweis.

Er kam in Form einer Frage: »Wieso sind keine Spähtrupps auf den Mauern?«

»Ich weiß es nicht.« Wieder ließ er seinen Blick über die Wehrgänge streifen. »Sehr interessant. Sehr rätselhaft. Ich frage mich, wer da wohl das Kommando hat.«

»Felix nicht«, antwortete sie.

»*Nay*. Wahrscheinlich nicht Felix. Also, falls wir diese Mauern irgendwie überwinden«, Raymond deutete mit seinem Dolch nach oben, »dann kannst du uns in den Wohnturm führen.«

»Ich … *Aye*, wahrscheinlich kann ich das.« Mit Galgenhumor fügte sie hinzu: »Es sei denn, dieses Schlupfloch wurde zugemauert.«

Raymond wandte sich an Valeska und Dagna. »Wisst ihr einen Trick, die Zugbrücke zu öffnen?«

Dagnas blaue Augen sprühten Funken. Valeska strahlte übers ganze Gesicht, als sie erklärte: »Du weißt, dass wir das können.«

Raymond hob seinen Schild und hielt ihn sich über den Kopf. Keir tat dasselbe, und gemeinsam mit den Frauen krochen sie nahe an die Mauern heran.

Nichts rührte sich. Kein Verteidigungsversuch wurde unternommen. Es war irritierend und beunruhigend – einige der Wartenden tuschelten leise miteinander. Gebannt beobachteten sie, wie Keir ein Seil durch den Bolzen einer Armbrust fädelte, es zu einer Schlinge band und diese hoch hinauf zu den bewehrten Mauern schickte. Beim ersten Schuss glitt das Seil wieder hinab, aber beim zweiten

Versuch verfing es sich an einer Zinne, und Keir zog die Schlinge mit einem Ruck zu.

Immer noch rührte sich nichts auf den Mauern, und die ungewöhnliche Stille beunruhigte die Angreifer. »Macht eure Bogen bereit«, rief Raymond den Waffenknechten zu. »Falls ihr einen Kopf über die Zinnen spähen seht, schießt ihn ab und enttäuscht mich nicht.«

»*Aye*, Mylord«, antwortete Layamon.

Juliana staunte, als die alten Frauen das Seil ergriffen und, eine nach der anderen, behände die Mauer hinaufkletterten. In Windeseile waren sie oben und spähten vorsichtig über den Rand, bevor sie auf den Mauerring stiegen.

Nichts.

Valeska und Dagna verschwanden für eine Weile, tauchten wieder auf und winkten. Raymond ging, die Hände in die Hüften gestemmt, zu Juliana hinüber. »Falls sie keine Wachen angetroffen haben – was offenbar, warum auch immer, der Fall ist –, dann werden sie das Seil benutzen, um in das Torhaus einzudringen und die Zugbrücke herunterzulassen.«

»Was, wenn Sir Joseph sie angreift?«

Ein merkwürdig zufriedenes Lächeln umspielte Raymonds Lippen. »Besser er persönlich als seine Söldner, denn diese beiden Frauen jagen deinem Onkel Angst ein – und das wäre sehr nützlich für unsere Zwecke. Außerdem wird er sehr bald für seine Gräueltaten bezahlen.«

Sie packte seinen Arm. »Glaubst du, er wird Margery umbringen?«

»Er hat schon versucht, dich umzubringen.«

Spontan protestierte sie: »*Nay*, sag so etwas nicht.«

»Hat er das etwa nicht?« Während er die Wehrgänge beobachtete, fragte er: »Warum glaubst du, hat er dich misshandelt? Warum glaubst du, hat er dich bedroht?«

»Weil er nichts von mir hielt. Seit ich ein Kind war, hat er mir eingeredet, selbst die bedeutendste Frau sei weniger wert als der unbedeutendste Mann und der Schmerz einer Geburt Gottes Strafe für die Erbsünde.«

»Er hat dich verspottet, weil du eine Frau bist.« Raymond nickte. »Eine Frau, seine Verwandte, die dennoch durch den Zufall der Geburt über ihm stand.«

»Mein Vater sagte ... Er meinte, Sir Joseph werde sich gut um meine Ländereien kümmern, weil er durch sein Blut mit ihnen verbunden sei.«

»Das hat er auch getan, dabei aber immer gehofft, dass er sie eines Tages irgendwie an sich bringen könnte.«

»Das Erbe wäre ihm nie zugefallen, selbst wenn ich oder meine Töchter gestorben wären«, erklärte sie und fügte hinzu: »Du weißt ja, dass die Ländereien an den König zurückfallen, wenn es keinen legitimen, direkten Erben gibt.«

»Das ist allgemein bekannt, also wusste es auch Sir Joseph. Aber er wuchs in einer Zeit auf, als es noch kein starkes Königtum gab und jeder nach seinen eigenen Gesetzen lebte, ohne dass irgendjemand dagegen einschritt. Ihm war zwar sicher klar, dass dies später nicht mehr funktionierte und er sich mit einer Rolle in der zweiten Reihe bescheiden musste. So eine Gelegenheit sah er in einer Heirat mit Felix, denn spätestens nach dem Tod deines Vaters hätte er sich als unumschränkter Herr aufspielen können. Allerdings hatte er nicht mit deinem Eigensinn gerechnet.«

Juliana traute ihren Ohren nicht. »Du glaubst, Sir Joseph hat meine Entführung geplant?« Ihre Stimme wurde vor Verwunderung lauter. »Nicht mein Vater? Es war Sir Joseph?«

»Dein Vater war bloß eine Marionette, die den Befehlen eines anderen, oder richtiger seinen Einflüsterungen, gehorchte.« Raymonds Ton ließ keinen Zweifel daran, was von solch mangelnder Willenskraft zu halten sei. »Dein Vater war zwar schwach, aber er hat sich zumindest deine Entführung nicht selbst ausgedacht, sondern ließ sich von seinem angeblich guten Ratgeber manipulieren.«

Im tiefsten Winkel ihrer Seele war sie davon überzeugt gewesen, dass ihr Vater sie verraten habe, aber sie hatte die Sache verdrängen, es gar nicht so genau wissen wollen. Aus Angst vor einer neuerlichen Verletzung verzichtete sie damals darauf, die Fakten zu überprüfen und die Wahrheit herauszufinden. Und jetzt eröffnete Raymond ihr, dass der Vater nur dumm gewesen sei. Nur dumm? »Ich wusste schon immer, dass mein Vater sein Fähnchen gerne nach dem Wind drehte – so wie es für ihn gerade günstig schien. Aber ...«, sie schaute zu den Mauern, die ihr plötzlich gar nicht mehr so hoch und bedrohlich erschienen, »der Gedanke, dass er meine Entführung wirklich planvoll organisiert haben könnte, der war zu schrecklich.«

»Nun, ein wenig von dieser Last ist ja durch die Neuigkeiten des heutigen Tages von deinen Schultern genommen.«

Sie lächelte – erleichtert darüber, dass sie jetzt auch wieder die guten Erinnerungen an einen einst liebevollen Vater zulassen konnte. »Liebe gestattet vieles«, sagte sie.

»Zu vieles.« Raymond zuckte zurück, als habe er sich an seinen eigenen scharfen Worten geschnitten. Juliana wusste, dass er sich in diesem Moment an die erlittene Demütigung erinnerte, und hätte ihn gerne mit einer Berührung getröstet, aber sein Gesichtsausdruck zeigte, dass er Mitgefühl nicht wollte. Wenigstens im Moment nicht. Also sagte sie nur: »Sir Joseph hätte mich nach dem Tod meines Vaters umbringen und über die Kontrolle meiner Töchter auch die Verfügungsgewalt über die Ländereien an sich reißen können.«

»Er hat es wahrscheinlich versucht, aber es gibt auch Diener, die dir treu ergeben sind. Und vergiss nicht: König Heinrich hält ein waches Auge darauf, was unter seinen Lehnsmännern vorgeht.« Er drehte ihr sein Gesicht zu und schien trotzdem durch sie hindurchzusehen. »Aber wie du damals richtig sagtest, als du mir die Gründe für deine Weigerung, einen unbekannten Ehemann zu akzeptieren, darlegtest: Töchter kann man leicht in ein Kloster abschieben oder sie bei einem Unfall sterben lassen.«

Voller Entsetzen fragte sie mit einem heiseren Flüstern: »Wer hätte solche Unfälle besser arrangieren können als er? O Gott, ich habe meine Kinder in Gefahr gebracht.«

»Du wusstest es nicht.«

»Ich war das Oberhaupt der Familie und habe es nicht geschafft, meinen Onkel zu kontrollieren.«

»Inzwischen bin ich das Oberhaupt der Familie, und mein Versagen überschattet deines bei weitem.« Er deutete auf die Zugbrücke. »Schau.«

Die Zugbrücke begann sich langsam zu senken, knarzte an ihren Ketten und rastete schließlich ein. Juliana spürte eine wachsende Erregung, denn der Zeitpunkt zum Handeln war gekommen und ließ alle anderen Gedanken zurücktreten.

Raymond stürmte bereits los. »Geh nicht unter das Fallgitter, bis ich es dir sage. Ich muss mich erst vergewissern, ob Valeska und Dagna es vollständig absichern konnten. Möglicherweise erleben wir sonst eine böse Überraschung.«

Layamon lachte nervös, und Keir verharrte auf seinem Platz. »*Aye*, du probierst es wirklich aus, Raymond?«

»Es ist meine Pflicht«, antwortete dieser ohne ein Lächeln, ging entschlossen zur Zugbrücke und überquerte sie. Er traf auf Dagna, die beschwörende Zeichen in Richtung der Burg schickte – um den bösen Blick abzuwehren, wie er wusste. Ihre sanfte Stimme war deutlich zu hören, obwohl sie nur flüsterte: »Das ist eine Burg der Verdammten. Da liegen tote Waffenknechte, hingesunken auf ihren Posten, und der Wohnturm ist fester verschlossen als ein Fass.«

Julianas Waffenknechte traten, sichtlich beunruhigt, von einem Fuß auf den anderen, doch es gab kein Zurück mehr, kein Zögern. Juliana machte den Anfang und überquerte die Zugbrücke mit raschen Schritten, die ihre Röcke um die Knöchel flattern ließen. Angespornt von ihrem Mut folgte ihre Kriegerschar unter Layamons Kommando.

»Sind sie überhaupt da drin?«, fragte Keir, und wie zur Antwort flog ein Pfeil dicht an seinem Kopf vorbei.

Raymond zog Juliana zu sich heran und hob seinen Schild über sie beide. Als immer mehr Pfeile aus dem Wohnturm abgeschossen wurden und sich seine Leute in den Schutz des Stalles flüchteten, antwortete er dem Freund sarkastisch: »*Aye*, sie sind da drin.«

Layamon ging in die Hocke. »Weshalb haben sie dann keine Posten auf den Mauern aufgestellt?«

»Sie haben nicht geglaubt, dass wir so bald kommen würden, oder ...«, Raymond strich sich über sein stoppeliges Kinn, »Sir Joseph hat seine Söldner nicht mehr so unter Kontrolle, wie er es gerne hätte. Gedungene Krieger wollen nicht draußen in der Kälte herumstehen, wenn es drinnen ein warmes Feuer und kühles Ale gibt.«

»Geld besitzt eben doch nicht so viel Macht wie echte Loyalität.« Keir warf Raymond einen bedeutsamen Blick zu, bevor er seine Aufmerksamkeit den Waffenknechten zuwandte, die um den Wohnturm herum Stellung bezogen.

Raymond trat zu Juliana: »Jetzt musst du mir zu erklären versuchen, wie du damals entkommen bist und warum sie dir erlaubt haben, aus dem Burghof hinauszuspazieren.«

Eigentlich wollte sie nicht darüber reden. Damals nicht und heute ebenso wenig. Niemand, dachte sie, würde verstehen, wie ein Mensch auf so unwürdige Weise flüchten konnte. Nur wer ihre damalige Verzweiflung begriff, vermochte das nachzuvollziehen. Als sie versuchte, es ihrem Vater zu gestehen, hatte der nur angewidert das Gesicht verzogen. Und sie dafür verachtet.

Wenn der alte Salisbury nicht gewesen wäre, der sie damals fand und sich liebevoll um sie kümmerte, dann hätte sie sich möglicherweise vor lauter Scham umgebracht. Wie sollte sie Raymond von dieser peinlichen Geschichte erzählen? Doch, sie musste, denn in der Burg war Margery gefangen und wartete auf ihre Befreiung, auf ihre Mutter. Juliana seufzte und packte Raymond beim Handgelenk, zog ihn dann um die Stallecke und deutete auf etwas. »Siehst du den Schacht dort? Er führt direkt hinauf zum Erker mit dem Abtritt gegenüber der großen Halle.«

Wie vor den Kopf geschlagen starrte Raymond auf die stinkende Jauchegrube und schüttelte voll ungläubiger Bewunderung den Kopf. Mit einem Anflug von Spott, der aber nicht ihr galt, antwortete er: »Und ich habe mir doch gerade erst die Pferdescheiße unter den Fingernägeln weggekratzt.«

Die Arme und Beine gespreizt wie eine Spinne, die ein steinernes Netz hinaufkrabbelt, kletterte Juliana den Schacht hinauf zu dem runden Loch, durch das von oben Licht fiel. Wie der Eingang zur Hölle erschien es ihr, die da oben in der großen Halle von Moncestus begann. Angst überfiel sie, diesen Raum noch einmal zu betreten, Angst, ihre Tochter dort vergewaltigt oder gar tot vorzufinden. Bisweilen drohte der Mut sie zu verlassen und das eigene Gewicht sie wieder nach unten zu ziehen, doch Raymond blieb dicht hinter ihr, half ihr, fing sie auf, wenn sie ausrutschte. Als sie sich dem oberen Ende näherten, stützte er sie mit der Schulter von unten ab, und seine Hände umschlossen ihren Fuß. »Spring so schnell raus, wie du nur kannst«, riet er. »Zögere nicht, dein Messer zu ziehen. Hast du es noch in deinem Ärmel stecken?«

Als sie zu ihm hinabspähte und in eine schwindelnde Tiefe blickte, versagte ihr die Stimme, und sie musste sich mit einem schwachen Nicken begnügen.

»Wenn der Kampf beginnt«, seine Stimme klang jetzt wie die eines Befehlshabers, »dann musst du Abstand zu mir und den Söldnern halten. Verstehst du weshalb?«

Sie schaute ihn fragend an. Konnte, sollte sie das wissen?

»Weil du dein Schwert nicht benutzen kannst, wenn ich neben dir stehe?«, fragte sie zögerlich, doch sein zustimmendes Murmeln verriet ihr, dass sie ins Schwarze getroffen hatte. »Und dann suchst du Margery.«

Wiederum konnte Juliana nur nicken.

»Falls möglich, befreist du sie. Falls nicht, kannst du sie nur bewachen und beschützen, sollte irgendjemand mit bösen Absichten in ihre Nähe kommen.« Er drückte sie nach oben. »Auf drei«, sagte er. »Eins …«

Sie bewegte ihre Arme Zentimeter für Zentimeter aus dem Loch.

»Zwei …«

Sie packte den Rand des Sitzes.

»Drei.«

Er schob sie, während sie sich mit aller Kraft hochstemmte und schließlich bäuchlings auf der Steinplatte landete, die das schmutzige Plumpsklo umgab. Misstrauisch schaute sie sich um, ohne jemanden in diesem beengten Raum zu entdecken. Von der Halle her hörte sie das Klappern von Bechern, die kraftvoll auf einem Holztisch abgestellt wurden, und das Poltern von Männerstimmen. Sie richtete sich auf, legte ihre Hand an den Dolch und drehte sich nach Raymond um.

Ihr Mann steckte fest. Was für sie ein Kinderspiel gewesen war, erwies sich als schwierig für ihn, denn seine Schultern waren zu breit für das enge Loch. Er versuchte angestrengt, erst einen Arm, dann die Schulter und den Kopf hinauszuzwängen, wobei er seine Stirn an dem unebenen Sitz verkratzte, doch trotz seiner lautlosen Flüche blieben seine Bemühungen vergeblich.

Irgendjemand schien sich zu nähern. Juliana hörte das träge Schlurfen und warf verzweifelte Blicke Richtung Tür, dann packte sie Raymonds Hand und zog … und zog. Als er seinen Kopf über den Rand schob, vernahm er ebenfalls das Geräusch von Schritten, die näher kamen.

Juliana zog den Dolch heraus und schlich auf Zehenspitzen zu der Wand neben dem Eingang. Raymonds Befreiung musste warten. Die Klinge zitterte in ihrer Hand, und sie fühlte sich wie ein Knappe, dem sein erstes Blutvergießen bevorstand – nur schlechter vorbereitet.

»Für Margery«, flüsterte Raymond ihr zu, und ihre Hand wurde ruhiger.

Ein kleiner, rotgesichtiger Mann mit einer schiefen Nase trat durch die Türöffnung. Juliana hob das Messer und wollte schon auf ihn einstechen, hielt aber im letzten Moment inne.

»Felix«, stieß sie flüsternd hervor.

Der zuckte zwar wie ein verschrecktes Kaninchen zusammen, um dann mit unerwarteter Geschicklichkeit, die niemand ihm zugetraut hätte, ein Messer zu ziehen.

»Felix«, rief Raymond beschwörend, dem es endlich gelungen war, aus dem stinkenden Loch zu klettern. »*Nay*, Felix.«

Der kleine Graf wirbelte wild herum. »Was tut Ihr denn hier?«, stieß er hervor. »Wie seid Ihr hereingekommen?«

Raymond griff nach dem Messer, und Felix taumelte mit

fuchtelnden Armen rückwärts in die große Halle, wo ein rüdes Gelächter ihn begrüßte. Voller Angst und Abscheu schaute er sich um, blickte dann wieder zu Raymond hin. Zeigte er irgendeine Schwäche, die sich ausnutzen ließ?

Hastig jedenfalls stieß Raymond Worte hervor, die er sogleich bedauerte. Leise sagte er: »Felix, Ihr werdet mir meine Dummheit doch nicht übel nehmen, nicht wahr?«

Felix drückte das Kinn auf die Brust und betrachtete ihn, als ob er einen Wurm untersuchen würde.

»Es war unfair von mir, einen Mann zu schlagen, der viel kleiner und weniger geübt im Kampf ist als ich.« Raymond berührte seinen Ohrring, das Symbol seiner Sklaverei. »Ich habe es seither immer wieder bedauert.«

Als Felix' Kopf in einem heftigen, streitlustigen Rhythmus zu nicken begann, fügte er verzweifelt hinzu: »Ich weiß, Sir Joseph hat Euch beeinflusst, aber man kann Euch nicht verantwortlich machen für …« Irgendwie schien Felix nicht gut auf diese Worte zu reagieren, und so platzte er heraus: »All das wird vergessen sein, wenn Ihr Euch mit mir verbündet.«

Felix funkelte ihn unter seinen hochgezogenen Augenbrauen überheblich an und wandte sich dann um, um die johlenden Söldner zu rufen.

Juliana warf Raymond einen schmerzvollen Blick zu und trat nach vorn, die Hände in die Hüften gestemmt. »Felix, lass mich nicht bedauern, dass ich dich nicht erstochen habe.« Sie verzichtete auf die formelle Anrede und griff auf das Du ihrer Jugendtage zurück.

»Juliana«, stöhnte Raymond, aber sie achtete nicht auf ihn.

Sie deutete auf den Platz vor sich. »Felix, du kommst jetzt sofort her.«

Felix zögerte noch, und in einem eindringlich mütterlichen Tonfall wiederholte sie: »Jetzt sofort.«

Zu Raymonds Überraschung schlurfte Felix zurück in den Aborterker, mit dem Rücken zum Eingang und so weit von Raymond entfernt, dass er nichts unternehmen konnte.

»Was hast du mit meiner Tochter gemacht?«, fragte Juliana mit unverhülltem Zorn.

»Ich habe gar nichts gemacht«, flüsterte Felix zurück. »Sir Joseph hat sie hergebracht, ganz zusammengebunden, und sie in die Ecke geworfen und zu mir gesagt, das hätte ich auch mit dir machen sollen. Als ob es meine Schuld war, dass du entwischt bist.«

Raymond betonte jedes seiner Worte: »Habt Ihr Margery irgendetwas angetan?«

Affektiert verzog Felix den Mund. »*Nay*. Ich habe sie überhaupt nicht angefasst. Ich sag Euch doch, ich habe damit nichts zu tun.«

Juliana packte ihn und krallte ihre Finger in seinen Arm. »Im Namen des heiligen Wilfried, Felix, sag mir die Wahrheit. Ist Margery am Leben und unverletzt?«

Ganz als ob sie begriffsstutzig sei, antwortete der Einfaltspinsel: »*Aye*. Ich habe doch gesagt, sie ist festgebunden und liegt in einer Ecke. Natürlich«, er bewegte sich unruhig, »weiß ich nicht, wie lange sie dort bleiben wird. Die Söldner trinken mir mein Ale aus, und Sir Joseph knotet eine Schlinge. Da frage ich mich schon, ob er sie wohl aus dem Fenster hängen will …?«

Juliana wollte in die Halle stürzen, doch Raymond packte sie am Ellenbogen, während er sich erneut an Felix wandte. »Er hat all Eure Waffenknechte getötet. Sie liegen tot auf ihren Posten. Was denkt Ihr eigentlich, was er mit Euch tun wird?«

Felix' Unterlippe zitterte. »Er hat behauptet, er wäre mein Freund, aber als ich ihn hereinließ, befahl er, meine Männer umzubringen. Seine Söldner haben auch meine Dienstmädchen missbraucht und meine Diener geschlagen. Sir Joseph gab mir früher Ratschläge …«

»Welcher gute Freund würde einem raten, seine Jugendfreundin zu entführen und sich ihr aufzuzwingen?«, herrschte Raymond ihn an.

»Ich habe ihr gar nichts getan – habe sie nicht vergewaltigt und auch nicht umgebracht«, gab Felix beleidigt zurück. »Sie hat einfach nicht mitgespielt. Sir Joseph sagte, Juliana müsse froh sein, ihre Beine für mich breitzumachen. Aber sie hat sich gewehrt, und da musste ich ihr wehtun.« Seine kleinen Augen blinzelten, als er versuchte, hinter den Worten die Wahrheit zu erkennen. »Ich dachte, er wollte mir helfen, doch jetzt nehme ich an …«

Seine Stimme verstummte schlagartig, und ein erstaunter Ausdruck breitete sich auf seinem Gesicht aus. Schwankend grunzte er wie ein abgeschlachtetes Schwein, während eine glänzende Klinge aus seinem Brustkorb ragte. Das Licht verlosch in seinen Augen, und er brach zusammen. Raymond reagierte blitzschnell, schob Juliana in die Ecke und zog sein Schwert.

In der Tür zur Halle stand Sir Joseph. Seine eisblauen Augen funkelten sie kalt und böse an, in der einen Hand hielt er seinen knorrigen Stock, in der anderen das bluttriefende Schwert, das er aus Felix' leblosem Körper wieder herausgezogen hatte. »Er war ein schwacher Mensch, nicht würdig, mein Vertreter zu sein.«

Raymond richtete sein Kurzschwert auf den Alten. Sir Josephs Blick strich über ihn, und er schnüffelte mit offensichtlicher Befriedigung. »Das erinnert mich«, sagte er, »an die Geschichten von Euren Erlebnissen mit dem Schwanzende eines tunesischen Pferdes.«

»Sehr wahr«, stimmte Raymond zu und starrte seinen Widersacher drohend an. »Ich kenne mich damit aus, wie man Scheiße loswird.«

Zornesröte stieg in das Gesicht des alten Ritters. »Ich habe Euch bisher nur angekettet, aber dieses Mal werde ich Euch aufhängen, damit ich zuschauen kann, wie Ihr erstickt. Und Eure trauernde Witwe und Eure Stieftochter werden ebenfalls bei diesem Schauspiel dabei sein.«

Raymond unternahm einen Ausbruchsversuch, sprang über Felix' Leichnam hinweg und hinein in die große Halle, doch Sir Joseph wich mit einer Gewandtheit zurück, die sein Alter Lügen strafte. Als Raymond sein Schwert durch die Luft sausen ließ, verstummte das Grölen der Söldner, die nach einer Schrecksekunde ihrem Herrn zu Hilfe eilten, sodass Raymond sich plötzlich einer Überzahl von acht Mann gegenübersah. Allerdings bemerkte er zu seiner Beruhigung, dass sie nicht voll bewaffnet waren, was auf mangelnde Kampfbereitschaft hindeutete.

»Es ist der Berserker«, murmelte einer der Söldner, und seine Finger betasteten eine kaum verschorfte Wunde, die von seinem letzten Scharmützel mit Raymond herrührte.

»Er ist gekommen, genau wie er es geschworen hat«, fügte er furchtsam hinzu.

Mit einem Knurren drehte Sir Joseph sich zu ihm um. »Es bedurfte einer beachtlichen Schar von Waffenknechten, um ihn zu befreien. Die warten jetzt dort unten, um dir die Kehle aufzuschlitzen. Also solltest du besser deinen Morgenstern schwingen, auf den du so stolz bist, und diesem Kerl den Garaus machen.«

Der Söldner, ein einfacher Mann, schien nicht so recht überzeugt. Er beäugte Raymond mit einer Vorsicht, die gleichermaßen von Angst wie Respekt zeugte.

Doch die Stimmung schlug um, als Juliana an Raymonds Seite trat, denn die angetrunkenen Krieger begrüßten sie mit lustvollem Keuchen und obszönen Gesten.

»Eine Frau«, grinste der Morgensternschwinger, der eben noch ganz kleinlaut gewesen war. Er strich sich mit der Hand durchs Haar und sagte: »Und niemand wird uns bei dieser da irgendetwas verbieten.«

Ein grausames Lächeln umspielte den Mund eines anderen Söldners. »Seht ihr diesen Eisenkragen da um den Hals von Lord Plumpsklo? Ich hab ihn verschlossen, und jetzt kann er mit dem Ding sterben.«

Sir Joseph sagte: »Ich habe es dir befohlen, du kleiner Pisskopf, und ich bezahle dich dafür. Ich bezahle euch alle, und zwar gut – vorausgesetzt, ihr haltet den Eid, den ihr mir geschworen habt.« Der Söldner errötete angesichts dieser Zurechtweisung, und Sir Joseph beugte sich zu Raymond vor. »Wenn Euer Fleisch zu Wurmfutter geworden ist, Mylord, wird dieser Kragen noch Euren Hals umspannen und auf Eurer unmännlichen Seele lasten.«

Wie glühende Lava stieg Wut in Raymond auf, wild und unbezähmbar. Er wollte sich nicht daran erinnern lassen, was diese Männer mit ihm angestellt hatten. Er empfand es als Schmach, auch wenn sie in der Überzahl gewesen waren und er sogar einige töten konnte. Er durfte nicht ein zweites Mal versagen – nicht seinetwegen, aber vor allem nicht wegen Margery und Juliana.

Juliana. Als ob Raymonds lautlose Beschwörung von den anderen verstanden worden wäre, begutachtete der Wortführer der Söldner Juliana, als wäre sie eine wohlfeile Hure. »Ich bekomm sie als Erster, Burschen, und dann werdet ihr alle nacheinander drankommen ...«

»Juliana?«

Sie klang atemlos und panisch. »*Aye?*«

»Bleib ruhig, ich werde diese Arschlöcher fertigmachen«, versprach er ihr. Was die Söldner mit hämischem Gelächter quittierten, doch er kümmerte sich nicht darum. »Ich möchte, dass du genau das tust, was ich dir gesagt habe. Erinnerst du dich daran, was ich meine?«

»*Aye* ...« Sie erinnerte sich. Sie war beinahe verrückt vor Angst, aber sie erinnerte sich. Sie musste Margery retten. Sie musste Sir Joseph aus dem Weg gehen und sich vor allem von Raymond fernhalten.

Sich von Raymond fernhalten.

Aber wie? Sie warf einen verzweifelten Blick in die Runde. Becher und Holzteller, die vom Tisch gefallen waren, übersäten den Fußboden. Bogen und Pfeile lagen ebenfalls achtlos herum. Die Dienstboten waren verschwunden, und es gab keinen Ort, um sich zu verstecken, keinen leicht erreichbaren Ausgang. Während sie noch grübelte, fiel ihr

Blick auf einen Stoffhaufen in der Ecke. War da nicht eine Bewegung? Ein Zittern? Lag womöglich Margery darunter?

Sie verkniff sich einen spontanen Schrei. Besser so zu tun, als habe sie nichts bemerkt. Niemand sollte an Margerys Existenz erinnert werden – sie waren ohnehin alle mit dem kommenden Gefecht beschäftigt.

Sir Joseph trat ein Stück zurück, und gleichzeitig schloss sich der Kreis der Söldner enger. Raymond holte tief Luft, einmal und dann noch einmal. Schien den bevorstehenden Kampf gleichsam als Inspiration in sich einzuatmen und zur gleichen Zeit aus seinen Gegnern allen Mut und alles taktische Geschick herauszusaugen wie ein Vampyr. Vor Julianas Augen schrumpften die Söldner zu Spielzeugsoldaten zusammen, ihr Heldenmut verkümmerte, während Raymond zu wachsen, größer und muskulöser zu werden schien – eine Riesengestalt, zum Äußersten entschlossen. Was ging hier vor? Nicht nur sie registrierte die Veränderung, denn auf den Gesichtern der Söldner malte sich ein namenloses Grauen ab, und sie erinnerte sich an ihr eigenes Entsetzen, als sie Raymond am Baum angekettet sah und dachte, er wäre ein Dämon oder ein wildes Tier. Langsam, ganz langsam drehte sie ihren Kopf und sah ihn an. Die Stärke und die Beweglichkeit eines Bären. Die Besonnenheit und Klugheit eines Dachses, die kalte Gleichgültigkeit einer Natter. Die Schnelligkeit und die Grausamkeit eines Adlers. All das verkörperte er und war doch immer noch ein Mann.

Mit einem Aufschrei floh sie von seiner Seite, direkt durch die Reihe der erstarrten Söldner, während hinter ihr die Schlachtrufe und das Zischen der Schwerter verrieten, dass der Kampf begonnen hatte. Sie aber stürzte auf Sir Joseph zu, rammte ihn und versuchte den Dolch zu zücken. In diesem Moment griff er nach ihrem Handgelenk. »Schlampe. Ihr werdet vor mir sterben, und all die Ländereien werden mein sein. Genau wie ich es mir immer erträumt habe«, zischte er.

Juliana wehrte sich und umklammerte krampfhaft das Heft des Dolches. »Ihr könnt gar nicht genügend Leute umbringen, um an meine Ländereien zu kommen.«

»Vielleicht nicht, vielleicht doch. Aber Ihr, armes Ding, werdet sterben, ganz gleich, wie das hier am Ende ausgeht«, höhnte der Alte. »Ihr und Eure Kinder.«

Für meine Tochter, dachte sie. Für meine Margery. Sie versuchte, ihm ihr Knie in den Unterleib zu rammen, aber sein Umhang verhinderte, dass ihr Stoß ins Ziel ging. Juliana fiel ihre erfolgreiche Attacke auf Felix' Nase ein und wollte das Gleiche jetzt wiederholen, aber Sir Joseph hatte wohl einen ähnlichen Gedanken gehabt und wehrte sie rechtzeitig ab, indem er die Hand, die den Dolch hielt, mit festem Griff packte. »Ihr seid so nah, aber Eure Kraft ist nur die Kraft einer Frau, und keine Frau wird jemals stärker sein, als ich es bin.«

Da ihr die Hände im wahrsten Sinne des Wortes gebunden waren, versuchte sie es anders. »Ich bin Eure Herrin. Lasst mich los«, herrschte sie ihn wie den kleinsten Dienstboten an.

In seinen blauen Augen glomm das Feuer unbändigen Hasses auf, und mit unverhohlener Mordlust begann er, ihre Hand mit dem Dolch gegen sie selbst zu wenden.

Nur unter Aufbietung all ihrer Kräfte gelang es ihr, die Waffe wieder auf ihn zu richten. Aber wie lange würde sie durchhalten? Das Ergebnis war vorhersehbar: Sie würde durch ihr eigenes Messer sterben. Aber noch nicht. Noch nicht.

Sie wehrte sich erneut, drehte die Spitze wieder ganz in seine Richtung. Und plötzlich zuckte er zusammen, taumelte vorwärts, fiel mit seinem Gewicht auf sie. Die Klinge, von ihm selbst unnachgiebig festgehalten, durchbohrte den Stoff seines Wappenrocks und glitt mit einem abscheulichen Laut bis zum Heft in ihn hinein. Verwundert öffnete Sir Joseph den Mund und seufzte: »Wie?«, bevor sich der Griff um ihre Handgelenke lockerte und er zu schwanken begann.

Sie riss sich endgültig von ihm los … und erblickte Margery.

Ihre Tochter, die hinter ihrem Peiniger aufgetaucht war und ihn ins Messer gestoßen hatte – Füße und Hände zusammengebunden, den Mund mit einem Lappen geknebelt, aber in ihren Augen, die denen des alten Onkels und ihrer Mutter ähnelten, loderte ein blaues Feuer.

Juliana ekelte es, den Toten noch einmal anschauen und berühren zu müssen, doch sie überwand sich und zog den Dolch aus dem Körper. Womit sonst sollte sie Margerys Fesseln durchtrennen?

Hinter sich hörte sie die obszönen Rufe der Söldner, die Geräusche des Kampfes, wenn Stahl in weiches Fleisch drang, wenn Knochen splitterten, wenn jemand mit einem dumpfen Schlag umfiel. Von Raymond selbst war kein Laut zu vernehmen, nur das Rasseln der verbliebenen Kettenglieder verriet ihr, dass noch alles in Ordnung war mit ihm. Juliana nahm Margery in die Arme, zog sie in eine Ecke, entfernte den Lappen aus ihrem Mund und kauerte sich dort mit ihr hin, während der Geruch des Todes schwer in der Luft hing.

21

Raymond ließ sich wieder vom Wahnsinn treiben, doch diesmal kalkuliert. Sein Kampf drückte mehr aus als einfache Wut, und er tötete mit vollster, lautloser Konzentration. Sir Josephs Söldner waren ihm in keiner Hinsicht gewachsen, und was er als Beeinträchtigung angesehen hatte, die Reste seiner Ketten, erwies sich als furchtbare Waffe. Wenn er sie gegen einen Angreifer schwang, zerstörte sie Klingen und brach Knochen. Sein kurzes Schwert tanzte zur Melodie des Todes. Der Söldner, der ohnehin in ihm einen Abgesandten der Hölle zu sehen glaubte, schrie, seine zerfleischten Finger haltend: »Der Berserker – er wird uns alle umbringen. Rückzug! Rückzug!«

Wie zur Bestätigung ließ Raymond erneut seine Kette, die am Handgelenk baumelte, durch die Luft peitschen. Drei weitere Söldner spien ausgeschlagene Zähne aus und rannten in Panik davon. Einer aber war dabei, der sich nicht unterkriegen ließ. »Er wird uns sowieso umbringen, Jungs. Da können wir genauso gut tapfer sterben.«

Raymond lächelte den ohne Rüstung dastehenden Krieger an, schmeckte schon den Sieg, stark und süß. Der junge Mann lächelte eine Spur zu freundlich zurück. Raymond bemerkte es zu spät: Hinter ihm stand ein weiterer Söldner, ein Seil flog an seinem Gesicht vorbei und wickelte sich um seinen Hals. Die vertraute Panik ergriff von ihm Besitz, als das Seil enger gezogen wurde und eine Stimme in sein Ohr flüsterte: »Ganz wie früher, nicht wahr?«

Aber es war nicht wie früher. Dies hier war kein Sarazene, nur ein verarmter Ritter, der gezwungen war, für seinen Lebensunterhalt zu töten. Und bei dem Söldner, der mit gezücktem Schwert auf ihn zustürmte, handelte es sich nicht um einen exotischen Foltermeister, sondern um einen gewöhnlichen Bauern, der seinen Pflug im Stich gelassen hatte.

Ein brüllender Schrei entrang sich Raymonds Kehle wie ein Befreiungsschlag. Alle Panik war wie weggeblasen, war einer unerbittlichen, grausamen Entschlossenheit gewichen. Raymond packte den Mann, der ihm die Kehle abschnüren wollte, mit übermenschlicher Kraft und schleuderte ihn über seine Schultern hinweg direkt in die wartende Klinge, die er ihm mit der anderen Hand entgegenstreckte.

Mit einem Aufschrei griff der Söldner nach seinem Arm, der am Ellenbogen abgetrennt worden war, und floh. Der Ritter stand unverletzt auf, gerettet von seiner Rüstung, und machte sich ebenfalls aus dem Staub. Raymond setzte ihnen hinterher.

Kurz nachdem Juliana Margerys Fesseln durchtrennt hatte, verstummte der Kampfeslärm. Sie schauten sich vorsichtig um, ohne ihre Deckung in der abgelegenen Ecke zu verlassen. Raymond war verschwunden, die Söldner ebenfalls. Mit Ausnahme jener, die tot oder verwundet am Boden lagen. »Wo sind sie?«, flüsterte Juliana, und es durchlief sie ein Schauer, als Margery antwortete: »Papa hat sie verjagt.«

Dann korrigierte sie sich: »Er hat sie alle umgebracht.«

»Oh.« Juliana legte ihre Hand auf ihr stark pochendes Herz. »Aber was ist mit dir? Haben sie dir wehgetan?«

»Sie haben mich nicht vergewaltigt, wenn es das ist, was du meinst.« Margerys heftige Umarmung strafte ihren scheinbar gleichgültigen Tonfall Lügen. Sanft strich Juliana ihrer Tochter über das Haar und zog sie tröstend an sich. Als Margery erneut zu sprechen begann, klang ihre Stimme weniger unbeteiligt. »Sie haben sich so viel gestritten, dass sie kaum mitbekommen haben, dass ich auch noch da war.«

»Wir werden für die heilige Maria ein Gebet sprechen, denn sie hat dich beschützt«, sagte Juliana.

»Ich muss zur Kathedrale von Ripon pilgern«, murmelte Margery. »Ich habe geschworen, falls ich unverletzt hier herauskommen sollte, dann würde ich dorthin gehen und dem heiligen Wilfried meinen Dank aussprechen, weil er meine Jungfräulichkeit und mein Leben bewahrt hat.«

»Dann sollst du das auch tun«, antwortete Juliana. »Wir haben Männer auf dem Burggelände, die Raymond wahrscheinlich gerade hereinlässt. Wir beide warten am besten hier – und schauen zwischenzeitlich nach, ob wir in Sir Josephs Taschen die Schlüssel für Raymonds Fesseln finden.« Sie warf einen widerwilligen Blick auf den blutigen Leichnam. Dieser eine Tote flößte ihr mehr Angst ein als eine ganze Söldnertruppe. Aber sie musste es tun. Für Raymond, um seinen Eisenkragen endlich zu entfernen. »Ich werde vorsichtshalber dieses Messer mitnehmen«, sagte sie gepresst, »wenn ich nach den Schlüsseln schaue.«

Margery schien mehr zu wissen, als Juliana zugeben mochte. »Mama, wenn du Angst hast …«

»Angst?« Juliana hastete auf Händen und Knien vorwärts. »Warum sollte ich Angst haben?« Auf halbem Weg zu dem Körper, der lang ausgestreckt auf den Steinen lag, hielt sie inne.

Sir Joseph war tot. Sie selbst hatte ihm das Messer in den Bauch gestoßen. Seine Lippen waren schon blau, und seine Haut sah außer ein paar roten Flecken wie Pergament aus. Er war mit Sicherheit tot und konnte ihr nichts mehr anhaben. Sie kam näher und beugte sich über ihn, schaute nach Anzeichen für Leben. Ein Flackern der Augenlider, ein Zucken des Mundes, irgendetwas. Nichts.

»Er ist tot«, flüsterte sie.

Die Worte hatten kaum ihre Lippen verlassen, als seine Hand in die Höhe schnellte und ihr Handgelenk packte. Sie ließ das Messer fallen, direkt auf seine Brust. Er griff danach, seine Augen öffneten sich, schauten sie an, und sein zahnloser Mund verzog sich zu einem Grauen erregenden Grinsen. »Dumme Frau.«

Er sagte es so, als sei das die unanständigste Beschimpfung, die er sich vorstellen konnte. Margery sprang nach vorn, aber er drehte sich um und hielt die Spitze des Messers unter Julianas Kinn.

»Tu das nicht, Margery. Oh, mein Liebling, bitte komm nicht näher.« Juliana versuchte vergeblich, ihr Handgelenk aus seinem Griff zu winden.

»Ein Stich mit Eurem Messer kann mich nicht umbringen.« Er stützte sich auf seinen Ellenbogen, um sich aus der Rückenlage zu erheben. Auf der Treppe hörte man das Poltern von Raymonds Schritten, und wieder erschien dieses abstoßende Lächeln auf dem Gesicht des Alten.

Raymond stürzte durch die Tür und brüllte: »Wie geht es Margery?«, kam mit rasselnden Ketten zum Stehen, als er die Situation erfasste. »Juliana.«

Ihr Name klang von seinen Lippen wie ein Gebet, aber sie wagte es nicht, ihren Blick von Sir Joseph zu wenden. Von diesen blauen Augen, die vor Fanatismus flammten, die sie einsaugten und nicht wieder loslassen würden und die jetzt zudem im Hochgefühl des Triumphes leuchteten.

Doch sein ranziger Atem verriet ihr, dass trotz dieses Aufbäumens sein Todesurteil gesprochen war. Seine Eingeweide waren völlig durchbohrt worden, und er würde sterben. Es war nur eine Frage der Zeit. »Euer Lebenslicht wird bald verlöschen«, sagte sie.

»Aber ich wünsche mir beim Sterben Gesellschaft.« Er fasste ihre Schulter, noch bevor sie wegkrabbeln konnte, und zog sich auf die Füße, hielt weiterhin die Spitze des Dolches an ihre Kehle gedrückt. Juliana wollte schlucken und fürchtete sich gleichzeitig davor, wollte sich bewegen und konnte es doch nicht. Sie zog die Füße unter ihren Körper, stand steif auf und hörte, wie Raymond die Luft anhielt.

»Lasst sie los«, befahl er ruhig und eindringlich.

»Warum sollte ich?«, fragte der Alte.

Zu Julianas Entsetzen griff Raymond jetzt zu einem Mittel, das ihn in Sir Josephs Augen als einen Komplizen im Geiste erscheinen lassen sollte. Mit provozierender Verachtung sagte er: »Sie ist eine Frau, Euch nicht angemessen und niedrig – kein passender Schild, hinter dem Ihr Euch verstecken könnt.«

Sir Joseph, der nicht auf den Trick hereinfiel, drohte: »Aber ein passendes Futteral für mein Messer.«

»Es ist Salisburys Messer«, murmelte sie und dachte voll Sehnsucht an den alten Fährtensucher. Er glaubte an sie, mehr als sie selbst an sich glaubte. »Ich bin Eure Verwandte«, sagte sie. »Ihr wollt doch nicht mein Blut an Euren Händen kleben haben.«

Er blinzelte sie an, und Juliana dachte für einen Moment, sie käme frei von ihm, von seinem wahnsinnigen Blick. Aber sie täuschte sich. Jetzt kicherte er bösartig. »Für was für einen schwächlichen Gefühlsmenschen haltet Ihr mich eigentlich. Selbst wenn Ihr nicht meine Verwandte wärt, würde es mich nicht kümmern, ob Ihr lebt oder sterbt. Ich habe den Großteil meines Lebens von Eurem Tod geträumt.« Er umrundete sie schwankend und warnte: »Bleibt in meinem Blickfeld, Mylord, oder ich werde sofort all Eure Hoffnung beenden, dass Eure Frau davonkommt.«

Raymond stand neben Margery und sagte: »Was soll's? Wenn Ihr meine Frau tötet, dann habe ich eine andere zur Hand.«

Drei Menschen starrten ihn verblüfft und sprachlos an.

»Papa, wie kannst du so etwas sagen?«, flüsterte Margery, die als Erste den Schock überwand.

Raymond ging gar nicht auf ihren Einwand ein, sondern sagte grimmig: »Glaubt Sir Joseph etwa, er sei der Einzige, der seinen Vorteil aus der Leichtgläubigkeit anderer Leute ziehen kann?«

Seine Worte schnitten Juliana, die angesichts ihrer Situation unfähig war, die Absicht ihres Mannes zu durchschauen, wie Messer ins Herz – schärfer als die Klinge an ihrer Kehle. Sie schaute ihm forschend ins Gesicht, glaubte darin Verachtung für sie zu erkennen, sah voller Schmerz, wie seine Hand Margerys Kopf streichelte. Er ließ sie im Stich, dachte sie. Er würde ihr nicht helfen, und sie musste versuchen, Sir Joseph irgendwie zu überlisten.

Genau der ließ jetzt ein schallendes Gelächter ertönen, das allerdings in einem schmerzhaften Husten endete. Trotzdem salutierte er vor Raymond. »Ich hätte wissen müssen, dass ein Mann, der von solchen Eltern großgezogen wurde, etwas von Verrat versteht.«

Während er mit seinem Umhang das Blut vom Schwert abwischte, fragte Raymond: »Meine Eltern? Habt Ihr ihnen bei dem Küchenbrand geholfen?«

Obwohl Sir Josephs Hand zitterte, drückte er weiter das Messer an Julianas Kehle. »Ihr seid scharfsinnig«, lobte er. »Aber die hier ist dumm. Genau wie ihr Vater. Er hatte mich nie im Verdacht.«

Julianas Herz schlug heftig, und das Blut pulsierte durch die Adern an ihrem Hals. Ihre Kehle brannte vom allzu angestrengten Atmen. Doch sie musste durchhalten, ihre Intelligenz, ihr Wissen um Strategien, Taktiken und Finessen einsetzen. All die Charaktereigenschaften, die sie sich auch für Margery wünschte.

Zunächst einmal machte sie sich geschickt Sir Josephs Eitelkeit zunutze. »Ohne Zweifel hattet Ihr einen waghalsigen Plan, doch sagt mir: Weshalb wolltet Ihr Felix belagern, nachdem er mich entführt hatte?«

Sir Joseph versuchte zu sprechen, dann zögerte er, taumelte ein wenig, fing sich schließlich wieder.

Raymond antwortete für ihn: »Sir Joseph ist schlau. Er drängte auf eine Belagerung, weil du dabei hättest getötet werden können – und dein Vater ebenfalls, glaube ich. Aber ich bin nicht dein Vater, und aus diesem Grunde werde ich hier auch nicht sterben. Und überhaupt bin ich nicht wie dein Vater.«

Juliana bemerkte, welchen Nachdruck er in seine Worte legte, und versuchte deren Bedeutung zu ergründen. Er gab ihr zu verstehen, dass er sie nicht im Stich lassen würde, niemals, und vor Erleichterung blinzelte sie sich die aufsteigenden Tränen weg. »*Nay*, du bist nicht mein Vater, nicht wahr? Er war ein schwacher Mann, einer, der auf einen Ratgeber hörte, der seine Seele …«, sie schaute wieder zu Sir Joseph hin, »an den Teufel verkaufte.«

Selbst im Angesicht des Todes schien der alte Mann keinerlei Schuldgefühle zu hegen. »*Aye*, ich denke, ich habe meine Seele dem Teufel verkauft. Aber ich werde nicht den Preis dafür bezahlen, solange ich nicht in den Genuss meiner Belohnung gekommen bin. Ihr werdet mit mir sterben, und ich werde mich an Euren Fersen festklammern und in Eurem Windschatten gen Himmel fliegen.«

Als Juliana sein bleiches Gesicht anstarrte, den Geruch von Alter und Tod und von Neid atmete, geschah etwas in ihrem Inneren. Sie war nicht länger ein Feigling, der sich zur Tapferkeit zwingen musste – sie *war* tapfer. »Ihr werdet mich nicht umbringen«, sagte sie, und ohne länger zu zögern, rammte sie ihm ihren Ellenbogen in den Bauch.

Sir Joseph taumelte rückwärts, und Raymond nutzte sein

Straucheln, sein Kurzschwert nach ihm zu werfen. Es pfiff durch die Luft und drang in die Kehle, durchtrennte die Luftröhre und die Wirbelsäule. Während der bereits seelenlose Körper endlich zu Boden fiel, packte Raymond Juliana und rief außer sich vor Sorge: »Weshalb hast du ihn in deine Nähe gelassen? Du hättest getötet werden können!«

»Rühr meine Mutter nicht an. Rühr meine Mutter nicht an.« Margery zog an ihm und schluchzte.

»Hört auf!« Juliana hielt völlig erschöpft den Kopf gesenkt und presste die Hände auf die Ohren. Stille senkte sich herab, und sie sah auf. Zu Margery sagte sie: »Raymond wird mir nicht wehtun. Er hat diese Dinge nur gesagt, um Sir Joseph mit seinen eigenen Waffen zu schlagen. Ich wollte die Schlüssel von seinem Gürtel holen, um deine Fesseln aufzuschließen«, wandte sie sich dann an Raymond.

Mit einem Knurren zog Raymond an dem Eisenkragen um seinen Hals. »Konntest du diese Schmach nicht ein paar Augenblicke länger ertragen? Musstest du riskieren, für einen Schlüssel umgebracht zu werden?«

Margery schluchzte erneut. Es war das leise Weinen eines jungen Mädchens, das seine Kindheit hinter sich gelassen hatte, und Juliana nahm sie in den Arm. Vom Eingang her rief Valeska: »Komm zu uns, Kind. Wir werden dich aus dieser Pesthöhle wegbringen.«

Mit einer letzten Umarmung schob Juliana ihre Tochter auf die alten Frauen zu, die durch die Tür spähten. Layamon war ebenfalls zur Stelle und tastete linkisch an seiner Jacke herum. »Kann ich irgendwas für Euch tun, Mylord?«

»Sichere die Burg gegen Wölfe. Wir werden sie leer zurücklassen, sodass jeder, der vorbeikommt und genug Mumm hat, dieses abscheuliche Haus zu betreten, es sich nehmen kann.« Dann ging er zu Sir Josephs Leichnam hinüber, schnitt die Schlüssel vom Gürtel ab und reichte sie Juliana. »Dann schließ mich auf.«

Der Schlüsselring war schwer von all den Schlüsseln, groß und unhandlich. Schlüssel für Lofts, Schlüssel für Bartonhale. Schlüssel, die Sir Joseph gar nicht in seinem Besitz haben sollte. Und irgendwo waren die Schlüssel für die Fesseln. Juliana suchte den kleinsten heraus und steckte ihn in die Handschelle mit der kurzen Kette. Er passte, aber die Fessel ließ sich nicht so leicht öffnen. »Es tut mir leid, ich war dumm. Ich wollte dich einfach nur befreien.«

»Du hast es geglaubt, nicht wahr?«

Sein bitterer Ton war unüberhörbar. »Dir was geglaubt?«

Die Handschelle sprang klickend auf und fiel mit einem dumpfen Geräusch auf den Fußboden. Er rieb sich das Gelenk und sagte: »Du hast geglaubt, ich würde dich verraten. Würde zulassen, dass er dich tötet. Würde deine Tochter heiraten.«

»Ich …« Sie nahm seine andere Hand, an der die Kette hing, die sich als äußerst effektive Waffe erwiesen hatte. Raymond zuckte zusammen, als sie den Schlüssel ins Schloss steckte. »Tut dir das weh?«

»Du tust mir weh.«

»Ja, ich habe es geglaubt.« Als sie ihm in die Augen starrte, wollte sie sich vor ihm rechtfertigen. »Aber nur für einen Moment. Es war Wahnsinn, und trotzdem …«

»Öffne die Handschelle.«

Sein düsterer Gesichtsausdruck machte Juliana Angst, ebenso die Art, wie er sie beobachtete, und sie beeilte sich, ihm zu gehorchen. Als das Eisen sich öffnete, rang sie nach Luft, denn die Haut darunter war bis aufs Fleisch abgeschürft. Wohl durch die heftigen Attacken, die er mit der Kette geführt hatte. Schuldgefühle überfielen sie quälend, und mit zitternden Fingern berührte sie die offenen Wunden. »Raymond ...!«

Er ähnelte nicht länger einem Adler oder einem Bären oder einem Wolf. Er sah ganz einfach müde und traurig aus. »Ich hoffte, dass du das begreifst. Kein wahrer Mann würde dich jemals verraten. Erinnere dich daran, wenn du dich an mich erinnerst.«

»Mich an dich erinnern?«, wiederholte sie alarmiert.

»Es ist besser, ich gehe. Keir wird zu deinem Schutz bei dir bleiben.«

Die Blässe seines Gesichts jagte Juliana Angst ein. »Wohin willst du denn gehen?«

»Vielleicht können wir ja die Annullierung der Ehe erreichen, von der meine Eltern gesprochen haben.« Er rieb sich mit seiner Handfläche über die Stirn.

Vom Schock immer noch ganz benommen wiederholte sie: »Du willst eine Annullierung?«

»Komm, Juliana! Gib doch nicht vor, diese schreckliche Ehe gewollt zu haben.«

»Schrecklich? Weil ich kurz geglaubt habe, du hättest mich verraten? *Nay*, Raymond, es war bloß ein Moment des Wahnsinns.«

»Wessen Wahnsinn? Nicht deiner, denn ich war wie eine

unkontrollierte Bestie ohne jeden Verstand. Ohne Vernunft und ohne …« Liebe wollte er sagen, doch er brachte es nicht über die Lippen.

»Es war Sir Joseph, der diesen Wahnsinn erzeugt hat, nicht du.«

»*Nay*, denn diese Bestie, die ich war, kam aus meinem Innern. Macht dir das denn keine Angst? Wirst du dich nicht immer fragen, ob die Bestie, ob dieser Wahnsinn wieder hervorbrechen wird?« Sie bestritt es heftig, doch er wollte ihre Beteuerungen nicht hören. »Du vertraust mir nicht wirklich, nicht mehr – und das aus gutem Grund. Also ist es besser, wenn ich gehe.« Ganz auf sein eigenes Leid fixiert beachtete er ihre Einwände nicht. »Du brauchst einen Mann, der dich beschützt. Welchen anderen Nutzen hätte ich sonst noch für dich?«

»Hältst du mich für so oberflächlich? Wenn alles, was ich brauche, ein Mann wäre, der mich beschützt, dann würde ich … Layamon heiraten.«

Jeder Schauspieler wäre neidisch, wie perfekt sie die von Kummer und Sorge gebeugte Frau spielte. »Du könntest Layamon nicht heiraten. Er ist kein Lord, nicht einmal ein Ritter. Nun, ich bin zwar ein Lord, der zu deiner sozialen Stellung passt, nicht aber zu deinem Geist. Ich habe dir nichts von Wert gegeben.«

»Nichts von Wert? Was verstehst du eigentlich darunter?«

Er schwieg eine Weile, offenbar um eine Antwort verlegen. Schließlich sagte er zögernd: »Etwas, das du berühren kannst oder schmecken oder riechen, irgendwelche Wertgegenstände.«

»Nicht Sicherheit? Nicht Vergnügen im Bett? Nicht Mut? Nicht Liebe?« Sie klopfte sich auf die Brust. »Nicht den Wunsch, mich zurückzuerobern?«

Sein Nacken schmerzte, die Wunden, die ihm die Söldner zugefügt hatten, ebenso. Er fühlte sich plötzlich alt. »Zu viele Wahrheiten wurden heute infrage gestellt, zu viele Überzeugungen aufgegeben. Ich bin nicht der Mann, für den du mich gehalten hast.«

»Du bist alles, für das ich dich gehalten habe.«

Er stieß einen Schrei aus. Es war die größte, bis ins Mark dringende Kränkung, die er je gehört hatte, und er antwortete mit einem Schrei. »Weißt du überhaupt, was mich dort bei dem Baum in den Wahnsinn getrieben hat?«

»Dein Kragen. Du magst es nicht …«, sie schluckte verlegen, »wenn dein Hals irgendwie eingeengt wird.«

Er lachte schmerzlich berührt. »Lass mich dir erzählen, was diesen Wahnsinn ausgelöst hat. Ich stand monatelang in einem Kerker, aber nicht in einem Kerker, wie wir ihn kennen. Oh, *nay*. Der dort war heiß und trocken, staubig vom Wüstenwind. Ein Kragen aus Eisen würgte meinen Hals, schwere Fesseln hielten meine Hände in Höhe des Kopfes fest.« Er hob die Arme, um es ihr zu demonstrieren. »Gegen eine vermoderte Mauer gepresst, zog mein zerschundener Rücken eine Menge Ungeziefer an. Maden setzten sich in meinem Fleisch fest …«

Sie wollte ihren Handrücken auf den Mund drücken, doch er hinderte sie daran.

»*Aye*, hör mir zu. Ich war Futter für die Würmer schon vor meinem Tod. Aber das war nicht so schlimm wie die Lichtblitze, die die Ankunft meines Peinigers ankündigten und meine in der Dunkelheit empfindlich gewordenen Augen marterten. Nicht nur das: Essen wurde mir zwischen die Zähne gepresst. Wasser die Kehle hinuntergezwungen. Und dann die Stimme, mit der er mir die Sklaverei als Rettung anpries – sie klang weich und freundlich, doch der Mann war hart und brutal.« Raymond legte eine Pause ein, weil er erneut Abscheu über sich selbst verspürte. »Er brach mich am Ende. Anstatt den Dingen treu zu bleiben, die mir heilig sein sollten, sackte ich zusammen wie ein Schwächling, wie ein Kind, wie eine …«

»Wie eine Frau? Wie ich?«

Er zog an seinem Eisenkragen, wünschte sich, er könnte ihn herunterreißen. »Wenn jeder Mann deinen Mut hätte, dann hätten wir das Heilige Land niemals verloren«, sagte er bitter.

»Hübsche Worte, um ein gemeines Vorurteil zu bemänteln.«

Er hörte den Vorwurf in ihren Worten, zog es aber vor zu schweigen. Sie fuhr fort: »Du sagst, du wärst vor Schwäche zusammengebrochen, aber hier, an dem Baum, habe ich dich ganz anders erlebt. Ich erinnere mich an die tobende Bestie und daran, wie ich sie gezähmt habe … Und jetzt hast du sie nur wieder herausgelassen, um mich zu beschützen und Margery. Das ist es, woran ich mich erinnern werde.«

Ihre Wortgewandtheit beeindruckte ihn. *Aye*, das tat sie, aber zu groß war seine Selbstverachtung. »Du verdienst etwas Besseres als mich, also werde ich tun, was das Richtige für dich ist. Ich werde mich aus deinem Leben entfernen.« Er ging zum Ausgang, doch mit einer Geschwindigkeit, die er ihr niemals zugetraut hätte, trat sie zwischen ihn und die Tür, hämmerte gegen seine Brust. »Du vergisst da eine Sache.«

»Mylady?«

»Lass mich dich an etwas erinnern, Mylord. Du hast den Burgbaumeister heimgeschickt und mir versprochen, diese Mauer zu bauen. Bei allem, was dir heilig ist, du mächtiger Kreuzritter, du wirst dein Versprechen nicht brechen. Du bist so lange an mich gebunden, bis die Umfassungsmauer fertig ist.«

22

»Oh, Mama, sieh doch Burg Lofts«, sagte Margery und ihre Stimme klang ehrfürchtig.

Juliana brachte ihr Pferd zum Stehen, wischte sich die Regentropfen aus den Augen und richtete sie nach vorn. Sah das kürzere Ende der Umfassungsmauer, das bereits aus dem Schlamm aufstieg und mit Ausnahme einiger Details wie der Zinnen praktisch fertig war. Sie sollte sich eigentlich freuen über den unerwartet raschen Fortgang, aber sie konnte es nicht. Raymond wollte sie verlassen, sobald sämtliche Bauarbeiten beendet waren – und wenn das so weiterging, dann würde er wohl nur bis Ende des Sommers hier sein. Wenn überhaupt so lange.

Während sie sich bemühte, alles noch zu retten, hatte er von einer schrecklichen Ehe gesprochen. Juliana kniff die Augen zusammen und erinnerte sich zurück an das, was er ihr dort in Felix' Burg verständlich zu machen suchte. Wie er offen über seine dunklen Geheimnisse redete, aber taktvoll über ihre Unzulänglichkeiten, ihre Fehler hinwegging. Das alles musste ihn zermürbt haben, dachte sie. Aber sie hatte nichts davon wissen, es nicht wahrhaben wollen, denn das würde ihn einsam machen und sie auch.

Doch nachdem sie zwei trübselige Tage lang durch Schlamm und Regen geritten waren, wurde ihr bewusst, dass sie gar nicht einsamer werden konnten, als sie es bereits waren. Diese Einsamkeit, obwohl sie zusammen waren, ließ ihr Herz beinahe körperlich schmerzen, und Juliana griff sich an die Brust, um die Empfindung zu verdrängen.

Mit verträumter Stimme sagte Margery: »Als Erstes werde ich mir trockene Sachen anziehen.«

»Ich brauche eine warme Mahlzeit«, meinte Layamon.

Keirs stoischer Gleichmut schwand ein wenig dahin, als er das Licht sah, das ihnen aus den Fensterschlitzen des Wohnturms grüßend entgegenleuchtete. »Ich werde meine müden Knochen möglichst nahe am Feuer ausruhen.«

»Dieser Frühlingsnieselregen steckt mir in den Knochen«, sagte Valeska. »Freust du dich auf dein eigenes Bett, Raymond?«

Raymond gab lediglich ein verächtliches Geräusch von sich, und Juliana zuckte zusammen.

Margery vor ihr war sichtlich aufgeregt. »Sieh nur, Mama«, rief sie und deutete nach vorn. »Da ist Ella.«

Eine winzige Gestalt stand auf den Wehrgängen, winkte aus Leibeskräften mit beiden Händen, und Juliana spürte, wie ihr Tränen in die Augen stiegen. Sie wollte ihre jüngere Tochter in den Arm nehmen. Sie wollte sich von ihrer Familie trösten lassen. Sie wollte sich frische Kleider anziehen, wollte in ihrem eigenen Bett schlafen. Doch am allermeisten wollte sie Raymond lieben, und das würde niemals wieder passieren. Die Zugbrücke wurde langsam heruntergelassen, bis sie auf dem Boden auflag, und Juliana nahm ihren Platz an der Spitze des Zuges ein. Sie wollte eindrucksvoll in die Burg reiten, aber sie war so müde, so entmutigt, dass sie ihr Pferd nur noch langsam trotten ließ.

»Mama, Mama«, kreischte Ella und flog die Treppe hinab.

Juliana beeilte sich abzusteigen, um ihre Tochter in ihren Armen aufzufangen. Doch sie rannte nicht als Erstes zu ihr, ihrer Mutter.

»Papa!« Ella stieß erneut ein Jubelgeheul aus und stürzte sich auf Raymond.

Er fing sie auf, das Erstaunen stand ihm buchstäblich ins Gesicht geschrieben, in dem sich die vergangenen Qualen sichtbar spiegelten. Aber das Kind schien es nicht zu bemerken und schlang voller Inbrunst die Arme um ihn.

»Oh, Papa, ich wusste, du würdest Margery retten.« Ella überzog seine Wangen mit feuchten Küssen. »Ich wusste einfach, du würdest sie befreien.«

Ein Lächeln, ein wenig eingerostet zwar, erhellte sein Gesicht. »Hast du das tatsächlich, du Racker?«

»*Aye*. Wozu sonst sind Väter denn gut als dafür, ihre Kinder in Sicherheit zu bringen?«, fragte sie unbefangen.

Raymonds Blick schwenkte hinüber zu Juliana, und für einen Moment starrten sie einander hilflos und gequält an. Sie lösten ihre Augen erst voneinander, als Ella erneut das Wort ergriff. »Margery, hast du ein Abenteuer erlebt?«

Die große Schwester glitt aus dem Sattel und ging auf sie zu. »Was denkst denn du«, prahlte sie.

Ella, noch immer auf Raymonds Arm, wollte wissen: »Hattest du Angst?«

»*Nay*. Zumindest ...« Margerys Begeisterung verschwand und machte der Besonnenheit eines vorzeitig gereiften Mädchens Platz. »Denys ist tot, weißt du, und ich habe ihn wirklich sehr gern gehabt.«

»Obwohl er dich entführt hat?«

»Nun ja, er war bloß ein einfacher Junge. Die sind alle nicht besonders gescheit.« Tränen rannen aus Margerys Augen, aber sie hob ihr Gesicht und tat so, als ob es der Regen wäre. Sie zupfte an Ellas Bein, und Raymond ließ das Kind zu Boden gleiten. »Komm schon«, sagte Margery und packte ihre Schwester am Arm. »Ich werde dir alles erzählen.«

Als Juliana die Familie beobachtete, um deren Zusammenhalt sie sich so sehr bemüht hatte, wurde ihr schmerzlich bewusst, dass es bald vorbei sein würde mit Vater, Mutter und Kindern. Bei dem Gedanken kamen ihr erneut die Tränen, und sie spürte einen Kloß in der Kehle. Aber da war auch eine leichte Eifersucht, dass Ella sich nicht als Erstes auf sie gestürzt hatte, sondern auf Raymond. Juliana gab sich einen Ruck, stieg wieder auf, weil das Pferd, den warmen Stall und seinen Hafer witternd, unruhig wurde. Genau in diesem Moment machte Ella sich von Raymond los und kam zu ihr gerannt.

Überglücklich beugte Juliana sich nach unten, um das Kind zu begrüßen. Ella schlang mit einer solchen Begeisterung ihre Arme um Julianas Knie – ein untrügliches Indiz, dass es außergewöhnliche Neuigkeiten geben musste. »Mama, es war so aufregend! Du wirst nicht glauben, wer angekommen ist.«

Regen tropfte auf Julianas Schultern, durchweichte den ohnehin schon nassen Umhang endgültig. Hoffentlich nicht schon wieder eine unangenehme Überraschung, dachte sie inbrünstig. Oder gar eine Gefahr für die Sicherheit der Burg. »Wer?«, fragte sie nur beklommen.

»Ella«, nörgelte Margery. »Du kannst später mit Mama reden.«

Ella schaute erst zu ihrer Schwester, dann zu Juliana und zuckte die Achseln. »Die anderen werden es dir schon erzählen«, entschied sie und rannte zu Margery hinüber.

Juliana starrte Layamon zornig an, der nervös und schuldbewusst aussah. »Ich hab den Männern befohlen, niemand darf die Burg betreten, solang wir weg sind. Niemand. Mylady, ich werd sie zur Rede stellen«, verteidigte er sich.

Die Tür zum Wohnturm ging auf und Hugh trat hinaus auf den Treppenabsatz. »Gott sei Dank, dass ihr endlich da seid«, rief er ihr zu und kletterte die Leiter hinunter.

»Natürlich.« Juliana seufzte vor Erleichterung. »Layamon, ist schon in Ordnung, dass Lord Hugh eingelassen wurde.«

Valeska und Dagna zupften an Julianas Fuß, und Valeska sagte: »Wir werden erst einmal nachsehen, welchen Schaden diese törichten Mägde in unserer Abwesenheit angerichtet haben.«

»Sie sind doch eigentlich ganz tüchtig«, sagte Juliana.

»Eure Ansprüche waren einfach zu niedrig«, antwortete Valeska.

Dagna grinste. »Wir werden das Wasser für Euer Bad anwärmen, Mylady. Wünscht Ihr sonst noch etwas?«

»Wärmt auch die Decken und Kissen in meinem Bett an«, bat Juliana. »Ich träume schon viel zu lange von schönen, bequemen Federbetten.«

»*Aye.*« Valeska zwinkerte und beugte sich vor. »Vielleicht wird der Gebrauch der Matratze die Verstimmung zwischen Euch und Eurem Mann heilen.«

Julianas Zweifel schienen nicht zu übersehen sein, denn Dagna sagte tröstend: »Die Zeit ist auf Eurer Seite, Mylady, und er kann nicht gehen, solange Ihr Gäste habt, denen man aufwarten muss, nicht wahr?«

Sie lachten in der für sie typischen Weise, und Juliana reckte die Hände gen Himmel, als ob sie um Gnade flehen würde. Als plötzlich das Gackern der beiden Alten abbrach, schaute sie fragend nach unten und entdeckte Salisbury, der neben ihrem Pferd stand. Er sagte nichts, aber sie wusste, was er wollte. »Der Mann, der deinen Sohn umgebracht hat, ist tot.«

»Habt *Ihr* ihn getötet?«, wollte Salisbury wissen.

»Raymond hat es getan«, antwortete sie.

Zur gleichen Zeit sagte dieser: »Sie hat es getan.«

Verdutzt sahen die beiden einander an.

»Schön, wir haben es getan«, entschied er.

»Das wusste ich.« Salisbury spuckte auf den Boden. »Soll er in der Hölle schmoren.«

Juliana tastete nach ihrem Gürtel und zog Salisburys Messer heraus. »Hier. Ich habe es benutzt, um Holz zu zerkleinern, Seile zu schneiden und die Leber eines Mannes zu Hackfleisch zu machen, genau wie du es mir gesagt hast.«

Salisbury grinste, und sein Zahnfleisch schimmerte rosa. »Behaltet es. Das sichert Euch die Treue Eures Herrn.«

Er humpelte durch den Schlamm davon, und Hugh, der in der Nähe stand, pfiff wie beiläufig: »Ich würde mich von *diesem* Messer möglichst fernhalten, Raymond.«

Während Juliana es zurück in ihren Gürtel steckte, pflichtete Raymond ihm bei: »Das werde ich.«

Hugh strich sich ein paar Haarsträhnen aus der Stirn und sagte: »Ich nehme mal an, Felix ist ebenfalls tot.«

Juliana nickte.

»Ich hatte es vermutet. Er war ein Narr, aber irgendwie mochte ich ihn.«

Breitbeinig dastehend sagte Raymond: »Wenn Ihr ihn getötet hättet, als er Lady Juliana das erste Mal Ärger machte, dann wären wir nie in diese Situation gekommen, mit der wir uns jetzt herumschlagen mussten.«

»Ich konnte Felix doch nicht töten, nur weil er Juliana entführt hat. Schließlich ist sie letztlich bloß eine Frau«, sagte Hugh zögernd und offensichtlich unsicher, ob seine Worte wirklich gut gewählt waren. Mit einem letzten Blick auf Juliana wandte er sich ab und folgte den Mädchen, bevor er sich im Gehen noch einmal umdrehte. »Wusstet ihr eigentlich, welche Strapaze es ist, eure Gäste zu unterhalten?«

»Welche Gäste?«, fragte Juliana. Hugh hörte sie nicht mehr oder ignorierte ihre Frage. Erschöpft glitt sie aus dem Sattel direkt in Raymonds wartende Arme.

Komisch: Er wollte ihr ausweichen und tat genau das Gegenteil. Wie auch immer – seine Wärme durchdrang ihre durchnässten Kleider, entfachte auf ihrer Haut allzu bekannte heiße Wellen und zauberte einen rosigen Hauch auf ihre Wangen. »Danke, ich weiß deine Zuvorkommenheit zu schätzen«, sagte sie.

Indem er überallhin schaute, nur nicht zu ihr, antwortete Raymond steif: »Gern geschehen, keine Ursache.«

Unvermittelt, bevor sie den Kommentar unterdrücken konnte, sagte sie impulsiv: »Du siehst furchtbar aus.« Und das tat er wirklich. Regen tropfte ihm von der Nase, und sein sonst schwer zu bändigendes Haar hing in nassen, schweren Strähnen bis zu den Schultern. Sein gebräuntes Gesicht sah vor Müdigkeit ganz grau aus, und seine Lippen waren blau vor Kälte. Auf den Wangenknochen entdeckte sie dunkle Blutergüsse, und auf seinem Kinn hatte ein Schwert eine tiefe Narbe hinterlassen. Die Ränder waren rot und entzündet, ebenso wie die einer weiteren Wunde an seinem Haaransatz oberhalb des Ohres. Darüber hinaus, wusste sie, waren am Hals die Hinterlassenschaften des Eisenkragens zu sehen – Male, die sich tief ins Fleisch eingegraben hatten. Jetzt wurden sie von seinem Umhang verdeckt.

Juliana wollte ihn pflegen, ihn verwöhnen, ihn wie einen König behandeln. Nie war er ihr so attraktiv erschienen wie jetzt, wo er nur noch wie ein Schatten seiner selbst aussah. Ihre Finger schwebten dicht über seinem Gesicht. Er zuckte ein wenig mit den Lippen und murmelte: »Du siehst ebenfalls nicht sonderlich gut aus.«

Ihr schwindelte. Der liebevolle Ton seiner Stimme ließ sie das Gesagte als Kompliment auffassen. »Wirklich?«, hauchte sie hingebungsvoll.

»*Aye*.« Er hob seine Hand nah an ihr Gesicht, und sie standen unbeweglich da, sahen einander an, berührten sich beinahe.

»Raymond!«

Das Gebrüll einer barschen männlichen Stimme ließ sie auseinanderfahren. Ihre Hände fielen herab, und sie drehten sich beinahe schuldbewusst um, als seien sie bei etwas Verbotenem ertappt worden.

Ein grauhaariger Ritter schritt auf sie zu. »Raymond, du wild gewordener Recke!«

Juliana fand diese Bemerkung taktlos, doch Raymond schien das ganz anders zu sehen. Freude gemischt mit Verwunderung zeigte sich auf seinem Gesicht. Er trat vor, breitete seine Arme aus und brüllte: »Lord Peter, gesegneter Tyrann, wie seid Ihr hierhergekommen?«

Juliana wunderte sich erneut, aber Lord Peter lachte bloß laut und ausgiebig. Die Männer umarmten einander ungestüm, doch als Lord Peter ihr klägliches Gesicht erblickte, brachen seine dröhnenden Bekundungen von Wiedersehensfreude augenblicklich ab. »Ah, Raymond.« Er stieß den Freund in die Rippen. »Ist das deine Braut?«

Raymond räusperte sich und warf Juliana einen flehenden Blick zu. *Zieh ihn nicht in unsere Schwierigkeiten mit hinein.* Er nahm ihre Hand, reichte sie Lord Peter und sagte förmlich: »*Aye*. *Aye*, dies ist Juliana.«

Lord Peter strahlte. »Habt Ihr den Stolz in seiner Stimme gehört? Er ist von Euch mit Sicherheit völlig gefesselt.« Der muskulöse Krieger öffnete weit seine Arme. »Darf ich die Lady umarmen, die endlich Raymonds Herz erobert hat?«

Juliana errötete so heftig, dass ihre Ohren brannten, und fügte sich in die herzliche Umarmung. Als Lord Peter ihr Gesicht nach oben hob und sie aus überraschend scharfsinnigen Augen betrachtete, nickte er voller Wohlgefallen. »Aha, und Ihr liebt ihn ebenfalls. Er verdient das Beste, das tut er wirklich, Raymond, mein Junge.« Als er sie losließ, grinste er. »Du hättest keine Chance gehabt, wenn ich sie als Erster getroffen hätte.«

»*Aye*, und die Folge bei ihr wäre eine solche Abneigung gegen Männer gewesen, dass sie sich nie davon erholt und nie die Gelegenheit bekommen hätte, sich von meinen außergewöhnlichen Qualitäten zu überzeugen.«

Raymond knuffte Lord Peter in die Schulter, während dieser dem Freund auf den Rücken klopfte. »Es war an der Zeit, dass ihr hergekommen seid. Bei dem Regen ist allen langweilig, und es gibt kein Spiel, mit dem wir uns noch nicht beschäftigt haben.« Er verstummte und fragte: »Ist das da mein Freund Keir, den ich von diesem mächtigen Streitross absteigen sehe?«

Keir antwortete ernst: »Ich bin Keir, und dies ist fürwahr ein mächtiges Ross.« Lord Peter eilte mit Riesenschritten zu dem prachtvollen Tier und strich über seine Flanken. »Dies ist das Pferd, welches Lady Juliana und Raymond mir geschenkt haben, aber es wurde auf höchst unverschämte Weise gestohlen, und ich habe es eben erst wiedergefunden.«

»Es scheint sein Abenteuer ganz gut überstanden zu haben«, meinte Lord Peter.

»Es hätte problemlos weiterreiten können.« Keir rieb sich seinen Rücken. »Aber ich nicht. Also würdet ihr mich bitte entschuldigen, ich will mich um mein Pferd kümmern.« Sein Blick glitt über die Kinder, die außerhalb der Schmiede herumtollten. »Und die Arbeit des neuen Hufschmieds kontrollieren.«

»Hast die Mädchen wohl vermisst, was?« Lord Peter schlug Keir jovial auf den Rücken. »Nun, das verstehe ich gut. Ich bin erst eine Woche von meinen kleinen Enkeln getrennt und frage mich schon jetzt, welchen Unfug sie wohl mittlerweile getrieben haben.«

Keir schaute ihn verdutzt. »Dann ist es also üblich, ein Kind zu vermissen, wenn man von ihm getrennt ist?«

Ein Grinsen teilte den grauen Bart. »Ziemlich üblich, und es ist genauso üblich, sich zu wünschen, man wäre weg, wenn man in ihrer Nähe ist.«

Keir zog die Augenbrauen hoch und sagte: »Das ist unlogisch, aber meine Gefühle sind genauso, wie du sie beschreibst.«

»Dann sind William und Saura also nicht mitgekommen?«, fragte Raymond, und man konnte die Enttäuschung in seiner Stimme hören.

»Saura ist wieder schwanger, und obwohl sie gern gekommen wäre, hat William es verboten.« Lord Peter wechselte ein Grinsen mit Raymond. »Die Frau führt ihn an der Nase herum, es sei denn, wenn es um ihre Sicherheit geht.«

»Denkst du, es wird dieses Mal ein Junge werden?«

Lord Peter hob die Hände. »Ich habe Saura gesagt, ein Junge könne gar nicht so viel Mühe machen wie die fünf Mädchen, die sie bereits haben, aber wird sie darauf hören?«

»Ist Maud bei ihr?«

»Sie würde ihr Lämmchen doch jetzt nicht verlassen«, antwortete er und drehte sich zu Juliana um. »Raymond hat uns noch gar nicht vorgestellt: Ich bin Lord Peter Burke.«

Juliana konnte nicht anders, sie musste lächeln. »Ich weiß.«

»Hat Raymond Euch von mir erzählt?«, fragte er und fuhr ernsthaft fort: »Glaubt ihm kein Wort. Ich bin in Wahrheit ein sehr angenehmer Zeitgenosse.«

»*Nay, nay.*« Juliana sah ihn an. »Raymond hat nur in den höchsten Tönen von Euch geschwärmt.« Als sie die Belustigung sah, die seine Mundwinkel umspielte, Raymonds Kichern hörte, wurde ihr klar, dass sie ein wahrer Meister zum Narren gehalten hatte. Sie entspannte sich und sagte freundlich: »Raymond behauptet, Ihr seid sein liebster Mentor. Ich heiße Euch auf Burg Lofts willkommen, wenn auch etwas verspätet. Ich wünschte, wir wären hier gewesen, als Ihr angekommen seid.«

»*Aye*, das wünschte ich ebenfalls«, sagte er in einem Ton, der anzeigte, dass seine Stimmung umgeschlagen war. Juliana und Raymond tauschten besorgte Blicke aus, bevor Raymond schließlich fragte: »Was ist denn los, Peter? Welche Neuigkeiten bringst du?«

»Ich weiß nicht, wie ich es euch sagen soll …« Der ältere Mann verstummte – er schien ratlos, wie er sich ausdrücken sollte. »Was ich zu sagen versuche, ist, dass alle Dinge vorübergehen und wir Trost finden in dem Wissen, dass Gott vergibt.« Er holte tief Luft, und es klang, als ob er sich gegen ein drohendes Unheil rüsten wollte.

Raymond sah seinen Mentor aufgewühlt an. »Sind die Schotten über die Grenze gekommen? Haben die Kreuzritter das Heilige Land verloren? Ist Heinrich krank? Verdammt noch mal, sag es uns!«

Lord Peter verschränkte die Hände hinter seinem Rücken und wippte auf seinen Fersen. »Es ist nicht so eindeutig wie das. Das heißt, der Tod ist eindeutig, aber …«

»Du sprichst in Rätseln. Rück endlich mit der Sprache heraus.« Raymonds Ungeduld wuchs zusehends.

Der Überbringer der Unglücksbotschaft hob den Kopf und sah Raymond direkt ins Gesicht. »Deine Eltern sind tot.«

Spontan empfand Juliana Erschrecken angesichts dieser Neuigkeit, doch als Raymond nichts erwiderte, nichts tat, wusste sie plötzlich, warum Lord Peter so verlegen war. Raymond hatte seine Eltern nicht geliebt und würde sie folglich nicht betrauern. Unbeweglich stand er da und ließ sich nicht anmerken, was er dachte oder welche Emotionen in ihm hochkamen.

»Meine Eltern sind tot«, wiederholte er schließlich. »Wie ist das passiert?«

»Der Winter ist keine Zeit, um mit einem Schiff über den Kanal zu reisen. Wrackteile wurden an die Klippen gespült. Die Fischer identifizierten sie …«

»Es war zweifelsfrei das Schiff meiner Eltern?« Raymond wrang eine Haarlocke aus und sagte zu Juliana: »Die vergangenen beiden Tage habe ich mich mit dem Gedanken getröstet, dass der Regen die Erinnerungen an die Jauchegrube weggewaschen hat.«

Es schien eine beiläufige, zusammenhanglose Bemerkung zu sein, doch Juliana verstand. Er spielte auf das schuldhafte Verhalten des gräflichen Paares an. »Auch ich war dankbar für den Regen«, stimmte sie ihm zu. »Er ist reinigend, beinahe wie eine Taufe.«

Leise pfeifend starrte Raymond hinauf zum Himmel. Weinte wenigstens er Tränen? »Es ist sehr merkwürdig. Meine Eltern waren mein ganzes Leben lang da. Sie haben mich gequält, mich kontrolliert, mich so wütend gemacht, dass ich wie ein Waschweib gebrüllt habe. Ich hasste sie, aber Juliana hat mich gelehrt, dass es schlimmere Dinge gibt als lieblose Eltern.«

Verdutzt fragte Juliana: »Habe ich das?«

»*Aye*, das hast du. Es ist viel schlimmer, einen Vater zu haben, der dich zwar liebt, dem aber die Charakterstärke fehlt, dir auf deinem Lebensweg den Rücken zu stärken. Es ist schlimmer, einen Vater zu haben, den du liebst, der aber so schwach ist, dass du ihn gar verdächtigst, dich verraten zu haben. Um dies alles zu vergeben, da bedarf es wahrer innerer Stärke.« Er seufzte und rieb seine Finger aneinander, um sie zu wärmen. »Nun denn, meine Eltern haben diese Welt verlassen, und ich merke, ich hasse sie nicht länger. Allerdings ist auch kein bisschen Trauer in meiner Seele. Nur Mitleid.« Raymond überblickte den Burghof. Sein Blick fiel auf Margery und Ella, die mit Keir und Hugh vor der Schmiede standen, wanderte hinweg über das Burggelände und das Land, das sich bis zum Horizont erstreckte. »Ihr Reichtum ist nicht ein Zehntel von dem wert, was ich hier gefunden habe.«

Er sah Juliana an, und sie glaubte, seine Gedanken lesen zu können. *Den Reichtum, auf den ich verzichten werde.* Laut aber fragte er: »Sollen wir hineingehen?«

Sie traten in die große Halle, in der lauter Frauen saßen. Einige erkannte Juliana wieder, andere nicht. Zum Teil waren es Dienstmägde, zum Teil Edelfrauen. Juliana hielt angesichts des Trubels den Atem an und schaute sich um: Alles schien sich um eine vornehme Lady zu drehen, die an ihrem Stickrahmen saß. Einen verrückten Moment lang glaubte Juliana ihre Schwiegermutter zu erkennen, als sei diese von den Toten auferstanden, doch Raymond belehrte sie mit einem erfreuten Ausruf eines Besseren. »Eleanor!«

Die Dame stand auf und kam ihm mit ausgebreiteten Armen entgegen. »Cousin.«

Juliana spähte Hilfe suchend zu Lord Peter hinüber, doch der achtete nicht auf sie, sondern trat respektvoll ein wenig beiseite. Raymond sank hastig auf ein Knie nieder.

»Raymond.« Die Lady, die er Eleanor genannt hatte, klopfte ihm auf die Schulter. »Bitte keine Förmlichkeiten für mich. Steh auf.«

Raymond tat, wie ihm befohlen wurde, und umarmte die Frau zu gleichen Teilen mit Begeisterung und Respekt. »Wenn ich einem Herrscher begegne, halte ich es für das Beste, so lange eine demütige Stellung einzunehmen, bis ich herausfinde, ob ich immer noch in seiner Gunst stehe.«

»Du wirst immer in der Gunst deiner Königin stehen.«

Langsam sickerte die Erkenntnis auch in Julianas Geist ein, und sie begriff endlich, wer da in ihrer Halle saß: Eleanor von Aquitanien, frühere Königin von Frankreich, jetzige Königin von England und aus eigenem Recht mächtige Herzogin in ihren ererbten südfranzösischen Landen.

Juliana sank auf die Knie – ob aus Respekt oder vor Verwunderung, vermochte sie nicht zu sagen –, als Raymond sich zu ihr umdrehte. »Darf ich mir die Ehre erlauben, Eleanor, dir meine Ehefrau, Lady Juliana von Lofts, vorzustellen?«

Sie konnte es noch immer kaum fassen, tatsächlich jene Frau vor sich zu haben, von der die Troubadoure sangen.

Ihr Antlitz offenbarte auf den ersten Blick die enge Verwandtschaft mit Isabel, wenngleich die Königin ungleich schöner und anmutiger war. Der anmaßende Stolz, der Raymonds Mutter zu eigen gewesen war, fehlte bei Eleanor. Sie schien kein Gefallen daran zu finden, andere ihre untergeordnete Position spüren zu lassen. Sie war die Verkörperung von Romantik, Intelligenz und Leben schlechthin – und sie wusste das.

Sie betrachtete Juliana mit einem klugen Blick, dann streckte sie ihr die Hand entgegen. »Steht auf, Cousine. Ihr müsst nicht so förmlich sein.«

Juliana ergriff die Hand beinahe ehrfurchtsvoll und erhob sich. »Ich hätte mir eine solche Ehre nie träumen lassen«, stammelte sie.

Eleanor verzog das Gesicht. »Hat Raymond Euch denn nicht gewarnt, dass ich die Burg besuchen würde?«

Wortlos schüttelte Juliana ihren Kopf.

»Er sollte sich schämen.« Eleanor hob gebieterisch den Finger und drohte dem Mann an ihrer Seite ein wenig. »Raymond ist mein Lieblingscousin und Heinrichs ebenfalls, jedenfalls wenn er bei Verstand ist.«

»Wie geht es dem König?«, fragte Raymond und führte Eleanor zurück zu ihrem Schemel.

Mit einem Schmollmund räumte sie ein: »Ich weiß es nicht. Ich habe an Weihnachten wieder einen Sohn geboren, und er hat seine Dankbarkeit dadurch zum Ausdruck gebracht, so weit wie nur möglich von mir fortzubleiben.«

»Meinen Glückwunsch, Madame, zu einem weiteren gesunden Sohn.«

Raymonds tiefe Stimme ließ seine Worte fast wie einen

Segen klingen, aber Eleanor rollte mit den Augen. »Er ist ein wimmerndes Baby, und ich kann ihn nicht leiden.«

»Wegen der Umstände seiner Geburt?«, fragte Raymond.

»Ohne Zweifel, obwohl ich selbst in meinen besten Zeiten nicht der Madonna nachgeeifert habe. Ich bin eine gute Königin, eine gute Herzogin, eine lebensvolle Ehefrau, eine respektable Dichterin und eine Schönheit.« Ihr Lächeln sprach den Linien Hohn, die das Leben ihr ins Gesicht gegraben hatte. »Ich habe nicht die Zeit, auch noch eine gute Mutter zu sein.« Ihre Finger flatterten nervös. »Obwohl ich nicht perfekt war, bin ich doch besser für die Kinder als Heinrich. Aber ihm geht es gut, da bin ich mir sicher. Wann ist er schon jemals krank gewesen?«

Raymond nahm ihre ruhelose Hand. »Niemals.«

Während sie Raymond ansah, sagte Eleanor: »Manchmal ähnelst du ihm, besonders wenn du wütend bist.«

Raymond ließ ihre Hand los. »Heinrich bekommt Schaum vor dem Mund, wenn er tobt, Madame.«

»*Aye*, das stimmt.«

Plötzlich stand Juliana Raymonds Verwandlung in eine tobende Bestie vor Augen. Sie erschien ihr mit einem Mal weniger Furcht erregend, und beinahe hätte sie aufgelacht, denn König Heinrichs Wutanfälle waren legendär. Man munkelte sogar, dass er sich auf dem Boden rollte, die Möbel ankaute und sich den Kopf aufschlug und alle Leute vor ihm flohen.

War das eine Charaktereigenschaft seiner Familie? Der Grund für das Wappentier, den angriffslustigen Bären?

Eleanor hob ihre Nadel und gab den Leuten, die sie umstanden, die Erlaubnis, sich ebenfalls zu setzen. Raymond deutete auf die Bank direkt vor Eleanor, und Juliana nahm Platz. Er stellte seinen Fuß hoch und stützte den Ellenbogen auf sein Knie – um jegliche direkte Berührung zu vermeiden, vermutete Juliana.

»Setz dich auch, Raymond«, befahl Eleanor.

»Nay, Cousine. Ich habe seit zwei Tagen auf einem Pferd gesessen und keinen Bedarf mehr, mein Hinterteil auch nur für eine Weile auf einer harten Unterlage zu platzieren.«

»Du bist grob, mein Lieber.«

»Ich bin wund.«

Ein Lächeln umspielte Eleanors Mund, und sie schien Raymond seine unverblümte Respektlosigkeit nicht im Geringsten übel zu nehmen. Während sie sich mit ihrer Stickerei beschäftigte, sagte sie ruhig: »Ohne Rücksicht auf unsere Differenzen – in einer Sache sind Heinrich und ich uns einig. Wir sind froh, Lady Juliana, über Eure Heirat mit Raymond. Es hat uns einiges Kopfzerbrechen bereitet, besonders als Ihr nicht erschienen seid, als man Euch an den Hof bestellte.«

Eleanors forschender Blick zerstörte Julianas Gelassenheit, und sie rutschte unruhig auf der Bank hin und her. Bevor sie noch eine Entschuldigung vorbringen konnte, fuhr die Königin fort: »Unser Cousin Raymond ist ein Schatz, der schon viele Mädchenherzen hat höher schlagen lassen. Aber viel wichtiger als das: Er ist ein großartiger Krieger.«

»Das weiß ich«, antwortete Juliana.

»*Aye*.« Eleanor betrachtete Raymonds ramponiertes Gesicht eindringlich, als ob sie seine Verletzungen gerade erst bemerkt hätte. »Er hat Euch wohl erst kürzlich seine Fähigkeiten demonstriert, will mir scheinen.«

Juliana sah ihn ebenfalls an und hätte angesichts seiner Wunden am liebsten geweint, doch stattdessen sagte sie voller Stolz: »Er hat meine Tochter gerettet.«

»Umso mehr Grund für Euch, jeglichen Widerstand aufzugeben, den Ihr gegen diese Verbindung habt.« Die Schärfe in Eleanors Stimme war nicht zu überhören, und Juliana versuchte zu protestieren. Die Königin hob ihre feingliedrige, blasse Hand. »Es ist der Wille des Königs und auch der meine, dass die Grenzgebiete zu Wales in sicheren Händen sind, und die Hände, die wir gewählt haben, sind Raymonds. Ist das klar?«

Während sie den grimmigen Zug um Raymonds Mund beobachtete, erinnerte sich Juliana an seine Entschlossenheit, ihre Ehe zu beenden. Sie wünschte sich so sehr, sie könnte den Befehl der Königin als Mittel benutzen, um ihn an ihre Seite zu ketten. Aber sie wusste, wie sehr er Fesseln hasste, und sie durfte nicht so selbstsüchtig sein, ihn zu halten, wenn er wirklich gehen wollte. »Meine Königin …«, begann sie, aber Raymonds schwere Hand auf ihrer Schulter unterbrach sie.

»Das ist uns beiden klar«, antwortete er steif und hoheitsvoll. »Und sicherlich hast du mittlerweile erfahren, dass wir inzwischen verheiratet sind.«

Eleanor warf ihnen einen kurzen Blick zu und erahnte die Wahrheit hinter der Fassade, um deren Aufrechterhaltung sich beide sichtlich bemühten. Aber Hauptsache, es gab keine Scherereien mehr. »Wie weise, ganz so wie es sich für den Grafen von Locheais und seine Gräfin geziemt«, sagte sie spöttisch.

Juliana befeuchtete ihre Lippen. »Madame?«

»Den Grafen und die Gräfin …« Eleanor verstummte. »Es tut mir leid, Raymond. Ich dachte, Lord Peter hätte dir vom Tod deiner Eltern berichtet.«

»Das hat er«, antwortete Raymond.

»Ich wollte dich nicht beleidigen, Cousin, indem ich dir mein Beileid ausspreche. Ich weiß, was du von ihnen gehalten hast, und das zu Recht. Aber du erbst den Titel deines Vaters – und natürlich sämtliche Ländereien von beiden Seiten.« Ihr von leichtem Spott verzogener Mund schien ihn zu einem Lächeln auffordern zu wollen. »Eine völlig absurde Menge an Geld und Land. Wenn ich einen Krieg gegen Heinrich führen muss, dann weiß ich, an wen ich mich wegen eines Darlehens wende.«

»Wenn du einen Krieg mit dem König führst …«, begann Raymond, aber er hielt inne, als Juliana von ihrem Stuhl aufstand.

»Du bist jetzt reich«, sagte sie anklagend zu ihm.

»Nun ja … *Aye.*«

Sie klang einfältig, das wusste sie, aber sie konnte nicht anders. »Du brauchst also meine Ländereien nicht.«

»Heinrich braucht sie«, scherzte Raymond. Als er die Panik auf ihrem Gesicht sah, wurde er schlagartig ernst. »Du hast doch gewusst, dass ich irgendwann erben würde.«

Immer noch benommen antwortete sie: »Außerdem wird Avraché dir weiterhin gehören, denn deine Mutter …«

»… hatte keine Zeit mehr, es der Kirche zu schenken«, ergänzte er ihren Satz.

Juliana gewann ihre Selbstbeherrschung zurück und versuchte, zu lächeln, sich für ihn zu freuen. »Wie wundervoll für dich. Du wirst dein Zuhause zurückbekommen.«

»Mein Zuhause?« Er schüttelte den Kopf. »*Nay*, Avraché war nie mein Zuhause. Ich wurde dort großgezogen, aber …«

»Du warst aber schrecklich aufgebracht, als deine Mutter damit drohte, es dir wegzunehmen«, platzte es aus Juliana heraus.

»Nun, *aye*, das durfte ich auch sein. Meine Eltern hatten seit Jahren versprochen, mir die Einnahmen zu überlassen, was sie aber nicht taten. Und dann beschließt meine Mutter in einem Anfall von Rachsucht, es mir komplett wegzunehmen.« An Eleanor gerichtet erklärte er: »Isabel wollte Avraché der Kirche vermachen.«

»Heinrich hätte das niemals erlaubt«, erwiderte die Königin.

»Vielleicht könnte ich zum Andenken an sie dort eine Abtei stiften?«, schlug Raymond vor.

Eleanor dachte darüber nach, dann stimmte sie mit einem anzüglichen Lächeln zu. »Eine nette Idee: Wenn die Nonnen jeden Tag für Isabels Seele beten, dann wird sie vielleicht aus dem Fegefeuer erlöst, bevor dieses Jahrtausend vorüber ist.«

»So bald schon?«, gab Raymond ironisch zurück.

»Gottes Zeit ist nicht von dieser Welt«, gab Eleanor sich betont fromm, um gleich darauf das Thema zu wechseln. »Wo ist eigentlich mein Burgbaumeister? Ich hatte ihn zu Lady Juliana geschickt, damit er ihr eine neue Umfassungsmauer baut? Wo ist er?«

»Dein Burgbaumeister?« Raymond richtete sich zu seiner vollen Größe auf und stöhnte: »Dieses komische kleine Männchen ist *dein* Burgbaumeister?«

Eleanor nickte anmutig mit dem Kopf und sagte: »Das ist er.«

Raymond warf den Kopf in den Nacken, straffte die Schultern und erklärte: »Er hat nicht geglaubt, dass wir bei dieser Kälte ein Fundament graben könnten, er hat nicht geglaubt, dass man trotz Nässe eine Mauer hochziehen kann – und deshalb wurde er entlassen. Ich habe ihn weggeschickt, er wollte nach …«

Die Erkenntnis traf Juliana und Raymond im selben Moment wie ein Blitzschlag. »Möge seine Seele in Frieden ruhen«, sagte sie. »Du hast ihn losgeschickt, damit er mit deinen Eltern den Kanal überquert.«

Aus den Schatten beim Feuer löste sich plötzlich eine Gestalt, und vor ihnen stand mit ausgebreiteten Armen Meister Papiol. »Seht hier Euren Burgbaumeister, errettet vor dem Tod in tosender See!«

23

Weil er nicht an Reinkarnation glaubte, starrte Raymond seinen Kontrahenten an wie ein Gespenst. Doch es war tatsächlich Papiol höchstpersönlich, der da wie ein aufgeplusterter Gockel herumstolzierte und von seiner wundersamen Errettung berichtete. Er konnte den Ochsenkarren nicht genug loben, der zu spät den Hafen erreichte. Desgleichen Lord Peter, der ihm in dieser Situation Beistand leistete. Er pries die Königin von England, weil sie ihn unterwegs auflas und hierher mitnahm, und zuletzt die Magd, die sein Bett in der vergangenen Nacht wärmte.

Genau genommen dehnte er seine Lobpreisungen auf die ganze Welt aus – mit Ausnahme von Raymond. Und Papiols Gefühle, so dachte dieser, wurden von ihm ganz und gar erwidert. Seine königliche Cousine merkte das. »Du hast einen sehr eigenartigen Gesichtsausdruck, Raymond. Tut dir immer noch der Hintern weh?«

Raymond begegnete ihrem amüsierten Blick. »Der Schmerz nimmt rasant zu.«

Eleanor lachte herzlich und machte eine wegwerfende Handbewegung. »Du und deine Lady, ihr hinterlasst auf dem Fußboden eine ziemliche Pfütze. Geht und tut, was auch immer nötig ist, damit ihr wieder vorzeigbar seid.«

Juliana machte einen Knicks und verschwand geschwind, während Eleanor Raymond am Ärmel packte. Mit gesenkter Stimme sagte sie: »Ich habe die Botschaft und das Gold erhalten, das du durch Keir geschickt hast, und ich habe das erbetene Brautgeschenk gekauft. Es ist höchst ungewöhnlich und höchst unattraktiv.«

Raymond hatte die Geschichte beinahe vergessen und wollte sie jetzt der Königin nicht näher erklären. Also ignorierte er die Wissbegierde, die in ihren Augen aufblitzte, und sagte nur lakonisch: »Gut.«

»Du willst meine Neugier nicht befriedigen?«, fragte sie. »Nachdem ich es den ganzen langen Weg hergeschleppt habe.«

»Du musst nicht alles wissen, Eleanor.«

Sie warf ihren Kopf in den Nacken. »Das ist wahr, aber ich erkenne ein unglückliches Paar, wenn ich eines sehe. Kann ich irgendetwas tun? Wir – Heinrich und ich – wollten, dass diese Verbindung eine Belohnung für euch darstellt, keine Strafe. Ich werde mit Juliana reden, wenn du es wünschst.«

»*Nay*«, bellte er. Dann riss er sich zusammen und fuhr fort: »*Nay*. Die Schuld liegt allein bei mir.«

Während sie ihre beringten Finger auf seine presste, erbot sie sich: »Lass mich helfen, wenn ich kann. Manchmal ist ein königliches Wort mehr wert als alle hektische männliche Aktivität.«

Raymond deutete mit einem Kopfnicken auf Papiol. »Du hast bereits genug getan.« Eleanor lachte wieder, aber es stimmte, wenngleich er gar nicht den kleinen Franzosen meinte. Das Auftauchen der Königin machte es ihm unmöglich, Lofts und damit Juliana zu verlassen. Er konnte jetzt keine Annullierung beantragen, denn der König verlangte von ihm, von Julianas Ländereien aus die Grenze des Reiches zu sichern. Damit stand fest, dass er ihr Ehemann bleiben würde, bleiben musste. Als Einziges blieb ihm, seinen Wohnsitz nach Bartonhale zu verlegen, aber selbst dann wären Begegnungen zu besonderen Anlässen unumgänglich – zu Festen wie Weihnachten und Ostern, im Herbst bei der Durchsicht der Bücher und an Mittsommer … Welche Freude würde er empfinden, wenn er auch nur ihre Hand berühren konnte! Welche Tortur er ertragen müsste, während er von ihr getrennt lebte.

Eleanor unterbrach seine bitteren Überlegungen. »Ich habe mich in eurem Bett einquartiert, denn in dieser Burg gibt es ja kein anderes. Wenn ich dir einen Ratschlag geben darf: Sorge für die Zukunft besser vor, damit du für königlichen Besuch gerüstet bist.«

Raymond starrte sie an und konnte sein Glück kaum fassen. Er musste heute Abend nicht mit Juliana das Bett teilen? Er musste sich nicht im Zaum halten, nicht seine Wünsche gewaltsam unterdrücken, sich nicht gegen ihre Reize wehren? »Eine Galgenfrist«, flüsterte er.

»Wie bitte?«

Er riss sich zusammen und verbeugte sich vor ihr. »Vielen Dank für deinen Ratschlag, Eleanor. Ich werde darüber nachdenken, ein Bett bauen zu lassen.«

Als er wegging, murmelte sie: »Komisch. Das klang so, als ob er mir gesagt hätte, ich solle mich um meine eigenen Angelegenheiten kümmern.«

»Die Sonne scheint.« Keir stand im Eingang der Halle. »Die Sonne ist herausgekommen!«

Der Ruf erklang durch den großen Raum, hallte von den Steinen wider, und die Reaktionen verrieten, wie leid die Bewohner es waren, bloß die kalten Mauern des Turmes anzustarren.

Margery und Ella warfen sich Keir in die Arme und bettelten: »Können wir nach draußen gehen? Können wir? Können wir?«

Keirs Hände ruhten auf ihren glänzenden Haaren. »Ihr müsst euren Vater fragen«, antwortete er, dann kam er näher und kniete sich vor die Königin. »Ihr habt den Befehl gegeben, Euch zu informieren, sobald sich das erste Anzeichen von Sonnenschein erkennen lässt, und das habe ich hiermit getan.«

»Freundlichsten Dank, guter Keir.« Eleanor hob die Stimme und gebot herrisch: »Ich wünsche unterhalten zu werden. Draußen vor der Burg.«

»Im Hof ist es schrecklich morastig«, warnte Raymond und hielt sich die tobenden Kinder vom Leibe, dabei den Schlamm beäugend, der weit über Keirs Knie gespritzt war.

»Wir werden Schlammkuchen machen«, konterte Eleanor und stand auf. »Außerdem will ich eure Mauer besichtigen, und du kannst deiner Frau dort ihr Geschenk überreichen.«

»Brautgeschenk, Brautgeschenk«, sang Ella, und erschrocken sah Raymond sich um.

»Juliana ist unten in der Küche und gibt Anweisungen fürs Mittagessen. Mitglieder des Königshauses sind eine besondere Belastung für die Vorräte. Ich fürchte, wir müssen bald weiterziehen. Hast du wirklich geglaubt, ich hätte so sehr den Verstand verloren und ihr dein Geschenk verraten?«

Die vorangegangenen Tage hatten Raymond über Gebühr zugesetzt, sodass er keine Lust mehr für spitzfindige Diskussionen hatte, und so beschränkte er sich auf eine knappe Antwort. »Ganz und gar nicht, Eleanor.«

Die Königin hob einen Finger, und eine Hofdame kam mit ihrem Umhang angerannt. »Du musst ihr das Geschenk geben, bevor ich abreise. Ich möchte gerne ihre Reaktion sehen.«

»Wie du wünschst, Eleanor.«

»Ich sollte dir für deine überhöfliche Frechheit eigentlich den Kopf abschlagen lassen.« Sie beugte sich näher zu ihm heran und betrachtete sein Gesicht. »Aber du siehst so dünn und abgezehrt aus, dass ich das deinem Schlafmangel zuschreibe und dich entschuldigen werde.«

»Ich danke dir, Eleanor.«

Während sie den Umhang um ihre Schultern wirbelte, zog sie fragend eine Augenbraue hoch. »Aber wenn es dir schon zusetzt, ihre Gegenwart zu spüren, obwohl euch die halbe Halle trennt wie letzte Nacht, wie willst du dann in einem Bett mit ihr schlafen?«

Er ließ ein breites, jedoch gezwungenes Lächeln sehen. »Manchmal, Eleanor, bis du eine verdammt lästige Frau.«

»Das behauptet Heinrich auch.« Sie hob die Hände und rief: »Achtung! Wir werden nach draußen gehen, um die Umfassungsmauer von Burg Lofts zu taufen.«

Aus dem Augenwinkel sah Raymond, wie Juliana aus

dem Treppenhaus trat. Sie hielt kurz inne, als ob sie überrascht sei, und er hatte die Gelegenheit, seine Augen über ihren Körper gleiten zu lassen.

Auch sie sah müde und erschöpft aus. Und jetzt noch die Ansprüche des königlichen Gastes! Tagtäglich rannte sie von der Küche in den Weinkeller und zurück, um nur ja alles recht zu machen, und sorgte ganz nebenbei für die Unterhaltung, indem sie Spiele organisierte. An ihrem ersten Abend zu Hause hatte ein Minnesänger aus Eleanors Gefolge unter anderem eine Heldenballade über einen Kreuzritter vorgetragen. Während er sang, wurde allen klar, dass Raymond gemeint war, doch der zuckte angesichts des allgemeinen Beifalls bloß zusammen.

Juliana war so angetan gewesen, dass sie dem Barden einen schönen Wollumhang schenkte, und zum Dank trug dieser nun Abend für Abend diese Ballade vor. Ihm selbst zum Graus, doch was konnte er schon tun, solange Eleanor und ihr Hofstaat verrückt danach zu sein schienen. Die Hofdamen hingen förmlich an den Lippen des Sängers, und eine, die kecker war als der Rest, hatte ihm sogar unverblümt ihre Dienste angeboten.

Als er davon hörte, merkte er, dass Juliana ihn gewissermaßen kastriert hatte, denn er fühlte sich unfähig, eine andere Frau zu begehren. Genau das war es: Er wollte nicht bloß irgendjemanden. Er wollte sie.

Jetzt gingen sie alle nach unten, um die Fertigstellung der Mauer zu feiern.

»Keir, würdest du für mich und die anderen Damen Sitzplätze organisieren?«, bat die Königin.

Keir verbeugte sich. »Mit Vergnügen, Madame.« Er

schnalzte mit seinen Fingern in Richtung Margery und Ella. »Wollt ihr mitkommen?«

Die Mädchen sprangen an ihm hoch, und er nahm Ella auf den Rücken. »Lord Hugh, Ihr nehmt Margery.«

»Wir werden ein Fass hinunterbringen ... Was meinst du, Raymond, Wein oder Ale?«, fragte Eleanor und traf die Entscheidung gleich selbst. »Ein Fass von beidem. Wir werden feiern.« Als sie ihre Gastgeberin erblickte, die noch nichts von dem Plan wusste, sagte sie: »Ach, Juliana, ein Fest, um Eure Mauer zu feiern. Habt Ihr einen goldenen Becher, den wir verwenden können?«

»*Nay*, Madame, aber es gibt den Zeremonienbecher, den wir an Weihnachten benutzen, um dem Apfelbaumgeist *wes-hâl* zu wünschen.«

Eleanor sah hocherfreut aus. »Der genügt vollauf.«

Juliana nickte Fayette zu. »Bitte hol ihn.«

»*Aye*, Mylady, aber ...«, Fayette zögerte. »Glaubt Ihr, es wird dem Apfelbaumgeist gefallen, wenn wir seinen Becher für was anderes benutzen?«

Eleanor zwinkerte ihr zu. »Wir müssen es ihm ja nicht erzählen.«

Juliana pflichtete ihr bei und fügte hinzu: »Es wird gut sein, mal rauszukommen ...«

Gereizt stand Raymond auf und knurrte: »Ich werde gehen und den Wein aussuchen.«

»Gut«, sagte sie.

»Gut«, sagte er.

Lord Peter beeilte sich, zwischen die beiden zu treten. »Ich komme mit dir, Raymond, und helfe dir, die Fässer zu tragen.«

»Gut«, wiederholte Raymond und nahm eine Fackel von der Wand.

Sie trotteten die Stufen zum Weinkeller hinab, und Lord Peter sagte: »Es ist dunkel hier unten. Beinahe ebenso dunkel wie in der Psyche einer Frau. Sie sind merkwürdige Wesen, nicht wahr?«

»Frauen sind närrische Wesen.« Raymond schloss die Tür auf und knallte sie gegen die Wand. »Ist Maud jemals töricht?«

»Oft, besonders wenn sie behauptet, ich sei es. Welche Sorte Wein möchtest du?«

»Die Sorte, die sich am besten mit Matsch verträgt.« Raymond steckte die Fackel in eine Wandhalterung und blinzelte angestrengt, um die Markierungen auf den Fässern zu entziffern. »Versteht sie denn nicht, weshalb wir verheiratet bleiben müssen? Die Königin hat darauf bestanden. Unsere Kinder erwarten es.«

»Also wirst du bleiben.«

»*Nay!* Ich meine, *aye*. Aber selbst wenn ich sie begehre, von ihr träume …« Er öffnete einen Zapfhahn und bespritzte sein Gesicht mit Ale in dem Versuch, die Auswirkungen seiner Träume zu zerstreuen. »Auch wenn ich ihretwegen grüble, so kann ich mich ihr dennoch nicht aufzwingen. Sie hat mich angekettet und gedemütigt gesehen und verachtet mich deshalb bestimmt. Sie hat mich wie eine wahnsinnige Bestie erlebt. Sie hat Angst vor mir.«

Vom Eingang her erklang Julianas empörte Stimme: »Du Idiot.« Sie betrat den Raum. »Wie kannst du es wagen, auch nur so etwas zu denken. Ich würde dich verachten, weil du angekettet warst?«

Raymond war kaum überrascht, sie plötzlich vor sich zu sehen. Seine inneren Antennen hatten es ihm verraten. Da war etwas in der Luft gewesen – eine plötzliche Wärme, ein Kribbeln. Während er sich nach hinten gegen die kühlen Steine lehnte, rief er sich abermals die Szene auf der mondhellen Wiese vor Augen. »Ich sah den Ausdruck auf deinem Gesicht, als Keir mich befreite. Ich dachte, du würdest dich gleich übergeben – vor Ekel.«

Lord Peter warf ein: »Ich würde mich auch übergeben, wenn ich dich so misshandelt sehen würde.«

»Ich fühlte mich nicht davon abgestoßen, dass du angekettet warst«, bestritt sie. »Ich hatte Angst, dass Keir dich mit dieser Axt umbringen würde. Tosti wurde zu Tode gefoltert, Denys starb, während ich bei ihm wachte. Drei tote Söldner lagen beim Feuer. Um mich herum nichts als Tod. Aber sobald ich erkannte, wer dort an den Baum gekettet war, hatte ich keine Angst mehr. Dich zu finden war das einzige Glück an jenem Tag.«

»Du hattest Angst.«

»Nicht um *mich*. Ich wusste, du würdest mir niemals wehtun. Ich fürchtete, vielleicht nicht in der Lage zu sein, dir zu helfen.« Sie schniefte leise, und ihre Stimme klang erstickt. »Ich wusste nicht, wie ich dir helfen sollte. Aber ich kam zu dir, streichelte dich, redete mit dir …« Heftiges Schluchzen unterstrich ihre Worte. »Und ich habe nur den verachtet, der dich misshandelt hat. Ich hatte … solche Angst, dich zu verlieren … Ich wollte nur versuchen, dir zu helfen – und deswegen hasst du mich seitdem. Hasst mich, weil ich dich schwach gesehen habe.«

Juliana drehte sich hastig um und rannte davon. Zurück

blieb eine lastende Stille, die schließlich von Raymond durchbrochen wurde. »Sie denkt, ich hasse sie, weil sie mir geholfen hat?«, fragte er ungläubig. Er räusperte sich. »Wie ich gesagt habe, Frauen sind töricht.« Aber seiner Stimme fehlte es an Überzeugungskraft.

Auf einem umgedrehten Fass sitzend schlug Lord Peter vor: »Warum sagst du ihr nicht einfach, dass du sie nicht hasst?«

Jeder Schritt fiel Juliana schwer, als sie sich mühsam die Treppe hinaufschleppte. Sie wollte die Mauer nicht taufen, wollte keine gute Laune heucheln, wollte sich nicht unterhalten. Sie wollte nichts weiter, als sich in einer Ecke zusammenzurollen und zu weinen.

Valeska und Dagna hatten geglaubt, die Zeit würde auf ihrer Seite sein, aber das war sie nicht. Im Gegenteil: Jeden Tag entfernte sich Raymond mehr von ihr. Während sie zur Vorratskammer rannte, zur Küche, in die Keller, konnte sie an nichts anderes außer an ihn denken. Die Art, wie er lächelte, seine lockeren Scherze mit der Königin, sein Umgang mit ihren Kindern. Sie liebte alles an ihm – und er dachte, sie würde ihn verachten und sich vor ihm fürchten.

»Juliana!«

Die Stimme der Königin ließ sie schuldbewusst zusammenzucken.

»Kommt her und macht Euch fertig.«

»*Aye*, Madame.« Juliana rieb sich über das Gesicht, hoffte so die Spuren der Tränen zu verwischen. Als sie in die große Halle trat, war diese fast vollständig leer. Die Königin stand beim Feuer, Valeska und Dagna packten Brot und Käse in diverse große Körbe, doch all die Diener, Damen und Ritter aus der Umgebung der Königin waren verschwunden.

Die gebieterische Stimme riss Juliana aus ihren Überlegungen. »Seid Ihr fertig, um nach draußen zu gehen? Kommt, kommt, Ihr dürft ein Mitglied des Königshauses nicht warten lassen.«

Juliana konnte nie sagen, ob Eleanor scherzte oder ob sie es ernst meinte, und so beeilte sie sich, der Aufforderung nachzukommen. Als sie sich hinsetzte, um ihre Überschuhe anzuziehen, fragte die Königin: »Habt Ihr Raymond klargemacht, was für ein Dummkopf er gewesen ist?«

Erleichtert, weil ihre Gefühle von jemandem geteilt wurden, fragte Juliana: »Denkt Ihr denn auch, dass er sich dumm benommen hat?«

»Ich tue es«, warf Valeska ein. »Er erinnert mich an … einen Ritter, den ich einst kannte. Er hat immer das getan, was er für das Beste für mich hielt und niemals gefragt, was ich darüber dachte. Männer sind Trottel, alle miteinander.«

»Was passierte mit deinem Ritter?«, fragte Juliana.

»Ich verließ ihn. Ich wollte mir von keinem Mann mehr sagen lassen, was ich tun soll.« Valeska bedeckte den Korb mit einem Tuch und grinste. »Die Sarazenen haben mich davon gründlich geheilt.«

Eleanor erklärte mit hoheitsvoller, energischer Stimme, die keinen Widerspruch duldete: »Lady Juliana kann Raymond nicht verlassen. Sie muss verheiratet bleiben.«

Juliana nickte. » Aber er ist jetzt reich, er könnte am

Hof leben – inmitten seiner Verwandten, das stünde ihm schließlich zu. Meinen Besitz braucht er doch gar nicht mehr.«

»Was ändert das an der Sache?«, wollte Eleanor wissen. »Seit er den Segen der Kirche für eure Verbindung besitzt, kann er mit Eurem Besitz tun, was er will. Ihr könntet dagegen nur geringe Regressansprüche geltend machen.«

Juliana zupfte an ihren wollenen Überschuhen. Sie wusste das, aber es ging um etwas anderes. Sich nunmehr mit einem der bedeutendsten und reichsten Adligen des Königreichs verheiratet zu sehen, das nährte ihre Verunsicherung. Jetzt hatte sie gar nichts mehr in der Hand, während seine Besitzlosigkeit ihr früher als Gewähr erschienen war, dass er bei ihr blieb. Jetzt wusste sie nicht mehr, woran sie war. »Weshalb ist er geblieben? Warum hat er die Zuneigung meiner Töchter gewonnen? Weshalb ließ er zu, dass ich mich in ihn verliebe?«

Während Juliana nach einem Tuch tastete, um sich die Nase zu putzen, warf Dagna ein: »Ich behaupte ja nicht, die überlegene Funktionsweise eines männlichen Verstands zu verstehen …«

Eleanor stieß ein verächtliches Lachen aus.

»… aber vielleicht ist er geblieben, weil er Freude an Eurer Gesellschaft hat?«

»Weshalb erträgt er es dann nicht, im selben Raum mit mir zu sein?« Juliana reckte ihr Kinn vor. »Nun?«

»Weil er ein Dummkopf ist«, verkündete die Königin.

Wieder füllten Tränen Julianas Augen. »Er ist kein Dummkopf. Er ist wundervoll, und ich werde ohne ihn verkümmern und sterben.«

»Dann sagt ihm das.« Eleanor betrachtete Julianas feuchte Augen, als diese den Kopf schüttelte. Sie beharrte: »Sagt es ihm. Das ist ein Befehl Eurer Königin.«

Juliana kämpfte sich ihren Weg durch das Gedränge zum Eingang und trat aus dem Wohnturm heraus. Ein Meer von Morast schimmerte feucht unter einem hellen Himmel, und sie warnte: »Ich weiß nicht, Madame, das sieht trügerisch aus.«

»Trotzdem«, antwortete Eleanor entschlossen. »Ich brauche etwas Abwechslung. Ich werde vorangehen.«

Nachdem sie die Leiter hinabgeklettert war, setzte sie ihren Fuß auf den Boden – und sank und sank. »Ich schlage vor, ihr zieht Überschuhe und Schuhe ebenfalls aus.« Mit einem Ausdruck, der zwischen Faszination und Ekel schwankte, stieg sie auch noch mit dem zweiten Fuß in den Matsch. Als sie sah, wie Papiol sich wieder in den Wohnturm zu schleichen versuchte, befahl sie unmissverständlich: »Alle.«

Mit resigniertem Seufzen setzte sich der Hofstaat hin und zog die Schuhe aus. Barfüßig sah Juliana zu, wie die Königin, in die feinste Wolle gekleidet, ihr Kleid hochhob und anfing, den rutschigen Burghof zu durchqueren.

»Mama! Mama!«

Margery und Ella standen an der Zugbrücke, die Röcke gerafft, und winkten wie verrückt. »Komm und sieh dir deine Mauer an! Komm und schau die Sitzplätze an, die wir vorbereitet haben!«

Juliana winkte mit deutlich weniger Begeisterung zurück, bevor sie in den Morast hinunterstieg. Kalt wie der Fischpudding vom gestrigen Abend glitt er zwischen ihre Zehen. Sie sank bis zur Hälfte der Waden ein, und als sie ihren Fuß anhob, um einen Schritt zu machen, ließ der Schlamm sie nur widerwillig los. Das anstößige Geräusch machte sie ganz verlegen, und die Hofdame, die ihr folgte, rief: »Ich kenne Ritter, die nach einem Abendessen aus Erbsenbrei appetitlicher klingen.«

Juliana lachte.

Sie konnte nicht anders. Sie war zum ersten Mal seit Tagen wieder draußen. Die Sonne schien warm auf ihre Schultern, und jedes Mal, wenn sie ihren Fuß hob, verursachte der Morast dieses furchtbare, peinliche Geräusch. Vorneweg marschierte die Königin. Hinter ihr in einer langen Reihe folgten Eleanors Höflinge, in die elegantesten Kleider gehüllt, das vornehmste Französisch sprechend und bei jedem Schritt klang es nach geschmacklosen Verdauungsgeräuschen, die immer die gleiche Reaktion auslösten.

Alle lachten.

Sie lachten und stolperten, hielten sich aneinander fest und lachten. Sie lachten über Papiol, der versuchte, auf Zehenspitzen zu gehen, dabei mit sich selbst Zwiesprache haltend. Sie lachten so lange, bis Raymond aus der Eingangstür zum Wohnturm hinausbrüllte: »Was macht ihr denn da?«

Juliana drehte sich um und winkte ihm, als er mit einem Fass unter jedem Arm und erstaunt aufgerissenen Augen auftauchte. »Wir gehorchen dem Befehl der Königin. Komm schon, es macht Spaß!«

Sie wartete nicht, sondern folgte Eleanor über die Zugbrücke und den Hügel hinab zu dem niedrigen Wall aus Steinblöcken, den Keir dort schnell als Sitzreihe errichtet hatte. Geformt wie das elegante Rund eines römischen Amphitheaters mit Blick auf die Umfassungsmauer boten die Steine Platz für den gesamten Hofstaat. Wobei es für die Königin einen erhöhten Ehrenplatz gab, während der Rest sich um die übrigen Sitze drängelte. Sie jubelten, als Lord Peter auftauchte, und jubelten noch lauter, als Raymond mit den Fässern erschien. Sie waren bereit, sich unterhalten zu lassen.

»Keir, nimm das Ale und zapf es an«, befahl die Königin. »Raymond, stell den Wein neben den vorderen Teil der Mauer. Da du sie gebaut hast, wirst du sie auch taufen.«

Raymond nickte ergeben, denn er wusste ganz genau, was nun folgen würde.

»Juliana wird dir helfen.« Eleanor machte eine beschwichtigende Geste in Richtung des Bauwerks und flüsterte Raymond leise zu: »Das Brautgeschenk befindet sich dort oben.«

Juliana schaute erst in das Halbrund und in die grinsenden Gesichter der Zuschauer, dann auf Raymond. Misstrauisch geworden nahm sie den Becher und begann den steilen Hügel hinaufzugehen. Raymond, der ihr folgte, stöhnte angesichts des Geflüsters und Gekichers hinter ihnen.

Er holte sie ein, und gemeinsam stiegen sie die letzten Meter zur Mauer hinauf. Er hatte das Brautgeschenk bestellt, als er noch entschlossen war, ihre Verbindung zu einer echten Ehe zu machen. Als er noch hoffen konnte, ihre Liebe zu gewinnen, und davon träumte, es ihr unter vier Augen zu überreichen. Aber alles war schiefgelaufen, und jetzt musste er es ihr vor dem versammelten Hofstaat geben. Verdammt noch mal, wie sehr er den Hohn dieser Leute fürchtete.

Mit seinem Umhang verhüllte er den Haufen aus Sandstein, der sein riesiges, quadratisches Geschenk barg. Er stellte den Becher neben dem Fass ab, trat beiseite und machte eine Geste – nicht großartig wie einst geplant, sondern bloß eine schnelle Armbewegung. »Es ist dein Brautgeschenk«, sagte er halblaut. »Sie werden mich alle für einen Narren halten, einer Lady ein solches Ding zu schenken.«

Juliana starrte es an und in ihm wuchs der Zweifel.

»Es ist der Bär aus meinem Familienwappen«, erklärte er. Als sie immer noch nichts sagte, räusperte er sich. »In einen Steinblock gemeißelt. Um ihn auf den Kamm der Mauer zu setzen, wenn sie ganz fertig ist. Wie einen Wasserspeier.«

Sie hob ihren Blick von der bedrohlichen Kreatur mit den gebogenen Fängen und Klauen. Ihre Augen schwammen vor Tränen, und sie flüsterte: »Ein Bär. Du hast mir einen Bären geschenkt.«

Er wusste nicht, ob sie vor Freude oder vor Kummer weinte, bis sie ihre Arme um seinen Hals warf. »Du bist der großzügigste …«

Der Druck ihres Körpers gegen den seinen beruhigte ihn, erregte ihn. Er zog sie näher zu sich heran, aber sie zuckte zusammen, löste ihre Hände und versuchte von ihm loszukommen. »Es tut mir leid«, entschuldigte sie sich atemlos. »Dein Hals …«

»Er tut nicht weh.«

»Du magst es doch nicht, eingeengt zu sein«, flüsterte sie.

»*Nay*, das tue ich auch nicht.« Er zuckte überrascht mit den Achseln. »Eigentlich – aber irgendwie habe ich es vergessen.«

Er ließ sie los, und sie umkreiste den Bären. »Sieh doch nur die kräftigen Arme, das grimmige, zum Knurren aufgerissene Maul, das wilde Haar.« Sie berührte den Stein.

Er wusste nicht, was ihn dazu veranlasste zu sagen: »Das bin ich, in Stein gehauen und dazu verpflichtet, dich zu beschützen.«

Sie trat zurück, legte unsicher ihren Kopf zur Seite und untersuchte den Bären abermals. »Ähnelt er dir überhaupt?« Sie kicherte, ein zittriges Lachen, das schnell wieder verschwand. Sie verdrehte ihre Finger so lange, bis sie ganz weiß wurden. »Ich werde eines Tages zu diesem Stein gehen und auf die Straße starren – und warten, dass du zu mir zurückkommst.«

Ihr Kummer klang aufrichtig, aber er würde das tun, was das Beste für sie war, ohne Rücksicht darauf, wie sehr sie um ihn kämpfte. »Es ist besser, wenn ich gehe.«

Sie wirbelte herum und stieß heftig mit den Händen gegen seine Brust. »Besser für wen?«

Er taumelte rückwärts und fiel in den Morast. Die Höflinge kreischten vergnügt, doch Raymond hörte sie kaum.

»Besser für dich vielleicht. Du wirst fort von dieser provinziellen Burg sein, fort von den Kindern, fort von den Verpflichtungen. Du wirst am Hof sein, wirst Heinrich Ratschläge geben, während ich allein zurechtkommen muss. Immer allein. Du wirst andere Frauen mit deinen Liebeskünsten beglücken – hübschere Frauen, anschmiegsamere Frauen, reichere Frauen, mutigere …« Die Worte blieben ihr im Halse stecken.

Sie sah, wie er mit sich rang, wie ein Schmerz sein Gesicht verzerrte. Ein Schmerz, der größer war als alles, was er bislang in seinem lieblosen Leben hatte ertragen müssen. »Heinrich Ratschläge zu geben, das verlockt mich nicht. Was andere Frauen anbelangt«, er lachte freudlos, »so werde ich nie wieder eine andere anschauen können, ohne dabei dein Gesicht zu sehen, und keine Stimme hören, ohne mich an dein Singen zu erinnern …«

»Weshalb wendest du dich dann so kalt von mir ab?«, schluchzte sie und deutete auf den Bären. »Hier ist die Antwort, nicht wahr? Du gibst mir an allem die Schuld, was auf Moncestus passiert ist. Es war mein Versagen, das all das Unheil auslöste. Weil ich es nicht geschafft habe, Sir Joseph unter Kontrolle zu halten.«

Er bemühte sich aufzustehen. »Du hast ihm zumindest die Stirn geboten, davon konnte ich mich selbst überzeugen.«

»Ich hätte es schon viel früher, nach dem Tod meines Vaters, tun sollen.«

»Er hätte dich umgebracht«, sagte er und bemühte sich, zumindest ein wenig Schlamm von seinen Kleidern zu wischen.

»Das bezweifle ich.« Sie wischte mit ihrem Rock über seinen verschmutzten Arm. »Wenn ich ihn früher in seine Schranken gewiesen hätte, wäre Denys nicht unter seinen Einfluss geraten und Margery nicht entführt worden, Bartonhale wäre nicht geplündert, Felix samt seinen Männern nicht ermordet und du wärst nicht angekettet worden …«

»Willst du Gott spielen? Als hättest du diese Ereignisse vorhersehen können?«, wies er sie zurecht.

»Keineswegs, denn ich bin ein Feigling.« Er schüttelte den Kopf, aber sie beharrte darauf: »Doch, das bin ich. Ich vermeide Konfrontationen auf Schritt und Tritt, und wenn Margery und du nicht in seinen Händen gewesen wärt, dann hätte ich gekniffen und das Weite gesucht. Ich habe deine Verachtung verdient.« Sie ließ den Kopf sinken. »Ich bin nicht wie du, der sich nie fürchtet. Ich bin nur ein wehleidiger Feigling.«

Seine Hand, die immer noch voller Schlamm war, streichelte zärtlich ihr Kinn. Er hob es an und sah ihr in die Augen. »Du irrst dich. Wenn ein Ritter sich auf eine Schlacht vorbereitet, dann ist er krank vor Angst. Seine Hand kann kaum das Schwert halten. Seine Knie schlottern. Seine Zähne klappern.«

»*Nay*.«

»*Aye*. So war es immer bei mir. So ist es bei Lord Peter, bei William und Keir.« Sie glaubte ihm nicht, das konnte er sehen, und deshalb erzählte er ihr, was er meinte. »Vor langer Zeit, vor meiner ersten Schlacht, da hat Lord Peter mir gesagt, dass Mut nicht bedeutet, einem Feind ohne Angst entgegenzutreten. Mutig ist es, einem Feind entgegenzutreten, der dir Angst einjagt, und dennoch deine Pflicht zu tun. Du bist genauso mutig wie jede andere Person, die mir jemals begegnet ist. Dein Leben lag in Scherben, zerstört von Sir Joseph und deinem Vater, von den Männern, denen du vertraut hast. Aber du hast dich aus dem Sumpf von Angst und Verachtung befreit und dein Leben wieder neu in die Hand genommen. Und dafür bewundere ich dich, Juliana.«

Als er seine Hände von ihrem Gesicht nahm, sah er, dass ein Schmutzfleck auf ihrem Kinn zurückgeblieben war. Er suchte eine saubere Ecke seines Umhangs und wischte ihn ab. »Ich zolle dir alle Ehre wegen deines Mutes.«

Sie schaute ihn eindringlich an. »Falls du wirklich so denkst, dann bleib bei mir.«

Unbewusst hatte er begonnen, ihren Hals zu streicheln, und zuckte zurück, denn alle schienen zu ihnen herüberzustarren, als wären sie fahrende Unterhaltungskünstler. Er senkte die Stimme und sagte: »Ich will mich nicht von dir trennen.«

»Und bei mir bleiben?«

»Nicht weit weg.«

»*Nay*. Geh nicht weg.«

»Du führst mich ebenso in Versuchung, wie Eva das mit Adam getan hat.«

»Hätte Adam Widerstand geleistet, dann wären wir jetzt nicht hier, und ich müsste dich nicht anflehen, bei mir zu bleiben.« Er stieß einen kurzen Protestlaut aus, und Juliana versuchte zu ergründen, warum er wegwollte. Wenn nicht ihretwegen, dann musste es seinetwegen sein. »Ich habe weder Angst vor dir noch vor der Bestie in deinem Inneren. Glaubst du mir das?«

Er nickte widerwillig.

»Ich verachte dich nicht, weil ein unwürdiger, verachtenswerter Mann dir Ketten aufgezwungen hat. Glaubst du mir das?« Er ließ nicht erkennen, ob er überhaupt zugehört hatte, und sie schüttelte seinen Arm. »Glaubst du mir das?«

Sie musste sich auf die Zehenspitzen stellen, um seine leise Antwort zu hören. »*Aye*.«

»Ich bin überzeugt, dass du von deinem ganzen Wesen her edel und ritterlich bist. Glaubst du mir das?«

»*Aye.*«

»Wenn du glaubst, dass ich an dich glaube, weshalb willst du mir dann mein Herz brechen?«

»Weil es das Beste ist.«

Sie schüttelte ihren Kopf.

»*Aye*, es ist das Beste für dich und die Kinder. Es wird den Ländereien nutzen und ...« Seine Stimme verstummte. Er starrte sie an, als ob allein ihr Anblick ihn schon entmutigte, kehrte ihr den Rücken zu und gestand: »*Ich* glaube nicht an mich. Ich kann nicht länger eine Lüge leben und so tun, als sei ich ein Ritter, obwohl ich weiß, dass ich eigentlich keinen Anspruch auf diesen Titel habe.«

Juliana wusste, dass sie bis zum Kern des Problems vorgedrungen war. Jetzt durfte sie unter keinen Umständen nachgeben. »Du hast acht Männer in einem Kampf besiegt und sie alle geschlagen.«

Er zuckte die Achseln. »Natürlich.«

»Und es ist dir gelungen, eine Söldnertruppe in die Flucht zu schlagen, weil deine Wut über Margerys Entführung und Denys' Tod so unermesslich war.«

»Dieser Teufel, Sir Joseph, trieb sein Pferd auf den armen Burschen und hat ihn zu Tode getrampelt.« Raymond presste die Finger in die Augenwinkel.

Juliana stemmte ihre zitternden Hände in die Taille, nur um sie nicht nach ihm auszustrecken. »Dein Mitgefühl für Denys ehrt dich.«

»Aber er hat immerhin Margery entführt.«

Eingedenk der Buße, die sie jeden Morgen für Denys'

Sünden auf den Knien verbrachte, antwortete sie: »Er hat für seine Dummheit bezahlt.«

»Man kann niemals die Schande wirklich ausmerzen, die man selbst über sich gebracht hat.« Er fingerte einen Zapfhahn aus seinem Beutel und trieb ihn in das Fass. Nachdem er ein paarmal tief Luft geholt hatte, erklärte er: »Es befleckt deine Seele für immer.«

Der Ehrenkodex eines Ritters stand hier gegen einen Mann, der menschliche Schwäche gezeigt hatte – ein schwieriges Dilemma, wusste Juliana. Dann kam ihr eine Idee, und sie fragte schlicht: »Ist Lord Peter ein sehr weiser Mann?«

Raymond lächelte kläglich. »Jedenfalls sagt er das.«

»Aber du respektierst ihn?«

»Mehr als jeden anderen.«

Ihre Absicht so gut wie möglich verbergend fragte sie weiter: »Falls ein Krieger eine Schlacht nicht gewinnen kann, was sagt Lord Peter dann?«

»Falls nichts unversucht gelassen wurde, dann sollte ein Ritter tun, was er tun muss, um sein Leben zu retten, und später den Kampf wieder aufnehmen.«

»Ich kenne einen Mann, einen ehrbaren Ritter, der eine Schlacht verloren hat und das tat, was er tun musste, um sein Leben zu bewahren.« Raymond gab ein verächtliches Geräusch von sich, aber sie ignorierte ihn. »Und als er wieder kämpfen konnte, da ist er geflohen, hat ein heidnisches Schiff gestohlen, sich und seinen Gefährten das Leben gerettet und den Respekt von jedermann gewonnen. Ich habe sogar einen Minnesänger eine Ballade über diesen Ritter singen hören.«

Raymond öffnete den Hahn, Wein spritzte heraus, und er starrte auf die Lache zu ihren Füßen, als wisse er nicht, was es damit auf sich hatte. »Die Sarazenen haben mich gebrochen.«

»Das habe ich früher schon einmal gehört.« Juliana nahm den Becher, füllte ihn und schloss den Zapfhahn. »Ich denke nicht, dass du gebrochen bist. Vielleicht Teile von dir, mag sein. Denn dir fehlt die Grausamkeit und Gleichgültigkeit, die ich bei anderen Rittern erlebe. Und das ist gut so, Raymond von Locheais und Avraché. Aber etwas haben die Sarazenen niemals berührt und konnten es deshalb auch nicht brechen.«

Widerwillig fragte er: »Was?«

»Deinen Stolz.« Er zuckte zusammen, während sie erneut in die Kerbe hieb. »Deinen überheblichen, übermäßigen Stolz, der keine Schwäche zulässt. Keir mag sich den Sarazenen beugen, Valeska und Dagna ebenso und die anderen, deren Befreiung du ermöglicht hast – alle sind entschuldigt, nicht aber Raymond, der allmächtige Raymond, der darf sich so etwas nicht erlauben.«

»Das ist nicht wahr«, protestierte er schwach, doch sein Gesichtsausdruck sprach Bände. Er erkannte, dass sie die Wahrheit ausgesprochen hatte, eine für sein Selbstgefühl unbequeme Tatsache, und ihn zwang, sich seiner eigenen Arroganz zu stellen.

Schnell nutzte sie ihren Vorteil und packte sein Ohrläppchen, griff nach dem goldenen Ring. »Und außerdem nehme ich es dir übel, wenn du dir ausgerechnet wegen ebenjener Dinge Vorwürfe machst, die ich an dir bewundere.«

Noch immer verunsichert und betroffen durch ihre Worte starrte er sie zornig an. »Ich halte mich nicht für besser als Keir oder Valeska oder Dagna oder irgendeinen der anderen Ritter.«

»Dein Mitgefühl, die Freude, die du an den Kindern hast, an den alltäglichen Dingen des Lebens, an mir – das liegt an deinen Erlebnissen in Tunis. Was du dort ertragen musstest, ist gewiss schrecklich, aber du bist da herausgekommen, und ich werde nicht zulassen, dass du unser aller Leben aus verletztem Stolz wegwirfst.« Sie zwang ihn, ihr direkt in die Augen zu schauen. »Ich werde Layamon befehlen, dich am Verlassen von Burg Lofts zu hindern.«

Er brüllte wie ein verwundeter Elchbulle: »Ich werde den Burschen umbringen!«

»*Nay*, wirst du nicht.« Juliana schien überaus zufrieden mit sich. »Dein Mitgefühl wird es nicht zulassen, dass du einen Mann tötest, nur weil er seine Pflichten erfüllt.« Sie ließ sein Ohr los, und er schaute sie nur verwundert und mit offenem Mund an. Raymond war sprachlos und hilflos zugleich. Da kam ihm gerade eine kleine Gestalt zurecht, an der er seinen Unmut auslassen konnte: Von Kopf bis Fuß schlammbedeckt überquerte Papiol gerade die Zugbrücke, dabei unablässig französische Flüche ausstoßend.

Der Burgbaumeister erstarrte angesichts der nahezu fertigen Mauer und verzog sein dickliches Gesicht zu einer Grimasse. Erstaunt und überheblich zugleich fragte er: »Das ist die Mauer, die wir taufen wollen? *Nay*.« Er trat zurück. »*Nay, nay, nay*.«

Er drehte sich um, doch Raymond packte ihn am Arm. »Was meint Ihr mit Eurem *Nay*?«

Als er zu dem Ritter aufsah, der ihn um Längen überragte, schwankte der kleine Mann kurz zwischen Überlegenheit und Furcht, bevor er mit der unterwürfigen Routine eines Höflings antwortete: »Ihr seid ein bedeutender Lord. Bedeutender, als ich jemals als Burgbaumeister sein werde. Das ist ohne Zweifel so, und niemand würde das infrage stellen. Aber Ihr seid nicht vom Fach, und ich werde bei dieser Einweihungsfarce nicht mitspielen.«

»Was stimmt denn nicht mit meiner Mauer?«, fragte Raymond, einen drohenden Ton in der Stimme.

Papiol ignorierte die Warnung und sagte ihm die Wahrheit: »Die Steine sind nicht korrekt gesetzt. Unerfahrene Arbeiter.« Er berührte die Mauer und zerrieb ein wenig Bruchgestein zwischen den Fingern. »Seht Ihr, der Mörtel zerbröckelt. Kaltes Wetter. Und Ihr habt nicht einmal eine Böschung als Stütze benutzt.«

Raymonds Stirn runzelte sich. »Wieso?«

Papiol wedelte mit seinen Armen. »Eine abschüssige Fläche, die das Fundament stärkt und eine Basis bildet, auf der man dann die Steine aufhäuft. *Nay*, ich werde nicht hierbleiben, während ihr diese …«, seine Lippen kräuselten sich, »diese Mauer tauft.«

»Werdet Ihr nicht?« Raymond hob den Zeremonialbecher hoch. »Das wollen wir doch sehen.« Er schüttete den Inhalt so energisch auf die Steine, dass der rubinrote Wein hochspritzte und auch Papiol traf.

»Barbar! Englischer Barbar«, klagte er und trat gegen die Steine. »Das hier ist für Eure Mauer!«

»Seid vorsichtig«, warnte Raymond.

Doch wie ein irre gewordener Tänzer holte Papiol wieder und wieder aus. »Das! Und das ist für Eure Mauer!« Dann hüpfte er auf Zehenspitzen davon. »Ich werde nicht hier stehen, Mylord, denn die Mauer wird gewiss schon durch den nächsten Stoß meiner kleinen Zehe zum Einsturz gebracht.«

»Schaut Euch dies hier an!« Mit einer Drohgebärde hob Raymond sein Brautgeschenk hoch.

Papiol wurde augenblicklich ernst. »*Nay*, Mylord, ich flehe Euch an!«

Doch Raymond grinste wie der Bär auf seinem Wappen und rammte den behauenen Stein in die Mauer, rieb ihn dort so lange hin und her, bis er sicher saß als unverhohlene Warnung für ungebetene Gäste.

»Lasst uns wenigstens Königin Eleanor wegbringen«, bat Papiol.

Seine Sorge schien echt zu sein, sodass Juliana zu dem Stein blickte, der oben auf der Mauer thronte. Alle Köpfe wandten sich jetzt dorthin, und Burgbewohner wie Hofstaat schienen den Atem anzuhalten, harrten der Dinge, die da kommen sollten.

Nichts passierte.

Die Zeit verstrich, und noch immer geschah nichts. Bedeutungsvolle Blicke wurden gewechselt, Kichern war zu hören. Raymond stand vor der Mauer wie angewachsen, die Hände in die Hüften gestemmt, und auf seinem Gesicht breitete sich ein schadenfrohes Lächeln aus.

Doch Papiol ließ sich nicht beirren. »Mylord, ich sage Euch, Eure Mauer wird zusammenfallen, noch bevor viel Zeit vergangen ist. Der Boden ist durchnässt. Die Mauer, sie steht auf einem Hügel. Nur die besten Fundamente …«

Juliana hörte, wie sich ein Steinchen aus der Mauer löste.

»Nur die besten Fundamente …«, wiederholte Papiol, seine Aufmerksamkeit ganz auf die Mauer gerichtet.

Ein Steinchen nach dem anderen purzelte nun aus den Verfugungen heraus. Juliana trat zurück.

Eleanor rief: »Raymond, vielleicht solltest du lieber da weggehen.«

»Das werde ich nicht. Diese Mauer ist so stabil wie …«

Papiol jammerte: »Mylord!«, und warf sich auf Raymond, stieß ihn beiseite, als der Bär und all die großen Steine um ihn herum zusammenbrachen. Der Großteil der Mauer blieb zwar zunächst stehen, doch ihre Stabilität war dahin, und es dauerte nicht mehr lange, bis sie auf ganzer Länge wie eine Schlange erst in kleinen, dann in größeren Wellen zu zittern begann. Die Steine ächzten, die Zuschauer schrien.

Weil sie nicht auf Felsgestein standen und der Untergrund vom Regen aufgeweicht war, gerieten jetzt auch die schweren Quader ins Wanken. Mit einem unbeschreiblichen Getöse glitt die erste Reihe an der Unterseite der Mauer weg, dann die nächste – eine nach der anderen rutschten sie durch den zähen Morast den ganzen Weg bis zum Fuße des Hügels hinab. Raymond zog Juliana und Papiol beiseite, und die anderen flohen in Richtung Burg.

Als das Rumpeln abebbte, lag die neue Mauer flach wie eine Römerstraße aus Quadersteinen und Geröll da, und eine unheimliche, unwirkliche Stille lag über dem Ganzen, die nur von Fayettes traurigen Worten unterbrochen wurde: »Der Apfelbaumgeist scheint's wirklich nicht gemocht zu haben, dass man seinen Becher benutzt.«

Raymond starrte vor sich hin.

Seine Mauer. Seine schöne Mauer. Zerstört. All seine Arbeit. All seine Pläne. All seine Träume, Julianas Burg zur sichersten entlang der Grenze zu machen.

Gott verdammt, Juliana.

Vor den Sarazenen zu fliehen, blutige Schlachten zu kämpfen, an Belagerungen teilzunehmen, geschlagen und angekettet zu werden – nichts hatte Raymond jemals so sehr in Schrecken versetzt wie die Aussicht, jetzt Juliana entgegentreten zu müssen.

Ihr Gesicht sah ganz bleich aus, und fassungslos starrte sie auf die Ruinen ihrer Umfassungsmauer. Sie schluckte schwer, und Raymond dachte schon, sie würde anfangen zu weinen. Sie schluckte wieder, als müsse sie gegen eine starke Emotion ankämpfen. Dann brach sie, genau wie ihre prachtvolle Mauer, zusammen, aber vor Lachen. Sie ließ sich in den Morast fallen und lachte, sie wischte sich die Tränen mit ihrer schlammigen Hand aus den Augen, sah wieder die Mauer an und lachte. »Burgbaumeister?«, sprudelte sie hervor. »Burgbaumeister?«

Raymonds Besorgnis schlug um. Er fühlte sich erst ein bisschen beleidigt – und dann, mit einem Male, erleichtert. Er fiel neben ihr in den Matsch und nahm ihre Hände in die seinen. »Du liebst mich wirklich, oder?«

Schlagartig ernst geworden blickte sie ihn an. »Ja, das tue ich wirklich.«

»Du vertraust mir, dass ich dich beschützen werde?«

»Das tue ich.«

»Genug, um eine acht Fuß breite Umfassungsmauer zu bauen?«

Sie verkniff sich das Lachen. »Besser wären zehn Fuß.«

Er war wie Wachs in ihren Händen – oder wie der weiche Morast unter ihnen. »Ich liebe dich, weißt du.«

»Ich weiß.« Juliana packte wieder sein Ohrläppchen, aber dieses Mal versuchte sie, den goldenen Ring zu lösen. Als sie ihn in der Hand hielt, zeigte sie ihn Raymond. »Ich denke nicht, dass wir das Symbol für deine Gefangenschaft noch länger brauchen, oder?«

Er berührte ihn ein letztes Mal. Er hatte geschworen, ihn so lange zu tragen, wie ihn seine Erinnerungen versklavten – Erinnerungen, die jetzt ohne Bedeutung waren. »*Nay*. Wir brauchen ihn nicht mehr.« Er nahm den Ohrring und warf ihn in den Haufen aus Schotter und Mauerwerk.

Mit sanften Fingern zupfte sie an seinem befreiten Ohrläppchen und zog es – und ihn – zu sich heran. Als ihre Lippen die seinen berührten, da vergaß er alles. Vergaß den Schlamm und die Mauer, vergaß die Sarazenen und seine Eltern. Ihre Küsse waren wie Brot für einen Verhungernden. Ihre Hände streckten sich nach seinen Schultern aus, glitten über seinen Rücken, klammerten sich an ihn, als ob sie ihn nie wieder loslassen wollten. Er presste sie an sich, und sie knieten im Schlamm, Körper an Körper, tauschten ohne Worte ihren Atem aus, ihr Leben, ihre Versprechen, und seine misshandelte Seele wurde durch sie wieder zusammengefügt.

Lauter Beifall riss Raymond und Juliana in die Wirklichkeit zurück. Wie zwei Träumer waren sie, die sich nur langsam zurechtfanden und überrascht in die Runde schauten.

Juliana lächelte ihren Ehemann an, und ihm wurde bewusst, wie sehr er das vermisst hatte. »Du wirst mich nicht verlassen?«

»Wenn ich es täte, wer würde dir dann deine neue Mauer bauen?«

Nachdenklich antwortete sie: »Das stimmt. Du bist an mich gebunden, bis ich eine Umfassungsmauer habe.« Sie blickte auf die Steinhaufen und begann wieder zu lachen. »Eine ... *beständige* Mauer.«

Raymond schlang seinen Arm um ihren Hals. »Ich werde es das nächste Mal lieber dem königlichen Burgbaumeister überlassen«, versprach er. »Er wird allerdings zwei volle Jahre brauchen, der kleine Wicht.« Er drehte sie um, damit sie über ihre Ländereien schauen konnte. »Aber du brauchst eigentlich keine Umfassungsmauer. Das hier ist dein Bollwerk gegen Feinde: einige Morgen von gutem englischem Boden, Dutzende von guten englischen Leuten.« Er drückte ihr einen sinnlichen Kuss auf den Hals, zog sie an sich und fügte hinzu: »Und mich. Ich bin dein Schwert, dein Schild und dein rechter Arm.«

»Und dich«, stimmte sie ihm zu. »Du bist für immer die Liebe meines Lebens – und das Fundament für meine Familie.«

Sein Griff wurde fester. »Du willst mich also vor allem wegen Letzterem?«

»*Nay*, nicht bloß deswegen.« Sie lehnte sich gegen die Hand, die ihre Taille streichelte und deutete auf den Schotter. »Ich brauche dich auch, um diese Schweinerei hier aufzuräumen.«

Sie sprang beiseite, bevor er sie packen konnte, und lief, von ihm gefolgt, in Richtung Wohnturm.

Eleanor ließ sich vorsichtig wieder auf einem Sandsteinblock nieder. »Sie werden jetzt sehr mit sich beschäftigt sein und niemanden in ihrer Nähe haben wollen. Also: Bringt Brot und Käse, Wein und Ale. Das Fest ist eröffnet. Wenn wir schon die Mauer nicht feiern können, werden wir wenigsten die Rettung ihrer Ehe feiern.«

Nachdem alle sich um die Königin versammelt hatten, blieb nur Papiol ein wenig abseits stehen. Die Hände in seinen Gürtel gesteckt schlenderte er zu dem Stein mit dem Bären, der aus dem Schlamm ragte. »Ich habe ja gesagt, es würde nichts stehen bleiben«, sagte er und trat gegen das Wappentier.

Der Quader geriet ins Wanken, und Papiol erstarrte. Der Bär schien zu knurren, bevor er in einer Schlammlawine nach unten rutschte. Papiol machte einen erschreckten Satz, um sich in Sicherheit zu bringen, doch es war zu spät. Der Morast erfasste auch ihn und riss den kleinen Burgbaumeister, der lauthals um Hilfe schrie, mit hinunter in die Tiefe, den ganzen langen Hügel hinab.

Dank

Mein herzlicher Dank gilt meiner Lektorin, Carolyn Marino, weil sie die Zeit und Energie aufbrachte, mir die Fertigkeiten einer professionellen Schriftstellerin beizubringen. Ebenso meiner Kritikergruppe: Pam Zollman, Anna Phegley, Paula Schmidt, Barbara Putt und Thomasina Robinson. Bei euch allen bedanke ich mich für eure unermüdliche Begeisterungsfähigkeit und Unterstützung, die mich durch so viele Seiten und so viele Jahreszeiten begleitet hat.

»Eine meisterhafte Mischung aus Romantik, Mord und Intrigen. Unterhaltsam, fesselnd, lustvoll! Perfekt!«

Romance Reviews Today

544 Seiten. ISBN 978-3-442-37449-6

Die junge Witwe Alicia Carrington ist nach London gekommen, um ihre Schwester in die Gesellschaft einzuführen. Doch plötzlich erregt sie selbst die Aufmerksamkeit des begehrtesten Junggesellen der Saison – Anthony Blake erwischt sie mit einem blutigen Messer in der Hand über eine Leiche gebeugt. Nur Anthony glaubt an die Unschuld der überaus reizenden Verdächtigen. Doch er hat nicht damit gerechnet, dass Alicia tatsächlich etwas zu verbergen hat …

Lesen Sie mehr unter: **www.blanvalet.de**